Tim Binding · Inselwahn

TIM BINDING

Inselwahn

Roman

Aus dem Englischen
von Karin Dufner

KARL BLESSING VERLAG

Titel der Originalausgabe: Island Madness
Originalverlag: Picador, London

Umwelthinweis:
Dieses Buch und sein Schutzumschlag wurden
auf chlorfrei gebleichtem Papier gedruckt.
Die Einschrumpffolie (zum Schutz vor Verschmutzung)
ist aus umweltschonender recyclingfähiger PE-Folie.

Der Karl Blessing Verlag ist ein Unternehmen der
Verlagsgruppe Bertelsmann.

1. Auflage

Umschlaggestaltung: Design Team München
Satz: Uhl + Massopust, Aalen
Druck und Bindung: Graphischer Großbetrieb Pößneck
Printed in Germany
ISBN 3-89667-085-9

Dieses Buch
ist Titch gewidmet,
einem Beispiel
für uns alle.
In Liebe
und Bewunderung.

EINS

Die Schlacht war vorbei. Es gab sie nicht mehr, die Festung Stalingrad. Die Überreste der 6. Armee waren aufgerieben worden und gemeinsam mit ihrem Befehlshaber, General Paulus, untergegangen. Wer von den Soldaten überlebt hatte, kauerte, stumm vor Entsetzen, in Kellern oder drängte sich in feuchten Schützenlöchern, ohne das Ausmaß der Katastrophe richtig zu begreifen und ohne zu ahnen, wie grausam er verheizt worden war. Major Gerhard Lentsch befand sich auf dem Rückflug zur Insel Guernsey. In der Nachmittagssonne raste der Schatten der Maschine über das tiefgrüne Wasser des Ärmelkanals. Für Lentsch war es unfaßbar, daß Männer, die er einmal gekannt hatte, am anderen Ende des Kontinents in den eisstarren Ruinen ihrer unerfüllten Träume so einfach ihrem Schicksal überlassen worden waren – Männer, die es gewohnt waren zu siegen, die stolz waren auf ihre Leistungen und auf die Armee, in der sie dienten. Dabei ging es nicht nur um die Endgültigkeit ihrer Niederlage, sondern auch um die Art und Weise, wie diese zustande gekommen war. Lentsch, der gerade aus dem Urlaub zurückkehrte, hatte Nachrichten im Gepäck, noch schrecklicher und niederschmetternder als alles, was er in diesem Krieg gehört hatte. Ihm graute davor, dieses Wissen weiterzugeben, denn er fürchtete sich vor der tiefen Trauer, die sich über die Insel legen würde, wenn er berichtete, was er wußte.

Die Belagerung hatte im November begonnen, durch eine schier unermeßlich große Armee von Slawen. Wo waren sie entsprungen, diese Winterblüten aus dem Osten, von denen der Führer geglaubt hatte, sie seien längst vertrocknet? Wie gebannt hatten sie alle auf seine Landkarte gestarrt, auf der all die feindlichen Divisionen benannt und ihre Standorte markiert worden waren, wie Botaniker, die eine unbekannte Spezies betrachten und einfach nicht glauben wollen, daß Pflanzen so rasch aus einer unfruchtbar gemachten Einöde wiederauferstehen können. War diese Division wirklich bei Kiew gescheitert, war jene nordwestlich von Kalatsch tatsächlich geschlagen worden? Wie auch immer, schon im nächsten Augenblick hatten sie sich an den Ufern des Don und der Wolga erneut erhoben, Tausende an der Zahl, und hatten die niedergemetzelt, die dachten, den Boden vom verhaßten Unkraut befreit zu haben – frische Schößlinge, strotzend vor unbändiger Kraft. Und so war es gekommen: Des Führers Armee war eingekesselt worden und hatte von ihm den Befehl zum Durchhalten bekommen. Und das, obwohl der gesunde Menschenverstand eigentlich den Rückzug geboten, den Befreiungsschlag und die Flucht. Generäle hatten Hitler angefleht, er möge sie einen Ausbruchsversuch wagen lassen, aber seine Antwort war immer dieselbe geblieben. Er werde die Wolga nicht aufgeben, er dürfe die Wolga nicht aufgeben, er könne die Wolga nicht aufgeben. Die Wolga aufzugeben sei eine Demütigung, es sei eine Schande, und zwar nicht nur für ihn, sondern für ganz Deutschland. Die 6. Armee müsse ausharren. Doch sie war untergegangen, die 6. Armee, und mit ihr auch die Welt, für die sie gekämpft hatte. Einhundertfünfundvierzigtausend Tote, einundneunzigtausend Gefangene, eine Katastrophe biblischen Ausmaßes. Und nun war Major Lentsch auf dem Weg zu einer anderen fixen Idee des Führers, zu einer neuen Festung, die bald fertig sein würde: die Insel Guernsey.

Den ganzen Winter lang war ein schier endloser Strom von Männern auf der Insel eingetroffen: belgische Ingenieure, erfahrene Konstrukteure aus Frankreich, Männer, bewaffnet mit Theodoliten und Bohrern, die Löcher ins Gestein trieben, Felsen beklopften und ihre Spuren im Sand hinterließen. Es waren unglaublich viele. Unten in St. Peter Port drängten sich Fischerboote, Schleppkähne und gewaltige schwimmende Kräne, die mit geknickten Hälsen nach Beute suchten: Metallstangen, Stacheldraht, Bauholz, Zement –

immer Zement, der Grundstoff, aus dem schon so vieles in diesem Krieg entstanden war, Zement in den flachen Lastkähnen, die aus Cherbourg herbeigetuckert kamen, Zementsäcke, vier Meter hoch aufgestapelt an der Pier von St. Julian, Zement, der auf der eigens zu diesem Zweck errichteten, auf schmalen Schienen laufenden Eisenbahn quer über die Insel geschafft wurde, wo man ihn zu Beton anrührte und zu martialischen Aufbauten goß. Wie eine Art militärischer Keuschheitsgürtel nach dem Entwurf des Führers, der der Insel an ihren empfindlichsten Stellen angepaßt wurde, damit er wie ein eifersüchtiger Burggraf verhindern konnte, daß jemand seine rosige, junge Braut anrührte. Doch der Führer wollte immer noch mehr – mehr Zement, mehr Waffen, mehr Männer –, denn in ganz Westeuropa erschien ihm nichts köstlicher und verlockender als die Kanalinseln. »Inselwahn« nannten es die Leute.

Während sich der Norden Guernseys durch kilometerlange Sandstrände auszeichnet, liegt der eigentliche Charme der Insel in den winzigen, verschwiegenen Buchten des Südens mit ihren steilen Pfaden und den hohen Farnen. Auf dem Flug in Richtung Jerbourg Point konnte Lentsch die Buchten erkennen, in denen er so oft gebadet hatte, Corbiere, La Jonnet, Petit Bôt Bay. Und dann, als die Maschine nach Norden schwenkte, sah er das lange Giebeldach der Villa Pascal, von der aus man auf die allerschönste der Buchten blickte: Saints Bay. Während sie über das Haus flogen, stellte Lentsch fest, daß die Terrassentüren offenstanden. Aus den Schlafzimmerfenstern darüber, sogar aus dem von Albert, hing das Bettzeug zum Lüften, wie es auf dem Kontinent üblich war. Das Haus wirkte so still und friedlich wie immer, doch zum erstenmal nahm Lentsch das Anwesen als ein Zusammenspiel von einzelnen Farbfeldern wahr: leuchtend weißer Stein, fleckig grüner Rasen, dazu die gelblichroten Klippen mit einem olivgrünen Flaum darauf, und darunter das grelle Blau der tosenden See. Er stellte sich die Pinselstriche vor, die auszuführen er nie in der Lage sein würde, weil ihm das Talent eines Paul Cézanne fehlte. Ja, es *war* nichts als die Wahrheit gewesen, was Cézanne gemalt und was andere sich zum Vorbild genommen hatten. Daran hatte Lentsch schon immer geglaubt, trotz der heftigen Kritik, mit der dieser Künstler und seinesgleichen heutzutage überschüttet wurden, aber jetzt, ganz urplötzlich, hatte Lentsch selbst ein Fünkchen davon gespürt. Und das ausgerechnet in diesem Flugzeug! Seinem Begleiter sagte er nichts davon, sondern hob nur in einer Geste stiller Verehrung die Leinwandrolle, die er mitgebracht hatte, an die Lippen. Diese wenigen Hektar Land da unten hielten ihn jetzt bereits seit über zwei Jahren in ihrem Bann, jeder Zentimeter steckte voller Erinnerungen: das Gras, wo sie ihre scherzhaften Polospiele abhielten, mit ihm und Zep als Pferden und Mollys Strohhut als Siegestrophäe; die Landungsbrücke, wo er Isobel den Kopfsprung beigebracht hatte; der felsige Pfad, den sie in Karnevalskostümen hinuntergehüpft waren; das Felssims unterhalb des alten Turms, wo er so gerne saß und malte. Welch ein Glück, daß dieser Krieg gewaltig genug gewesen war, ihn hierherzutragen! Bei einer der seltenen Gelegenheiten, als er bei Isobel zum Essen eingeladen gewesen war, hatte er angemerkt, er würde am liebsten hier leben, wenn alles vorbei sei. Sie hatte ihrem Vater einen raschen Blick zugeworfen, aber keiner von ihnen hatte etwas erwidert. Das war überflüssig. Beide hatten gewußt, was er meinte. Er war nicht der Feind. Er war Soldat, das war alles.

Der Himmel über ihm war zwar noch klar, doch im Nordosten ballten sich Wolken zusammen und verhießen einen stürmischen und regnerischen Abend. Seit dem Start hatte Lentsch gespürt, daß ein Wind aufkam und an den Tragflächen des Flugzeugs zerrte. Seine Rückreise war eigentlich anders geplant gewesen, doch auf dem Markt in Granville, als er gerade über den Preis eines unter dem Ladentisch verkauften Käselaibes verhandelte, hatte plötzlich Ernst neben ihm gestanden. Lentsch hatte den Käse in die Manteltasche gestopft und gehofft, daß Ernst ihn nicht bemerkt hatte, aber es gab keinen Grund zur Besorgnis, denn dieser kehrte gerade von einer der häufig stattfindenden Konferenzen in Cherbourg zurück und hatte anderes im Kopf. Man stelle sich vor, Speer war dagewesen! Speer, Reichsminister für Bewaffnung und Munition, der Generalinspekteur. Ernst konnte seine Begeisterung nur schwer im Zaum halten. Und in einem ungewöhnlichen Anfall von Großzügigkeit hatte er Lentsch angeboten, ihn in seinem Flugzeug mitzunehmen – einer *Focke Wulf 189*.

»Es ist eine Schande, Herr Major«, hatte er gesagt, Lentsch jovial in die Seite geknufft und dabei dessen Schwarzmarktkauf zerquetscht. »Ein Mann in Ihrer Position sollte von Schmettow doch eigentlich überzeugen können, ihm ein eigenes Flugzeug zur Verfügung zu stellen. Wir werden Ihren Wagen per Funk anfordern.«

Sein Gesicht, das sonst dem einer erschreckten Eule ähnelte, strahlte vor Selbstzufriedenheit, und Lentsch erwiderte die Geste mit einem verkniffenen Lächeln. Sicher verdankte Ernst seine Beliebtheit bei der Militärregierung in St. Germain nicht seinem Charme, doch als Leiter der Organisation Todt – der immer größer werdenden Baubrigade der Wehrmacht – auf Guernsey hatte er Zugang zu den obersten Etagen der Macht. Mochten die Zivilisten beim Anblick der Männer des Reichsarbeitsdiensts auch lachen, wenn diese, ihre blitzenden Schaufeln geschultert, die Esplanade entlangmarschierten – die Wahrheit war, daß Ernst alles bekam, was er wollte. Bei einem von Ernsts seltenen Besuchen in der Villa war Lentsch aufgefallen, daß er das Haus mit unverhohlener Besitzgier musterte. Sein Hauptquartier befand sich zwar in einem der größten Anwesen, in Saumarez Park (dessen Garten dadurch sehr gelitten hatte, was in Alberts Augen ein weitaus größeres Verbrechen war, als wenn man das Haus beschädigt hätte), doch er selbst bewohnte ein ziemlich bescheidenes, einstöckiges Gebäude am Rand des Städtchens. Dennoch war Lentsch dankbar, mitfliegen zu können. Eine sechsstündige Überfahrt von St. Malo bei hohem Seegang und in Begleitung bedrückter Wehrmachtsangehöriger, die über den jüngsten Hiobsbotschaften brüteten, hätte ihm gerade noch gefehlt. Da war es doch besser zuzuhören, wie Ernst sich seiner Wundertaten als Ingenieur brüstete.

Ernst beugte sich vor, tippte ihm aufs Knie und zeigte nach unten, wo Albert seine tägliche Schlacht gegen die Maulwürfe ausfocht.

»Apropos«, überbrüllte er das Motorengeräusch, »in den nächsten

Tagen kommen ein paar Jungs von der Artillerie zu Ihnen, um sich den Garten anzusehen.«

Lentsch schwante Übles. »Den Garten?«

»Ja. Vermutlich brauchen wir in dieser Gegend eine weitere Geschützbatterie. Die Bucht ist noch nicht ausreichend gesichert.«

Lentsch warf einen Blick zurück auf die geschwungene Küste von Moulin Huet. Nichts war zu sehen, bis auf ein einsames Fischerboot beim genehmigten wöchentlichen Hummerfang. Wahrscheinlich handelte es sich hier in der Tat um den abgelegensten Teil der Insel, und die Landung eines feindlichen Erkundungstrupps von zwei oder drei Mann konnte nicht völlig ausgeschlossen werden. Ein Angriff im größeren Rahmen wäre jedoch reiner Selbstmord gewesen.

»Gesichert wogegen?« rief er. »Hier kann kein größeres Schiff landen. Die Buchten sind zu klein, die Pfade zu schmal. Außerdem steht eines unserer Geschütze auf der anderen Seite.«

Ernst nickte zustimmend. »Richtig. Was spräche also dagegen, auf Ihrer Seite auch noch eines aufzustellen? Wir wollen verhindern, daß es Sicherheitslücken gibt, wenn ...« Er hielt inne und bedachte Lentsch mit einem forschenden Blick.

»Wenn es zu einer Invasion kommt?« schlug Lentsch vor.

Ernst schüttelte den Kopf: unmöglich. »Wenn alles vorbei ist«, beendete er ausweichend den Satz.

»Warum nicht ein Stück tiefer?« meinte Lentsch. »Sie könnten sich weiter in die Klippen eingraben. Da oben ist die Sicht bei weitem nicht so gut. Außerdem«, er lächelte Ernst schüchtern zu, in der Hoffnung, es sich nicht mit ihm zu verderben, »ruiniert es die schöne Aussicht.«

Ernsts mitfühlender Blick wirkte nicht sehr überzeugend. »Ich verstehe Ihren Standpunkt. Doch dazu würden wir mehr Männer und Material brauchen. Und es würde länger dauern. Ich muß alle Fakten gegeneinander abwägen.«

Bedrückt sah Lentsch aus dem Fenster. Eine Geschützbatterie würde nicht nur den Blick auf das Haus verstellen, sondern auch den Zauber zerstören, der das Anwesen umgab. Auf einmal nahm er das Motorengeräusch des Flugzeugs nicht mehr wahr und stand in Gedanken an der Terrassentür, rauchte eine Zigarette und lauschte Isobels glockenhellem Lachen, das vom Strand heraufklang. Wenn er Glück hatte, würde er sie heute abend sehen. Er überlegte, was er ihr sagen, wie erfreut er sich zeigen sollte. Er hatte in Paris drei schöne Tage verbracht und die Erinnerung an sie in so vielen Nachtclubs heruntergespült, wie sie ein Mann in diesem kurzen Zeitraum besuchen konnte. Doch kaum war er zu Hause in Deutschland angekommen, konnte er die Rückkehr nach Guernsey kaum noch erwarten. Er hatte sich die Klagen seiner Mutter und seiner Schwester angehört, mit einem wachsenden Gefühl des Unbehagens und des Ärgers, als hätten sie nicht das Recht, ihm von ihren Schwierigkeiten, den Lebensmittelrationierungen, den Bombenangriffen und den nur hinter vorgehaltener Hand geäußerten düsteren Vorahnungen zu erzählen. Seltsamerweise hatte ihn all das jedoch kaum berührt, so, als ob es ihn gar nichts anginge. Der Krieg brandete über die Kontinente hinweg wie Ebbe und Flut, doch es schien keine Rolle zu spielen. Nur Guernsey war wichtig. Guernsey war das schönste Fleckchen Erde auf der ganzen Welt.

Das Flugzeug ächzte, als wollte es ihn in die Wirklichkeit zurückholen.

»Wir werden das nicht unwidersprochen hinnehmen, das schwöre ich Ihnen«, protestierte Lentsch. »Es gibt genügend andere geeignete Stellen. Wenn es denn überhaupt nötig ist.«

Ernst klopfte auf seinen Aktenkoffer, als ob sich die fertigen Pläne bereits darin unter Verschluß befänden. »Ich habe Verständnis für Ihre Gefühle, Herr Major«, sagte er. »Ich an Ihrer Stelle würde auch alles in meiner Macht Stehende tun, damit sich nichts verändert. Allerdings ...«

Das war es also. Ernst ließ seine Muskeln spielen. Ein Vorgeschmack auf die Zukunft: Die Armee würde von denen verdrängt werden, die über alles die Nase rümpften, nur nicht über ihre eigenen Vorurteile.

Aber Lentsch gab nicht so schnell klein bei. »Wie Sie meinen. Leider ist es bei uns hier ziemlich eng.«

Ernst grinste maliziös. »Im Krieg«, entgegnete er knapp, »herrscht ein ständiges Kommen und Gehen.«

Das Flugzeug schlidderte in halsbrecherischem Tempo die mit Gras bewachsene Landebahn entlang. Einen Moment glaubte Lentsch, sie würden gegen eine der Junkers prallen, die ganz am Ende geparkt waren. Die Bremsen schienen überhaupt nicht zu greifen. Ernst, der seinen entsetzten Blick auffing, setzte eine bemüht gleichmütige Miene auf.

»Das passiert ständig.« Er zuckte die Achseln. »Die müssen das Gras hier so kurz wie möglich schneiden, weil es quasi über Nacht nachwächst. Einmal im Monat gibt es einen Absturz.«

Einen Augenblick später sprang Ernst aus der Maschine und eilte ohne ein Wort davon. Lentsch schulterte sein Gepäck und folgte ihm. Auf dem Dach des mit Wällen aus Sandsäcken geschützten Flughafengebäudes stand ein Wachposten, reglos und breitbeinig wie die Dekoration auf einer Hochzeitstorte.

Draußen wartete Albert vor dem Auto. Obwohl er schon Ende Fünfzig gewesen war, als er bei Lentsch angefangen hatte, war er drahtig und kräftig wie ein zwanzig Jahre jüngerer Mann. Inzwischen merkte man ihm sein Alter zwar an, doch seine Haut wies noch immer die tiefe Bräune auf, die man nur bekommt, wenn man ein Leben lang unter freiem Himmel gearbeitet hat. Lentsch nahm sich fest vor, noch diesen Monat endlich seine Scheu zu überwinden und Albert zu bitten, für ihn Modell zu sitzen. Albert war so schlecht gekleidet wie immer: eine ausgebeulte braune Jacke, eine Wollweste und eine Frackhose mit Samtstreifen an den Seiten, die einst seinem früheren Arbeitgeber gehört hatte. Die blaue Baskenmütze hing schlaff auf seinem Kopf wie ein Omelett aus drei Eiern. Von den meisten Männern wurde erwartet, daß sie ihren deutschen Herren den angemessenen Respekt zeigten, indem sie den Hut zogen, aber selbst wenn es genügt hätte, die Geste nur anzudeuten, kam das für Albert nicht in Frage. Lentsch hatte ihn noch nie ohne seine Mütze erlebt, nicht einmal, wenn er mitten in der Nacht aus dem Bett geholt wurde. Zep war überzeugt, daß Albert eine Glatze hatte, doch Lentsch bezweifelte das. An einem völlig kahlen Schädel hätte sich Albert gewiß nicht gestört, denn dabei handelte es sich um einen eindeutigen Zustand, eine Tatsache des Lebens, eine schwer verdiente Ehrenmedaille. Allerdings hätte er gegen dünne Strähnen, die einem über den Kopf wehten, sicher etwas einzuwenden gehabt, denn wie viele Männer, die sich scheinbar nicht um ihr Äußeres kümmern, war Albert eitel. Man brauchte sich nur seine blankgeputzten Schuhe und die kunstvoll gebundene Krawatte anzusehen. Und außerdem ging er, wie Lentsch Zep oft entgegenhielt, einmal im Monat zum Friseur.

Albert öffnete die Wagentür, unternahm aber keine Anstalten, Lentsch mit dem Gepäck zu helfen.

»Ich hätte Sie nicht hier erwartet«, sagte Lentsch, während er seine Taschen vorsichtig auf dem Rücksitz verstaute. »Wo ist Wedel?«

Albert wies auf seinen Bauch. »Durchfall«, antwortete er. »Gestern war er beim Pilzesammeln und ist mit einem Korb voller Blätterpilze zurückgekommen. Ich habe ihn davor gewarnt, sie zu essen, aber er wollte nicht auf mich hören. ›Bei uns zu Hause essen wir alle möglichen Sorten‹, hat er geprahlt. Er wollte auch Mrs. H. ein paar anbieten, doch ich habe es ihm ausgeredet.« Ein zufriedenes Grinsen breitete sich auf seinem Gesicht aus. »Er hat die ganze Nacht kein Auge zugetan. Krämpfe. Jetzt geht es ihm schon besser. Bis auf den Dünnpfiff eben.«

»Dünnpfiff?«

»Sie wissen schon.« Albert ahmte das Geräusch nach.

»Ach so.«

Albert hüstelte. »Wir sind zur Zeit alle nicht so richtig auf dem Damm. Ich habe mir den Knöchel verstaucht, und das Halsweh werde ich auch einfach nicht los. Marjorie hat eine Gürtelrose, und die meisten Mädchen von Boots geben sich beim Arzt für Geschlechtskrankheiten die Klinke in die Hand. Meine Rezepte bring ich da bestimmt nicht mehr hin, so wahr ich hier stehe.«

Sie fuhren los. Beim Abbiegen in die Forest Road zupfte Albert an seiner Baskenmütze, als wolle er den Gruß des Wachpostens erwidern. Lentsch war überrascht. Wollte Albert den Mann verspotten oder betrachtete er sich inzwischen als eine Art Offiziellen?

Bald erhielt er die Antwort. Nachdem sie einen Kilometer hinter sich gebracht hatten, bewegte sich das Auto stetig nach links. Lentsch griff nach dem Lenkrad und steuerte den Wagen entschlossen auf die richtige Seite.

»Tut mir leid«, sagte Albert.

»Schon gut«, erwiderte Lentsch.

»Lebenslange Gewohnheit«, meinte Albert.

»Sie konnten doch gar nicht Auto fahren, bevor wir kamen«, rief ihm Lentsch ins Gedächtnis.

»Es liegt im Blut«, entgegnete Albert. »Wie das Meer.«

»Schwimmen konnten Sie auch nicht.«

»Daran hat sich nichts geändert.«

Sie bogen in die Rue des Escaliers ein. Eine kurze Fahrt bergab und dann die Klippe entlang. Höchstens fünf Minuten. Er fragte sich, ob Isobel wohl da war, um ihn zu begrüßen, und hoffte, Alberts Miene würde ihm die Antwort geben. Nichts.

»Ich habe Ihnen was mitgebracht«, sagte er. »Hier.«

Er holte ein kleines, in Seidenpapier gewickeltes Päckchen heraus. Albert nahm eine Hand vom Lenkrad, hielt das Päckchen ans Ohr und schüttelte es leicht. Es klapperte metallisch.

»Was ist es denn?« fragte er und steckte es ein. »Grammophonnadeln?«

Lentsch schüttelte den Kopf. »Rasierklingen. Fünfzig Stück. Nagelneu.«

»Fünfzig?« Albert war zufrieden. In Vorfreude auf die erste ordentliche Rasur dieses Monats rieb er sich das Gesicht. »Damit dürfte ich eine Weile auskommen.«

Lentsch war dankbar, daß Albert nicht »bis es vorbei ist« oder »bis wir euch rausgeschmissen haben« sagte, obwohl er sich sicher etwas Ähnliches dachte. Als vertrauenswürdiges Mitglied des Haushalts hörte Albert ebensooft BBC wie die anderen, stand hinten im Wohnzimmer und lauschte jedem Wort, das aus dem gewaltigen Radioapparat dröhnte. Das war einer der Gründe, warum Albert so beliebt war. Dank seiner guten Informationsquellen war er jeden Tag in der Woche irgendwo zum Tee eingeladen.

Der Wagen holperte über die schmale Straße, zu beiden Seiten wuchsen hohe Hecken und Farnbüschel. Als der Weg anstieg, trat Albert das Gaspedal durch, und dann hatten sie die Kuppe erreicht und folgten einem zerfurchten Pfad, der direkt bis vor das hohe Eingangstor führte. Schließlich ging es die dünn mit Kies bestreute Auffahrt hinauf durch die Linden zum Eingang der Villa mit ihren weißen Säulen und den grauen Steinstufen. Als sie am Pförtnerhäuschen vorbeikamen, bemerkte Lentsch ein Fahrrad, das an einem schlampig aufgeschichteten Holzstoß unter der Veranda an der Vordertür lehnte. Aus dem gedrungenen Backsteinkamin des Gebäudes stieg Rauch auf. Vier Uhr nachmittags, und Marjorie hatte schon das Feuer angezündet. Er würde sie wieder einmal daran erinnern müssen, wie wichtig es war, Brennstoff zu sparen. Allerdings verstand er diese überflüssigen Trotzhandlungen sehr gut. Eine Frau von Mrs. Hallivands Herkunft vergaß nicht so rasch, daß sie gezwungen worden war, mit ihrem Hausangestellten die Plätze zu tauschen.

Wie bei vielen Häusern mit Meerblick waren die Zimmer in umgekehrter Reihenfolge angeordnet. Wirtschaftsräume, Küche, Abstellkammern und Wäschezimmer befanden sich vorne, während die Wohnräume, Bibliothek, Eßzimmer und Wohnzimmer nach hinten hinaus lagen. Dazwischen die Treppe, die zum Keller führte, und die Haupttreppe, über die man in den ersten und zweiten Stock und ins Billardzimmer kam. Im Haus war es still. Anscheinend war niemand da, um ihn zu begrüßen. Er hatte Zep oder Molly erwartet, selbst Marjorie hätte sich blicken lassen können. Lentsch war enttäuscht. Er hatte ihnen allen Geschenke mitgebracht, drei Stunden hatte er in Granville mit der Suche nach Dingen verbracht, von denen er wußte, daß sie ihnen gefallen würden: Platten mit Tanzmusik für Isobel, einen zwölf Jahre alten Armagnac für den Hauptmann, ein Paar Seidenstrümpfe für Molly und eine Reiseausgabe der Werke von Victor Hugo, Guernseys berühmtestem Schriftsteller, für Marjorie. Lentsch ließ seine Taschen auf den gefliesten Boden fallen, eilte den Flur entlang und riß die Wohnzimmertür auf. Sessel und Sofa waren an die Wand gerückt worden.

Man hatte das Grammophon aus seinem Arbeitszimmer geholt, seine Schallplattensammlung stand daneben. Das trieben sie also, wenn er auf Reisen war.

Albert stand in der Tür und versuchte, seine schuldbewußte Miene zu verbergen.

»Sie hätten wenigstens aufräumen können«, sagte Lentsch. »Es stört mich nicht, wenn Sie während meiner Abwesenheit feiern, aber ...«

Albert hinkte ins Zimmer und schob langsam und bedächtig das Sofa noch ein Stück zurück.

»Es ist Ihretwegen«, erklärte er. »Sie haben ein kleines Fest geplant. Ich sollte das Zimmer eigentlich erst später umstellen, aber ich hatte Mrs. H. versprochen, in die Stadt zu fahren, bevor die Geschäfte zumachen. Ihre Schuhe mußten zum Schuster.«

Lentschs Laune verbesserte sich schlagartig, doch er ließ sich nichts anmerken.

»Wissen Sie, wer kommt?«

»Dieselben Leute wie immer. Der Hauptmann hat alles organisiert – er und Miss Molly.«

Lentsch ging hinaus auf den Flur, hob den Telephonhörer ab und ließ sich verbinden.

»Es sollte eine Überraschung sein«, fügte Albert hinzu. »Wenn der Hauptmann erfährt, daß ich es Ihnen verraten habe ...«

Lentsch zwinkerte ihm zu.

»Keine Sorge. Ich ...« Schon nach dem ersten Läuten nahm jemand ab. Rasch drehte er sich um und schickte Albert mit einer Handbewegung weg.

»Ja, bitte?«

Sie hatte ihn erwartet! Er bemühte sich, so unverbindlich wie möglich zu klingen.

»Isobel, ich bin's. Ich bin gerade zurückgekommen und würde mich gerne mit dir treffen. Paßt es dir heute abend?«

Sie sprach schnell. »Heute geht es nicht. Tut mir leid.«

Lentsch lächelte. Er malte sich aus, wie sie vor dem Glastisch im Wohnzimmer stand und sich umblickte, ob ihr Vater in Hörweite war. Bald würde sie mit dem Apparat zur Treppe gehen, wo sie am liebsten saß, plauderte, las oder sich die Zehennägel lackierte. Sicher hatte sie das Haar zurückgebunden und trug keine Strümpfe.

Er schlug einen enttäuschten Ton an. »Macht nichts. Ich kann auch etwas anderes unternehmen, vielleicht gehe ich in den Club.«

Am anderen Ende der Leitung herrschte Schweigen.

»Isobel, stimmt etwas nicht?«

»Doch, doch, alles in Ordnung.«

»Dein Vater – geht es ihm gut?«

»Ja. Er ißt heute mit Major Ernst zu Abend.« Sie senkte die Stimme. »Drüben.«

»Beim Major zu Hause?«

»Ja.«

»Dann bist du ja allein.«

»Nein. Ich bekomme Besuch von Freunden.« Das Lügen fiel der Guten offenbar schwer.

»Und hast du mich vermißt?« fragte er.

»Weniger, als ich gedacht hätte.«

Lentsch schloß die Augen. Mit dieser Antwort hatte er nicht gerechnet. Er wußte nicht, was er sagen sollte.

»Oh. Ich hatte gehofft...«

Sie verbesserte sich. »Ich habe dich vermißt. Ich war nur so beschäftigt.«

Er beschloß, das Spiel ein wenig weiterzutreiben.

»Wenn du heute abend keine Zeit hast, was ist dann mit morgen? Wir könnten ausreiten. Ich habe Wotan seit Wochen nicht mehr bewegt.«

»Wotan. Was für ein alberner Name für ein Pferd.«

»In deinen Ohren vielleicht. In Deutschland bedeutet dieser Name Kraft. Ein starker Name für ein starkes Pferd.«

»Wirklich ein schönes Tier«, stimmte sie zu.

»Ich dachte, ich reite mit ihm rüber nach Vazon, damit er Auslauf bekommt. Warum begleitest du mich nicht? Ich hole dich morgen früh ab.«

»Mußt du denn nicht arbeiten?«

»An einem Sonntag?«

»Du solltest deine Pflichten nicht vernachlässigen, Gerhard. Nicht einmal deinem Pferd zuliebe.«

»Vor allem mein Pferd ist es wert, daß ich meine Pflichten vernachlässige. Für mich ist es das zweitwichtigste Lebewesen auf dieser Insel.«

Lentsch hörte, wie sie wider Willen auflachte.

»Vater wird den ganzen Nachmittag unterwegs sein«, gab sie nach. »Dann kannst du mich abholen. Aber jetzt muß ich Schluß machen.«

»Oh. Also bis morgen.« Beim letzten Satz war die Leitung bereits tot.

Albert wartete ihm Wohnzimmer und tat, als hätte er kein einziges Wort mitbekommen. Lentsch legte ihm die Hand auf die Schulter und schob ihn hinaus auf die Veranda.

»Machen wir einen Spaziergang im Garten«, schlug er vor. »Haben Sie Zeit? Was treiben die Maulwürfe?«

»Während Sie weg waren, habe ich drei erwischt.«

»Drei? Bald können Sie sich einen Mantel anfertigen lassen«, witzelte Lentsch.

»Bald werden wir die Viecher essen. Unsere Lebensmittelrationen sind schon wieder gekürzt worden. Ist es ein Wunder, daß wir alle umfallen wie die Fliegen? Außerdem hatten wir letzte Nacht wieder mal so einen verdammten Einbruch.«

»Schon wieder? Das wäre jetzt der dritte in wie vielen Monaten? Haben Sie Ihrem Neffen Bescheid gegeben?«

»Was kann der groß tun? Der Täter war bestimmt kein Einheimischer, Herr Major. Es sind die Ausländer. Es wimmelt nur so von ihnen.«

Es gab sechzehntausend Zwangsarbeiter auf der Insel, Teil einer gewaltigen Sklavenarmee, die aus den eroberten Ländern des Kontinents verschleppt und in die Dienste der Organisation Todt gepreßt worden war. In Deutschland arbeiteten die Männer in Fabriken, bauten Straßen und reparierten Eisenbahngleise. Hier errichteten sie den Westwall. Sie lebten im alten Teil der Stadt nahe bei St. Peter Port: Spanier, Polen, Russen und eine Unmenge von Nordafrikanern. »Die Kasbah«, nannte Albert dieses Viertel.

Die beiden Männer überquerten den Rasen und blickten aufs Meer hinaus. Das Boot war inzwischen verschwunden, und die Bucht wirkte in ihrer Stille und Einsamkeit noch idyllischer. Seit die Bewegungsfreiheit für Zivilisten weiter eingeschränkt worden war, nahm die Zahl der verwunschenen Winkel auf der Insel täglich zu. Lentsch erschauderte. Ernsts Drohung hallte ihm noch in den Ohren. Er wies auf das gedrungene Betongebäude, das auf der anderen Seite der Bucht aus den Klippen ragte.

»Die Artillerie will dieses Land beschlagnahmen«, platzte er heraus. »Noch so ein Ding, irgendwo da unten. Können Sie sich das vorstellen? Straßen, Kabel und Bunker für die Männer? Nicht zu vergessen der Lärm.« Er hielt sich die Ohren zu. »Major Ernsts Idee.«

»Was?«

»Das Haus. Er will auch hier wohnen.«

»Aber wir haben keinen Platz. Nicht, solange Sie, der Hauptmann und der andere hier sind.«

Mit »der andere« war Bohde, der Zensor der Insel, gemeint. Albert konnte Bohde nicht leiden, seit er ihn im Obstgarten ertappt hatte, wie er sich den Bauch mit Loganbeeren vollschlug.

»Er wird versuchen, einen von uns zu vergraulen«, erklärte Lentsch. »Vielleicht, indem er meine Verwaltungsarbeit oder die Sicherheitsmaßnahmen des Hauptmanns als unzulänglich hinstellt. Irgendwas wird ihm schon einfallen. Aber für die Villa, für Sie und für Marjorie wäre es möglicherweise sogar das beste. Dann wird die neue Geschützbatterie sicher nicht gebaut. Da können Sie Gift drauf nehmen.«

Albert wußte nicht, was er darauf erwidern sollte. Wie Lentsch fühlte er sich eher als Beschützer denn als Besetzer der Villa. Allerdings waren Veränderungen immer unerwünscht. Lentsch versuchte, ihm Mut zu machen.

»Kopf hoch. Kann sein, daß es gar nicht so weit kommt. Doch wir sollten den unteren Teil des Gartens hinter den Rosenbüschen, dort, wo wir immer Polo spielen, umgraben und Kartoffel- und Gemüsebeete anlegen. Dann wäre der Eindruck des Gartens nicht so ...« Er suchte nach dem richtigen Wort.

»Englisch?« schlug Albert vor.

»Privilegiert«, entgegnete Lentsch. »Ich werde Helmut die Anweisung geben, sobald er wieder auf den Beinen ist. Es ist schön, wieder hier zu sein, Albert. Schön, die Saints Bay und das Haus wiederzusehen. Und Sie natürlich auch.« Lentsch drehte sich um und wollte zum Haus zurückkehren. Er hielt inne, weil er sich nicht sicher war, wie er fortfahren sollte. »In der Heimat steht es nicht zum besten. Meine Mutter und meine Schwester schweben in großer Angst. Bombenangriffe. Damit hätten wir in Deutschland nicht gerechnet.«

»Nein.«

»Auf Privathäuser und Kirchen. Wir haben es wirklich nicht erwartet.«

»Nein.«

»Seit Göring einmal geprahlt hat, daß er Meier heißen will, wenn auch nur ein feindlicher Bomber die Ruhr erreicht, hat er den Spitznamen Hermann Meier weg. Denn inzwischen finden jeden Tag Bombenangriffe statt. Den Leuten ist das Lachen vergangen, Albert. Meiner Mutter. Der ganzen Bevölkerung.«

»Ja. Ich verstehe. Allerdings ...«

»Sie denken, wir sind selbst schuld daran?«

»Nicht Sie persönlich, Herr Major. Das war noch nie meine Ansicht.«

»Und als Volk?«

»Nun, das ist doch auch kein Wunder. Bevor alles losging, sind wir gut miteinander ausgekommen. Aber ich wünsche niemandem Böses.«

Lentsch schwieg eine Weile. Es stimmte nicht, daß alle gut miteinander ausgekommen waren, bevor alles losging. Eine Zeitlang hatten schlimme Zustände geherrscht. Und dann war die Seele einer Nation praktisch über Nacht erwacht. Ein wundervolles Ereignis! Wie sollte er das erklären?

»Und Sie?« fragte er unvermittelt. »Wie geht es Ihnen? Haben Sie von Ihrer Tochter gehört?«

Albert schüttelte den Kopf. »Ich habe gehofft, ich würde eine Postkarte über das Rote Kreuz bekommen. Letzte Woche war der Jahrestag von Mutters Tod.« Er fing an zu husten. Lentsch blickte zu Boden, offenbar kämpfte der alte Mann mit den Tränen.

»Tut mir leid«, sagte er. »Das wußte ich nicht.« Albert tat die Beileidswünsche mit einem Kopfschütteln ab.

»Die Insel, wie sie jetzt ist, hätte ihr gar nicht gefallen. All die Waffen und der Stacheldraht. Aber ich vermisse mein Mädchen. Ich bin immer noch nicht sicher, ob es richtig von mir war zu bleiben, als sie mit den übrigen Evakuierten abfuhr. Wir waren nicht mehr jung, als wir Kitty bekamen. Manchmal frage ich mich, ob ich sie je wiedersehen werde.«

Lentsch lag viel daran, ihn aufzuheitern. Schließlich sollte Albert das Fest heute abend nicht mit einer Leichenbittermiene verderben.

»Natürlich sehen Sie sie wieder, guter Mann«, sagte er leutselig und klopfte ihm auf den Rücken. »Wie sich die Dinge entwickeln, ist es vielleicht schneller vorbei, als wir gedacht haben.« Dann wechselte er das Thema und fügte hinzu: »Hat sich während meiner Abwesenheit irgend etwas ereignet? Funktioniert die Höllenmaschine von einem Boiler wieder?«

»Das Ding heizt schon seit dem Vormittag, Herr Major.«

»Ausgezeichnet. Dann gehe ich erst schwimmen, nehme dann ein Bad, und wenn sich das Wetter hält, zeichne ich vielleicht später noch ein bißchen.« Er zeigte auf den Martello-Turm auf der anderen Seite der Bucht.

»Dieselbe Aussicht?« fragte Albert.

»Genau das ist der springende Punkt, mein Freund. Es ist nie dieselbe.«

Albert blickte ihm nach, als er im Haus verschwand. Ein paar Minuten später kam er, in Zivilkleidung und ein Handtuch unter dem Arm, zurück. Albert sah zu, wie Lentsch den Pfad hinunterlief, halb verborgen hinter hohen Farnen. Der Körperkult der Deutschen und ihr Wahn, sich ständig im Freien aufhalten zu müssen, war ihm rätselhaft. Inzwischen hatte der Major das Ufer erreicht und watete barfuß durchs flache Wasser, die Schuhe hatte er an den Schnürsenkeln um den Hals hängen. Dann kletterte er auf den Landungssteg, zog sich aus und sprang in die Fluten. Auch wenn er nicht blond und einsachtzig groß war, hatte er eine sportliche, muskulöse Figur und eine aufrechte Haltung. Der Major kam offenbar aus einem guten Stall.

Ein Auto raste die Auffahrt hinauf, Bremsen quietschten, Türen knallten und eine Hupe gellte. Albert hörte dieses Getöse nicht zum erstenmal: Das war Hauptmann Zepernick, und er fuhr mit offenem Verdeck. »Nur eine Heuschreckenplage, vierzig Grad minus oder die Gewißheit, daß es am hellichten Tage zu einer sexuellen Begegnung kommen könnte, würden mich dazu bringen, das Verdeck zu schließen«, hatte der Hauptmann einmal gewitzelt. Am Klang seiner eiligen Schritte auf dem roten Fliesenboden der Vorhalle erkannte Albert jedoch, daß Zepernick heute nicht zum Scherzen aufgelegt war.

»Ist er zurück?« fragte er.

Albert wies in Richtung Meer.

»Hat er es gesehen?«

Albert nickte. Der Hauptmann fluchte auf deutsch, nicht »Blitzdonnerwetter« oder das andere Wort, das Miss Molly ihm einmal in Gegenwart aller anderen ins Ohr geflüstert hatte, um ihn in Verlegenheit zu bringen. Aber es war eindeutig ein Fluch. Albert wünschte, einer von ihnen würde endlich einmal »Blitzdonnerwetter« sagen, denn er war neugierig, ob es sich um ein tatsächlich existierendes Wort handelte, das tatsächlich existierende Deutsche benutzten, wenn sie wütend oder verärgert waren. Doch obwohl er ihnen seit zwei Jahren die Mahlzeiten zubereitete, die Drinks servierte, die Hemden bügelte, sich ständig in ihrer Nähe aufhielt und miterleben durfte, wie sie sich wie verwöhnte Dämchen aufführten, hatte er sie dieses Wort noch nie in den Mund nehmen hören. Nicht einmal, wenn das Wetter ihnen das richtige Stichwort lieferte. Wie ärgerlich, daß ausgerechnet *seine* Deutschen so starrsinnig waren und sich standhaft weigerten zu tun, was von ihnen erwartet wurde.

Der Hauptmann war inzwischen unten am Strand angelangt und rief dem Major etwas zu, während er über den schlüpfrigen Kiesstrand eilte.

»Sehr schön, alter Junge«, murmelte Albert und blickte nach unten. »Sag es ihm. Blitzdonnerwetter. Doppeltes Blitzdonnerwetter, daß einem das gute Porzellan um die Ohren fliegt.«

Die beiden Männer waren auf dem Landungssteg zusammengetroffen. Der Major stand reglos da, das Handtuch hing schlaff in seiner Hand. Er würde nachher völlig durchgefroren sein und ein heißes Bad und dazu ein Glas Brandy brauchen. Kopfschüttelnd wandte Albert sich ab. Auch wenn der Mann Major war, hätte er sich doch wenigstens etwas überziehen können.

ZWEI

Es war der erste warme Tag seit Wochen gewesen, doch inzwischen hatte der Wind aufgefrischt und war kühl und böig, wie es nur auf Inseln vorkommt. Inspector Ned Luscombe wartete gerade auf den Briefträger, als er George Poidevin die Treppe zum Büro hinaufkeuchen hörte, die massige Gestalt niedergedrückt von einer neuen Hiobsbotschaft.

Das Polizeirevier war zwar in den letzten Jahren erweitert worden, aber, verglichen mit dem, was Luscombe früher gewohnt gewesen war, noch immer ziemlich behelfsmäßig. Im Erdgeschoß befand sich ein enger Empfangsbereich mit einer Theke und einer langen Bank gegenüber. An der Wand hing schief ein Bild des alten Königs. Dahinter lag das Büro des Sergeants, an das ein noch winzigerer Raum angrenzte, wo der Polizeiarzt die Betrunkenen zu untersuchen pflegte. Von dort aus führte eine Tür in den Waschraum und auf den Hof. Eine Zelle gab es nicht, denn bis zum Gefängnis waren es nur vierzig Meter. Um Diskretion war es nicht sonderlich gut bestellt; vor dem Krieg hatte sich bei jeder Verhaftung eine Menschenmenge draußen auf dem Bürgersteig versammelt, um der Vernehmung zu lauschen, und nur ein ausgesprochener Dummkopf hätte auf dem einzigen Polizeirevier von Guernsey seine Sünden gebeichtet, wenn man ihn nicht dazu zwang.

Die beiden anderen Stockwerke konnte man nur über eine Außentreppe im Hof erreichen. Die oberste Etage war an die Laienspielgruppe von Guernsey vermietet. Darunter befand sich Neds Büro, das so groß war wie das gesamte Polizeirevier. Obwohl Ned Luscombe versucht hatte, den Lärm der kartenspielenden

Männer im Hinterzimmer mit Hilfe eines alten Teppichs zu dämpfen, hätte er wohl besser daran getan, diesen über seinem Kopf an der Decke anzubringen. Die Amateurschauspieler und Freizeitsänger im oberen Stock waren nämlich ein emsiges Trüppchen, das regelmäßig probte. *Babes in the Wood, Private Lives, Full House*: Ned kannte die Songs und Stücke inzwischen auswendig. In der Mitte des Raums stand ein großer Tisch, der auf einer Seite mit einer langen Schublade versehen war: das einzige Möbelstück im Haus, das sowohl über ein Schloß als auch über einen Schlüssel verfügte. In der Ecke befand sich ein Kohleofen, aus dessen rissigem Rohr ständig eine dünne Rauchsäule aufstieg. Zwei Stühle, ein Aktenschrank und eine zerfledderte, mit Leim und braunem Papier geflickte Karte der Insel vervollständigten die Möblierung. Ansonsten war das Revier mit je einem Telephon in jedem Stockwerk, einem Ersatzfahrrad und der sogenannten »Gelben Gefahr« ausgestattet, einer Rostlaube, die hin und wieder in Anspruch genommen wurde, seit der nagelneue Fünfsitzer von der Gestapo beschlagnahmt worden war.

George Poidevin, Vorarbeiter bei einer der führenden Baufirmen der Insel, war ein schwammiger Mann. Nun wabbelte er vor Entrüstung wie gekochtes Fett auf einem Knochen. Er wohnte in der Nähe des Hafens von St. Sampson über einem kleinen Lebensmittelladen, der von seiner Frau geführt wurde. Als Ned sein gereiztes Keuchen bemerkte, vergewisserte er sich hastig, ob nichts auf seinem Schreibtisch lag, das Georges neugierige Blicke auf sich ziehen könnte.

»George«, sagte er dann fröhlich. »Was führt Sie zu mir? Wollen Sie sich etwa freiwillig stellen?«

George wälzte sich näher, stützte die Hände auf Neds Schreibtisch und beugte sich ächzend vor. Sein Atem roch nach einer scharf gewürzten Wurst. Der Mann hatte Fleisch gegessen!

»Wissen Sie, was meine Frau eben erfahren hat?« japste er und blinzelte heftig.

Ned schüttelte den Kopf. Insgeheim hoffte er, daß Georges Gewicht den altersschwachen Schreibtisch überfordern würde, damit er endlich einen neuen bekam. Die Tischbeine spreizten sich bereits nach außen wie bei einem Hund, der auf einen vereisten Tümpel geraten ist. Ned nahm sich vor, den Tisch zu Feuerholz zu zerhacken, falls er wirklich zusammenbrach.

»Nein«, erwiderte er. »Das weiß ich nicht. Was hat sie denn erfahren? Was Interessantes? Eva Brauns liebstes Kochrezept?«

George lehnte sich weiter vor, so daß sein Gewicht auf seinen zehn dicken Fingern lastete. Der Tisch knarzte. Das rechte Bein rutschte weiter nach außen. Ned schickte ein Stoßgebet zum Himmel. Nur noch ein ganz kleines Stückchen.

»Laut einer neuen Anweisung werden sie auf Schwerstarbeiterration gesetzt. Ist das zu fassen? Die haben vielleicht Nerven!«

Ned hatte keine Ahnung, wovon er sprach.

»*Sie*, George? Wen meinen Sie mit *sie?*«

»Die Nutten! Die verdammten Nutten. Und dabei schuftet meine Alte den lieben langen Tag, und Elspeth zählt sich an ihrem wertlosen Geld die Finger wund. Kriegen die etwa Schwerstarbeiterrationen? Weit gefehlt! Aber bei diesen französischen Mamsells, die den ganzen Tag auf dem Rücken liegen, ist es natürlich was anderes.«

Ned konnte sich ein Lachen kaum verkneifen. Im Januar hatte wieder ein Bordell eröffnet. Eines für die Offiziere gab es bereits seit längerem in St. Martins, ein geräumiges Anwesen mit eigenem Garten, in dem angeblich Can-Can-Tänzerinnen aus Paris arbeiteten. Das Etablissement für die Leiter der Organisation Todt lag in der George Street, und inzwischen hatte man auch einige Häuser für die einfachen Soldaten in St. Sampson eingerichtet. Nachmittags konnte man beobachten, wie die Männer davor anstanden. Oft erstreckte sich die Schlange fast um den kleinen Hafen herum, man rauchte mühsam ergatterte Zigaretten, erzählte sich hin und wieder verlegen einen Witz und wartete, die Hände in den Taschen vergraben, im kalten Wind, wie Normalsterbliche vor einer Bäckerei. Ned mußte bei diesem Anblick immer schmunzeln. Es gab also Dinge, auf die sogar die Deutschen warten mußten. Seit das Wetter besser war, sonnten sich die Mädchen in ihrer Freizeit auf dem Dach und blickten hinüber in ihre Heimat. George hatte sich im vergangenen Jahr bei der Feldkommandantur bitterlich darüber beschwert, daß seine Frau sie durch das Schlafzimmerfenster sehen konnte.

»Das stimmt auch«, hatte Ned damals lachend zu Bernie gesagt. »Allerdings nur, wenn sie sich auf einen Stuhl stellt.« Nun kratzte sich Ned am Kinn und überlegte, wie sich eine erneute Mißfallenskundgebung verhindern ließ.

»Genaugenommen ist es ja Schwerstarbeit«, antwortete er George vergnügt. »Wie viele Mädchen gibt es denn bei Ihnen nebenan? Fünfzehn? Und noch mal fünfzehn ein paar Häuser weiter. Bei siebzehntausend Soldaten müssen die sich ganz schön ranhalten. Wenn man davon ausgeht, daß der durchschnittliche Soldat mindestens einmal alle zwei Wochen die Hosen runterläßt, müssen die Mädchen pro Woche achttausendfünfhundert Männer bedienen. Und das heißt«, er rechnete rasch auf einem Stück Papier nach, »zweihundertachtzig pro Mädchen und Woche oder siebenundvierzig am Tag. Vierzig, wenn sie auch sonntags arbeiten.«

George Poidevin fand das gar nicht komisch. »Eine Schande ist das«, tobte er. »Wissen Sie, was ich zu denen gesagt habe? ›Ich will es schriftlich haben, und dann schauen wir mal, was das Inselparlament dazu sagt. Ich werde nicht dulden, daß meine Frau Schwerstarbeiterrationen an französische Nutten verteilt, die nicht mal ordentliche Papiere haben.‹«

Es ging das Gerücht um, George Poidevin habe einigen Mädchen einen zusätzlichen Laib Brot im Austausch für ein wöchentliches Stelldichein angeboten, doch sie hätten sich alle geweigert. Seit diesem Tag war er ihr unerbittlicher Feind.

»Eine derartige Anordnung werden die nie schriftlich festhalten«, erwiderte Ned. »Aber sie werden trotzdem auf die Durchführung bestehen. Seien wir doch mal ehrlich: Wir alle hätten gerne größere Rationen, ganz gleich, was wir von Beruf sind. Wenn die Mädchen es geschafft haben, meinen Glückwunsch. Lange halten sie sowieso nicht durch, nicht bei den Belastungen, denen sie ausgesetzt sind.«

George war noch längst nicht fertig. »Und damit nicht genug. Wissen Sie, welche Anweisung Monty Freeman gekriegt hat? Er soll die Bank freitags erst eine Stunde später schließen, damit diese Flittchen reinstolzieren und ihr Geld einzahlen können, ohne uns Einheimische zu belästigen. Und meine Elspeth arbeitet dort. Wenigstens treibt sie sich nicht mit Deutschen rum. Wenn ich nur daran denke, daß einige unserer Mädchen …« Er hielt inne.

»Danke, George.«

»Tut mir leid. Ich wollte nicht …«

»Schwamm drüber. Haben Sie sonst noch was auf dem Herzen? Oder sind Sie aus einem bestimmten Grund hier?«

»Ich habe mich gefragt, ob Sie schon was Neues über den Einbruch wissen.«

In der vergangenen Nacht hatte jemand in den Hof der Firma van Dielen eingebrochen. Laut Sergeant Tommy le Coeur war der Zaun eingedrückt worden. Gestohlen hatte man nicht viel. Ein paar Kisten waren aufgebrochen worden, und aus dem kleinen Büro war der kostbare Vorrat an Tee und Zucker verschwunden. Papiere waren überall verstreut.

Ned bedachte George mit einem tadelnden Blick. »George, ich habe es der Feldkommandantur gemeldet. Halten Sie sich an die. Für die Ausländer bin ich nicht zuständig. Ich würde Ihnen raten, die Sache zu vergessen. Es wird nichts dabei herauskommen. Wenn Sie verhindern wollen, daß so etwas noch mal passiert, schaffen Sie sich einen Hund an. Einen großen, hungrigen, der die Mistkerle beißt.«

Ned scheuchte ihn hinaus, bevor Bernie wie immer mit seiner Tasche voller Überraschungen eintraf, denn je weniger die Leute von seiner kleinen Eigenmächtigkeit wußten, desto besser. Bernie brachte die Briefe etwa alle zwei Tage mit der gewöhnlichen Post vorbei. Da seine Autowerkstatt kaum noch etwas abwarf, hatte er eine Stelle als Aushilfsbriefträger angenommen, und mit seiner schlaksigen Gestalt war er wie geschaffen dafür. Früher hatten die Leute gesagt, Bernie sei der einzige Mechaniker auf der Insel, bei dem Kopf und Füße auf beiden Seiten herausragten, wenn er unter einem Auto lag. Es gab nicht viele hochgewachsene Männer auf Guernsey. Nicht, bevor die Deutschen gekommen waren.

Kaum war George fort, als Bernie auch schon erschien. »Wie laufen die Geschäfte?« fragte er und warf seine schmierige Tasche auf den Tisch.

»Ein paar Einbrüche drüben in Vale. Eine Prügelei vor dem Brighton. Der einzige aufregende Zwischenfall war vorgestern, als die alte Mrs. Rowe Tommy auf der High Street anhielt, um sich nach dem Weg zum Schwarzmarkt zu erkundigen.«

Bernie grinste. Eine hübsche Geschichte, auch wenn sie nicht stimmen sollte. Er nahm die Kappe ab und kratzte sich am Kopf. Seine Stoppelfrisur paßte eher zu einem Vierzehnjährigen als zu einem erwachsenen Mann, der bald seinen dreißigsten Geburtstag feiern würde.

»Ich habe gehört, es hätte einen Streit zwischen ein paar Männern von der Artillerie und einigen Ausländern gegeben«, sagte er. »Jemand soll aus dem Fenster geworfen worden sein.«

»Ein Schütze?«

»Nein, bloß ein Ausländer.«

Ned fand das nicht weiter wichtig.

»Wieder anonyme Briefe dabei?« Er klopfte auf die Tasche.

»So etwa zwanzig diese Woche«, mutmaßte Bernie. »Man sollte diese Leute alle an die Wand stellen.«

Ned begleitete Bernie die Treppe hinunter. Draußen kamen zwei Mädchen die Straße entlang. Sie trugen weiße Socken und Regenmäntel, hatten die Hüte tief in die Stirn gezogen und schoben einen verbeulten Kinderwagen vor sich her. Jeden Tag stand ein Grüppchen dieser Mädchen vor den staatlichen Lebensmittelläden und stürzte sich immer wieder zwischen Pferdehufe und Wagenräder, um die vereinzelten Kartoffeln und Rüben aufzuheben, die in den Rinnstein gekullert waren. Bernie zog seine Kappe, als sie vorbeigingen.

»Bitte, mein Fräulein«, neckte er sie und verbeugte sich tief. »Nur ein kleines Kartöffelchen.«

Die Mädchen liefen kichernd weiter, der Kinderwagen wurde auf dem Kopfsteinpflaster ordentlich durchgerüttelt.

Bernie schickte sich zum Gehen an. »Hast du später Lust auf ein Bier?« fragte er. »Ich bin im Britannia.«

Das Britannia war eines der ältesten Pubs auf der Insel und gehörte zu den wenigen, die für die Soldaten verboten waren. Nach ein paar Gläsern dort fühlte man sich fast wieder wie in alten Zeiten. Wenigstens meistens. Seit Ned wider Willen auf seinen Posten verpflichtet worden war, wollte anscheinend niemand mehr mit ihm reden. Bis auf Bernie.

Ned schüttelte den Kopf. »Lieber nicht. Ich habe heute Spätdienst.«

Bernie schob die Kappe in den Nacken, steckte die Hände in die Taschen und spazierte pfeifend davon.

Ned kehrte in sein Büro zurück. Zeit, die Post durchzugehen. Er bestand zwar darauf, sein Büro mit niemandem zu teilen, aber wenn die anonymen Briefe eintrafen, sahen sie sie sich gemeinsam an. Ned rief seine Kollegen. Tommy kam hereingepoltert, die Hände schwarz von Wagenschmiere.

»Läuft die ›Gelbe Gefahr‹ immer noch nicht?« fragte Ned.

Tommy schüttelte den Kopf.

»Vielleicht sollte sich Bernie mal der Sache annehmen«, schlug Ned vor.

Doch Tommy hatte seinen Stolz. »Das ist nicht nötig. Ich kann sie reparieren.«

»Das hast du letzte Woche auch schon behauptet.«

Sie widmeten sich der Post. Der Sack war nach der Reise die Küste entlang noch feucht. Ned knotete ihn auf und schüttelte ihn.

»Etwa zwanzig, denke ich«, meinte er.

»Warum machen die Leute bloß so was?« sagte Peter und strich sich über den ingwerfarbenen Bartflaum. Im letzten Jahr hatte Ned ihm noch am Strand der Vazon Bay zugesehen, wie er mit seinen kleinen Schwestern Himmel und Hölle spielte. Nun trug der junge Bursche an seinen riesigen Füßen viel zu enge Stiefel. Sie hatten einem Polizisten gehört, der zur Zeit in Caen eine zweijährige Zuchthausstrafe absaß.

»Aus Eifersucht und Angst«, antwortete er Peter. »Das ist der Grund. Und um offene Rechnungen zu begleichen.«

»Aber wie unterscheidet das Postamt sie von richtigen Briefen?«

Tommy zerrte demonstrativ an den Enden seines Schnurrbarts, so als wäre sein dichter Schnauzer ein Beweis dafür, wieviel dieser Grünschnabel noch zu lernen hatte. »Das ist leichter, als man denkt«, entgegnete er, während er sich den Rücken am Ofen wärmte. »Sie sind fast immer in Blockbuchstaben geschrieben, um die Handschrift zu verstellen, und sie sind immer an den Feldkommandanten adressiert.«

»Es gibt noch weitere Merkmale«, ergänzte Ned. »Sie wirken irgendwie bösartig. Das können die Schreiber nicht verbergen. Verglichen mit richtiger Post, Liebesbriefen, Rechnungen und Beileidsschreiben, fallen sie einem sofort ins Auge.«

Er kippte das Bündel auf den Tisch. Wie Tommy vorhergesagt hatte, waren sämtliche Briefe an den Feldkommandanten gerichtet, in hingekritzelten Blockbuchstaben, die über das Papier huschten, als schämten sie sich ihres Inhalts. Kuverts, linierte Bögen, aus Schulheften herausgerissene Seiten, zusammengefaltet, in den Briefkasten gesteckt und mit Bosheit im Herzen abgeschickt – meistens unfrankiert. Heute jedoch hatte Tommy sich in einem Fall geirrt. Als Ned den Stapel durchblätterte, entdeckte er ein Kuvert, das an ihn adressiert war, und zwar in einer ihm wohlbekannten Handschrift. Wie viele Briefe hatte sie ihm geschrieben, sie heimlich aus ihrem streng bewachten Vaterhaus geschmuggelt, hinterlegt in dem Mauerspalt am Trinkbrunnen oder unter dem ausgebleichten Stein auf dem Gartenweg seiner Eltern! Sogar die Art und Weise, wie sie seinen Namen unterstrich, war ihm vertraut: drei gerade Linien untereinander, jede kürzer als die vorausgegangene.

»Gütiger Gott«, sagte er. »Mit so etwas hätte ich nie gerechnet.«

»Was ist?«

»Der hier stammt von Isobel. Isobel van Dielen.«

Er riß den Umschlag auf. Keine Unterschrift, aber das war auch nicht nötig.

»Sie will sich nur mit mir treffen.«

Tommy blickte ihm über die Schulter. »Mehr nicht? Du sollst dir jemanden vorknöpfen?«

»Nein, so was ist es nicht«, erwiderte Ned, doch das Herz klopfte ihm bis zum Halse. Ja, es konnte durchaus sein. Es war möglich.

Sie hatten sich an der Pier kennengelernt, als sie auf das Boot warteten. Der Wind riß ihr den breitkrempigen Hut vom Kopf, und Ned fing ihn gerade noch rechtzeitig auf, während er sich schon in die Luft erhob, um über das dunkle Wasser des Hafens zu entschwinden. Sie war neunzehn, er siebenundzwanzig, sie kehrte gerade aus dem Mädchenpensionat zurück, während er Urlaub von seinem ersten Posten als Kriminalbeamter bei der Polizei in Southampton hatte. Obwohl jünger als er, war sie weniger befangen, und da ihr sein kurzer, dichter Lockenschopf und der Schwung seiner Lippen gefielen, ergriff sie kühn die Initiative und fragte ihn, nachdem er den Hut wieder eingefangen hatte, ob er Kricketspieler sei.

»Polizist«, antwortete er zögernd, überlegte, ob er wohl Chancen bei ihr hatte und ob es klug war, ihr gleich am Anfang die Wahrheit zu sagen.

»Ein Polizist!« Sie lachte auf.

»Ja. Finden Sie das komisch?«

»Nein.« Sie legte den Kopf in den Nacken und lachte noch einmal. »Doch, eigentlich schon. Ein Polizist!«

»Ist es denn so schlimm, Polizist zu sein?«

»Nein. Aber Sie arbeiten bestimmt nicht auf Guernsey.«

»Offen gestanden, nein. Aber was wäre daran so merkwürdig?«

»Gar nichts.« Wieder lachte sie. Ein ungekünsteltes Lachen, echt, selbstbewußt, aufrichtig. »Haben Sie sich je mit den Polizisten dort unterhalten? Nicht unbedingt Genies, da müssen Sie mir recht geben.«

Ned fühlte sich verpflichtet, für seine Berufskollegen in die Bresche zu springen. »Auf unserer Seite des Kanals werden Superhelden nur selten gebraucht«, erwiderte er.

»Also sind Sie nach England gegangen.«

»Richtig. Dort gibt es genug Diebe und Mörder, die mich ordentlich auf Trab halten.«

»Mörder!« Sie erschauderte leicht, obwohl sie sich weder fürchtete noch fror. Die Geste machte ihr einfach Spaß, so als wollte sie ihm einen kleinen Vorgeschmack darauf geben, was er ihr und was sie ihm vielleicht einmal bedeuten könnte. Da war eine wilde Schönheit an ihr, mit ihrem hellen Haar, dem breiten Mund und Augen, die ständig in alle Richtungen blickten. Obwohl sie klang wie eine Engländerin, wirkte ihre Haut südländisch, glühend, fremd und ein wenig derber in ihrer Beschaffenheit. Sie war beinahe so groß wie er und stand ganz dicht bei ihm, dichter, als es sich für eine junge Dame schickte, und hoch aufgerichtet, fast wie ein Mann. Sie fixierte ihn mit ihren blauen Augen und schüttelte ihr kinnlanges Haar, anscheinend in der Absicht, ihn weiter in Verlegenheit zu bringen.

»Haben Sie je …?« Sie verschränkte die Arme unter ihren Brüsten, erschauderte wieder und lächelte einem Passanten zu.

»Nur einmal.« Ihr theatralisches Gehabe ärgerte ihn, und deshalb fügte er wahrheitsgemäß hinzu: »Er wurde von einem Pferd getötet.«

»Einem Pferd!«

»Es hat ihn mit dem Huf am Kopf getroffen.«

»Sicher wurde es mißhandelt, das arme Ding. Hoffentlich haben Sie es nicht verhaftet.«

Sie schlug die Hand vor den Mund und lachte über ihren eigenen Witz. Neds Mutter hatte ihn immer vor Mädchen gewarnt, die die Hände vor den Mund schlugen. Sie seien nicht nur gewöhnlich, sondern in den meisten Fällen auch unaufrichtig. Doch die Art, wie dieses Mädchen hier die Finger an die geschürzten Lippen drückte, schien auf keinen dieser Charakterfehler hinzuweisen. Sie war einfach nur schamlos verführerisch.

Da Ned vermutete, eine Touristin vor sich zu haben, und glaubte, daß sein Urlaub durch diese unerhoffte Gelegenheit nur gewinnen konnte, drehte er ihren Hut in der Hand und fragte: »Das ist also Ihr Hut?«

»Wenn Sie damit meinen, daß ich ihn auf dem Kopf hatte, lautet die Antwort ›ja‹.«

»Es ist ein Herrenhut.«

»Denken Sie etwa, ich hätte ihn gestohlen? Er gehört meinem Vater. Gehörte. Ich habe ihn überredet, ihn mir zu geben.« Sie nahm den Hut und setzte ihn sich schräg auf den Kopf. »Aber mir steht er viel besser. Finden Sie nicht?«

»Kommt darauf an. Schließlich habe ich Ihren Vater noch nie gesehen. Ich kenne nicht einmal seinen Namen.«

»Nein?« Sie nahm den Hut ab, drehte ihn um und zeigte ihm das Monogramm auf dem Etikett.

»Das sind seine Initialen. Wissen Sie, was sie bedeuten?«

Ned warf einen Blick darauf und errötete heftig. Er wußte nicht, wo er hinsehen sollte. Das Mädchen lächelte triumphierend. Sie hatte sich diesen Scherz – die Buchstaben V. D. waren die englische Abkürzung für Geschlechtskrankheit – schon öfter erlaubt.

»Van Dielen«, sagte sie lachend. »Mehr nicht.«

»Van Dielen?« Ned konnte seine Überraschung nicht verhehlen.

»Richtig. Was ist mit ihm? Hat er gegen das Gesetz verstoßen?«

Nein, das hatte er nicht. Doch sobald der Name gefallen war, wußte Ned, daß er dieses Mädchen nie wiedersehen würde, mochte die Insel auch noch so klein sein. Deshalb wünschte er ihr einen schönen Sommer und ging davon. Später beobachtete er, wie sie ihr Erster-Klasse-Billett vorzeigte und sich eine Einzelkabine geben ließ. Er, der die Überfahrt schon öfter gemacht hatte, hielt rasch auf die hölzernen Bänke auf Deck zu, setzte sich, breitete sich den Mantel über die Knie und wartete darauf, daß es Mitternacht schlug. Dann würde das Horn ertönen, und um diese Zeit gab es meist ziemlich hohen Seegang. Er hätte auch hineingehen, sich ein paar Drinks genehmigen und sich zum Schlafen auf den harten Lattensitzen zusammenrollen können. Aber er war lieber draußen an Deck, wo er sitzen und in Ruhe nachdenken konnte, während das Schiff durch Wind und Dunkelheit fuhr, bis im Morgengrauen seine Heimatstadt in Sicht kam.

Ned hatte von den van Dielens gehört. Die ganze Insel kannte die van Dielens und ihre Verbindungen. Mr. van Dielen war zur Hälfte Engländer, zur Hälfte Holländer und hatte sein erstes Geld mit Bauprojekten im Nahen Osten gemacht. Später war er an dem großen Straßenbauprogramm beteiligt gewesen, das sich langsam quer durch Europa voranarbeitete. Als er, in der Hoffnung, aus seiner Berufserfahrung Kapital zu schlagen, nach England zurückgekehrt war, hatte er festgestellt, daß ihm die vor Jahren verlassene Heimat nichts mehr bedeutete. Das lag nicht daran, daß sie ihm fremd erschien. Der Grund war vielmehr, daß sie sich als allzu vertraut entpuppte. Während der Zeit im Ausland war er ein Außenseiter gewesen, ein Fremder, der der schlafenden Landschaft Veränderungen aufgezwungen hatte. England hingegen begegnete seinem – eigentlich jeglichem – Ruf zum Aufbruch in die Zukunft mit tauben Ohren. Als er in Begleitung einer attraktiven Gattin und einer Tochter im heiratsfähigen Alter wieder in der Heimat eintraf, erkannte er, daß von ihm nichts weiter als Anpassung erwartet wurde. Er sollte Bungalows und Häuser im nachgeahmten Tudor-Stil bauen, vielleicht als Dreingabe eine neue Damentoilette für einen ländlichen Bahnhof. In der englischen Architektur gab es nichts Gewaltiges, Herausforderndes und Erstaunliches zu bewundern, nichts, das die Erde erschütterte und die Menschen für immer verwandelte. Und dann waren da noch die jungen Männer, die er einladen mußte, um seine Tochter unter die Haube zu bringen. Er wußte nicht, was er mehr verabscheute – den gefüllten Wildbraten, den er mit Widerwillen herunterwürgte, oder diese jungen Spießer, die ihm die Mahlzeiten mit ihrem Schwadronieren vergällten. Deshalb war er vor einem Jahr nach Guernsey übergesiedelt, das zwar zu England gehörte, aber nicht englisch war. Die hiesige Polizei hielt sich an englische Gesetze, das Wetter hatte seine eigenen Regeln. Die Straßenschilder waren in Englisch gehalten, doch die Einheimischen, von Natur aus ein schweigsames Volk, sprachen eine Sprache, die man nicht zu verstehen brauchte, wenn man nicht wollte. Vor allem konnte er sich darauf verlassen, daß sein Wohlstand und seine internationalen Geschäftskontakte Frau und Tochter die Türen zur besseren Gesellschaft öffnen würden. Und da er Ingenieur war, baute er sich ein Haus, das sowohl seinem ästhetischen Empfinden als auch seinem Gefühl für Zweckmäßigkeit entsprach. Es verband sein stark ausgeprägtes Bedürfnis nach Zurückgezogenheit mit dem Drang des Effekthaschers, seine architektonische Begabung in Szene zu setzen.

Ned kannte das Haus gut, denn sein Vater hatte zu den Zimmerleuten gehört, die damit beauftragt worden waren, das Parkett zu verlegen. Es stand nicht an einer der großen Straßen, die aus St. Peter Port hinausführten, und auch nicht in einem der ruhigeren, teureren Viertel im Süden, sondern an einer staubigen Seitenstraße, eingezwängt in eine Senke zwischen zwei Hügeln, beengt und mit Blick auf eine Reihe nichtssagender einstöckiger Gebäude, und war von einem verwilderten, ungepflegten Garten umgeben. Die Pflanzen waren einfach in die Erde gesetzt und ihrem Schicksal überlassen worden; sie verrotteten, wucherten und füllten die Luft mit Wolken von Pollen. Van Dielen störte das nicht, solange sie nur einen undurchdringlichen Wall zwischen ihm und der Straße dahinter bildeten. Durch diesen Märchendschungel konnte man die Vorderseite des Hauses sehen, die sich nach außen wölbte wie der Leib einer Schwangeren. Plump und auffällig, mit Glasscheiben vom Boden bis zur Decke. »Nicht für viel Geld würde ich da wohnen wollen«, hatte Neds Vater immer gesagt. »Da kann man ja gleich in einem Schaufenster zum Scheißen gehen.«

Drei Monate nach Fertigstellung des Hauses im Mai 1938 zogen die van Dielens ein, rosafarbene Wände, röhrenförmige Möbel, Brücken und Läufer anstelle von Teppichen, ein Objekt mit Abzugshaube – offenbar aus einer Schmiede stammend – statt eines Kamins mitten im Wohnzimmer und – äußerst seltsam – keine Vorhänge. Über den Fensterrahmen aus grauem Metall hingen Rolläden, die ebenfalls aus Metall bestanden, beim geringsten Anlaß klapperten und nur benutzt wurden, wenn der Anstand es unbedingt gebot. Mr. van Dielen hatte eindeutig keine Lust sie herunterzulassen, wenn er allein an der geschwungenen Cocktailbar saß, die er gebaut hatte, umgeben von tanzenden Schlangenlinien und leeren Barhockern. Abends konnte man im Vorbeigehen sehen, wie er eine dicke, trübe Flüssigkeit in einem merkwürdig geformten Glas kreisen ließ und an seine verstorbene Frau dachte, die auf dem einen knappen Kilometer entfernten Friedhof lag. Kaum zwei Monate nach dem Einzug war sie ertrunken, und er hatte seine Tochter, die er kaum kannte, in ein Mädchenpensionat gesteckt. Doch man war allgemein der Ansicht, daß das Haus seinen Zweck erfüllte und – wie sein Besitzer – ein nur schwer nachvollziehbares Gesetz der Widersprüchlichkeit verkörperte: Die langen Balkone und breiten Fenster wurden nicht durch Schlösser und Vorhänge, sondern durch Brombeerbüsche, Palmen und Rhododendronsträucher geschützt, von denen man einen Ausschlag bekam, wenn man sie berührte. Und obwohl niemand das Haus betreten durfte, war der Besitzer für alle deutlich zu sehen, ein Mann, der mit keinem Menschen sprach, über den aber ständig gesprochen wurde.

Und man sprach über ihn, daran bestand kein Zweifel. Darüber, wie er als Arbeitgeber war (streng, aber gerecht), über seine Auslandsreisen, seine verbissene Einsamkeit. Inzwischen hatte er drei Betriebe auf Guernsey aufgekauft, eine Baustoffhandlung, eine Ziegelei und eine Bauunternehmung, und sechs Monate später hatte er zwei weitere Firmen in den Bankrott getrieben. Van Dielen war ein zierlicher Mann, klein und ehrfurchtgebietend, mit gebeugtem Rücken, dunklen Brauen und einem gestutzten Schnauzbart, der sich ständig bewegte. Neds Vater fand, daß er lief wie eine Aufziehpuppe – so als hätte jemand einen Schlüssel umgedreht –, ohne sich um seine Umgebung zu kümmern. Fast erwartete man, er würde umkippen oder gegen eine geschlossene Tür prallen, während die Beine einfach weiterzappelten. Immer war er in Hetze, hatte nie Zeit für ein Gespräch und murmelte nur verlegen einen Gruß, um dann wieder den Kopf zu senken, so daß man im Vorbeieilen seinen Atem zischen hörte. Wenn er nicht verreist war, konnte man ihn beobachten, wie er, gekleidet in eine grüne, gegürtete Jacke, seinen Weidenkorb auf den Markt führte und seine spärlichen Einkäufe, eine Königskrabbe oder einen kleinen lebenden Hummer obenauf, die Victoria Road zurück nach Hause geleitete.

Ein weiteres Rätsel, das van Dielen umgab, war, warum er als Erbauer von Straßen und Brücken kein Auto, ja nicht einmal eine Garage besaß. Neds alter Schulfreund Bernie Le Cocq hatte versucht, ihn für einen seiner Wagen zu interessieren, und ihm noch ein Fahrrad für die Tochter als Dreingabe angeboten, doch van Dielen hatte strikt abgelehnt. Er hatte Bernie in einem knappen Brief mitgeteilt, daß er ein Paar Beine habe und daß seine Tochter, wenn sie hier sei, ein Pferd besäße. Deshalb würde er sich freuen, wenn Bernie seine Vorschläge in Zukunft für sich behalten würde. Bernie hatte den Brief in seinem kleinen Büro über der Werkstatt aufgehängt, und zwar neben einer Postkarte, auf der eine vollbusige Französin mit breiten Strapsen abgebildet war.

Van Dielen hatte Beine, und Isobel besaß ein Pferd – was zu Neds zweiter Begegnung mit dem Mädchen führte. Er war auf dem Transportrad, das er vor Jahren bei einer Tombola gewonnen hatte, ein steiles, ausgetrocknetes Bachbett hinuntergesaust, die Beine seitlich weggestreckt, die Augen geschlossen, und hatte sich im Geschwindigkeitsrausch an die sommerlichen Ausritte mit Bernie und Veronica Vaudin erinnert. Auf einmal hörte er einen Schrei, öffnete die Augen und sah ein Pferd. Ein gottverdammtes Pferd, das stocksteif dastand, während die Reiterin sich in den Steigbügeln aufgerichtet hatte und aus vollem Halse schrie, da sie offenbar einen Zusammenstoß befürchtete. Er riß den Lenker scharf nach rechts und stürzte kopfüber in eine mit Farnen bewachsene Böschung, und da lag er dann, die Beine hoch in der Luft, das Rückgrat gestaucht, das Surren eines Rades im Ohr. Erst als das Pferd näher kam und auf dem steinigen Boden nervös tänzelte, wurde ihm klar, wer die Reiterin war.

»Warum schauen Sie nicht, wohin Sie fahren?« schimpfte sie und fügte ein wenig ruhiger hinzu: »Ach, Sie sind's.« Trotz seiner mißlichen Lage erkannte Ned, daß sie dieses Zusammentreffen nicht unbedingt bedauerte.

»Sie hatten die Augen zu«, fuhr sie fort. »Ich habe Sie beim Runterfahren beobachtet. Ich dachte, irgendwann muß er mich doch sehen, irgendwann muß er doch die Augen aufmachen.«

»Ich wollte zum Schwimmen«, antwortete er, als ob das eine Entschuldigung gewesen wäre.

Sie drehte sich im Sattel um und blickte auf die Bucht hinunter. »Wir haben Ebbe.« Sie hielt inne, als überlege sie, ob die nächste Bemerkung schicklich sei. »Ist es auch nicht gefährlich dort? Ich sollte auch einmal schwimmen gehen.«

Ned, der wußte, unter welchen Umständen ihre Mutter zu Tode gekommen war, rappelte sich verlegen auf.

»Sie gehörte zu den Leuten, die glauben, das Leben würde ihnen nie etwas Böses antun«, sagte sie, als könnte sie Gedanken lesen. Sie betrachtete seine Beine. »Sind Sie ein guter Schwimmer?«

»Es geht so. Meine Leidenschaft ist Kanufahren.«

»Kanufahren?«

»Ja, in einem Kanu.«

»Können Sie auch den Trick, bei dem man sich überschlägt?«

»Das ist nicht schwer. Man muß nur die Ruhe bewahren und darf keine Angst haben.«

»Bis jetzt hatte ich nie Angst vor dem Meer. Würden Sie mich irgendwann zum Schwimmen mitnehmen? Ich könnte mir ein Fahrrad mieten.«

Sie hatten sich zwei Tage später verabredet. Ned hatte sich eine neue Badehose gekauft, als Ersatz für die, die er trug, seit er fünfzehn war, und die aus Wolle bestanden hatte, eine Badehose, wie Mütter sie kaufen und wie seine Mutter sie tatsächlich gekauft hatte. Und obwohl er bis jetzt nie einen Grund gesehen hatte, sich eine neue zu besorgen, fand er nun, daß er inzwischen ein erwachsener Mann sei und sich Isobel gegenüber auch so darstellen mußte. Also war er in die Pollet zum Herrenausstatter gegangen. Mr. Underwood, der Ladenbesitzer, hatte keine große Auswahl auf Lager, drei Modelle, rot, schwarz oder rot mit einem verwegenen weißen Streifen am Bein.

»Ich verstehe nicht, warum Sie so ein Theater machen«, hatte er protestiert, als Ned jede Badehose ans Licht hielt. »Wenn Sie erst mal im Wasser sind, sieht das Ding sowieso keiner.«

Ned hatte sich für das Modell mit dem Streifen entschieden. Nun trug er es unter der Hose, um sich die Peinlichkeit zu ersparen, sich vor ihr entkleiden zu müssen. Sie war in einer weiten Cordhose und einer Reitjacke erschienen, vermutlich in London gekauft oder in einem der schicken Geschäfte drüben in St. Helier. Ned, der sich ihrer unterschiedlichen Lebensumstände schmerzlich bewußt war, streifte das kragenlose Hemd und die abgewetzte Flanellhose ab, noch ehe sie den Strand überquert hatten. Während sie sich auszog, stand er am Ufer und ließ mit übertriebener Konzentration Steine hüpfen, bis sie an ihm vorbeilief und bis zur Taille ins Wasser watete. Ihr Badeanzug war blau, ihre Beine waren weiß.

»Passen Sie bloß auf, daß ich nicht zu tief hineingehe«, rief sie und tauchte prustend unter. Ned antwortete, sie brauche sich keine Sorgen zu machen. Das Wasser werde erst weiter draußen tief, das Meer sei ruhig, und sie hätten Ebbe. Außerdem werde er nicht von ihrer Seite weichen. Im nächsten Moment war er neben ihr und betrachtete ihre kräftigen Schultern und ihr hellbraunes Haar. Zwar war sie keine so gute Schwimmerin wie Veronica Vaudin, aber dennoch eine recht sichere. Er begleitete sie weiter nach draußen, spürte die Strömung, als die Wellen an den Strand schlugen. Als er sich umdrehte, sah er den breiten Sandstrand und dahinter die steilen, bewaldeten Hügel. Und ganz oben, am vorderen Rand des langgezogenen grünen Rasens, der über die Felskante hing wie eine große Zunge, stand die Villa Pascal.

»Das ist doch das Haus meiner Tante«, sagte sie. »Aus diesem Winkel habe ich es noch nie gesehen.«

Er winkte. »Und der Mann da oben, der mit der Schubkarre. Das ist bestimmt mein Onkel. Er arbeitet seit zwanzig Jahren für sie.«

»Ihr Onkel!« Sie wandte sich zu ihm um. »Großartig!«

Inzwischen waren sie ziemlich weit hinausgeschwommen. Das Wasser war kühl und ruhig und glitzerte hellblau.

»Daddy weiß nicht, daß ich beim Schwimmen bin«, rief sie und ließ sich auf dem Rücken treiben. »Wenn ich zurückkomme, muß ich baden und mir die Haare waschen, damit er nichts merkt. Er wäre schrecklich böse auf mich, falls er es rauskriegt.«

»Warum? Sie haben doch nichts angestellt«, meinte Ned.

»Ganz im Gegenteil. Erstens bin ich im Wasser, und zweitens bin ich mit Ihnen zusammen.«

»Nun, ich verrate kein Sterbenswörtchen. Und ich wette, daß Sie viel zu schlau sind, um sich erwischen zu lassen.«

»Er ist sehr argwöhnisch«, sagte sie. »Ihm fällt alles auf, ohne daß man es mitbekommt. Er hat Argusaugen.« Sie strampelte mit den Beinen, daß das Wasser spritzte.

»Versuchen Sie mal zu stehen«, schlug er vor. Aber dann wurde ihm klar, daß das ein Fehler gewesen war. Sie spürte nichts als kaltes Wasser unter ihren Füßen und flüchtete mit rudernden Armen und zugekniffenen Augen in Richtung Strand. Als sie das Ufer fast erreicht hatte, hörte sie auf zu schwimmen, ging das letzte Stück und schüttelte sich das Wasser aus dem Haar. Ned folgte ihr. Schweigend trockneten sie sich ab.

»Das hätten Sie nicht tun sollen«, sagte sie. »Es ist nicht, als ob man wieder in den Sattel steigt, nachdem man vom Pferd gefallen ist. Sie ist ertrunken.«

Auf ihre Handbewegung hin blickte er hinaus aufs Meer, das sie doch eigentlich zusammengebracht hatte und sie nun wie die unerbittlichen Gezeiten wieder auseinandertrieb. Er hörte das hastige Rascheln, als sie sich umzog, das quietschende Geräusch, als sie den Badeanzug abstreifte, ihr schnelles, kräftiges Atmen, als sie sich abtrocknete, das Knirschen des Sandes, als sie die Füße in die Kleidung steckte. Dann wickelte er sich sein Handtuch um und schlüpfte aus der Badehose. Es war ihm peinlich, sich zwischen den Beinen abzutrocknen.

»Sie dürfen sich wieder umdrehen«, hörte er sie sagen. Ihr Haar war naß und zerzaust, die Härchen auf ihren Armen standen ab.

»Was ist mit morgen?« fragte er.

»Ich weiß nicht.«

»Ich werde es nicht wieder tun«, versprach er.

»Das möchte ich Ihnen auch geraten haben«, entgegnete sie, und dann stiegen sie beide wortlos den steilen Hügel hinauf.

»Dann also am Nachmittag«, meinte er, als sie oben angekommen waren. »Bei Flut.«

»Vielleicht. Solange Daddy nichts merkt.«

Aber van Dielen sollte sie doch erwischen, als sie eine Woche später, das Haar steif vom Salzwasser und das feuchte Badehandtuch auf dem Gepäckträger des Fahrrades, neben dem jungen Mann herfuhr, der sie zu diesem Verbrechen angestiftet hatte. Sie waren kurz vor ihrem Anwesen, als er plötzlich durch das Gartentor trat und sie vom Rad zerrte, Augenbrauen und dunkler Schnurrbart durch Zornesfalten miteinander verbunden. Er packte sie am Arm und drückte ihn fest. Seine Stimme klang erregt und barsch mit einem seltsam fragenden Unterton.

»Hast du den Verstand verloren, Mädchen? Genügt dir der Tod deiner Mutter nicht? Willst du ihr ins Grab folgen? Und wo kommt das her?« Er hob das Rad von der Straße auf.

»Das habe ich mir geliehen.«

»Geliehen also? Ein Pferd ist dir wohl nicht gut genug. Auch wenn es noch soviel kostet, das Tier zu füttern, unterzubringen und seine Hufe pflegen zu lassen. Du brauchst unbedingt ein Fahrrad.«

»Nein, Daddy, ich habe doch nur ...«

»Und wo hast du es die ganze Zeit aufbewahrt? Hast du es vor mir versteckt? Vor deinem eigenen Vater? Deinem einzigen Erziehungsberechtigten?«

»Nein, Daddy, ich ...«

»Geliehen. Ich habe schon verstanden. Geliehen. Nun gut.« Sein Blick fiel auf Ned. »Und wenn man sich etwas ausleiht, gibt es immer auch jemanden, der es einem borgt, der bereit ist, einem den betreffenden Gegenstand zur Verfügung zu stellen. Vermutlich muß ich mich bei Ihnen bedanken, weil Sie meiner Tochter dieses Ding, dieses Fahrrad da, geliehen haben.« Er drehte die Lenkstange hin und her, als wolle er sie auf ihre Funktionstüchtigkeit überprüfen.

»Daddy, das ist ...«

»Und dabei spielt es wohl keine Rolle, daß die Bremsscheiben defekt sind und daß offenbar das Rücklicht fehlt. Und auch nicht, daß die Wege steil und schmal und außerdem von Wurzeln und Schlaglöchern durchzogen sind, so daß Räder häufig umkippen und die Radfahrer mit sich reißen. Und zu allem Überfluß trägt meine Tochter im Gegensatz zu den seltenen Gelegenheiten, wenn sie ihr Pferd reitet, keinen Kopfschutz. Man möchte meinen ...«

»Es ist nicht seine Schuld, Daddy«, unterbrach Isobel ihn wieder. »Ich habe ihn nur um Hilfe gebeten.«

»Um Hilfe? Du hättest ihn genausogut um ein gebrochenes Genick bitten können. Dann hättest du es wenigstens hinter dir gehabt.«

Ned stieg vom Rad. »Ich habe auf sie aufgepaßt, Mr. van Dielen. Ehrenwort.« Er streckte die Hand aus. »Ned Luscombe, Sir.«

Van Dielen musterte ihn prüfend. »Luscombe. Ich hatte einmal einen Arbeiter dieses Namens.«

Ned war erleichtert. »Mein Vater, Sir. Er war einer der Zimmerleute hier, ich glaube, er hat das Parkett gelegt. Inzwischen arbeitet er kaum noch. Probleme mit der Lunge.«

Van Dielen nickte. »Ich wußte doch, daß mir der Name bekannt vorkommt. Nun, Mr. Luscombe, ich möchte Ihnen sagen, daß mich Ihr Familienname von heute an nur insoweit interessiert, als daß ich ihn nie wieder hören möchte. Insbesondere dann nicht, wenn unglücklicherweise der Vorname Ned davorsteht. Habe ich mich klar genug ausgedrückt? Wenn ich Sie noch einmal in der Nähe meiner Tochter erwische, lasse ich Sie festnehmen.«

Ned widerstand der Versuchung, ihm die Antwort zu geben, die ihm auf der Zunge lag. Isobel schlug wie damals auf dem Boot die Hand vor den Mund, warf ihm einen kurzen, belustigten Blick zu und wandte sich ab. Ned widmete sich dem im Stich gelassenen Fahrrad, um sich nicht noch mehr den Zorn des Mannes zuzuziehen. Zwei Tage später hatte ihm Isobel die erste hastig hingekritzelte Nachricht zukommen lassen, in der sie ihn in seinen Hoffnungen ermutigte, denn sie forderte ihn auf, sich am nächsten Tag um halb sieben am Strand einzufinden. Als sie sich trafen, brachen sie zuerst wegen des vorgestrigen Zwischenfalls in Gelächter aus, verstummten im nächsten Moment jedoch schlagartig. Schließlich war sie trotz des Verbots ihres Vaters hier, und zwar mit einem Mann, den zu sehen er ihr untersagt hatte. Das sanfte Plätschern der Wellen erinnerte sie an die Vertrautheit ihres letzten Treffens. Rasch traten sie aufeinander zu und küßten sich, und da die Zeit knapp war, liebten sie sich, ohne zu zögern und ohne einen Gedanken an die Folgen zu verschwenden, im weichen, feuchten Inneren einer Höhle.

»Dein Vater mag mich nicht«, stellte er fest, während er sich den Sand aus den Kleidern schüttelte.

»Er mag eigentlich niemanden«, entgegnete sie leichthin, als ob das nur eine kleine Marotte von ihm gewesen wäre wie Vegetarismus oder eine Abneigung gegen Mäuse. »Aber wir tun nicht immer das, was man uns vorschreibt.«

»Wir?«

»Wir Menschen. Wir funktionieren nicht nach Plan.«

»Straßen und Brücken wahrscheinlich auch nicht immer.«

»Schon, aber Straßen kann man reparieren und Brücken abreißen. Und er kann alles auf einem Stück Papier im voraus planen. Wir jedoch gehorchen diesen Gesetzen nicht. Wir sind nicht auf diese Weise berechenbar.«

»Wirklich nicht?« sagte Ned und zog sie wieder an sich.

»Gut, in manchen Dingen schon«, räumte sie ein. »Warum, glaubst du, habe ich dir den Zettel geschrieben? Nur, um wieder schwimmen zu gehen?«

Für den Rest seines Urlaubs erhielt er eine Nachricht, wann immer sich die Gelegenheit zu einem Treffen ergab. Eigentlich waren die Botschaften überflüssig, doch sie verliehen ihrem Verhältnis eine geheimnisvolle Note und zusätzlichen Reiz. Sie verabredeten sich an den Wasserläufen oder am aufgelassenen Semaphor, wo einst Wachposten die Ankunft von Napoleons Armee erwartet hatten. Und hin und wieder, wenn Isobel besonders rebellischer Stimmung war, besonders launisch und lustvoll, wies sie ihn an, zu ihr nach Hause zu kommen. Dann mußte er sie suchen, bis er sie, träge in einer Modezeitschrift blätternd, im üppig zugewucherten Garten entdeckte, oder oben in ihrem Zimmer, wo sie dann das unermüdliche Klappern der Rolläden mit ihrer rasenden Leidenschaft übertönten.

Ned versuchte, die Romanze geheimzuhalten, doch das war nicht leicht auf einer kleinen Insel wie Guernsey. Sein Vater hielt es für eine Ferienliebelei, aber seine Mutter wußte es besser. Daran, wie er sein Haar scheitelte und jeden Morgen, ein sauberes Taschentuch in der Tasche, vor die Tür trat, erkannte sie, daß es sich nicht um ein zweiwöchiges Abenteuer handelte, daß diese Beziehung möglicherweise die Jahreszeiten überdauern würde. Sie sagte nichts, bügelte seine Hemden, rieb sein einziges Sakko mit einem feuchten Schwamm ab und blickte ihm durchs Küchenfenster nach, wenn er die Straße entlangging. Sie hoffte, daß dieses Mädchen ihm nicht das Herz brechen würde. Daß sie ihn verdient hatte. Eines frühen Abends ertappte Onkel Albert sie auf frischer Tat. Die Arme umeinandergeschlungen, gingen sie spazieren und konnten kaum einen Schritt vorwärts tun, ohne sich noch einmal innig umarmen zu müssen. Albert trug einen ausladenden Strauß Rittersporn vor sich her, der für das Grab seiner Frau bestimmt war, weshalb sie sein Gesicht erst zu spät erkannten.

»Paß auf, daß du dich nicht verhebst«, rief Ned ihm zu, es war ihm peinlich, daß sein Onkel ihn erwischt hatte.

Beim Anblick der Nichte seiner Brötchengeberin wischte Albert sich die Hände an der Hose ab und warf seinem Neffen einen Blick zu, der etwa dasselbe besagen sollte wie dessen Bemerkung zuvor.

»Das ist mein Onkel Albert«, teilte Ned Isobel mit und schob sie vorwärts. »Der, von dem ich dir erzählt habe.«

Sie schüttelte ihm die Hand. »Ihnen habe ich also die Bauchschmerzen zu verdanken«, tadelte sie, und als Albert sie entgeistert anstarrte, fügte sie hinzu: »Die Loganbeeren! Oben an der Villa!«

Albert schmunzelte.

»Und ich hatte schon die verdammten Vögel in Verdacht«, meinte er.

»Nein, ich war's. Ned wird mich wohl verhaften müssen.« Mit diesen Worten nahm sie Neds Arm und schmiegte sich an ihn.

»Für mich sieht's eher so aus, als hätten Sie ihn hinter Schloß und Riegel«, sagte Albert. Ned errötete.

»Stimmt«, prahlte sie. »Aber Sie verraten ihnen doch nichts, oder?«

»Ihnen, Miss?«

»Den Erwachsenen.«

»Was Sie tun, Miss, geht mich nichts an.«

»Dann werde ich Sie auch Onkel Albert nennen«, versprach sie ihm, zog sich einen langen Stengel Rittersporn aus dem Strauß und küßte Albert auf die Wange.

»Ein wundervoller Mensch«, meinte Ned zu ihr, während sie ihm nachblickten, wie er sich langsam entfernte. »Früher haben wir zusammen Kaninchenbaue gesprengt.«

»Gesprengt? Wie funktioniert das denn?«

»Hast du das noch nie gemacht? Man braucht ein Stück altes Rohr, eine Tasse Zucker und ein bißchen Unkrautvernichtungsmittel. Das Ganze stopft man in den Kaninchenbau – und dann peng!«

Sie schlug die Hand vor den Mund. »Das ist ja schrecklich! Die armen Kaninchen.«

Ihr Entsetzen war nicht gespielt. Ned wechselte das Thema. Er hatte ihr zuviel verraten.

Bald war sein Urlaub vorbei. Als er wieder in seinem engen Büro bei der Kriminalpolizei in Southampton saß, erhielt er zuerst Briefe aus St. Peter Port und später aus Zürich, wo Isobel die Winterferien verbrachte. Eine Woche vor Weihnachten verabredeten sie ein Treffen in London, sie war auf der Heimreise, er hatte seinen freien Tag. Er erwartete sie an der Erosstatue, seine Kleider hatte er, wie die Badehose zuvor, eigens für diese Gelegenheit gekauft. Doch als er sie aus dem Taxi steigen sah, wünschte er sofort, er wäre nicht gekommen. Sein Anzug war steif und billig, während ihre Kleider sie so leicht und locker umflossen wie Sommerregen. Sie waren nicht selbstbewußt genug in ihrer Beziehung und als Liebende zu unerfahren, um sich einfach ein Zimmer in einem Londoner Hotel zu nehmen. Statt dessen gingen sie in ein Café und saßen da, ihre zerbrochene Liebe zwischen ihnen auf dem Tisch. Es war eine Ferienromanze gewesen, eine Liebelei zwischen einem Einheimischen und einer Touristin, und auch wenn Isobel das Gegenteil behauptete, war es unsinnig, einander und sich selbst etwas vorzumachen. Um ihre Verlegenheit zu überspielen, erzählte sie, sie habe gerade das Skilaufen gelernt, es sei ein Riesenspaß, und er müsse es unbedingt einmal versuchen. Er fragte sich, ob sie wohl wußte, daß sie die Kluft zwischen ihnen damit nur vertiefte. Sie trennten sich und versprachen einander, sich an Silvester in St. Peter Port zu treffen.

Doch der Dezember verging, und das alte Jahr wurde weggespült, ohne daß sie Hand in Hand beieinanderstanden und zusahen, wie das neue heranbrandete. Ned fuhr mit Bernie nach Pleinmont. Und sie? Durch Mrs. Hallivands Vermittlung hatte sie in diesem Winter viele wichtige Leute kennengelernt und verströmte ihren flüchtigen Charme auf den zu dieser Jahreszeit üblichen Partys wie ein Hauch des Schnees, der auf Guernsey so selten war. Nach der Rückkehr von der Silvesterfeier beschlossen Ned und Bernie, das neue Jahr mit einem Bad im Meer zu begrüßen, und liefen hinunter zur Bucht. Es war eine eiskalte Nacht und totenstill. Sie sprangen vom Landungssteg ins Wasser und schafften es gerade noch, ans Ufer zurückzuschwimmen, bevor sich die Kälte ihrer bemächtigte und sie hinab in die eisigen Tiefen zog. Während sie sich abtrockneten, holte Bernie einen Viertelliter Pflaumenschnaps aus der Tasche, nahm einen Schluck und reichte Ned die Flasche. Über ihnen funkelten die Lichter der Villa Pascal so hell wie die eines Leuchtturms. In diesem Moment wurden die Türen aufgerissen, und sie sahen vier Menschen, die, Fackeln in der Hand, über den abschüssigen Rasen liefen und ausgelassen im Kreis herumtanzten. Drei Männer und ein Mädchen, die johlten und lachten. Die Männer riefen den Namen des Mädchens und flehten sie an, mit ihnen zu tanzen und jeden von ihnen zu küssen. »Komm schon, Isobel«, hörte Ned. »Das ist das Pfand!« Kichernd riß sie sich los und rannte wieder ins Haus. Die Männer folgten ihr, die Fenster wurden geschlossen. Das Kreischen und Lachen verstummte schlagartig.

»Offenbar feiert hier jemand ein sehr fröhliches Silvester«, meinte er bitter, und Bernie klopfte ihm auf den Rücken, nachdem er ihn eine Weile gemustert hatte.

»Wir auch, Ned, wir auch.« Gemeinsam kehrten sie zu Bernies Haus zurück. Drei Tage später verließ Ned die Insel. Er glaubte, daß er sie nie wiedersehen, daß sie bald heiraten und sich in London niederlassen würde, oder an einem anderen Ort, an den sie der Beruf ihres Gatten führte. Ihr Vater würde ein einsamer und gebrochener Mann bleiben.

Sechs Monate später war sein eigener Vater gestorben. »Vier Tage, mehr brauche ich nicht«, hatte Ned seinen Vorgesetzten versichert. Auf dem Boot, eine kleine Reisetasche über der Schulter, empfahl er einem schlecht vorbereiteten Touristenpaar das Gästehaus von Bernies Mutter. Die beiden waren immer noch auf der Insel, und er selbst auch.

Ned steckte den Umschlag ein und griff nach den anderen Briefen.

»Nun gut«, sagte er. »Schauen wir doch mal, was für böswillige Gerüchte an einem wunderschönen Tag wie heute sonst noch so im Umlauf sind.«

DREI

Hauptmann Zepernick balancierte die Schallplatte auf dem Kopf, und Molly stellte die Weinflasche mitten darauf. Niemand hätte Zep mit seinem ansteckenden Grinsen und seiner lockeren Art für den Leiter der Geheimpolizei von Guernsey gehalten.

»Tanzen wir?« fragte Molly und streckte die Arme aus. Zep legte die Hände um ihre mit Troddeln geschmückte Taille, fing an zu tanzen und rief: »Das ist doch ein lieblicher Wein, oder?«

Wenn sie nicht unter sich waren, sprachen sie den Mädchen zuliebe meistens Englisch, außer wenn es sich um eine anzügliche Bemerkung oder um militärische Belange handelte. Doch eigentlich war auch das vergeblich, denn der Großteil der Mädchen verstand inzwischen eine ganze Menge Deutsch. Das war zu erwarten gewesen. Aber was die Männer, die noch immer die einst gefürchteten Uniformen trugen, besonders erstaunte, war die Geschwindigkeit, mit der sich die Frauen an ihre Lebensweise angepaßt hatten. Sie übernahmen ihre Umgangsformen, teilten ihre Interessen und ahmten sogar ihre Sprechweise nach. Alle Mädchen sprachen Englisch, als seien sie selbst Ausländerinnen. Beim Ausreiten, beim Tennis und beim Kartenspielen. Selbst bei der leidenschaftlichen Umarmung im Schlafzimmer hatten ihre heißen Liebesschwüre einen Hauch von Vaterland an sich. Manchmal aber verfielen die Männer in ihre Muttersprache, um sich vor Augen zu halten, wer sie waren und worin ihre Aufgabe bestand. Genau das konnte man nämlich leicht vergessen. Hier gab es keine Widerstandskämpfer, keine Heckenschützen, die aus Verstecken auf einen feuerten, keine Bombenanschläge auf Truppentransporte. Schlimmstenfalls verstockten Gehorsam, bestenfalls die Wärme des Golfstroms, die vielen Strände und eine große Auswahl an Mädchen, so daß man nicht aus der Übung kam.

Der Hauptmann glitt vorsichtig über die Tanzfläche, Molly wand sich langsam in seinen Armen. Sie lehnte sich zurück und lockerte die Schultern. Die Flasche geriet ins Schwanken.

»Vorsicht!« rief Bohde aus. »Sie zerbrechen sie noch.«

Lentsch tat die Warnung ab. »Der Wein ist egal«, mahnte er, »aber auf die Platte mußt du aufpassen. Immer ganz ruhig bleiben, Mann.«

Molly reckte die Arme, wackelte übermütig mit den Hüften und lachte, als die Schallplatte auf dem Kopf des Hauptmanns nach vorne rutschte.

»Los, Zep«, kreischte sie. »Halt dich gerade.«

Die Flasche stürzte zu Boden, die Platte fiel in Mollys ausgestreckte Hände. Albert, der an der Tür stand, ging los, um Eimer und Lappen zu holen.

Molly näherte sich dem Major. »Tut mir leid, Gerhard«, sagte sie und hielt ihm die Platte hin. »Aber es ist Zeps Schuld, nicht meine. Wahrscheinlich war er abgelenkt.«

»Sicher«, antwortete Lentsch. »Du machst es uns allen sehr schwer, bei der Sache zu bleiben.«

Sie hatten sich am frühen Abend im Casino getroffen. Das ehemalige Hotel an der Esplanade war nun Guernseys beliebtester Club, in den die Offiziere auch Zivilisten mitbringen durften. Es gab hier einen Spielsalon und ein kleines, ungemütliches Restaurant. Die Zimmer im oberen Stockwerk, jedes mit einem Bett, einem Waschbecken und einem hölzernen Kleiderständer ausgestattet, dienten eigentlich nur als Behelfsunterkunft, falls jemand zu tief ins Glas geschaut hatte, aber hin und wieder wurden die Räume auch für oberflächlich-plumpe sexuelle Begegnungen genützt. Viele nahmen die Zimmer zu ersterem Zweck in Anspruch, nur wenige zu letzterem. Es gehörte sich nicht, ein einheimisches Mädchen im Schlepptau, die Treppe des Clubs hinunterzukommen. Um den Frieden auf der Insel zu wahren, mußte man wenigstens den Anschein erwecken, als behandle man die weibliche Bevölkerung mit Respekt.

Der Mittelpunkt des Clubs war der lange Raum im vorderen Teil des Gebäudes, von wo aus man Blick auf den Hafen und das Meer hatte. Im Sommer, wenn die Fenster geöffnet wurden, saßen Lentsch und seine Freunde in tiefen Ledersesseln, legten die Füße aufs Fensterbrett, tranken Sekt, beobachteten das geschäftige Treiben am Hafen und die entschlossen vorbeieilenden Zivilisten und versuchten, einander aufzuheitern. An diesem Abend waren die Vorhänge jedoch geschlossen, und das Kaminfeuer brannte. Es war gemütlich hier. Krüge mit verzierten Deckeln waren entlang des Tresens aufgehängt, dahinter stapelte sich importiertes Bier. Hinter dem Tresen lehnten aufgezogene Plakate, auf denen lächelnde Mädchen Leica-Kameras und Boiler von Junker anpriesen. Die Wände waren mit Photographien von feiernden Soldaten geschmückt, von Landsern beim Kochen eines Kanincheneintopfs vor einem normannischen Bauernhaus, auf einem K18 vor Dieppe, beim Herumtollen in den Straßen von Paris. Das Prunkstück war eine goldgerahmte Reproduktion von Paduas *Leda und der Schwan*. Ledas schamlose Nacktheit hoch erhoben über dem Kamin. Wer es schaffte, den zwei Liter fassenden gläsernen Stiefel des Clubs auf ex zu leeren, wurde hinaufgehievt, um dem erstbesten erreichbaren Körperteil einen Kuß aufzudrücken. Allerdings waren Zep und ein inzwischen längst ertrunkener Kampfpilot die einzigen, die sich bis jetzt diese Ehre verdient hatten.

Aus dem lautstarken Gelächter, das Lentsch beim Eintreten entgegenhallte, schloß er, daß den Anwesenden viel daran gelegen war, die Ereignisse des vergangenen Monats hinter sich zu lassen. Natürlich mit Ausnahme von Hauptmann Bohde, der unter dem Bild saß und in irgendwelchen Anweisungen las. Seine Stupsnase zuckte. Hauptmann Zepernick war auch da, stand, einen Fuß aufs Geländer gestützt, an der Bar und rührte in einer Schüssel rubinroter Bowle. Als Lentsch ihn betrachtete, wie er, die Schöpfkelle in der Hand, einem jungen Marineoffizier einen Becher aufnötigte, hatte er den Eindruck, daß er von Tag zu Tag stattlicher und selbstbewußter wurde. Er stellte das dar, was jeder Offizier des neuen Reiches gerne gewesen wäre, war ein Mann, an dem man nicht so leicht vorbeikam, gestärkt durch uneingeschränkte Macht und ein unverschämt gutes Aussehen. Im letzten Sommer hatte er Bohde gegen sich aufgebracht, weil er spätnachts mit aufgeblendeten Scheinwerfern auf der Insel herumfuhr, bekleidet nur mit Unterhosen und seiner Mütze, auf dem Rücksitz Molly und einige Kumpane. Er hatte gegen die Ausgangssperre, die Verdunkelungsvorschriften und sämtliche existierenden Geschwindigkeitsbegrenzungen verstoßen.

»Es gehört sich einfach nicht«, hatte Bohde beim Frühstück geklagt. »Während ich mich bemühe, der Bevölkerung die Wichtigkeit von Regeln und Vorschriften klarzumachen, führt sich der Hauptmann auf, als wäre er im Urlaub.«

»Aber er *ist* im Urlaub«, hatte Lentsch erwidert. »Wir alle sind im Urlaub. Genau das ist ja das Problem. Wir sind schon so lange hier, daß uns die Insel in Fleisch und Blut übergegangen ist.«

»Nun, auf mich trifft das nicht zu«, hatte Bohde geschrien. »Ich habe hier für Ruhe und Ordnung zu sorgen. Ich werde ans Hauptquartier schreiben.«

Mit diesen Worten hatte Bohde seine Serviette hingeschleudert und war, zitternd vor ohnmächtiger Wut, nach oben stolziert, um zu schmollen. Zep war wegen seiner Streiche und seiner Großzügigkeit beliebt. Außerdem konnte er Dr. Goebbels nachmachen, was ihm durchaus als Verrat hätte ausgelegt werden können, und hatte dem Propagandaminister, zu Bohdes Zorn, den Spitznamen Mahatma Propaghandi verpaßt. Doch sosehr Bohde auch tobte, er konnte Zep nicht ans Leder, und das wußte er genau.

Als Bohde Lentsch hereinkommen sah, erhob er sich und ging auf ihn zu. Er trug eine Zeitungsseite im Arm, als wolle er seinen Erstgeborenen präsentieren. Ohne Lentsch zu fragen, ob er einen angenehmen Urlaub gehabt habe, hielt er ihm seine kostbare Last unter die Nase.

»Die heutige Ausgabe«, verkündete er stolz. »Ich habe gerade letzte Hand an die jüngste Folge von *Eine Reise durch das Deutsch-*

land des Mittelalters gelegt. Wie Sie bemerken werden, bin ich inzwischen in der kaiserlichen Stadt Frankfurt am Main angelangt. Mit meinem imaginären Rucksack und meinem kräftigen Begleiter sitze ich in einem bescheidenen Gasthaus, führe den Leser in die Welt von Goethe und Schiller ein und eröffne ihm Einblicke in die ruhmreiche Zeit der alten Römer. Außerdem spreche ich über die Autobahnen. Nicht schlecht für fünfhundert Wörter.«

Lentsch bedachte ihn mit einem raschen Blick.

»Grundsätzlich eine gute Idee«, meinte er. »Aber halten Sie es für klug, das ›köstliche Mahl aus Würsten und hartgekochten Eiern‹ zu erwähnen? Die meisten Leute hier haben seit Monaten kein ordentliches Stück Fleisch mehr gesehen.«

Bohde strahlte übers ganze Gesicht.

»Aber genau das ist es ja, Gerhard. Darauf können die Leute sich freuen, wenn wir den Krieg erst einmal gewonnen haben. Auf deutsche Kultur und deutsche Würste satt.«

Lentsch musterte Bohde prüfend, in der Hoffnung, vielleicht einen Anflug von Ironie in seiner Miene zu entdecken. Doch Bohde schickte sich bereits an, zu seinem Platz zurückzukehren. Ein Pech für die Insel, daß Bohde für die Zensur der beiden Zeitungen und überhaupt sämtlichen Lesestoffs zuständig war und alles verbot, was dem deutschen Volk im allgemeinen und dem Führer im besondern anstößig erscheinen mochte. Außerdem organisierte er die Revues und Filmvorführungen für die Truppen. Bohde verabscheute alles Frivole, und seit seiner Ankunft hatten derbe Schwänke, Singspiele und anzügliche Nachtclubdarbietungen Militärkapellen, Diavorträgen und Volksmusikkonzerten weichen müssen. Die Zahl unehelicher Kinder war seitdem sprunghaft angestiegen.

Zep klopfte Lentsch auf die Schulter. »Wie war's zu Hause?«

Lentsch versuchte, sich nichts anmerken zu lassen. »Sie lernen, damit zu leben«, erwiderte er. »Ich bin nicht die ganze Zeit geblieben. Es war mir unangenehm, so nah bei Gretchen zu sein.«

Gretchen war die Frau, die er hätte heiraten sollen, seine Eintrittskarte für eine Karriere. Eine treue Anhängerin der Partei mit einem Vater, der dort ein hohes Tier war.

»Also bist du immer noch fest entschlossen?«

Lentsch nickte. »Ich bin noch... Ist sie schon hier?« Zep schüttelte den Kopf.

»Du hältst mich sicher für einen Hornochsen.« Lentsch meinte das eher als Feststellung denn als Frage.

Zep grinste seinen Freund an. »Nein, nur für leichtsinnig.« Er wedelte mit der Hand. »All das kann nicht ewig dauern. Selbst wir werden es nicht schaffen, das Paradies zu erobern.«

Molly wurde hereingeführt, sie trug ein anliegendes, weinrotes Kleid. Lentsch konnte sich nicht erinnern, sie je in alltäglicher Kleidung gesehen zu haben. Dabei wäre sie sicher beliebter gewesen, hätte sie sich weniger auffällig angezogen. Schmal und kühl war sie, die Haltung tadellos, mit weißen, spitz zulaufenden Händen und einem harten, fragenden Mund. Molly war schlank und flach wie ein Brett, und doch gab es keinen Mann im Raum, der nicht von ihrer geschmeidigen, gefährlichen Schönheit hingerissen gewesen wäre, der sich nicht danach gesehnt hätte, das Schicksal herauszufordern und sich in tödlicher Umarmung mit ihr zu vereinen, das Gift von ihren Lippen zu saugen und dennoch zu überleben. Lentsch konnte verstehen, warum der Hauptmann sie noch immer nicht satt hatte. Sie paßte ausgezeichnet zu ihm: Sorglos und genußsüchtig, verschwendete sie keinen Gedanken daran, daß sie ihr vom Glück gesegnetes Leben am Rande eines Abgrunds führte. Sie würde darüberspringen, wenn der Zeitpunkt gekommen war. Und wenn sie es nicht auf die andere Seite schaffte, nun, zum Teufel damit. Offenbar war das ihre Lebenseinstellung. Sie war seit etwa einem guten Jahr mit Zep zusammen, trotzte den Generälen und den durchreisenden Admirälen und stand durch ihre Schlagfertigkeit, Unbekümmertheit und ihre unverhohlene sexuelle Ausstrahlung im Mittelpunkt aller gesellschaftlichen Zusammenkünfte. Mit ihrer grellen, fast erotischen Wildheit stellte sie sämtliche Konkurrenz in den Schatten. Ihre Verbindung mit dem Hauptmann verlieh ihr einen Einfluß, den sie früher nur durch Heirat hätte gewinnen können, und sie sonnte sich in seiner Macht. »Ich habe sie alle ausgeschaltet«, hatte sie sich einmal gebrüstet. »Die Mädchen aus dem Tennisclub, die bridgespielenden Ehefrauen, die Damen, die sich sonntagmorgens zum Golf treffen. Wenn sie jetzt eingeladen werden wollen, müssen sie sich an mich halten. Alles auf der Welt hat seinen Preis.«

An diesem Abend hatte sie eine Freundin mitgebracht, Veronica Vaudin, die angeblich darauf brannte, »euch alle kennenzulernen«. Für gewöhnlich hieß das, daß die Betreffende einen Beschützer suchte, der, wenn auch nicht ledig, zur Zeit zu haben war. Veronica reichte einem der Stewards ihren Mantel und hüpfte durch den Raum, als bestünde sie aus Gummi. Sie war eine kräftige junge Frau, die Fröhlichkeit, Erdverbundenheit und Gesundheit ausstrahlte, breitschultrig und mit üppigen Brüsten. Der Major überlegte, wo sie in den vergangenen zwei Jahren gesteckt hatte, vielleicht hatte sie sich hochgearbeitet. Eindeutig stammte sie nicht aus einer der besseren Familien, sie war zu vertraulich, zu forsch, zu ... zu offenherzig. Wie Molly erzählte, war Veronica eine der Hauptdarstellerinnen in Guernseys Theatergemeinde. Seit der Besetzung hatten Laienschauspielerinnen wie sie ihr Steckenpferd zum Nebenberuf gemacht, und sie trat nun regelmäßig im Gaumont auf. Veronica streckte einen nackten, mit Schmuck behangenen Arm aus und grinste in sein geduldiges Gesicht hinauf.

»Sie sollten zu unserer nächsten Vorstellung kommen«, sagte sie leichthin und strich sich mit einem leuchtend lackierten Fingernagel das flammendrote Haar zurück. »Das Programm heißt ›Aprilrevue‹. Mit Gesang, Tanz und Negersängern. Genau das richtige gegen schlechte Laune.«

Lentsch nickte höflich. Er erinnerte sich plötzlich gut an sie. Weihnachten vor zwei Jahren hatte der Feldkommandant als Zeichen des guten Willens beschlossen, die Weihnachtsvorstellung der Laienspieltruppe von Guernsey finanziell zu unterstützen. Lentsch war der Ehrengast gewesen, und Marjorie Hallivand hatte in ihrer Funktion als Schatzmeisterin neben ihm gesessen. »Dieses Stück«, hatte sie ihm in einem Ton mitgeteilt, der ihn an seine Mutter erinnerte, »ist ein bedeutendes Beispiel englischer Kultur wie *Just so Stories* oder *Alice in Wonderland*. Aber während Alice sich durch den Erdboden wühlen muß, fliegen die Kinder hier über die Dächer hinweg.« Lentsch hatte ernsthaft genickt. Er kannte die Geschichten, in denen Kinder Gefahren zu bestehen hatten, von Mädchen und Jungen, die sich im Wald verliefen, von Hexen gefangengenommen oder von Wölfen verschlungen wurden.

»Zum Mond?« fragte er.

»Ins ›Niemals-Land‹. Wo Peter Pan lebt.«

»Pan, so, so. Halb Geißbock, halb Mensch.«

»Ein Junge«, erwiderte sie mißbilligend. »Aber er wird immer von einem Mädchen gespielt. Das ist eine Tradition des britischen Theaters. Sie werden schon sehen.«

Die erste Szene spielte in einem Kinderzimmer mit riesigen Panoramafenstern, durch die man ein Meer von Hausdächern sehen konnte. Seltsamerweise fühlte sich Lentsch an sein eigenes Kinderzimmer erinnert, sein Bett auf der einen Seite, das seiner Schwester auf der anderen. Der Blick auf die unbeholfen gemalte Kulisse erschien ihm fast so real wie die Aussicht, mit der er aufgewachsen war, die Armeekiste seines Großvaters am Fenster, draußen der backsteingepflasterte Hof mit den Stallungen, die Felder, und weit in der stillen Ferne das Moor, feucht und geheimnisvoll, gespickt mit Schilfhalmen, wo er und sein Vater auf der Lauer lagen und warteten, bis die blutige Schlacht losbrach. Die kläffenden Hunde, die rauchenden Flinten, das hastige Aufklatschen im zähflüssigen, grünen Wasser. Und dann die geflügelten Hüter dieses flüchtigen Paradieses, in blutbespritzten Reihen ausgebreitet auf einem weichen, grünen Moosflecken. Doch so weit sie auch in die stillen Wasser des Moors hinausruderten, so viele Vögel sie auch abschossen oder verwundeten und zusahen, wie sie aus ihrem Blickfeld trudelten, für ihn war es immer klargewesen, daß sie nie ins wahre Heiligtum vordringen oder die gefiederten Legionen ausrotten würden, die sich scharenweise erhoben, um es zu schützen. Deshalb hatte er in seiner Kindheit geglaubt, in der Nähe eines Märchenlandes zu leben, eines Ortes, der gleichzeitig von einer verzauberten Vergangenheit und einer visionären Zukunft geprägt war. Mit übernatürlichen Kräften begabte Männer würden sich dort aus dem Nebel erheben, um ihn zu ergreifen und ihn in ihre Wasserschanze, ihre unerstürmbare Festung zu verschleppen, wo hart errungener Ruhm und ein Zustand immerwährender Glückseligkeit herrschten. Diese Möglichkeit, nein, die Sehnsucht nach Veränderung hatte ihn damals ständig begleitet, und er glaubte daran, daß ein Mensch, der die Kraft besaß, dieses mystische Schwert zu gebrauchen, das Recht hatte, Forderungen zu stellen. Ein Führer! Ein Visionär! Ein Mann, der über Fähigkeiten verfügte, die weit über die eines Normalsterblichen hinausgingen. So einen Mann gab es, dessen war er ganz sicher. Es hatte ihn immer gegeben. In früheren Zeiten hatte man ihn König Arthur oder Siegfried genannt, in der Zukunft würde er andere Namen annehmen, anderswo hofhalten und andere Schlachten schlagen. Im Augenblick aber schlummerte er und wartete darauf, in Zeiten der Not geweckt zu werden, wenn die Welt im Chaos versank. Schon als Junge wußte Lentsch, daß man einen hohen Preis bezahlen mußte, wenn man in solch erlauchte Gesellschaft aufgenommen werden wollte; man mußte viel lernen und große Opfer bringen. Wenn ihn damals Zweifel überkamen, wenn ihm die Welt wirklich unwiderbringlich dem Untergang geweiht schien, öffnete er die alte Truhe im inzwischen unbewohnten Kinderzimmer und holte das Buch heraus, aus dem das Kinderfräulein ihnen immer vorgelesen hatte. *Struwwelpeter.* Er betrachtete die Bilder der ungehorsamen Kinder, Paulinchen eingehüllt in eine Feuersbrunst, oder Konrad, dem von einem Mann mit flammendrotem Haar sogar die Daumen abgeschnitten wurden, so daß das frische Blut des kleinen Narren von seiner riesigen, glänzenden Schere tropfte. »Bauz! da geht die Türe auf, und herein im schnellen Lauf springt der Schneider in die Stub zu dem Daumen-Lutscher-Bub.« Was für eine grausame Macht! Was für ein erhabener Schrecken!

Lentsch saß in der Dunkelheit, rieb die Daumen aneinander und wartete auf Peter Pan. Er verstand nicht, warum er von einer Frau gespielt werden mußte, doch als sie sich, gekleidet in ein braungrünes Gewand, durchs Fenster schwang, kannte er den Grund. Es war wirklich typisch britisch, eine erotische Phantasie auf der Grundlage von Leugnen und Repression, in der die natürliche Schönheit des Körpers geknebelt und verborgen wurde. Aufmerksam musterte er die Figur des Mädchens, während es über die Bühne stolzierte, mit gespielt maskulinem Gehabe und einer Haltung, die es wohl für männlich hielt, die Hände in die Hüften gestemmt, die Beine gespreizt, den Kopf hoch erhoben. Er vermutete, daß sie ritt, denn ihre Beinmuskeln wiesen auf viele im Sattel verbrachte Stunden hin, die ihr Gesäß hatten breit werden lassen. Nachdem sie nach etwas gesucht hatte (er kam nicht dahinter, was es war), schlief sie ein. Lentsch wollte Mrs. Hallivand gerade um eine Erklärung bitten, als eine zweite Person hereingestürmt kam. Sie schwenkte einen flittrigen Zauberstaub. An ihrem Geschlecht bestand kein Zweifel.

»Das ist Glöckchen«, flüsterte Marjorie Hallivand. »Eine Fee.«

Lentsch hatte ein Lachen unterdrückt.

»Ein wenig…« er beschrieb eine dezente Geste, »üppig für eine Fee, finden Sie nicht?«

Marjorie legte ihm die Hand auf den Arm. »Wenn man dem Autor glauben kann, neigt Glöckchen ein wenig zu einer vollschlanken Figur.«

»Vollschlank?«

»Was ihre Büste angeht. Veronica ist wie geschaffen für diese Rolle.« Sie zog die Nase hoch. »Ein bißchen übertreibt sie es ja, unsere Veronica. Aber sie meint es gut.«

»Aha.«

»Doch bei uns wirken auch Mädchen aus angesehenen Familien mit«, betonte Marjorie wie eine Fremdenführerin, die einen beliebten Urlaubsort beschreibt. Hätte sie vorausgesehen, welche Veränderungen die nächsten beiden Jahre bringen würden, die Bemerkung wäre ihr nicht so leicht über die Lippen gegangen. »Die meisten Mädchen hier sind sehr natürlich, sehr schlank. Früher hatten wir viel Tourismus hier…« Ihre Stimme erstarb.

Und es würde auch wieder so kommen, wenn alles nach Bohdes Wunsch lief, hätte Lentsch ihr am liebsten geantwortet. Nachdem England besiegt und der Feldzug im Osten abgeschlossen war, würden die Soldaten des Reichs hier neue Kräfte tanken. Guernsey würde sich in ein gewaltiges Ferienlager verwandeln, mit Badestränden und Pferden und netten, schlanken Mädchen zum Vergnügen. Aber natürlich war das alles Unsinn. England würde niemals geschlagen werden. Nicht mehr. Guernsey war Deutschlands Trauminsel. Das Niemals-Land.

Mrs. Halllivand drehte sich um und hob den Mantel auf ihrem Schoß ein Stück an, so daß eine kleine Pralinenschachtel zum Vorschein kam.

»Die habe ich mir für eine besondere Gelegenheit aufgehoben«, gestand sie. »Ich weiß, es klingt albern, doch ich fühle mich wie bei einer Opernpremiere.«

Sie öffnete die Schachtel und schob das knisternde schwarze Papier zurück. Lentsch ließ seine Hand über die drei Reihen von Pralinen hinweggleiten und tat, als wähle er eine aus. Marjorie verhielt sich ihm gegenüber immer vertraulicher, was ihm seltsam erschien. Obwohl er ihr alles genommen hatte, was ihr gehörte, ihr Haus, ihre Möbel, die Einkommensquelle ihrer Familie, und obwohl sie in klaren Nächten an ihrem schmalen, in Stein gefaßten Fenster saß und lauschte, wie sich die Feinde ihres Mannes durch dessen Weinkeller tranken, genoß Marjorie Hallivand trotz alledem eindeutig Lentschs Gesellschaft. Schließlich entstammten sie derselben Schicht und hatten viele gemeinsame Interessen. Er erinnerte sich an ihre erleichterte Miene, als er beim ersten Betreten der Bibliothek in der Villa eine Bemerkung über die drei Bilder von Russell Flint gemacht hatte, die dort die Wände zierten: zwei Portraits badender Zigeunerinnen und eine Landschaft.

»Sind sie hier nicht zu sehr dem Licht ausgesetzt?« hatte er gefragt und die Hände ausgestreckt, als wolle er die Gemälde schützen.

»Das habe ich Maurice schon seit Jahren gesagt«, räumte sie ein. Sie stand neben ihm. »Das mittlere stellt eine Landschaft in Northumberland dar. An der Ostküste.«

»Ach, die Ostküste. Ich war einmal dort beim Segeln. In Norfolk. Mit meinem Vater.«

»Oben hängt noch einer seiner Akte«, meinte sie. »Ein kleinerer. Glauben Sie, ich könnte ihn mitnehmen?«

Lentsch hatte ihr noch am selben Nachmittag das in Sackleinen gewickelte Bild gebracht und eine Stunde gemeinsam mit ihr überlegt, wo man es am besten aufhängen sollte. Dann traten sie zurück und betrachteten mit distanzierter Offenheit den Körper der jungen Frau.

»Die Oberfläche ihrer Haut ist ihm ausgezeichnet gelungen«, stellte sie fest. »Ihr pralles, junges Fleisch, das sich nach einer Berührung zu sehnen scheint. Es ist sehr schwierig, diese Atmosphäre einzufangen.«

Der Major scharrte mit den Füßen, fest entschlossen, sich nicht in Verlegenheit bringen zu lassen. »Die Brüste sind ein wenig stilisiert, finden Sie nicht?« fragte er. »Ein bißchen zu vollkommen, zu ...«

»Keck?«

»Genau.«

»Junge Mädchen sehen häufig so aus, vor allem seine Modelle. Wußten Sie, daß ich sie kannte? In ihrer Jugend hat sie die Herzen reihenweise gebrochen. An jedem Finger einen Liebhaber. Aber natürlich war das damals in Paris gang und gäbe.«

»Paris?«

»Dort habe ich alles über das Leben gelernt, Herr Major, und auch, wie man es am besten führt. Kennen Sie Paris?«

»Selbstverständlich. Meine Lieblingsstadt nach Berlin.«

Mrs. Hallivand verschränkte die Finger ineinander. »Es ist so lange her ... Sie müssen mir alles darüber erzählen«, verlangte sie. »Und als Gegenleistung erzähle ich Ihnen alles über ... alles über das Haus!«

Lentsch begriff nicht ganz.

»Hauteville«, erklärte Mrs. Hallivand. »Victor Hugos altes Haus. Ich gehöre dem Kuratorium an.«

Sie war mit ihm sofort hingefahren. Im Inneren war seit 1878 nichts verändert worden – düster und bedrückend wie ein Museum. Die Mauern verbreiteten ein hallendes Schweigen, wie es nur in lange verwaisten Gebäuden entsteht. Auf dem Weg durch das Haus fühlte sich Lentsch, als sei er auf einer Schatzinsel gelandet und würde nun zu einer geheimen Truhe geführt, die nach dem Öffnen Juwelen über Juwelen preisgab. Mrs. Hallivand zeigte ihm die Gobelins, den Tisch, der Charles II. gehört hatte, und den Kaminschirm, der von Madame de Pompadour selbst angefertigt worden war. Sie brachte ihn zu dem riesigen Bett, gezimmert für Garibaldi, aber nie benutzt, und forderte ihn auf, sich auf der jungfräulichen Oberfläche auszustrecken. Gemeinsam stiegen sie zu dem kleinen Glasaufbau im oberen Stockwerk hinauf, wo in jeder der beiden Ecken, die aufs Meer hinauszeigten, ein kleiner Tisch stand. Dort hatte der Schriftsteller gearbeitet, immer im Stehen.

Lentsch bekam kaum ein Wort heraus. »Wundervoll«, begeisterte er sich.

»Das ist es.«

»Wirklich wundervoll. Hier kann man alles vollbringen: Bücher schreiben, malen und die Welt beherrschen.«

»Ach, Weltbeherrscher können wir hier nicht gebrauchen«, tadelte Mrs. Hallivand. »Von denen haben wir bereits mehr als genug.« Erschrocken über ihre Offenheit hielt sie den Atem an. »Vielleicht hätte ich das nicht sagen sollen.«

»Schon gut«, beruhigte er sie. »Mir können Sie alles sagen. Doch es gibt auch Leute, in deren Gegenwart Sie diskreter sein sollten.«

»Diskreter«, wiederholte sie. »Sprechen Sie Ihre eigene Sprache auch so gut wie unsere?«

Lentsch ließ sich durch dieses Kompliment nicht von seiner Warnung ablenken.

»Damit meine ich meine Offizierskameraden. Hauptmann Zepernick zum Beispiel.«

»Aber er macht einen sehr charmanten Eindruck«, meinte sie. »So höflich.«

Lentsch schüttelte den Kopf.

»Stimmt das etwa nicht?« fragte sie.

»Oh, doch«, versicherte er ihr. »Allerdings dürfen Sie sich davon nicht täuschen lassen. Der Hauptmann gehört zur neuen Klasse der Herrschenden. Er entstammt einer anderen Schicht als Sie oder ich. Seine Gesellschaft ist zwar sehr angenehm, doch er verlangt, daß alles nach seinen Bedingungen verläuft. Wenn Sie zu seinen Kreisen gehören, kann Ihnen nichts passieren, wenn nicht…«

»Ich habe noch nie darum gebeten, in irgend jemandes Kreise aufgenommen zu werden«, entgegnete Mrs. Hallivand mit aristokratischer Würde. »Ich suche mir meinen Umgang selbst aus. Und nun zu der Frage«, fügte sie hinzu und wies mit der Hand in den Raum, »was wir mit alledem anfangen sollen.«

Der Major zögerte. Hier bot sich eine einmalige Gelegenheit, sich beliebt zu machen und sich Vergünstigungen zu verschaffen, die ihn weit über diese Insel hinaustragen würden. Es würde kaum eine Stunde dauern, das Haus auszuräumen, den Inhalt in Kisten zu verpacken und das Ganze mit freundlicher Empfehlung von ihm nach Karinhall zu schaffen. Dann würde er das Kriegsende unter der schützenden Hand des Kronprinzen erleben, trinken, auf die Jagd gehen und sich vergnügen, während andere ihr Leben ließen. Doch er verdrängte diesen Einfall sofort wieder. Er würde aus diesem Haus keinen Vorteil schlagen. Besucher kamen auch nicht in Frage. Solange es möglich war, würde er es geheim und unter Verschluß halten. Nur Mrs. Hallivand würde einmal wöchentlich Zutritt erhalten, um sauberzumachen und nach dem Rechten zu sehen. Ansonsten war das Haus tabu. Ein Symbol dessen, daß die Besatzer keine bösen Absichten hatten.

Eine Woche später legte er ihr die Inventurliste des Hauses vor und lud sie zum ersten ihrer sonntäglichen Mittagessen ein. Sie saßen einander gegenüber, spielten Gast und Gastgeber, und es belustigte sie beide, daß Albert unsicher war, wen er zuerst bedienen sollte. Sie sprachen von dem Leben, das sie hinter sich gelassen hatten. Sie von ihrer Kindheit als Tochter eines Botschafters, den wilden Jahren in Paris und dem Tod ihres ersten Mannes, der im Weltkrieg gefallen war. Er von dem Gut seines Vaters unweit der alten Stadt Celle, dem kalten Turm hoch oben an der Ecke des Hauses, wo er reglos stand und wartete, bis die schreienden Gänse vorbeiflogen. Von seiner Karriere als deutscher Offizier, von Büchern und Musik. Sie hörte die abenteuerlichen und anzüglichen Geschichten gern und erzählte auch selbst welche. Als Tochter eines Diplomaten kannte sie die Regeln, denen er sich beugen mußte, die Bedeutung der Eide, die er abgelegt hatte, den unerbittlichen Ruf der Pflicht. Sie bewegte sich in den gleichen Kreisen, war Zeugin der gleichen Ausrutscher geworden und kannte die Gründe, aus denen man in Ungnade fallen konnte. Ihre Anekdoten von Botschaftern und Staatsoberhäuptern waren seinen durchaus ebenbürtig. Und wenn der Brandy seine Wirkung zeigte und Albert sich zurückgezogen hatte, konnte er sich ihr anvertrauen. Er sprach über seine Heimatstadt Hamburg, die Sorgen, die er sich um Mutter und Schwester machte, und seine Angst um Deutschland.

Wenn der Abend zu Ende war, begleitete er sie zum Pförtnerhaus und stand auf der Veranda, während sie noch ein paar leise Worte wechselten, das letzte Gespräch der Nacht, ihr Geist erfrischt von der kühlen Luft. Er wußte, daß er sie anzog. Und wenn sie bei diesen Gelegenheiten an der mit Nägeln beschlagenen Tür innehielt, sich noch einmal auf eine Bemerkung umdrehte oder sich auf die Zehenspitzen stellte, um ihn auf die Wange zu küssen, spürte er, daß nur eine Berührung, ein Murmeln nötig gewesen wäre, damit sie ihm in die Arme fiel. Diese Vorstellung erschien ihm gleichzeitig absurd und beunruhigend. Mrs. Hallivand war attraktiv, daran bestand kein Zweifel; fröhlich, lebendig, fest entschlossen, sich weder schockieren noch täuschen zu lassen, schlank, gesund und ein wenig hager. Sie hatte die raschen, lebhaften Bewegungen, wie sie für zierliche Frauen typisch sind. Doch in seinen Augen war ihre Schönheit die einer junggebliebenen Tante – unberührbar, gezeichnet vom Liebesleben einer anderen Generation. Und daß sie auf diese kokette Vertraulichkeit beharrte, brachte ihn zunehmend in Verlegenheit. Mrs. Hallivand zu umarmen, zu fühlen, wie ihre einsamen Lippen die seinen suchten, sie zu entkleiden, mitzuerleben, wie die so lange unterdrückte Leidenschaft wieder erstarb, wäre ihnen beiden nur peinlich gewesen. Sie hätten es bedauert, obwohl es auch Zeiten gab – am Ende eines besonders schönen Abends –, zu denen er sich beinahe selbst danach sehnte. Also flirtete er höflich mit ihr, stets ganz Gentleman, stets übertrieben korrekt, während sie auf ihrer Seite des Tisches saß, beim Trinken, Erzählen und Debattieren ordentlich mithielt und jede seiner Bewegungen, seine Augen, seine Mundwinkel und seine Gesten mit unverhohlener Freude beobachtete.

»Ich freue mich ja so über den Krieg!« vertraute sie ihm einmal an. »Etwas Besseres hätte mir auf dieser Insel gar nicht passieren können. Meinetwegen können das ruhig alle hören.«

»Marjorie, so etwas könnte man ihnen als Verrat auslegen«, warnte er sie, gleichzeitig amüsiert und geschmeichelt von ihrem Gefühlsausbruch. »Bohde darf das auf keinen Fall erfahren. Ansonsten zwingt er Sie, es aufzuschreiben, und schlachtet es in der *Evening News* aus.«

Mrs. Hallivand tat das ab. »Das wäre mir gleichgültig! Sie haben ja keine Ahnung, wie es vorher war, mit was für Leuten ich mich abgeben mußte. Männer, die Stendhal nicht von Stalin unterscheiden konnten, und deren Vorstellung von einer Gesellschaft sich in gräßlichen kleinen Umtrünken mit billiger Bowle, Streichwurstbroten und Ananasstückchen auf Cocktailspießen erschöpfte.«

»Aber sicher hat Ihr Mann…«

»Ein aufgeblasener Schürzenjäger.«

»Tut mir leid.«

»Das braucht Ihnen nicht leid zu tun. So hatte ich wenigstens Ruhe vor ihm. Seine Seitensprünge haben mich weniger gestört als sein Geschmack in punkto Bettgespielinnen. Wenn ich auch fremdgegangen wäre, dann wenigstens mit einem Mann, der es auch wert gewesen wäre. Aber die Chancen, hier so einem über den Weg zu laufen, waren praktisch null. Da haben die Tomaten ja noch mehr Elan. Bevor Sie auftauchten, war ich fast eingeschlafen. Sie haben mich aufgeweckt, Gerhard, und ich will nicht mehr schlafen.«

Bei jener ersten Weihnachtsvorstellung leuchtete Mrs. Hallivands Gesicht vor kaum unterdrückter Aufregung. Lautlos murmelte sie den Text mit und schlug die Hände zusammen, sobald ein Witz oder ein besonderer Effekt sie zum Lachen oder Staunen brachte. Sie umklammerte Lentschs Arm, lachte in ihr Taschentuch und klopfte sich auf den Brustkorb, als könne sie die Anspannung nicht länger ertragen und würde gleich in Ohnmacht fallen. Wieder und wieder schob sie sich eine Praline in den Mund, streckte, ohne hinzusehen, die Hand aus und steckte auch eine in seinen. Ihre Kühnheit erstaunte ihn. War er deshalb eingeladen worden? Von draußen hörte er die Schritte marschierender Soldaten und das Tuten der Schiffe im Hafen. Doch für das Publikum schien die Außenwelt nicht mehr zu existieren. Dennoch bemerkte Lentsch bald, daß das Niemals-Land in dieser Inszenierung eindeutig Guernsey nachempfunden war. Das hübsch gemalte Bühnenbild zeigte ein altes Schloß, das eine bewaldete Küste überblickte. Die Piraten waren, nach den Buhrufen und dem Zischen zu urteilen, das sie bei jedem Auftritt ernteten, eindeutig die Bösen in diesem Stück und benahmen sich untypisch militärisch. Auch das Krokodil hatte etwas seltsam Britisches an sich, was weniger an der Melone lag, die es auf dem Kopf trug, als an der Art und Weise, wie es in regelmäßigen Abständen gewaltige Mengen der verabscheuungswürdigen Freibeuter verschlang, was ihm mit jedem Mal größeren Beifall einbrachte. Offenbar war sich Marjorie ihrer selbst so sicher und fühlte sich derart unantastbar, daß sie diese Theateraufführung als Gelegenheit zu einer Protestaktion genutzt hatte, und Lentsch war froh, daß er das Stück *vor* Bohde gesehen hatte. Denn der hätte es sicher sofort verboten und der Regisseurin eine ordentliche Geldstrafe aufgebrummt.

Das Stück lief bereits seit einer Stunde, und Peter Pan schwang sich gerade über eine Lagune aus Papier, als Lentsch die junge Frau endlich erkannte. Er beugte sich zu Marjorie hinüber und flüsterte: »Wer ist denn das Mädchen?«

»Die?« Sie drehte sich zu ihm um und sah ihn an. »Nur meine Nichte Isobel. Bestimmt eine der dümmsten Gören auf der Insel. Man kann von Glück reden, wenn sie die Bücher nicht verkehrtherum hält.«

»Ihre Nichte? Ich bin sicher, daß ich ihr im letzten Winter im Urlaub begegnet bin. In der Schweiz.«

Er war aus einem Skilift gesprungen, übel ausgerutscht und laut fluchend gestürzt. Als er ausgestreckt auf dem Boden lag und aufblickte, streckte sich ihm eine Hand entgegen.

»Sie müssen die Knie gebeugt halten«, hatte sie langsam gesagt, da sie ihn fälschlicherweise für einen Anfänger hielt. »Gleiten.« Mit diesen Worten hatte sie sich umgewandt und war losgefahren. Am liebsten wäre er ihr gefolgt, aber er war in Begleitung. Als er an jenem Abend in die Hotelbar kam, sah er, daß sie mit einigen anderen jungen Frauen an einem Tisch in der Ecke saß und durch das riesige Fenster die Jungfrau betrachtete. Er ging hinüber, stellte sich vor und fragte, ob er sie als Dankeschön zum Essen einladen dürfe. Ihr Blick sagte ihm, daß sie gerne angenommen hätte, aber dann wandte sie das Gesicht mit enttäuschter Miene einer älteren Frau zu, die ganz in der Nähe saß und sie mit Argusaugen beobachtete.

»Ich würde bestimmt rausgeworfen«, antwortete sie.

»In diesem Fall muß ich Sie wohl entführen«, entgegnete er, fest entschlossen, sie mit seinem Charme einzuwickeln. »Wegen eines solchen Verbrechens vors Kriegsgericht zu kommen, wäre die Sache wert.«

Sie errötete leicht, ein rosiger Hauch breitete sich auf ihrem Gesicht aus wie der Sonnenuntergang über den fernen Bergen.

»Vielleicht treffen wir uns morgen auf der Piste«, schlug er vor. »Ich verspreche, nur noch Ihnen in die Arme zu stürzen.« Doch wieder lehnte sie ab und sagte, heute sei ihr letzter Abend. Als sie bei diesen Worten den Blick senkte, faßte er kurz Hoffnung. Dann aber hörte er das Kichern ihrer Begleiterinnen, und als er die ältere Frau in der Ecke ansah, wußte er, daß es nicht sein sollte, daß er es vielleicht auch gar nicht wollte.

»Schade«, fuhr er fort, »daß ich Ihnen erst am Ende Ihres Urlaubs begegnet bin.« Und sie, in dem Bewußtsein, gegen seine Avancen gefeit zu sein, aber einem Flirt nicht abgeneigt, hatte erwidert: »Ich bin nicht im Urlaub, sondern in der Schule.«

Er griff das Stichwort bereitwillig auf.

»Ich dachte, Schulmädchen tragen Uniform«, neckte er sie in absichtlich verführerischem Ton.

»Uniformen sind etwas für Kinder und für erwachsene Männer, die alberne Spielchen treiben. Nicht für Frauen. Wir haben Wichtigeres zu tun.«

»Bei uns«, sagte er, »gibt es für Frauen nur drei Dinge: Kinder, Küche und Kirche.«

»Ich glaube nicht, daß ich in Deutschland gerne eine Frau wäre«, entgegnete sie, »solange die Auswahl so beschränkt ist. Die Armen, es muß schrecklich für sie sein.«

Er schüttelte den Kopf. »Wir erleben gerade eine gute Zeit. Es gab zuviel Schlechtes auf der Welt. Zuviel ...«, er zählte an den Fingern ab, »habgierige Arbeitgeber, Arbeitslosigkeit, Ungewißheit. Kapitalismus. Kommunismus. Damit ist es jetzt vorbei. Wir ziehen alle am gleichen Strang. Die Frauen auch.«

Sie warf einen Blick auf die Anstandsdame. »Sie klingen wie unsere Miss Gatting. Im nächsten Schuljahr fährt sie mit uns hin.«

»Nach Deutschland?«

»Ja.«

»Darf ich fragen, wohin?«

»München.«

»München! Dort bin ich stationiert.«

Er gab ihr seine Adresse, doch bei seiner Rückkehr in die Kaserne hatte er sie bereits vergessen. Und da war sie wieder, schwang sich in schwarzen Strümpfen, mit Glöckchen und einer purpurroten Kappe auf dem Kopf über die Bühne.

»Sie haben Isobel kennengelernt?«

»Ich weiß, es hört sich seltsam an, aber ich bin sicher, daß sie es ist. Vielleicht sollten Sie sie zu einem unserer Mittagessen einladen.«

Mrs. Hallivands Miene war zweifelnd. »Ihr Vater läßt sie nicht aus den Augen. Vor dem Krieg hätte ich gesagt, daß er es übertreibt. Aber heutzutage?«

Lentsch tat diesen Einwand ab. »Nein, nein. Ich würde ihr gerne wieder begegnen. Stellen Sie mich ihr nach der Vorstellung vor.« Seine Worte wurden von einer Welle des Applauses übertönt. Ein weiterer Pirat war gefressen worden. »Und, Mrs. Hallivand ...«

»Ja?«

»Ab heute keine Reitstiefel für die Piraten mehr. Und keine Begeisterungsstürme, wenn sie umkommen.«

Doch an jenem Abend hinter der Bühne hatte Peter Pan auch ihn ins Niemals-Land entführt. Und wie die verlorenen Jungen, denen Peter Pan so feierlich die Hand schüttelte, ehe der Vorhang fiel, wollte er, daß es immer so bliebe.

Auch als er eben unten im Garten gestanden und den Möwenschwarm beobachtet hatte, der über dem tosenden Meer kreiste, hatte er sich bei dem Wunsch ertappt, der Krieg möge niemals aufhören. Ja, er vermißte seine Heimat und die Dinge, an die er von Geburt an gewöhnt war, doch jede Reise nach Hause löste Angst in ihm aus. Nicht nur von den Gefahren und den unmißverständlichen Anzeichen der Zerstörung, die sich der Seele Deutschlands bemächtigten, sondern davor, was sich während seiner Abwesenheit hier ereignen könnte. Denn leider war Guernsey nicht gegen das Unglück in dieser Welt gefeit. Es lag inmitten eines wilden Meeres und saugte die Fluten des Krieges so rasch in sich auf wie ein Schwamm. Drei Wochen war er fortgewesen. Drei Wochen. Im Niemals-Land konnte in drei Wochen viel geschehen. Partys, zufällige Begegnungen, das plötzliche Zuschnappen eines Krokodilmauls.

Er schüttelte Veronica die Hand. Ihre Armreifen klapperten laut.

»Wie schön, Sie kennenzulernen«, sagte er. Sie senkte den Blick und machte einen kleinen Knicks, was ihm unangenehm war. Ihre Büste wurde heute abend sicher gut durchgelüftet, so tief war ihr Ausschnitt, und Zep, der einfach nicht aus seiner Haut konnte, schlug die Hacken zusammen und vollführte eine tiefe Verbeugung, um ihn besser in Augenschein zu nehmen. Lentsch sah, wie seine Nüstern sich blähten, als sie sich der Landezone näherten. Molly starrte wütend geradeaus. Die arme Molly, denn auch ihre vorbildliche Haltung konnte nicht verbergen, daß sie bis über beide Ohren verliebt war. Wenn sie sich beherrschen mußte, traten die harten Seiten ihrer Persönlichkeit zutage, und auf ihrer hochmütigen Maske erschienen Risse wie auf einer Felswand. Lentsch hatte Isobel gebeten, sie zu warnen. Zep sei hier, um sich zu amüsieren, und interessiere sich einen Dreck für ihre Gefühle. Doch falls Isobel ihr das wirklich ausgerichtet hatte, hatte Molly die Ermahnung offenbar in den Wind geschlagen. Oder sie konnte einfach nicht anders. Und warum auch nicht? Zep würde sie gut und großzügig behandeln, solange es ihm in den Kram paßte. Und wie hatte Molly einmal gemeint, als sie die Gefahren der Fraternisierung erörtert hatten? »Nun, was sollen wir sonst tun? Uns verschleiern, bis alles vorbei ist? Welchen Sinn hätte das? Dann wären alle interessanten Männer längst weggeschnappt.«

»Schön und gut, Molly, aber was ist, wenn wir verlieren?« hatte er gefragt.

Sie hatte ihn angesehen, als hätte er eine Gotteslästerung begangen.

»Dann müßte ich wohl packen und mich aus dem Staub machen«, hatte sie gesagt. »Aber ihr verliert schon nicht. Nicht, wenn ihr eure Karten richtig ausspielt.«

»Nicht, wenn *er* unsere Karten richtig ausspielt«, hatte Lentsch sie verbessert.

Molly stellte sich auf die Zehenspitzen und küßte ihn auf die Wange, ein wenig zu nah am Mund. In diesem Moment ertönte der laute Knall einer Kanone. Es war ganz nah und ließ die Anwesenden kurz verstummen. Jemand öffnete den Vorhang. Ein anderer riß einen beklommenen Witz. Molly hielt Lentschs Arm umklammert.

»Was um Himmels willen war das?« fragte sie und drückte sich eng an ihn. Sie fürchtete sich zwar nicht, nützte die Situation aber weidlich aus.

»Geschützübung«, erklärte Lentsch. »Viele Kilometer weit weg.« Molly machte keine Anstalten, von ihm abzurücken.

»Ich dachte, Isobel sei vielleicht bei dir«, sagte Lentsch und befreite sich aus ihrem Griff. Molly verstand den Wink und ging auf Abstand.

»Du mußt Geduld haben, Gerhard«, mahnte sie ihn und berührte mit dem Finger seine Lippen. »Ärger zu Hause.«

Molly nahm Veronica bei der Hand und zog sie durch den Raum. Dr. Müller war eingetroffen und mit ihm ein neuer Trupp Krankenschwestern aus Bremen, die Nasen von der Kälte gerötet. Es war ihre erste Auslandsreise, und sie hatten offenbar großen Spaß.

»Hoffentlich haben Sie Ihre Pyjamas mitgebracht«, meinte Zepernick, während er die dampfenden Glasbecher verteilte. »Sonst sind Sie zur Party später nicht zugelassen.«

Müller scheuchte seine Schäfchen hinüber zu den Offizieren. Die englischen Mädchen sahen argwöhnisch zu. Deutsche Männer betrachteten sie als ebenbürtig, als Verbündete, doch die Frauen waren für sie Feinde, auf einer tieferen Stufe angesiedelt, nicht vertrauenswürdig und eine Bedrohung. Allerdings bestand meist kein Grund zur Sorge. Die Hackordnung war klar festgelegt, beide Geschlechter und Nationalitäten wurden nach Rang und gesellschaftlicher Herkunft beurteilt. Deutsche Offiziere bevorzugten grundsätzlich Engländerinnen. Die deutschen Frauen – Krankenschwestern, Dolmetscherinnen, Verwaltungsangestellte – waren nur vorübergehend hier. Die Soldaten bezeichneten sie als »Kanonenfutter«. Für einen lebenslustigen Mann war es nicht weiter ungewöhnlich, seine unmittelbaren Gelüste bei einer Prostituierten zu befriedigen, die Wochenenden in Frankreich oder einen Abend im Kino bei einem deutschen Film mit einem Fräulein zu verbringen und eine feste Beziehung mit einem Mädchen aus Guernsey zu pflegen, das ihm Hoffnung, Beständigkeit und das Gefühl vermittelte, daß der Krieg nicht ganz vergebens gewesen war.

Bohde erhob sich und schüttelte jeder Krankenschwester die Hand. Lentsch konnte nicht verstehen, was gesprochen wurde, doch anscheinend erklärte Bohde ihnen rasch etwas in ernstem Ton. Einige der Frauen wirkten erstaunt, andere kicherten, eine ging einfach hinaus. Die meisten jedoch verlangten von Müller eine Bestätigung. Bohde schrieb ihre Namen in ein kleines Notizbuch, das er aus der Tasche gezogen hatte.

»Was zum Teufel hat er vor?« fragte Lentsch. »Er will sich doch sicher nicht mit allen verabreden.«

»Typisch«, spöttelte Zep. »Diesen Trick muß ich auch mal versuchen. Verführung nach Namen, Rang und Nummer.«

Der Abend begann, der Raum füllte sich. Jemand rief nach dem gläsernen Stiefel. Lentsch drehte sich um. Ein junger Hauptmann von der Artillerie, der vor seinen Kameraden angeben wollte. Keine Chance. Einer fing an, auf dem Akkordeon zu spielen, ein anderer sang mit.

Lentsch wandte sich wieder zu Zep um, überbrüllte den Lärm

und überbrachte ihm die Hiobsbotschaft. »Ernst will an das Haus ran.«

Zep wirkte belustigt. »Stimmt etwas nicht? Hat er Angst, er könnte sich in einem seiner eigenen Bordells was holen?«

Lentsch schüttelte den Kopf. »Nicht dieses Haus. Die Villa. Ich bin heute bei ihm im Flugzeug mitgeflogen.«

Zep nickte, offenbar hatte er es schon gehört, was Lentsch nicht überraschte. Zep war meistens gut informiert. Hinter seiner leutseligen Art verbarg sich ein lauernder, aufmerksamer Geist, stets bereit, ohne Vorwarnung zuzuschlagen. Allerdings war Lentsch nicht sicher, was genau Zeps Antriebskräfte waren: Pflichtgefühl? Zorn? Langeweile? Oder einfach Lust an der Macht, so wie ein Mann regelmäßig Sex brauchte? Tatsächlich wirkte Zep, nachdem er eines seiner Opfer zur Strecke gebracht hatte, wie nach einer Liebesnacht: glücklich, erfrischt, entspannt. Und wenn jemand Ernst einen Strich durch die Rechnung machen konnte, war er es.

»Es war ihm sehr wichtig, mir das mitzuteilen«, fuhr Lentsch fort. »Wenn wir keinen Platz für ihn finden, wird er uns vertreiben. Und falls das nicht klappt, wird er alles dort zubetonieren, aus reiner Zerstörungswut.«

Zep schien nicht besorgt. »Warum bringen wir ihn nicht bei uns unter?« schlug er vor. »Wir können Bohde jederzeit loswerden. Viel schlimmer als er kann Ernst auch nicht sein.«

Lentsch war anderer Ansicht. »Da wäre ich mir nicht so sicher. Bohde ist zwar ein Langweiler, aber wenigstens stört er nicht.«

Zep schnaubte verächtlich, doch Lentsch ließ sich nicht so leicht abwimmeln. »Wir wissen nicht, was Ernst im Schilde führt«, beharrte er. »Hat er nicht ein paar Leichen im Keller? Kannst du ihm nichts anhängen, was ihn aufhalten würde?«

Anstelle einer Antwort sah Zep sich im Raum um. Molly machte Veronica mit einem Artillerieoffizier bekannt und berührte seinen Arm, während sie sich Feuer geben ließ. Zeps Miene verfinsterte sich kurz, und dann stellte er die erste Frage, die ihm einfiel, nur damit das Gespräch nicht erlahmte.

»Guten Flug gehabt?«

Lentsch zuckte die Achseln. »Ist dir klar, daß Zivilisten versuchen, den Flugplatz zu sabotieren?« fragte er in Erinnerung an ihre unsanfte Landung.

Zep grinste. »Du meinst wohl die Landebahn.«

»Ja. Ernst hat irgendeinen Unsinn genuschelt, das Gras wüchse angeblich über Nacht.«

Zep nickte. »Das Bodenpersonal hat es besonders kurz abgemäht, damit die Fahrwerke keinen richtigen Halt finden. Gibt halt manchmal einen ordentlichen ...« Er klatschte die Handflächen zusammen.

Lentsch war besorgt. »Sollte man dagegen nicht etwas unternehmen? Das genau sind die Dinge, die Ernst auf der Stelle melden würde.«

Zep machte eine wegwerfende Handbewegung. »Sie können ruhig so weitermähen, solange wir keine wichtige Maschine erwarten. Außerdem haben wir die Landebahn sowieso verlängert. So glauben sie, etwas für ihr Land zu tun. Sie bewahren sich ihre Selbstachtung, erledigen alle anderen Aufgaben auf dem Flugplatz nach Anweisung, und alle sind zufrieden.«

Lentsch war nicht überzeugt. »Es könnte sie doch ermutigen, etwas Schlimmeres anzustellen.«

Zep teilte diese Ansicht nicht. »Auf keinen Fall. Sie wissen, was ihnen dann blüht.« Er fuhr sich mit der Handkante über die Kehle. »Dem ganzen Haufen.« Er knallte sein Glas auf den Tresen. »Sei kein Frosch, Gerhard. Morgen überlegen wir uns, wie wir Ernst einen Strich durch die Rechnung machen, und befassen uns mit all den anderen Angelegenheiten. Heute abend trinken und lieben wir.«

Um elf Uhr kehrten sie in die Villa zurück. Albert stand im Wohnzimmer und bewachte das Essen – zwei Rhabarberkuchen, ein Teller mit Cornedbeef-Broten, drei kalte Brathähnchen, eine Schüssel mit Ofenkartoffeln und dazu ein Glas Stachelbeermarmelade. Bevor sich die Mädchen zum Umkleiden ins Billardzimmer zurückzogen, scharten sie sich um den Tisch und schlugen sich, so schnell sie konnten, die Bäuche voll. Lentsch ging in sein Zimmer, um den Käselaib zu holen. Als er die Treppe hinunterkam, sah er, wie Veronica eine Kartoffel in ihre Handtasche schob. Ermutigt von ihrem Erfolg, beugte sie sich vor, griff nach einem Hühnerbein, trat ein Stück zurück, hob es an die Lippen und ließ es in die Tasche fallen. Während sie sich anschickte, den Verschluß zuzudrücken, drehte sie sich plötzlich um und bemerkte, daß Lentsch sie beobachtete.

»Hoppla!« sagte sie. »Fettige Finger.« Sie fischte das Hühnerbein aus der Tasche. »Möchten Sie?«

Lentsch legte seinen Käse auf einen Beistelltisch und griff wortlos nach dem Hühnerbein. Parfümduft entstieg ihr wie Teergeruch einer sonnenheißen Straße. Er hielt ihr den Leckerbissen an den halb geöffneten Mund. Sie beugte sich vor, biß ab und zerrte und kaute, während er es festhielt. Trotzig biß sie noch einmal ab. Ihre Lippen waren feucht, fettig und arglos.

»Hier«, meinte er und reichte ihr den Käse. »Bevor die anderen ihn sich schnappen.« Er drehte sich um, weil er gar nicht wissen wollte, was sie damit anstellte.

Wieder draußen auf dem Flur, griff er zum Telephon und nannte dem Fräulein vom Amt Isobels Nummer. Obwohl er es über eine Minute lang läuten ließ, hob niemand ab. Bohde kam die Treppe hinunter. Er roch nach Pomade.

»Ist Ihre Freundin ausgeflogen?« fragte Bohde in gespielter Unschuld.

Lentsch wechselte das Thema. »Was sollte das vorhin im Casino?« erkundigte er sich. »Die Sache mit den Krankenschwestern, die Müller mitgebracht hat?«

»Ach, das.« Bohde richtete sich auf. »Es hat mit meiner Untersuchung zu tun.«

»Untersuchung?«

»Ich verfasse eine Studie über die Brust der deutschen Frau in der Kunst und im wirklichen Leben. Ich habe die Damen gebeten, bei ihnen gewisse Maße nehmen zu dürfen. Schließlich sind sie nicht nur Krankenschwestern, sondern waren alle beim BDM.«

»Und sie waren einverstanden?«

Bohde nickte.

»Als junge deutsche Frauen mit einer gesunden, sportlichen Lebenseinstellung begreifen sie den Sinn meines Vorhabens. Es hat nichts mit«, er zog die Augenbrauen hoch, als hätte er unter Lentschs Bett pornographische Postkarten entdeckt, »Schund und Schmutz zu tun. Die Untersuchung ist absolut seriös. Ich habe ihnen versprochen, beim Maßnehmen Handschuhe zu tragen. Selbstverständlich vorgewärmte.«

»Selbstverständlich.« Lentsch konnte ein Schmunzeln nicht unterdrücken. Bohde trat einen Schritt zurück, so daß er eine Stufe höher zu stehen kam.

»Ich wußte, Sie würden sich darüber lustig machen, Gerhard«, zeterte er. »Deshalb findet meine Untersuchung auch nicht hier im Hause statt. Major Ernst hat mir freundlicherweise seinen Garten zur Verfügung gestellt. Dort sind wir vor Blicken sicher. Außerdem leiht er mir einige seiner Fremdarbeiterinnen zu Vergleichszwecken.«

Lentsch fröstelte plötzlich.

»Ernst? Was hat Ernst damit zu tun?«

Bohdes Grinsen war der Inbegriff von Selbstgefälligkeit. »Er hat sich ebenso der Bewahrung der deutschen Gestalt verschrieben wie ich. Außerdem war er einer der Hauptredner beim Kongreß für Freikörperkultur und Erziehung 1938. Gemeinsam hoffen wir...« Seine Stimme erstarb.

»Ja?«

»Den Naturismus weiter zu fördern. Hier...«, er beschrieb eine großartige Geste, »könnte seine Wiege stehen.«

Lentsch war entsetzt. Ernst hatte also bereits einen Fuß in der Tür.

»Ich wußte gar nicht, daß Sie beide sich so gut kennen«, entgegnete er frostig.

»Wir haben viel gemeinsam. Heute nachmittag ist er eigens zurückgekommen, um einen mit Bildmaterial unterlegten Vortrag zum Thema Freikörperkultur und den heranwachsenden Jugendlichen zu leiten.« Bohde beugte sich vor. »Den Genitalien«, sagte er und klopfte sich auf die Hose, »fällt es schwer, zwischen denen da«, er wies mit dem Kopf in Richtung Wohnzimmer, »und dem Wahren und Richtigen zu unterscheiden. Wenn sie in Wollzeug stecken, sehen sie doch alle gleich aus.«

»Was ist an den Frauen hier denn auszusetzen?« protestierte Lentsch. »Es handelt sich durchwegs um weiße Angelsächsinnen.«

Bohde bedachte ihn mit einem selbstgefälligen Blick.

»Daß sie keine Deutschen sind, Herr Major, und deshalb minderwertig, ganz gleich, welche Papiere sie vorweisen können. Wenn diese These im Bereich der Kunst und der Musik zutrifft, und das tut sie eindeutig, gilt sie sicher auch für das Leben selbst. Sie müssen zu einem unserer Vorträge kommen. Sie sind wirklich sehr lehrreich.« Er schlüpfte an Lentsch vorbei ins Wohnzimmer.

Inzwischen war es ein Uhr, und die Party schien noch lange nicht zu Ende. Veronica trug einen schlichten Schlafanzug aus rosafarbenem Flanell, während Molly in einen purpurroten Seidenpyjama geschlüpft war. Die Hosenbeine hatte sie in Zeps Ersatz-Reitstiefel gesteckt. Bohde lag in einem Lehnsessel, hatte ein Auge offen und sah zu, wie Wedel mit einer der Krankenschwestern tanzte, die trotz Zeps strenger Anweisung noch ihre Schwesterntracht anhatte. Von Isobel keine Spur. Lentsch saß bedrückt auf dem Sofa, der Kopf brummte ihm vom Alkohol und der Musik, die er ihr nicht vorgespielt hatte. Er drehte sich zu Veronica um, unsicher, was er im Moment eigentlich wollte. Hilde Hildebrands Stimme klang aus dem Grammophon, leise wie eine Beichte erhob sie sich in die Leere der Hilflosigkeit. *Die Liebe ist ein Geheimnis.*

»Isobel kommt nicht«, verkündete er. Er hatte den Eindruck, das schon einmal gesagt zu haben, aber es bedurfte der Wiederholung. »Ich hatte Geschenke für sie«, fuhr er fort. »Platten von Teddy Stauffer und Helmut Zacharias.« Er hielt kurz inne. Auf ein Gespräch mit ihr hatte er sich so gefreut, und nun war sie nicht hier. Er war machtlos gegen die Worte, die aus ihm hervorsprudelten. Vielleicht würde diese Frau ihn verstehen.

»Zacharias ist der deutsche Stephane Grappelli«, erklärte er ihr langsam. »Wußten Sie, daß er ein Schüler von Kreisler war?«

Veronica wußte das nicht, sie hatte noch nie von Kreisler gehört, aber sie nickte dennoch. Sie ahnte nur, daß Lentsch sich selbst bemitleidete. Wenn es ihr gelang, ihn aus seiner liebeskranken Niedergeschlagenheit zu holen, würde er Isobel möglicherweise für immer vergessen. In diesen Zeiten konnte sich das Schicksal eines Mädchens über Nacht ändern, wenn es nur den richtigen Moment abwartete. Sie beschloß, noch nichts zu unternehmen. Zuerst sollte er ein wenig tiefer in seiner Verzweiflung versinken.

»Mein Vater besitzt viele Platten von Kreisler«, fuhr er wehmütig fort. »Brahms, Beethoven …« Er warf einen Blick auf Bohde, bevor er die Stimme erhob. »Sogar Mendelssohn.« Er kehrte wieder zu seinem ursprünglichen Thema zurück. »Wissen Sie, Veronica, während meines vorletzten Urlaubs habe ich Django Reinhardt gesehen. Ich war so dicht an ihm dran.«

Er hielt die Hand zwischen seine Nase und ihre. Sie lehnte sich zurück und schob die Pyjamajacke hoch. Lentsch sah, daß sie sich eine Glasperle in das gekräuselte Fleisch ihres Nabels gesteckt hatte.

Veronica bemerkte seinen Blick. »Gehen Sie manchmal tanzen?« fragte sie, streckte das Bein aus und wackelte mit den Zehen. »Ich wette, Sie kennen ein paar aufregende Clubs.«

Seine Miene hellte sich auf, als er sich erinnerte.

»In der Tat!« rief er aus, als könnten sie jederzeit in ein Taxi springen und sich hinfahren lassen. »Paris, Berlin, München.«

»Bevor all das hier losging, wollte ich in einem Nachtclub arbeiten. Als Tänzerin und Sängerin.«

»Sängerin?« Was hatte sie gesagt? Er war so unkonzentriert heute abend. »Sie sind auch Sängerin?«

»Operette«, erklärte sie. »Natürlich müßte ich in den Clubs meinen Stil verändern. Eine andere Klientel. Mehr Stil.«

Nun fiel es ihm wieder ein. Sie war Sängerin! Er strahlte sie an. »Wußten Sie, daß es ein Lied gibt, das nach Ihnen benannt ist?« sagte er und ergriff ihre Hand. »Ein wunderbares Lied!«

Veronica wußte das sehr gut. Fast jeder Deutsche, der ihr an die Wäsche wollte, hatte ihr von diesem Lied erzählt, das nach ihr benannt war.

»Was Sie nicht sagen«, meinte sie. »Erzählen Sie.«

»Ein sehr berühmtes Lied: *Gruß und Kuß Veronika*.«

»Ich weiß nicht, ob ich so gerne *gegrußt* werden möchte, nicht mal von einem Offizier.« Früher hatte sie damit die Lacher immer auf ihrer Seite gehabt. Lentsch versuchte, nicht auf ihre flatternden Augenlider zu achten.

»Aber nein«, beharrte er, wies quer durchs Zimmer und war kurz erleichtert, ihrem Blick ausweichen zu können. »Ich habe die Platte irgendwo. Sie müssen sie sich anhören.« Als er durch den Raum eilte, stieß er mit Zep und Molly zusammen, die eng umschlungen tanzten. Er kauerte sich neben das Grammophon und wühlte in seiner Plattensammmlung. Kein leichtes Unterfangen, jede Platte herauszunehmen und das Etikett zu lesen, noch schwieriger war es zu verhindern, daß sie aus den Hüllen rutschten. Endlich hatte er die gesuchte Platte gefunden und hielt sie triumphierend hoch.

»Veronica! *Gruß und Kuß*«, rief er aus. »Hören Sie es sich an.«

Ohne auf Zeps und Mollys Proteste einzugehen, wechselte er die Platte und kehrte rasch an seinen Platz zurück. Als das Lied begann, nahm er wieder Veronicas Hand und bewegte sie im Takt der Musik, versunken in den flotten Refrain. Veronica summte mit. Es war eine eingängige Melodie. Lentsch war begeistert.

»Sie kennen das Lied ja! Wenn Sie möchten, können Sie die Platte behalten.«

Sie drückte seine Hand. »Gerne, obwohl ich ein solches Geschenk nicht verdiene.«

»Isobel ist nicht hier«, platzte Lentsch heraus. »Sie sollte aber da sein.«

»Ich bin da.«

»Natürlich sind Sie das. Alle sind da. Das lustige Völkchen von Guernsey.« Er wies auf den Raum und wußte, noch ehe er den Mund aufmachte, daß er gleich Unsinn reden würde. »Sie sind sehr hübsch. Wie ein Bild. Ich würde Sie gern malen. Morgen vielleicht?«

Veronica hielt den Atem an. Sie hätte ein wenig weiterdrängen und vorschlagen können, die Nacht mit ihm zu verbringen. Oder sie konnte sich für den reizenden Abend bedanken und nach Hause gehen. Am liebsten wäre sie über Nacht geblieben, wenn auch nur, um sich oben gründlich umzusehen und morgen ein ordentliches Frühstück zu bekommen. Doch sie hatte den Eindruck, daß er es in seinem augenblicklichen Zustand am nächsten Tag bereuen würde. Leider war er nämlich so betrunken, daß er sich morgen wahrscheinlich nicht mehr an sein Angebot erinnern würde, aber die Gelegenheit würde sich nicht wiederholen. Es war das Risiko wert. Wenn er und Isobel sich wirklich trennten … Auf der Insel gab es nur wenige Männer, die eine so gute Partie waren wie Major Gerhard Lentsch. Sie tätschelte ihm die Hand.

»Aber selbstverständlich. Noch ein Glas Champagner, und dann müssen Sie Herbert bitten, mich nach Hause zu fahren.«

»Helmut«, verbesserte er sie und setzte sich mühsam auf. »Champagner und Brandy. Das brauche ich jetzt. Alle brauchen das.« Er erhob die Stimme. »Wedel, bringen Sie mir die Flaschen. Veronica möchte noch etwas trinken, und danach hat sie versprochen, für uns zu tanzen. So wie in der Türkei. Einen Bauchtanz.« Er klopfte ihr auf den Bauch.

»Gerhard, Liebling«, sagte sie und war sehr zufrieden mit sich. »Das kommt überhaupt nicht in Frage.«

Lentschs Miene wurde ernst. »Dann müssen Sie wohl ohne Passierschein und zu Fuß nach Hause gehen, werden verhaftet und der Militärverwaltung vorgeführt. Und ich werde Anweisung erteilen, sehr streng mit Ihnen zu sein. Eine Geldstrafe von … was denken Sie, Bohde?« rief er. »Bohde!«

Obwohl Bohde so viel getrunken hatte, daß er wohl bis zum Morgen keinen zusammenhängenden Satz mehr herausbringen würde, verfügte er dank seiner Ausbildung über die Fähigkeit, die Stimme eines vorgesetzten Offiziers auf Anhieb zu erkennen. Er rappelte sich blinzelnd aus seinem Dämmerschlaf auf.

»Wir brauchen Ihren Rat«, erklärte Lentsch. »Wie sollte man eine junge Engländerin bestrafen, die sich nach der Ausgangssperre auf der Straße herumtreibt, in ihrem besten Nachtgewand und«, schrie er und beschloß, allen im Raum ihr kleines Geheimnis zu verraten, »diesem Ding da in ihrer Tasche!« Er griff nach ihrer Tasche und holte den Käse heraus. »Sehen Sie das?«

Die anderen lachten, und Bohde überlegte verwirrt, ob sie sich auf seine Kosten einen Scherz erlaubten.

»Fragen Sie ihn«, entgegnete er langsam und betrachtete das schwankende Paar auf der Tanzfläche mit unverhohlenem Abscheu. »Er ist für den Schwarzmarkt zuständig.« Zep, der den Kopf an Mollys Hals geschmiegt hatte, tat so, als hätte er nichts gehört.

»Ihn brauchen wir nicht zu fragen«, widersprach Lentsch. »Er ist schlimmer als alle anderen zusammen. Wenn es nach dem Hauptmann ginge, würden alle Mädchen über sechzehn von der Ausgangssperre befreit. Richtig, Zep?«

Zep blickte auf. »Keine Ausgangssperre für hübsche Mädchen«, erwiderte er. »Den Rest sollte man nach Alderney deportieren.« Er lachte. »Die Häßlichen für die Organisation Todt und die Rübenfresser. Die Hübschen für uns. Eine Insel, auf der es nur hübsche Mädchen gibt.« Er wandte sich wieder Molly zu und öffnete ihr den eifersüchtigen Mund mit einem heftigen Kuß.

Lentsch drehte sich zu Bohde um. »Sehen Sie, was ich meine? Dieser Mann bringt uns nicht weiter. Wie lautet also die Strafe, Bohde?«

Bohde richtete sich auf und sah ihn quer durchs Zimmer an. Seine Miene war nicht belustigt, und es fehlte auch der starre, alkoholisierte Blick, den Veronica von einem Mann in seinem Zustand eigentlich erwartet hätte. Sie befingerte die Quaste ihres Pyjamagürtels und kam sich unter ihrer Verkleidung unangenehm nackt vor. Bohde zündete sich gemächlich eine Zigarre an und schloß seine Finger in einer fast anstößigen Geste um den dicken Stumpen. Im Raum war es still geworden.

»Ich würde ihr eine Strafe von hundert Reichsmark aufbrummen«, verkündete er schließlich.

Enttäuschtes Aufstöhnen war zu hören. Nur Bohde konnte einen derart phantasielosen Einfall haben. Als er die Hände erhob, verstummte das Murren.

»Und da eine Frau in ihrer Lage eine solche Summe vermutlich nicht auftreiben könnte«, fuhr er fort, »würde ich sie zwingen …«, er schmatzte derb mit den Lippen und ließ die Zigarre durch die

Luft wirbeln, »... sich ein paar von diesen Dingern zu genehmigen, bis ihr die Eingeweide rauskommen. Dann wüßten wir, was sie sonst noch gestohlen hat.« Er sank zurück in seinen Sessel.

»Anders würden Sie auch niemanden dazu bringen, dieses Kraut zu rauchen!« rief Zep. Veronica saß da und starrte bedrückt zu Boden.

Lentsch versuchte, sie aufzuheitern. »Keine Sorge, meine Liebe. Bohde ist ein absolut humorloser Mensch. Ich weiß genau, was ich tun würde.«

»Was denn?« fragte sie ängstlich.

»Ihren Pyjama beschlagnahmen!« Er schlug ihr auf den Schenkel. »Und jetzt los. Machen Sie mir die Freude. Tanzen Sie.«

Im Flur läutete das Telephon. Lentsch wollte aufstehen, dachte, daß es vielleicht Isobel sein könnte, aber Helmut war bereits hinausgegangen. Während Lentsch Veronica beobachtete, wie sie durch den Raum wirbelte und den eher gelangweilten letzten Gästen dieses Abends ihren Nabel zeigte, konnte er nicht umhin, sie mit Isobel zu vergleichen. Isobel hätte sich nie so erniedrigen lassen, und er hätte sie auch nie um so etwas gebeten. Selbst ihre Art zu flirten bewegte sich auf einem völlig anderen Niveau. Voller Zweifel, ob Veronicas Darbietung ihre Stellung untergrub oder verbesserte, schauten die anderen Mädchen zu. Es war ihnen deutlich anzumerken, wie unsicher sie plötzlich waren, und daß sie sich fragten, was jetzt wohl von ihnen erwartet wurde. Lentsch überlegte, warum sie überhaupt hier waren. Was erhofften sie sich davon? Glaubten sie, sich so auf die Seite der Sieger schlagen zu können? Anfangs mochte das ein Beweggrund gewesen sein, aber inzwischen bestimmt nicht mehr. Albert behauptete, es läge an der Uniform. Konnte das wirklich der Grund sein? Gewiß, sie wirkte schneidiger als die düstere, braune Kluft, die die Briten tragen mußten. Einige Frauen mochten das anziehend finden – aber gleich so viele von ihnen, so bereitwillig und so häufig? Molly hatte ihm in einem Augenblick entwaffnender Offenheit anvertraut, es habe mit dem Körperbau der Männer selbst zu tun. »Ihr seid soviel größer als das, was wir hier gewohnt sind«, hatte sie gähnend gesagt, belustigt über die unbeabsichtigte Doppeldeutigkeit ihrer Bemerkung. »Ein Mann, der nicht aussieht wie ein Troll aus dem Gefolge des Bergkönigs, ist eine richtige Wohltat. Verglichen mit dem, was hier normalerweise geboten ist, ähnelt ihr Göttern.« Götter! Wie immer ging auch diese Feststellung von Molly über bloße Koketterie hinaus. Gewiß, eigentlich waren sie nichts Besonderes – nur einfache Soldaten, ausgestattet mit einer durchschnittlichen Portion Charme und zu ganz durchschnittlichen Grausamkeiten fähig –, aber zu Beginn hatten sie vielleicht tatsächlich außergewöhnlich gewirkt: die Eroberer Europas, ruhmreich in der Ausübung ihrer Macht, unverrückbar in ihrer Weltanschauung, hochgewachsen und sonnengebräunt. Männer, die die Totenglocke für alle verderbten Kulturen läuteten.

Wie auf ein Stichwort wandten sich die Mädchen von Veronicas peinlichen Verrenkungen ab und machten sich daran, ihre eigenen nächtlichen Manöver vorzubereiten. Die Mägen voll, das Selbstbewußtsein gestärkt vom Alkohol, die Glieder gelockert durch die verführerische Dekadenz verbotener amerikanischer Musik, waren sie bereit, ihre Begleiter ins gelobte Land zu führen. Lentsch sah zu, fasziniert von ihren kühnen Umarmungen, doch der ständigen Wiederholungen müde.

Helmut kehrte zurück und flüsterte Zep etwas ins Ohr. Dieser ließ Molly los und eilte aus dem Zimmer. Und da stand sie, wie bestellt und nicht abgeholt. Typisch Zep. Wenn es um dienstliche Belange ging, gab es für ihn kein Halten. Die Krankenschwester, die mit Wedel tanzte, wies mit dem Kopf auf Molly und flüsterte etwas Unfreundliches. Die beiden lachten laut auf. Lentsch nahm sich vor, dafür zu sorgen, daß sie nie wieder eingeladen wurde. Er würde nicht dulden, daß eine dahergelaufene Krankenschwester aus Bremen seine Gäste beleidigte, mochte sie auch noch so sehr dem teutonischen Schönheitsideal entsprechen. Die Musik verstummte. Veronicas Tanz war vorbei. Obwohl sie ihr Bestes gegeben hatte, hatte gegen Ende niemand mehr zugesehen. Zep kam zurück, den Mantel über dem Arm. Ohne auf Molly zu achten, ging er auf Lentsch zu und sagte: »Ich muß weg.«

»Schwierigkeiten?« fragte Lentsch, obwohl ihn die Antwort eigentlich nicht interessierte.

Zep breitete die Hände aus. Kurz verstummten die Gespräche, und alle Blicke wandten sich dem jungen Mann zu, der in vieler Hinsicht die Besatzungsmacht verkörperte. Wedel beäugte sehnsüchtig seine neue Eroberung, seine Chancen schwanden rasch.

Zep schüttelte den Kopf und zwinkerte. »Du bleibst hier«, erwiderte er Lentsch. »Kein Grund, allen den Abend zu verderben. Ich fahre selbst. Sag Albert, er braucht meinetwegen nicht aufzubleiben.«

Molly ging zur Hausbar und schenkte sich ein großes Glas Brandy ein. Sie war zu klug, um Einwände zu erheben, würde sich einfach auf dem Sofa zusammenrollen und auf Zeps Rückkehr warten. Eines der ungeschriebenen Gesetze im Haus lautete, daß die Mädchen nicht ohne Begleitung nach oben durften, ganz gleich, wessen Freundin sie auch waren. Veronica kam näher, ergriff Lentschs Hand und beugte sich zu ihrem Gastgeber hinunter.

»War das türkisch genug für Sie?« Lentsch wußte, was von ihm erwartet wurde.

»Entzückend«, meinte er.

»Every Little Movement Has a Meaning of its Own«, alberte sie. Sie spürte, wie ihr die Situation zu entgleiten drohte.

»Was?«

»Das ist nur ein albernes Lied. *Every Little Movement.* Ich könnte es Ihnen vorsingen, wenn Sie wollen. Unter vier Augen.«

Fast unwillkürlich schob sie seine Hand unter die losen Seidenfalten, hielt kurz still und ließ ihn das Gewicht ihrer Brüste spüren. Dann holte sie tief Luft.

»Ich denke, wir können Herbert heute nacht eine weitere Autofahrt ersparen. Finden Sie nicht?«

VIER

Sie kamen zu dritt die kopfsteingepflasterte Straße entlang: Tommy le Coeur, Peter Finn und der Deutsche. Ned stand reglos im dunklen Hauseingang und schaltete die Taschenlampe aus. Vor zwei Stunden hatte es auf der Straße von Soldaten gewimmelt, die durch die Stadt flanierten. Bier auf den Lippen und ein Mädchen am Arm. Inzwischen war es halb eins, wie jede Nacht hatte sich der dunkle Mantel der Ausgangssperre über die Insel gelegt. Die Mädchen waren entweder wohlbehalten zu Hause angekommen oder lagen hingestreckt auf einem beschlagnahmten Bett. Der Deutsche, ein hochgewachsener Mann, war offenbar auf dem Weg in seine Unterkunft. Und während er, ein unverständliches Gutenachtlied grölend und einen Arm um Tommy le Coeurs Schulter geschlungen, dahinstolperte, sprühten die Metallspitzen seiner Uniformstiefel Funken, die auf dem Straßenpflaster aufleuchteten.

Ned sah zu, wie die beiden Polizisten den Mann die Straße entlang zum Old Government House führten, inzwischen ein Wohnheim für Offiziere. Tommy und der neue Rekrut kümmerten sich hingebungsvoll um ihren Schützling und schienen zu Neds Erstaunen wirklich um ihn besorgt. Er folgte ihnen in einigem Abstand, hielt sich auf der anderen Straßenseite und tauchte immer wieder in den Schatten der Häuser ab. Hätte man den Mann sich selbst überlassen, er wäre wahrscheinlich auf allen vieren nach Hause gekrochen. Doch mit Hilfe der Polizisten gelang es ihm, sich aufrecht zu halten. Als sie die Marmortreppe vor dem Gebäude erreicht hatten, schoben sie ihn vorsichtig hinauf und hielten auf jeder Stufe inne, da der Mann Mühe hatte, nicht das Gleichgewicht zu verlieren. Oben angelangt, ließen sie ihn los. Er stand da, schwankte hin und her und war offenbar mit der Aufgabe überfordert, die Drehtür zu durchschreiten.

»Richte ihn ein bißchen auf, Peter«, hörte Ned Tommy sagen.

Peter packte den Mann am Kragen und zog ihn hoch.

»Ist es so besser?«

»Und jetzt noch sein Denkzettel. Nicht bewegen, alter Junge.«

Tommy wirbelte herum und schlug dem Soldaten mit der Faust auf den Mund.

»Das ist für meinen Bruder bei der Royal Artillery!« rief er.

Der Deutsche wurde nach hinten geschleudert und verlor beim Umfallen seine Mütze. Wegen des Alkohols spürte er offenbar keine Schmerzen. Er lag auf der Straße und fing an zu lachen.

»Es gefällt mir hier«, kicherte er und winkte seinen neuen Freunden zu. »Gefällt mir sehr.«

»Schon gut, du blödes Stück Scheiße«, meinte Tommy. »Wir kippen alle mal um. Tommy hilft dir auf.« Er lief die Treppe hinunter und zog ihn hoch. Ned sah zu, wie Tommy den Deutschen wieder die Treppe hinaufführte und ihn noch einmal schlug.

»Und das ist für meinen Vetter bei den Füsilieren.«

Der Mann versuchte aufzustehen, aber vergebens. Er wälzte sich herum, kauerte schließlich auf allen vieren und blickte keuchend zu Tommy empor, der sich mit verschränkten Armen vor ihm aufgebaut hatte.

»Alles in Ordnung, Kumpel?« rief Tommy. Er sprang die Treppe hinunter und wollte den Deutschen erneut nach oben führen, als Ned aus der Dunkelheit trat.

»Mach dich nicht unglücklich, Tommy!« schrie er.

Tommy blieb wie erstarrt stehen. Er wirkte nicht wie der Polizist, der er eigentlich hätte sein sollen, also aufmerksam und allzeit bereit, eher ängstlich und wie auf frischer Tat ertappt. Als er Ned erkannte, lehnte er den Deutschen erleichtert an die Hausmauer. Blut floß dem Soldaten aus Mund und Nase. Tommy strich seine Uniformjacke glatt und hauchte auf die Knöpfe an seinem Ärmel.

»In seinem Zustand kriegt der sowieso nichts mit«, sagte er zu

Ned, während er die Knöpfe polierte. »Auf so eine Gelegenheit warte ich schon seit zwei Jahren.«

Ned legte Tommy die Hand auf den Arm. Tommys Uniform war feucht und schmutzig, und sein Atem roch, als hätte er sich an diesem Abend selbst schon ein paar genehmigt.

»Schluß jetzt, Tommy«, befahl er. »Bringen wir ihn rein, und dann gehen wir weiter.«

Sie schleppten den Deutschen die Treppe hinauf und stießen ihn durch die Tür. Er landete bäuchlings auf der anderen Seite und blieb reglos liegen wie ein Toter. Der Lichtschein einer Kerze fiel flakkernd auf seine graue Uniform. Von drinnen hörten sie gedämpften Gesang. Schließlich drehten sich die drei Polizisten um und machten sich auf den Weg den Hügel hinunter. Ned bedeutete Peter, vorauszugehen und die Türen zu kontrollieren.

»Wie konntest du so etwas Dummes tun?« sagte er zu Tommy, als der junge Polizist außer Hörweite war. »Dich vor ihm derart aufzuspielen?«

Tommy wandte sich um und ging ein paar Schritte rückwärts. »Bei dir kann man sich sicher sein, daß du einem den Spaß verdirbst«, beschwerte er sich und schwenkte seine Faust unter Neds Nase. »Das da ist echtes deutsches Blut.« Er hob die Hand an den Mund, leckte sich die Fingerknöchel und steckte die Hand dann in die Tasche. »Schau«, kicherte er. »Ich habe auch seine Brieftasche erwischt.«

»Was?«

»Fühlt sich an wie Schweinsleder.«

Ned traute seinen Augen nicht. »Gib sie sofort her, Tommy.«

Mürrisch hielt Tommy ihm die Brieftasche hin. Ned klappte sie auf und leuchtete mit der Taschenlampe hinein. Das Soldbuch gehörte einem gewissen Leutnant Schade. Dahinter entdeckte er ein dickes Bündel Banknoten. Er blätterte sie durch.

»Das muß der Sold von mehreren Monaten sein. Wenn nicht sogar mehr. Und du dachtest wahrscheinlich, du könntest dich einfach bedienen.«

»Er wäre nie dahintergekommen. Er hätte gedacht, er hätte es verloren.«

»Tommy, Tommy.«

»Sie sind unsere Feinde, Ned. Und das Geld könnte ich eines Tages sicher gut gebrauchen.« Tommy streckte die Hand aus und tippte auf die Scheine. »Er hätte genausogut die Pläne für die Invasion da drinhaben können.«

Ned zog ihm die Brieftasche weg. »Verschon mich damit. Du hast es getan, um dich zu bereichern. Nicht für König und Vaterland.«

»Na und?«

»Das nennt man Diebstahl, Tommy, und es verstößt gegen das Gesetz.«

Tommy schmollte. »Die bestehlen uns doch auch.«

»Aber wir sind nicht die, Tommy.« Ned schwenkte die Brieftasche. »Ich übergebe sie morgen früh dem Feldkommandanten. Ich werde sagen, du hast sie auf der Straße gefunden. Wahrscheinlich kriegst du einen Orden für Ehrlichkeit. Das wäre doch mal eine Abwechslung, oder?«

Tommy schwieg.

»Einverstanden?«

Tommy salutierte. »Zu Befehl, Inspector.«

Ned achtete nicht auf seinen Sarkasmus. »Gut«, meinte er rasch. »Kehren wir um.«

Wortlos gingen sie den Weg zurück. Er hätte das nicht sagen sollen. Ehrlichkeit war ein Wort, mit dem man in Gegenwart der Männer keinen Schindluder trieb, nicht nach den Ereignissen des letzten Jahres. Es klang wie Gotteslästerung, so als fluche man im Beisein einer Nonne. Im vergangenen Jahr war die Hälfte der Polizisten von Guernsey festgenommen und des schweren Diebstahls angeklagt worden. Achtzehn Männer, Constables, Sergeants, der Inspector. Die Deutschen hatten sie schon seit Wochen beobachtet. Während ihrer nächtlichen Rundgänge waren sie in Lebensmittelgeschäfte eingebrochen und hatten alles mitgenommen, was nicht niet- und nagelfest war. Ob es sich um Läden für Zivilisten oder für das Militär handelte, spielte keine Rolle. Neds Vorgänger, Inspector Petty, hatte sie beim Transport schwerer Diebesbeute unterstützt und das alte Polizeiauto, die »Gelbe Gefahr«, mit Reis- und Mehlsäcken beladen. Als Junge war Ned das Polizeiauto von Guernsey wie eines der sieben Weltwunder erschienen. Es war grellgelb lackiert und machte einen Lärm wie ein Autoscooter, war aber leider nur halb so wendig. Nun erinnerte der Wagen an das skandalöse Verbrechen in Polizistenkreisen, und obwohl Ned überhaupt nichts mit der Sache zu tun gehabt hatte, wagte er kaum, ihn zu benutzen. Bei der Razzia in jener Nacht – die Deutschen hatten das Revier und die Häuser der betreffenden Polizisten durchsucht – hatte man tonnenweise Waren gefunden, verborgen in Kaminen und unter Dielenbrettern und sogar im Graben neben der Außentoilette. Der hauptsächliche Sinn dieser Verhaftungen war es gewesen, allen vor Augen zu führen, daß es zwecklos war, etwas zu verstecken – obwohl der Großteil der Inselbevölkerung, auch Ned selbst, dieses Spiel natürlich weitertrieb. Man hatte nur die Wahl zwischen dem Kamin und dem Graben neben der Außentoilette, originellere Verstecke gab es nicht. Die verdammte Insel war einfach zu klein.

Nur diesem Debakel war es zu verdanken, daß Major Lentsch Ned an einem Februarmorgen in sein Büro rufen ließ und ihm mitteilte, er müsse als aktiver Kriminalbeamter ab dem 1. April 1942 die Leitung von Guernseys stark geschrumpfter Polizeitrupppe übernehmen.

»Aber ich habe noch nie hier gearbeitet«, hatte Ned protestiert. »Die Männer kennen mich nicht. Sie werden mir nicht trauen.«

»Solange *Sie* ihnen nicht trauen. Denn«, hatte der Major hinzugefügt, »ich bin sicher, daß uns noch ein paar faule Kunden durch die Lappen gegangen sind. Werden Sie sie los. Vielleicht gelingt es Ihnen, unsere Polizei in eine Behörde zu verwandeln, auf die wir alle stolz sein können. Mit aufrichtigen Polizisten.«

Der verschwörerische Unterton in dieser Bemerkung war Ned nicht entgangen. Er hatte den Posten nur widerwillig angenommen. Wie jeder gesunde Mann brauchte er ein Einkommen, und er hatte seit der Invasion keine feste Arbeit mehr gehabt, nur hin und wieder ein paar Gräber ausgehoben und einige Monate lang die Öfen im Kraftwerk geschürt. Aber eins war nicht von der Hand zu weisen: Sie waren keine Polizisten mehr, eher willfährige Diener und Befehlsempfänger wie Eisenbahnschaffner oder die Leute vom Luftschutz, die beim Anblick eines vorbeigehenden Vorgesetzten salutierten. Sie hatten ihre Würde verloren. Die Bewohner der Insel hatten nichts als unverhohlene Verachtung für sie übrig, nicht weil sie sich hatten erwischen lassen, sondern weil sie dem Feind moralisch Vorschub leisteten. Sie hatten Lebensmittelrationen gestohlen, Essen, das für ihre Landsleute bestimmt war, die kärglichen Portionen, für die man bei Regen und Kälte Schlange stehen mußte – Brot, Salz, Tee, was man im Alltag eben so brauchte. Sie hatten sogar die Lager der Organisation Todt beraubt, in denen der Proviant für die Fremdarbeiter aufbewahrt wurde, und obwohl niemand hinsehen wollte, wußten doch alle, was man den armen Teufeln antat.

Ned erinnerte sich, daß er eines Morgens die George Street entlanggegangen war. Eine der Huren hatte sich aus dem oberen Fenster gelehnt und eine Blechdose an einer Schnur hinausbaumeln lassen. Zwei Fenster weiter, im Wohnheim, beugte sich ein alter Mann mit ausgestreckten Händen über das Fensterbrett. Die Frau war fett und teigig, er dunkelhäutig und nur noch Haut und Knochen. Die Frau hatte die Dose hin und her geschwenkt, um Schwung zu nehmen. Auf und ab, höher und höher, bis der Mann sie endlich zu fassen bekam. Die Frau ließ die Schnur los, und der Mann verschwand mit seiner Beute im Zimmer. Als sie sich umwandte und Neds fragenden Blick auffing, tat sie so, als hielte sie einen Löffel, und vollführte hastige Eßbewegungen. Ned war gesenkten Kopfes weitergegangen. Mehr konnte ein Mann nicht tun, mehr gestattete seine verstockte Würde unter diesen Umständen nicht – es blieb einem nur übrig, den Kopf zu senken und weiterzugehen.

Etwa um halb eins verließ Ned das Polizeirevier. Er beschloß, zu Fuß zu gehen, anstatt das Ersatzfahrrad zu nehmen. Der Weg zur Cobo Bay, wo ungefähr anderthalb Kilometer entfernt von der Bucht sein Elternhaus stand, dauerte eine gute Stunde. Früher war die Bucht einer der beliebtesten Flecken der Insel gewesen. Inzwischen lag ihre Schönheit nackt und beschämt da, über und über bedeckt von knirschenden Stacheldrahtrollen. Trotz der Kälte brauchte

Ned Zeit zum Überlegen. In seiner Jackentasche befand sich der Brief. *Muß Dich sehen. Sonntag morgen, elf Uhr, gewohnter Ort. MUSS DICH SEHEN.* Mehr nicht. Der gewohnte Ort, das war am Brunnen am Bach. Wollte sie zu ihm zurückkehren? Oder war es dienstlich? Sie hatte doch wohl nicht vor, jemanden zu denunzieren? Nicht Isobel. Er spielte mit dem Gedanken, sofort zu ihr zu gehen und sie zur Rede zu stellen. Es war kein großer Umweg.

Ned stand vor dem dunklen Haus und wußte nicht, wie er dorthingekommen war. Es war zwecklos, viel zu spät, um noch anzuklopfen, aber er stand dennoch da, betastete den Brief und blickte zum Fenster des Zimmers hinauf, in dem sie, wie er wußte, schlief. Alle Rolläden waren heruntergelassen, bis auf die des Wohnzimmers. Durchs Panoramafenster konnte er die Bar und die leeren Hocker sehen, die Gläser, reglos und funkelnd, ein Bild der Verzweiflung im Mondlicht. Er stand am Tor, und seine Füße bewegten sich fast unmerklich in Richtung Gartenweg. Er fragte sich, ob sie den Schlüssel immer noch unter dem steinernen Frosch an der Tür versteckte, und für wen sonst sie ihn hinterlegt hatte, seit er das letztemal den Sockel angehoben und ihn zwischen wimmelnden Käfern hervorgeholt hatte. Hatte auch Lentsch die Hand in dieses Erdloch gesteckt?

»Kann ich Ihnen vielleicht helfen?«

Ned wirbelte herum. Mr. van Dielen stand auf der anderen Straßenseite am Gartentor des gegenüberliegenden einstöckigen Hauses. Hinter ihm erkannte Ned eine große, kräftige Gestalt, die gerade die Glastür schloß.

»Mr. van Dielen.« Er versuchte, sich seine Überraschung nicht anmerken zu lassen.

»Mr. Luscombe, wenn ich nicht irre. Oder sollte ich Inspector Luscombe sagen?«

»Wie Sie möchten. Es gibt keinen Grund zur Sorge.«

»Sorge? Natürlich nicht. Nein, ich bin nicht… besorgt.«

Zackigen Schrittes marschierte van Dielen über die Straße. Ned wich zurück, damit der Mann sein Grundstück betreten konnte. Er fühlte sich genauso wie damals, verlegen, ein Junge, der beim Äpfelklauen erwischt wird.

»Sie haben es seit unserer letzten Begegnung ziemlich weit gebracht«, stellte van Dielen fest, zog einen großen Schlüssel heraus und polierte ihn mit seinem Taschentuch. »Von einem jungen Mann, der nicht verkehrstüchtige Fahrräder verleiht, zu einem jungen Mann, der den Polizeichef von Guernsey mimt. Ach, die Geschicke des Krieges, Mr. Luscombe. Sie scheinen auch etwas für sich zu haben.«

Er stand auf der Backsteinstufe und hielt den Schlüssel ans Licht. Nun war er auf Augenhöhe mit Ned.

»Ich war bereits damals Polizist«, entgegnete Ned.

Van Dielen zog die Nase hoch. »Hmmm. Wenn ich das gewußt hätte, wäre ich ...«

»Machen Sie sich keine Gedanken darüber«, fiel Ned ihm ins Wort.

»Noch ärgerlicher gewesen.« Van Dielen sagte das ganz beiläufig, fast amüsiert. »Und nun sind Sie hier, um sich zu revanchieren. Um einen Zivilisten nach der Ausgangssperre abzupassen, um ihn während der Verdunkelungszeit zu verhaften. Allerdings bezweifle ich, daß mein Gastgeber über diese Beschwerde sehr erfreut sein wird.« Er wandte sich um. Die Vorhänge des gegenüberliegenden Hauses schienen sich leicht zu bewegen. »Major Ernst«, verkündete van Dielen. »Er ist für die Fremdarbeiter zuständig. Kennen Sie ihn?«

»Nie gesehen.«

»Ein famoser Mann. Guter Organisator und wunderbarer Gastgeber. Er hat es gern, wenn alles klappt wie am Schnürchen. Und er glaubt... an den Fortschritt.« Er klopfte auf seinen Mantel und schnupperte die Nachtluft. Ned stellte fest, daß sein Atem nach Brandy roch. »Er besitzt sogar einen Filmprojektor. Naturfilme. Alles ganz seriös, aber nicht mein Fall.« Rasch hielt er inne, versuchte, das Thema zu wechseln, um von seiner Indiskretion abzulenken. »Also bin ich nicht verhaftet?«

Ned bestätigte das. Auch er hatte keine Lust, neugierige Fragen zu beantworten. »Natürlich nicht, Mr. van Dielen. Schließlich ist es kein Verbrechen, eine Straße zu überqueren.«

Van Dielen schnalzte mit den Lippen.

»Um diese Uhrzeit schon, Mr. Luscombe. Es ist verboten. Dem Gesetz nach sollte ich für schuldig befunden werden und eine angemessene Geldstrafe erhalten. Wir leben hier auf der Insel der Geldstrafen. Eine Geldstrafe, wenn man um elf Uhr nachts über die Straße geht, eine Geldstrafe, wenn man einen Auftrag nicht rechtzeitig fertigstellt und sogar, wie ich Ihnen zu meiner Freude mitteilen kann, eine Geldstrafe für unerlaubtes Baden im Meer. Verglichen mit früher ein gewaltiger Fortschritt, finden Sie nicht?«

»Einige Vorschriften sind wichtiger als andere, Mr. van Dielen. Ich habe nicht vor, Sie mit einer Geldstrafe zu belegen.«

»Wirklich nicht?« Er blickte die Straße entlang. »Aber was um alles in der Welt haben Sie dann hier verloren? Oder ist diese Straße Transportroute für Schmuggelgüter?«

»Ich war auf dem Heimweg und habe ein Licht gesehen. So dachte ich wenigstens.«

»Ein Licht, sagen Sie? Aber jetzt brennt keines.«

»Nein.«

»Also ist es wieder ausgegangen. Könnte es ein Signal gewesen sein? Und dennoch ist das Haus dunkel, die Rolläden sind geschlossen.«

»Möglicherweise eine Sinnestäuschung.«

»Eine Sinnestäuschung? Da ist wohl die Phantasie mit Ihnen durchgegangen, Mr. Luscombe.«

»Vielleicht nur Einbildung.«

»Könnte es sein, daß meine Tochter bei dieser Einbildung eine Rolle gespielt hat?«

»Ich wollte mich nur vergewissern, Mr. van Dielen.«

»Reizend, Mr. Luscombe, abgedroschen und außerdem typisch für Sie, Ihre Nase in Dinge hineinzustecken, die Sie nichts angehen, wie man so schön sagt.« Er ließ den Schlüssel zwischen den Fingern wirbeln. »Isobel ist heute abend auf einer Party. Falls sie schon zurück ist«, er wies auf das graue, stille Fenster, »schläft sie bereits. Zum Glück ist es eine Weile her, seit sie Sie zu Gesicht bekommen hat, Herr Polizist, und ich hoffe, daß das auch so bleibt.« Er zog den Hut. »Gute Nacht, Mr. Luscombe.«

Er entfernte sich auf dem zugewucherten Pfad. Ned ging weiter. Er wollte nach Hause, weg von dieser leeren Welt, ins Bett, die Vorhänge schließen, den Himmel ausblenden und sich vor dem Gefühl der Ohnmacht, das sich seiner bemächtigte, in den Schlaf flüchten. Er wollte rennen, den Takt seines Atems in der Luft hören, den Klang seiner Schritte auf dem Pflaster. Doch es war nicht besonders ratsam, nach Beginn der Ausgangssperre durch die Straßen von Guernsey zu rennen. Er hatte die Rohais Road fast hinter sich gebracht, als er bemerkte, daß ein Auto von hinten auf ihn zukam. Er eilte weiter, suchte nach einem Versteck. Es war die Stunde des Schwarzmarkts, Waren wurden unter sorgsamer Bewachung vom Hafen oder aus den verborgenen Buchten im Süden hierhergebracht und in Kellern, auf Speichern und in Kasernen gelagert. Für ihn wäre es das beste gewesen, im Schutz der Dunkelheit zu warten, die Transporte vorbeifahren zu lassen und sich die Fahrzeuge und Fahrer zu merken. Der Schwarzmarkt war inzwischen das Lebensblut der Insel, das kräftig strömte und alles in seinen Strudel zog – wie auf die schiefe Bahn geratene Verwandte, die ihre Angehörigen in ihre wilden und unvorhersehbaren Exzesse verstricken. Er konnte die Flut nicht eindämmen, nicht mehr, da sie inzwischen auch auf sein Leben übergegriffen hatte. Sally, der Staffordshire-Terrier seiner Mutter, war vor Monaten gestohlen worden. Man hatte ihm die Kehle aufgeschlitzt, ihn keine dreißig Meter von der Hintertür entfernt am Gartentor aufgehängt und ausbluten lassen. Ned und seine Mutter hatten nichts weiter gefunden, als drei Paar genagelter Stiefel oder, besser gesagt, deren blutige Abdrücke, eingetrocknet im Schlamm, die über die Felder führten. Alle wußten, was das bedeutete: Soldaten. Ned hatte sich während der monatlichen Besprechung bei der Feldkommandantur darüber beschwert, und Lentsch hatte versprochen, der Sache auf den Grund zu gehen. Doch Ned hatte nie mehr etwas davon gehört.

Nirgendwo gab es ein Versteck: Eine lange Mauer ragte über ihm auf, auf der anderen Straßenseite verlief ein hohes, spitz zulaufendes Geländer. Ned hatte nicht vor, sich ein Paar tadelloser Hosen bei einer peinlichen Kletterpartie zu verderben. Außerdem war es bereits zu spät, denn das Auto kam herangerast und tauchte die schmale Straße in einen grellen Lichtschein. Das war kein Schwarzmarkttransport. Kühnheit und Leichtsinn waren zweierlei. Ned blieb reglos stehen, hoffte, das Auto würde vorbeifahren. Er sah den dunklen Wimpel an der Motorhaube flattern. Der Wagen blieb ein paar Meter weiter am Straßenrand stehen. Das Beifahrerfenster wurde heruntergekurbelt.

»Passierschein«, befahl eine Stimme.

Ned kramte in seiner Tasche. Er überquerte die Straße und hielt dem Mann seinen Passierschein hin. Im Wageninneren wurde eine Taschenlampe eingeschaltet und über den Ausweis gehalten, dann erhob sich der Lichtkegel und leuchtete ihm genau ins Gesicht.

»Sind Ihnen die Uniformen ausgegangen?« fragte die Stimme. Ned war klug genug, sich nicht nach dem Namen des Mannes zu erkundigen.

»Nein«, erwiderte er. »Ganz unten steht, daß ich keine zu tragen brauche.«

Von hinten hörte er ein unterdrücktes Kichern. Ned senkte den Blick. Er sah zwei Beine, ausgestreckt auf dem Rücksitz. Hübsche Beine. Er hätte darauf gewettet, daß ihre Besitzerin keinen Passierschein hatte.

»Und Sie haben nicht gegrüßt«, stellte die Stimme fest. »Hat die Feldkommandantur nicht allen Polizisten befohlen, deutsche Offiziere zu grüßen? Das ist doch Vorschrift, oder?«

Ned wußte nicht genau, warum er nicht gegrüßt hatte. Vielleicht aus Gewohnheit. Sie alle gönnten den Deutschen die Genugtuung nicht, einen britischen Polizisten derart zu demütigen. Diese unbedeutende Vorschrift zu unterlaufen hatte sich zu einem Spiel entwickelt und war Ehrensache. Wenn man einen Offizier herankommen sah, drehte man sich zu einem Schaufenster um oder stellte plötzlich fest, daß man die Schnürsenkel nicht richtig gebunden hatte.

»Ich hatte keine Ahnung, daß Sie Offizier sind«, entgegnete Ned. Er war müde und hatte noch fast drei Kilometer Fußweg vor sich. »Es ist dunkel. Oder besser: Es sollte eigentlich dunkel sein.«

Der Mann achtete nicht auf die Ermahnung. »Und wer außer einem Offizier sollte um ein Uhr morgens im Auto herumfahren«, sagte er.

»Halb eins«, meinte Ned. Er konnte es sich nicht verkneifen, ihn zu verbessern.

»Halb eins oder halb zwei, das ist hier nicht die Frage.«

»Nein.«

»Melden Sie sich morgen früh bei der Feldkommandantur.«

»Was?«

»Um neun. Ich sorge dafür, daß der Feldwebel Sie erwartet.«

»Ach, lassen Sie ihn doch, Zep. Er war schon immer ein bißchen störrisch«, ertönte eine andere Stimme. Dann wieder ein Kichern. Die Beine wurden von der Rückbank genommen. Ein Kopf beugte sich vor. Das rote Haar war unverkennbar.

»Veronica? Bist du es?« Ned blickte in den Wagen. Sie lehnte in der Ecke, einen Militärmantel über den Schultern. Zitternd zog sie den Kragen um den Hals zusammen.

»Ja, ich bin's. Und das da ist Hauptmann Zepernick, Zeppy für seine Freunde. Ich bin überrascht, daß ihr euch noch nicht begegnet seid. Schließlich ist er Polizist wie du.«

Der Hauptmann betrachtete Ned kühl. »Wir kennen uns nicht«, sagte er.

Veronicas Anwesenheit gab Ned neuen Mut. Er hatte sie in den letzten Jahren kaum gesehen, sie nur auf der Treppe getroffen, wenn sie auf dem Weg zur Probe war. Inzwischen bewegten sie sich nicht mehr in denselben Kreisen, ihre früher so unbefangene Freundschaft war vorbei. Manchmal, wenn er hinten im Zuschauerraum saß und beobachtete, wie sie es auf der Bühne übertrieb und sich viel zu weit über den Bühnenrand beugte, dachte er an das, was er über sie wußte und was er für sich behielt, und ihm war klar, warum er sie verlassen hatte. Zu sehr darum bemüht, zu gefallen, so war Veroncia eben. Zu sehr darauf aus, sich beliebt zu machen, zu leicht zu beeinflussen, zu schnell bereit, alles zu schlucken, was man ihr hinhielt. Es machte ihn wütend, daß sie ihren eigenen Wert so geringschätzte. Doch nun spürte er wider Willen, wie sich in ihm wieder die freundschaftlichen Gefühle seiner Kindheit regten. V. V. war immer in Ordnung gewesen.

»Ich nehme an, du hast keinen Passierschein, Veronica.«

»Richtig geraten.« Sie lachte. Der Mann auf dem Vordersitz drehte sich um und hob die Hand. Sie verstummte schlagartig.

»Sie braucht keinen«, erwiderte er und begann Ned eingehend zu mustern, seine Augen, jede seiner Bewegungen.

Ned stützte die Hand aufs Wagendach. Er hatte eine Schwachstelle entdeckt, die es vielleicht wert war nachzuhaken.

»Nach Beginn der Ausgangssperre braucht jeder einen Passierschein. Auch die Gäste der Wehrmacht.«

Hauptmann Zepernick lächelte. Es bereitete ihm Vergnügen, wenn andere sich auf seine Ebene einließen.

»Aber sie ist kein Gast«, entgegnete er. »Es ist dienstlich.« Er zog den Mantel zurück, so daß Veronicas Pyjama zum Vorschein kam. »Sehen Sie? Ich habe Sie befragt. Wir haben Sie aus dem Bett geholt.«

»Eher geschubst«, beschwerte sich Veronica und zog den Mantel wieder zusammen. »Ich weiß immer noch nicht, warum Sie mich in diesem Aufzug mitgenommen haben. Habe ich was Falsches gesagt?«

Hauptmann Zepernick blickte hin und her, als wisse er nicht, wem er zuerst antworten sollte.

»Er ist nicht zufrieden«, meinte er zu Veronica und fügte dann, an Ned gewandt, hinzu: »Und Sie, warum gehen Sie zu Fuß? Sie haben doch ein Auto.«

»Nein. Es hat den Geist aufgegeben.«

»Armer Ned«, spöttelte Veronica, »um diese Uhrzeit auf der Straße herumlaufen zu müssen. Und noch dazu in solchen Schuhen. Können wir ihn nicht nach Hause fahren, Zep?«

Der Hauptmann sah auf die Uhr.

»Nein, ich bin schon zu spät dran.« Er gab Ned den Passierschein zurück. »Und was den Gruß betrifft: Diesmal ist eine Meldung überflüssig. Mit Betonung auf diesmal. Verstanden? Gute Nacht.«

Der Wagen raste davon. Ned setzte seinen Heimweg fort. Bald

hatte er St. Peter Port hinter sich gelassen und befand sich auf freiem Feld. Im Osten sah er undeutlich die Umrisse von Saumarez Park, im Westen die neu gebauten Artilleriekasernen und Treibstoffdepots. Früher hätte er die Abkürzung über die Felder genommen, doch inzwischen war das nicht mehr empfehlenswert. Dieser Teil der Insel war mit Fallen gespickt, Landminen und Fußangeln unter dem Sand, rasiermesserscharfer Draht entlang der Küste. Und im Landesinneren, in der Mitte jeder der stillen, eingefriedeten Wiesen, die Bauernfamilien gehörten, erhob sich eine französische, dreihundert Pfund schwere Bombe. Von einer bunt angestrichenen Zündkapsel verliefen an einem Zahnrad befestigte Drähte zu einer Reihe von Pfosten. Diese waren etwa drei Meter hoch und rings um das Feld angeordnet. Spinnenbomben nannte man sie, allzeit bereit, einen glücklosen Fallschirmjäger in ihre tödliche Umarmung zu schließen. Die Spinnennetze des Krieges.

Irgendwo in der Dunkelheit hörte er Wachposten mit den Füßen stampfen. Ned hielt sich im Gras am Wegesrand, damit man seine Schritte nicht bemerkte, und ging nach Hause.

Veronica blickte in den Rückspiegel. Seit ihrer Weiterfahrt hatte der Hauptmann sie kaum aus den Augen gelassen und trotz der Verdunkelungsvorschriften die Innenbeleuchtung angeknipst, um sie besser betrachten zu können. Es wäre ein leichtes für sie gewesen, aus seinem Blickfeld zu rutschen, doch sie wußte, was von ihr erwartet wurde. Mit klopfendem Herzen beschloß sie, ihm den Gefallen zu tun. Sie ließ sich mitten auf der Rückbank nieder und streckte die Arme aus. Bei der Abfahrt hatte sie sich überlegt, welche Vorteile es ihr wohl bringen würde, wenn der Hauptmann einen Annäherungsversuch unternahm. Deshalb hatte sie sich für den Rücksitz entschieden, denn sie wollte in ihm eine Leidenschaft wecken, aus der sich vielleicht langfristig eine eindeutige Absicht ergab.

Sie fing an, die Melodie zu summen, die der Major ihr vorgespielt hatte. Der Hauptmann klopfte mit den Fingern aufs Lenkrad.

»Sie hätten ihn mit dem Auto mitnehmen sollen«, sagte sie,

bemüht, deutlich zu sprechen, während er den Wagen ein Stück hinter dem schmalen Tor, das zu der kleinen Reihe von Hütten und ihrem Haus führte, zum Stehen brachte. »Er wohnt gleich um die Ecke.«

»Nein«, entgegnete er, stieg aus, knallte die Autotür hinter sich zu und riß die Tür auf ihrer Seite auf.

»Pssst«, tadelte sie. »Nicht so laut. Sie wecken noch die Nachbarn auf.« Als sie aussteigen wollte, stieß er sie zurück.

»Dann sei still«, erwiderte er und zerrte an ihrer Pyjamahose. »Deshalb hast du doch für den Major getanzt, oder?«

»Das stimmt nicht ganz.« Gehorsam hob sie ihr Hinterteil.

Sie hatte es vorausgeahnt, aber sie konnte sich des Gedankens nicht erwehren, daß ihr Stelldichein etwas anders verlaufen wäre, wenn der Hauptmann Ned nicht angehalten hätte. Vielleicht hätte er sich ein gemütlicheres Plätzchen gesucht oder sie einfach mit einem knappen »Gute Nacht« und einer Verabredung für einen späteren Zeitpunkt nach Hause gehen lassen. Aber es war offenbar das Gefühl, einen anderen Menschen ausbremsen, ihn seiner Freiheit berauben zu können, das ihn in diese Stimmung versetzt hatte. Fast war sie überrascht, daß er gewartet hatte, bis sie vor ihrem Haus waren.

Die Party war ein Fiasko gewesen. Veronica hatte noch immer keine Ahnung, womit sie Lentsch verärgert hatte. Warum hatte er sie so plötzlich zurückgewiesen?

»Verschwinden Sie!« herrschte er sie an, ließ sich zurück aufs Sofa sinken, zog dabei derart heftig an ihrer Pyjamajacke, daß einer der wenigen geschlossenen Knöpfe über den Fußboden kullerte. Hauptmann Zepernick bückte sich und fing ihn mit einer Hand auf. Und in dem Augenblick, als er ihr den Knopf hinhielt und sie dabei eindringlich musterte, erkannte sie, was er vorhatte. Alle anderen Anwesenden auch.

»Wenn es kein zu großer Umweg ist ...«, sagte er leise, wohl wissend, daß dieser Fall auf der Insel gar nicht eintreten konnte. Während Molly noch einen doppelten Brandy hinunterkippte, der Major vor allem, was nicht mit seinem eigenen Elend zusammenhing, die Augen verschloß und Bohde sie ansah, als würde er ihr am liebsten bei lebendigem Leibe die Haut abziehen, um ihre Qualen in einer Artikelserie auszuschlachten, leerte sie ihr Glas und nahm Zeps Angebot an, sogar ohne zu erröten.

Kurz darauf standen sie draußen an der frischen Luft, und ihr wurde plötzlich schwindelig. Fast befürchtete sie, ohnmächtig zu werden, oder, was noch schlimmer war, sich übergeben zu müssen. Doch dann fuhren sie in die Stadt hinunter und holperten die High Street entlang. Vorbei an dem Bankgebäude, vor dem sie einst jenes eindeutige Angebot angenommen hatte, dessen Folge drei verschwendete Jahre gewesen waren. Dank des kräftigen Winds bekam sie wieder einen klaren Kopf. In der Rohais Road fluchte der Hauptmann und bremste so heftig, daß sie spürte, wie der Wagen ins Schlingern kam. Sie geriet kurz in Panik, weil sie befürchtete, er wolle seine Lust brutal auf dem kalten Boden eines verlassenen Sportplatzes befriedigen, doch dann bemerkte sie, daß er sich umblickte. Er sah nicht sie an, sondern eine Gestalt, die von der anderen Straßenseite her auf sie zuschlenderte. In dem Moment, als der Mann die Hände aus den Taschen nahm, erkannte sie ihn und lehnte sich erleichtert zurück. Denn in Antwort auf den barschen Befehl des Hauptmanns hörte sie den trägen, gedehnten Tonfall, der sie einen Großteil ihrer Jugend begleitet hatte.

Sie hatte Ned schon immer gern gehabt, und während ihrer gemeinsamen Kindheit dachte sie oft, daß eines Tages vielleicht mehr daraus werden könnte. Ihre beiden Familien hießen die unbefangene Freundschaft gut – zumindest ihre Eltern und Neds Vater, denn mit Neds Mutter war es etwas anderes. Als Veronica ein kleines Mädchen gewesen war, hatte sie sie mehr oder weniger freundlich behandelt, doch nach Veronicas sechzehntem Geburtstag rümpfte sie nur die Nase und starrte sie an, als spaziere sie allabendlich mit grellrot geschminkten Lippen auf der Pollet auf und ab. Schließlich fand sie sich jedoch anscheinend mit der inoffiziellen Verlobung ab, als Veronica neunzehn wurde. Veronica machte ihre Prüfung als Fußpflegerin (ein Fernkurs, der keine besonderen Ansprüche stellte), während Ned, der die Aushilfstätigkeiten satt hatte, sich nach einer festen Arbeit umsah. Damals, am Anfang ihrer Beziehung, hatten sie und Ned eine Menge Spaß miteinander. Und dann, plötzlich vor zwölf Monaten, war alles anders geworden. Ned wurde älter, war oft schlechter Laune und jammerte über die wenigen Chancen, die sich ihm auf der Insel boten. Er lehnte die Stelle in der Gärtnerei der Hallivands ab, die sein Onkel ihm versprochen hatte, und fand an allem etwas auszusetzen. Sie erinnerte sich noch, wie sie sich getrennt hatten – wegen eines Kusses. Der Kuß war eine Trophäe, ein Preis in einem Darts-Turnier. Ein Kuß, der nach Gin mit schwarzem Johannisbeersaft schmeckte, auf den Mund eines älteren Mannes, der sie in eine lüsterne, alkoholgeschwängerte Umarmung geschlossen hatte, während die anderen Anwesenden sie johlend anfeuerten. Es war nur ein Scherz gewesen, ein letzter Versuch, im Mittelpunkt zu stehen, bevor sie ihre Freiheit aufgab. Doch Ned war hinausgestürmt, anstatt dem Mann eine Abreibung zu verpassen.

Daß er sie auf diese Weise verließ, trieb sie keine drei Monate später für einige Zeit in die Arme von Tommy le Coeur. Und das, obwohl die Gerüchte über Tommys Alkoholkonsum und seinen Frauenverschleiß durch die Straßen von St. Peter Port sausten wie eine Tram auf gut geölten Schienen. Er war ein stämmiger Mann, standfest wie ein Baumstamm, mit einem Bauch wie eine Bowleschüssel und einem Bart wie ein Krähennest. Warum er soviel Erfolg bei Frauen hatte, war nur schwer zu verstehen. Doch eines langweiligen Nachmittags, als sie gerade aus der Bank an der Ecke der Pollet kam, zog er galant den Helm vor ihr. Um sich näherzukommen, genügte ein Nachmittag im Hinterzimmer des Brighton und bald darauf lagen seine Uniform und ihr Kittel überall verstreut in ihrem kleinen Behandlungszimmer über Mr. Underwoods Laden, weit und breit weder ein Karbunkel noch ein Taschendieb in Sicht. Sie lachten, als sie sich vorstellten, daß Mr. Underwoods Kunden im unteren Stockwerk ihren Lärm sicher hören konnten, während Veronica auf Tommys gewaltigem, weißem Bauch auf und nieder hüpfte.

Nun lag Zep auf ihr und fummelte an seinen Hosenknöpfen. Sie hörte, wie er die Stiefel gegen den Straßenbelag stemmte, und hob die Hüften an, doch offenbar half das auch nichts. So konnte es nicht klappen.

»Es ist ziemlich zugig hier drin«, beschwerte sie sich.

»Wo dann?«

Sie schob ihn weg und stand auf. Er drängte sie gegen den Wagen und steckte ihr die Hand unter den Mantel. Sie zuckte zusammen, seine Hände waren eiskalt.

»Nein«, sagte sie. »Komm mit.«

Sie nahm ihn bei der Hand und führte ihn zum letzten Haus in der Reihe. Am Weg stand der Schuppen ihres Vaters. Er war so oft aufgebrochen worden, daß sie es aufgegeben hatten, das Schloß auszutauschen. An der hinteren Wand befand sich ein kleines Fenster, daneben eine Werkbank. Mondlicht fiel auf die zernarbte Tischplatte und die Reihe von Meißeln darüber.

Zep stand in der Tür wie ein Gast, der sich ein Hotelzimmer zeigen läßt. »Hier ist kein Platz zum Hinlegen«, stellte er fest.

Sie setzte sich auf die Werkbank, stellte ihre Tasche neben sich und lehnte sich an die Wand. »Dann tu so, als wärst du bei einer Militärparade«, meinte sie. »Stillgestanden.« Sie zog ihn an sich. Es war eine ziemlich unbequeme Haltung, da nicht die Leidenschaft, sondern die Erdanziehungskraft die Bewegungen vorschrieb. Mit einer Hand umklammerte er die Tischkante, sah sich immer wieder um und hoffte, daß sie nicht zuviel Lärm machten. Außerdem fragte er sich, ob es wirklich eine gute Idee war. Andererseits war sie ja auf der Party gewesen, um sich einen vielversprechenden Deutschen zu angeln. Als der Hauptmann einen Schritt zurücktrat, um seine Hose abzustreifen, stieß er sich den Kopf an einem Gegenstand, der vom Deckenbalken baumelte.

»Vorsicht«, warnte sie und nahm das Ding vom Haken.

»Was ist das?«

Sie hielt es auf Armlänge von sich. »Eine Schnitzerei«, antwortete sie. »Nichts Besonderes.« Sie legte sie beiseite. »Komm schon.«

Er trat wieder näher, öffnete die wenigen verbliebenen Knöpfe und betrachtete, was sich darunter befand.

»Wunderschön«, stellte er fest, und er meinte es ehrlich.

Sie küßte ihn dankbar. »Du hättest mich sehen sollen, als ich noch ein bißchen mehr auf den Rippen hatte. Eure Lebensmittelrationen sind Gift für meine Figur.«

Romulus und Remus hatte Tommy ihre Brüste genannt. »Jede von ihnen paßt in einen Helm.« Jener erste Nachmittag im Pub war typisch für Tommy gewesen. Ohne viel Federlesens ließ er die Arbeit Arbeit sein, setzte sich an die Theke, trank genüßlich ein Bier nach dem anderen, neben sich den Helm, und Veronica, die mit den Beinen baumelte. Immer, wenn sich die Verbindungstür öffnete, deckte er den Helm über sein Glas. Nicht etwa, weil er befürchtete, ertappt zu werden – Tommy war schon dutzende Male erwischt worden, hatte eine Geldstrafe bekommen, aber nie seinen Posten verloren, was daran lag, daß er keine Angst kannte, wenn eine Prügelei angesagt war –, sondern weil es ihm Spaß machte, ab und zu das Zeichen seiner Amtsgewalt anzuheben und mit gespieltem Erstaunen zu betrachten, was sich darunter verbarg. Tommy hatte etwas Verspieltes an sich, das ihn jünger wirken ließ, eine Unvernunft, von der Veronica hingerissen war. Auch die Nachricht, Ned habe Karriere gemacht, sei jetzt bei der englischen Polizei und stolziere in einer zu großen Uniform die High Street in Dorchester entlang, trug ihren Teil dazu bei. Und so kam es, daß sie sich entgegen der Wünsche ihres Vaters mit Tommy einließ. Tommy, mit dem unstillbaren Durst und den riesigen Händen. Tommy mit den kunstvollen Holzschnitzereien. Tommy, der allen Frauen hinterherguckte. Eine Weile lief alles reibungslos. Sie glaubte, ihm Halt bieten und ihm seine Kapriolen austreiben zu können. Und sie gab ihm nicht die Zeit, sich mit anderen Frauen herumzutreiben. Aber dann erkrankte ihre Mutter, und Veronica wurde häufig zu Hause gebraucht. Nie wäre sie auf den Gedanken gekommen, Tommy könnte wieder in seine alten Gewohnheiten zurückfallen, denn schließlich hatte er die Madonna geschnitzt, die ihre Mutter neben dem Krankenbett stehen hatte, hatte Mutter nach unten getragen, damit sie in der Nähe ihres Gartens sein konnte, und schob sie jeden Sonntag im Rollstuhl die Esplanade entlang. Doch Hilfsbereitschaft hin oder her, es kamen Veronica verschiedene Gerüchte zu Ohren. Tommy hier, Tommy da, haben Sie ihn nicht aus dem Normandie kommen sehen, ein Mädchen an jedem Arm? Vielleicht hätte sie einfach nicht darauf geachtet, wenn sie ihn nicht erwischt hätte, wie er auf einem Mäuerchen saß, wartete, daß der Pub geöffnet wurde und dabei einen kleinen Leuchtturm mit der Inschrift: »Für Mary-Ellen. Zur Erinnerung an Guernsey« schnitzte. Er schwor zwar, sich zu bessern, aber noch während er das sagte, wanderte sein Blick zu den Ausflüglerinnen hinüber, die ihnen mit wehenden Röcken auf der anderen Straßenseite entgegenkamen, und er zwinkerte ihnen zu. Er konnte einfach nicht aus seiner Haut. Veronica hatte ihm an Ort und Stelle den Laufpaß gegeben und ihm seinen Ring vor die Füße geworfen.

Von nun an pflegte sie ihre Mutter, kochte abends für ihren Vater und behandelte jeden Vormittag von zehn bis zwölf und mittwochs auch von halb drei bis halb fünf Uhr nachmittags verhornte Füße. Mittlerweile hatte sie ein paar Stammkundinnen, einige von ihnen gehörten zur besseren Gesellschaft der Insel, sogar Mrs. Hallivand war dabei. Und dann, eines Tages, erschien Molly, kurz nach einem von Mrs. Hallivands hochherrschaftlichen, vierzehntägigen Besuchen. Veronica kannte Molly nicht sehr gut. »Die will über ihren Stand hinaus«, pflegte Veronicas Mutter zu sagen. »Aber mit so einer Figur kann sie sich solche Flausen leisten«, antwortete ihr Vater dann immer. Molly hatte einen eingewachsenen Zehennagel. Die beiden Frauen standen am Fenster und blickten Mrs. Hallivand nach, wie sie die Straße entlangrauschte und diejenigen, die sie für würdig hielt, mit einem Nicken oder ein paar Höflichkeitsfloskeln bedachte. »Wie ich sehe, stehen Sie unter königlichem Schutz«, sagte Molly, und Veronica gab eine derart gute Imitation Ihrer Majestät zum besten, daß Molly lachend hinzufügte: »Sie sollten zur Bühne gehen. Kommen Sie doch mal zu unserer Laienspielgruppe. Wir treffen uns über dem Polizeirevier und könnten dringend ein paar neue Leute brauchen. Vielleicht gefällt es Ihnen. Nur noch eine Warnung: Marjorie hütet die Kasse.«

Veronica war Mollys Rat gefolgt. Sie war begabt, hatte das gewisse Etwas, und singen konnte sie auch. Hin und wieder hörte sie Tommys Gelächter aus dem Publikum, und weil sie ihn immer noch gern hatte, nahmen sie insgeheim ihre Beziehung wieder auf. Man hatte ihn eine Weile mit Elspeth Poidevin gesehen, doch er hatte sie aus heiterem Himmel sitzengelassen. Es wurde getuschelt, er sei der Vater ihres Kindes, doch das schien keinen der beiden zu stören. Wenn er Zeit hatte, besuchte er Veronica dienstags und donnerstags, kurz bevor sie ihre Praxis schloß, häufig jedoch hängte sie auch einfach das Schild mit der Aufschrift »Geschlossen« in die Tür, zog die Jalousien herunter und begann ohne Umschweife auf ihm herum zu hüpfen, was ihn noch immer zum Kichern brachte. Sie freute sich auf diese Tage. Ihr war es lieber, wenn er so war – nur selten betrunken, dankbar und guter Laune –, als wenn er spätnachts in ihr Ehebett getorkelt wäre und sie mit ihren unerfüllten Erwartungen allein gelassen hätte. Ihre Abende verbrachte sie inzwischen anderweitig. Meistens ging sie aus, mit Leuten aus Mollys Freundeskreis und ein wenig stilvoller, als sie es früher gewohnt war. Außerdem verdiente sie einigermaßen, besonders in den Sommermonaten. Seltsam, was die Leute so alles unter ihren Socken entdeckten, wenn sie ihre Füße dem Sonnenlicht aussetzten; einige Feriengäste kamen schon am zweiten oder dritten Urlaubstag zu ihr, ihre Füße zuckten auf dem Teppich wie flache, mißgebildete Geschöpfe, die jemand vom Meeresgrund heraufgeholt hatte.

Und sie hatte einen anderen Mann kennengelernt. Gerald, Sohn eines Anwalts, auch er war in der Laienspielgruppe. Ein wenig beschränkt, aber gutwillig. Er hielt sich für Guernseys Antwort auf Noël Coward, immer mit Krawatte, Zigarettenspitze und Tennisschläger, und er brachte ihr bei, wie man Krocket spielte und einen Pim No. 1 mixte. Veronica begriff rasch. Sie begann *Country Life* und *Picture Post* zu lesen. Sie übernahm Hauptrollen in Stücken von Agatha Christie. Sie lernte gute Manieren. Ihre Stimme veränderte sich und verlor den gedehnten Inselakzent, den sie bei ihren Eltern, bei Tommy und bei all ihren anderen Bekannten hörte. Sie konnte schlagfertig sein und lästern. Und sie betrachtete andere Menschen in Hinblick auf ihre Zukunft, ihre Fähigkeiten und ihre Leistungen und danach, wie sie selbst davon profitieren konnte. Mit Tommy und seinesgleichen gab sie sich nicht mehr ab. Veronica war im Begriff, eine junge Dame zu werden. Sie gewöhnte sich an, ihre Praxis früher zu verlassen, so daß Tommy vor verschlossenen Türen stand und sie nicht mehr antraf. Drei Wochen lang funktionierte es, doch dann paßte er sie auf der Treppe des Polizeireviers ab, als sie gerade auf dem Weg zur Leseprobe eines neuen Kriminalstücks war. Sie sollte im Nachthemd erdrosselt werden und freute sich schon sehr darauf.

»Ich war schon ein paarmal bei dir, aber nie bist du da«, klagte Tommy. Seine hünenhafte Gestalt füllte den ganzen Treppenabsatz aus.

»Ich öffne nicht mehr für jeden X-Beliebigen.« Sie strich die Falten ihres Kleides glatt und wartete. Sie hatte ihre Worte mit Bedacht gewählt und fand sie sehr geistreich.

»Nicht mal für den alten Tommy?« fragte er.

»Nicht mal für den alten Tommy«, wiederholte sie.

»Ich hab dir was gemacht. Für deinen Laden.«

Veronica zuckte zusammen. Wie sie dieses Wort haßte. »Es ist eine Praxis, Tommy, kein Laden.«

Unter seiner Jacke zog er einen aus Holz geschnitzten Fuß hervor, mit Zehen, Zehennägeln und einem vollendet geschwungenen Rist.

»Ein Fuß, siehst du? Du könntest ihn draußen vor der Tür anbringen. Wie das Schild an einer Apotheke.«

»Sehr hübsch.«

»Wenn du magst, helf ich dir beim Aufhängen. Ich könnte morgen vorbeikommen, nach der Mittagspause.«

»Zuerst muß ich Mr. Underwood um Erlaubnis fragen. Schließlich gehört das Haus ihm.«

Tommy nickte. Sie beide wußten, daß sie nicht die Absicht hatte, sein Kunstwerk irgendwo aufzuhängen. Er verzog ärgerlich das Gesicht. »Wie läuft's mit der Schauspielerei?«

Von oben war Gelächter zu hören. Sie hob den Kopf, befürchtete, etwas zu verpassen.

»Blendend.«

»Blendend! Was ist denn das für ein komisches Wort?«

»Nur ein Wort, Tommy, nur ein Wort.«

»Keins, das ich benützen würde.«

Sie senkte den Blick. »Willst du mir jetzt schon das Reden verbieten?«

»Dann will ich dich nicht weiter stören, wenn alles so *blendend* läuft.«

Er schickte sich zum Gehen an, drehte sich noch einmal um und rief als letzten Versuch hinauf: »Ist mit deiner Mutter alles in Ordnung?«

In diesem Augenblick fing er an, ihr leid zu tun. Er war gut zu Mutter gewesen. Mehr als gut. Großzügig und hilfsbereit.

»Sie fühlt sich den Umständen entsprechend. Komm sie doch mal besuchen, wenn du möchtest. Sie würde sich freuen.«

»Wann?«

»Wann du willst. Sie ist immer zu Hause. Ich muß ja nicht dabei sein.«

»Eigentlich nicht.«

»Ist wahrscheinlich besser, wenn ich nicht da bin. Ich will nicht, daß du dir falsche Hoffnungen machst, Tommy.«

»Meinst du damit, daß ich nicht mehr vorbeikommen soll?«

»Nicht meinetwegen.«

»Auch nicht, wenn meine armen, alten Füße Pflege brauchen?«

»Deinen Füßen könnte nicht mal ein Panzer was anhaben, Tommy. Nicht in diesen Stiefeln.«

Er polterte die Treppe hinunter, sah sich noch einmal um, in der Hoffnung, daß sie dastand und ihm nachblickte, bereit, die von so vielen Gesetzesbrechern ausgetretenen Stufen hinunterzulaufen und sich ihm in die Arme zu werfen. Aber sie war fort.

Oben las sie ihren Text und legte ihren weißgepuderten Hals in Geralds zitternde Hände. Es war phantastisch. Er brachte kaum einen Ton heraus, so aufgeregt war er. Jedesmal, wenn sie zu Boden sank, glitten seine Hände ein wenig langsamer ihre Flanken entlang, und als er über die Bühne ging, um zu telephonieren, hielt er eine

Hand vor die Hose, in der Hoffnung, daß niemand es bemerkte. Veronica, die auf dem Boden lag und an seinem Bein hinaufschaute, bemerkte es natürlich trotzdem, ebenso wie Molly, die ihr aus der Kulisse zuzwinkerte. Veronica mußte an eine Reklameanzeige in der *Picture Post* denken, deren Text gelautet hatte: »Je weniger ein Mann seine Unterwäsche spürt, desto lieber trägt er sie.« Obwohl Gerald sie im Augenblick eindeutig zu spüren schien, störte ihn das offenbar gar nicht. Der Himmel wußte, was er bei der Kostümprobe anstellen würde, denn da würde Veronica ihr neues Nachthemd tragen, das sie unten im Laden gekauft hatte. Fast wie Seide fühlte es sich an, bestand aus einem neuen Stoff namens Viskose, hatte einen Satinkragen und war oben eng geschnitten wie ein Mieder, an der Taille gerafft und vorne glatt, so daß man alles sah. Wenn Gerald dieses Nachthemd berührte, würde er an seinem Ständer vermutlich den Telephonhörer aufhängen können. Bei dem Gedanken erbebte sie vor Lachen. »Halten Sie den Brustkorb ruhig, V.«, mahnte Mrs. Hallivand. »Sie sind eine Leiche, junge Dame, kein mißglückter Mandelpudding.«

Nach der Probe begleitete Veronica ihn nach draußen und lauschte mit keusch im Schoß gefalteten Händen, wie er ihr seine Absichten eröffnete und von der Kanzlei seines Vaters, dem Grundbesitz der Familie neben dem Golfplatz und dem Hotel sprach, das er bauen wollte. Gib mir sechs Monate, beschwor er sie, dann werde ich mit deinem Vater reden.

Du kannst auch sofort mit meinem Vater reden, Liebling, hätte sie ihm am liebsten gesagt, er verlangt das alles nicht von dir. Doch sie verkniff es sich und antwortete statt dessen, wie begeistert sie sei (und das war sie tatsächlich, daran bestand kein Zweifel), und als sie später zu Hause im Bett lag, dachte sie an das Haus, das Gerald und sie einmal bewohnen würden, drüben in St. Martins oder im teuren Teil von St. Peter Port. Morgens würde sie vor einem weit aufgerissenen Fenster aufwachen, unten der Garten und Gerald, der gerade zur Arbeit fuhr. Er würde ihr keine Schwierigkeiten machen, würde Wachs in ihren Händen sein… Zwei Monate später war er fort. Nicht nur Gerald, sondern alle Männer hier, um sich auf der anderen Seite des Kanals freiwillig zu melden. Veronica war entsetzt, als sie von seiner Entscheidung erfuhr. Es dauert nicht lange, Liebling, versicherte er ihr, bald bin ich zurück, und schlüpfte zum ersten und letzten Mal aus seinem Flanellanzug (sorgfältig geplante Hingabe, getarnt als mädchenhafte Arglosigkeit). Und was geschah dann? Gerald wurde noch während der Ausbildung über Bord gespült und ertrank! All die Monate hatte sie sich vergeblich abgemüht!

Zuerst glaubte Tommy, sie zurückerobern zu können, da Gerald nun aus dem Weg war. Bei der Beerdigung von Neds Vater hatte sie ihm freundlich und diskret zugewinkt, doch das Problem war, daß sich ihr Geschmack inzwischen unwiderbringlich geändert hatte. Gerald mochte ein wenig beschränkt gewesen sein, aber wenigstens hatte er Ehrgeiz und Zukunftspläne. Ned hatte wegen des Trauerfalls ein paar Tage Urlaub bekommen, und am Tag vor seiner Rückkehr nach England verabredeten sie sich auf einen Drink. Am nächsten Tag kamen die Deutschen.

Die erste Zeit war nicht leicht für Veronica gewesen, denn sie hatte inzwischen so viele Brücken hinter sich abgebrochen. Doch anders als die anderen Männer, die sie kannte, achteten die Deutschen auf ihren Körper; sie mochten es, wie sie aussahen, wie sie sich anfühlten, und wollten sie verstehen. In dieser Hinsicht waren sie Frauen sehr ähnlich. Wie der Friseur der Stadt paßte Veronica das Angebot ihrer Praxis der Nachfrage an. Das Geschäft florierte. Und ihre Laienspielgruppe war noch nie ausgebuchter gewesen. Also bekam Veronica von beidem die Schokoladenseite. Im Gegensatz zum armen Ned. Die Bewohner der Insel erwarteten von ihm, daß er sie vor den Deutschen schützte. Und die Deutschen verlangten, daß er ihre Anweisungen durchsetzte. Ned saß zwischen den Stühlen und wurde von beiden Parteien mit Argwohn betrachtet. Veronica fragte sich, wie er und Tommy inzwischen miteinander auskamen.

Zep schob die Hände unter sie und hob ihren Po an, so daß sie weiter nach hinten rutschte. Sein Kopf stieß gegen die Holzbalken, die Meißel tanzten. Er hatte es eilig. Sie legte ihm die Hände um den Nacken und zog sich hoch. Gleich würde es vorbei sein, gleich würde er verschwinden. Und in den wenigen verbleibenden Minuten mußte sie ihm etwas geben, das er vielleicht nicht erwartete, das ihn nicht nur an den flüchtigen Trieb erinnerte, den die Begegnung mit Ned in ihm ausgelöst hatte. Es mußte eine ganz besondere Anziehungskraft sein, die nur sie allein besaß. Aber was? Und wie sollte sie es ausdrücken? Mit einem Wort? Einer Geste? Der Aussicht auf zukünftige Freuden? Würde die Vorstellung, Molly regelmäßig zu betrügen, ausreichen, um seinem Selbstbewußtsein Nahrung zu geben? Oder war Mollys glattes, geschminktes Gesicht, das sich bei ihrem Aufbruch verhärtet hatte, genau das Bild, das dafür sorgen würde, daß er sich von ihr, Veronica, abwendete? Sie zog ihn an sich. Als sie über seine Schulter blickte, sah sie hinter einem Stapel aus Kisten und Bilderrahmen ein Paar Stiefel im Dämmerlicht schimmern. Einer von ihnen bewegte sich vorsichtig. Sie schnappte nach Luft.

»Gefällt es dir?« wollte der Hauptmann wissen.

Sie begann zu zittern, der Schweiß brach ihr aus.

»Ja?«

»Ja«, sagte sie und starrte auf die Stiefel. »Es ist gut, sehr gut.«

Sie drückte seinen Kopf an ihre Brust, fragte sich, wer das sein könnte. Sicher nicht ihr Vater. Bitte, lieber Gott, nur das nicht. Der nächste Gedanke ließ sie erschaudern. Tommy. Die Größe der Stiefel konnte passen. Wie oft hatte sie seine Uniform auf ihrer Haut gespürt wie jetzt die des Hauptmanns, hatte seinen säuerlichen Schweiß gerochen, das verschüttete Bier und den süßen Duft von Holzspänen. Die Uniform des Hauptmanns hatte völlig andere Gerüche in sich aufgesogen, Zigarrenrauch, Messingpolitur und an Schultern, Revers und Hemdkragen der Duft nach Molly und Mollys Parfüm, ein Kokon der Begierde. Doch der würde ihn nicht schützen. Tommy würde aus seinem Versteck springen und ihm den Schädel spalten wie eine Walnußschale. Und dann würden sie die Leiche wegschaffen und in einem entlegenen Feld begraben müssen. Auf der Suche nach dem Hauptmann würde man die ganze Insel durchkämmen. Und Lentsch wußte, daß er die Party mit ihr verlassen hatte! Also würde man sie als erste vernehmen. Vielleicht würde sie ihr Leben verlieren. Sie begann, am ganzen Leibe zu zittern, Schenkel, Arme und Bauchmuskeln. Der Hauptmann hob sie grinsend hoch und feuerte sie an.

Als es vorbei war, stand er reglos und keuchend da. Sie wußte nicht, wo sie hinsehen sollte, damit ihre Augen ihm nichts verrieten. Er musterte sie aufmerksam. Eigentlich hatte er erwartet, sie würde es unbeteiligt über sich ergehen lassen. Er war beeindruckt.

»Ich muß weg«, sagte er schließlich. »Man erwartet mich.«

Sie sprang von der Werkbank, hielt den Mantel auf und schmiegte sich an ihn, voller Angst, er könnte sich umdrehen.

»Gruß und Kuß Veronica. Erinnerst du dich?« fragte sie, schob ihn sanft rückwärts, drückte sich an ihn und preßte die Lippen auf seine. Inzwischen hörte sie jemanden atmen, sie war ganz sicher. Sie streckte den Arm aus und schob die Tür auf. Der Hauptmann trat auf den Weg hinaus.

»Magst du Pferde?« erkundigte er sich. »Reitest du?«

Sie hatte noch nie auf einem Pferd gesessen. Pferde machten ihr angst.

»Ich liebe es«, antwortete sie. »Ich bin so gerne draußen in der Natur.«

»Ich schicke dir vielleicht eine Nachricht. In deinen Laden.«

»Gut, sehr gut.« Sie schob seine Hände weg. »Und jetzt brauche ich meinen Schönheitsschlaf.«

Sie stand in der Tür, als er davonging, hörte, wie die Wagentür leise ins Schloß fiel, und das Surren des Motors beim Wegfahren. Zu spät erinnerte sie sich an die Kleider auf dem Boden seines Autos. Sie kehrte in den Schuppen zurück, griff nach einem Spaten und hielt ihn sich vor die Brust wie eine Flinte beim Waffenappell.

»Bist du das, Tommy?«

Es war totenstill. Das Atmen hatte aufgehört. Sie stieß mit dem Spaten in die Dunkelheit.

»Jetzt komm schon raus! Du kannst dich jetzt zeigen!«

Wieder ein Stoß mit dem Spaten, und diesmal traf er auf etwas. Ein Aufschrei, und die Kisten purzelten ihr vor die Füße. Erschrocken sprang sie zurück. Inzwischen war es ihr egal, ob jemand sie hörte.

»Komm raus! Aber schnell. Er ist gleich zurück!«

Eine magere, bleiche Gestalt trat hinter dem umgestürzten Stapel hervor. Trotz des Windes konnte sie ihn riechen.

»Bitte!«

Sie erkannte den Akzent nicht, doch sie wußte, wer er war und wo er hingehörte. Einer der Fremdarbeiter der Organisation Todt. Verwirrt und fluchtbereit stand er da. Normalerweise sah man sie nur bei Morgengrauen oder in der Abenddämmerung, wenn sie auf der Ladefläche eines Lastwagens standen oder die Straße entlangschlurften, Pickel und Schaufeln auf der Schulter. Meistens hielten sie sich in den Sperrzonen auf und bauten Befestigungsanlagen. Leuten wie ihnen, mit tief in den Höhlen liegenden Augen und dunklen Gesichtern, waren die Inselbewohner noch nie begegnet. Wer konnte wissen, was sie dachten? Sie hatten kaum Ähnlichkeit mit Menschen. Molly hatte ihr erzählt, die Hälfte von ihnen seien Insassen von Irrenanstalten, die anderen Verbrecher, Kommunisten zum Beispiel. Wenn sie nicht in ihre Unterkünfte eingesperrt waren, streunten sie herum und nahmen alles mit, was nicht niet- und nagelfest war. Aber der hier machte keinen sehr furchterregenden Eindruck.

»Was willst du?« fragte sie, als ob sie das nicht gewußt hätte. Er schwieg. Veronica, die immer noch an der Tür stand, zeigte auf ihren Mund.

»Etwas zu essen? Wolltest du Lebensmittel stehlen?«

Er schüttelte den Kopf. Als sie auf ihn zukam, um ihn hinauszuwerfen, kauerte er sich hin und hob den Arm, wie um sich vor einem Schlag zu schützen. Sicher war er nicht älter als sechzehn, vielleicht sogar jünger. Bei den Fremdarbeitern war das schwer festzustellen. Wenn er um diese Zeit noch unterwegs war, hatte er sicher furchtbaren Hunger. Veronica erinnerte sich an den Essenstisch und daran, wie die Mädchen sich darum geschart hatten. Sie waren auch nicht anders, hatten einander mit den Ellenbogen beiseite gedrängt, um den nächsten fettigen Happen zu ergattern. Eigentlich auch nur eine Form von Sklaverei. Sie packte den Jungen am Handgelenk, zog ihn zu sich und holte den Käse aus ihrer Handtasche.

»Iß«, sagte sie.

Er nahm ihn und drehte ihn argwöhnisch in den Händen.

»Er ist in Ordnung«, meinte sie. »Iß. Er ist gut.«

Der Junge nahm einen Bissen. Es fiel ihm schwer, zu kauen und zu schlucken.

»Trinken?« fragte sie. »Wasser?«

Er nickte.

»Komm mit.«

Sie gingen den Pfad entlang zur Hintertür, wo sich die Hütte der Erde entgegenneigte wie ein alter Knecht, der allzu viele Arbeitsjahre auf dem Buckel hat. Sie hielt den Zeigefinger an die Lippen.

»Pssst.«

Der Junge nickte wieder.

»Ja.«

In der Küche schloß sie die Vorhänge und machte Licht. Der Junge war von Kopf bis Fuß weiß, weißer Staub hing in seinem langen, verfilzten Haar, auf seinem ausgemergelten, argwöhnischen Gesicht, auf den zitternden Beinen. Ohne die schlammige Jacke aus irgendeinem verschlissenen Material und die dunkelroten, eingesunkenen Augenhöhlen hätte man ihn für ein Gespenst halten können. Er trug eine an der Taille zusammengeschnürte kurze Fußballhose, seine Füße steckten in Stiefeln, die ihm drei Nummern zu groß waren.

Veronica schnitt ihm eine dicke Scheibe Brot ab und schenkte ihm ein Glas Milch ein. Sie hatte sich die Fremdarbeiter immer gehetzt und verhuscht vorgestellt, aber dieser hier ließ sich Zeit, aß langsam und hielt inne, um zu schlucken. Den angebissenen Käse hielt er zwischen den Knien. Weißer Käse auf weißer Haut. Weiße Milch und weißes Brot. Wie gerne hätte sie ihm etwas gegeben, das ein wenig Farbe hatte. Seine Beine waren lang und mager, dazu gemacht, auf Felsen zu klettern, um Möweneier zu stehlen, und vom Rad zu fallen. Beine, wie Ned sie früher gehabt hatte, Beine zum Laufen. Als er aufgegessen hatte, blickte er zur Tür und rieb sich die Waden.

»So kannst du nicht rausgehen«, sagte sie. Der Junge verstand nicht.

»Kleider«, meinte sie und klopfte sich auf den Oberschenkel. »*Vêtements.* Du bist nicht warm genug angezogen.« Sie zeigte auf den Boden. »Bleib hier«, befahl sie.

Im Wohnzimmer lag ein Haufen Theaterkostüme, die sie zum Flicken mit nach Hause genommen hatte, ein paar Piratenanzüge, Feenflügel und die Sachen der verlorenen Jungen. Darunter befand sich eine dicke, rote Flanellhose, die sie erst am Vorabend ausgebessert hatte.

»Hier«, verkündete sie, als sie wieder in der Küche war. »Zieh das an.«

Er zögerte.

Sie machte es ihm wieder vor, zog mühsam die Hose über ein paar imaginäre Stiefel. Seine Lippen zuckten vor Lachen.

»Los!«

Als er die Hose entgegennahm, drang die Stimme ihres Vaters aus dem oberen Stockwerk herunter.

»Veronica? Bist du das?«

Der Junge wollte schon die Flucht ergreifen, aber Veronica schüttelte den Kopf.

»Wer ist denn bei dir?«

Schritte kamen die Treppe herab. Ein gedrungener Mann in Hosen und Hemd spähte durch die Tür. Seit Mutter bettlägrig war, schlief Vater voll bekleidet neben ihr auf dem Fußboden.

»Wer zum Teufel ist das?« fragte er.

»Ein Fremdarbeiter«, antwortete sie. »Ich habe ihn draußen aufgelesen.«

»Der will uns wohl bestehlen, der kleine Mistkerl.« Er hob die Hand. Veronica hielt sie in der Luft fest. Er hatte nicht besonders kräftig ausgeholt.

»Nein, Dad. Schau ihn dir doch an. Der Arme ist ja halb verhungert.«

»Und du verstößt gegen die Vorschriften, mein Kind. Das weißt du ganz genau. Los, abhauen.« Er ging zur Hintertür. Veronica lehnte sich mit ihrem Gewicht dagegen.

»Er geht erst, wenn er etwas gegessen hat«, protestierte sie. »Und jetzt Schluß. Leg dich wieder schlafen. Was du nicht weißt, macht dich nicht heiß.«

»Deinetwegen werden wir noch alle umgebracht«, schimpfte ihr Vater. »Du hast Mama aufgeweckt.«

»Wie geht es ihr?«

Der Vater betrachtete den Jungen, der starr vor Angst dasaß, und dann seine Tochter. Sie war ihm fremd geworden.

»Unruhig ist sie. Ist das ein Wunder, wenn ihre Tochter erst mitten in der Nacht nach Hause kommt?«

»Es ist für eine gute Sache, Dad«, entgegnete sie.

»Was könnte das sein?«

»Überleben. Mehr zu essen.«

Der Junge stand auf und zog seine Jacke zusammen. Die Hände gefaltet wie zum Gebet, verbeugte er sich vor ihnen. Er wirkte erregt.

»Lager Ute«, sagte er. »Lager Ute.«

»Was meint er damit?« fragte Veronica ihren Vater.

»Dort ist er untergebracht. In der Nähe des Hauptquartiers der Organisation Todt. Er muß vor Tagesanbruch zurücksein.« Er ging zur Anrichte und bückte sich. Sie hörten den Brotkasten klappern. Dann richtete er sich, eine Papiertüte in der Hand, wieder auf.

»Pastete mit Eiern und Tomaten. Mrs. Luscombe hat sie heute nachmittag vorbeigebracht.« Er teilte die Pastete in zwei Hälften und steckte dem Jungen eine in die Tasche. »Ich weiß auch nicht, warum ich das tue. Und nun hau ab, bevor wir deinetwegen noch erschossen werden.«

Veronica brachte den Jungen zur Tür. Sie tippte auf ihr Handgelenk.

»Nachts«, sagte sie. »Diese Tür. Offen.« Sie öffnete und schloß sie ein paarmal. »Du kommst hierher. Essen. Ja?«

»Ja.«

»Gut. Sehr gut.«

Der Junge lächelte schüchtern. Sie nahm seinen Kopf und drückte ihn an sich. Dann wandte er sich um und verschwand rasch in der Dunkelheit.

Der Vater saß am Küchentisch und rauchte den Stummel einer selbstgedrehten Zigarette.

»Du treibst ein gefährliches Spiel, mein Kind«, meinte er.

»Wegen ihm? Der wird nichts verraten.«

Der Vater schüttelte den Kopf.

»Nein, nicht wegen ihm, sondern wegen dem da.« Er wies auf den Armeemantel. »Da wird nichts Gutes draus.«

»Nein? Und was machst du am Flugplatz?«

»Das kann man nicht vergleichen. Für sie zu arbeiten, ist eine Sache. Da haben wir keine andere Wahl. Aber … Beziehungen mit ihnen zu unterhalten …«

»Tut mir leid, daß ich geboren bin. Wohin, glaubst du, fliegen all die Kampfflugzeuge? In den Urlaub? Verdammt, man kann die Bomber kreisen sehen, wenn sie auf ihre Eskorten warten. Du hilfst ihnen, London zu bombardieren, Dad.«

Das Gesicht ihres Vaters rötete sich vor Zorn. »Du hast ja keine Ahnung, Kind. Ich weiß genau, was ich tue, und ich weiß auch, was du so treibst. Du hättest bei Tommy le Coeur bleiben sollen. Der würde diesen Unsinn nicht dulden.«

»Tommy ist jedem Weiberrock nachgelaufen.«

»Wahrscheinlich hast du ihn erst auf den Geschmack gebracht, mehr kann ich dazu nicht sagen.«

»Dad!«

»Das meine ich ernst. Dem Himmel sei Dank, daß deine Mutter nichts davon bemerkt.«

»Wenn du möchtest, kann ich ja ausziehen.«

»So weit könnte es durchaus kommen.«

Er ging wieder nach oben. Veronica öffnete die Hintertür, trat in den Garten hinaus und schlenderte bis zum Feld an der Grundstücksgrenze. Sie fragte sich, ob der Junge wohlbehalten nach Hause gekommen war. Nach Hause! Sie seufzte, als ihr klar wurde, wie unpassend dieses Wort war, und spürte, daß ihr die Tränen in die Augen stiegen. An den Gartenzaun geklammert, ließ sie dem Schluchzen freien Lauf.

Als Ned den Gipfel des Hügels erreichte, blieb er stehen und blickte hinunter. Der Mond war voll, aber es war ein Wintermond, der der Insel sämtliche Farbe entzog. Am Ufer erhoben sich verschiedene Aufbauten in den Himmel, die halbgeöffnete Schaufel eines Baggers überragte die Umrisse einer Henschel-Lokomotive und ihre angekoppelten leeren Waggons. Davor stand die Siedlung, in der er aufgewachsen war. Früher waren die Häuser einmal im Jahr weiß gekalkt worden, doch nun ließ man sie verblassen. Die Leute waren zu erschöpft, um ihre Häuser zu streichen. Guernsey hatte einen neuen Farbton angenommen: besatzungsgrau.

Aber die Bucht dahinter funkelte. Keine Verdunkelung konnte heute nacht etwas dagegen ausrichten, und während Ned zusah, wie das Licht des Mondes auf ihren tiefen, dunklen Wassern tanzte, schien es ihm wieder, als würde die Insel über dem Meer schweben, ein Gefühl, das er schon vergessen geglaubt hatte. Kurz konnte er sich daran erinnern, wie es vor dem Grau gewesen war, als noch nicht das Stampfen marschierender Füße und Schlachtgesänge über die Insel gehallt hatten, sondern Geräusche, wie Menschen sie verursachten, die ihrer Arbeit nachgingen. Aber sie waren nach und nach übertönt worden, denn inzwischen taten die Leute hier nichts anderes mehr, als sich von einem Tag zum nächsten zu schleppen. Ned stand da und lauschte. Selbst das Meeresrauschen hatte sich verändert! Ned wußte noch, wie er sich früher angehört hatte, der Takt, der ihn beim Einschlafen und Aufwachen begleitete – nicht das satte Klatschen, mit dem das Wasser heute an die dicken Betonmauern schlug, sondern ein Plätschern und Gurgeln, wenn die Wellen unaufhaltsam und immer wieder über den breiten Strand aus Sand und Kieseln spülten. Damals wäre er in einem solchen Moment hinuntergegangen und hätte sein Kanu herausgeholt, mittlerweile eines der wenigen Boote auf der Insel, das die Besatzer weder beschlagnahmt noch zerstört hatten. Und das Schönste daran war, daß er sich nicht einmal die Mühe hatte machen müssen, es zu verstecken. Es war ein Faltboot, sechs Meter lang, leicht, aber stabil genug, um ein Gewicht von etwa dreihundert Kilo zu tragen. In zerlegtem Zustand ähnelte es eher einem Feldbett, und da die Paddel im Schuppen zwischen den Heugabeln lehnten, hatten die Deutschen es kaum eines Blickes gewürdigt. Vor sieben Jahren hatte Ned es in einer Anzeige gesehen und in Raten von zwei Shilling Sixpence die Woche mit Hilfe einer Finanzspritze seines Vaters und eines Darlehens von Onkel Albert abbezahlt. An Frühlingsabenden wie heute war er früher oft damit hinausgefahren, um über die gewaltige glatte Oberfläche der Welt zu gleiten und auf dem menschenleeren Meer ins Mondlicht einzutauchen. Im Sommer hatte Veronica ihn begleitet, und sie waren an den stillen Klippen und den reglosen Buchten vorbeigefahren, wo Veronica irgendwann ins Wasser sprang, sich auf den riesigen Wogen treiben ließ und der kalten Strömung trotzte, während er zur Sicherheit im Kreis um sie herumpaddelte. Danach hatte die Insel ihnen gehört; zwei jungen Menschen, die die Kraft und die Fähigkeit hatten, sie in Besitz zu nehmen und eine Verbindung zwischen der uralten Geschichte dieses felsigen Eilands und ihrer eigenen überschäumenden Jugend herzustellen.

Eine Eule schrie und erinnerte Ned an andere Rufe und andere Gesänge, die früher durch die ruhige Nacht gehallt hatten; an die Heimwege mit Bernie unter lautem Gegröle, die Bäuche voller Bier; an das nacktbaden unter viel Gekreisch, zu dem die Jungen Veronica, Bernies Freundin und die damals noch ziemlich junge Elspeth Poidevin überredet hatten; und daran, wie sie hinterher über den L'Ancresse Common nach Hause gelaufen waren, voll aufregender neuer Einblicke in die Geheimnisse des menschlichen Körpers, die sie oft noch lange wach liegen ließen. Sie alle waren älter geworden, Ned wußte das, und er wußte auch, daß es nicht seine vergangene Jugend war, der er nachtrauerte. Es lag vielmehr an der Wendung, die ihrer aller Leben seitdem genommen hatte. Sie waren in ihrer Bewegungsfreiheit eingeschränkt, nicht durch das Schicksal der Insel oder durch ihre eigenen Vorurteile, ihre Engstirnigkeit, sondern durch ein Mutterland, das es nicht mehr gab. Wer waren sie nun? Welche Identität besaßen sie noch? Sie hörten Radio und warteten auf Nachrichten, die ihnen wieder Hoffnung geben konnten. Doch obwohl London die anderen besetzten Länder mit einer Flut solcher Botschaften bedachte, richtete es nie das Wort an sie. Was die Kanalinseln anging, hüllte sich England in Schweigen, als ob es sie dafür bestrafen wollte, daß sie sich hatten erobern lassen. »England erwartet von jedem Mann, daß er seine Pflicht tut« – diesen Satz hatte Ned in der Schule gelernt. Doch was konnte man hier schon ausrichten, wo man mitten unter dem Feind lebte, der sich zwar höflich und rücksichtsvoll verhielt, aber grenzenlose Macht ausstrahlte?

Ned achtete darauf, keinen Lärm zu machen, als er das Haus betrat, doch durch den Fußmarsch war seine Müdigkeit verflogen und er hatte keine Lust, zu Bett zu gehen. Hungrig war er, und er sehnte sich nach Gesellschaft, und so kauerte er sich neben den Hund und sprach leise mit ihm. Jimbo hob aufmerksam und treu den Kopf, bevor er sich wieder zum Schlafen niederlegte. Auf dem steinernen Sims in der Speisekammer lagen fünf Rübenkuchen, die Neds Mutter vermutlich am Nachmittag gebacken hatte, daneben ein Häufchen Haferkekse. Kein Brot. Immerhin waren vier Eier da, ein Zeichen dafür, daß die Hühner noch legten; daß sie überhaupt noch da waren. Ned hatte das Federvieh hinten in der Waschküche untergebracht. Nun roch zwar die ganze Küche nach den Tieren, aber wenigstens waren sie vor Dieben sicher. Er nahm zwei Eier und biß in einen Keks. Er hatte den ganzen Tag kaum etwas gegessen.

Der eiserne Ofen war schon vor Stunden ausgegangen, doch es würde nicht lange dauern, in wieder anzuzünden. Vor der Besatzung hatten sie ihn die ganze Nacht über brennen lassen, eingeschürt mit der Kohle, die Dad aus der Baustoffhandlung mitbrachte. Allerdings gab es seit 1941 keine ordentliche Kohle mehr, nur feuchtes Zeug aus Belgien, das alles mögliche produzierte, bloß keine Wärme. Der Holzvorrat wurde langsam knapp. Sie mußten noch entscheiden, ob sie Sallys alte Hundehütte zu Feuerholz zerhacken wollten. Ned öfffnete die Ofenluke und legte ein paar kleine Scheite oben auf das Reisighäufchen. Er nahm die Pfanne vom Haken, schlug die Eier hinein und wartete, bis sie sich erhitzten. In der Dose war noch ein wenig Tee, übriggeblieben von Onkel Alberts wöchentlichem Besuch. Obwohl Ned ein schlechtes Gewissen hatte, weil er nur für sich allein eine Kanne Tee aufbrühte, setzte er den Kessel auf. Er brauchte ein wenig Trost.

Während die Eier in der Pfanne schmurgelten, ging er ins andere Zimmer und ließ sich in dem Lehnsessel nieder. Früher hatte sein Vater dort gesessen und ein Fußbad genommen, bis das Abendessen fertig war. Das Licht in der Küche war eher schummrig. Ned sah sich unwillkürlich um. Hier, in diesem kleinen Häuschen, war er aufgewachsen. Unten das Wohnzimmer und die Küche, die Toilette auf dem Hof, oben noch einmal zwei Zimmer. Er hatte recht gehabt, damals wegzugehen, ganz gleich, was sein Vater davon gehalten hatte, und nun war er wieder hier. Zurück, allein und ohne Zukunft. Wie vertraut das alles war, und trotzdem war es so seltsam, daß das hier vielleicht sein ganzes Leben sein würde; der rote Teppich, der aus einem der großen Häuser stammte, aus der Zeit vor seiner Geburt; die französische Uhr, die Großvater aus einem sinkenden Dampfer gerettet hatte; die verzogene Anrichte mit dem Portland-Bill-Aschenbecher darauf, dahinter das Hochzeitsphoto von Mutter und Vater. Was sonst noch? Ein viereckiger Tisch, ein sauberer Kamin, ein Spiegel, bei dem sich die silbrige Rückseite ablöste, ein Türstopper in Form eines Leuchtturms und drei Sessel. Ned kehrte in die Küche zurück, stellte die Pfanne auf den Tisch, holte die *Evening News* aus der Tasche und begann zu lesen.

Wie alle anderen interessierte er sich kaum für die Nachrichten, denn sie stammten alle aus der Feder des Zensors: Berichte über die jüngste Radioansprache von William Joyce, genannt Lord Haw-Haw, britischer Kollaborateur und Mitarbeiter des deutschen Propagandaministeriums; übertriebene Schilderungen militärischer Erfolge der Deutschen und vergebliche Versuche, sich bei den Einheimischen einzuschmeicheln. Ned blätterte rasch weiter und wandte sich der letzten Seite zu. In der oberen rechten Ecke der Konversationskurs Deutsch, 204. Folge. Sie war wieder einmal typisch: *Was halten Sie von diesem Bild? – Ich bin kein Kunstkenner. – Sie sehen doch, was es darstellen soll. – Es stellt eine Dame dar, die Klavier spielt. – Nun, also, wie gefällt es Ihnen?* Alles schön und gut, obwohl Ned der Sinn der letzten Bemerkung nicht ganz einleuchtete. Entweder zeigte das Bild eine klavierspielende Dame oder nicht. Doch der Schlußsatz setzte dem Ganzen die Krone auf: *Das kann ich nicht sagen: Ich bin taub.* Was sollte das nun wieder bedeuten? War das ein Druckfehler? Hatte der Verfasser eigentlich »Das kann ich nicht sagen: Ich bin blind.« schreiben wollen? Oder handelte es sich um einen Scherz? Vermutlich entsprach das Hauptmann Bohdes Sinn für Humor. Wie dem auch sei. *Was halten Sie von ...?* war ein nützlicher Satz. Er sagte ihn laut vor sich hin und widmete sich dann dem Anzeigenteil: Tauschangebote. Markttage auf der Insel. Unterhaltung. In der linken unteren Ecke las er das Übliche: *Gesucht. Schmiede, Maurer, Steinmetze, Installateure, Steinhauer aller Ausbildungszweige. Bewerbung an: Van Dielen, Victoria Road 30.* Daneben standen die heutigen Tauschangebote: *Zwei Tennisschläger mit Spannern gegen Tabak, Chiffre »Ping«. Hundeseife und Shampoo gegen höchstes Gebot in Zigaretten, Chiffre »Bob Martin«. Herrenschuhe, Marke Sir Herbert Parker, gegen Zucker oder andere Gebrauchsgegenstände* ... Und in der Mitte eine Werbeanzeige: *Fußpflege. Miss Veronica Vaudin freut sich, Ihnen ihre erweiterten Öffnungszeiten bekanntgeben zu können. Vormittags 10:00–12:30, nachmittags 14:30–16:30. Montags bis freitags. Nur nach Vereinbarung.* Ned lehnte sich zurück. Veronica hatte hart für ihren Abschluß gearbeitet. Seine Mutter war auch damit nicht einverstanden gewesen. »Füße!« hatte sie gesagt. »Soll ich etwa eine Schwiegertochter kriegen, die anderen Leuten an den Füßen rumfummelt?« – »Das ist doch genau das Richtige, wenn Ned bei unseren Freunden und Helfern anheuert«, hatte sein Vater erwidert. »Dann kann sie ihm abends die Füße massieren.« Und er hatte Ned von Mann zu Mann zugezwinkert, während seine Mutter ihre Wut an den Küchengeräten ausließ.

In der Zeitung stand nichts, was ihn interessierte. Nur ein paar Hühner zum Verkauf, das war es. Er stellte die Pfanne ins Spülbecken und ging nach draußen. Fast im selben Moment bemerkte er ein verstohlenes Rascheln im Feld hinter dem Haus. Zuerst dachte er, es sei ein Fuchs, der dort durchs Gestrüpp schlich, doch das Geräusch war, obwohl sehr leise, zu unbeholfen, um von einem Vierbeiner zu stammen. Also jemand auf zwei Beinen, der sich der rückwärtigen Seite des Nachbargartens näherte und Neds Anwesenheit offenbar nicht bemerkt hatte. Ein Soldat mit einem Laib Brot in der Hand? Ein Fremdarbeiter mit dem Huhn der Nachbarn unterm Arm? Ned näherte sich dem Gartentor, das auf das Feld führte, bereit, sich auf den Unbekannten zu stürzen. Doch dann hörte er ein Seufzen und erkannte die Stimme.

»V, bist du es?« rief er und eilte zum Tor hinüber.

Ein Schniefen. Dann flüsterte die Stimme: »Ned?«

Veronica trat ins Mondlicht und hielt den Mantel eng um den Körper zusammen. Ihr Haar wirkte fast silbern.

»Also bist du wohlbehalten nach Hause gekommen«, stellte er fest.

Sie putzte sich die Nase und lachte. »Könnte man sagen. Tut mir leid, daß wir dich nicht mitgenommen haben.«

»Schon in Ordnung. Ich hatte Lust auf einen Spaziergang. Wie geht's deiner Mutter?«

»So einigermaßen. Aber Dad ist wie immer ziemlich anstrengend. Ich brauchte frische Luft.«

Er nickte. Auf einmal wußte er nicht mehr, was er sagen sollte, und spürte, wie die Kluft zwischen ihnen breiter wurde. Früher waren sie so unbefangen miteinander umgegangen, aber inzwischen trennten sie Welten.

»Ich dachte, ich hätte ein Geräusch gehört. Du hast nicht etwa einen Einbruch beobachtet?«

»Nicht, soweit ich weiß. Was gibt es hier auch zu stehlen? Außerdem ist es heute nacht viel zu hell.«

Sie blickten beide zum Himmel hinauf. Wieder waren sie allein unter den Sternen.

»Wir wären mit dem Kanu rausgefahren«, meinte Ned, »in einer solchen Nacht.«

»Du schon. Ich wäre hiergeblieben. Zu kalt zum Schwimmen.« Sie erschauderte, als ob der Mantel sie überhaupt nicht wärmte. »Ich gehe besser wieder rein. Morgen wird ein langer Tag.«

»Ja. Ich habe deine Anzeige gelesen. Offenbar laufen die Geschäfte gut.«

»Nicht besonders. Ich habe den ganzen Tag Proben. Kommst du zur Vorstellung?«

»Vielleicht, wenn ich Zeit habe.«

»Früher hattest du immer Zeit.«

Ned wandte sich um und betrachtete das graue Feld. Er wollte sie nicht mehr ansehen. »Das Publikum hat sich verändert, V«, sagte er.

»Nur zur Hälfte. Du mußt ja nicht bei ihnen sitzen. Sie bleiben sowieso unter sich.«

»Wenn es ihnen in den Kram paßt.«

»Man kann es ihnen nicht zum Vorwurf machen, daß sie Gesellschaft suchen, Ned. Wir alle brauchen Gesellschaft.«

»Das habe ich bemerkt.« Er bereute die Worte, sobald er sie ausgesprochen hatte.

»Hast du mit meinem Vater geredet?« Veronicas Flüstern wurde zu einem Zischen. »Vergiß nicht, daß du es warst, der mich sitzengelassen hat.« Sie hielt inne. »Mein Gott, wir sollten uns mal hören. Wenn man sich vorstellt, daß wir inzwischen verheiratet sein könnten.«

»Du hättest es bereut.«

»Vielleicht. Vielleicht auch nicht. Du bestimmt. Du hattest andere Pläne. Aber daraus ist wohl nicht viel geworden. Du sitzt hier fest, Ned Luscombe, ob es dir gefällt oder nicht. Also mach das Beste daraus. Das müssen wir schließlich alle.« Sie machte Anstalten zu gehen.

»V, ich wollte nicht ...« Doch sie war schon fort.

Es war kalt in seinem Schlafzimmer, kalt und ungemütlich. Draußen frischte der Wind wieder auf. Von der anderen Seite des Flurs hörte er das Schnarchen seiner Mutter. Wenigstens lag sie wohlbehalten im Bett. In den letzten Monaten hatte sie sich das Schlafwandeln angewöhnt, ihre bevorzugte Zeit war zwischen drei und vier Uhr morgens. Für gewöhnlich wurde er wach, wenn sie gegen einen Stuhl stieß. Einmal hatte ihn das durchdringende Pfeifen des Kessels auf dem Herd geweckt, die Hintertür stand weit offen. Ned hatte den Mantel über den Pyjama gezogen und mit Hilfe seiner

Polizeitaschenlampe die silbrigen Fußspuren im feuchten, taubedeckten Gras durch das hintere Gartentor verfolgt. Einen knappen Kilometer weiter hatte er sie gefunden; sie ging mit einem Weidenkorb die Hecken entlang und pflückte nicht vorhandene Brombeeren, das Nachthemd schmutzig und zerrissen, die Arme blutig gekratzt von den Dornen. Seitdem schlief er bei offener Zimmertür und mit dem Schlüssel zur Hintertür unter dem Kopfkissen. Aber nicht heute nacht. Sein Streit mit Veronica und das Nachdenken über Isobel hatten ihn erschöpft und durcheinandergebracht. Morgen würde er Isobel treffen. Muß Dich sehen, hatte sie geschrieben. *Muß Dich sehen.* Sie würde sich ihm anvertrauen, ihn um Hilfe bitten und ihm sagen, daß … Was würde sie ihm sagen?

Lange wartete er auf den Schlaf und malte sich aus, wie es sein würde, sie zu sehen, mit ihr zu reden. Aber er dachte auch an Tommy, an die Briefe und – und das war das Ärgerlichste – an Veronica, wie sie im Meer schwamm.

Der Major blickte sich ein letztes Mal im Wohnzimmer um, wo halb geleerte Flaschen und ausgedrückte Zigarettenkippen auf der Anrichte herumlagen. Auf dem Parkettboden waren die für Weihnachten bestimmten Papierhüte und die Luftschlangen verstreut, die Zep in einer Kiste im Keller entdeckt hatte. In der Ecke bemerkte er eine Schwesterntracht, Rock und Jacke, die Schuhe ordentlich daraufgelegt. Molly hatte sich auf dem Sofa zusammengerollt, ein Glas Brandy in der Hand, das sie nicht trinken wollte. Sie versuchte nur, sich wachzuhalten und einen ansehnlichen Eindruck zu machen, bis der Hauptmann zurückkam.

Lentsch hatte Mitleid mit ihr. »Du kannst mit raufkommen, wenn du willst.«

»Was?« Molly hob den Kopf, gleichzeit verwirrt und überrascht ob des unerwarteten Angebots.

»Nein, ich meinte nicht …« Er hielt inne. »Ins Zimmer des Hauptmanns. Unter diesen Umständen hätte er sicher nichts dagegen einzuwenden.«

Molly wirkte einen Moment enttäuscht, nicht weil sie ihn begehrte, sondern weil er sie offenbar nicht anziehend fand. Sie fuhr sich mit der Hand durchs Haar, wie um sich ihre unbeschreiblich verführerische Wirkung bewußt zu machen. Dann streckte sie die Beine aus.

»Das ist lieb von dir, Gerhard, aber besser nicht. Dich mag es nicht stören, Zep wahrscheinlich schon.«

»Nach heute nacht? Ich glaube nicht.«

»Aber garantieren kannst du es mir nicht.« Lentsch breitete die Hände aus. »Siehst du? Es ist das Risiko nicht wert.«

»Möchtest du einen Kakao, bevor ich zu Bett gehe?«

»Das wäre nett.«

Entschlossen marschierte er in die Küche, Alberts Reich. Das Licht war grell und schonungslos, alles war gespült und weggeräumt. Die Dose mit dem Bleistiftstrich darauf, der die Füllhöhe markierte, hatte er rasch gefunden. Aber wo war der Zucker? Hatte er Albert nicht angewiesen, welchen zu besorgen? Er wußte es nicht mehr. *»You're the cream in my coffee«,* sang er vor sich hin. *»You're the milk in my tea.«*

Während er das Schokoladenpulver in die Milch rührte, wurde ihm schwindelig. Bemüht vorsichtig kehrte er zurück, stieß dabei gegen eines der Gemälde von Russell Flint und stolperte ins Wohnzimmer, die Tassen hoch erhoben wie ein Steward auf einer schaukelnden Jacht. Molly steckte gerade Lippenstift und Spiegel weg.

»Kochend heiß, und kein Tropfen verschüttet«, verkündete er. »Obwohl ich unterwegs fast die nackten Damen verbrüht hätte.«

Molly nahm ihre Tasse entgegen, ohne mit der Wimper zu zucken. Sie hatte nicht vor, denselben Fehler zweimal zu begehen. »Wie bitte?«

»Die Bilder im Flur! Ich hätte fast das Gleichgewicht verloren und den Kakao über alle Wände gespritzt.«

»Das hätte Mrs. H. gar nicht gefallen.«

»Nein.« Schwankend stand er vor ihr und nahm vorsichtig einen Schluck. »Die liebe, alte Mrs. H.«

Mollys Selbstbewußtsein kehrte zurück. »Die liebe, alte Mrs. H.«, wiederholte sie. Sie streckte die Beine aus, bewunderte den Anblick und wackelte mit den Zehen. Sie hatte lackierte Zehennägel. »Und ich lümmle mich in ihren teuren Möbeln.«

»Kanntest du sie früher gut?«

Molly lachte auf. »Wir verkehrten nicht in denselben Kreisen, Gerhard, abgesehen von der Laienspielgruppe.«

»Ach, ja, eure Theateraufführungen und Revues. Anscheinend hat jeder hier irgendwann in einer davon mitgewirkt – mit Ausnahme von Albert natürlich.«

»Auf einer Insel wie Guernsey gibt es nicht viel Zerstreuung. Wenn man verkleidet auf der Bühne steht, kommt man wenigstens nicht auf dumme Gedanken.«

»Wirklich nicht?«

»Eigentlich hast du recht. Es war eher umgekehrt. Ich glaube, Mrs. H. hielt es für ihre Pflicht, immer dabeizusein, damit wir es nicht übertreiben. Die zarten Blumen von Guernsey und so weiter. Ich wette, sie hätte nie auch nur im Traum daran gedacht, daß ich einmal Stammgast in ihrem Hause sein und unter einem ihrer Federbetten schlafen würde. Sie hat nicht unbedingt ein Faible für die klassenlose Gesellschaft.«

Aus dem Flur drang Gelächter zu ihnen herüber. Wedel genoß sein unerwartetes Stelldichein mit der ungezogenen Krankenschwester aus Bremen.

»Manche Leute haben eben immer Glück«, meinte Molly, griff nach ihrem Glas und goß den restlichen Brandy in den heißen Kakao. »Und wir beide haben heute nacht offenbar Pech gehabt. Deine Freundin ist nicht gekommen, und mein Freund hat mich sitzengelassen.«

»Es ist noch nicht aller Tage Abend.«

»Das glaubst du. Man muß zugreifen, sobald sich die Gelegenheit bietet, das ist mein Motto.« Sie stand auf. »Geh schon und schlaf schön. Ich mache mich ein wenig nützlich.«

Der Major lag im Bett und hörte, wie sie unten aufräumte. Es erstaunte ihn, daß der Hauptmann noch nicht zurück war. Mußte eine sehr wichtige Angelegenheit sein, wenn sie ihn von Molly fernhielt, die so ungeduldig darauf wartete, das Bett mit ihm zu teilen. Eigentlich war er froh, daß Isobel nicht erschienen war. Die Partys uferten inzwischen aus, und die Leute führten sich derart schamlos auf, daß das Haus eher einem Bordell glich. Er hätte diese Entwicklung voraussehen müssen. Lentsch erinnerte sich an den Tag, als Isobel ohne das Wissen ihres Vaters hier übernachtet hatte. Zep und er waren spät zum Frühstück heruntergekommen. Die Mädchen waren schon fort. Albert servierte einen Teller mit Blutwurst aus Kaninchenblut.

»Na«, meinte Zep, während er sich bediente. »Wie ist sie denn?«

Seine sachliche und unverblümte Art hatte Lentsch schockiert.

»Aber, Zep, ich denke nicht, daß ...«

Zep lachte. »Mach nicht so ein entrüstetes Gesicht, Gerhard. Hast du dir nie Molly angesehen und dir dieselbe Frage gestellt? Natürlich hast du das.« Er fuchtelte mit seiner Gabel herum und beugte sich vor. »Ich werde es dir erzählen: gut geölt, läuft wie ein Uhrwerk und geht niemals nach. Wenn ich ein großzügiger Mann wäre, würde ich sie dir für eine Weile leihen.« Er sah Lentsch grinsend an. »Doch das bin ich nicht.«

Was wäre geschehen, überlegte Lentsch, wenn er Molly vorhin am Arm genommen und sie wortlos nach oben geschleppt hätte? Hätte sie sich gewehrt? Am Anfang vielleicht, aber nicht sehr lange. Und warum nicht? Aus Angst? Aus betrunkener Lüsternheit? Oder war das einfach nur eine der Folgen eines ganz gewöhnlichen Krieges? Und wie wäre es gewesen, sie zu lieben und dabei auf das Geräusch von Zeps Auto zu lauschen, wenn es in die Auffahrt einbog? Es wäre sicher sehr aufregend gewesen, sie so zu nehmen – oder vielleicht nicht? Er berührte sich zwischen den Beinen. Mein Gott, hatten sie alle den Verstand verloren?

Lentsch hängte seine Uniform an den Haken an der Tür, trat ans Fenster und blickte auf den dunklen, welligen Rasen hinab. Gerade wollte er die Vorhänge zuziehen, als er sah, wie sich Scheinwerfer näherten. Nicht nur ein Auto, sondern gleich zwei, und dazu noch ein Motorrad. Sie hüpften und schwankten durch die Nacht und verschwanden aus seinem Gesichtsfeld, da die Straße zur Auffahrt und zur Vorderseite des Hauses eine Kurve beschrieb. Dann hörte er das Knallen einer zuschlagenden Wagentür, Stimmen und wie Zep an seinem Schlüssel nestelte. Lichter gingen an, Schritte hallten über den Flur. Lentsch glaubte, sie würden ins Wohnzimmer gehen, wo Molly wartete, aber nein. Sie nahmen zwei Stufen auf einmal, während der Hauptmann Lentschs Namen rief.

Ned wurde von lautem Klopfen geweckt. Im ersten Moment glaubte er, wieder in der Polizeikaserne zu sein, und ihr Ausbilder, der Sergeant, ließe seinen Stock an den gußeisernen Betten entlangrattern. Dann aber war er endgültig wach und sah seine Mutter vor dem Bett stehen. Sie schützte die Kerzenflamme mit ihrer knochigen Hand. Ihm fiel auf, daß ihr Körper fast in dem Flanellnachthemd versank, und zum erstenmal wurde ihm bewußt, wie mager sie geworden war. Er rieb sich die Augen.

»Was ist los?« fragte er.

»Sie sind an der Tür«, erwiderte sie. Und wie auf ein Stichwort fing der Radau wieder an, lautes Klopfen an der Vordertür, Gebell am Hintereingang. Ned setzte sich auf und blickte zum verdunkelten Fenster. Der Schatten seiner Mutter tanzte im flackernden Kerzenlicht auf dem Vorhang.

»Wer könnte das sein?« wunderte sie sich und fügte in einem Anflug von Wunschdenken hinzu: »Die Russen vielleicht?«

Ned schüttelte den Kopf. »Mach die Kerze aus«, sagte er. »Dann gehen wir mal nachschauen.«

Er schlüpfte aus dem Bett, hob den schwarzen Vorhangstoff an und spähte hinunter. Zwei Männer. Dahinter auf der Straße stand des Auto des Majors. Das sah gar nicht gut aus. Ned ließ den Vorhang sinken.

»Deutsche«, meinte er. »Ist das Radio gut versteckt?«

»Im Kamin, wo es immer steht. Oh, Ned.« Sie klammerte sich an ihn und begann zu zittern.

Ned streichelte ihr übers Haar. »Keine Angst. Die würden nie Lentschs Wagen schicken, nur um mich zu verhaften«, log er. Das Poltern an der Tür ging weiter, diesmal noch lauter, und dann übertönte eine Stimme das Getöse, die seinen Namen und seine Rangbezeichnung rief. Eine Taschenlampe leuchtete zum Fenster hinauf.

Er schob seine Mutter sanft beiseite. »Geh wieder zu Bett. Du mischt dich am besten nicht ein.« Ned schlüpfte in seine Hose und zog ein Hemd an. Unten war es feuchtkalt, der leere Kamin im Wohnzimmer wirkte kahl und schutzlos. Jimbo stand knurrend an der Tür.

»In den Korb«, befahl er dem Hund, der davontrottete. Nachdem er sich vergewissert hatte, daß die Vorhänge fest geschlossen waren, zündete er die Öllampe an. Der Strom würde erst in einer Stunde wieder eingeschaltet werden. Eine dicke, stinkende Rauchwolke stieg zu dem schwarzen Fleck an der Decke hinauf. Er drehte den Docht in die richtige Stellung. Das Licht tanzte an den Wänden. Das Gepolter ging weiter.

»Moment!« rief er. »Moment!«

Er eilte zum Kamin, steckte den Kopf hinein und streckte die Hand aus. Falls sie denunziert worden waren, hatte der Verräter den Deutschen sicher auch gesagt, wo sie suchen sollten. Bevor er in den Polizeidienst gegangen war, hatte seine Mutter einmal in der Woche eine BBC-Party veranstaltet. Jeder brachte einen Teller Kekse, ein Glas Marmelade oder einen Rhabarberkuchen mit, man trank Brombeerblättertee und lauschte dem Ehrengast, der aus seinem Versteck geholt worden war und in der Mitte des Tisches auf einer gefalteten Leinenserviette thronte. Doch nach seiner Ernennung hatte Ned dieses Treiben untersagt.

Vorsichtig holte er das Radio aus seinem Versteck, wobei er darauf achtete, keinen Ruß aufzuwirbeln, und eilte in die Küche. Unter Jimbos Korb und den Steinfliesen befand sich ein Hohlraum, den Ned einen Monat nach Beginn der Besatzung ausgehoben hatte. Dort bewahrte er auch die Pistole seines Vaters auf, ein Erinnerungsstück aus dem Weltkrieg. Der Schäferhund blickte auf und leckte ihm die Hand.

»Guter Junge«, sagte Ned. »Bleib sitzen.«

Er zog den Korb beiseite und hob den Stein an. Die in Ölzeug gewickelte Pistole lag darunter. Ned nahm sie heraus, legte das

Radio mit der Vorderseite nach unten hinein und plazierte die Pistole sorgfältig auf den kostbaren Ventilen an der Rückseite. Nachdem der Stein wieder an Ort und Stelle war, schob Ned den Korb zurück. Jimbo, der das alles wohl für ein neues Spiel hielt, wedelte erwartungsvoll mit dem Schwanz.

Ned tätschelte ihm den Kopf. »Später, alter Junge, später.«

Er drehte den Hahn auf und wusch sich Hände und Gesicht mit kaltem Wasser. Inzwischen wurde unaufhörlich geklopft, das Wohnzimmer schien bei jedem Stoß zu beben. Ned trocknete sich die Hände an der Hose ab, lief zur Tür und öffnete. Licht schien ihm ins Gesicht. Die Nachtluft prickelte auf seiner Haut.

»Ja?« sagte er. »Wer sind Sie? Was wollen Sie?«

»Inspector Luscombe?«

»Ja?«

»Sie sollen mitkommen. Befehl von Major Lentsch.«

Befehl von Major Lentsch. Das war ja mal ganz etwas Neues. Ned blinzelte ins Licht und betrachtete den Überbringer dieser unerwünschten Einladung. Er erkannte ihn: Helmut Wedel, Lentschs Adjutant.

»Wedel, sind Sie das?« Der Mann nickte. »Was ist passiert?«

»Major Lentschs Befehl«, wiederholte Wedel nur. Er wies auf den Wagen. »Bitte.«

Ned zeigte auf seine nackten Füße und hielt drei Finger hoch. Wedel nickte. Er kehrte zum wartenden Auto zurück. Ned rannte nach oben. Seine Mutter stand zitternd in der Schlafzimmertür. Hinter ihr erkannte Ned das Doppelbett und den Fettfleck an der Wand; an dieser Stelle hatte sein Vater stets den Kopf angelehnt, um die letzte Zigarette des Tages zu rauchen. Ein Fleck an der Wand, ein Stück Land hinter dem Haus und sechs Hühner: Nach dreißig Jahren nicht gerade viel, was von ihm übrig war.

»Ich hatte dir doch gesagt, du sollst wieder zu Bett gehen«, meinte er.

»Was wollen sie?« fragte sie. »Es ist noch nicht einmal halb sieben.«

»Keine Ahnung. Es hat nichts mit dir zu tun.« Er legte ihr die

Hand auf die Schulter. Sie war durchgefroren, mager und verängstigt. Er erinnerte sich noch, wie sie früher gewesen war, warm, weich und zufrieden. »Ich bin zum Frühstück wieder da, du wirst schon sehen.« Er küßte sie auf die Wange. »Und jetzt beruhig dich. Das Radio ist unter den Bodenfliesen. Nur für alle Fälle.«

Sie nickte.

Draußen stand Helmut Wedel neben dem Wagen und rauchte eine Zigarette. Als Ned näher kam, wischte er den Griff der hinteren Autotür mit dem Ärmel ab, öffnete die Tür und forderte Ned zum Einsteigen auf.

»Hübscher Wagen, nicht?« stellte Helmut fest.

Es war tatsächlich ein hübscher Wagen und früher Bernies Stolz und Freude gewesen, ein Wolseley, zu vermieten für Hochzeiten, Beerdigungen und andere Gelegenheiten. Doch Bernie war das Auto fast sofort, nur einen Monat nach Ankunft der Deutschen, losgewesen. Inzwischen hatte es drei »Besitzer« gehabt – Knackfuß, Kratzen und nun Lentsch. Ned stieg ein und sah sich um. Der Wagen wurde gut gepflegt. Das mußte er unbedingt Bernie erzählen. Mittlerweile waren die meisten Autos auf der Insel beschädigt, wiesen Beulen, eingedellte Stoßstangen oder andere Macken auf. Die Deutschen mochten noch so sehr darauf beharren, daß die Bevölkerung ihre lebenslangen Gewohnheiten änderte. Doch wenn man erst einmal unterwegs war und die schmalen Straßen hinunterraste, verfiel man nur allzuleicht in den alten Trott und fuhr so, wie man eben immer gefahren war. Leider geriet man dabei beim Abbiegen allzuoft auf Kollisionskurs mit einem hohen Wehrmachtsoffizier und bekam anderntags von der Militärverwaltung eine saftige Geldstrafe aufgebrummt.

»Was soll das Theater?« fragte Ned. »Meine Mutter dachte schon, es wären die Russen.«

Wedel lachte.

»Aber klar. Wir klopfen höflich an und bitten Sie, Ihre Lebensmittel stehlen zu dürfen«, witzelte er und fügte – offenbar ohne zu bemerken, wie unpassend sein Scherz war – unvermittelt hinzu: »Wir haben Ärger mit den Russen.«

Das sieht Lord Haw-Haw aber anders, dachte Ned. »Ach, wirklich?« meinte er unschuldig.

»Ja. Vor zwei Nächten sind sie in die Villa eingebrochen. Brot, Zucker und ein Apfelkuchen. Den sollte der Herr Major zum Tee bekommen.«

Ned biß sich auf die Lippe. »Das ist ja entsetzlich!«

Wedel nickte. »Jetzt nehmen wir unsere Rationen zum Schlafen mit auf die Zimmer. Kuchen, Butter, Wurst – alles neben der Haarbürste.« Er kramte in seiner Tasche. »Zigarette, Herr Luscombe?« bot er an und hielt ihm ein zerknittertes Päckchen hin. Ned nahm dankbar an. Seinen letzten Bezugsschein hatte er gegen einen gebrauchten Fahrradreifen eingetauscht.

»Danke.« Er wollte das Päckchen zurückgeben, aber Wedel lehnte mit einer großartigen Handbewegung ab.

»Behalten Sie sie. Ich habe nächste Woche Urlaub. Amsterdam.«

Ned steckte die Zigaretten in die Jackentasche. »Schön für Sie. Wenn Sie wollen, komme ich mit.«

Wedel lachte. »Aber gern. Doch zuerst brauchen Sie die richtige Uniform. Ein britischer Polizist, das geht nicht.«

»Ich besitze gar keine Uniform. Ich bin Zivilpolizist, schon vergessen?«

»Ja, ich weiß. Ein Polizist ohne Uniform.« Wedel schüttelte den Kopf, als ob ihm ein solcher Zustand schlichtweg unverständlich wäre.

»Wohin fahren wir?« fragte Ned.

Wedel zuckte die Achseln, beschloß aber dann, eine eigenmächtige Entscheidung zu fällen. »Torteval. Gull Bay. Batterie Dortmann.«

»Gull Bay?« Die Küste rings um Torteval war Sperrgebiet, und zwar seit 1941 – ein Labyrinth aus Geschützstellungen, Bunkern und Flaks.

Helmut nickte.

Zehn Minuten später holperte der Wagen den Weg aus gestampfter Tonerde hinauf. Über dem Meer breitete sich ein kaltes, graues Licht aus. Am Rand der Klippe stand die alte Festung aus rotem Backstein, an der schartige Betonanbauten klebten wie Seepocken. Bald würde die ganze Gegend in den bunten Farben von Stechginster und Heidekraut erblühen, doch im Augenblick zerrte der Wind am noch winterkahlen Gestrüpp. Wedel wendete so rasch den Wagen, daß der Schlamm von den Hinterrädern spritzte. Batterie Dortmann. Lentsch stand vor dem zurückversetzten, tief in den Felsen gehauenen Eingang. Der kalte Wind bauschte seinen Mantel. Neben ihm erkannte Ned den Offizier, der ihm heute morgen eine Standpauke gehalten hatte, Hauptmann Zepernick. Ned duckte sich gegen den heftigen Wind und eilte auf die beiden zu.

»Herr Major!« rief er. »Was ist denn passiert?«

Offenbar wollte Lentsch nicht antworten. Doch als Hauptmann Zepernick sich anschickte, das Wort zu ergreifen, unterbrach er ihn mit einer Handbewegung und räusperte sich. Es schien ihm schwerzufallen, Ned diese Mitteilung zu machen.

»Ich habe Neuigkeiten für Sie, Inspector.«

»Ja?«

»Es ist keine gute Nachricht. Ganz und gar nicht.« Er hob den Kopf und stieß die nun folgenden Worte mühsam hervor. »Es geht um Isobel, Inspector.« Er wies in das Gebäude. »Sie ist tot. Da drin. Jemand hat Isobel ermordet.«

Während Ned darauf wartete, daß Lentsch fortfuhr, schoß ihm ein seltsamer Gedanke durch den Kopf: Die ganze Insel hatte die ganze Zeit auf einen solchen Augenblick gewartet. Nun hatten sich die beiden Strömungen auf Guernsey zu dem unvermeidlichen Strudel vereinigt. Er spürte, wie Wut in ihm aufstieg, und fragte sich, was diese beiden Männer hier miteinander verband. War es möglich, daß sie Komplizen waren? Trug einer von ihnen – oder gar alle beide – die Schuld an Isobels Tod? Isobel und der Tod, das schien einfach nicht zusammenzupassen, obwohl sie für ihn bis zum Eintreffen des Briefes schon seit einiger Zeit nicht mehr zu den »Lebenden« gezählt hatte. Sie war für ihn unerreichbar geworden, teilte das Bett mit einer anderen Spezies, hatte sich in eine unerwünschte und möglicherweise gefährliche Kreatur des Krieges verwandelt. Doch durch den Brief war sie wieder zum Menschen geworden, zu einem von ihnen. Die Deutschen waren keine Menschen. Die Fremdarbeiter auch nicht. Und dieses Wissen half den Leuten von Guernsey zu überleben.

»Isobel?« sagte er. »Tot? Wie ist es geschehen?«

Lentsch antwortete nach kurzem Zögern.

»Sie wurde heute am frühen Morgen gefunden.« Er nickte. »Da drin.«

»Hier? Ich verstehe das nicht. Es ist doch Sperrgebiet.«

Der Hauptmann wirkte verlegen. »Jeder Bunker verfügt über einen Schacht für Notfälle«, erklärte er. »Unter einem solchen Schacht hat man sie entdeckt.«

Ned fuhr sich mit den Fingern übers Gesicht. Er konnte sich vorstellen, was passiert war. Sicher war sie von einer Horde betrunkener Soldaten abgefangen, vergewaltigt und erschlagen worden. Er mußte an ihren Vater denken, diesen zornigen kleinen Mann, und die seltsamen Tragödien, die ihm auf dieser Insel widerfahren waren.

»Weiß es der Vater schon?« erkundigte er sich.

Lentsch nickte.

Ned war perplex. »Was soll ich dann hier? Sie offiziell identifizieren?«

»Kommen Sie und sehen Sie selbst«, entgegnete Lentsch und setzte sich in Bewegung.

Der Hauptmann ging voran, er mußte sich ducken, um durch den niedrigen Eingang zu treten. Ned las die Inschrift über dem Schreibtisch an der Tür: *Komm in unsere Kasematte, da kriegst du keinen vor die Platte,* stand da.

»Können Sie Deutsch lesen?« fragte Lentsch.

Ned schüttelte den Kopf. »Nur ein paar Sätze aus dem Konversationskurs in der Zeitung, doch die helfen einem auch nicht viel weiter.«

Lentsch nickte wieder. »Es heißt: ›Komm in unseren Unterstand, dann passiert dir nichts.‹«

Ned folgte ihm. Vor ihm lag ein gerader Flur, etwa zehn Meter lang und drei Meter hoch. An den Wänden standen cremefarben lackierte Spinde, auf denen numerierte Helme lagen. Weiter hinten erkannte er die Umrisse eines Gewehrständers. Aus einem Raum am Ende des Flurs drangen gedämpfte Stimmen, ängstliches Getuschel. Stiefel klapperten auf Metall, und als sich seine Augen an das grelle Licht gewöhnt hatten, bemerkte er, wie sich die Tür in der Mitte des Flurs öffnete. Ein junger Mann war zu sehen. Er saß zurückgelehnt auf einem Stuhl aus Eisenstäben, die Beine ausgestreckt wie auf einem Kinderkarussell, die Arme auf ein riesiges Visier gestützt. Als er den Kopf hob, fing er Neds Blick auf; Ned schätzte, daß sie etwa gleichaltrig waren. Der Schütze unterhielt sich mit einem nicht zu sehenden Kameraden. Die Tür klappte wieder zu, fiel aber nicht ins Schloß.

Hauptmann Zepernick winkte ihn weiter. »Hier entlang.«

Ned folgte ihm in eine Kammer, die nach links abging. »Hier hält sich die Geschützmannschaft während des Dienstes auf«, erklärte der Hauptmann. »Und hier wurde sie auch gefunden.«

Ned blickte sich um. Rechts von ihm standen neun Stockbetten mit je drei Etagen an der Wand. Zwei weitere befanden sich auf der linken Seite, am Fußende des unteren erkannte er ein Feldtelephon. Direkt vor sich bemerkte er einen schmalen Schrank und an der gegenüberliegenden Wand einen Tisch und einen Ofen. Daneben gab es eine weitere Stahltür und ein bedrohlich wirkendes schwarzes Objekt mit einem ziehharmonikaförmigen Rohr, das entlang der Decke verlief und durch eine Luke über seinem Kopf nach draußen führte. Ned starrte den Gegenstand an und überlegte, wozu er wohl dienen mochte. Wieder bemerkte Lentsch seinen Blick.

»Lüftung«, sagte er. »Für den Fall eines Gasangriffs.«

Der Hauptmann hüstelte lautstark, als wolle er Lentsch daran erinnern, in wessen Gesellschaft er sich hier befand.

Ned hatte noch ein paar Fragen. »Wie viele Männer arbeiten hier?« wollte er wissen.

»Für gewöhnlich vier, drei Mannschaftsdienstgrade und ein Offizier.«

»Und letzte Nacht?«

»Drei. Richtig, Hauptmann?«

Zepernick nickte.

»Der Leutnant hat seit gestern abend Urlaub. Aber er soll sich um zehn Uhr heute morgen wegen seiner Schiffspassage zum Festland melden.«

Obwohl die Ausstattung in Farbe und Material eindeutig militärisch war, hatten die Männer offensichtlich versucht, sich so gemütlich wie möglich einzurichten. Ein selbstgebasteltes Schachspiel mit grob geschnitzten Figuren stand auf einem kleinen Tisch. Auf dem Sims darüber lehnten Photographien von Familienangehörigen und Freundinnen, und an der Wand prangte eine mit hölzernen Laubranken verzierte Kuckucksuhr. An der Innentür des mit Uniformen und Stiefeln gefüllten Schrankes klebte eine Sammlung leicht anstößiger, im Freien aufgenommener Bilder, Mädchen in Strapsen, Mädchen beim Bockspringen, Mädchen, die in die Sonne blinzelten, die Hände neckisch über die Scham gehalten. Es handelte sich nicht um pornographische Darstellungen im eigentlichen Sinn, dazu waren die Mädchen zu mager, zu kleingewachsen oder zu alt. Alle hatten denselben verträumten Blick, als seien sie trotz ihres Lächelns und ihrer Posen eigentlich nicht richtig anwesend. Die abgerissenen Fetzen, die an einigen Reißzwecken hingen, wiesen darauf hin, daß man die eindeutigeren Abbildungen anscheinend hastig abgenommen hatte. Ned oder den Vorgesetzten zuliebe? Wie dem auch sei, inzwischen hatten sie sich im Ofen vermutlich in Asche verwandelt. In der Mitte der Galerie hing eine Karikatur, die Churchill ohne Hosen darstellte. Er lag auf allen vieren und schob sich mit den zum berühmten V geformten Fingern den beschnittenen, syphilitischen Penis eines Juden in den Mund, während es ihm ein vergnügt lachender Onkel Sam, einen mit Dollarnoten gepflasterten Zylinder auf dem Kopf, von hinten besorgte. Die Hände des Juden und des Amerikaners trafen sich in selbstzufriedenem Triumph über Churchills in abstoßender Demut hingestrecktem Körper.

Der Major schloß die Schranktür. Offenbar war es ihm peinlich. Hauptmann Zepernick ging zum Ofen hinüber. Daneben befand sich, etwa in Taillenhöhe, eine Luke in der Wand. Die dicke Metalltür stand offen.

»Vor diesem Schacht wurde sie gefunden«, sagte Zepernick. »Er dient der Flucht.« Offenbar war es ihm unangenehm zuzugeben, daß man eine solche Vorrichtung überhaupt nötig hatte. Ned bückte sich und spähte hinein. Dahinter erstreckte sich ein ziemlich großer Tunnel, etwa zweieinhalb Meter lang und anderthalb hoch, der Ausstieg am Ende war mit Eisensprossen versehen. Zepernick beugte sich ebenfalls vor und zeigte hinein.

»Da sollten eigentlich zwei Stahl...« – er suchte nach dem richtigen Wort – »...latten...?«

»Träger«, schlug Ned vor. Zepernick nickte.

»...zwei Stahlträger und eine Ziegelmauer sein, die sich rasch entfernen lassen.«

»Damit niemand rein kann?«

Zepernick schüttelte den Kopf. »Als Schutz bei einem Angriff.« Er hob die Hand und tat, als würde er etwas fallen lassen. »Wegen der Granaten.«

»Und warum sind sie jetzt nicht mehr da?«

Hauptmann Zepernick schnaubte gleichzeitig belustigt und ungeduldig durch die Nase. »Soldaten! Es macht ihnen Spaß, gegen die Vorschriften zu verstoßen. In einem Notfall wollen sie so schnell wie möglich raus.«

»Also wird dort nichts aufbewahrt?«

»Doch, das Feuerholz. Der Vorrat für eine Nacht. So müssen sie nicht so oft zum Lagerraum gehen. Aber gestern haben sie alles ausgeräumt. Sie wußten, daß eine Kontrolle stattfinden würde. Der Gang war mehr oder weniger leer.«

Ned steckte den Kopf in die Öffnung und sah sich um. Die Wände bestanden aus Beton, der Boden aus Metall. Als er mit der Hand dagegenklopfte, hallte es wie in einer Echokammer. Nachdem er den Kopf wieder zurückgezogen hatte, meinte er: »Die Männer hätten doch sicher etwas mitbekommen.«

Zepernick verneinte. »Gestern abend wurde eine lange Übung abgehalten. Zielen mit dem neuen Peilturm. Nachladen und Schießen im Fall eines Nachtangriffs. Vielleicht haben Sie es gehört. Das Ganze dauerte bis um elf. Danach Waffenreinigen.«

»Und der Leutnant? War der nicht bei der Übung dabei?«

»Er ist bis zum Schluß geblieben. Soweit ich weiß, bis kurz vor neun.«

»Und keiner von ihnen hat sich währenddessen in diesem Raum aufgehalten?«

»Nur zum Kaffeemachen und zum Kochen.«

»Und der Leutnant?«

»Schade? Keine Ahnung. Das müssen Sie ihn selbst fragen.«

»Schade?«

»Ja. Kennen Sie ihn?«

»Nein, nein. Ich wollte nur sichergehen, daß ich den Namen richtig verstanden habe. Wann wurde sie gefunden?«

»Um halb zwei. Sie war bereits tot.«

»Und wann wurde zuletzt in die Luke gesehen?«

»So gegen acht.«

Ned stand auf und staubte sich die Knie ab. »Wann waren Sie hier?«

»Kurz darauf.« Der Hauptmann nahm sein Notizbuch zur Hand und blätterte eine Ewigkeit darin herum. »Ich traf genau zehn Minuten nach zwei Uhr ein. Nachdem ich Miss Vaudin nach Hause gefahren hatte.«

Ned sah ihn an. Von Veronicas Haus bis hierher dauerte es nicht länger als fünf Minuten. Also war Zepernick eine gute halbe Stunde bei ihr gewesen. Ned bemühte sich, sein selbstzufriedenes, triumphierendes Grinsen nicht zu beachten.

»Bevor wir hineingingen, sagten Sie, Herr Major: ›Jemand hat Isobel ermordet.‹ Wen meinten Sie damit? Die Schützen hier?« fragte er.

Der Major tat das mit einer Handbewegung ab. »Ich dachte, das sei offensichtlich«, entgegnete er. »Einer von Ihnen, ein Inselbewohner, muß sie umgebracht haben. Wegen Isobels …«

»Ja?«

»Sie nennen es Kollaboration.«

»Die Menschen haben noch viel unschönere Bezeichungen dafür, Herr Major.« Ned hielt inne. »Doch daß sie hier gefunden wurde, weist doch eindeutig auf einen Ihrer Männer hin.« Lentsch starrte zu Boden.

Hauptmann Zepernick ergriff das Wort. »Glauben Sie, man hätte sie hier zurückgelassen, wenn ein Soldat der Täter wäre?« meinte er. »Denken Sie nicht, man hätte sie von den Klippen gestürzt oder sie an einen unverfänglicheren Ort gebracht?«

»Aber dann hätte ein Zivilist von der Existenz des Schachts wissen müssen. Diese Gegend ist seit über achtzehn Monaten Sperrgebiet. Wie erklären Sie sich das?«

Hauptmann Zepernick zuckte die Achseln.

»Was ist mit den Arbeitern der Organisation Todt?« hakte Ned nach. »Den Ausländern? Wir alle wissen, daß Sie es nicht schaffen, sie in Schach zu halten.«

Der Hauptmann wurde ungeduldig.

»Die Zwangsarbeiter oder unsere Leute gehen Sie nichts an. Aber wie auch immer. Es gibt da noch etwas anderes.«

Er duckte sich und trat durch die Tür hinaus auf den Flur. Ned zögerte. Er fühlte sich ziemlich unwohl in seiner Haut. Damals, bei ihrer ersten Begegnung, hatte er Isobel die Wahrheit gesagt: Er hatte bis jetzt erst einen Toten gesehen, und der war Opfer eines Unfalls gewesen und nicht durch böswillige Absicht zum Schweigen gebracht worden.

»Da drin«, verkündete Zepernick. »Im Munitionsraum.«

Ned folgte ihm in eine Kammer, die nach rechts abging. An den Wänden prangte ein Fresko, das Föhren, Farne und verschwiegene Lichtungen darstellte. Braunbären spähten zwischen Bäumen hindurch, Hirsche tranken aus Teichen, und durch die Zweige flogen Spechte und Enten.

»Wunderschön, finden Sie nicht?« sagte Lentsch leise hinter ihm. Ned drehte sich erstaunt um. »Die Männer vermissen die Heimat«, erklärte Lentsch, gleichzeitig stolz und verständnisheischend. »So etwas finden Sie in allen deutschen Kasernen. In England ist es vermutlich nicht so. In Sandhurst oder Aldershot.«

An den Wänden, vor den zart hingetuschten Gräsern, lehnten Ständer mit Artilleriegranaten, der Länge nach aufgeschichtet wie der

Brennholzvorrat für den Winter. Und in der Mitte dieses Waffenhains lag eine Gestalt: Isobel, bunt gekleidet in ein wadenlanges, grünes Gewand mit Fransen, die Hände an die Oberschenkel gelegt. Ihre Haut war dort, wo sie an Armen, Beinen und am Dekolleté sichtbar war, blau angelaufen. Ihr Mund stand seltsam offen, wie in einem Schrei erstarrt oder in Erwartung eines Kusses von ihrem Geliebten. Als Ned sich herunterneigte, erkannte er den Grund. Er wurde von einer Masse aufgehalten, die heller Butter ähnelte. Ein schrecklicher Gedanke kam ihm in den Sinn, und sein Blick wanderte tiefer zu den Umrissen ihrer Hüften. Dann sah er den Hauptmann fragend an.

»Nur im Mund«, erwiderte dieser.

Ned sah noch einmal hin. Man hatte ihr die Masse in den Mund gedrückt. Er bemerkte Abdrücke von den Fingerknöcheln eines Mannes.

»Was ist das?« wollte er wissen und tippte vorsichtig darauf. »Butter?«

»Beton«, erwiderte Hauptmann Zepernick verlegen. »Und eine Menge Sand. Auch in ihren Nasenlöchern.«

Ned hob ihren Arm an und legte ihn ihr über die Brust. Noch nie hatte er einen Toten berührt, und ein Schauder durchfuhr ihn. Er konnte sich nicht mehr erinnern, wie sie sich lebend angefühlt hatte, doch die Formen ihres Körpers waren ihm vertraut, und es fiel ihm leichter, als er gedacht hatte. Sie war immer noch Isobel, nur ihre Haut war ein wenig bleicher. Sanft legte er ihr die Hand auf den Bauch. Es war, als ob Kälte durch den dünnen Stoff drang. Als wäre sie erfroren.

»Nicht die richtige Kleidung für diese Jahreszeit«, sagte er, befingerte den Träger ihres Kleides und schob ihn ihr wieder über die Schulter.

»Peter Pan«, meinte Lentsch, der hinter ihm stand.

»Wie bitte?«

»Dieses Kostüm trug sie bei unserer ersten Begegnung«, erklärte der Major. »Deshalb hat sie es heute an.«

»Sie war zur Party des Majors eingeladen«, ergänzte der Hauptmann.

»Was für eine Party?«

»Anläßlich meiner Rückkehr«, antwortete der Major. »Es sollte eine Überraschung sein.«

Ned stand auf. Auf einmal erhob sich auf der anderen Seite des Flurs ein Surren. Die Kuckucksuhr rief siebenmal »kuckuck«. Sie standen reglos da, die Hände hinter dem Rücken und die Köpfe gesenkt, als hörten sie ihre Totenglocke. Als das Geräusch erstarb, bückte Ned sich wieder. In ihrem Haar hatte sich etwas verfangen. Er hob den Gegenstand hoch.

»Was halten Sie davon?« fragte er. Die anderen erstarrten, und er hörte, wie sie erstaunt den Atem anhielten. Der Hauptmann griff nach der Haarsträhne.

»Von draußen?« meinte er. »Als man sie den Klippenpfad hinaufgetragen hat?«

Nun schüttelte Ned den Kopf.

»Das ist kein Gras«, sagte er, »sondern Stroh. Vielleicht von einem Bauernhof, aus einem Stall. Ist sie heute ausgeritten?« Er sah Lentsch an.

»Nicht, soweit ich weiß«, entgegnete dieser.

Die drei Schützen, die Isobel gefunden hatten, die Kanoniere Rupp, Bauer und Laurer, waren Bauernburschen mit derben Händen und roten Gesichtern. Sie hatten weder etwas gesehen noch gehört, nur ihr Geschütz bewacht, wie es sich für gehorsame Soldaten gehörte. Mehr konnte man aus ihnen nicht herausbekommen, der Rest war gutwilliges Erstaunen, denn im Gegensatz zu den Offizieren sprachen sie kaum Englisch. Verstockt saßen die drei um den Tisch herum, betrachteten ihre Stiefel und beobachteten einander argwöhnisch aus den Augenwinkeln, damit sich auch ja keiner verplapperte. Ihnen eine zusammenhängende Geschichte zu entlocken war unmöglich, aber Ned war mittlerweile sowieso davon überzeugt, daß sie nicht die Wahrheit sagten. Selbst als man sie einzeln befragte, beharrte jeder von ihnen in Gegenwart der beiden Männer, die sie ohne weiteres an die Ostfront schicken konnten, mit zitternder Stimme darauf, nichts zu wissen. Doch dieses verängstigte Grüppchen verschwieg etwas, ein Ereignis, das in diesem überfüllten, engen Raum zwischen gefalteten Decken und polierten Stiefeln stattgefunden hatte. Das erkannte Ned an den unwillkürlichen Blicken hin zum Bett des abwesenden Leutnants – als ob sie befürchteten, das schwarze Feldtelephon an der Wand neben seinem Kopfkissen könne plötzlich zum Leben erwachen und sie anklagen. Auch die gestellt wirkende Ordnung ihres Aufenthaltsraums, die gedrungenen Schachfiguren, aufgereiht in ihren Kästchen, der halbleere Kaminsims ohne den üblichen Krimskrams, der freie Platz unter den Betten bestätigten ihn in seinem Verdacht. Soldatenunterkünfte waren immer blitzblank und ungemütlich, das wußte Ned aus eigener Erfahrung. Doch unter außergewöhnlichen Umständen wie diesen wurde den Männern meist ein gewisser Freiraum zugebilligt, der hier offenbar nicht genutzt worden war, denn alles war übertrieben ordentlich und steril. Irgend etwas hatte sich hier abgespielt, obwohl Ned überzeugt war, daß es nichts mit Isobel zu tun hatte. Allerdings wunderte er sich über die Angst der drei Soldaten und die theatralische Entrüstung, mit der sie auf den Fund der Leiche reagierten. Es war, als hätten sie etwas anderes zu verbergen, was durch die Anwesenheit einer Toten ans Licht kommen könnte. Vielleicht wurde der eiserne Luftfilter zum Schwarzbrennen von Schnaps benützt, oder man nutzte den Raum für unsittliche Spielchen mit Minderjährigen. Möglicherweise konnte ja der abwesende Schade, der wahrscheinlich sturzbetrunken in seiner Unterkunft lag, zur Aufklärung der Sache beitragen.

Bevor sie zu van Dielen fuhren, bat Ned die beiden Offiziere, einen kleinen Umweg zu seinem Haus zu machen. Er wollte Onkel Albert zuvorkommen und seiner Mutter die Nachricht selbst überbringen. Sie war nicht mehr zu Bett gegangen, sondern stand in der Küche, sah den Lebensmittelvorrat durch und hakte alles in dem kleinen Notizbuch ab, das sie in ihrer Schürzentasche aufbewahrte. Das tat sie jeden Morgen, und nachmittags meistens noch einmal. Obwohl sie ihn hereinkommen hörte, wandte sie sich kaum von der Speisekammertür ab.

»Nur noch dreißig Gramm Butter übrig«, klagte sie. »Und bis nächste Woche kriegen wir keine mehr. Der Tee, den dein Onkel mitgebracht hat, ist auch schon fast alle. Ich weiß langsam nicht mehr, was ich machen soll.«

Ned schob sie zurück in die Küche, neben das Porzellanwaschbecken, und erzählte ihr, so gut er konnte, was geschehen war. Seine Mutter hatte Isobel nie kennengelernt und sie nie auch nur mit einer Silbe erwähnt. Wenn er sich mit ihr getroffen hatte, hatte er nicht nur Heimlichkeiten vor seiner Mutter gehabt, sondern etwas getan, was ihre Vorstellungskraft schlichtweg überstieg. Einmal hatten er und Isobel sie beobachtet, wie sie an van Dielens Haus vorbeiging, um Dad seinen Tee zu bringen, der wegen der Renovierungsarbeiten am Museum Überstunden machte. Sie war genauso angezogen gewesen wie heute, eine alte Bluse, ein langer, ausgeblichener, blauer Rock, der vorne ausgebeulte Taschen hatte, mit nackten Armen, die dicke baumwollene Einkaufstasche schwingend, ihr breites, gerötetes Gesicht mit entschlossener Miene und nur die vor ihr liegende Aufgabe im Sinn. Ihre Schritte waren so fest wie ihre Schuhe, all ihre Kräfte gebündelt auf die Pflichten, die sie zu erledigen hatte. Sie hatte sich so sehr von der jungen Frau unterschieden, die damals neben ihm stand, und das war nicht nur eine Altersfrage. Sie würden einander nie ähnlich werden, ganz gleich in welcher Lebensphase, auch wenn seine Mutter das junge Mädchen und Isobel die Frau mittleren Alters gewesen wäre. Auf einmal hatte Ned mit seiner Mutter und ihresgleichen nichts mehr zu tun haben wollen. Er sehnte sich nach Isobel und allen Isobels dieser Welt, seien sie nun jung oder alt. Nach ihrer Kraft, ihrer Haut und ihrer schwerelosen, unbelasteten Ausstrahlung. Ned war hinter einen Busch getreten und hatte Isobel mit sich gezogen.

»Pssst«, zischte er.

»Jemand, den du kennst?« neckte sie ihn, machte sich los und steckte den Kopf durch die Zweige. Wieder zog Ned sie zurück, diesmal heftiger.

»Niemand Besonderes«, flüsterte er und drückte sie an sich. Sie streckte willig die Füße von sich, als er sie auf die Lichtung schleppte. »Nur eine Alte, die sich überall einmischen muß«, höhnte er, legte Isobel auf den Boden und kitzelte sie mit dem Fuß am Bauch.

»Mit dieser Sorte kenne ich mich aus«, meinte sie grinsend. »Da wäre zuerst einmal meine Tante. Mein Gott, meine Tante … Ständig versucht sie, über mein Leben zu bestimmen.« Sie rappelte sich auf, kroch auf allen vieren über das Gras und rief: »Hallo, Mrs. Soundso! Ich habe hier jemanden, der sagt, Sie wären …«

Ned legte ihr die Hand auf den kichernden Mund und drehte sie um.

»Still jetzt«, schimpfte er und hielt ihr die Arme über dem Kopf fest. »Das war meine Mutter. Jetzt zufrieden?«

»Das wußte ich«, prahlte sie. Sie stieß ihn mit der Hüfte an. »Ich würde sie gern kennenlernen.«

»Jetzt nicht«, sagte er, öffnete den Gürtel ihrer Jacke und spürte, wie ihre Leidenschaft sich regte.

»Dann also ein andermal.«

»Warum? Schließlich muß ich deinem Vater auch aus dem Weg gehen. Jetzt hast du meine Mutter. Gleiches Recht für alle.«

»Das stimmt nicht«, entgegnete sie und sah auf seine beharrlichen Hände hinab. »Bei meinem Vater könntest du dich nicht einschmeicheln, und wenn du dich auf den Kopf stellst. Aber deine Mutter könnte ich ohne weiteres um den Finger wickeln.«

Ihre Jacke und ihre Bluse waren offen. Er hörte kaum hin.

»Könntest du das?«

»Natürlich. Wußtest du das nicht? Ich kann jeden um den Finger wickeln, den ich will.«

Als er nun in Gegenwart seiner Mutter ihren Namen auszusprechen und ihn mit dem anderen Wort – Tod – in Verbindung zu setzen versuchte, das ihm auf der Zunge lag, schien es ihm, als gestehe er sich zum erstenmal ein, wie stark seine verschmähte Liebe gewesen war und auf welches traurige Terrain er sich vorgewagt hatte.

»Isobel. Es geht um Isobel, Mama. Sie ist tot«, stammelte er. »Ermordet.« Er spürte, wie er errötete. Fast so, als habe er gerade das Geständnis abgelegt, selbst die Tat begangen zu haben.

»Isobel! Tot!« wiederholte sie die Worte ihres Sohnes. »Wie ist das passiert?«

»Genau das soll ich ja herausfinden«, erwiderte er und wies auf den Major, der verlegen in der Wohnzimmertür stand. Er drehte sich um und senkte die Stimme. »Ich bin nur noch einmal zurückgekommen, damit du weißt, daß mit mir alles in Ordnung ist. Wenn ich schon einmal hier bin, wasche ich mich schnell. Keine Ahnung, wie lange ich wegbleiben muß.«

Ned ging nach oben. Der Major, der das Schweigen bemerkte und sich an seine gute Erziehung erinnerte, nahm die Mütze ab und kam näher. Neds Mutter trat ins Wohnzimmer und stellte sich vor ihn hin. In der Küche knurrte der Hund, und als sie sich umwandte, um ihn zum Anlaß eines Gespräches zu machen, bemerkte sie den verräterischen Schmutzrand auf den Fliesen. Ned hatte den Korb nicht an den richtigen Platz zurückgestellt.

»Hör auf mit dem Unsinn«, schimpfte sie rasch den Hund und schloß die Tür. »Er ist immer noch aufgeregt wegen heute morgen«, erklärte sie und fügte hinzu: »Sie haben uns einen ziemlichen Schrecken eingejagt.«

Der Major entschuldigte sich mit einer steifen Verbeugung. »Ich wollte Sie nicht um diese Uhrzeit ängstigen.«

Neds Mutter rümpfte die Nase. Die Uhrzeit war nicht der springende Punkt. »Wir hier sind alle Frühaufsteher«, verkündete sie in einem Ton, als würde sie einen Fremden über ihre Religionszugehörigkeit in Kenntnis setzen.

»Hat er Ihnen erzählt, was passiert ist?«

»Ja. Es ist schrecklich.«

»Ich brauche seine Hilfe, Mrs. Luscombe.«

»Ich verstehe.«

»Ich muß ihn wieder mitnehmen.«

»Zum Haus?«

»Kennen Sie es?«

»Dad hat vor seinem Tod daran mitgebaut.« Als sie den verständnislosen Ausdruck im Gesicht des Majors bemerkte, fügte sie hinzu: »Neds Vater.«

»Ah.« Der Major wirkte erleichtert. »Er ist vor kurzem verstorben.«

Sie nickte und wischte sich die Hände am Kleid ab.

»Es muß schwer für Sie sein«, fuhr er fort. »Erst der Trauerfall, dann wir, beides so kurz aufeinander.«

»Nun, Ihr Auftauchen hat mich, wie ich zugeben muß, von Dads Tod abgelenkt.« Sie hörte Ned oben herumgehen. »Und Ned wäre sonst in England und würde sich eine ausländische Lebensart angewöhnen. Also muß ich Ihnen wohl dankbar sein.«

Lentsch breitete die Hände aus. »Sehen Sie, selbst die deutsche Armee hat ihre Vorteile. Aber ich muß Sie warnen. Er gewöhnt sich trotzdem eine ausländische Lebensart an.« Sie lächelte wider Willen.

Ned polterte die Stufen hinunter. Sie machte ihm Platz.

»Was ist?« fragte Ned, der nur den letzten Satz des Gespräches mitbekommen hatte. Seine Mutter versuchte, ihre Verlegenheit durch Aktivität zu verbergen, reichte ihm seinen Mantel und schob ihn hinaus.

»Und benimm dich«, ermahnte sie ihn leise, doch er war schon draußen auf dem Gartenweg. Der Major verbeugte sich und folgte ihm. Immer noch ängstlich stand sie in der Tür, schüttelte den Kopf und dachte an die stumpfe, traurige Miene, die sie bei ihrem Sohn gesehen hatte – nicht vor fünf Minuten, sondern damals am letzten Silvestertag, als Isobel sich von ihm getrennt hatte. Die Woche der guten Vorsätze hatte Ned dann hinter den geschlossenen Türen des Britannia, der heruntergekommenen Kneipe auf halbem Weg nach Hauteville, verbracht und sich systematisch betrunken. In eben demselben Raum, in dem er auch Veronica wegen einer anderen eingebildeten Beleidigung den Laufpaß gegeben hatte. Während dieser Woche hatte sie in ihrem Sohn die typische Schwäche des männlichen Geschlechts erkannt, denn er hatte sich genauso benommen wie alle gescheiterten Männer, die die Welt betrachteten, als drehe sie sich nur um sie. In Gegenwart seiner Freunde hatte er Gleichmut vorgetäuscht, doch die Fassade bröckelte, wenn er mit seiner Mutter und seinem Vater allein war. Selbst während der Silvesterfeier bei Bernie hatte Neds Verbitterung ihnen den Neujahrspunsch vergällt – und zwar mehr als das Rasseln in Dads Brust. »Prosit Neujahr, mein Sohn«, hatte Dad gesagt und mit dem rubinroten

Glas angestoßen, ein Tribut an eine Beständigkeit, von der er wußte, daß sie nur Illusion war. Ned hatte die Geste mit einem ungeduldigen Schnauben zurückgewiesen, Bernie am Arm gepackt und verkündet, sie würden jetzt losgehen und die dumme Vergangenheit wegspülen. Dann hatte er sein Glas geleert, das nicht das heiße Bier enthielt, das alle anderen tranken, sondern etwas Starkes und Gefährliches. Nach drei gierigen Schlucken war er in betrunkene Jubelrufe ausgebrochen. Er war so damit beschäftigt gewesen, die trügerische Hochstimmung im Raum in sich aufzusaugen, daß er nicht bemerkte, wie Dad zusammenzuckte, sich dessen bewußt wurde, daß seine Sterblichkeit in jenen Tagen immer deutlicher zutage trat und welche Last das für die Familie bedeutete. Sein Leben lang war er Zimmermann gewesen, ein guter Handwerker, und nun konnte er ohne Hilfe kaum noch die Treppe hinaufsteigen. Das war eine der vielen Einschränkungen, die er seinem Sohn zu verheimlichen suchte, weniger aus Angst, ihm Sorgen zu machen, als eher, um sich den Rest seines Stolzes zu bewahren. Gleich am ersten Tag von Neds Besuch war er mit Lungenbeschwerden aufgewacht, hatte Blutklumpen in sein Taschentuch gehustet. Und als sie ihm beim Anziehen geholfen hatte, während er, eine noch nicht angezündete, selbstgedrehte Zigarette zwischen den Lippen, auf der Bettkante saß, und ihm keuchend die Hose hochzog, war die Schlafzimmertür aufgegangen. Auf der anderen Seite des Flurs kauerte Ned auf seinem Bett – wie ein makabres Spiegelbild ihres heimlichen Bemühens –, einen Moment lang trafen sich die Blicke der beiden Männer, und sie erkannten zu ihrem Schrecken sich selbst im anderen wieder. Dann hatte Dad die Tür zugestoßen, sie so wütend zugeknallt, daß Mutter zu Boden stürzte. Von diesem Tag an, während Neds ganzem Urlaub, hatte Dad seinen Körper durch pure Willenskraft gezwungen, Dinge zu tun, zu denen er in den vergangenen sechs Monaten nicht mehr in der Lage gewesen war. Er hatte Kartoffeln aus dem Schuppen hereingeholt, herumliegende Holzscheite im Garten aufgesammelt und sogar draußen die nassen Bettlaken durch die Wäschepresse gezogen. Doch sie beide wußten, daß das Bedürfnis nach körperlicher Anstrengung vergehen würde, wenn Ned erst wieder in England war. Und so kam es auch, der Tatendrang ließ nicht nur nach, sondern hatte Dad seiner restlichen Kraftreserven beraubt. Und als die feuchten Januarwochen durch die klammen und kalten Schlafzimmerwände drangen, war er bald gestorben. Ja, sie würde um Isobel trauern, nicht wegen ihres tragischen Todes, sondern wegen der Folgen, die dieser vielleicht für ihren Sohn haben würde. Er hatte in seinem rücksichtslosen Werben um sie seine Familie und seinen Glauben über Bord geworfen, und angesichts der Nachricht, die er ihr vorhin überbracht hatte, befürchtete sie nun, er würde nie darüber hinwegkommen. Isobel würde für immer bei ihm sein. Ihr Geist würde zwischen ihm und dem Leben stehen, das er noch vor sich hatte.

Sie beobachtete, wie Ned ins Auto stieg und sich in den Ledersitz lehnte, als ob ihm das gepolsterte Wageninnere und die cremefarbenen Armlehnen so vertraut wären wie der per Pedal verstellbare Stuhl mit dem polierten Sockel beim Friseur gegenüber von Underwoods Laden. Dann stieg auch der Major ein, saß zwischen ihr und ihrem Sohn, so daß sie ihn nicht mehr sehen konnte. Er holte ein silbernes Etui aus der Tasche. Sie bemerkte, wie ihr Sohn die Hand ausstreckte, schloß die Augen und machte rasch die Tür zu. Sie war froh, daß Dad diese vertraute und bedingungslose Kapitulation nicht mehr miterleben mußte.

Ned spürte, wie er Sodbrennen bekam. Er rieb sich die Brust und hielt dann inne, obwohl es gegen die Schmerzen half. Lentsch musterte ihn eindringlich. Ned hob das Taschentuch an die Lippen und spuckte Galle.

»Ärger mit dem Magen?« fragte Lentsch mit bemüht ruhiger Stimme.

Ned nickte.

Lentsch kramte in seiner Tasche.

»Kreide«, sagte er und hielt Ned ein silbernes Döschen mit kleinen, weißen Tabletten hin. »Von zu Hause.« Er klopfte sich gegen den Magen. »Ich habe auch Probleme damit.«

Ned kaute eine Tablette.

»Eine schlimme Sache«, fuhr Lentsch fort. »Ich habe strikte Anweisungen gegeben, es wird hart durchgegriffen. Die Leute müssen wissen, daß wir an Recht und Gesetz glauben.«

Ned fühlte sich, als hätten Lentschs kühle Ruhe und Selbstsicherheit einen kleinen Teil des zu Eis erstarrten Mutes in ihm losgetaut.

»Haben Sie deshalb letzten Monat alle in Großbritannien geborenen Einwohner deportiert?« fragte er.

Lentsch blickte zu Boden. »Hat England nicht alle Deutschen festnehmen und einsperren lassen, um besser ein Auge auf sie haben zu können?«

»Davon weiß ich nichts.«

»Natürlich haben sie das getan. Die Vernunft gebietet es. Selbst wenn man nicht davon ausgeht, daß sie etwas gegen einen planen, bleibt einem nichts anderes übrig. Machen Sie sich keine Sorgen um Ihre englischen Freunde. Es wird ihnen nichts geschehen.« Er steckte sich eine Kreidetablette in den Mund. »Wer weiß? Vielleicht bekommen sie sogar mehr zu essen.«

Ned war verärgert. Selbst jetzt beherrschte das allgegenwärtige Thema Lebensmittel die Situation.

»Aber Sie haben uns zugesagt, daß niemand deportiert wird. Außer ...«

Er beendete den Satz nicht, das letzte Wort schwebte zwischen ihnen im Raum. Deportiert worden waren bisher nur drei: eine Krankenschwester, eine Reinigungskraft im Krankenhaus und eine Frau, die nur einige Monate vor der Invasion eine Stelle bei einem der großen Bauernhöfe angenommen hatte. Ned hatte sie einmal gesehen, als sie eine Kuhherde durch den Sommerregen die Seitenstraßen entlangtrieb. Freundlich, aber ungeduldig scheuchte sie die Tiere mit Klapsen auf den Hintern weiter, die Züge ihres entschlossenen Gesichts weichgezeichnet von zufriedener Gelassenheit. Sie hatte Landwirtschaft an einem College in Reading studiert. Selbst damals hatte man ihr dringend davon abgeraten, sich so dicht ans Festland zu wagen, doch sie hatte die Warnungen in den Wind geschlagen. Sie wollte unbedingt im Freien und mit Tieren arbeiten. Ned vermutete, daß sie nie damit gerechnet hatte, man könne ihr diese Freude nehmen und sie fortbringen, wenn sie nun schon einmal hier war. Und da sie rotes Haar und helle Haut hatte, dachte sie, niemand würde es erfahren. Solange sie den Mund hielt und sich nicht in der Öffentlichkeit zeigte, solange sie die Kühe rief, ihren Stall säuberte und ihnen leise vorsang, während sie ihre warmen, rosigen Euter abwischte, konnte ihr doch nichts geschehen. Und so wurden die Tage zu Wochen, die Wochen zu Monaten. Sie führte die Kühe morgens auf die Weide und molk sie am Nachmittag, und beim Abendessen saß sie mit der Familie am Tisch. Aber Anfang letzten Jahres war sie denunziert worden – so munkelte man wenigstens, obwohl Ned als Fachmann die Ursache eher im unbemerkt ratternden Räderwerk der Bürokratie vermutete. Jedenfalls war sie im April plötzlich verschwunden, obwohl der Bauer sich für sie verwendet hatte. Die Familie hatte am Vorabend eine Abschiedsparty für sie veranstaltet und sprach immer noch von ihr und ihrem guten Umgang mit dem Vieh. Sie fragten sich, wie es ihr wohl ergangen war, und hofften, daß sie eines Tages wiederkommen würde, wie sie sich am letzten Abend unter Tränen versprochen hatten.

Der Major grunzte. »Im Krieg ist es nicht immer möglich, Zusagen einzuhalten«, gab er zu. »Wir hatten erwartet, daß der Krieg nicht lange dauern würde. Inzwischen zieht er sich schon eine Ewigkeit hin. Die Bedeutung der Insel und ihre Bestimmung haben sich geändert. Anfangs wollten wir hier nur vorführen, womit die Briten nach unserem Sieg zu rechnen haben. So wird es sein, wenn wir erst einmal in den Cotswolds, in Coventry und in Bath sind; das werden Sie zu hören, zu lesen und zu sehen bekommen, wenn wir durch Ihre Straßen marschieren. Und auch wenn wir uns nehmen, was früher Ihnen gehörte, werden wir es mit Respekt behandeln, das Gute stärken und alles Verdorbene hinwegfegen. Inzwischen jedoch ist alles anders. Die Inseln sind ein Teil des großen Plans geworden. Sie sind strategisch wichtig.« Er räusperte sich und wechselte das Thema. »Ich muß Ihnen noch etwas sagen, bevor wir dort sind. Da Isobel durch die Schuld eines Einheimischen ums Leben gekommen ist, wäre ihr Tod eigentlich eine reine Zivilangelegenheit. Allerdings ist da noch ihr Vater. Er arbeitet für die Organisation Todt, wurde zum Major ehrenhalber ernannt und fällt deshalb unter die Zuständigkeit des Militärs.«

»Obwohl er Engländer ist?«

»Er ist auch Holländer, Inspector, und hat viele Straßen, Brücken und so weiter gebaut, bevor…«, er wies nach vorne, »all das geschehen ist. Seine Arbeit ist äußerst wichtig. Er und Major Ernst…« Er überkreuzte zwei lange Finger seiner rechten Hand. »Kennen Sie Major Ernst?«

»Nur vom Sehen. Ein vollschlanker Herr.«

Lentsch grinste. »Das war sehr höflich ausgedrückt. Ein kleiner, dicker Mann, der, soweit ich weiß, unter seiner Uniform ein Korsett trägt. Wenn man es so nennen kann.«

Ned antwortete so ausweichend wie möglich. »Da kann ich mir kein Urteil erlauben. Aber er und seine Männer lieben Paraden bei jedem Wetter, gymnastische Darbietungen und Märsche die Esplanade rauf und runter. Sie wirken ziemlich beeindruckend, wenn man von den Spaten absieht.«

Er zeichnete eine umgedrehte Schaufel aufs beschlagene Fenster und wischte sie rasch wieder weg.

Lentsch seufzte. »Er und van Dielen haben gestern abend zusammen gegessen und die Pläne für die Befestigungsanlagen durchgearbeitet.«

Ned nickte, als höre er das zum erstenmal. »Sind sie denn noch nicht fertig?«

Lentsch verzog kurz das Gesicht, um Ned zu sagen, daß er zu weit gegangen war. »Für die Organisation Todt bin ich nicht zuständig. Sie ist nur dem Militär rechenschaftspflichtig.« Nun begann er, an die Fensterscheibe zu zeichnen. Zögernd beschrieb sein Finger zuerst die verschnörkelten Buchstaben mit dem geflügelten Adler dazwischen, der den Namen des Gründers, Todt, in den Klauen hielt. Lentsch malte einen Kreis darum und wischte die Zeichnung dann weg, allerdings eher ärgerlich als hastig. »Die Organisation ist sehr mächtig«, warnte er. »Und gewinnt ständig mehr Einfluß. Major

Ernst will nicht, daß Sie mit der Sache beauftragt werden. Ihm wäre es am liebsten, wenn sich die Geheime Staatspolizei damit befaßt und der Hauptmann sich seine Verdächtigen selbst aussucht.«

»Und Sie sind anderer Ansicht?«

»Der Hauptmann kennt die Empfindlichkeiten der Menschen hier weniger als ich. Er und seine Männer würden sich wie eine Hundemeute auf die Verdächtigen stürzen, und das gute Verhältnis, das wir in den letzten beiden Jahren aufgebaut haben, wäre in wenigen Stunden dahin. Wir, vor allem Major Ernst, sind auf die Mitarbeit der Zivilbevölkerung angewiesen. Zwangsarbeit allein ist keine Basis.« Lentsch sah Ned an. »Sie haben Glück, daß sie hier leben. In anderen Teilen Europas wären bereits Geiseln erschossen worden. Doch auf Guernsey muß man anders vorgehen. Wir müssen das bereits Erreichte bewahren. Glauben Sie mir, unter uns gibt es viele, die diese Insel lieben.«

Ned spürte, wie wieder Wut in ihm aufstieg. »Auch Alderney?« fragte er. Wenn man Guernsey und Jersey mit Gefängnissen vergleichen konnte, hatte sich Alderney in eine Todeszelle verwandelt. Im Winter wurde die Insel von tiefhängendem, bedrohlichem Nebel umwabert, der einem den Blick versperrte und die Geräusche dämpfte, doch in den langen Sommernächten, wenn man zu Bett ging, während das stille Alderney in der Ferne verblaßte, behaupteten die Anwohner der Küste, sie könnten hören, wie schwacher Klagegesang über das Wasser herüberhallte. Manchmal war er ganz leise, als singe ein einsamer Gläubiger in einer leeren Kirche ein Lied, dann wieder ähnelte es den verzweifelten Schreien angebundener Tiere in einem brennenden Stall.

Lentsch ließ sich nicht beirren. »Selbst in Athen existierten solche Bezirke«, widersprach er. »Für jedes Parthenon gibt es ein Beinhaus und jemanden, der den Ofen schüren muß, für jeden Dichter einen Sklaven, für jeden Philosophen eine Hure.«

»Ist es das, was Sie mit uns im Schilde führen?« fragte Ned. »Wollen Sie uns zu Huren und Sklaven machen?«

»Wir alle hier sind Huren und Sklaven, müssen für unsere Mahlzeiten singen und aus Feigheit das tun, was andere uns im Namen der Habgier oder der Vernunft befehlen. Ich für meinen Teil möchte, daß Guernsey so bleibt, wie es ist, obwohl viele, die hier stationiert sind, andere Pläne haben. Helfen Sie mir, dann schaffen sie es vielleicht nicht.«

Als sie an der Saumarez Park Esplanade vorbeikamen, begegneten sie einer Kolonne von Fremdarbeitern der Organisation Todt. Es waren etwa dreißig, zum Großteil Jungen und alte Männer, die auf bloßen oder mit Lumpen umwickelten Füßen dahinschlurften, geduckt zum Schutz gegen die frühmorgendliche Kälte. Jeder von ihnen trug einen Blechnapf in den gefesselten Händen. Daneben marschierte ein Aufseher und befahl ihnen, zu singen und schneller zu gehen.

Die Kolonne teilte sich in zwei Hälften und humpelte vorbei. Als Ned durch die Windschutzscheibe spähte, bemerkte er einen Jungen, der eine staubige Jacke und eine rote Hose trug. Mit seinen dunklen Augen und den vor Kälte blauen Lippen ähnelte er weniger einem Zwangsarbeiter als einem Clown, der sich verlaufen hatte. Woher hatte er nur die Sachen? fragte er sich. Plötzlich sprang der Junge die Böschung hinauf und kletterte über das Gras. Die anderen folgten. Der Aufseher zerrte an seinem Gürtel, stürzte auf die Männer zu und begann, mit einer selbstgebastelten Peitsche, die aus einem Stock und vier Lederriemen bestand, auf sie einzuprügeln. Als die Gefangenen wieder herunterkrabbelten, bemerkte Ned, daß der Junge ein großes Stück eines toten Hasen in der Hand hatte. Triumphierend hielt er es hoch, bevor er die Zähne hineinschlug. Ned dachte, ihm würde sich gleich der Magen umdrehen. Dann hob der Junge den Kopf und sah ihm ins Gesicht. Seine Miene war ausdruckslos. Ned blickte zu Boden. Lentsch starrte geradeaus.

»Tiere«, hörten sie Wedel murmeln. Die Kolonne setzte sich in Bewegung und war bald nicht mehr zu sehen.

FÜNF

Von oben war es kaum zu erkennen, obwohl einiges darauf schließen ließ, daß unter der Oberfläche nicht nur die Maulwürfe tätig waren. Die endlose Lastwagenkolonne, die über die Verbindungsstraßen rollte, die gefräßigen Gruben im Wald, die nur darauf warteten, einen zu verschlingen, die backsteingemauerten Luftschächte mitten auf den brachliegenden Feldern. Wer den Kopf in eines dieser finsteren, tiefen Löcher steckte, konnte das Rufen und Stöhnen geschundener Männer und das Klappern von Rädern hören und den muffigen Geruch von Öl und Erde riechen. Die Schächte verströmten das feuchtglitschige Aroma der Angst. Und dann ahnte man vielleicht, daß unter den Butterblumen und den Queckebüscheln das gewaltigste und ausgeklügelteste unterirdische Bauwerk der Kanalinseln entstand. Getrieben in den massiven Fels von Guernsey.

Wenn er sich auf den Rücken legte und die Füße gegen die Tunneldecke drückte, so wie der alte Mann ihm geraten hatte, konnte er den Wagen die Schienen entlangschieben. Der alte Mann hatte sein Leben auf Kanälen verbracht. Und am Anfang, als ihre Kraft noch für Gespräche gereicht hatte, hatte er ihm von seinen Jahren auf den Kohlekähnen erzählt, auf denen er kreuz und quer durch Europa gefahren war, und von den langen, niedrigen Tunnels, die sein Arbeitsleben durchzogen wie ein düsteres Zickzackmuster.

»Ich und meine Frau haben uns aufs Dach des Kahns gelegt und das Ding mit den Füßen durchgeschoben«, erinnerte sich der Schiffer. »Das Gewicht spielte keine Rolle. Durch manche Tunnels brauchten wir die ganze Nacht. Auf halbem Wege machten wir eine

Pause und lagen in der pechschwarzen Finsternis. Kein Geräusch um uns herum, nur das Tropfen des Wassers und das Aneinanderstoßen der Kähne. Vielleicht hin und wieder ein Platschen, wenn eine Ratte ins Wasser sprang.« Er knuffte ihn in die Rippen. »Wir haben alle mal klein angefangen. Die Dunkelheit war uns egal. Wir wußten, was wir wollten.«

Die Waggons mit den Füßen anzuschieben, ging zwar in die Beine, aber wenigstens sparte er sich so die Kraft in den Armen für das Schaufeln am Ende des Arbeitstags auf. Beton und Ziegel wurden hineingebracht, Granit hinausgeschafft. Die gefährlichere der beiden Aufgaben war das Hinausschieben der Waggons, denn das Gleis fiel in der Nähe des Eingangs steil ab, so daß die Waggons ein bedrohliches Tempo bekamen, wenn man sie nicht richtig festhielt. Zerschmetterte Beine, zerquetschte Hände, ein durchbohrter Leib – die Waggons forderten ihren Tribut. Die Arbeiter bauten ein Krankenhaus, ein Krankenhaus mit Küchen, Wäscheräumen und allen anderen Annehmlichkeiten, sogar mit einem Kino, obwohl davon inmitten der Felsen und des Widerhalls Hunderter von Hämmern noch nicht viel zu bemerken war. Zwei lange Gänge hatten sie schon in den Stein gehauen. Dazwischen lag eine Reihe von Räumen mit gewölbter Decke, die sie miteinander verband. Sie ähnelten eher den Katakomben einer Kathedrale, wo Steinplatten die Gebeine längst verstorbener Heiliger bedeckten, als Schlafsälen, in denen Verwundete von ihren Leiden genesen sollten. Außerdem würde er sowieso niemals in den Genuß eines dieser Betten kommen. Für ihn gab es nur ein einziges Krankenbett: Vor Erschöpfung zusammengebrochen? Werft ihn auf die Ladefläche eines Lasters. Das Rückgrat von einer einstürzenden Decke zerschmettert? Werft ihn auf die Ladefläche eines Lasters. Durch umherfliegende Gesteinssplitter bei einer Sprengung erblindet, Blut gehustet, den Arm ausgekugelt? Ab auf den Laster. Und wenn er den Tag dennoch überlebte? In diesem Fall würde man ihn mit dem Boot zu der anderen Insel schaffen, von der nie jemand zurückkehrte. Dort würde er sterben, das wußte er genau, elend zugrundegehen und weggeworfen werden, abgekippt über die Klippen wie ein Stück Müll.

Seit drei Monaten schuftete er nun schon in den Tunnels, in erschöpfenden Zwölf-Stunden-Schichten, zwölf Stunden Arbeit, zwölf Stunden frei. Bei Morgengrauen aufstehen, ein harter Brotkanten, ein Napf mit trübem Wasser, in dem abgerissene Kohlblätter und schmutzige Kartoffelschalen schwammen, vielleicht ganz unten ein Stück Hundefleisch. Und dann im Halbdunkel losmarschieren, der Aufseher nebenher. Der grelle Ton seiner Blechpfeife durchschnitt die Luft. Groteske Fröhlichkeit vorspielen müssen auf schmalen Straßen, in einer Uniform aus zusammengesuchten Lumpen. Hier ein langes Nachthemd über Militärhosen, da ein Netzunterhemd unter einer Eisenbahnerjacke, ausgebeulte Leinenhosen und Baumwollhemden, auf jedem Kopf eine flache Kappe, die erbeuteten Kopfbedeckungen der tschechischen Armee, die es nicht mehr gab.

Ihm war kalt. Er war müde. Und er marschierte mit, im Küstenwind, der einem bis ins Mark drang. Bevor er hierhergebracht worden war, hatte er noch nie das Meer gesehen. Zwei Jahre war er nun hier, und er verabscheute den Anblick immer noch. Im letzten Sommer hatte man ihnen auf einem der langen Strände hinter dem Hafen Ausgang gegeben. Obwohl die anderen sofort zum Ufer gelaufen waren, sich angerempelt, naßgespritzt und gerauft hatten, als wären sie im Urlaub, war er stehengeblieben, nicht in der Lage und nicht willens, sich von der Stelle zu rühren. Das Meer, so groß und kalt und gnadenlos, machte ihm angst. Es war so anders als der Fluß in seinem Dorf und der Pfad, auf dem er mit seinem Vater zum Angeln gegangen war, hinter ihnen auf der Wiese grasende Kühe. Sie hatten sie alle erschossen, am zweiten Nachmittag, als die anderen Soldaten kamen, die Hunde, die Schweine und die Kühe, alle erschossen. Ganz beiläufig und unter Gelächter wie bei einem Ausflug zu einem Jahrmarkt.

Also marschierte er, während das Gewicht des riesigen Himmels auf dem erstarrten Leben am Erdboden lastete. Nein, er marschierte nicht, er schlurfte, vor Kälte zitternd und benommen, zerlumpter Arm an zerlumpter Schulter, zerlumpte Schulter an zerlumptem Arm, die Füße schwarz, wundgescheuert und in blutverkrustete

Lumpen gewickelt. Die Straße leuchtend hell nach der Nacht, und in der Ferne das Rauschen des großen, grünen Wassers, das am Herz der Insel nagte. Den Hügel hinauf, an Häusern, Hütten und unsichtbaren Menschen vorbei, deren Leben er sich nur zu gut vorstellen konnte. Waren das die weißgekalkten Wände, in denen er auch einmal gewohnt hatte? War diese gesprungene, verschmierte Glasscheibe das Fenster zu seinem eigenen, vergessenen Leben? Waren das die Wiese, der Teich und der verlassene Apfelhain, in den die Schweine seiner Familie einmal ausgebrochen waren? War das die quietschende Eisenpumpe, fest verankert in einem steinernen Sockel, unter die er trotzig das dreckverschmierte Gesicht gehalten hatte? War das der Pumpschwengel, der Wasserstrahl, der alles wegwusch? Den Zorn seiner Mutter, die Hänseleien seiner Schwester, die lauten Klagen seines Vaters? Als sie den Gipfel des Hügels erreichten und, halb rennend, halb stolpernd, in das tiefe Tal hinabstiegen, wobei die an ihren Gürteln baumelnden Blechnäpfe und Feldflaschen klapperten wie die Rüstungen einer mittelalterlichen Belagerungsarmee, erschien ihm das Tal immer üppiger, je mehr sie sich dem großen, dunklen Loch näherten. Es war, als sei es der Allmächtige selbst, der sie verhöhnte, indem er ihnen all die grünen Wunder dieser Welt zeigte, bevor er sie zwang, davon Abschied zu nehmen. Dicke Farnbüschel erhoben sich aus dem Gras am Wegesrand, Sprosse ihm unbekannter Pflanzen schoben sich aus der dunklen Erde, das Gewirr kahler Zweige war einem Baldachin gewichen, der die Farbe saftigen Immergrüns hatte. Und dann stellte sich heraus, daß der Weg, der sie immer tiefer in den fruchtbaren Dschungel führte, an einer Lichtung endete. Einem Flecken nackter, verbrannter, plattgewalzter Erde, gespickt mit schwarz beschrifteten Hinweistafeln, die von Ausrufezeichen strotzten, und geschützt von einem vier Meter hohen Drahtzaun. Hinter dem offenen zweiflügeligen Tor warteten die Wachen, stolzgeschwellt in gebürsteten Uniformen. Sie brüllten ihnen Befehle zu, als sie auf das Eisengitter, die knirschenden Laster und das gewaltige Maul dahinter zutrotteten, das nur darauf lauerte, sie durchzukauen, zu verschlingen und sie verdaut wieder auszuspeien.

Langsam traten sie ein. Einige wurden zu den Waggons geschickt, andere zu den Reihen von Spitzhacken und Schaufeln, die an der Wand lehnten, die Griffe noch schmierig von der Nachtschicht. Die Luft war feuchtkalt, und schon nach kurzer Zeit klebten ihm die Kleider auf der Haut. Wasser tropfte von der Decke, Schlamm glitschte unter seinen Füßen. Trotz der an den Wänden befestigten Glühbirnen dauerte es eine Weile, bis man die Länge und Breite des Tunnels und die verbrecherische Genialität, die ihn geplant hatte, richtig wertschätzen konnte. Die Wände des ersten, langen, in den Granit geschlagenen Tunnels waren schwarz und glatt, die Spuren der Spitzhacken eingeprägt wie Fossilien. Er erstreckte sich weit über den Lichtkegel hinaus und verzweigte sich zu einem steinernen Labyrinth unerschütterlicher Macht. Hier gab es weder Anfang noch Ende, so tief war dieses Geflecht aus Gängen, so weit ging dessen Gleichgültigkeit gegenüber dem Leben. Obwohl er wußte, daß man ihn zur Arbeit in einem Gebiet verurteilt hatte, das sein Dasein jeden Augenblick zum Verlöschen bringen konnte, fühlte er sich, als sei er unversehens in ein Land der dämmrigen Ewigkeit geraten. Es war nicht nur ein vom Menschen erschaffenes Bauwerk, sondern die Vision einer zukünftigen Welt, die menschliche Kräfte überstieg. Gottes Geschenk an eine verfluchte Erde, ein Ort von unbeschreiblicher Heiligkeit. Er war in diese Dunkelheit getrieben worden, um zusammen mit seinen Brüdern zu kämpfen, um quietschend herumzuzappeln wie eine der vielen verirrten Ratten dieser Welt und die Zähne ins Herz der Erde zu schlagen. Und er war zu dem Schluß gelangt, daß er hierher gehörte. Oben war er nichts, eine Nummer, die man aufrief, ein Mund, den man fütterte, ein Rücken, auf den man einschlagen konnte. Dort gab es Luft und Sonne, und man konnte die Welt betrachten. Sie war zu hell, zu viele Farben, zuviel Licht. Der Tag bereitete ihm Schmerzen, ließ ihn um das trauern, was er verloren hatte. Inzwischen sah er nur noch das Morgengrauen und die blutrote Abenddämmerung, und er war froh darüber. Hier unten hörte er nichts weiter als das Echo seiner verblassenden Erinnerungen, die ihm eine märchenhafte Vergangenheit ins Gedächtnis riefen; es war leichter so. Verzweiflung und Hoffnung mischten sich wie Blut mit Sand, und immer wieder stieg milchiger Dunst aus dem Boden auf, um ihn vor ihren bohrend neugierigen Blicken zu schützen. Die Welt hier war ganz anders, und er würde ihr seinen Stempel aufdrücken, ohne daß sie etwas davon ahnten.

In den letzten Wochen war er beim Bau eines Verbindungsgangs zwischen dem Krankenhaus und dem geplanten Munitionslager eingesetzt worden. Auf halbem Wege befand sich ein Fluchtschacht, etwa fünfundzwanzig Meter hoch, der über eine Leiter mit eisernen Sprossen verfügte. Die Arbeit war schwer, immer wieder stürzten Decken ein, und das unerwartete Nachgeben des Gesteins forderte viele Opfer. Doch trotz aller Gefahren hatte er sich in einer dunklen, verlassenen Nische, nun versteckt hinter einem der gewaltigen Luftfilter, die den Hauptgang entlang verliefen, seinen eigenen kleinen Raum geschaffen. Gut anderthalb Meter hoch, zwei Quadratmeter groß und mit Sackleinen ausgelegt. Anfangs wußte er nicht, was er mit seinem Werk anfangen sollte oder warum er sich so damit abgeplagt hatte, seine verbotene kleine Höhle zu graben. Denn es handelte sich nicht um einen Fluchtweg, der ihn nach draußen in die Freiheit führen würde, sondern eher um eine Zelle in einem Gefängnis. Doch während er sie gegraben hatte, die Erde in seinen Waggon lud und die Hinweise auf die Existenz seines kleinen Reiches in einen der wartenden Lastwagen kippte, hatte er sich gedacht, daß er keinen Ausgang, sondern einen Eingang schuf. Kein Versteck, sondern die Grundvoraussetzung für eine neue Lebensform. Und wenn er vorsichtig genug zu Werk ging und sich geschickt anstellte, konnte er sein Reich noch erweitern und andere Räume, Lebensmittellager, Schlafkammern und Horchposten hinzufügen. Er würde die Geheimnisse des Tunnels erfahren, seine nächtlichen Gewohnheiten, und sich an seine Anforderungen anpassen. Er würde sich Lebensmittel und Kleidung aus ihren Vorräten besorgen, sich an ihren Öfen wärmen und ihre Stromgeneratoren und Lüftungsanlagen anzapfen. Er würde eine gestohlene Offiziersmütze tragen und ein Paar guter Stiefel, und von seinem Gürtel würden eine Taschenlampe, ein Dolch und ein Seil baumeln.

Er würde sich eine neue Welt schaffen, unbemerkt und im verborgenen, wo er die Befehlsgewalt innehatte und deren Macht stetig wuchs. Den alten Mann würde er mitnehmen. Andere würden folgen. Die gesamte Insel unterwühlen. Und wenn sie in Sicherheit waren, konnten sie ein paar Huren herunterholen. Eine neue Zivilisation begründen. Die Welt von innen heraus unterminieren.

Gestern war er, kaum daß er zurück war, zu dem alten Mann hinübergekrochen, hatte ihn aufgeweckt, indem er ihm ein abgebrochenes Pastetenstück unter die Nase hielt, und den Arm ausgestreckt, um ihm seine neuen Errungenschaften zu zeigen.

»Schau«, flüsterte er, einen Anflug von Stolz in der Stimme. »Sogar eine Hose!«

Der alte Mann hatte die Pastete genommen und sie zögernd in den Mund gesteckt. Seine Zähne, die nur noch lose im geröteten Zahnfleisch saßen, wackelten, als er hineinbiß. Langsam ließ er einen Brocken um die Zunge gleiten, kaute vorsichtig und schluckte mit Mühe.

»Wo hast du das alles her?« fragte er.

»Bauernhof«, entgegnete der Junge. »Von der Wäscheleine.«

Der alte Mann hatte sich die Krümel aus den Winkeln seines wunden, von Bartstoppeln umgebenen Mundes gewischt und den Stoff befühlt.

»Da hast du richtig gute Qualität erwischt, mein Junge. Damit fällst du auf wie ein bunter Hund. Sie werden wissen wollen, wie du da rangekommen bist. Am besten machst du sie noch ein bißchen schmutzig. Sonst hängen die dich an einen Haken und prügeln dich windelweich.«

Er hatte auf den Rat des alten Mannes gehört und mit der Jacke über den Boden gewischt, so daß Staub und Sägemehl hineingerieben wurden. Der Kampf um das tote Kaninchen hatte ebenfalls Spuren hinterlassen.

Heute suchte er in der Reihe der Männer, die die Granitwand mit Spitzhacken bearbeiteten, nach dem Alten. Doch er konnte ihn nicht entdecken. Vielleicht war er tiefer ins Gewirr der Gänge geschickt worden. Peter hieß er. Genauso wie sein Vater. Der Name seiner Schwester war Sonya gewesen. Und wie hieß er selbst? Er konnte sich kaum erinnern. So lange hatte er schon keinen Namen mehr. Er bestand nur noch aus Füßen und Armen, alles verpackt in eine nagelneue Jacke, die ihm helfen würde, die kommenden Monate zu überstehen. Kissen, Decke, Jacke. Er tätschelte sie liebevoll. Was für eine Nacht war das gewesen. Das Auto, das leise den überwucherten Pfad hinaufkam, er, kauernd unter der Stechginsterhecke. Es hatte heftiger zu regnen angefangen. Der Wagen hatte nur gut anderthalb Meter entfernt von ihm gehalten, alles spielte sich auf Fußhöhe ab. Die Tür ging auf. Schwarzer Regen auf den Kotflügeln des Wagens. Ein schimmernder Umhang und ein Männerstiefel, der in eine schlammige Pfütze trat. Die rückwärtige Wagentür öffnete sich, die Innenbeleuchtung beschien einen Kopf mit Hut, offenbar schlief die Person. Der Mann murmelte etwas, es klang drängend und gehetzt. Um diese Uhrzeit hatten sie sicher nicht die Absicht, mit ihren Scheinwerfern Katzen zu jagen. Die Atmosphäre war angespannt und ängstlich, offenbar mußte es schnell gehen, das Ganze wirkte bedrohlich. Der Mann riß die Tür vollends auf, und die Gestalt fiel heraus. Da sie einen Hut und eine Jacke trug, und auch wegen der Art, wie sie zu Boden stürzte, hatte er sie zuerst ebenfalls für einen Mann gehalten, einen Betrunkenen. Aber dann rutschte der Hut herunter und rollte über die Erde. Er sah ihre Waden und das lange Haar. Und dann starrte ihr Gesicht ihn an, lag auf dem mit Wasser vollgesogenen Boden, nur zwei Meter entfernt, mit offenen Augen, geöffneten Lippen, einem Grinsen wie bei einer Schreckensmaske. Das Kleid hing schlaff im Matsch wie ein gefangener Fisch am Flußufer. Der Mann lief dem Hut nach und steckte ihn in die Tasche. Dann fing er an, sie wegzuschleppen, ein Bein in jeder Hand, das Kleid rutschte über den nackten, mondweißen Hintern hoch, die Arme waren über den Kopf gereckt, die ausgestreckten Fingernägel hinterließen Spuren im plattgedrückten Gras. Die Jacke glitt ihr vom Körper wie bei einer Tänzerin, die sich für ihn auszog, obwohl sie ihm den Rücken zukehrte. Zuerst vom einen Arm, dann vom anderen und schließlich über Schultern und Kopf. Ein Windstoß wehte sie zu dem Busch, wo er kauerte, vor lauter Angst blieb ihm fast das Herz stehen. Als der Mann einen der Schächte erreicht hatte, hob er die Frau hoch, zählte leise *eins, zwei, drei,* hielt sie über die Öffnung, so daß ihre nackten Füße hineinbaumelten, und ließ sie vorsichtig hinuntersinken. Sie fiel, zuletzt konnte er noch ihren Kopf und ihren Mund sehen, grell und abstoßend, bis auch er in der Nachtluft versank. Und dann, keine fünfzig Meter entfernt, donnerte ein Geschütz. Er schlug die Hände vors Gesicht und spürte, wie die Erde erbebte. Als er wieder hinsah, lag der Luftschacht verlassen da. Der Mann hatte sich zu seinem Auto geflüchtet und holperte die Straße hinunter, ohne die Scheinwerfer einzuschalten. Als der Wagen außer Sicht war, ließ der Fahrer den Motor aufheulen.

Er schlich um die Hecke herum und zerrte die Jacke aus den Zweigen. Fast glaubte er, die Frau wäre weder zufällig noch aus einer zufälligen Laune des Täters heraus in ihrem unterirdischen Grab versenkt worden, sondern um ihm selbst eine Möglichkeit zu geben zu überleben. Er wußte, was sie ihr angetan hatten und was sie hatte erleiden müssen. Doch er hatte kein Mitleid mit ihr. Es war eben geschehen, die Welt war nun einmal so. Da durfte man sich nichts vormachen. Er kannte das, hatte es in jener Nacht bei seiner Schwester miterlebt. Einer nach dem anderen waren sie gekommen und hatten die Hosen fallen gelassen, während der Vorgänger wieder in die Kleider schlüpfte. Sie hatten gegrölt und einander angefeuert, und mancher von ihnen hatte sich für ein zweites oder drittes Mal angestellt. Am Nachmittag davor war der befehlshabende Offizier, ein hochgewachsener, gutaussehender Mann mit einer makellos sauberen Uniform, zu ihrer Hütte gekommen, hatte sich durch die niedrige Tür geduckt und nach dem Eintreten mit entschlossener Höflichkeit die Mütze gezogen. Nur noch er, sein Vater und seine Schwester waren übrig gewesen; die Mutter und das Baby waren mit der Großmutter und all den anderen in die Kirche gebracht worden. Der Offizier hatte sich aufmerksam im Raum umgesehen, Sonyas Stickarbeit zur Hand genommen, sie hochgehalten und das Mädchen freundlich befragt. Seine Schwester hatte genickt, und der Offizier hatte die Stickerei vorsichtig zurück auf die Kommode gelegt. Dann hatte er das Bett der Eltern hinten im Raum bemerkt, den Vorhang zurückgezogen und auf die weiche, dicke Matratze geklopft.

»Gut«, meinte er zu seinem Vater. »Sagen Sie Ihrer Tochter, sie kann schon mal das Bett anwärmen. Denn hier werden wir sie uns heute abend vornehmen.«

An diesem Nachmittag hatte sein Vater ein Ende machen wollen, doch er hatte kein Gewehr, um es rasch zu erledigen, um zuerst seine beiden Kinder zu töten und sich dann selbst zu erschießen. Nur das Schlachtmesser, das Nudelholz und Omas Spazierstock, mit dem sie ihm immer auf die Beine geschlagen hatte. Und diese Gegenstände zu benutzen, brachte er nicht über sich. Also saßen sie zu dritt da, sangen leise die Lieder ihrer Heimat und hofften, die Soldaten würden einfach verschwinden oder die Sache vergessen. Als die Zeit gekommen war, steckte der Offizier den Kopf zur Tür herein und tippte auf seine Uhr, die er in der Hand hielt. Weinend hatte sein Vater den Kopf geschüttelt, den Offizier angefleht. Er hatte ihn beschworen, sie sei doch noch so jung und vertraue darauf, daß er sie beschützen könne.

»Keine Sorge«, sagte der Offizier. »Hab schon verstanden.« Dann hatte er die Uhr wieder eingesteckt, war mit Vater nach draußen gegangen und hatte ihn vor dem zerbrochenen Fenster erschossen. Die Soldaten mußten über seine ausgestreckten Arme hinwegsteigen, um ins Haus zu kommen. Und sie kamen die ganze Nacht.

SECHS

Wedel parkte den Wagen oben an der Straße. Als die beiden Männer den Hügel hinabstiegen, erschien gegenüber auf der Bergkuppe eine kichernde, schwatzende Gruppe von Krankenschwestern. Beim Anblick des Majors verstummten sie, und eine winkte verlegen. Lentsch nickte ihnen zu.

Das Haus lag im stumpfgrauen Tageslicht, die Rolläden waren heruntergelassen, die schwarzen Lamellen klapperten, wenn ein Windstoß hineinfuhr. Ned blieb zögernd am Garteneingang stehen, der nicht von einem Tor begrenzt wurde. Schon bei seinen früheren Besuchen hatte er den Eindruck gehabt, daß Schritte ebenso wie Liebesschwüre in diesem Haus dumpf verhallten und daß seine Bewohner nur auf der Durchreise zu sein schienen. Und das, obwohl er selbst lebensfroh, kühn und zielstrebig durch die Tür getreten war, obwohl dem Gebäude liebevolle Planung zugrundelag und obwohl ihn eine junge Frau mit willigem Körper erwartete, um ihn ins obere Stockwerk oder hinaus in den üppig wuchernden Garten zu führen. Vielleicht hatte sein alter Herr recht gehabt. »Einige Häuser«, pflegte er zu sagen, »sind dafür gebaut, daß Menschen darin Verbrechen begehen, sich unglücklich machen und einander im Stich lassen. Dabei spielt es keine Rolle, ob man ein Sünder oder ein Heiliger ist; ein solches Haus gewinnt immer die Oberhand.«

Der Garten war noch verwilderter, als Ned ihn in Erinnerung hatte, ein Wirrwarr aus Unkraut und Gräsern. Gestern nacht hatten die Wolken das Ausmaß der Verwahrlosung verborgen.

Lentsch ging voran. »Ich habe versucht, sie dazu zu überreden,

den Garten ein wenig in Ordnung zu bringen«, sagte er zu Ned, während er einen Brombeerzweig beiseite schob. »Ich habe ihr sogar Albert für ein paar Stunden überlassen. Aber sie hat sich für den Garten genausowenig interessiert wie ihr Vater.« Er hielt den Zweig zurück, um Ned Platz zu machen. »Ein Garten darf nicht so aussehen«, rief er ihm nach. »Der schlechte Eindruck fällt immer auf den Besitzer zurück.«

Ned stand vor der Tür und streckte die Hand nach dem Türklopfer aus. Dann aber überlegte er es sich anders und senkte den Ring vorsichtig wieder auf den Messingsockel.

»Es könnte sein«, meinte er, »daß er in Ihrer Gegenwart nicht frei redet. Vielleicht wäre es besser, wenn Sie sich irgendwann während des Gesprächs in den Garten zurückziehen oder es sich mit einer Zeitschrift gemütlich machen, um Ihr Englisch zu verbessern.«

»Mein Englisch ist also nicht gut?«

»Nur ein Scherz, Herr Major.«

Bevor er wieder nach dem schweren Messingring greifen konnte, wurde die Tür aufgerissen. Ned war nicht sicher, doch er hatte den Eindruck, daß bei seinem Anblick der Anflug eines Lächelns über van Dielens schmales, argwöhnisches Gesicht huschte. Ned schluckte. Er fühlte sich, als wäre seine Stimme in ihm gefangen und wage sich nicht heraus. Isobels Vater öffnete die Tür weit. Er sprach in dem deutlichen, ein wenig verhaltenen Tonfall, der alles mit Ausnahme seiner selbst zu verspotten schien.

»Da sind Sie ja endlich, Mr. Luscombe. Ungebeten wie immer, aber diesmal kann ich Sie leider nicht wegschicken. Und den Major auch nicht. Sie beide geben ein seltsames Paar ab, wenn ich mir die Bemerkung erlauben darf.«

»Eine schlimme Sache, Mr. van Dielen.« Ned warf einen Blick auf den Major und bemerkte, daß er dieselben Worte benutzt hatte wie dieser zuvor.

»Eine schlimme Sache«, wiederholte van Dielen. Seine Art, den Satz in die Länge zu ziehen, ließ die Feststellung nur um so beklommener und banaler wirken. »Sind Sie hier, um mir das zu sagen?«

Wortlos trat er einen Schritt zurück und streckte in einer übertriebenen Willkommensgeste den Arm aus. Ned und Lentsch traten ein. Statt in eine richtige Halle führte die Eingangstür direkt zu ein paar hohen Terrassentüren und ins Wohnzimmer. Nichts hatte sich verändert. Der Raum war noch immer der kahlste, den Ned je gesehen hatte. Glas hinten, Glas vorne, Teppiche und seltsame Möbel, locker verteilt auf dem Parkettboden. »So anheimelnd wie ein vergitterter Käfig«, hatte Isobel immer gesagt. Im hinteren Teil des Raumes erhob sich die Wendeltreppe mit dem Geländer aus Edelstahl, die zu einer Art Galerie hochführte. Bis heute hörte Ned das Geräusch von Isobels Schuhen, die sie zu Boden fallen ließ, wenn sie darauf zuging, das leise Rascheln ihres Kleides am Geländer, das Quietschen ihrer bloßen Füße auf dem polierten Holz beim Hinaufsteigen. Unwillkürlich hob er den Kopf und blickte nach oben zum Flur und der geschlossenen Tür ihres Schlafzimmers. Van Dielen wies auf die Stufen hinunter zur Bar.

»Leisten Sie mir doch Gesellschaft. Sie sind meine ersten Gäste in diesem Jahr.«

Er ging voran zur Bar, wo eine halbleere Brandyflasche stand, und schenkte sich noch ein Glas ein.

»Ein übertriebener Luxus, das muß ich zugeben, aber unter diesen Umständen.« Er wies mit dem Glas auf die beiden Männer, die verlegen dastanden. »Möchten Sie auch einen, meine Herren? Ein ausgezeichnetes Tröpfchen.«

Ned sah zu Boden. Der Major war höflich wie immer.

»Vielleicht ein andermal«, sagte er.

Van Dielen fand offenbar Gefallen daran, Verlegenheitsfloskeln zu wiederholen.

»Ein andermal. Nun, da bieten sich ja mannigfaltige Möglichkeiten. Welcher Zeitpunkt wäre Ihnen denn der liebste? Die Gegenwart oder die Vergangenheit?«

»Mr. van Dielen«, versuchte Ned, ihn zu unterbrechen.

»Ich für meinen Teil bevorzuge die Vergangenheit, obwohl ich noch zwischen der gegenwärtigen Vergangenheit und der weit entfernten, schon fast vergessenen schwanke. Zum Beispiel Ihr zu trauriger Berühmtheit gelangter Fahrradausflug, Mr. Luscombe. Ich hätte nicht so streng mit Ihnen sein dürfen. Inzwischen ist mir das klar.«

»Mr. van Dielen, wir sind nicht hier, um …«

»Wenn ich damals gewußt hätte, was ich heute weiß, hätte ich Sie hereingebeten und Ihnen das Haus gezeigt. Brandy, Cognac, es ist alles vorhanden. Sie hätten sich wie zu Hause fühlen können. Ich hätte Ihnen einen Cocktail angeboten. Ich mixe sehr gute Cocktails. Im Osten sagten das alle.«

»Das wußte ich nicht.«

»Und was das Rad angeht – ich habe nichts gegen Fahrräder einzuwenden, solange sie sich in einem verkehrstüchtigen Zustand befinden. Natürlich hätte ich ihr irgendwann eines gekauft. Es war nur eine Frage der Zeit. Haben Sie Ihr Fahrrad noch, Mr. Luscombe?«

»Ich habe es verkauft.«

»In der Wüste haben wir einmal ein Tandem gesehen. Ein Tourenrad. Die Frau saß vorne und strampelte sich ab – an den Seiten hingen alle möglichen Körbe und Rucksäcke –, während der Mann auf dem Rücksitz thronte, die Füße auf die Lenkstange stützte und die Zeitung las. Was haben wir gelacht! ›Ein übler Bursche‹, sagte ich. ›Läßt sich herumfahren, ohne einen Finger krummzumachen.‹ – ›Aber nein, Daddy, darum geht es doch gar nicht‹, hat Isobel widersprochen. ›Es sollte bloß einfach genau andersherum sein.‹ Sie war erst neun und wußte schon, wie man Männer für seine Zwecke einspannt. Altklug mit Zöpfen. Mögen Sie Mädchen mit Zöpfen, Mr. Luscombe?«

»Zöpfe?«

»Zu Mädchen passen sie, aber meiner Ansicht nach nicht zu erwachsenen Frauen. Auf dem Festland, in Deutschland, Österreich und auch in meiner Heimat sind Zöpfe bei Mädchen und bei Frauen beliebt. Ich frage mich, warum das so ist.«

»Darüber habe ich noch nie nachgedacht.«

»Das kann ich mir vorstellen. Aber ich habe doch recht, Herr Major?«

»In der Tat.«

»Die jungen Mädchen, die Ihnen gefielen, hatten sicher auch Zöpfe.«

»Einige schon, ja, da bin ich sicher. Meine Schwester ebenfalls.«

»Ihre Schwester?«

»Ja.« Der Major klopfte sich auf die Brusttasche. »Ich habe Ihnen einmal eine Photographie gezeigt, als ich Sie besuchte.«

»Und sie trug immer Zöpfe, als Kind und …?«

»Eine Weile schon.«

»Sehen Sie. Und haben Sie sich je gewünscht, Isobel würde ihre Locken zusammenbinden und sich Zöpfe flechten wie Ihre Freundinnen in Ihrer Heimat?«

Nun wurde Lentsch verlegen. »An so etwas habe ich nie gedacht«, stammelte er.

»Sehen Sie! Es stimmt! Ihnen wäre sie mit Zöpfen lieber gewesen! Sie war zu erfahren für Sie, das ist der Punkt. Hat sie das zugrundegerichtet? Ihre Erfahrenheit? Und hier stehen wir drei, die wir ihr dieses verhängnisvolle Geschenk gemacht haben.«

Als er aus seinem Glas trank, verschluckte er sich.

»Sie müssen verzeihen, ich bin kein besonders begnadeter Gesprächspartner. Ich beherrsche das Englische, das Deutsche und meine Muttersprache und habe ein Händchen für die Feinheiten des Vokabulars und der Grammatik. Doch wenn es um die hohe Kunst der Konversation, also das eigentlich Wichtige, geht, versage ich kläglich. Die Wörter, die ich ausspreche, und auch die Art und Weise, wie ich das tue, ihre allgemeine Absicht und ihr Ton haben anscheinend zur Folge, daß die Unterhaltungen, an denen ich mich gern beteiligen möchte, schlagartig verstummen. Warum das so ist, begreife ich bis heute nicht.«

»Ja …«

»In diesem Augenblick geschieht es wieder. Obwohl die besten Voraussetzungen gegeben wären, blockiere ich noch während des Sprechens sämtliche Wege, die zu einer Konversation führen könnten.«

»Jetzt ist nicht der richtige Zeitpunkt, um Konversation zu betreiben, Mr. van Dielen.«

»Nein. Richtig, Mr. Luscombe. Ned. Darf ich Sie Ned nennen? So hat sie Sie schließlich auch genannt, und ich bin ihr Vater. Habe ich nicht das Recht dazu, obwohl ich in der Vergangenheit unverzeihlich grob zu Ihnen gewesen bin?«

»Keine Sorge.«

»Das haben Sie gestern nacht auch gesagt. Als ich Sie vor der Tür getroffen habe.«

»Was?« Lentsch wirkte erstaunt.

»Wußten Sie das nicht, Herr Major?« Offenbar genoß van Dielen Neds Verlegenheit. »In der vergangenen Nacht kehrte ich von meinem Abendessen mit Major Ernst zurück und ertappte den Inspector, wie er sich um unser Haus herumdrückte wie eine Krabbe auf der Suche nach einer Muschelschale.« Er klopfte Ned aufs Knie. »Sie müssen dem Herrn Major die Wahrheit sagen, sonst reißt ihm noch sein dünner deutscher Geduldsfaden.«

»Stimmt das?« Lentsch klang erschrocken.

»Ich war spät auf dem Nachhauseweg. Ich dachte, ich hätte Licht gesehen.«

Van Dielen stürzte sich sofort auf diese Notlüge.

»Das Licht? Ja, ich erinnere mich.« Er starrte Ned ins Gesicht. Er hätte sich gut zum Polizisten geeignet. »Da war kein Licht, sonst hätte ich es auch bemerkt, während ich mich von Major Ernst verabschiedete. Das einzige Licht, das letzte Nacht brannte, war das der Eifersucht in Ihrem Herzen.«

Er fing Lentschs verblüfften Blick auf.

»Weiß der Herr Major das etwa ebenfalls nicht?«

Ned hatte das Gefühl, plötzlich keinen Halt mehr unter den Füßen zu haben, als hätte man ihn ins tiefe Wasser gelockt. Nun begriff er, was damals bei ihrem ersten Badeausflug in Isobel vorgegangen war. Er versuchte, sich in Sicherheit zu bringen.

»Ich hielt es nicht für nötig, es ihm sofort zu sagen. Schließlich ist es lange her. Irgendwann hätte ich es ihm erzählt.«

»Lange her?« Van Dielen wandte sich an den Major. »Vor zwei Sommern, Herr Major, war Isobel für ihn die Erfüllung all seiner Träume. Und sie war dumm genug, sich seinen Avancen nicht zu verschließen. Einen Sommer lang hatten sie eine heimliche Affäre, schwammen verbotenerweise in gefährlichen Buchten, unternahmen Fahrradausflüge und hinterließen sich geheime Liebesbotschaften in geheimen Verstecken.« Als er hörte, wie Ned nach Luft schnappte, drehte er sich um. »O ja, ich weiß alles über dieses skandalöse Liebesgeflüster.« Er wirbelte wieder zum Major herum. »Doch sie hat ihm den Laufpaß gegeben. Und das hat ihm gar nicht gefallen. Er fühlte sich betrogen und schlecht behandelt und langweilte die Einheimischen einen ganzen Winter lang mit seiner ausufernden Leidensgeschichte.« Er lehnte sich auf seinem Barhocker zurück und betrachtete die beiden Männer triumphierend. »Wenigstens sagt das sein Onkel.«

Ned kämpfte verzweifelt darum, sein Gesicht zu wahren. »Es war eine Sommerromanze, mehr nicht.«

Van Dielen tat Neds Erklärung höhnisch ab. »Für Isobel vielleicht, aber Sie sahen das anders. Sie haben immer gehofft, sie würde zu Ihnen zurückkehren. Vielleicht waren Sie deshalb letzte Nacht hier.« Offenbar begeisterte ihn diese Theorie, die sich noch weiter ausschmücken ließ. »Vielleicht waren Sie schon zuvor hiergewesen, um sich vor ihr auf die Knie zu werfen.«

Ned blickte zu Boden. Sein Bein zitterte. Als er die Hände dagegen preßte, spürte er, wie ihm unter den Achseln der Schweiß ausbrach. Van Dielen rutschte auf seinem Hocker herum. Anscheinend verlieh ihm die Aussicht, jemandem zusetzen zu können, neue Kräfte.

»Vielleicht hat sie Ihnen gesagt, Sie sollen sich zum Teufel scheren«, fuhr er fort. »Vielleicht haben Sie die Beherrschung verloren. Sind Sie schon auf den Gedanken gekommen, Mr. Luscombe, Ned, daß Sie selbst ein Verdächtiger sein könnten?«

»Mr. van Dielen!«

»Ach, lassen Sie mich doch in Ruhe, Ned Luscombe. Sie sind hier überflüssig.«

»Ich gehe, sobald ich kann. Aber zuerst habe ich noch ein paar Fragen an Sie.« Bei diesem Stichwort erhob sich Lentsch, ging ins Wohnzimmer und begann, ein paar alte Zeitschriften durchzublättern.

»Ziemlich leicht durchschaubar das alles«, stellte van Dielen fest. »Und außerdem unnötig. Nun? Was wollen wir ihm verheimlichen?«

»Ich muß nur wissen, wo Isobel am Samstag war«, beschwichtigte ihn Ned. »Können Sie mir sagen, was sie an diesem Tag unternommen hat?«

»Ich dachte, Sie wüßten über meine Tochter so gut Bescheid, daß Sie drei von Ihren Notizbüchern damit vollschreiben könnten.«

»Mr. van Dielen! Hören Sie auf damit. So kommen wir nicht weiter.« Obwohl Ned kurz davor stand, die Geduld mit van Dielen zu verlieren, blieb sein Tonfall ruhig. Van Dielen schloß die Augen und nickte heftig.

»Sie haben recht«, räumte er ein. »Ich muß aufhören. Es führt zu nichts.« Er holte tief Luft. »Am frühen Morgen ist sie ins Dorf gegangen, um ihr Kleid aus dem Probenraum zu holen. Sie brauchte es für die Party am Abend. Später war sie bei ihrer Tante zum Kaffee. Marjorie hatte sie angerufen, ›zu sich befohlen‹, wie Isobel es nannte.«

»Wann war das?«

»Am späten Vormittag. Isobel war verärgert. Sie mußte ihr Kleid noch ändern. Doch die Pflicht rief. Sie ging los. Sie trank Kaffee. Sie kam zurück.« Er blickte hinüber ins Wohnzimmer, wo der Major den zugewucherten Garten betrachtete.

»Wie war sie bei ihrer Rückkehr?« fragte Ned.

»Ich habe sie kaum gesehen. Sie stürmte sofort hinauf in ihr Zimmer. Aber ich würde dem nicht allzuviel Bedeutung beimessen«, fügte er hinzu, als er sah, daß Ned aufmerkte. »So sind Mädchen in diesem Alter nun einmal. ›Du willst wohl, daß das Haus einstürzt‹, habe ich gerufen, doch keine Antwort. Ich nahm an, daß sie wieder über der richtigen Rocklänge grübelte.«

»Und was taten Sie?«

»Ich hielt mich an diesem Samstag von Handarbeiten fern. Den Großteil des Vormittags verbrachte ich in meinem Arbeitszimmer. Das Essen mit Major Ernst war nicht nur ein Freundschaftsbesuch gewesen. Wir haben wichtige Punkte der Bauvorhaben auf der Insel durchgesprochen, die erledigt werden mußten. Isobel und ich verzehrten ein improvisiertes Mittagessen aus Aufschnitt und roter Bete – wie ich dieses Gemüse inzwischen hasse! –, und am Nachmittag gingen wir in die Altstadt, um Einkäufe zu machen. Danach waren wir zusammen in der Firma. Ich wollte mir den von den Einbrechern verursachten Schaden ansehen und mit dem Vorarbeiter sprechen.«

»George Poidevin, soweit ich weiß.«

»Richtig, George Poidevin.«

»War der Schaden groß?«

»Nach Georges aufgebrachtem Lamento am Telephon erwartete ich, den gesamten Hof verwüstet vorzufinden. Doch es fehlte kaum etwas, nur Georges kostbarer Vorrat an Tee und Zucker. Man hätte meinen können, die Kronjuwelen seien gestohlen worden, so führte er sich auf. ›Nur mit der Ruhe, George‹, sagte ich. ›Ich besorge Ihnen ein neues Päckchen Tee für Ihre Holzhütte.‹ Doch der Mann schien mein großzügiges Angebot gar nicht wahrzunehmen.«

»Wurde Zement gestohlen?«

»Nicht, daß ich wüßte.« Er bemerkte Neds Blick. »Mir ist klar, worauf Sie hinauswollen. Doch selbst wenn es so wäre, würde ich ihn nicht wiedererkennen. Auf dieser Insel gibt es mehr Zementsäcke als Bonbonpapier.«

Ned kehrte zum Thema van Dielens Firma zurück. Es wunderte ihn, daß Isobel ihren Vater begleitet hatte. »Es ist seltsam, daß sie mitgekommen ist. Bis jetzt hat sie sich doch nie sehr für die Firma interessiert.«

»Sie wollte mir Gesellschaft leisten, Mr. Luscombe. So etwas tun Töchter hin und wieder, und zwar aus keinem besonderen Grund. Einfach so.«

Ned ließ es auf sich beruhen. »Und dann?«

»Dann spazierten wir über den Strand zurück. Zu Hause ging ich in mein Arbeitszimmer, und sie legte sich oben hin. Als ich mich später für das Abendessen umzog, ließ sie sich gerade ein Bad ein. Sie half mir, meine Fliege zu binden, darin war ich noch nie sehr gut. Bevor ich aufbrach, klopfte ich an ihre Tür. Aber sie ließ mich nicht herein.«

»Warum?«

»Sie sagte, sie sei nicht richtig angezogen. Auf diese Dinge habe ich schon immer großen Wert gelegt, Sitte, Anstand, die Gefühle einer jungen Frau. Ich verstand sie besser, als sie dachte und als ich ihr zeigte. Allzugroße Offenheit ist nicht meine Art.« Zufrieden trank er einen Schluck. »Deshalb unterhielten wir uns durch die geschlossene Tür. Sie meinte, ich brauche nicht auf sie zu warten. Es könne später werden.«

Ned lehnte zwei Glasuntersetzer aneinander, fing van Dielens mißbilligenden Blick auf und legte sie zurück auf den Tresen. »Also machten Sie sich keine Sorgen, als sie nicht nach Hause kam?«

»Nein. Sie hat schon öfter auswärts übernachtet.«

»Und Sie hatten nichts dagegen?« erkundigte sich Ned, obwohl er diese Frage selbst scheinheilig fand.

»Im Krieg wird ein Verhalten, das zu Friedenszeiten undenkbar wäre, plötzlich alltäglich und verständlich. Sogar notwendig.«

»Hat sie je bei ihrer Tante übernachtet?«

»Ihrer Tante? Eher hätte sie neben ihrem heißgeliebten Pferd geschlafen.«

»Die beiden vertrugen sich nicht?«

»Sie konnten einander nicht ausstehen, wußten Sie das nicht?«

»Ich weiß nur, daß ihr Verhältnis nicht besonders eng war. Aber Mrs. Hallivand hat sie doch zum Kaffee eingeladen.«

Van Dielen lachte auf. »Isobel benahm sich sehr seltsam. ›Am liebsten würde ich nicht hingehen‹, sagte sie. ›Dann laß es‹, antwortete ich ihr.« Er klopfte sich den Hosenboden ab. Andere zu kritisieren war eine Aufgabe, die mit Genauigkeit und Ruhe erledigt werden wollte. »Ich persönlich habe nicht die Zeit, mich mit dieser Frau abzugeben. Ein alterndes Society-Dämchen, wenn Sie mich fragen. ›Meinetwegen brauchst du nicht vor der alten Hexe zu Kreuze zu kriechen‹, meinte ich zu Isobel. ›Nein‹, entgegnete sie. ›Aber ich glaube, ich besuche sie trotzdem, nur um zu sehen, wie sie sich windet.‹«

»Windet? Ich verstehe nicht ganz.«

»Offenbar wollte Marjorie unbedingt zur Willkommensparty des

Herrn Major eingeladen werden.« Als er sich auf seinem Hocker herumdrehte, verschüttete er Brandy auf seine Hose. »Sie schwärmt nämlich für ihn. Sie hat sogar ein Bild von ihm gestickt, auf dem er übers Meer hinausblickt wie ein Wiedergänger von Bonny Prince Charlie, dem glücklosen letzten Thronaspiranten der Stuarts. Obwohl Marjorie das Bild gut versteckt hatte, hat Isobel es an jenem Morgen am Boden eines Nähkorbs gefunden. Wir haben sehr darüber gelacht. Marjorie war nicht besonders erfreut über Isobels Verhältnis mit dem Herrn Major, doch sie hat es nie mit einer Silbe erwähnt.«

»Und was hielten Sie davon, Mr. van Dielen?«

»Ich habe ihr den Major nicht aufgezwungen. Er hätte Isobel so und so gefallen, ganz gleich, was für ein Landsmann er ist.«

»Aber Ihnen hat es sicherlich genützt.«

»Genützt?«

»Geschäftlich.«

»Das ist nicht der Grund, warum ich es erlaubt habe. Es gibt andere, die mir noch nützlicher hätten sein können, wenn Isobel Interesse an ihnen gezeigt hätte.«

»Zum Beispiel?«

Van Dielen wies auf die andere Straßenseite.

»Er besuchte uns ständig. Isobel fand ihn widerwärtig.«

»Ganz im Gegenteil zu Ihnen. Wenn ich mich richtig an unser Gespräch erinnere, haben Sie ihn ausführlich gelobt.«

»Wir arbeiten gut zusammen.«

»Verzeihen Sie mir die Bemerkung, aber machen Sie sich keine Sorgen, was geschehen könnte, falls sie …«

»Falls sie verlieren?« Van Dielen sprach absichtlich laut. »Nein. Wenn das hier vorbei ist, werden meine Fähigkeiten gefragter sein denn je. Wenn nicht auf dieser Insel, dann in einem anderen, verwüsteteren Landstrich. Für die van Dielens wird es immer genug Gelegenheit geben, ihre Geschäfte zu betreiben.«

»Warum sprechen Sie in der Mehrzahl?«

»Ich habe immer gehofft, Isobel würde einen Mann heiraten, der in die Firma eintritt, und einen Sohn zur Welt bringen, der unser Unternehmen weiter vorantreibt.«

»Und was war Isobels Ansicht dazu?«

»Ich habe es ihr nie gesagt. Was hätte es genützt? Doch es bestand immer die Möglichkeit, daß sie jemanden kennenlernte, der das Potential der Firma zu schätzen wußte. Wir besaßen einmal ein Vermögen, Mr. Luscombe, Investitionen, Ersparnisse, eine wahre Geldflut, die täglich hereingespült wurde. Und ich möchte behaupten, daß das bald wieder so sein wird.«

»Sie möchten also ein Imperium begründen?«

Van Dielen dachte kurz darüber nach. »Das britische Empire ist dahin, das deutsche Reich eine Totgeburt, und den Vereinigten Staaten fehlt das moralische Rückgrat für ein solches Unterfangen. Kommerz, Geschäft, Finanzen, das sind die neuen Eroberer, nicht Nationalstaaten, sondern Fabrikanten und Ingenieure. Eine Baufirma besetzt Europa und Afrika, baut Straßen, Brücken, Dörfer und Städte, beschäftigt Tausende von Menschen, und ihre Macht reicht bis in die entferntesten Winkel der Erde. Was spräche dagegen?«

»Und Sie hofften, Isobel würde Sie bei Ihren Plänen unterstützen?«

»Nein. Doch sie war gut fürs Geschäft, jung, hübsch, die Tochter eines einigermaßen wohlhabenden und erfolgreichen Mannes. Die Kunden sind immer gern zum Essen gekommen, wenn sie dabei war.«

»Und deshalb haben Sie wohl auch nicht versucht, ihr das Verhältnis mit dem Major auszureden.«

»Vielleicht.«

Wieder nahm van Dielen einen gierigen Schluck, die dunkle Flüssigkeit klebte an seinen Lippen und ließ seine Augen glasig werden.

»Bitte keine Fragen mehr. Meine Tochter ist tot, Mr. Luscombe, und ich muß darauf trinken, muß hinaus auf diese windumtoste Insel und Isobels Mutter sagen, daß ihre Tochter bald bei ihr sein wird. Ich muß es ihr erzählen und mir dann anhören, wie sie mich aus der Erde heraus verflucht. Sie wollte nie hierher. Jeden Tag ging sie hinunter ans Meer und schwamm hinaus, so weit sie konnte. Einmal habe ich sie nach dem Grund gefragt. ›Ich versuche zu fliehen‹, antwortete sie, und ich hielt es für einen Scherz. Sie ist auf diese Insel gekommen und hier gestorben, und nun ist ihre Tochter ihr gefolgt. Lassen Sie mich in Ruhe trauern, ich flehe Sie an.«

»Sobald ich kann, Mr. van Dielen. Da wäre nur noch …«

»Was?«

»Ich müßte ihr Zimmer durchsuchen.«

Van Dielen machte eine wegwerfende Handbewegung. »Was hindert Sie daran? Soweit ich weiß, kennen Sie den Weg.«

Ned stand da wie angewurzelt.

»Ach, es scheint Ihnen peinlich zu sein! Töchter schreiben Tagebücher, Mr. Luscombe, Tagebücher, verborgen in der vermeintlichen Sicherheit ihrer untersten Kommodenschublade. Und argwöhnische Väter lesen sie. Sie haben allen Grund zu erröten, denn die Eintragungen waren ziemlich ausführlich. Eigentlich wollte ich der Sache sofort ein Ende bereiten, wenn nicht aus moralischen Gründen, dann wenigstens aus ökonomischen. Aber Marjorie meinte, ich sollte mir keine grauen Haare wachsen lassen. Nach dem Sommer würde alles vorbei sein. Ich habe ihren Rat befolgt, ich glaube, zum erstenmal in meinem Leben. Vielleicht hätte ich nicht auf sie hören sollen. Los, gehen Sie schon in ihr Zimmer. Ich muß mit dem Major die Einzelheiten der Beisetzung besprechen.«

Isobels Zimmer hatte sich nicht verändert. Der lange Einbauschrank aus Walnußholz, der eine ganze Wand einnahm, der bunt gestreifte Teppich, der aus dem Sudan stammte, und in der Mitte des schmalen Bettes ein gestreifter Schlafanzug, ordentlich gefaltet auf dem Kopfkissen. Neben dem Nachtkästchen, am Fenster, das zur Straße hinauszeigte, stand der Schreibtisch, komplett mit Tintenfaß, einem vergoldeten Füllfederhalter von Conway Stewart und dem passenden hellblauen Briefblock; oben auf den Bögen waren die Initialen vD eingeprägt. Typisch für van Dielen, daß er sich nicht im geringsten darum scherte, daß die Anfangsbuchstaben seines Namens in der englischen Sprache für Geschlechtskrankheit standen, sondern sie sogar stolz wie eine Standarte vor sich hertrug. Ned betastete den Briefkopf. Über dem unbenutzten Bogen entdeckte er eine abgerissene Ecke, die noch an der Gummierung klebte. *Muß Dich sehen. Sonntag morgen, elf Uhr. Gewohnter Ort. MUSS DICH SEHEN.* Er nahm ihren Brief aus dem Umschlag und breitete ihn über den Block. Dasselbe Papier, also der letzte Brief, den sie geschrieben hatte. Aber wann? Nach ihrer Rückkehr von ihrem Besuch bei Mrs. Hallivand? Als ihr Vater an ihre Tür klopfte?

Er steckte den Brief wieder in die Tasche und zog die Schublade auf. Mehr Briefpapier, weitere Umschläge; eine Flasche wischfester schwarzer Tinte, eine Flasche mit wasserlöslicher blauer, eine Schachtel Bürogummis, eine Leimtube, ein Bleistift, ein grüner Radiergummi. Kein Tagebuch.

Ned öffnete die Schranktüren. Unter einem Regalbrett voller Hüte und Schals verlief eine lange Kleiderstange. Er hatte das Innere des Schrankes schon einmal gesehen, war überrascht gewesen, als Isobel plötzlich zwischen den Kleidern hervorsprang. Sie trug ein Löwenkostüm aus der Laienspielgruppe, warf ihm ein großes Musselintuch über den Kopf, stieß ihn aufs Bett, und ihr Knurren hatte sich in Gelächter verwandelt. Dennoch war ihm nie wirklich bewußt geworden, wie viele Kleidungsstücke sie besaß: weite Sommerröcke, Winterröcke aus Tweed, keusche Gewänder für den Kirchenbesuch, Blümchenkleider für den Garten, gewagte Abendroben, ein schwarzes Cocktailkleid, das schimmerte, als ob ein üppiger Körper darin steckte, Cordhosen, Wolljacken und zu guter Letzt ein Ballkleid aus blauem Satin mit einer paillettenbesetzten Schleife und eingearbeitetem Büstenhalter. Noch nie hatte er so viele Kleidungsstücke auf einem Haufen gesehen, nur in einem Laden, und genauso wirkte dieses Zimmer. Wie ein Modegeschäft, die passenden Schuhe und Stiefel unter den Kleidern aufgereiht. Erst in diesem Moment hatte er die Anforderungen von Isobels gesellschaftlicher Stellung begriffen, und auch, daß sie alles getan hatte, um ihre angeborene Eitelkeit vor ihm zu verbergen. Er kannte sie nur in wenigen dieser Sachen, in der obligatorischen, enganliegenden Reitjacke mit den flatternden Schößen und der weiten Cordhose mit den tiefen, erotischen Taschen, in die er, hinter ihr stehend, gern die Hände gesteckt hatte. Oder in der weißen Bluse, dem weißen Rippenpullover, ihrem grünen Lieblingsrock, der vorne geknöpft war. Er schob die Kleider auf ihren Bügeln hin und her. Sie wirkten zum Großteil ungetragen. Noch nie hatte er darüber nachgedacht, was eine vermögende Frau wie sie zu brauchen glaubte, was sie aus der Stadt mitbrachte, in den Schrank hängte und dann niemals anzog. Er hatte nie den Eindruck gehabt, daß Isobel sich für Mode interessierte, und dennoch hingen hier all diese Kleider, aufgereiht für die Zukunft, für Spiele, die sie nun nicht mehr spielen würde. Seine Mutter besaß, soweit er wußte, zwei gute Kleider, eines für die Kirche und eine für besondere Gelegenheiten. Außerdem lagen in den beiden obersten Schubladen der Kommode seiner Eltern die Röcke und Blusen, die in derselben strikten Reihenfolge getragen wurden, wie ein Wochentag auf den anderen folgte. Nie hätte er vermutet, daß seine Mutter auch nur einen Gedanken an ihre Kleidung verschwendete – und Isobel schien diese Gleichgültigkeit zu teilen. Allerdings war das modische Desinteresse seiner Mutter aus Notwendigkeit entstanden, während Isobels Einstellung eher ein Kokettieren mit dem Reichtum gewesen war. Und seine Mutter – hatte sie sich in ihrer Jugend nach solchen Kleidern gesehnt? Wünschte sie sie sich heute noch? Ned konnte es sich kaum vorstellen.

Auf der einen Seite des Schrankes befand sich eine Reihe von Schubladen mit Messinggriffen. Ned öffnete die erste. Unterwäsche. Rasch befühlte er sie; das Eindringen in ihre Intimsphäre war ihm peinlich. Nichts. Er zog die Schublade darunter auf. Büstenhalter, überwiegend weiße, ein paar schwarze und ein leuchtend roter; Spitze, Baumwolle, Modelle ohne Träger, mit Drahtbügeln, schlichte, nüchterne, gewagte. Er durchsuchte die Schublade, tastete, ob etwas hinter der Wäsche versteckt war. Als er die Büstenhalter beiseite schob, erkannte er einen aus weißem, dickem, mit Rüschen besetztem Stoff. Sie war eines Nachmittags damit schwimmen gegangen, eine Art Mutprobe, und als sie aus dem Wasser gekommen war, hatte man alles durchsehen können. Ohne nachzudenken hob Ned den Büstenhalter hoch, hielt ihn ans Licht und erinnerte sich an die feuchte, glatte Oberfläche und ihre durchschimmernden dunklen Brustwarzen. Als er von der Tür her ein Geräusch hörte, blickte er sich um. Lentsch stand auf der Schwelle, ein Glas Brandy in der Hand.

»Ist das wirklich nötig?«

»Ich habe ihren Hut und ihre Jacke gesucht.«

Der erste Gedanke, der ihm in den Sinn gekommen war, und noch während er ihn aussprach, wurde im klar, daß er beides noch nicht entdeckt hatte. »Sie müssen sich doch erinnern. Sie trug beides ständig.«

Lentsch nickte. »Vielleicht unten.«

Ned schüttelte den Kopf. »Ich habe beim Reinkommen nachgesehen.« Er legte den Büstenhalter wieder zu den anderen. Als er die Schublade schließen wollte, verfing sich einer der Träger. Er schob ihn hinein.

»Ich hatte schon immer eine Abneigung gegen dieses Zeug«, gab er zu. »Als ich klein war, hat meine Mutter mich immer zu ihrem jährlichen Einkaufsbummel mitgenommen. Ich mußte zwischen Unterröcken und Miedern herumstehen, während sie in der Umkleidekabine verschwand. Es ist nicht richtig, einen kleinen Jungen einen ganzen Vormittag inmitten von Damenunterwäsche verbringen zu lassen. Wie ich es gehaßt habe! Warum tun Mütter ihren Söhnen so etwas an?«

»Keine Ahnung.«

»Hat Ihre Mutter das auch gemacht?«

»Nein. Ich glaube, sie hat zu Hause Maß nehmen lassen.«

»Ich verstehe.«

»Meine Mutter ist in unserer Stadt so etwas wie Mrs. Hallivand hier«, fügte Lentsch erklärend hinzu. »Nur nicht so ehrfurchtgebietend.«

»Ein Glück«, meinte Ned. »Wer sich mit Mrs. Hallivand anlegt, muß auf der Hut sein.« Er blickte sich noch einmal im Zimmer um.

»Kennen Sie Mrs. Hallivand gut?« fragte Lentsch.

»Nur oberflächlich. Onkel Albert hat uns früher manchmal Gemüse aus ihrem Garten gebracht. Oder ich bin hingegangen und habe ihm bei der Gartenarbeit geholfen. Rasenmähen oder Laub rechen im Herbst. Wenn sie da war, nahm sie mich mit in die Küche, schenkte mir ein Stück Kuchen und drückte mir eine Tüte Stangenbohnen in die Hand. Meine Mutter sagte immer, es läge nur an Mrs. Hallivands Gemüse, daß ich nie eine Erkältung hatte. Nun hätte Mutter das Gemüse bitter nötig.«

»Ist sie krank?«

»Seit Dads Tod hat sie stark abgenommen.«

»Versorgt Albert sie immer noch mit Gemüse aus dem Garten?«

Ned wollte seinen Onkel auf keinen Fall in Schwierigkeiten bringen. »Aber nein. Bei ihm muß immer alles seine Ordnung haben. Wenn auch nur eine seiner Stachelbeeren fehlt …« Er hielt inne, da ihm ein früheres Gespräch zum Thema Diebe und Loganbeeren eingefallen war.

Lentsch ergriff das Wort. »Also war das hier ihr Zimmer. Ich habe es noch nie gesehen.«

»Nein.«

»Sie vermutlich schon.«

»Ein paarmal vor einigen Sommern. Ehe …«

»Schon gut. Ich wußte nicht, daß Sie ihr einmal nahegestanden sind. Sonst hätte ich Sie nicht so rüde aus dem Bett gerissen.«

»Das macht nichts. Wie ihr Vater bereits sagte, war es aus zwischen uns. Haben Sie vorhin gehört, was ich ihn gefragt habe?«

Lentsch nickte. Wieder entstand eine Pause. Er befingerte den Lichtschalter und knipste ihn an und aus.

»Also ist es falsch, was er behauptet? Daß Sie sie zurückhaben wollten?« fragte er. »Sie waren gestern nacht nicht aus diesem Grund hier?«

Ned brachte es nicht über sich, ihm die Wahrheit zu gestehen.

»Ich weiß nicht. Ich war auf dem Heimweg und stand plötzlich vor ihrem Haus. Es war albern, aber manchmal tut man eben solche Dinge. Man geht dorthin, wo man denkt, man könnte ihr begegnen, man blickt zu einem Fenster hinauf, in der Hoffnung, ein Licht zu sehen. Selbst während der Verdunkelung.«

Lentsch nickte. Sie hörten, wie van Dielen unten herumging. Ned trat auf die Galerie und spähte hinunter. Van Dielen kam, einige Rollen Transparentpapier unter dem Arm, aus seinem Arbeitszimmer.

»Ich habe sie geliebt«, sagte Lentsch so unvermittelt, daß er es als peinlich empfand. »Es ist wichtig, daß Sie das wissen.«

Ned lehnte sich ans Geländer und betrachtete den Mann, der seine Militärmütze in der Hand hielt wie ein Bettler auf der Straße.

»Schockiert es Sie denn so sehr, daß ich so empfinde?« fragte Lentsch.

»Natürlich nicht.«

»Dann vielleicht, daß sie meine Gefühle erwiderte? Ist das der Grund?«

»Nicht ganz.«

»Aber zum Teil.«

»Es geht nicht um Sie oder um Isobel, Herr Major. Es sind die Umstände.« Ned kehrte ins Zimmer zurück. »Vor drei Jahren hätte es keine Rolle gespielt. Ein Mann unterliegt einem Nebenbuhler. Doch heutzutage hat das alles mit Nationalität zu tun, mit Ehre und der Pflicht gegenüber dem eigenen Land.«

»Also waren Sie der Ansicht, daß sie England verriet?«

»Nein, aber viele Leute dachten so.«

»Sie war ein tapferes Mädchen, tapferer als Sie alle. Sie kämpfte für das, woran sie glaubte und was sie liebte.«

»Ich verstehe nicht ganz.«

Lentsch holte tief Luft. »Manchmal fiel es ihr schwer, etwas für mich zu empfinden, da Krieg zwischen unseren Ländern herrscht. Ich hatte den Eindruck, daß während meiner Abwesenheit etwas geschehen war, das sie außergewöhnlich aufgebracht haben muß.«

»Ich dachte, Sie sagten, Sie hätten sie nicht gesehen.«

»Richtig. Ich habe am späten Nachmittag mit ihr telephoniert.« Er seufzte. »Eigentlich wollte ich es Ihnen nicht erzählen. Es war ein Moment, der nur uns beiden gehörte, und von denen hatten wir sehr wenig. Wie Sie sicherlich wissen, sollte das Fest am Abend eine Überraschung für mich sein.« Er lächelte. »Es war ein Geheimnis. So hieß übrigens eines unserer Lieblingslieder. *Die Liebe ist ein Geheimnis* von Hilde Hildebrand. Ich rief sie an, um sie ein wenig auf den Arm zu nehmen, indem ich so tat, als hätte ich keine Ahnung.« Er setzte sich aufs Bett und wiederholte das Gespräch, so gut er konnte.

»Mehr nicht?«

»Nein. Sie legte auf, und obwohl es...«, der Major trommelte sich mit den Fingern aufs Knie und suchte nach dem richtigen Wort, »... ziemlich abrupt war, rief ich nicht noch einmal an.«

»Und warum haben Sie ihr nicht Ihren Wagen geschickt, als sie nicht zu der Party erschien?« hakte Ned nach. »Sie hätten auch selbst hinfahren können.«

»Ich hatte Angst«, gab Lentsch zu, »daß sie mich womöglich nicht wiedersehen wollte. Ich hatte mir fest vorgenommen, sie nicht aufzuhalten, falls sie Zweifel bekommen oder genug von mir haben sollte. Sie war eine junge Frau. Es wäre nicht richtig gewesen. Später schämte ich mich.«

»Sie schämten sich?«

»Die Partys. Die Gelage. Die meisten Mädchen sind sehr... willig. Und ohne Isobel fand ich das Fest gestern abend plötzlich abstoßend. Es war keine gewöhnliche Party mehr, sondern eher Götzenverehrung. Danach war ich froh, daß sie nicht gekommen war. Ich hatte beschlossen, daß es die letzte Party sein würde.«

Ned trat ans Fenster und fuhr sich über die Jackentasche. Vielleicht war jetzt der richtige Augenblick, ihm den Brief zu zeigen. Er hörte, wie die Palmen raschelnd gegen die Fensterscheibe wehten. Er zog die Jalousien ein Stück hoch, schob die Hand in die Tasche und griff nach dem Brief. Doch ein plötzliches Gekreische von draußen sorgte dafür, daß er sich wieder zum Fenster umwandte. Auf der anderen Straßenseite, im Garten des Hauses gegenüber, liefen die Frauen, denen er und Lentsch zuvor begegnet waren, barfuß über den kleinen Rasen. Ihre Armeemäntel flatterten ihnen beim Rennen um die Knöchel. Als sie das Ende des Gartens erreicht hatten, stellten sie sich in einer Reihe auf und riefen ungeduldig. Im nächsten Moment erschienen zwei Männer, die Ned beide kannte: Major Ernst und Hauptmann Bohde, der Zensor der Insel. Ernst hatte einen großen Gummiball bei sich, Bohde mühte sich mit einem schwarzen Stativ und einer Kamera ab und versuchte, sie auf dem unebenen Boden aufzubauen.

Wieder begannen die Mädchen zu rufen. Bohde brachte ihr Geschrei mit einer Handbewegung zum Verstummen, bückte sich, spähte durch den Sucher und ging dann zu den Mädchen hinüber. Er streckte einer von ihnen einen kleinen Gegenstand hin, zeigte auf ihren Mantel und dann auf den Himmel. Das Mädchen schüttelte den Kopf. Er wiederholte seine Gesten unter heftigem Nicken. Das Mädchen zuckte die Achseln und schlüpfte mit einer raschen Bewegung aus dem Kleidungsstück.

»Ach, du meine Güte!«

»Was ist?« Lentsch stand auf. Ned hielt einen Finger an die Lippen und winkte ihn zu sich.

Unter ihnen stand das Mädchen auf ihrem ausgebreiteten Mantel. Sie war splitternackt. Bohde eilte, aufgeregt wie ein kleiner Junge, zu seiner Kamera zurück, während Ernst dem Mädchen übertrieben feierlich den Ball überreichte. Sie nahm ihn ebenso feierlich entgegen. Jetzt entkleideten sich die anderen Mädchen ebenfalls. Sie bildeten einen Kreis und begannen, einander den Ball zuzuwerfen. Ihre sonnengebräunten Körper ordneten sich zu immer neuen Figuren an, erst ein lebendiges Fragezeichen, dann ein O. Als sie fertig waren, schleppte Bohde die Kamera näher heran und photographierte jedes Mädchen einzeln. Ned spürte, wie ihm der Mund trocken wurde. So etwas hatte er noch nie erlebt. Ernst lief mit einem kleinen Notizbuch herum, vermaß ihre Waden und ihre Köpfe und schlang das Maßband um ihre Brüste. Dann marschierte er ins Haus und kam mit einem Tablett voller Brandygläser wieder. Ned ließ die Jalousien heruntergleiten. Der Schweiß war ihm ausgebrochen.

»Ein beeindruckender Anblick.«

Lentsch schien völlig gleichmütig. »Nicht so außergewöhnlich, wie Sie glauben. In Deutschland baden viele Leute so.«

»Viel gebadet wurde da drüben aber nicht, Herr Major.«

»Ein Luftbad. Bei uns zu Hause hat man eigens dafür besondere Parks eingerichtet. Freikörperkultur nennen wir es – der Mensch löst sich von den Übeln der modernen Zivilisation, kommt der Natur näher und stärkt Körper und Geist. Man kann schwimmen, Tennis spielen und spazierengehen und sogar in eigenen Gasthäusern einkehren. Männer, Frauen und Kinder aller Altersgruppen und Gesellschaftsschichten. Der Mathematikprofessor und der Fabrikarbeiter. Die Gräfin und die Verkäuferin. Es ist sehr beliebt.«

Ned war nicht überzeugt. »Hier würde es sich gewiß nicht durchsetzen, das schwöre ich Ihnen. Oder können Sie sich vorstellen, wie mein Onkel und Mrs. Hallivand unbekleidet zusammen einen Spaziergang unternehmen?«

Der Major schmunzelte. »Nein. Ich glaube, für die beiden ist es bereits zu spät.«

Ned war entrüstet. »Mir ist es einerlei, ob sich jemand dafür begeistern kann. Aber ich finde es falsch, Mädchen so zu vermessen. Und Photos von ihnen zu machen, während sie die Beine in alle Richtungen strecken.«

Lentsch seufzte. »Sie haben recht. Für manche ist der menschliche Körper an sich, der die Phantasie unzähliger Maler und Bildhauer seit Jahrtausenden beflügelt, nicht genug. Sie müssen ihn vermessen, in Kategorien einteilen oder mit albernen geometrischen Formen vergleichen. Ein Gesicht ist kein Gesicht mehr, verstehen Sie? Eine Nase keine Nase. Sie sind Teile eines großen Ganzen. So etwas ist typisch für den Major. Sie nennen es ›Forschung‹.«

Ned lachte bitter. »Wenn sie Zivilisten wären, könnte ich sie allein schon wegen dieser Photos festnehmen lassen.«

»Wir sind ein Volk von Kamerabesitzern. Wenn man einen Deutschen auf den Kopf stellt, fallen Photographien aus seinen Taschen.« Lentsch beugte sich vor und zog die Lamellen auseinander. Eines der Mädchen hatte noch einmal den Mantel abgestreift, stand auf dem Medizinball und balancierte darauf über den Rasen.

»Eine wundervolle Haltung«, stellte er fest. »Mit diesem Gleichgewichtssinn sollte sie Tänzerin werden.«

»Kennen Sie eine von ihnen?« fragte Ned, der wider Willen erneut hinsah.

»Gestern abend waren sie auf der Party. Angezogen«, fügte Lentsch hinzu.

»Und Major Ernst?«

»Ernst? Er dinierte mit Herrn van Dielen. Schon vergessen?«

»Und was ist mit Hauptmann Bohde?«

»Natürlich war er dabei. Erst im Club, dann in der Villa.«

»Die ganze Zeit?«

»Nein. Er hat das Casino früher verlassen. Er hatte noch in der Zeitungsredaktion zu tun. Als wir ankamen, war er schon im Haus.«

»Was für einen Eindruck machte er auf Sie?«

»Bohde? Er war genau wie immer. Steif. Er ist ein Außenseiter.«

»Möglicherweise muß ich ihn vernehmen. Ihn fragen, was er in der Zwischenzeit gemacht hat.«

Lentsch überlegte eine Weile. »Inspector. Sie müssen verstehen, daß Sie keinen meiner Untergebenen ›vernehmen‹ dürfen. Sie können fragen. Ist Ihnen der Unterschied klar? Sehr gut. Wir fragen ihn gemeinsam. Ich rede, Sie hören zu.«

Ned nickte. Das Mädchen balancierte, die Hände auf dem Kopf, mit dem Medizinball zurück zum Haus. Ernst applaudierte. Als sie in seine Nähe kam, schob er die Hände unter ihre Achseln und hob sie herunter. Plötzlich schoß Ned ein Satz durch den Kopf, der sich wie der Fetzen einer Melodie ständig wiederholte. *Sie konnte es Lentsch nicht sagen, sie konnte es Lentsch nicht sagen, sie hat mir den Brief geschrieben, weil sie es Lentsch nicht sagen konnte.*

»Glauben Sie, Isobel hat von hier oben eine ähnliche Szene beobachtet?«

Lentsch schüttelte den Kopf. »Das hätte sie mir sicher erzählt. Sie hätte es furchtbar amüsant gefunden, vor allem, wenn sie Bohde mit seiner Kamera gesehen hätte. Er ist so ein schrecklicher Umstandskrämer.«

»Was ist mit Ernst? Könnte er sie gebeten haben, sich an seinen ›Forschungen‹ zu beteiligen?«

Wieder schüttelte Lentsch den Kopf. Er selbst hatte ihr einmal vorgeschlagen, für ihn Modell zu sitzen. Sie hatten nebeneinander oben in seinem schmalen Bett gelegen. Das erste Mal, daß sie am

Nachmittag miteinander ins Bett gegangen waren, ja, daß er sie nackt im Nachmittagslicht gesehen hatte – oder überhaupt bei Tage. Er war der Schüchternere von ihnen beiden und drehte ihr immer den Rücken zu, wenn er seine Kleider ordentlich gefaltet über die Stuhllehne breitete, während sie einfach alles auszog, es in einem Haufen liegen ließ und ins Bett hüpfte. An jenem Nachmittag war es ihm unbequem geworden, der Arm schlief ihm ein, und sein Hals wurde allmählich steif. Da sie das spürte, stand sie auf, kniete sich ans Fußende des Bettes, hob den Kopf und blickte aus dem Fenster. Obwohl er den Grund nicht kannte, hatte er den Eindruck, daß sich das Licht anders auf ihrer Haut brach, als wenn sie teilweise bekleidet war. Oder irrte er sich? Vielleicht war es etwas in ihrem Körper, das die Haut zum Strahlen brachte, nicht nur Blut und Sauerstoff, sondern ein inneres Leuchten, ihre eigentliche Seele – so ganz anders als das Mondlicht, das die Dinge nur beschien, aber nie in sie eindringen konnte. Ein Tag in München war ihm eingefallen. Abscheu vortäuschend, war er insgeheim bewundernd vor einem Gauguin gestanden, hatte die dunkelhäutigen, üppigen Frauengestalten betrachtet und sie mit den hingepinselten Schablonen der von oben gebilligten Maler wie Johan Schult und Karl Truppe verglichen. Ihre Frauengestalten strotzten zwar vor Gesundheit, waren aber blutleere Hüllen mit makelloser Haut, flache Körper, die in ihrer Erstarrung kein Fältchen aufwiesen – Körper, auf die niemals Gottes Blick gefallen sein konnte. Und eben so hatte Isobel heute morgen auf ihn gewirkt, beängstigend reglos, fleckig weiß, seltsam unbeweglich. Die Augen Gottes hatten sich von ihr abgewendet. Doch an jenem Nachmittag, im kahlen Reich seines Bettes, hatte er nicht an derartige Dinge gedacht, sondern an das Licht, daran, wie sie sich bewegte, und an eine gemeinsame Freiheit, die unmöglich war. Er hatte die Hand ausgestreckt und seinen Finger ihren Rücken hinuntergleiten lassen. Sie drehte sich um und rutschte erwartungsvoll zu ihm hinüber. Rasch lächelte er sie an und hob abwehrend die Hand.

»Bitte nicht«, flehte er. »Ich habe mir nur überlegt, daß ich dich gerne so malen würde, wie du jetzt aussiehst, wenn du nur eine Stunde stillhalten könntest.«

»Was?« Sie versetzte ihm einen spielerischen Klaps auf den Arm. »Wo würdest du das Bild denn aufhängen? Im Wohnzimmer, damit alle deine Freunde es angaffen können? Oder hier oben, daß Albert es täglich abstauben muß? Ich habe eine Idee. Du könntest es meiner Tante schenken. Sie hat ein Faible für Kunst. Du könntest ihr erzählen, welchen Körperteil du am liebsten gemalt hast. Meine Füße. Meine Hände. Das hier.« Sie beugte sich vor und schob ihre Brust zwischen seine Lippen. Lentsch spürte, wie die Brustwarze vor Begierde in seinem Mund hart wurde.

»Aber leise«, mahnte er und packte ihre Hüften. »Nur für alle Fälle.«

»Ach, ich vergaß. Sonst wacht Tantchen von ihrem Mittagsschlaf auf.« Sie kicherte, streckte sich und stieß kleine Lustschreie aus, bis er sich von ihrer Unbefangenheit und Sorglosigkeit mitreißen ließ.

Nun wandte sich Lentsch ruckartig wieder seinem Gegenüber zu.

»Ernst? Nein. Er hätte nie ihren Vater verärgert.«

»Und Bohde?«

Lentsch schüttelte den Kopf. »Der hätte befürchtet, mich zu verärgern.«

»Und wenn ihr Vater daran beteiligt war? Wenn er, Ernst und Bohde gemeinsam versucht hätten, sie zu etwas zu zwingen, und die Sache außer Kontrolle geraten ist?«

Lentsch zog noch einmal an den Jalousien. Inzwischen lag der Garten bis auf das einsame Stativ verlassen da.

»Seine eigene Tochter?«

»Solche Dinge kommen vor«, entgegnete Ned. »Väter verkuppeln ihre Töchter an ihre Freunde oder vergreifen sich selbst an ihnen. Hier geschieht so etwas häufig. Vielleicht ging es bei dem, was wir eben beobachtet haben, nicht nur um Photos. Vielleicht sollte Isobel mitmachen und hat sich gewehrt.«

Unten schlug die Tür zu.

»Er geht«, verkündete der Major.

Ned trat ans Fenster. Van Dielen eilte, ein Papierbündel unter dem Arm, den Gartenpfad entlang. Ned war müde. Am liebsten hätte er sich schlafen gelegt oder wäre zu Bernie gegangen, um sich zu betrinken.

»Ich habe Verständnis für seine Trauer«, sagte der Major, »aber er kann trotzdem nicht einfach abhauen. Nicht ohne meine Erlaubnis.«

»Keine Sorge«, erwiderte Ned erschöpft. »Ich werde einen meiner Männer draußen postieren. Der kann seine Aussage zu Protokoll nehmen, wenn er zurückkommt. Jetzt würde ich gerne Mrs. Hallivand ein paar Fragen stellen und herausfinden, worüber sie gestern vormittag beim Kaffee mit Isobel gesprochen hat. Er hätte doch sicher nichts dagegen, wenn ich von hier aus anrufe, um mich zu erkundigen, ob sie zu Hause ist.«

»Sicher nicht«, stimmte Lentsch zu. »Doch im Pförtnerhaus gibt es kein Telephon. Warum rufen Sie nicht Ihren Onkel in der Villa an? Er kann Ihnen bestimmt Auskunft geben.«

Lentsch setzte Ned am Gartentor der Villa ab.

»Werden Sie mich über alles auf dem laufenden halten?« fragte er.

Ned lehnte sich ans Auto. Der Brief knisterte in seiner Tasche.

»Natürlich«, antwortete er.

»Wedel bringt Ihnen heute abend einen Sonder-Passierschein, mit dem Sie unterwegs sein können, wann Sie wollen. Allerdings gilt er nicht für überall. Ich nehme das auf meine Kappe, nützen Sie es nicht aus.«

Wedel zwinkerte ihm zu, als er mit dem Wagen in die Einfahrt abbog, daß der Kies spritzte. Ned rückte seinen Hut zurecht und trat auf die Veranda des Pförtnerhäuschens. Hier hatten Onkel Albert und Tante Rose gewohnt. Im Sommer hatte Tante Rose immer auf der Veranda gesessen, eine Schüssel mit Erbsen oder Stangenbohnen auf dem Schoß, einen Topf zu ihren Füßen, und hatte zugesehen, wie seine Cousine Kitty mit den Stelzen, die sein Vater ihr gemacht hatte, die Einfahrt auf und ab lief. Nun war auf der Veranda Holz gestapelt. Ein Damenfahrrad lehnte am Geländer. Albert öffnete sofort auf Neds Klopfen. Ned glaubte zu bemerken, daß seine Baskenmütze ein klein wenig schiefsaß.

»Onkel!«

»Ned.«

»Sie ist also da?«

»Ja. Putz dir die Füße ab. Sie mag es nicht, wenn der Boden schmutzig wird.«

Ned drängte sich an Albert vorbei in den schmalen Flur.

»So eng hatte ich es nicht in Erinnerung«, flüsterte er.

»Das liegt an den Sachen aus dem Haus«, erklärte Albert. »Die besten Stücke stehen oben in Kittys Zimmer. Wir haben sie am Tag, bevor sie kamen, hergebracht.«

Er wies auf eine geschlossene Tür zu seiner Linken.

»Ich habe mir gedacht, daß ich besser dabeisein sollte. Um mich ein bißchen um sie zu kümmern.«

Ned war stolz auf ihn. Es gab wenigstens noch ein paar Menschen, die ihr Mitgefühl nicht verloren hatten.

»Keine Sorge«, erwiderte er. »Ich werde taktvoll sein.«

Doch sein Onkel ließ sich nicht so leicht abwimmeln. »Sie und ich, wir kennen uns schon sehr lange, Ned«, widersprach er. »Wenn ich bei ihr bin, fällt ihr das Reden vielleicht weniger schwer.«

»Es ist offiziell, Onkel. Ich kann sie nicht befragen, wenn du mir dabei über die Schulter schaust.«

Albert schnaubte verächtlich. »Wie du meinst«, sagte er. »Komm danach bei mir vorbei, falls du Zeit hast.«

Es war ein kleines Zimmer, vollgestellt mit Lehnsesseln, Stehlampen und kleinen Tischen. Über dem Kamin hing ein Bild – eine junge Frau, die nicht nur nackt war, sondern diesen Zustand offenbar genoß. Diese ganze Malerei und Photographiererei sind doch nur ein Vorwand für schmutzige Spielchen, dachte Ned. Mrs. Hallivand saß, eine karierte Decke über den Knien, am Fenster, einen großen Weidenkorb zu ihren Füßen. Ned fragte sich, ob sich das gestickte Bildnis des Majors noch darin befand. Mrs. Hallivand wirkte zwar erschöpft, aber ihre Augen waren klar. Also waren keine Tränen geflossen, überlegte Ned, sie hatte sich nicht das Haar gerauft. Isobel war tot, und ihre Tante saß aufrecht da, klopfte auf die Armlehnen ihres Sessels und beobachtete, wie der Neffe ihres ehemaligen Gärtners das Zimmer betrat. Neben ihr, auf der oberen Etage eines Tortenständers, dampfte eine silberne Teekanne, auf der unteren stand ein Teller mit Keksen. Obwohl draußen die Sonne aufging und die Vorhänge weit zurückgezogen waren, war es dunkel im Raum. Als Ned aus dem Fenster blickte, sah er seinen Onkel langsam die Auffahrt entlanggehen. Das Kaminfeuer brannte, verbreitete aber keine Wärme. Die Scheite zischten, dickflüssiges Harz quoll aus den grünen Schnittstellen.

Mrs. Hallivand wies bekümmert auf die Feuerstelle. »Zu frisch. Keine Zeit zum Austrocknen. Und wie geht es Ihrer Mutter?«

Diese Frage sollte nicht ihre Besorgnis zum Ausdruck bringen, sondern ihn daran erinnern, wer er war und wer ihm eine Audienz gewährt hatte.

»Sie ist ziemlich schwach«, erwiderte er.

Sie nickte. »Ein Leiden, das uns alle befallen hat. In letzter Zeit finde ich den Weg bergauf ziemlich anstrengend, wenn ich aus der Stadt komme. Also.« Sie verschränkte die Hände ordentlich auf dem Schoß und fuhr im Plauderton fort: »Offenbar kennen Sie dieses kleine Haus recht gut.«

»Als Kind war ich häufig hier. Onkel Albert saß meistens in diesem Sessel.«

Mrs. Hallivand zuckte zusammen. »Ein großer Unterschied verglichen mit meiner früheren Umgebung. Aber ich habe mich daran gewöhnt.« Sie senkte die Stimme. »Es dauerte einige Zeit, bis ich den Geruch Ihres Onkels losgeworden bin. Vermutlich schläft er in den gleichen Kleidern, die er bei der Gartenarbeit trägt.«

»Er gehört noch zur alten Schule, Mrs. Hallivand«, erklärte Ned, bereit, ihr zuliebe noch eine Weile Konversation zu betreiben. »Warum etwas ausziehen, wenn man es erst einmal anhat? Außer sonntags natürlich.«

»Ach, die Macht der Religion.«

Ned schüttelte den Kopf. »Kegeln.«

Mrs. Hallivand nahm Neds Scherz mit einem nachsichtigen Lächeln zur Kenntnis und drehte den Keksteller um neunzig Grad. Quadratische Plätzchen mit Zuckerguß, wie sie sein Vater so gern gegessen hatte, und zwei Bourbons. Ned hatte schon seit drei Jahren keine Schokoladen-Bourbons mehr gesehen. Stille breitete sich im Raum aus. Er fühlte sich verpflichtet, die übliche Frage zu stellen.

»Und Ihr Mann, Mrs. Hallivand. Haben Sie von ihm gehört?«

Ein gefährliches Thema auf dieser Insel. Sich nach den Angehörigen eines Menschen zu erkundigen, war, als frage man einen Patienten im Krankenhaus nach seiner Gesundheit. Dennoch spürte Ned, daß Mrs. Hallivand wünschte, er wäre nicht so formell und höflich gewesen.

»Von ihm direkt nicht, aber etwas über ihn.«

»Ich hoffe, er ist wohlauf.«

»Er schwebt nicht in Lebensgefahr. Ob er wohlauf ist, weiß ich nicht, obwohl ich es vermute.« Sie nahm ein Plätzchen mit Zuckerguß vom Teller und biß hinein. Ned überlegte, ob sie ihm eines anbieten würde. »Allerdings sind Sie sicher nicht hier, weil Sie sich für das Befinden meines Mannes interessieren«, fuhr sie fort, nachdem sie heruntergeschluckt hatte. »Sie möchten wissen …«

»Isobel. Ja. Eine schreckliche Sache.«

»Ja. Die arme Isobel.«

»Soweit ich informiert bin, hat sie Sie gestern vormittag besucht.«

»Zum Kaffee. Wenn man das, was wir heutzutage trinken, Kaffee nennen kann.«

»Tat sie das regelmäßig?«

»Sie schaute hin und wieder vorbei.«

»Ich hatte den Eindruck, Sie hätten sie eigens eingeladen. Sie haben sie doch morgens angerufen.«

Mrs. Hallivand schien überrascht, daß Ned so gut im Bilde war. »Das tat ich an den meisten Tagen. Sie meinte, sie werde vielleicht auf einen Sprung vorbeikommen, mehr nicht.«

»Und sie kam auch?«

Mrs. Hallivand nickte.

»Ich wußte gar nicht, daß Sie beide sich so häufig sahen.«

»Seit dem Tod ihrer Mutter fühlte ich mich verantwortlich für sie.«

»Mehr als ihr Vater?«

»Ihr Vater ist ein Mann. Und darüber hinaus kein besonders umgänglicher. Sie tat mir leid, weil sie im Haus so allein war. Isobel hatte eine Menge Temperament, sie war lebhaft und undiszipliniert.«

»Aber Sie standen einander nicht nah?«

»Nein. Sie brauchte jemanden, der sie in ihre Schranken verwies, denn sie war noch sehr jung. Jedenfalls zu jung für diesen Krieg. Und dann die Sache mit dem Major.«

»Was ist damit?«

Mrs. Hallivand wischte sich den Mundwinkel mit einem kleinen, weißen Taschentuch ab, das sie aus ihrem Ärmel gezogen hatte. Während sie ihre Lippen betupfte, wanderte ihr Blick zu dem Bild an der Wand.

»Es hat ihn aus der Bahn geworfen. Das lag nicht nur an Isobel, sondern am Krieg, an der Insel, an diesem Leben fernab der Wirklichkeit. Dadurch ist er aus dem Gleichgewicht geraten. Der Himmel weiß, was jetzt aus ihm wird.«

»Sie und der Major verstehen sich doch recht gut. Onkel Albert hat mir oft von Ihren gemeinsamen Abendessen erzählt.«

»Wobei die Betonung auf der Vergangenheitsform liegt. Inzwischen bewirtet der Major andere Gäste. Keine Zeit mehr für seine alten Freunde. Es hätte mich nicht gestört, wenn sie ...«

»Ja?«

»Ihn wirklich verdient gehabt hätte.«

»Das war also Ihre Meinung von ihr?«

»Nein, nein. Isobel war ein reizendes Mädchen. Fröhlich, lebendig, gutherzig.« Sie reichte ihm den Teller. Nach kurzem Zögern entschied Ned sich für ein Bourbon. Es war weich und ein wenig ausgetrocknet. Er war enttäuscht. Mrs. Hallivand fuhr fort: »Doch sie arbeitete nicht an sich und kannte ihre Aufgaben und Pflichten nicht. Bei ihr hieß es nur: ›Ich bin nun mal so. Und alles tanzt nach meiner Pfeife.‹ Ich hoffte immer, sie würde sich noch entwickeln und reifer werden. Doch sie blieb das, was sie sein wollte, eine naive junge Frau, reich beschenkt mit Schönheit, doch nicht bereit oder nicht in der Lage, sich den Realitäten des Lebens zu stellen.«

»Verzeihen Sie mir die Bemerkung, Mrs. Hallivand, aber auf mich wirken Sie nicht sehr erschüttert.«

»Natürlich bin ich erschüttert. Allerdings fürchte ich, sie hat es selbst verschuldet, weil sie völlig sorglos über die Insel streunte. Das tun sie alle, diese jungen Mädchen. Für sie ist es ein Heidenspaß. Und wahrscheinlich ist es das auch. Jedoch ist ihnen nicht klar, daß die Geduld der Inselbewohner irgendwann erschöpft ist, und dann ...«

»Also denken Sie, es war einer von uns?«

»Irgendwann mußte es einmal geschehen. Und ein Deutscher hat sie bestimmt nicht umgebracht. Sie war sehr beliebt.«

Ned spürte, wie er errötete.

»Meinen Sie damit, sie könnte außer dem Major noch andere Freunde gehabt haben?«

»Viele haben ihr den Hof gemacht, das weiß ich genau. Vor ihrem Verhältnis mit dem Major ist sie ständig mit dem einen oder anderen Hauptmann ausgeritten. Ich glaube nicht, daß es etwas Ernstes war, aber sie hat sie auch nicht abgewiesen. Isobel stand gern im Mittelpunkt. Es bereitete ihr Vergnügen, daß attraktive junge Männer ihr an den Lippen hingen, einen Diener machten, wenn sie den Raum betrat, und ihren Vater zu seiner charmanten Tochter beglückwünschten.«

»Also kein enttäuschter Liebhaber?«

»Das bezweifle ich. Sie war keine Femme fatale, nur ein einfaches englisches Mädchen. Leider konnte sie eine deutsche Uniform nicht von einem der Sakkos unterscheiden, wie man sie bei der Regatta von Henley trägt. Der Zorn, der sich gegen sie richtete, brütete in unseren Herzen, nicht in denen der Deutschen.«

Das war richtig. Erst vor einem Monat hatte Ned sie eines Nachmittags auf dem Rücksitz von Lentschs Dienstwagen gesehen. »Um Himmels willen, Bernie, stell dich vor mich«, hatte er gesagt und war ein paar Schritte zurückgetreten. So trotzig, wie es das Gesetz eben noch zuließ, hatte Bernie am Straßenrand gestanden und das Auto angestarrt, dessen Motor ungeduldig aufheulte, damit der von Pferden gezogene Bus vor ihm den Weg freimachte.

»Schau dir an, wie sie in meinem Auto sitzt, als ob es ihr gehört«, hatte Bernie gemurmelt. »Warte nur, mein Fräulein!« rief er. »Wenn das alles vorbei ist, unternehmen wir mit dir eine Spazierfahrt, die du nie vergessen wirst!«

Ned hatte ihn in einen Ladeneingang gezogen, wo sie außer Sichtweite waren. »Deinetwegen werden wir noch beide deportiert«, schimpfte er und schüttelte seinen Freund ärgerlich. »Es kann dir doch gleichgültig sein, was sie tut. Wenn hier jemand Grund hat, sich zu ärgern, bin doch wohl ich es.«

Er wandte sich wieder an Mrs. Hallivand.

»Noch einmal zurück zu gestern morgen. Hat sie etwas gesagt, das in Ihnen den Eindruck erweckte, daß sie sich Sorgen machte?«

»Warum hätte sie sich Sorgen machen sollen? Sie war wegen der Rückkehr des Majors aufgeregt und plante eine Überraschungsparty.«

»Ja, das weiß ich. Aber deshalb haben Sie sie sicher nicht eingeladen, oder?«

»Nein.«

»Warum dann?«

»Die Sache zwischen ihnen ging einfach zu schnell. Nur Luftschlösser, zu wenig Bezug zur Wirklichkeit. Während seiner Abwesenheit hatte sie mir etwas von einem gemeinsamen Leben erzählt. An die Umstände verschwendete sie weiterhin keinen Gedanken. Die Beziehung hatte keine Zukunft.«

»Genauso wie damals die mit mir?«

Mrs. Hallivand wischte sich die Krümel vom Schoß.

»Das hat mich überhaupt nicht gestört. Jede Frau sollte irgendwann im Leben ein kleines Abenteuer haben, und sei es nur, um der schönen Erinnerung willen, wenn im Bett neben einem der Ehemann schnarcht. Doch diesmal war es anders. Ich befürchtete, sie könnte etwas tun, das sie später bereuen würde. Wegen der Stellung ihres Vaters hätten sie hier auf keinen Fall heiraten oder sich auch nur verloben können. Ich habe versucht, es ihr auszureden.«

»Und was sagte sie dazu?«

»Was sie immer sagte, nämlich, daß ich mich um meine eigenen Angelegenheiten kümmern solle.«

»Und dann?«

»Wir hatten einen kleinen Streit. Ich ging in die Küche, um heißes Wasser für den Tee zu holen. Als ich zurückkam, war sie fort. Offenbar war sie aufgebrachter, als ich vermutet hatte. Sie hatte ihr Rad vergessen.«

»Ihr Rad? Ich wußte gar nicht, daß sie ein Rad besaß.«

»Mein altes. Sie benützte es, wenn sie mich besuchte. Ich glaube, ihr Vater war nicht damit einverstanden. Sie versteckte es im Gebüsch hinten im Garten.«

»Und das hat sie Ihnen erzählt?«

»Ich weiß es von Albert. Er hat es beim Unkrautjäten entdeckt. Sie hat ihm zwar das Versprechen abgenommen, sie nicht zu verraten, aber Sie kennen ja Albert. Er kann das Klatschen einfach nicht lassen.«

Ned ging hinauf zum Haus. Er hatte die Wohnräume noch nie betreten und hoffte, sein Onkel würde ihn herumführen. Die Eingangstür stand offen. Onkel Albert balancierte im Flur auf einem Stuhl und staubte die Bilderrahmen ab.

»Wenn du einen unserer Hausgäste sprechen möchtest, die sind alle ausgeflogen«, sagte er. Er stieg vom Stuhl. »Wie fühlt sie sich?«

»Es scheint sie weniger mitzunehmen als mich.« Ned sah sich um. Am Ende des Flurs erkannte er das Wohnzimmer und ein Tablett mit schmutzigen Gläsern und Kaffeetassen auf dem Boden.

Albert wies mit dem Kopf darauf. »Ich bin noch nicht mit dem Saubermachen fertig«, meinte er. »Die ganze letzte Nacht herrschte hier ein Kommen und Gehen wie bei Frettchen vor einem Kaninchenbau.«

»Wer denn?«

»Der Hauptmann, der Major – der häßliche, der Ernst heißt. Mich haben sie nach oben geschickt. Bis sieben durfte niemand herunter. Erst dann haben wir es erfahren.«

»Sie waren die ganze Nacht über hier?«

»Vermutlich. Das Telephon läutete, Autos und Motorräder kamen an und fuhren wieder ab. Sie führten sich auf, als hätten wir eine Invasion oder so was. Dann kam der Major rauf und erzählte es mir. Er war den Tränen nahe. Inzwischen war auch ihr Vater hier.«

»Oh?«

»Wedel hat ihn so gegen halb fünf hergebracht. Das habe ich von meinem Fenster aus gesehen.« Er stopfte den Staublappen in seine Tasche. »Hast du schon einen Verdacht?«

Ned schüttelte den Kopf. »Jemand, der die van Dielens haßte? Der sich an ihnen rächen wollte?«

»Wahrscheinlich eher jemand, der vorhatte, diesen Mädchen eine Lektion zu erteilen.«

»Vielleicht.« Ned hielt inne. »Isobel war gestern hier. Das hat Mrs. Hallivand gesagt.«

Albert blickte zum Pförtnerhaus hinüber. »Sie wollte wissen, was es zum Abendessen geben würde. An etwas anderes denkt diese Bande nicht, nur, womit sie sich die Bäuche vollschlagen kann.«

»Das war alles?«

»Mir hat es gereicht.«

Er stand im Flur, wollte offenbar nichts mehr sagen.

»Lange her, daß ich hier war«, meinte Ned.

»Es hat sich nicht viel verändert«, erwiderte Albert. »Bis auf die Bewohner. Die mögen es genausowenig wie Mrs. Hallivand, daß die Leute im Haus herumschnüffeln.«

»Wir dürfen also auch weiterhin nicht vergessen, wo wir hingehören.«

»Darum geht es doch bei der Armee. Bei der Armee und in der Gesellschaft.«

»Und Mrs. Hallivand? Wo gehört sie jetzt hin?«

»Sie muß tun, was ihr gesagt wird«, antwortete Albert. »So wie wir alle.« Er wandte sich um. »Wenn du willst, komm mit in die Küche und trink einen Tee, während ich die Tassen und Untertassen spüle. Du kannst ja deiner Mutter was davon mitbringen.«

»Ich glaube, Mama hat genug schmutziges Geschirr. Trotzdem danke.«

Albert ging nicht auf den Scherz ein. »Du weißt genau, was ich meine. Ein paar Löffel voll können wir entbehren. Und auch etwas Butter, wenn du möchtest.«

»Wie in alten Zeiten.«

Albert nahm das Tablett und betrachtete die Tassen, wo Zigarettenstummel und Zigarrenenden in den Kaffeeresten schwammen.

»Nein, Ned. Die alten Zeiten sind vorbei.«

Ned saß am Tisch mit der emaillierten Platte und sah zu, wie sein Onkel sich an der Spüle zu schaffen machte. Vor der Besatzung wäre Albert lieber gestorben, als sich eine Schürze umzubinden.

»Als ich das letztemal hier saß, trug ich noch kurze Hosen und habe ein Marmeladenbrot verschlungen«, meinte Ned und wünschte, er hätte jetzt eine solche Köstlichkeit vor sich liegen gehabt. »Ich hätte nie gedacht, daß ich wieder herkommen würde.«

Sein Onkel beugte sich über das Spülwasser und rührte unter heftigem Geklapper im Geschirr.

»Warum hast du dich mit Miss Isobel abgegeben, wenn nicht, um mit ihrer Hilfe aufzusteigen?«

Ned trank einen Schluck Tee. Gut und stark. Zubereitet, ohne einen Gedanken daran zu verschwenden, wie viele Löffel voll man dabei verbrauchte. Mein Gott, wie lange war es her, daß er so einen Tee bekommen hatte. Er hielt die Tasse an die Lippen und schwenkte die Flüssigkeit vor dem Schlucken ein wenig im Mund umher. Er spürte, wie sich die Wirkung in seinem Körper ausbreitete, so als ob er Brandy oder Wodka getrunken hätte. Tränen traten ihm in die Augen, und sein Magen brannte. »Ich weiß nicht«, entgegnete er, auf einmal streitlustig. »Ich dachte, ich wäre verliebt. Über andere Dinge habe ich mir nicht den Kopf zerbrochen. Sie hat mich verzaubert.«

»Nun, daraus kann ich dir keinen Vorwurf machen. Trotz ihres Leichtsinns hatte sie das gewisse Etwas, das kann man nicht leugnen. Außerdem war sie immer freundlich und rücksichtsvoll. Nicht wie manch andere hier, die mich behandeln wie einen Sklaven.«

»Albert!«

Eine Frau kam durch die Flügeltür gestürmt. Als sie Ned am Tisch sitzen sah, blieb sie stehen.

»Oh?«

»Das ist mein Neffe, Miss. Ned Luscombe. Inspector Luscombe.«

»Oh!«

Ned erhob sich. Ihre flachen Absätze klapperten, als sie über den Fliesenboden ging. Sie trug ein schickes graues Cape mit einer Schließe am Hals und einen kleinen blauen Hut, der schräg auf ihrem Kopf saß. An der Hand, die sie ihm hinhielt, prangten dunkelrote Nägel, von der Farbe vergossenen Blutes, und ein Ring mit einem funkelnden Diamanten. Sie benutzte Parfüm. Ned ergriff die Hand. Sie war weiß, schmal, kalt und – selbst um elf Uhr morgens – seltsam erotisch.

»Molly Langmead«, sagte sie.

»Miss Molly war gestern morgen hier, richtig, Miss?« meinte Albert, ohne aufzublicken. »Als Miss van Dielen vorbeikam, um sich nach den Vorbereitungen zu erkundigen.«

»Mmm.« Sie sah sich um. »Streichhölzer, Albert. Ich brauche Streichhölzer. Ich habe mein Feuerzeug verlegt. Das, das der Hauptmann mir geschenkt hat.«

Albert ging zur Anrichte und öffnete eine Schublade.

»Irgendwo im Haus gibt es eine zweibeinige Elster«, brummte er. »Ständig verschwindet etwas. Hier.«

Er reichte ihr die Schachtel. Molly holte ein Päckchen Zigaretten aus der Tasche und klopfte darauf, bis eine herausrutschte. »Ach«, sagte sie und zündete sie an. »Endlich wieder eine Craven A.«

»Seltene Marke heutzutage«, stellte Ned fest.

»Ein Shilling Sixpence pro Stück auf dem Schwarzmarkt, habe ich gehört«, meinte sie herablassend und hielt ihm das Päckchen hin. »Rauchen Sie?«

»Nur, was ich mir leisten kann«, erwiderte Ned. Er zog sein Notizbuch heraus. »Sie haben Isobel also gesehen?«

Sie beobachtete belustigt seine Hände, als er seine Taschen nach einem Bleistift abtastete.

»Ich und Veronica. Richtig.«

»Veronica Vaudin?«

»Gibt es denn eine andere Veronica in St. Peter Port?«

»Keine Ahnung. Was tat sie hier?«

»Dasselbe wie wir alle. Wir bereiteten die Party vor.«

»Kam sie öfter hierher?«

Molly pustete Rauch in die Luft und warf Albert die Streichholzschachtel zu. Nachdem sie sich auf einem Stuhl niedergelassen hatte, öffnete sie die Schließe, und das Cape glitt ihr von den Schultern. Es kostete Ned Mühe, den Blick nicht von ihrem Gesicht abzuwenden. Sie musterte ihn, wartete ab, wann er schwach werden würde.

»Nein, es war das erstemal. Ich dachte, sie würde Leben in die Bude bringen. Es kann ein wenig langweilig werden, tagaus, tagein dieselben Leute zu sehen. Außerdem hatten ein paar Männer Interesse an ihr bekundet.«

»An Veronica?«

»Warum sind Sie so überrascht? Natürlich an Veronica.«

»Wer genau?«

»Ich dachte, Sie wollten mich nach Isobel fragen. Schon gut, schon gut.« Sie sah zur Decke hinauf. »Zuerst einmal unser lieber Bohde. Offenbar war er wegen seiner Füße bei ihr und hat sich Hals über Kopf verliebt. Mein Gott, Bohdes Füße! Die bloße Vorstellung!«

Ned beschloß, nichts zu diesem Thema zu sagen. Gefährliches Terrain.

»Der Major erzählte mir, daß Bohde nicht viel für Engländerinnen übrig hat.«

»Nichts für sie übrig haben und mit ihnen schlafen wollen sind zwei Paar Stiefel.«

Albert zog mit einem Ruck den Gummistöpsel aus dem Abfluß.

Molly drehte sich um. »Tut mir leid, Albert. Ich weiß, daß Sie so etwas nicht gerne hören, aber es stimmt. Bohde hat Veronica den ganzen Abend lang mit Blicken verschlungen. Oder etwa nicht?«

»Es steht mir nicht an, dazu etwas zu sagen, Miss.«

Sie lehnte sich hinüber und schnippte die Asche ins gurgelnde Wasser. Ned ließ die Augen nach unten wandern. Als er Molly wieder ins Gesicht sah, stellte er fest, daß sie ihn belustigt und selbstzufrieden beobachtete.

»Ihr Onkel ist der Inbegriff der Diskretion«, meinte sie, streckte die Zigarette über die Schulter und forderte ihn heraus, noch einen Blick zu riskieren. »Doch ich bin überzeugt, daß er jede Nacht in sein Zimmer läuft, um all unsere Sünden in seinem scheußlichen kleinen Schulheft festzuhalten. Wo bewahren Sie Ihr Geschreibsel auf, das uns alle ins Unglück reißen wird, Albert? Unter der Matratze? Im Kamin?«

Sie drehte sich um und betrachtete ihn. Albert stand wie angewurzelt da. Ned war überzeugt, daß er ertappt worden war. Lachend beugte Molly sich vor und drückte die Zigarette auf Neds Untertasse aus. Ihr Atem roch stark nach Rauch.

»Sagen Sie ihm, er braucht sich keine Sorgen zu machen. Sein Geheimnis ist bei mir sicher.«

Albert nahm Neds Tasse und Untertasse vom Tisch und hielt sie unters fließende Wasser. Das Geschirr klapperte ärgerlich.

»Soweit ich weiß, sind Sie eine enge Freundin von Hauptmann Zepernick«, meinte Ned.

Sie lächelte liebreizend. »Sie sind aber ein höflicher junger Mann.«

»Und war er während der gesamten Party anwesend?«

»Inspector, wenn es eine Party gibt, kommt der Hauptmann immer als erster und geht als letzter. Außerdem war er der Gastgeber. Er hat alles organisiert, nicht Isobel. Er hat die Männer eingeladen, ich die Mädchen.«

»Bis auf die Krankenschwestern aus Bremen.«

»Darüber hinaus sind Sie auch noch gut informiert. Richtig. Ich will zwar nicht klingen wie ein Snob, aber sie waren für die niedrigeren Dienstgrade bestimmt, für die Wedels dieser Erde.«

»Vermutlich auch für Bohde?«

»Das ist wirklich der größte Witz! Wahrscheinlich hat Bohde nur eine Möglichkeit, eine Frau rumzukriegen – und zwar, indem er ihr sagt, sie soll sich für Volk und Vaterland ausziehen. Das ist der eigentliche Grund, warum sie gestern nacht hier waren. Keine Engländerin würde so etwas mit sich machen lassen, obwohl er die meisten von uns irgendwann gefragt hat. Abgesehen von den Krankenschwestern, die der gute Doktor Müller herangeschafft hat, waren Zep und ich für die Gäste zuständig. Es so richtig krachen zu lassen gehört nun mal zu unseren Talenten.«

»Aber Hauptmann Zepernick hat die Party doch in Begleitung von Miss Vaudin verlassen.« Ned beschloß, den Hauptmann bei seinem vollen Namen und Titel zu nennen. Molly hatte gute Verbindungen und konnte ihm das Leben schwermachen, ein Umstand, über den sie sich beide im klaren waren.

»Nein, das stimmt nicht.« Ihr Tonfall war nun nicht mehr scherzhaft. Sie stand auf und hakte die Schließe ihres Capes zu. »Er hat die Party überhaupt nicht ›verlassen‹, sondern wurde weggerufen, als man die Tote fand. Natürlich wußten wir zu diesem Zeitpunkt noch nicht, daß es sich um Isobel handelte. Veronica hat er nur nach Hause gefahren. Sie wohnt in einer dieser schäbigen Fischerhütten an der Cobo Bay. Mit ihrer Mutter und ihrem Vater. Sehr gemütlich.«

Ned ging nicht auf diese Herausforderung ein.

»Und er war die ganze Zeit anwesend, zuerst im Club und nachher bei der Party?«

»Genau. Wir zogen uns gegen sieben hier um und fuhren etwa um halb acht zum Club. Richtig, Albert?«

Albert nickte.

»Zep setzte mich vor Underwoods Laden ab. Veronica hatte sich in ihrer Praxis umgezogen. Ihr Vater ist ein bißchen spießig und wäre mit ihrem Kleid nicht einverstanden gewesen. Rückenfrei und vorne sehr tief ausgeschnitten. Sogar ich fand, sie riskierte, daß der Pudding überschwappte.« Sie lachte über ihren kleinen Witz. »Unterwegs haben wir einen Schluck in einer Hotelbar getrunken und kamen gegen acht im Casino an. Kurz vor elf waren wir wieder hier. Und wir haben uns, bis der Hauptmann gehen mußte, nicht von der Stelle gerührt. Albert kann das bestätigen.«

»Wissen Sie, wo Isobel gefunden wurde?«

»Der Hauptmann hat es mir erzählt.«

»Waren Sie je in einem dieser Bunker? Hat der Hauptmann Sie schon einmal in einen mitgenommen?«

»Nein. Warum sollte er so etwas tun? Die Bunker liegen im Sperrgebiet.«

»Da Sie ein besonders geschätzter Gast sind, dachte ich, er hätte vielleicht eigens für Sie eine Besichtigungstour veranstaltet. Und wenn Sie dort waren, könnten Sie ja mit jemandem darüber gesprochen haben.«

»Aus welchem Grund sollte ich mir ein Loch im Boden ansehen?« Sie blickte auf ihre kleine Uhr, die an einer Goldkette hing. Auch ein Geschenk vom Hauptmann? »Hören Sie, können wir nicht ein andermal weitermachen? Ich habe eine Verabredung, die ich nicht versäumen sollte.«

Sie schob die Hand unter das Cape, drückte sie gegen ihren Bauch und zuckte zusammen, als sie die Wölbung spürte.

»Sie müssen zum Arzt!« rief er aus. »Warum haben Sie das nicht gleich gesagt?«

»Nein.« Ihr Tonfall klang leicht und locker und strotzte vor Selbstbewußtsein. »Zu Underwood. Ich lasse mir ein neues Kleid schneidern. Heute ist die erste Anprobe.«

»Sie haben wohl Kleidermarken gesammelt?«

Molly lächelte. »So ähnlich.«

»Gibt es einen besonderen Anlaß?«

»Eine Party.« Sie blickte sich in der Küche um. »Ich liebe Partys. Richtig, Albert?«

Als Ned die Auffahrt hinunterschlenderte, kam ihm der Wagen des Hauptmanns entgegen. Er trat auf den Rasen, um ihn vorbeizulassen. Der Wagen wurde langsamer, aber der Motor lief weiter. Das Verdeck war geöffnet. Der Hauptmann hatte seine Mütze zwischen den Knien liegen und starrte abwartend geradeaus.

Ned biß sich auf die Lippe und salutierte. »Herr Hauptmann.«

Zepernick beugte sich vor und hielt ihm einen Umschlag hin.

»Wedel sollte ihn heute zu Ihnen bringen. Jetzt kann ich ihn Ihnen gleich geben.«

»Was ist das? Ein Sonder-Passierschein?«

»Sonder-Passierschein! Nein! Es hat etwas mit Ihrer Kleidung zu tun.«

»Meiner Kleidung? Ich verstehe nicht ganz, Herr Hauptmann.«

Der Hauptmann blickte zu Molly hinüber, die in der Tür stand, sah auf die Uhr und winkte.

»Ihre Uniformen«, sagte er. »Ihre und die Ihrer Kadetten.«

»Constables.«

»Sie müssen wohl immer das letzte Wort haben. Es macht keinen guten Eindruck, wenn Sie hier auf der Insel in Räuberzivil herumlaufen. Lesen Sie.«

Zepernick ließ den Motor aufheulen und raste die Auffahrt entlang. Ned riß den Umschlag auf. Er enthielt ein Schreiben mit dem Briefkopf der Feldkommandantur. Zwei Briefe an einem Tag, fast ein Rekord. Der erste Absatz bestand aus einem Tadel wegen schlampiger Aufmachung: verrutschte Krawatten, ungeputzte Stiefel, lose Jackenknöpfe. Und dann:

Aus diesem Grunde werden alle Polizeibeamten ab dem kommenden Freitag bei Schneider Underwood vorstellig werden, wo bereits das Maßnehmen und die Anproben für eine komplette neue Uniform veranlaßt wurden. Die neuen Uniformen werden im darauffolgenden Monat, am 15. April, ausgegeben und in jeglicher Hinsicht der vorschriftsmäßigen Uniform eines britischen Polizeibeamten entsprechen. Die Kosten werden aus den Mitteln der Polizei beglichen. Ein Polizist, der nach o. g. Datum in seiner alten Uniform angetroffen wird, erhält eine Strafe von fünf Shilling und wird eine Woche lang ohne Bezahlung vom Dienst suspendiert. Die Pflege der Uniform obliegt allein ihrem Träger.

Gezeichnet Hauptmann R. Zepernick.

»Wieder mal Underwood«, schimpfte Ned und knüllte den Brief zusammen. »Offenbar bin ich in der falschen Branche.«

SIEBEN

Albert steht auf dem Friedhof vor dem Granitgrabstein. In der Hand hält er einen Strauß wilder Schlüsselblumen. Dieses Jahr sind sie früh aufgeblüht. Und er freut sich darüber, denn er hätte nicht gern Abschied genommen, ohne noch einmal zu sehen, wie die ersten Frühlingsblumen die Köpfe aus der Erde stecken. Er denkt sich, daß er das wohl am meisten vermissen wird, die Blumen, die plötzlich aus dem Boden schießen und die Insel üppig überwuchern.

Es ist ein kahles, unansehnliches Grab, ein mit Kies bestreutes Viereck, auf dem eine kleine Vase steht. Die Inschrift lautet: *Rose Luscombe, Frau von Albert, Mutter von Kitty, Mama für beide.* Die Blumen sind frisch wie immer, denn Albert kommt jeden zweiten Tag hierher, um den alten Strauß gegen einen neuen auszutauschen. Manchmal bringt er Zuchtblumen aus dem Treibhaus mit, manchmal selbstgepflückte aus dem Garten und, wenn möglich, Wildblumen, die am Straßenrand unter den Hecken wachsen und die er sorgfältig zu Sträußen zusammenstellt, bevor er zu Fuß die drei Kilometer zu ihrem Grab geht. Er kommt nie ohne Blumen und nie ohne Tränen in den Augen – Zeichen der unüberwindlichen Trauer, die er in sich trägt und die mit jedem Besuch zunimmt. Wenn er allein oben im Haus diese seltsam stattlichen Männer versorgt – seinen Bruder hat er auch verloren –, vermißt er seine Frau mehr denn je, denn die Insel ist ihm inzwischen verhaßt, gleichzeitig vertraut und völlig fremd. Dabei ist es weder das Heulen der Sirenen noch der Takt marschierender Schritte, die ihm die Liebe zu seiner Heimat genommen haben, sondern die Schreie derer, die er sein Leben lang kannte und die dabei sind, vor seinen Augen in einem Meer aus Habgier und Argwohn zu ertrinken. Sollen sie doch untergehen! Sollen sie doch absaufen! Er wird keinen Finger für sie rühren! Jetzt spricht er mit Rose, wie er zu Lebzeiten mit ihr gesprochen hat, denn anders als in den meisten Ehen war er es, der den neuesten Tratsch von den Hallivands oder aus dem Britannia nach Hause brachte, während Rose, wegen ihrer Arthritis zur Unbeweglichkeit verdammt, kränklich in ihrem Sessel saß und ihm zuhörte. Aber im Gegensatz zu früher bereiten ihm seine Geschichten keine Freude mehr. Heute erzählt er ihr von der Verderbtheit der Insel, von ihrem moralischen Verfall, und erwähnt Namen von Menschen, die einst ihrer beider Alltag bevölkert haben. Und ab und zu blickt er dabei über das Meer hinaus und fragt sich, wo ihre Tochter wohl ist. Er weiß, daß er sie nie wiedersehen wird, daß er sie für immer verloren hat. Seit sie an jenem Dienstag vor der Invasion die Insel verlassen hat, hat er nichts mehr von ihr gehört. Damals hat er sie zur Abreise gedrängt, gespürt, wie die Tränen ihm die Kehle zuschnürten. Er gab sich sorglos und fröhlich, aber wie gerne hätte er sie in die Arme geschlossen, sie an sich gedrückt, ihr gesagt, daß er sie ewig lieben und ewig vermissen würde und daß er das Schlimmste befürchtete. Erst jetzt, in Gegenwart seiner verstorbenen Frau, die anderthalb Meter unter der Erde ruht, spricht er laut aus, wie sehr es ihn bedrückt, daß er nicht weiß, wo seine Tochter ist. London, Birmingham, Coventry – und gerade dort haben vor kurzem schreckliche Bombardements stattgefunden. Eine Flammenhölle. Er glaubt zwar, daß die angeblichen Nachrichten auf den ersten Seiten des *Star* zu neunzig Prozent erstunken und erlogen sind, doch die restlichen zehn Prozent würden schon genügen, um ihre Kitty in tausend Stücke zu zerfetzen. Es macht ihn wütend, daß es soweit gekommen ist, aber er unterdrückt den Fluch, beißt sich auf die Lippe, denn er darf nicht vergessen, wo er ist. Kitty wäre hier weniger in Gefahr gewesen, sagt er zu Rose, und er macht sich wieder einmal Vorwürfe, weil er ihre Tochter zum Hafen geschleppt hat, mit einem Kleiderbündel in einem geborgten Koffer, ein paar Tulpenzwiebeln, heimlich in ihr Nachthemd gewickelt, damit sie sie irgendwo in der Fremde einpflanzen und dabei an ihn denken kann, und einem Empfehlungsschreiben von Mrs. Hallivand an die Pension in Weymouth, wo sie hofft, Arbeit zu finden. Aber wer weiß, vielleicht hat sie sich wie so viele andere ihrer Altersgenossinnen mit den Deutschen eingelassen. Albert ist sicher, daß es weder an der Herkunft noch an der Erziehung der Mädchen liegt, daß sie sich den Kopf verdrehen lassen, sondern an ihrem Alter. Ihr ganzes junges Leben lang haben sie sich vorschreiben lassen, was sie tun, was sie sagen und wie sie sich benehmen sollen. Ihre Zukunft war vorherbestimmt wie die ihrer Mütter und Großmütter vor ihnen. Und plötzlich wurde das Regelwerk zerrissen, sie bekamen die Möglichkeit zu tun, was ihnen gefiel – und noch dazu wimmelte es auf einmal von unbekannten Männern, mit denen sie sich amüsieren konnten. Was soll man als Eltern dagegen unternehmen? Nun hat die Jugend die Macht, und sie weiß sie auch zu nutzen. Albert findet es unerhört, daß derart heruntergekommene Frauenzimmer plötzlich soviel Einfluß genießen. Ein Vater wird denunziert, nachdem er seiner Tochter verboten hat, spätabends noch auszugehen. Mit Lippenstift bemalte Horden dieser Mädchen schlendern Arm in Arm die Pollet entlang und führen sich in den Warteschlangen vor den Geschäften auf wie die Königinnen. Ganze Familien sind von der Gnade einer Achtzehnjährigen abhängig, die ihrem Vater vielleicht Arbeit besorgen kann, wenn die Eltern ihr erlauben, ihren guten Namen aufs Spiel zu setzen. Für diese Mädchen gibt es keine Grenzen, sie dürfen nur eines nicht: ins nächste Boot steigen und verschwinden. Und je jünger sie sind, desto schändlicher und unverfrorener benehmen sie sich. Erst an diesem Nachmittag hat er ein paar dieser unverschämten kleinen Flittchen gesehen – Truppentransporter (ein Spitzname, der ihm die Schamesröte in die Wangen treibt) –, die an ihm vorbeistolzierten, die dicken Bäuche stolz vorgestreckt, als wäre das Eiserne Kreuz daran geheftet. »Selbstzufrieden, als wären sie …«, er holt tief Luft, weil er weiß, daß seine Frau solches Gerede nicht leiden kann, »… vom Führer höchstpersönlich gef… worden.«

Verdattert schüttelt Albert den Kopf, als könne er all das nicht fassen. »Wenn du das noch erlebt hättest«, sagt er zu Rose. »Wenn du das noch erlebt hättest…« Aber er erträgt es nicht weiterzusprechen. Statt dessen erzählt er ihr die andere Geschichte, an die er sich auf dem drei Kilometer langen Fußmarsch geklammert hat wie an den Schlüsselblumenstrauß, der nun in der beschlagenen Vase steht. Er streicht den Kies mit der Hand glatt, zeichnet Formen und Muster hinein. Er hat große Hände, rot und derb, Hände, die den Umgang mit Flinte und Schlinge gewöhnt sind, mit Heugabel und Spaten, abgehärtet von Frost, Steinen und zurückschnappenden Dornenzweigen im Sommer, grobe Hände, die sich jedoch vorsichtig um den Hals eines Kaninchens legen und zart mit den Setzlingen im Gewächshaus umgehen. Heute entdeckt er kein Unkraut, kein herabgefallenes Laub, das er aufsammeln müßte, nichts, was ihn von seiner Tätigkeit ablenkt. Doch in seiner Aufregung wühlt er den Kies auf, formt mit den Händen kleine Steinhäufchen, schiebt sie zu den diagonalen Linien der englischen Flagge zurecht. Dann schreibt er ein einziges Wort – LIDICHY –, wischt es schnell wieder weg. Er hat von dieser ausländischen Ortschaft nicht in der Zeitung gelesen (weshalb er den Namen falsch schreibt), und er kennt sie auch nicht aus einer Ansprache von Lord Haw-Haw oder von dem in Ungnade gefallenen Alva Lidell. Doch in den letzten Monaten hat er dieses Wort immer wieder in Mrs. Hallivands Wohnzimmer gehört, zuerst nur verhalten getuschelt und schließlich in heftigem Ton ausgesprochen. Meistens ist es der Major, der damit anfängt, wobei er wütend mit einer beschlagnahmten Gabel herumwedelt oder sich noch einen Schluck von Mrs. Hallivands Brandy in seinen Cognacschwenker gießt. Doch der Hauptmann tut seinen Zorn immer mit einem betont gleichgültigen Achselzucken ab, oder der Loganbeeren-Dieb bezeichnet ihn als böswilligen Klatsch. LIDICHY. Albert schreibt es noch einmal hin und fügt die Worte SICHERER TOD dazu. Dann streicht er das Grab sofort wieder glatt, aus Angst, jemand könnte ihn beobachten oder er könnte gehen und vergessen, sein Geständnis unleserlich zu machen. Doch es ist zu kalt, zu windig und zu spät am Nachmittag, als daß sich Neugierige hier herumtreiben würden. Und außerdem, wer würde einen alten Mann stören, der das Grab seiner kürzlich verstorbenen Frau besucht? Er schreibt die Wörter wieder hin, richtet sie an seine Rose, die hier so dicht bei ihm liegt, und fährt die Buchstaben noch einmal nach, als könne sie durch das Schreiben verstehen, was er ihr sagen will. LIDICHY, schreibt er, SICHERER TOD und darunter das Wort PFLICHT. Eine Weile betrachtet er schweigend diese traurige Litanei, wischt LIDICHY wieder weg und schreibt statt dessen GUERNSEY. GUERNSEY, SICHERER TOD und PFLICHT. Er sieht seine Liste an, bemerkt, daß mit der logischen Abfolge etwas nicht stimmt, fährt zum drittenmal mit der Hand über den Kies und ordnet die Wörter neu. Da steht es nun, zum letztenmal: GUERNSEY, steht da, GUERNSEY, PFLICHT und SICHERER TOD. Er dreht sich um und ruft es in den Wind: »Pflicht und sicherer Tod.« Er schreit so laut, daß seine Stimme emporgetragen und über das Meer geweht wird, wo vielleicht seine Tochter steht, in Weymouth oder Southampton, und die Tulpenzwiebeln pflanzt. Möglicherweise denkt sie an ihren alten Vater und an die Erde, die sie zurückgelassen hat. Er weiß, daß sie ihn nicht hört und daß er ihr niemals das wird sagen können, was er ihr bis jetzt verschwiegen hat. Aber mit Gottes Hilfe wird seine Seele sie eines Tages finden und ihr zuflüstern, daß er sie geliebt und vermißt hat und daß er sie im Sterben vor sich sah, sie in seinen Armen hielt.

Am späten Vormittag geht Mrs. Hallivand den Hügel hinauf. Die Straße ist zum Großteil ziemlich schäbig, und während sie sich gebeugt gegen die Steigung stemmt und die Schwäche ihres unterernährten Körpers verflucht, wundert sie sich wie immer, warum der Weg zu Guernseys berühmtestem Haus ausgerechnet an der unansehnlichsten Siedlung der Insel vorbeiführt. Baufällige, feuchte, lieblos hingesetzte Hütten, eng zusammengedrängt und verfallen, dazwischen finstere Seitengassen und düstere, kopfsteingepflasterte Höfe. Es riecht nach Fäulnis und Kanalisation, der Gestank des Urins der letzten Nacht mischt sich mit Geschrei aus den oberen Stockwerken. Irgendwo hier hat ihr Mann Maurice – obwohl er es anfangs leugnete – das Mädchen, das ihm die Buchhaltung machte, gegen die Wand gedrückt, zu trunken vom Geruch seiner eigenen

Lust, um den Gestank wahrzunehmen, der rings um ihre Knöchel aufstieg. Mochte ihre ganze Arbeit für wohltätige Zwecke zu nichts anderem gut gewesen sein – immerhin hatten sie Elspeth Poidevin im Heim für gefallene Mädchen in Weymouth unterbringen können, ohne daß jemand neugierige Fragen stellte, und sobald das Baby aus der kleinen Schlampe in die Arme der Hebamme rutschte, war es weggebracht worden (zu einer guten Familie, wie man der Wöchnerin fröhlich versprach). Jedesmal, wenn Mrs. Hallivand die Bank betrat und das Pech hatte, Elspeth unverschämt hinter dem Schalter hervorgrinsen zu sehen, bekam sie ein schlechtes Gewissen, weil sie das Kind einem ahnungslosen Ehepaar übergeben und die wirkliche Mutter verleugnet hatte. Allerdings schien der Verlust Elspeth nicht allzusehr zu schmerzen, sie kokettierte mit jedem Mann, der zur Tür hereinkam. Niemand hätte Elspeth hübsch genannt, ein dickliches Mädchen, roh und dumm wie ihre Eltern. Doch man konnte nicht abstreiten, daß sie etwas ausgesprochen Verführerisches an sich hatte, wie sie auf ihrem Hocker thronte und sich beim Abzählen der Banknoten über die Fingerspitzen leckte, auf dem Präsentierteller und dennoch unerreichbar, wie ein flockiges, von Sahne strotzendes Tortenstück im Schaufenster einer Bäckerei. Wenigstens hielt sie den Mund. Schon aus diesem Grund waren die fünfzig Pfund gut angelegt gewesen. Fünfundzwanzig Pfund und eine Lebensstellung im Büro hatte sie an jenem Nachmittag im Wohnzimmer gefordert, den Blick gesenkt und die Hände vor dem allzu unübersehbar gewölbten Leib gefaltet. Fünfzig Pfund, zwei Monate im Heim und eine Stelle irgendwo, nur nicht bei uns, lautete Mrs. Hallivands Gegenangebot. Elspeth, die die guten Beziehungen der Hallivands kannte, nahm sofort an, während das bloßgestellte Familienoberhaupt sich in der Bibliothek zerknirscht auf die zu erwartende Standpauke vorbereitete.

Mrs. Hallivand hat einen großen, ovalen Korb bei sich, der eine Steingutflasche, ein Stück zerdrückten Karottenkuchen, einen Staubwedel, ein Fensterleder, eine Dose Bodenpolitur, ein Päckchen Fliegenpapier und einen riesigen Schlüsselbund enthält: ein rostiger Schlüssel aus Eisen, schwer wie die Eingangstür, zu der er paßt, und ein paar kleinere. Jeder trägt ein kleines, weißes handbeschriftetes Schild, auf dem der Name des verschlossenen Raums steht, zu dem er gehört. Billardzimmer. Gobelinzimmer. Rauchsalon. Bibliothek. Blauer Salon. Roter Salon. Und so weiter und so fort, bis hinauf zum Turmzimmer. Seit zwölf Jahren benützt Mrs. Hallivand nun schon diesen Korb, seit ihr verstorbener Vater der Stadt Paris, Besitzerin des Anwesens, vorschlug, ihr die Verwaltung zu übertragen. Das Inselparlament war sogar bereit, für die wöchentliche Reinigung eine Haushälterin einzustellen, doch Mrs. Hallivand hat sich damals erboten, diese Aufgabe selbst zu übernehmen. Das liegt nicht daran, daß sie so gerne saubermacht (sie hat in ihrem Leben kaum je einen Staubwedel in der Hand gehabt oder einen Putzlappen ausgewrungen), sondern weil ihr klar ist, daß sie sich auf diese Weise unbeobachtet im Haus aufhalten kann – eine Gelegenheit, dem früheren Bewohner nahezukommen, wie sie sich kaum jemandem bietet. Mochte Maurice seine Nachmittage auf angeblicher Geschäftsreise in England verbringen und sich mit der Ehefrau eines Golfpartners im Norfolk Hotel in Bournemouth amüsieren (man war dort sehr stolz auf die Cocktailbar, die Richmonds Lounge und das Norfolk-Hotel-Rundfunkorchester). Sie vergnügte sich allein, hoch oben in Victors Adlerhorst, inmitten von Erinnerungsstücken an sein Leben und sein Werk. Und was für ein Leben er geführt hatte! Eine aufregende Vorstellung, daß der bärtige Hüne, ebenso wie sie jetzt, von hier aus auf die Stadt heruntergeblickt und sich den nackten Oberkörper gewaschen hatte, so daß alle es sehen konnten; seine enormen sexuellen Gelüste; Dienstmädchen, verheiratete Frauen aus der Stadt, adelige Damen auf der Durchreise und nicht zu vergessen seine Geliebte, die ein paar Häuser weiter wohnte, er befriedigte sie alle. Und er machte sich nicht die Mühe, es geheimzuhalten, empfahl auch seinen Freunden ein reges Liebesleben als Allheilmittel gegen Kopfschmerzen, Depressionen und sogar Verstopfung und forderte sie auf, sogleich mit dem nächstbesten weiblichen Wesen zur Tat zu schreiten. Regelmäßiger Geschlechtsverkehr sei eine körperliche Notwendigkeit, um einen reibungslosen Ablauf der biologischen Funktionen zu gewährleisten. Die Art und Weise spiele keine Rolle. Sex in einem so großangelegten, majestätischen Rahmen fand natürlich jenseits von Kategorien wie Untreue oder Ehebruch statt, hatte nichts zu tun mit Maurices peinlichen Affären, den Abendessen bei Kerzenlicht und den falschen Liebesschwüren. Victors Bedürfnisse waren viel schlichter, eine Paarung ohne Komplikationen, wenn ihn die Lust überkam, wie eine Tasse starken Kaffees, ein erfrischender Spaziergang, angenehm, kräftigend und seltsamerweise – ganz gleich, wie faszinierend die Partnerin auch sein mochte – eine zutiefst einsame Angelegenheit. Ein Vorspiel zum wirklichen Tagesgeschäft: Arbeit. Und wie er arbeitete! Hier in diesen Räumen konnte sie seine Gedankengänge nachvollziehen, in das Geheimnis dieses Menschen eintauchen. Im Laufe der Jahre war sie, während sie in diesem lichtdurchfluteten Raum ihren Gedanken nachhing, zu dem Schluß gelangt, daß nur sie allein über die Fähigkeit verfügte, seine außergewöhnliche Fruchtbarkeit zu erfassen und zu empfangen. Jede Woche nahm sie eines seiner Notizbücher mit nach Hause und legte es auf ihr Nachtkästchen. Wenn Maurice, zurückgekehrt von seinen Eskapaden, im Bett neben ihr schlief, saß sie in ihrem und wurde, wenn auch nicht gesättigt, von einer hungrigen Zufriedenheit ergriffen. Sie machte ihrem Mann wegen seiner Ausschweifungen keine Vorwürfe, nicht weil sie sie billigte, das tat sie nämlich keineswegs, sondern weil sie genauso von ihm in Ruhe gelassen werden wollte wie er von ihr. Seit ihrem Eintreffen hier vor siebzehn Jahren hatte sie niemandem anvertraut, daß sie, nachdem die Aufregung des Umzugs nach Guernsey verflogen und das Leben auf der Insel zur Gewohnheit geworden war, eines Morgens die Augen geöffnet hatte und zu der Erkenntnis gekommen war, daß sie einen schrecklichen und nicht wiedergutzumachenden Fehler begangen hatte. Schon immer hatte sie sich eine Verbindung mit einem unabhängigen Freigeist, mit einem Mann mit Esprit gewünscht, doch als sie nun aus dem bequemen Doppelbett aufblickte, in dem sie damals noch gemeinsam schliefen, und zuhörte, wie Maurice das Protokoll der letzten Sitzung des Golfclubs herunterbetete, wurde ihr klar, daß sie sich an einen Langweiler gekettet und ihre Willensfreiheit einer lebenslänglichen Gefängnisstrafe unterworfen hatte. Maurice war ein Kleingeist. Guernsey war kleingeistig. Die vierzigtausend Menschen, die hier mit ihnen lebten, waren alle ähnlich schlicht gestrickt. Ihr Horizont ging nicht weiter als die Felsen, auf denen sie standen, ein selbstzufriedenes Dreieck, nur zweiundsechzig Quadratkilometer groß, ein massiver Granitkeil, unbeweglich und immun gegen Veränderungen. Wo waren der Glanz, das Geheimnis, wo die Herausforderungen und die Geistesblitze? Es war so sterbenslangweilig! Die Clubs mit ihren sinnentleerten Regeln und ihren ergebnislosen Sitzungen, der endlose Reigen von Cocktailpartys, die Bälle im Frühling und im Winter, alles borniert und pompös, herzzerreißende Erinnerungen an die illustre Gesellschaft, die sie zurückgelassen hatte. Als ihre Schwester ebenfalls auf die Insel zog, hatte sie gehofft, Isobel unter ihre Fittiche nehmen und wieder ein Leben voller geistreicher Zerstreuungen und Abenteuer führen zu können. Doch Isobel hatte mit ihrer Gleichgültigkeit ihre Pläne durchkreuzt, auf ihre eigenen Fähigkeiten vertraut und sie links liegengelassen. Und dann die Geschichte mit Ned Luscombe. Albert hatte ihr sofort sein Leid geklagt, als er dahinterkam. Es gehöre sich doch nicht, sagte er und fuchtelte mit seiner Heckenschere herum, daß sein Neffe ein Verhältnis mit Mrs. Hallivands Nichte hatte. Was war, wenn was Ernstes draus wurde? Wenn es zum Allerschlimmsten kam, so daß die beiden heiraten mußten? Alle zwei seien starrsinnig, die Sturheit liege nun mal in der Familie, verkündete Albert. Und ganz der Gärtner hatte er hinzugefügt: »Ich könnte nie mit Ihnen verwandt sein, Mrs. H., und wenn der König selbst es befehlen würde.« Mrs. Hallivand hatte gelacht, ihr Entsetzen war bei der bloßen Vorstellung verflogen. Denn ihr war sofort klargewesen, daß Isobel nicht im Traum daran dachte, eine so unpassende und unvorteilhafte Ehe einzugehen. Sie hatte Isobels zweifelnde und mitleidige Miene gesehen, als sie Maurice vorgestellt worden war, denn ein solcher Ehemann ließ die berühmten Geschichten von der glorreichen Vergangenheit ihrer Tante zu Hohn und Spott werden. Wohlgemerkt: Ned hatte Isobel nicht verführt. Es war umgekehrt gewesen, und Mrs. Hallivand kannte den Grund.

Um ihr eins auszuwischen. Um ihr mitzuteilen, daß sie sich um ihre eigenen Angelegenheiten kümmern sollte und daß Isobel Ratschläge von einer kläglichen Versagerin wie ihr nicht nötig hatte. Deshalb hatte sie auch Albert geantwortet, er brauche sich keine Sorgen zu machen. Im nächsten Frühling würde er wieder leichten Herzens vor ihr die Kappe ziehen können, um ihr einen guten Morgen zu wünschen.

»Gott sei Dank, Ma'am«, erwiderte er. »Hoffentlich bin ich Ihrer Nichte nicht zu nahe getreten.«

»Das sind Sie nicht, Albert, das sind Sie nicht.«

Nun steigt sie die Stufen hinauf und öffnet die schwere Eingangstür. Nachdem sie sie fest hinter sich geschlossen hat, bleibt sie in der Vorhalle stehen und spürt, wie die Stille sie umfängt, eine Stimmung, die einmal auf der ganzen Insel herrschte und die sie inzwischen nur noch innerhalb dieser Mauern finden kann. Hier empfindet sie eine Geborgenheit, die seltsam schwer auf ihr lastet. Anfangs, als sie ihren schrecklichen Fehler gerade erkannt hatte, pflegte sie die Fenster der Villa aufzureißen, sich hinauszubeugen und diese Ruhe zu verfluchen. So als ob sie durch reine Willenskraft die geliebten Geräusche der Metropole jenseits des Meeres hätte heraufbeschwören können, das großstädtische Treiben, wie ihr Vater es nannte. Jetzt steht sie da, im letzten Refugium der Insel, und wünscht sich, die träge Stille möge zurückkehren. Sie ist ein Teil von ihr geworden, und obwohl sie sie vermißt, gefällt ihr diese Erkenntnis gar nicht.

Für gewöhnlich ist ihre erste Station das Studierzimmer, von dort aus arbeitet sie sich nach unten vor. Heute jedoch geht sie sofort in den roten Salon, einen dunklen, bedrückenden Raum voller schwerer Eichenmöbel. Das Schloß läßt sich leicht öffnen, sie huscht um die Ecke und eilt zum Fenster, um den mittleren Fensterladen aufzuklappen. Licht strömt herein, teilt das Zimmer in zwei Hälften und beleuchtet Staubsäulen. Im Spiel von Licht und Schatten nimmt die Pracht des Zimmers Gestalt an. Ein Kaminschirm, handgefertigt von Mme. de Pompadour, und vier vergoldete Figuren aus dem Dogenpalast, Seidentapeten an Wand und Decke. In der Mitte steht der große Tisch, der von Charles II. stammt. Früher befanden sich an jedem Ende ein Paar Kerzenleuchter aus dem Besitz eines Erzbischofs. Inzwischen hat man sie auf den Boden gestellt, um einem Sammelsurium von Tüten und Behältnissen Platz zu machen: ein Einmachglas mit fünfzehn Zentimeter langen Nägeln, eine Trockenmilchdose, vollgestopft mit Dübeln; ein geschlossener Schuhkarton, um den herum Zucker verstreut ist, eine Tragetasche, die ebenfalls von Zucker überquillt. Auf der einen Seite ist der Name Underwood aufgedruckt; auf einer anderen Tüte steht – in einem um einiges eleganteren Schriftzug –, daß Voisin & Co. in der King Street auf Jersey *das* Einkaufszentrum der Kanalinseln sei. Dazu eine Uhr, eine Zange, Taschenlampenbatterien. Mrs. Hallivand stellt den Korb auf den Tisch, schiebt die Dosen und die Putzutensilien beiseite und zieht das ringsherum festgesteckte, bestickte Tuch weg. Eine Pfundtüte Zucker und das letzte Päckchen Unkrautvernichtungsmittel aus dem Schuppen des Pförtnerhäuschens kommen zum Vorschein. Sie nimmt die Dose und hält sie hoch, als handle es sich um Dynamit oder als sei sie elektrisch geladen. Dann öffnet sie den Schuhkarton.

»Ich bezweifle sehr«, sagt sie beim Umfüllen zu dem Selbstportrait, das über dem Kamin hängt, »daß Sie oder ich je so viel Zucker auf einmal zu Gesicht bekommen haben, nicht einmal zu Friedenszeiten. Inzwischen kriegen wir nur noch fünfundachtzig Gramm pro Woche.« Sie hält inne und faßt dann einen Entschluß. »Ich glaube, es ist nicht weiter schlimm. Und ich liebe nun einmal Süßes.«

Rasch geht sie zu der kleinen Küche, wo sich der Hausverwalter früher während der Besichtigungszeit ein Täßchen Tee gemacht hat. Es gibt dort einen Kessel und einen kleinen Paraffinkocher, und daneben steht die Teedose, auf der eine Schweizerin und das Matterhorn abgebildet sind. Darin befindet sich ein winziges Restchen echter Teeblätter. Auf dem Regal über dem Kessel ist eine gewaltige braune Teekanne, groß genug für vier durstige Menschen, der Deckel hat einen Sprung, und der Ausgußwinkel der Tülle ist unberechenbar. Mrs. Hallivand dreht den Wasserhahn auf, und als sie feststellt, daß das Wasser ein klein wenig bräunlich herausrinnt, läßt sie es eine ganze Minute lang laufen, bevor sie den Teekessel durch die mit Kalk verkrustete Tülle füllt.

Während sie wartet, bis das Wasser kocht, kehrt sie ins Zimmer zurück, stellt sich ans Fenster und betrachtet den belagerten Hafen und das glitzernde Meer dahinter. Allmählich nimmt der Raum den Geruch der seltsamen Ansammlung von Päckchen an. Feucht und süßlich legt er sich auf die Seide, und gleichzeitig riecht es seltsam säuerlich, wie nach abgestandenem Schweiß. Früher hat es hier sicher nach Zigarrenrauch und Portwein gerochen. Mrs. Hallivand spricht – doch weder mit ihrem verschollenen Gatten noch mit ihrer Nichte oder ihrer Schwester (sie vermißt sie alle nicht sehr), sondern mit dem Mann, dessen Seele vor so vielen Jahren ihr Herz erobert hat. In den vergangenen achtzehn Monaten hat er allerdings einem Nebenbuhler Platz machen müssen. Wenn sie doch nur jünger gewesen wäre! Oder der Major älter! Leicht zu verstehen, warum Isobels Schönheit ihn angezogen hat, aber nur schwer zu begreifen, woher seine Zuneigung zu ihr rührte. Mrs. Hallivand hat in ihrer Jugend mit Hunderten von Männern vom Schlag eines Major Lentsch geflirtet. Wenn sie nur so jung gewesen wäre wie Isobel, Lentsch hätte ihre Nichte nach spätestens einer Woche vergessen. Doch da kaum Konkurrentinnen in Sicht gewesen waren, hatte Isobel freie Bahn gehabt. Und falls dem Major dennoch Zweifel gekommen sein sollten, hatten die sprachlichen Unterschiede Isobel gerettet. Wie jeder Ausländer, der das Englische exakt, fließend und korrekt beherrscht und einer leichtfertigen, gutaussehenden und einigermaßen wohlerzogenen jungen Frau gegenübersteht, hatte der Major es wahrscheinlich auf seine mangelnden Kenntnisse ihrer Muttersprache zurückgeführt, wenn er Charakterschwächen bei ihr zu bemerken glaubte. Allerdings gab es eine Unmenge von Gründen, warum sie, Mrs. Hallivand, den Major im Gegensatz zu ihrer Nichte wirklich verdient hatte: ihre gemeinsame Liebe zur Literatur, ihr Kunstverstand, ihre Freude an geistreichem, knisterndem Wortgeplänkel, wie es nur Liebende zustandebringen. Sie war noch immer eine attraktive Frau, sie hatte noch Feuer, und wenn sie es zuließ, besaß sie noch immer die kompromißlose, leidenschaftlich erotische Ausstrahlung, die einst so viele junge Männer in ihren Bann geschlagen hatte. Aber der Major hatte sich für Isobel entschieden, und Isobel war tot. Und sie, Mrs. Hallivand, war zu dem Mann zurückgekehrt, der sie von allen am besten verstand. Ihre Schwärmerei für den Major war nicht nur ein Strohfeuer, sondern auch ein Irrtum gewesen. Inzwischen bedeutete er ihr nichts mehr.

Der Kessel pfeift. Mrs. Hallivand brüht den Tee auf, schenkt sich eine Tasse ein und gibt Milch aus einer Steingutflasche dazu. Dann geht sie mit der Tasse zurück ins Zimmer und greift sich eine Handvoll Zuckerkristalle. Eine fast unanständige Menge, um sie einfach in der Hand zu halten und rieseln zu lassen. Sie hebt die Hand, so daß ihr der Zucker durch die Finger rinnt. Sie denkt an all die Inselbewohner, die im peitschenden Wind Schlange stehen, um ein klägliches Gramm von diesem hier und ein klägliches Gramm von jenem da zu ergattern. Der Zucker funkelt frisch, weiß, strahlend in diesem braunen und düsteren Raum, Feenstaub vom Zauberstab eines Engels, erleuchtet vom Lichtstrahl eines weit entfernten Sterns. Sie erinnert sich an die langen, rauschenden Nächte ihrer lebensfrohen Jugend: das Stimmengewirr aus dem Ballsaal im unteren Stockwerk, das gestärkte Frackhemd, oh, wie hatte es in der Dunkelheit geschimmert, als sie ihre Brüste, ach, ihre wunderschönen Brüste dagegenpreßte, voller Sehnsucht nach einer weiteren verstohlenen Umarmung. Das Weiß rieselt hinunter, verteilt sich auf dem Boden und rings um ihre Schuhe. Das Licht schmerzt ihr in den Augen. Sie könnte auf Skiern die Pisten oberhalb von Wengen hinuntersausen oder barfuß über den Strand von Deauville laufen. Sie könnte wieder siebzehn sein, an den Panoramafenstern stehen, zusehen, wie der Schnee über die Dächer von Paris weht, und sich ausmalen, daß ihr Peter Pan mit ihr davonfliegt. Sie blickt hinaus, die Tasse in der Hand, und wartet, bis sich die süßen Träume der Flüssigkeit abkühlen.

Eine Gestalt erscheint in der Tür. Sie dreht sich um.

»Sie sind früh dran«, sagt sie. »Es ist noch etwas Tee in der Kanne, falls Sie möchten.«

»Nun?« meint er. »Wie hat es geklappt?«

»Er weiß nichts.«

Albert grunzt und geht zum Tisch.

»Ich habe Ihnen etwas besorgt.« Er reicht ihr eine große Dose.

»Eiercreme! Wo in aller Welt haben Sie die denn her?«

»Zerbrechen Sie sich nicht den Kopf darüber. Nehmen Sie sie. Ich hab noch etwas.« Wieder wühlt er in seinen Taschen. »Rasierklingen. Fünfzig Stück.« Er holt eine kleine Schachtel heraus und kippt den Inhalt in das Einmachglas. Dann hält er es ans Licht. »Das wird ihm den Wind aus den Segeln nehmen.«

Mrs. Hallivand umklammert ihre Tasse.

»Ich habe Angst, Albert«, sagt sie. »Durch Isobels Tod ist es für uns gefährlicher geworden. Ich weiß nicht, ob ich weitermachen kann.«

Albert kommt näher und schüttelt sie heftig.

»Tun Sie, was Ihnen befohlen wird, Sie albernes Frauenzimmer. Bald ist es soweit.«

ACHT

Fünf Uhr abends. Tommy le Coeur kam schlechter Laune zurück ins Revier. Van Dielen war noch immer nicht zu Hause, und Tommys Füße hatten sich in Eisklumpen verwandelt. Er zeigte Ned die Löcher in seinen Stiefeln.

»Diese Stiefel sind schwer wie Blei«, klagte er. »Und der Mantel wärmt auch nicht. Der Job bringt mich noch mal um.«

»Bald bist du all deiner Sorgen ledig, Tommy«, entgegnete Ned und reichte ihm das Schreiben des Hauptmanns. »In ein paar Wochen kannst du dich sogar in Ascot blicken lassen.«

Er brühte Tommy einen Becher Tee auf und ging dann ins Royal Hotel, inzwischen Hauptquartier der Feldkommandantur, um Lentsch über die Tagesergebnisse Bericht zu erstatten. Nicht, daß es viel zu berichten gab. Genickbruch. Jemand hatte Isobel den Hals umgedreht, wie es ein Förster bei einem angeschossenen Vogel oder einem Kaninchen tut, das hatte zumindest der Polizeiarzt festgestellt. Als man ihr den Beton in Mund und Nase gedrückt hatte, hatte sie vermutlich noch gelebt, war aber geschwächt und hilflos gewesen wie eine Lumpenpuppe. War der Tod durch Ersticken oder durch den Genickbruch eingetreten? Dr. Meecham hatte sich zuerst nicht festlegen wollen. Er war überfragt. Da der Arzt, den das Innenministerium gewöhnlich schickte, nicht greifbar war, bat er Lentsch, einen Pathologen aus Frankreich kommen zu lassen.

Vor dem Royal Hotel polierte Wedel die Motorhaube von Bernies Auto. Obwohl das Schild mit der Aufschrift »Royal Hotel« abgenommen und durch eines in deutscher Sprache ersetzt worden war, erkannte Ned erfreut, daß das alte Schild des Automobilclubs noch unter dem kleinen hölzernen Balkon hing. Ein paar Handwerker waren damit beschäftigt, die Fensterrahmen zu streichen. Er erkannte sie zwar beim Näherkommen, doch sie beugten die Köpfe über ihre Arbeit, als ob diese Begegnung ihnen allen dreien peinlich sein müßte. Wedel hob grüßend die Hand. Ned nickte.

»Ich dachte, Sie wollten in den Urlaub?« sagte er.

Wedel verzog das Gesicht. »Aus und vorbei«, entgegnete er mit einem Blick hinauf zum ersten Stock.

»Das sind eben die Nachteile, wenn man Uniform trägt.«

Drinnen waren noch mehr Männer bei der Arbeit, Leitern und Farbkübel versperrten den Weg. Ein Wachmann brachte Ned hinauf zu Lentschs Büro im ersten Stock. Trotz des Schreibtischs und der beiden Fahnen, die über die weiteren Paraphernalien der Macht – Dolch, Kerzenleuchter und kunstvoll verziertes Tintenfaß – wachten, wirkte der Raum mit seinen ausgeblichenen Blümchentapeten und dem obligatorischen, in einer Ecke versteckten, abgestoßenen Waschtisch dennoch wie ein zweitklassiges Hotelzimmer mit tropfendem Wasserhahn und Teilblick aufs Meer. Über dem Kamin hing das unvermeidliche Führerbild, umrankt von üppig wucherndem, dunkelgrünem Farn, als spähe der Portraitierte durch das finstere Gebüsch eines schlesischen Waldes. Es war Ned unbegreiflich, wie jemand einen Vormittag damit zubringen konnte, ein derart schauerliches Arrangement zu drapieren. Das war es, was ihre Länder voneinander unterschied. Beide verehrten ihr Staatsoberhaupt, brauchten seine Kraft und seinen Weitblick, um bestehen zu können. Doch obwohl die Briten Churchill vertrauten, ja, ihn sogar bewunderten, vergötterten sie ihn nicht. Niemand wäre auf den Gedanken gekommen, ein Photo, das sein nicht eben ansehnliches Konterfei darstellte, mit Laub und Zweiglein zu schmücken.

Lentsch erschien auf der Schwelle, seine Augen waren gerötet.

»Wie ich sehe, bewundern Sie gerade Wedels Werk«, sagte er. Es kostete ihn Mühe, seine Stimme zu beherrschen.

»Was?«

»Die Dekoration. Bald ist Führers Geburtstag. Der 20. April. Alle Deutschen feiern.«

Ned schmunzelte. »Er würde sich bestimmt freuen, wenn er wüßte, daß Sie sich solche Mühe gemacht haben. Es möbelt den Raum ein wenig auf.«

»Ja. Die Soldaten auch.«

»Anscheinend sind Sie nicht die einzigen, die sich um ihr Äußeres Gedanken machen.« Ned zeigte Lentsch den Brief des Hauptmanns. Lentsch las ihn rasch.

»Davon wußte ich nichts.«

»Nun, vermutlich wollte er Sie nicht damit behelligen, angesichts der Umstände …«

»Neue Uniformen!« Lentsch trat ans Fenster. »Ich blicke hinaus und sehe dasselbe Guernsey wie vor drei Wochen – und dennoch hat es sich verändert. Isobel ist fort. Ist Ihnen klar, daß es sie nicht mehr gibt? Ebbe und Flut kommen, am Hafen werden Schiffe entladen, Vögel bauen ihre Nester für den Frühling, und dennoch ist sie fort. Wie kann das sein?« Er drehte sich um. »Ich bin schuld an ihrem Tod. Und ich glaube, Sie teilen diese Ansicht.«

»Nein, Herr Major, das denke ich nicht.«

Er steckte den Brief des Hauptmanns wieder in die Tasche zu dem von Isobel. Natürlich ist es deine Schuld, dachte er, und wer weiß, vielleicht warst du sogar noch unmittelbarer beteiligt, als du mir weismachen willst. Warum hatte sich Isobel mit ihrem Problem nicht an Lentsch gewandt? Weil der Major in die Sache verwickelt war?

»Die Insel hat für mich ihren Reiz verloren«, fuhr Lentsch tonlos fort. »Ich hatte gehofft, nach dem Krieg hierher zurückkehren und dazugehören zu können. Ich wollte zusehen, wie die Boote anlegen und die Jahreszeiten kommen und gehen, und zufrieden sein.«

»Es dauert lange, bis man bei uns dazugehört, Herr Major«, entgegnete Ned. »Ich bin nicht einmal sicher, ob ich dazugehöre. Mein Vater fand es jedenfalls nicht.«

Schweigen.

»Ich habe das nicht gewollt«, rief der Major plötzlich aus und preßte die Hände gegen die Fensterscheibe. »Und dennoch kann ich nicht sagen, daß ich mir wünsche, ich wäre nie hiergewesen. Ganz und gar nicht.« Er lief zum Schreibtisch hinüber, drehte den Bilderrahmen in den Händen und reichte ihn Ned. »Sehen Sie, wie glücklich sie ist«, sagte er flehend. »Sehen Sie, wie glücklich ich sie gemacht habe. Wollen Sie behaupten, ich hätte einen Fehler begangen?«

Ned betrachtete das Photo. Es war irgendwo an einem Bach aufgenommen worden, wahrscheinlich in der Nähe ihres früheren Treffpunkts. Drei Offiziere in vollendet gebügelten Uniformen schlenderten einen schmalen Pfad entlang. Zepernick, ein kleinerer Mann, den Ned nicht erkannte, und der Major. Hauptmann Zepernick, Handschuhe in der Hand, war offenbar dabei, einen Witz zu erzählen; der kleinere Mann nahm gerade die Zigarette aus dem Mund. Rechts außen ging Lentsch, lächelnd, seinen Begleitern zugewandt, zwischen ihm und dem Mann mit der Zigarette marschierte Isobel. Sie trug eine weiße, kurzärmelige Bluse und ordentlich gebügelte Reithosen, die Reitpeitsche hielt sie sich diagonal von rechts nach links vor die Brust. Auch sie wandte sich Zepernick zu, auch sie lächelte, doch obwohl die allgemeine Aufmerksamkeit der Geschichte des Hauptmanns galt, stand Isobel eindeutig im Mittelpunkt. Ihr Haar war zurückgekämmt, ihre Körperhaltung strahlte Selbstbewußtsein, Kraft und Gesundheit aus. Wie eine Dompteurin inmitten ihrer Lieblingslöwen ging sie zwischen ihnen her. Sie mußte nichts weiter tun, als mit der Peitsche zu knallen, damit sie sich vor Diensteifer überschlugen. Doch nun hatten sich die starken, schönen Raubtiere gegen sie gewandt und sie mit einem achtlosen Tatzenhieb getötet. Ned empfand ein Gefühl der Leere und spürte, wie sich ihm der Magen zusammenkrampfte. Ob er Isobel oder sich selbst bedauerte, wußte er nicht.

»Wer hat das Photo aufgenommen?« fragte er.

»Bohde«, erwiderte der Major und stellte es zurück auf den Tisch. »Hat Mr. van Dielen mittlerweile eine vollständige Aussage gemacht?«

»Mr. van Dielen ist noch nicht zurück.«

»Es ist doch schon fast achtzehn Uhr! Sechs!«

»Ich weiß. Aber wenn er lieber allein sein möchte, gibt es kein Gesetz, das es ihm verbietet.«

Er verließ den Major, der sofort Hauptmann Zepernick anrufen wollte. Die kopfsteingepflasterten Straßen in der Nähe der Pollet waren kalt und menschenleer. Wenn er nur in jener Nacht gleich nach Erhalt des Briefes zu ihr gegangen wäre! Warum war ihr Brief nicht klarer gewesen? Seine Schritte klapperten rhythmisch auf dem Pflaster. Lentsch, Lentsch, sie konnte es Lentsch nicht sagen. Wenn er nicht direkt in die Sache verwickelt war, handelte es sich vielleicht um etwas, das er nicht wissen durfte. Hatte es mit einem Bewohner der Insel zu tun? Konnte Isobels Wissen dem Betreffenden Schwierigkeiten mit den Deutschen einbringen? War es möglicherweise eine Person, die ihr nahestand – ihr Vater? Ihre Tante? Molly?

Albert, der in einer Ecke saß, war der einzige Gast im Britannia. Er winkte Ned zu sich.

»Ich dachte, du brauchst vielleicht Gesellschaft«, meinte er.

Ned zog sich einen Stuhl heran. »Da denkst du ganz richtig, Onkel.«

Albert hob sein Glas. »Noch zwei Bier bitte!« rief er. »Wenn du nicht zu beschäftigt bist.«

Ned setzte sich. »Hast du von Kitty gehört?« fragte er, bemüht, das Thema Isobel zu vermeiden.

Albert schüttelte den Kopf.

»Ich war gestern auf der Post. Vergeblich. Am Montag versuche ich es wieder. Vielleicht ist übers Wochenende was angekommen.«

Ned versuchte, ihn zu beruhigen. »Die Beförderung ist das Problem. Sie hätte dir sicher geschrieben.«

»Natürlich hätte sie das. Doch das hilft mir auch nicht weiter.«

Er wartete, bis der Barmann die Gläser auf den Tisch gestellt hatte, und beugte sich dann vor.

»Ich habe nachgedacht, Ned. Hast du dir je überlegt abzuhauen?«

»Nach England, meinst du?«

»Warum nicht? Man könnte nachts ein Boot stehlen. Du würdest es schaffen.«

»Da bin ich mir nicht so sicher. Und außerdem: Was wird aus Mama?«

»Ich kann mich um sie kümmern.«

Ned trank einen Schluck und sah ihn an.

»Man könnte glauben, du willst mich loswerden.«

»Genau. Ich will dich loswerden. Diese Sache mit Isobel. Ich habe den Verdacht, daß das nur der Anfang war.«

»Wovon?«

Albert senkte die Stimme. »Bürgerwehren. Eine Warnung an uns alle. Vielleicht war sie nicht die letzte. Schließlich ist in so einem Sack eine Menge Zement.«

»Offenbar weißt du bestens Bescheid.«

»Wedel.« Albert verzog das Gesicht, als hätte er einen schlechten Geschmack im Mund. »Der Mann ist eine Plaudertasche.«

»Hoffentlich irrst du dich«, entgegnete Ned. »Wenn noch einmal so etwas passiert, sitzen wir schön in der Tinte.«

»Genau das meine ich ja. Schwer zu sagen, was als nächstes geschieht und welche Verrückten hier für Wirbel sorgen. Du hättest mit Kitty weggehen und uns alten Leute zurücklassen sollen.«

»Dann hätte Mama Dad allein beerdigen müssen.«

»Die Beerdigung deines Vaters hätte ich übernehmen können. Das ist die Pflicht eines Bruders, ebenso wie die eines Sohnes. Für ihn hätte es keinen Unterschied gemacht.«

»Da bin ich nicht so sicher. Ich habe ihn schon einmal enttäuscht, als ich nach England gegangen bin. Wenn ich nun auch noch die Beerdigung vermasselt hätte und Mama allein ...«

»Deine Mutter hat schon Schlimmeres durchgemacht«, sagte Albert. »Doch sie ist darüber hinweggekommen. Damals wußten wir noch, was richtig ist und was sich gehört. Heutzutage herrscht hier auf der Insel nur noch bei Beerdigungen ein letztes bißchen Anstand, und von denen haben wir weiß Gott genug.«

»Es findet bald wieder eine statt.«

»Richtig. Soweit ich weiß, wird sich Mrs. H. darum kümmern.«

»Oh? Auf mich machte sie keinen sehr traurigen Eindruck.«

Albert ließ sein Bier im Glas kreisen. »Du mußt noch viel lernen,

Ned. Es liegt an ihrer Erziehung. Wie es in ihr drin aussieht, ist eine völlig andere Geschichte. Und wie kommt Isobels Vater damit zurecht?«

»Heute hat ihn noch niemand gesehen. Er ist in aller Frühe aus dem Haus gegangen und hat sich in Luft aufgelöst. Der Major sitzt wie auf Kohlen.«

Albert leerte sein Glas.

»Zerbrich dir nicht den Kopf über van Dielen«, meinte er und winkte dem Barmann zu, damit dieser ihm ein frisches Bier brachte. »Der kommt schon zurück.«

Doch der seltsame kleine Mann blieb verschwunden. Es dauerte einige Tage, bis sich nicht nur Neds schlechtgekleidete Truppe, sondern die gesamte Insel aufgeregt an der Suche beteiligte. Immer wieder sprachen Leute bei Ned vor und berichteten, van Dielen irgendwo gesehen zu haben. Wenn Ned nicht da war, meldeten sich die Leute unten im Revier, wo Tommy sich wie ein Schuljunge über die Theke beugte und in einem vergeblichen Versuch, seine nahezu unleserliche Handschrift zu verbergen, den Arm über das Berichtsformular legte. Viele hatten van Dielen mit seinem Jägerhut und der gegürteten Jacke mit den flatternden Schößen auf den im Bau befindlichen Geschützstellungen beobachtet oder waren ihm auf den steilen Küstenpfaden begegnet. Eine kleine Gestalt, dunkel und gebeugt, so leicht zu erkennen wie der spazierstockschwenkende Tramp aus dem gleichnamigen Hollywoodfilm. Indem er versuchte, Aufmerksamkeit zu vermeiden, zog er sie erst recht auf sich, man sah ihn, sprach ihn aber nicht an. Auch nicht die Soldaten, die neben ihren Flakgeschützen standen und zum Horizont blickten, während er über die frisch angelegten Betonflächen lief und ihre Stabilität mit seinem knorrigen Spazierstock prüfte, der angeblich ein Geschenk von Dr. Todt persönlich war. Auch nicht die Motorradpatrouillen, wenn sie zur Mittagszeit ihre Mahlzeiten im Henkelmann aufwärmten und dabei zusahen, wie er über das eben erst angebrachte Gitterwerk aus Armierungseisen kletterte. Auch nicht die erschöpften Zwangsarbeiter, die sich, dankbar für die kurze Pause, auf ihre Spaten lehnten, während er in die frisch ausgehobenen Gräben sprang und die Aushubhalden hinaufkletterte, um die Fortschritte und die Qualität ihrer mühevollen Arbeit zu überprüfen. Auch nicht der Lokführer, ein spanischer Republikaner, der am Steuer seiner qualmspuckenden Henschel-Lok schwitzte, welche die Kisten mit van Dielens Firmenemblem vom Hafen in St. Sampson zur Westküste zog, und die Mütze lüpfte, als er van Dielen beim Morgengrauen unten an den Docks erkannte, mit Blick hinaus zur Hafeneinfahrt, durch die seine Familie einst gekommen war. Auch nicht die Inselbewohner auf dem Weg zur Morgenandacht, die ihn beobachteten, wie er die Straßen entlanghuschte, und die die Nachricht irgendwo auf ihren frommen Wegen erfuhren, sie mitnahmen in die Kirche, sie, tuschelnd und auf den Kirchenbänken herumrutschend, an den Sitznachbarn weitergaben oder einander die Greueltat zuflüsterten, wenn sie sich von ihren ängstlichen Gebeten erhoben. Einige kritzelten die Hiobsbotschaft sogar auf die letzte Seite ihres Gesangbuchs und hielten sie dem Nebenmann vor die besorgt dreinblickenden Augen. Mord? Ja, Mord, in Taschentücher gehustet, tonlos zur Begleitung von Kirchenliedern gemurmelt; Mord, das Wort stand auf den Roßhaarsoutanen und den hingehaltenen Hostien, wurde von schweigenden Lippen geformt, während die Predigt hohl von den Wänden widerhallte. Mord, heimlich, verstohlen und dennoch ausgesprochen, blinzelte das Wort ins Sonnenlicht, wurde von Inselbewohner zu Inselbewohner weitergereicht und schwächte – in vereinten Kräften mit dem Wind – ihren Glauben noch mehr. Mord an einer der ihren, verborgen unter Mänteln; Mord, nur eine Straße entfernt, versteckt unter Hüten; Mord an einem jungen Mädchen, unter die Bänke des von Pferden gezogenen Busses gestopft, in die Stadt gebracht und auf der Promenade den Möwen verfüttert; oder von geschwächten Fingern im Takt auf die schmiedeeisernen Bänke rings um den verlassenen Konzertpavillon in Candie Gardens geklopft. Gestern erst hatte die Kapelle der Luftwaffe hier die Melodien gespielt, die Jack Hilton und Lillian Harvey auf dem ganzen zerborstenen Kontinent berühmt gemacht hatten. Von morgens bis abends lief van Dielen herum, tauchte hie und dort wieder auf wie an jedem anderen gewöhnlichen Arbeitstag, schwenkte den Passierschein, der sein Photo, seinen Ehrenrang und verschiedene Ermächtigungsschreiben enthielt. Er kontrollierte die Stützen in den Tunnels drüben bei La Vassalerie. Stattete der Firma wieder einmal einen Besuch ab, womit er den ohnehin nervösen und aufgebrachten George Poidevin noch mehr in Aufregung versetzte. Marschierte die breiten Buchten im Norden entlang und betrachtete die verbotene Küste dahinter. Wenn er jemandem begegnete, war er zugänglich, erkundigte sich fast höflich nach der Beschaffenheit des Betons oder nach den Krummbalken bei den Ausschachtungsarbeiten, denn ihn interessierte ausschließlich das Material. Hatten Kälte, Hitze oder ein sonstiger Umwelteinfluß die Qualität beeinträchtigt? Und wenn er die Verantwortlichen danach befragte, klang er wie ein Arzt auf Hausbesuch, der mit den Angehörigen des Patienten spricht, ihre laienhaften Antworten deutet und ihnen ihr Unwissen verzeiht. Die Leute, an die er sich wandte, dachten sich nichts dabei, denn die Nachricht hatte sich noch nicht überall herumgesprochen. Doch sie schien ihm zu folgen. Wie das schaumgepeitschte Kielwasser und der Sog eines großen Schiffes wühlte sie die glatte Oberfläche der Alltäglichkeit auf, und die Raubvögel des Meeres zogen gierig darüber ihre Kreise.

Ned vermutete, daß van Dielen am Montag wieder auftauchen würde, aber er irrte sich. Tommy wurde erneut losgeschickt, um vor seinem Haus Posten zu beziehen, Ned wartete in seinem Büro. Es regnete leicht. Irgendwann am Vormittag zog Ned seinen Regenmantel an und ging zur Firma. Keine hundert Meter von einem Wachhäuschen am Hafen entfernt war der Zaun eingedrückt; hier also waren Freitag nacht die Diebe eingedrungen. Ned trat durch die kleine Pforte, die in das zweiflügelige Tor eingelassen war. In der Mitte des Hofes stand eine winzige Hütte, nur etwa zwei Meter hoch. Auf der einen Seite waren rohe Holzbalken der Größe nach aufgeschichtet, auf der anderen gebündelte Eisenstangen. Ringsherum herrschte ein wahlloses, rutschiges Durcheinander; aufgebrochene Kisten, Haufen von verrotteten Maschinenteilen, eine verbeulte Schubkarre, in der sich angebrochene Nagelpäckchen türmten. George Poidevin stand neben einem schlampigen Kistenstapel und stemmte die Kisten mit einem flachgeklopften Wasserrohr auf. Halb zwölf Uhr vormittag, und er legte sich mächtig ins Zeug. Ned tastete sich durch den Unrat.

»Ich muß Ihren Chef sprechen!« rief er. »Haben Sie ihn gesehen?«

George schob das Rohr in einen Spalt und drückte es nach unten.

»Schreckliche Sache, Mr. Luscombe«, entgegnete er in flehendem Ton. »Schreckliche Sache. Meine Frau ist ganz aus dem Häuschen.«

Ned schob eine ausgediente Kupplung mit dem Fuß beiseite und blickte sich um. »Ist das der Einbruch, von dem ich soviel gehört habe?« George nickte. »Die haben aber ein ganz schönes Tohuwabohu angerichtet.«

»Eine Landplage sind sie, diese Ausländer. Man sollte sie einsperren und sie nicht frei in der Gegend herumlaufen lassen.« Er wies auf den Schuppen. Die Tür hing lose in den Angeln. »Beim Einbruch sind sämtliche Unterlagen durcheinandergeraten. Man findet überhaupt nichts mehr. Und das ausgerechnet diese Woche. Diesen Job wünsche ich meinem ärgsten Feind nicht.«

»Also war Mr. van Dielen heute noch nicht hier?«

»Heute nicht. Aber gestern und am Samstag.«

»Miss van Dielen war doch am Samstag auch dabei, richtig?«

George nickte. »Sie waren zuerst bei uns zu Hause. Elspeth hat ihnen gesagt, wo ich bin.«

»Wollte er sich die Folgen des Einbruchs ansehen?«

»Nein, das interessierte ihn offenbar nicht.«

»Ach?«

George holte tief Luft.

»Jeden Freitag kriegen wir unsere Anweisungen, was in der nächsten Woche zu erledigen ist. Welche Lieferungen anstehen, welches Material wohin geschafft werden muß. Meine Aufgabe ist es, das alles zu organisieren.« Er wies auf das Durcheinander. »Normalerweise kümmere ich mich am Samstagvormittag darum. So kann ich ein paar Überstunden abrechnen. Nun, am letzten Freitag hat er mir wie üblich die Aufträge erteilt. Lastwagen Nummer eins sollte Eisenstangen rüber nach Fort Hommet bringen. Nummer zwei mußte nach St. Peter Port, um die Farben für die zusätzlichen Tunnelarbeiten abzuholen.«

»Ich verstehe nicht ganz. Die Farben?«

»Jeder Baufirma wurde eine eigene Farbe zugeteilt. Unsere ist Rot. Und jede Kiste, die vom Festland hierhergebracht wird, trägt auf einem kleinen Viereck an der Seite die Farbe der Firma. So wie die da zum Beispiel. Auf diese Weise kommt es am Hafen nicht zu Verwechslungen. Das Ganze wird über die Organisation Todt abgewickelt. Sie teilt uns mit, welches Material wir wann kriegen, wann es ausgeliefert werden muß und für welchen Bauabschnitt es bestimmt ist. Mr. van Dielen klärt das am Freitagmorgen mit Major Ernst ab, und dann erstellt er vor Feierabend die Pläne für die nächste Woche. Doch in genau der Nacht haben die Ausländer eingebrochen. Also war ich am Samstag anstelle mit meiner normalen Arbeit den ganzen Vormittag mit Aufräumen beschäftigt, und am Samstag nachmittag war ich wieder hier, um die Einsatzpläne zu schreiben. Plötzlich kommt er hereingestürmt, als wären tausend wilde Furien hinter ihm her. Vergessen Sie die alten Anweisungen, sagt er, alles hat sich geändert. Sämtliche Arbeiter sollen zu den Tunnels in La Vassalerie und zu den Geschützbatterien drüben in der L'Ancresse Bay kommen. Die übrigen Arbeiten werden eingestellt. Und falls Major Ernst seine Meinung ändert und uns anderweitig einteilen will, sollen wir nicht herumstehen, bis wir eine Bestätigung bekommen, sondern einfach loslegen, ohne Fragen zu stellen. Nun, ich fand das ziemlich ungewöhnlich. Normalerweise bekommen wir unsere Befehle nicht direkt von den Deutschen, das ist gegen die Vorschriften. Ich sehe ihn an, und er klopft mir auf den Rücken, ganz freundlich, so etwas hat er bis jetzt noch nie getan, und meint, ich solle alles so gut wie möglich regeln. Er würde am Sonntag vorbeikommen, um mir zu helfen.«

»Und Isobel war an diesem Samstag bei ihm?«

»Sie wartete am Tor, als wir herauskamen. Aber ich wußte, daß sie die ganze Zeit über dagewesen war, denn ich habe sie schon auf der Straße gehört. Die beiden haben sich ganz schön gestritten.« Er hielt inne. »Es heißt, man hätte sie an den Klippen gefunden; schrecklich verstümmelt, sagt man. Brüste abgeschnitten und da untenrum Zeug reingesteckt.« Aus seinem Tonfall sprach freudige Erwartung.

»Da haben Sie wohl was falsch verstanden«, wies Ned ihn streng zurecht. »Worum ging es denn bei dem Streit? Konnten Sie das auch hören?«

George schüttelte den Kopf.

»Wahrscheinlich dasselbe alte Lied. Sie wollte ihm nicht gehorchen. ›Sie hat sich wieder mal danebenbenommen‹, sagte er, als wir fertig waren. Sie stand da und sah finster drein, wie eine Gewitterwolke bei einer Gartenparty. ›Die braucht ein paar hinter die Ohren‹, habe ich ihm geantwortet. ›Das mach ich bei meiner Elspeth auch immer so.‹«

»Und mit ihr selbst haben Sie kein Wort gewechselt –«

»Nein. Eigentlich habe ich das noch nie. Und jetzt werde ich es wohl auch nicht mehr.«

»Und wo waren Sie am Samstag abend, George?«

»Samstag? Ich bin mit meiner Frau ausgegangen. Zuerst waren wir im Britannia und dann im Albion. Fast hätten wir es nicht mehr vor der Ausgangssperre nach Hause geschafft.«

»Das wäre aber dumm für Sie gewesen. Und am Sonntag ...«

»Als ich ankam, erwartete er mich schon. Kaum zu fassen, aber er ging in aller Seelenruhe alles mit mir durch. Man hätte nie gedacht, daß ... Ich meine, er hat kein Wort darüber verloren.« George hüstelte. »Glauben Sie, er könnte, na, Sie wissen schon, sie selbst um die Ecke gebracht haben? Wäre doch eine Möglichkeit, oder? Schließlich hat er sich ja hinterher einfach in Luft aufgelöst.«

»Sie sind mir eine große Hilfe, George. Ist sonst noch was?«

George blickte sich um und vergewisserte sich, daß sie allein waren.

»Wegen dem Einbruch ...«

»George, das haben wir schon einmal durchgekaut.«

»Nein, nein, Mr. Luscombe. Ich wollte Sie nicht kritisieren. Ich weiß, wie beschäftigt Sie sind. Ich dachte, ob Sie vielleicht einen Hilfspolizisten brauchen.«

»Hilfspolizisten, George? Was soll das heißen?«

»Nun, Sie haben doch so viel mit dem Mord zu tun, und die Feldkommandantur interessiert sich nicht für den Einbruch. Ich habe mir überlegt, wenn Sie mich als Hilfspolizisten einstellen, könnte ich die Kisten selbst ausfindig machen … Häuser durchsuchen, Leute verhören. Wie ein richtiger Polizist.«

»Verzeihen Sie die Frage, aber hatten Sie vor ein paar Jahren nicht ein paar Schwierigkeiten wegen Hehlerei?«

»Das ist doch schon lange her, Mr. Luscombe. Außerdem konnte ich Frachtbriefe vorweisen. Es war ein Justizirrtum, wie man so schön sagt.«

»Tut mir leid, George.«

»Aber der Einbruch! Niemand unternimmt etwas deswegen.« Er ließ den Blick über das Chaos ringsum schweifen. »Und die Ausländer?« beharrte er. »Hat jemand ihre Unterkünfte durchsucht oder etwas Merkwürdiges bei ihnen bemerkt? Flecken an den Kleidern oder so?«

»Wovon reden Sie, George?«

George wies auf eine leere Kiste.

»Farbe«, sagte er. »Die Schweinehunde haben eine Ladung gelber Farbe mitgehen lassen.«

»Wozu brauchen die Ausländer gelbe Farbe?«

»Wer weiß schon, was die im Schilde führen? Durch manche Stadtviertel kann man nachts nichts mehr gehen, ohne sein Leben zu riskieren. Schlitzaugen, die nicht viel mehr anhaben als ein Nachthemd, machen die Straßen unsicher.«

Ned konnte sich die Bemerkung nicht verkneifen. »Und jetzt fürchten Sie die gelbe Gefahr?«

Auf dem Rückweg schlenderte er die Promenade entlang. Etwa anderthalb Kilometer vor der Küste hing ein leichter Nebel über dem Meer. Es war kurz vor dem Gezeitenwechsel. Ein Trupp Zwangsarbeiter der Organisation Todt bog im Laufschritt um die

Ecke. Ihr rasselnder Atem war lauter als das Geräusch ihrer Schritte, und ihr Geruch blieb in der Luft hängen, als sie an ihm vorbeiliefen. Aus der entgegengesetzten Richtung kam eine Abteilung der Fahrradinfanterie. Die schweren Räder zischten auf der nassen Straße. Gegenüber am Kai wurde eine Reihe von Lastwagen beladen, und an dem kleinen Wachhäuschen brach eine Motorradpatrouille zu ihrer stündlichen Kontrollfahrt auf. Der Fahrer winkte seinem Kameraden, der sich in die warme Holzhütte zurückzog, wehmütig zu. Drüben am Hafen wurde ein Flugabwehrgeschütz, die Mündung bedeckt von einer dicken Plane, aus einem Boot gehievt, das auf dem ölverschmutzten Wasser tanzte. Ned stand da und umklammerte das Geländer. Er war der einzige Einheimische weit und breit.

Bei seiner Rückkehr zum Revier stellte er fest, daß die Eingangstür lose im Wind schwang. Wütend trat er gegen einen lockeren Stein. Ein Mitglied der Laienspielgruppe hatte wieder vergessen, sie zuzumachen. Als er die Treppe hinaufgehen wollte, hörte er direkt über sich ein Klappern. Jemand rüttelte an seiner Türklinke. Leise pirschte er sich weiter und versuchte, sich zu erinnern, welche der Stufen knarzte und welche nicht. Er war rechtzeitig auf Augenhöhe mit dem Treppenabsatz, um zu beobachten, wie Veronica einen Umschlag unter seiner Tür durchschob. Er stützte das Kinn auf den Boden und sprach ihre Knöchel an.

»Also bist du es, die die anonymen Briefe schreibt.«

Veronica, die ihn zunächst nicht sehen konnte, richtete sich auf. Sie trug ein hellblau gemustertes Kleid und einen blauen Hut. Ihr Mantel war nicht zugeknöpft, wurde nur vom Gürtel zusammengehalten und bauschte sich um ihre Beine. Sie wich zurück.

»Ach, hier bist du. Hast du mir vielleicht einen Schrecken eingejagt.«

»Nicht so schlimm wie du, V., wenn du aus der Schule plauderst.« Er schloß die Tür auf und öffnete sie. Der kleine, weiße Umschlag lag auf dem Boden. »Am besten kommst du rein und erzählst mir, worum es geht«, sagte er. Veronica rührte sich nicht.

»Es geht um überhaupt nichts«, entgegnete sie. »Das ist nur eine

Karte für die Vorstellung im nächsten Monat. Ich dachte, du möchtest vielleicht kommen. Um der alten Zeiten willen.«

Ned schob den Finger unter die Lasche und riß den Umschlag auf. Darin lag ein rosafarbener Zettel, verschmiert und schlecht gedruckt. *Aprilrevue,* stand da. *Geistreiche Unterhaltung, künstlerischer Gesang und flotte Tänze. Zaubertricks und die Negercombo Irresistible Coons.*

»Wofür bist du zuständig?« fragte er. »Die flotten Tänze?«

»Und den künstlerischen Gesang«, erwiderte sie.

Ned nickte. »Komm trotzdem rein. Ich möchte mit dir über die Party am Samstag sprechen. Ich wußte gar nicht, daß du in so illustren Kreisen verkehrst.«

Trotzig blieb sie an der Tür stehen.

»Fang nicht wieder damit an! Frag mich meinetwegen aus, aber deine Herablassung kannst du dir sparen.«

Ned seufzte. »Entschuldige. Erzähl mir einfach alles. Ich beiße nicht, versprochen.«

»Großes Indianerehrenwort?«

»Großes Indianerehrenwort.«

»Gut, dann mach das Zeichen.«

»V., ich bin Polizist.«

»Nein, für mich nicht.«

»Das genau ist das Problem auf dieser Insel. Keiner betrachtet mich als Polizisten. Für Albert bin ich der Sohn seines Bruders, für Mrs. Hallivand der Neffe ihres Gärtners, für Mama ein Junge mit kurzen Hosen und für dich …«

»Ich finde, du hast die langen Hosen zu früh angezogen.«

»Danke!«

Veronica wurde ein wenig zugänglicher. »Es ist für uns alle nicht leicht, Ned, wenn man an früher denkt. Doch das ist vorbei. Die Gegenwart sieht anders aus.«

Sie nahm Platz. Es war seltsam, wie sie sich so gegenübersaßen, er mit seinem Notizbuch, sie, die Hände auf dem Schoß ihres durchgeknöpften Kleides gefaltet. Es hatte eine Zeit gegeben, da hatte er sie geküßt. Sie hatten sich aneinandergeschmiegt, einander

Vertraulichkeiten ins Ohr geflüstert und zusammen gelacht. Gut, dachte er, auch wenn du dich verändert hast, kannst du die Vergangenheit nicht einfach so abschütteln, ob es dir nun paßt oder nicht. Er lehnte sich zurück, wollte, daß sie die Abwehrhaltung aufgab und wieder die sinnliche Unbekümmertheit ausstrahlte, die seine Mutter als so verstörend empfunden hatte.

»Erzähl mir alles über die Party«, bat er sie mit leiser Stimme.

»Da gibt es nicht viel zu erzählen. Molly hat mich eingeladen. Sie sagte, es wird bestimmt lustig. Anfangs im Casino war es noch ganz nett. Doch als es später wurde und Isobel sich nicht blicken ließ, wurde es immer unangenehmer. Am Schluß war es eher eine Trauerfeier als eine Party. Molly schlug vor, den Wagen noch einmal hinzuschicken, aber der Major erlaubte es nicht.«

»Noch einmal?« hakte Ned rasch nach. »Hatte er ihr denn zuvor schon den Wagen geschickt?«

»Nein. Auf dem Rückweg zur Villa sind wir dort vorbeigefahren. Dr. Müller und eine der Krankenschwestern saßen vorne beim Fahrer, ich und der Major hinten.«

»Wann war das?«

»Zwischen halb elf und elf. Ich weiß nicht genau.«

»Und dann?«

»Im Haus war es stockdunkel. Ich wollte schon an die Tür klopfen, aber sie ließen mich nicht. Sie sagten, sie sei sicher schon in der Villa. Natürlich stimmte das nicht.« Sie hielt inne. »Wie verkraftet er es?«

»Nicht sehr gut.«

»Meinst du, ich sollte nachher zu ihm gehen und ihm mein Beileid aussprechen?«

»Du hast ihn eben erst kennengelernt, V.« Ned konnte sich die Bemerkung nicht verkneifen.

»Es ist nicht, wie du denkst«, verteidigte sich Veronica. »Wir haben eben eine Menge Gemeinsamkeiten. Musik. Fritz Kreisler.«

»Wen?«

»Fritz Kreisler. Ein Geiger. Jazz. Sehr erfolgreich auf dem Kontinent. Der Major hat all seine Platten. Er wollte mir ein paar davon für meine Auftritte leihen. Ich werde in letzter Zeit immer beliebter.«

»Auf der Bühne, meinst du?«

»Ja, Ned, auf der Bühne. Als ich das letztemal Nanki Poo sang, mußte ich drei Zugaben geben.«

Ned spürte, wie sein Ärger wuchs. Ihre exhibitionistische Ader hatte ihm schon immer zu schaffen gemacht.

»Versteh mich nicht falsch, aber deine Zuschauer sind ziemlich leicht zufriedenzustellen.«

»Ha, ha, ha, ich lach mich tot.«

»Erzähl mir von Bohde. Er hat das Casino doch früher verlassen, richtig?«

»Ich weiß nicht, ich habe den kleinen Widerling nicht beachtet. Aber er war bei unserer Ankunft schon in der Villa.«

»Und was für einen Eindruck machte er auf dich?«

Veronica erschauderte. »Einen scheußlichen. Er mag uns Engländerinnen nicht, und er warf mir den ganzen Abend so komische Blicke zu.«

»Viele Männer werfen dir komische Blicke zu, V.«

»Die Art von Blicken meine ich nicht. Damit kann ich umgehen. Nein, es war eher, als hätte ich kein Recht, dort zu sein, kein Recht zu leben. Ich habe nicht weiter darüber nachgedacht, aber wenn ich mir überlege, was passiert ist …« Sie brach in Tränen aus. Ned machte keine Anstalten, sie zu trösten – seine Art, sie zu bestrafen.

»Und dann hat dieser Hauptmann Zepernick dich nach Hause gefahren.«

Die kühle, offizielle Frage ließ sie zusammenzucken. Sie putzte sich die Nase und stand auf.

»Das weißt du ganz genau.«

»Und wie benahm sich der hübsche Schwerenöter?« Er mußte sich unbedingt zusammenreißen! Ned legte den Bleistift weg und klappte das Notizbuch zu.

»Er fährt zu schnell.«

»Du hättest mit mir zu Fuß gehen sollen.«

»Ich hatte keinen Passierschein, schon vergessen?« Sie sah aus dem Fenster. »Aber so brauchte ich ja keinen.«

Ned ließ einen Penny über die Fingerrücken gleiten, ein Trick, den er auf seinem Feldbett in der Polizeikaserne geübt hatte. Dann blickte er zu ihr auf. Ihre Handtasche baumelte hin und her. Kaum zu glauben, daß das dieselbe Veronica war, die er von früher kannte. Ihre Körperhaltung und auch ihr Gesichtsausdruck hatten sich verändert. Ihr fehlte die innere Ruhe.

»Am besten gehst du jetzt«, sagte er.

Der Penny rutschte ihm von den Fingern und fiel zu Boden.

Ihre Stimme klang kalt und höhnisch. »Du kannst es wohl nicht erwarten, mich loszuwerden.«

»Ich will nur nicht, daß dir etwas zustößt, V.«, erwiderte er und bückte sich unter den Schreibtisch. »Sie sind anders, als du glaubst.«

»Das warst du auch. Tommy ebenfalls. Du erzählst mir also nichts Neues.«

Ihre Stimme schien ganz weit weg. Langsam richtete Ned sich auf, wobei er achtgab, sich nicht den Kopf zu stoßen. Doch sie war schon fort.

Als sie gerade die Treppe hinaufgehen wollte, stürmte Mr. Underwood aus seinem Laden.

»Sie haben Besuch«, warnte er. »Ich mußte ihm aufschließen.«

Hauptmann Zepernick saß auf ihrem Stuhl, hatte die gestiefelten Füße auf ihrem Schreibtisch liegen und notierte sich etwas auf einem Briefumschlag.

»Hauptmann!« Sie sah sich um, befürchtete, Ned könnte ihr gefolgt sein. Auf keinen Fall wolle sie einen schlechten Eindruck auf ihn machen. »Bist du beruflich hier? Probleme mit den Füßen?«

»Mit den Füßen nicht.« Der Hauptmann nahm sie vom Tisch. »Morgen nachmittag. Ich habe gehofft, du fährst mit mir spazieren.«

»Eine Spazierfahrt? Nur wir beide?«

»Ja. Oder hast du keine Lust?«

»Doch, doch, es ist nur ... was ist mit Molly?«

Anstelle einer Antwort ließ er seine Hand langsam ihr Bein hinaufgleiten. Es schien ewig zu dauern, bis sie ihr Ziel erreicht hatte, denn unterwegs hielt sie immer wieder inne und setzte dann mit grausamer Beharrlichkeit ihren Weg fort. Der Hauptmann atmete ruhig und tief. Veronica rührte sich nicht.

»Du hast wohl nicht mehr mit mir gerechnet?« fragte er.

»Ich wußte es nicht.«

»Gut, das gefällt mir.« Als er aufstand, mußte sie sich wegen seiner Hand leicht auf die Zehenspitzen stellen. »Ich fand es letzte Nacht sehr schön. Sehr schön.«

»Wirklich?«

»Sehr schön. Du auch, glaube ich.«

»Ja.« Lüge und Wahrheit in einem Wort.

»Es ist ungewöhnlich, gleich am Anfang. So, wie du …«

»Ja.«

»Ich bin um vier Uhr hier. Wenn du am Fenster sitzt, siehst du mich kommen.«

»Ja?«

Er streckte den Finger aus und fuhr damit ihre zitternden Lippen entlang.

»Was meinst du, nächstes Mal mit dem Mund?«

»Wirklich?«

»Ja. Vielleicht in meinem Auto oder in einem Haus, das ich kenne. Oder hier.«

»Man weiß nie.«

Sie küßte ihn. Hauptmann Zepernick trat zurück und lächelte.

»Also dann, bis morgen.«

Sie fühlte sich verloren und verängstigt, wie der Penny, der über Neds kalte Hand gerollt war. Ihr Herz war wie aus Blei, die Arme hingen schwer an ihren Seiten. Sie fürchtete sich vor sich selbst und vor dem, was aus ihr geworden war. Sie wollte nicht ja sagen, und nein sagen konnte sie auch nicht. Sie öffnete ihm die Tür.

»Also dann, bis morgen.«

NEUN

Er schwitzt nicht, aber er spürt die Hitze der Sonne. Er hat keinen Durst, aber er fühlt die grausame Endlosigkeit der Wüste auf seinen aufgesprungenen Lippen. Er möchte die Welt umarmen, aber seine Hände haben jegliches Gefühl verloren. Er sehnt sich danach, etwas Schönes zu sehen, aber vor ihm erhebt sich nur eine klumpige, graue Masse. Noch nie hat er etwas so geliebt wie seine Bauwerke, nie für sein eigen Fleisch und Blut soviel empfunden wie für Backsteine und Mörtel. Denn die kann er formen und mit seinen Händen zerbröckeln. Wenn er sich nachts über den Schreibtisch beugt, hat er sie, angedeutet auf Transparentpapier, vor sich. Über Kalk und Ton kann er gehen und miterleben, wie der Boden die Fundamente gebiert. Nie hat er sich damit abgegeben, Häuser für Sterbliche zu bauen. Seine Werke sind Denkmäler der Macht und der Struktur und verfolgen das Ziel, die ewige Mühsal der Menschheit in Bahnen zu lenken. Nach Bewegung hat er gestrebt, nach Bewegung und Formgebung. Und die Insel ist in den Genuß einiger seiner bedeutendsten Schöpfungen gekommen. Die weißen Wachtürme – im Augenblick sitzt er in einem davon – hat er selbst errichtet, wie Adlerhorste wurden Geschützstellungen in die granitenen Klippen gesetzt. Er hat eine gewaltige Betonflut auf der Insel entfesselt. Wie sehr hat er diese Körnchen geliebt, ihr pulveriges Gewicht in den Säcken, den dicken Brei, der sich in den Betonmischmaschinen dreht und grau und zäh in die feuchten, wartenden Gußformen strömt. Was für eine revolutionäre Mixtur Beton doch ist, was für eine trügerische Kraft in diesen unscheinbaren Zementkörnchen liegt, wie weich sie scheinen und wie schnell sie erhärten. In seiner Jugend hat er auf einem Paketdampfer gearbeitet, hat auf dem knarzenden Deck gestanden und zugesehen, wie Grönlands Eiswelt an ihm vorbeiglitt. Deshalb weiß er, daß Beton dieselbe trügerische Schönheit besitzt wie Eis. Ähnlich einer herabstürzenden Lawine kann er binnen Sekunden die Landschaft bedecken, Erhebungen und Bodensenken einebnen und neue Welten planierter Pracht schaffen. Er ist hart und undurchdringlich, aber er kann geformt werden. Er verfügt sowohl über Dichte als auch über Schwingfähigkeit. Und obwohl er schon verkleidete Betonbauten gesehen hat – allen voran das Betonhaus in Norfolk, Home Place, dessen Fassade mit Glimmer, Tonkacheln und den heimischen braunen Steinen geschmückt ist –, bevorzugt er seinen Beton unmaskiert, bestenfalls den Abdruck der hölzernen Verschalung darf man auf seiner strengen Oberfläche sehen. Beton muß nackt sein, ohne Scham, und den Elementen trotzen. Er ist das Produkt eines neuen Zeitalters, ein pulverisiertes Wunder. Es wird Städte aus Beton geben, das weiß er ganz genau. Städte mit Sportstadien und Bahnhöfen und riesigen Tempeln für neue Religionen. Wohnblocks, die wie die Speichen eines Rades aus dem Boden ragen, und auch lange Reihen flacher, rechteckiger Häuser, zwei oder drei Stockwerke hoch, jedes mit einem Aussichtsfenster und einem kleinen Balkon, von dem aus die Mütter beobachten können, wie ihre Kinder unten auf den Betonpfaden Roller fahren. Flugzeuge werden auf Beton landen, Schiffe an Beton anlegen. Das Land wird von breiten Betonbändern durchzogen sein, auf denen Hunderte, nein, Tausende von schwarzen, stumpfnasigen Autos fahren. Gedanke als Tat. Tat als Plan. Das ist nur der Anfang. In der Schublade seines Zeichentisches liegt eine Skizze der Inseln und des Festlandes, verbunden durch zwei Betonbrücken, die sich weit über das Meer spannen. Die eine führt von Cap de Carteret nach Jersey, die andere, ein Stück die Küste hinauf, von Flamanville nach Guernsey. Denn wenn der Krieg vorbei ist, werden die Männer, die die Befehle des Führers ausgeführt haben, allein, mit ihren Verlobten oder mit ihren Familien an einen Ort fahren wollen, an dem sie sich erholen und ausruhen, spazierengehen, sich amüsieren und Kräfte sammeln können. Was eignet sich besser dafür als diese kleinen Inseln, wo alles auf ihre Bedürfnisse ausgerichtet werden kann? Jersey für Offiziere und hohe Regierungsbeamte, Guernsey für die übrigen Dienstgrade? Irgendwann spätabends hat er Dr. Todt seine Entwürfe gezeigt, und bevor der Doktor die vorauszusehenden Einwände erheben konnte, hat er zugegeben, daß die Natur des Projekts einen Großteil der benötigten Arbeitskräfte das Leben kosten würde. »Aber überlegen Sie nur«, meinte er, »die längste Brücke der Welt, erbaut einzig und allein zum Lohn der Guten und Tüchtigen.« Todt hat sich für den Gedanken erwärmt und ihn an eine Debatte während seines offiziellen Englandbesuchs anläßlich eines Treffens mit dem britischen Transportminister im Jahr 1937 erinnert, an dem auch van Dielen teilnahm. Damals sprach man von einer Brücke über den Ärmelkanal, und Todt, der Visionär, schlug vor, die Unternehmung nicht nur als eine englische und französische Aufgabe zu betrachten, sondern als eine Sache, die ganz Europa angehe. Der Minister reagierte höflich, aber ausweichend. Später ist van Dielen klargeworden, daß ihm diese vorgespiegelte Begeisterung eine Warnung hätte sein sollen, vor den Briten und ihrer Unfähigkeit, über den eigenen Tellerrand hinauszublicken. Er hätte sich niemals auf England einlassen, sondern sofort nach Europa zurückkehren sollen, dachte er sich damals. Und als er jetzt bei jenem denkwürdigen Abendessen mit Ernst die Aufgaben der kommenden Woche erörterte und dabei sein Glas erhob, als könne er sehen, wie sich die Zukunft in der funkelnden Flüssigkeit drehte, hat er dem Major in einem seiner seltenen offenen Momente seinen Plan anvertraut, in der Hoffnung, Ernst würde ihn an Speer weitergeben, den er selbst nur flüchtig kennt. Aber der Major bedachte ihn nur mit einem merkwürdigen Blick und sagte: »Wie kommen Sie auf den Gedanken, daß eine Verkehrsverbindung zum Kontinent nötig ist? Ich glaube, nach England wird sie eher gebraucht, und zwar nicht zu Urlaubszwecken.« Er hat es damals nicht verstanden, und er zieht es vor, es auch weiterhin nicht zu verstehen.

Die letzten Tage hat er im Wachturm oberhalb des Gull Rock verbracht, in der Nähe der Stelle, wo seine Tochter gefunden wurde.

Der Turm ist still und leer. Niemand arbeitet mehr hier, und das wird auch in den nächsten Wochen so bleiben. Drüben in Choet sieht es anders aus. In dem Turm dort herrscht wahrscheinlich ein Kommen und Gehen wie in einem Bienenstock.

Die Türme haben fünf Etagen, und anders als ihre Vorgänger, die zu Verteidigungszwecken gebaut wurden, zeigen fast alle ihre Öffnungen aufs Meer hinaus, ohne daß man einen Gedanken an die Gefahren verschwendet hätte, die möglicherweise im Hinterland lauern. Lediglich auf dem Dach, das man nur über eine steile, achteinhalb Meter hohe Leiter erreicht, hat man einen ungestörten Rundumblick. Die Insel, so sagen die Türme, gehört uns. Uns kann hier nichts geschehen. Von jeder Etage aus sieht man das Wasser in einem anderen Winkel, und zwar durch lange, gebogene Schlitze, die die Meerlandschaft länger wirken lassen. Der Ozean sieht breit und flach aus und wird zu einer festen, waagerechten Fläche zusammengedrückt. Paradoxerweise hat das den Effekt, die Entfernungen zu verzerren, obwohl es sich um Peiltürme handelt, die die Treffgenauigkeit der Geschütze verbessern sollen.

Seit er hier ist, hat er nichts beobachtet, geschweige denn etwas angepeilt. Es hat fast ständig geregnet, und dazu ist dichter Nebel aufgekommen. Beim Aufwachen am ersten Morgen hat er sich gefühlt, als sei er in eine weiß eingesponnene Welt wiedergeboren worden, ein Märchenland dahintreibender Geister, und als sich ein Wind erhob und ein paar Nebelschleier wegblies, schien ihm das Wasser flüchtig, schimmernd, silbrig, chemisch, amniotisch. Er steht an der Öffnung und hofft, die Seele seiner Tochter vorbeifliegen zu sehen. Er liegt auf dem Dach und wartet darauf, das Schlagen ihres Herzens aus dem bedrohlichen Flügelflattern einer Möwe heraushören zu können. Jetzt wünscht er sich nichts mehr als ein ewiges, unberührtes Leben für die Insel. Er und die Menschen, die er verloren hat, sollen ein Teil dieser Ewigkeit werden. Doch das bereitet ihm Sorgen, denn er befürchtet, daß den Gebäuden, die er errichtet hat, möglicherweise eine fatale, unerkannte Schwäche innewohnt, ähnlich der, die vermutlich sein Familienleben geprägt hat. Entweder das, oder die Insel hegt aus irgendeinem Grund einen

Groll gegen ihn. Aber warum? Was hat er getan? Hat er sie nicht mit einem ausgezeichneten Schutzgürtel umgeben, der das Meer in den nächsten hundert Jahren fernhalten wird? Wird die Insel nicht gut gepflegt? Wird sie nicht versorgt und bewässert und so fachmännisch in Ordnung gehalten wie nie zuvor? Und welche Gegenleistung wurde von ihr verlangt? Nichts, als seiner Familie eine Heimat zu sein. Er versucht, sich an die Augenfarbe seiner Frau und an Isobels erste Worte zu erinnern, aber er kann es nicht. Er versucht, sich seine Tochter als kleines Mädchen vorzustellen, wie sie barfuß durch einen Hof in Ägypten läuft. Doch obwohl er die Hühner sieht, die vor ihr auseinanderstieben, sieht er sie nicht und hört auch nicht ihre Stimme, nur Gegacker und Flügelschlagen.

Er rührt sich kaum, außer wenn ihn ein menschliches Bedürfnis plagt, dann durchquert er den Raum, geht zu dem hohen, schmalen Fenster im hinteren Teil, läßt die Hosen herunter und verrichtet seine Notdurft auf dem kalten Betonboden. Er ist froh, allein zu sein, denn er hat das Thema Sprache für sich abgeschlossen. Er hat nichts mehr zu sagen. Die Zeit wird ihm diese Fähigkeit nicht wiedergeben, denn während sie in vielen Fällen ein Gedächtnis oder eine gebrochene Seele heilt, vermag sie kein Licht dort eindringen zu lassen, wo auch keines entweichen kann. Seine Sprache ist dazu geschaffen, Gebäude und Viadukte zu beschreiben, den Verlauf einer Straße zu schildern oder die Statik eines Gebäudes zu erläutern. Doch er kennt die Sätze nicht, die nötig wären, um die Erinnerung an eine Frau, an eine Tochter heraufzubeschwören. Er hat alle Wörter aufgebraucht, die ihm zur Verfügung standen; sein Vokabular ist veraltet, abgedroschen, ein ungenügendes Konstrukt. Ihm fehlen die Worte.

Nachts fällt es ihm schwer, Schlaf zu finden. Die feuchte Meeresluft strömt durch die Öffnungen, von unten hört er Scharren und Rascheln. Es ist kalt. Immer wieder dringen die Stimmen der Soldaten aus einer der Geschützstellungen, etwa einen halben Kilometer entfernt, an sein Ohr. Johlen, Gelächter, die Zeilen eines Liedes. Wie die Zeit vergeht, erkennt er an den Strahlen der schlitzäugigen Scheinwerfer der stündlichen Motorradpatrouillen, die auf der

Klippenstraße auf ihn zuholpern, bevor sie den bewaldeten Hügel hinunter verschwinden. Kurz darauf kann er sie wieder durchs hintere Fenster beobachten, wenn sie die Straße hinauffahren, die entlang der Bucht verläuft, das insektenähnliche Surren ihrer Motoren verliert sich rasch. Auch heimliche Wanderer sind auf der Straße unterwegs, leise Schritte, ein verstohlenes Knarzen. Ist es ein Leiterwagen? Ein Fahrrad? In der Dunkelheit herrscht geschäftiges Treiben.

Seit zwei Tagen hat er nichts gegessen, aber heute entdeckt er beim Ausschütteln seines Mantels, den er als Kopfkissen benützt, in einer der tiefen Taschen eine große Schokoladentafel. Ein Geschenk von Major Ernst, der ihm inzwischen so fern ist, daß er sich seiner nur noch als bedrückende Gegenwart erinnert. Er reißt das Papier ab und steckt die Schokolade in den Mund. Sie ist schwer zu kauen, weil es eigentlich nichts zu kauen gibt, flüchtig wie seine Erinnerungen und hartnäckig: Sie klebt ihm am Gaumen fest, bedeckt seine Zunge, und wenn er zu schlucken versucht, bleiben ihm große Brocken in der Kehle stecken. Obwohl er weiß, daß er es besser nicht tun sollte, verschlingt er die Schokoladentafel, so schnell er kann, leckt das Wachspapier ab und beschmiert sich dabei Mund und Bart. Schon im nächsten Moment wird ihm übel. Er spürt, wie sich ihm der Magen zusammenkrampft und wie grüne Galle in ihm aufsteigt. Ihm ist schwindelig, sein Atem stockt, mit einer Hand faßt er sich ans Herz. Er riecht seinen eigenen Gestank und den des Raums, und er muß hinaus, hinaus ins Freie. Wie ein Wilder stürmt er die Wendeltreppe hinab. Auf halbem Wege würgt es ihn, er krümmt sich und richtet sich wieder auf. Ein gewaltiger Strahl, wie ein Geysir, schießt ihm aus dem Mund, spritzt gegen die Wände und vor ihm auf den Boden. Dann noch einer. Eine gewaltige Menge, ein unerträgliches Geräusch. Seine Hand gleitet an dem glitschigen Schleim ab. Er rutscht die Stufen hinunter, übergibt sich noch einmal, Erbrochenes auf Hemd und Hose, bevor er nach Luft schnappend hinaustaumelt und Grasbüschel abreißt, um sich zu säubern. Er muß sich den Mund mit Wasser ausspülen. Wasser! Nicht der Hunger zwingt ihn in die Knie. Sondern der Durst.

Er macht sich auf den Weg durch das Gebüsch zum Hügel und zur Bucht, die jenseits davon liegt. Der Wind zerrt an seinem Hemd. Er stürzt einige Male, ein Schnürsenkel gibt nach, als er sich wieder aufrappelt. Als er die Straße erreicht hat, geht es im Laufschritt den Hügel hinab. Unten angelangt, springt er vom Deich hinunter auf den Strand und läuft weiter. Wie leicht könnte ihm etwas zustoßen. Er könnte in dem abgesperrten Gebiet, in dem er sich befindet, an Stacheldraht hängenbleiben. Eine der Landminen, die er unwissentlich umrundet, könnte ihm einen Fuß oder das ganze Bein abreißen. Er könnte von einer Motorradpatrouille verhaftet oder von einem Artillerietrupp erschossen werden. Doch während seines zwanzigminütigen Marsches die Bucht entlang begegnet ihm niemand. Es ist, wie er vermutet hat. Er existiert nicht mehr.

Nachdem er den Strand hinter sich gelassen hat, setzt er seinen Weg fort zu der schmalen Halbinsel. Auf der anderen Seite schickt sich die Henschel-Lokomotive gerade an, ihre leeren Waggons rund um die Küste zu ziehen. Unbemerkt klettert er auf den Zug, während dieser gerade anfährt. Er sitzt auf dem letzten Waggon, die Füße baumeln über den Rand, und blickt nach links und nach rechts. Sie tuckern die Küste entlang, vorbei an kleinen Häusern, menschenleeren Straßen, Kasernen und umgebauten Gewächshäusern, umrunden alte Herrenhäuser und halbfertige Geschützstände. Das Wasser glitzernd und tief, die Felsen golden wie durcheinandergeworfene Bienenwaben. Vorbei an der Perelle Bay, der Vazon Bay und der Cobo Bay nach Norden. Vorbei an den langgestreckten Sommerbuchten, wo die flachen Straßen in der Sandebene münden, vorbei an den Stränden, wo eigentlich Mütter und Väter, auf die Ellenbogen gestützt, daliegen und ihren Kindern beim Herumtollen zusehen sollten, während sie ihre Augen mit den Händen vor der grellen Sonne schützen. Vorbei an den Badegästen, die Volleyball spielen oder Kricket mit Treibholzstücken, die Drachen steigen lassen, auf Eseln reiten oder Eis aus tropfenden Waffeln schlecken. Vorbei an Leuten, die sich johlend im Wasser balgen oder unbeholfen und verlegen Badeanzüge über nackte Haut zerren.

Vorbei an schlafenden, rosigen Bäuchen und geknoteten Taschentüchern. Vorbei an Sandburgen und Felsenteichen und Eimern voller Salzwasser, in denen Zappelgeschöpfe wimmeln. Der Stechginster blüht schon, in der Ferne sieht er bunte Schlüsselblumen an den Abhängen. Er fährt mit einem Ferienzug über eine Urlaubsinsel.

Nun hat der Zug Picquerel Point erreicht und biegt nach links ab, vorbei an der Vale Church über den L'Ancresse Common zur L'Ancresse Bay. Er hört sie, bevor er sie sehen kann – das Geräusch von Schaufeln und zischendem Dampf und die Befehle ungeduldiger Männer. Und da sind sie schon, unter ihm auf dem Strand, eine gewaltige, durcheinanderlaufende Menschenmenge, zusammengezogen von allen Baustellen auf der Insel. Polen und Ungarn, Russen, Gefangene, Kommunisten, Einfältige, Leute, die verpfiffen wurden, und angebliche Mitglieder der Fünften Kolonne. Treibgut und Ballast eines dekadenten Europa, im Namen des Führers zur Arbeit gepreßt. Der Zug steht jetzt, wartet, bis die Waggons gefüllt sind. Direkt unter ihm lehnen sich einige Zwangsarbeiter auf ihre Spaten. Sie wissen, was sie getan haben, nämlich den Strand für das Quetschwerk aufgegraben, das weiter hinten an der Bucht steht: Sand für seinen Beton.

Der diensthabende Wachmann geht die Reihe entlang. Er hat einen zerbeulten Eimer bei sich, aus dem er einem Mann nach dem anderen mit einer Schöpfkelle Wasser zuteilt. Ein bunt zusammengewürfeltes Häufchen. Zumeist alte Männer, magere Arme, leere Augen, aber geübt in der Kunst, sich mit den Dingen abzufinden. Sie greifen nicht zu schnell nach der Schöpfkelle, denn sonst würden sie den Großteil verschütten, sind aber auch nicht zu langsam, denn Langsamkeit, ganz gleich in welcher Form, verärgert die Wachmannschaften. Jeder von ihnen hält die Schöpfkelle gerade, bevor er sie vorsichtig an den Mund führt, und wischt sich dann die letzten Tropfen von den schmierigen Bartstoppeln. Der Wachmann macht einen verhältnismäßig freundlichen Eindruck, nickt einigen Männern zu, reißt einen derben Witz. Van Dielen springt vom Waggon. Er steht vorne in der Schlange, reiht sich aber nicht ein.

Als der Wachmann das Geräusch hört, dreht er sich um. Das Gesicht kommt ihm irgendwie bekannt vor. Van Dielen öffnet den Mund und weist auf seine Lippen. Er winkt den Wachmann zu sich, zeigt ihm, was er haben will. Obwohl er den Zustand seiner Hose und seiner Schuhe kennt, ahnt er nicht, wie sehr sein Äußeres schon gelitten hat. Sein Haar ist verfilzt, seine Haut unrasiert und wund, seine Augen sind blutunterlaufen. Sein rechtes Hosenbein ist mit Exkrementen verschmiert. Nachts hat er sich mit leeren Zementsäcken warmgehalten, und in der feuchten Luft hat ihm der Staub, der sich darin befand, Haar und Kleider verklebt. Er sieht kräftiger aus als die anderen, doch der Wachmann weiß, daß es dafür verschiedene Gründe geben kann. Vielleicht ist er ein Vorarbeiter oder hat einflußreiche Freunde in der Küche. Oder er ist Künstler, kann ein Instrument spielen oder tanzen. Vielleicht verfügt er auch über amüsante körperliche Merkmale. So etwas hat der Wachmann schon einmal drüben auf Alderney erlebt – einen Koch mit einem einundzwanzig Zentimeter langen Schwanz, der vorne spitz zulief wie ein Bleistift. Sie ließen ihn ab und zu holen, damit er vor versammelter Mannschaft in die Abendsuppe wichste oder sich gegen Bezahlung von einer Hure oder einem der jüngeren Gefangenen einen blasen ließ. Der Koch war kein Spielverderber, machte mit, solange es ging. Bloß daß dann eines Tages ein paar von den armen Schweinen erblindeten, nachdem sie aus Jod und Kartoffelschalen eine Art Schnaps gebraut hatten, die Hälfte der Leute in seiner Baracke und ein paar der Mädchen ebenfalls. Am nächsten Tag wurden der Koch und seine Kumpane erschossen und über die Klippen geworfen.

Aber es ist gleichgültig, was diesen Mann hier von den anderen unterscheidet. Er ist aus der Reihe getanzt. Der Wachmann schwingt den Eimer. Van Dielen winkt ungeduldig, ahmt die Gesten seines Vorgängers nach.

»Wasser, ja?«

Van Dielen nickt.

Der Wachmann läuft auf ihn zu, kippt ihm den Inhalt des Eimers ins Gesicht, stößt ihn die Halde hinauf und wirft eine Schaufel nach ihm. Die anderen weichen zurück und beginnen mit gesenkten Köpfen, die Waggons zu beladen. Van Dielen macht es wie sie. Schaufel runter, Schaufel raus, Schaufel hoch und werfen. Schaufel runter, Schaufel raus, Schaufel hoch und werfen. Er trifft daneben. Der Wachmann brüllt und schreit, rutscht zu ihm hinunter und rammt ihm einen Spatengriff in die Seite. Er stürzt. Keuchend bleibt er liegen. Wieder schlägt ihn der Wachmann, diesmal auf die Beine, und geht angewidert davon. Der Mann neben van Dielen bedeutet ihm aufzustehen, schiebt ihn zur Seite und zeigt ihm, wie man es richtig macht.

Er sieht zu. Er schaufelt. Den ganzen Morgen lang schaufelt er. Der Kies fliegt durch die Luft und landet im Waggon. Der Waggon ist voll. Van Dielen spürt keine Schmerzen.

Am Abend gibt der Wachmann jedem Arbeiter eine abgestempelte Marke, die ihn zum Empfang des Abendessens berechtigt. Sie kehren zum Lager zurück, halten die Marken umklammert wie Kinder, die Eintrittskarten für den Zirkus bekommen haben. Der alte Mann redet ständig auf ihn ein, eine Mischung aus Englisch und Deutsch und einer anderen Sprache, die er nicht kennt. Offenbar ist es ihm egal, daß van Dielen nicht einmal antwortet, oder er bemerkt es nicht. Ein Lächeln, ein Achselzucken, ein Kopfschütteln, mehr bringt er nicht zustande, und selbst diese Gesten sind nicht als Gesprächsbeitrag gedacht, sondern sollen sein geheimnisvolles Schweigen unterstützen. Das Lager ist ihm nicht fremd; auf seinem Weg zum Manor House, um Ernst zu besuchen, ist er oft hier vorbeigefahren und hat Grüppchen von Männern auf dem rauhen Boden kauern sehen. Viele Trupps wie der seine sind auf der Straße unterwegs. Erschöpft von der harten Arbeit, schleppen sie sich zurück zum Lager. Er stellt sich an und schlurft auf seine Suppe zu. Sie ist blaß und warm. Fett schwimmt in seinem Blechnapf. Er erhält auch Brot, hart und körnig, zwei dünne Scheiben.

Sie essen, bevor sie hineingehen. Seine Baracke trägt die Nummer sieben. Sie hat eine Tür an jedem Ende und einen schmalen Gang in der Mitte. Drinnen liegen schon einige Männer auf den in zwei Etagen angeordneten Bretterpritschen. Der alte Mann schiebt van Dielen weiter. Auf halbem Wege durch die Baracke bleibt er vor einem Jungen stehen, der sich in der oberen Etage zusammengerollt hat. Er hat eine rote Hose an. Sein Haar ist weiß. Um die Schultern hat er eine schmutzige, alte Jacke gewickelt. Der alte Mann weist auf den Platz gegenüber und läßt sich auf dem Brett unter dem Jungen nieder. Der Junge streckt die Hand aus, ergreift die des alten Mannes und schüttelt sie. Dann zeigt der alte Mann auf den Neuankömmling. Der Junge hebt den Kopf, lächelt und zwinkert ihm zu. Ein wunderschönes Lächeln, ruhig und voller Zärtlichkeit. Van Dielen schließt die Augen. Es ist nichts mehr vom alten van Dielen in ihm übrig. Alles, was er je gewußt, getan oder gesagt hat, tritt durch die Poren seiner Haut aus. Er verblaßt schnell.

ZEHN

Bernie beugte sich vor, hielt sein Glas unter den Zapfhahn aus Messing und schenkte sich noch ein Bier ein. Ned reichte ihm sein Glas. Sie lauschten, wie das Bier stetig hineinströmte.

»Wann geht's los?« fragte Bernie.

»Um halb zwölf«, entgegnete Ned.

»Dann trink aus. Du willst doch nicht etwa nüchtern dort ankommen.«

Die beiden waren allein im Britannia, die Türen waren geschlossen. Sie saßen am Tresen und blickten durch die dicken Butzenscheiben zu dem kleinen, französisch wirkenden Platz auf der anderen Straßenseite hinüber. Ein paar Soldaten saßen auf der rings um die Eiche verlaufenden Bank, während ein anderer versuchte, sich am Brunnen das Gesicht zu waschen. Es war kurz nach dem Frühstück.

Bernie nahm zögernd einen Schluck. »Dünn wie Wasser«, stellte er fest und fügte dann hinzu, als wäre es ihm eben erst eingefallen: »Also noch nichts Neues?«

Ned seufzte. Nein.

»Wie kann sich so jemand einfach in Luft auflösen?« wollte Bernie wissen. Offenbar kam ihm nicht in den Sinn, daß der Mann auch in einem Loch im Boden, durch einen Sturz über die Klippe oder als Schweinefutter sein Ende gefunden haben könnte.

»Keine Ahnung«, räumte Ned ein. »Die Hälfte meiner Männer klappert die Nachbarschaft ab. Militärpatrouillen durchkämmen die Sperrgebiete. Boote suchen nach Wasserleichen. Sogar George Poidevin ist mit von der Partie. Ich begegne ihm überall, entweder fährt er mit dem Firmenlaster herum und späht über Mauern, oder er klettert in Straßengräben, um seinen Brötchengeber aufzuspüren. Ich kann mir George zwar nicht als heiligen Bernhard vorstellen, aber der Bauchumfang würde stimmen. Das Problem ist nur, daß er und die Deutschen als einzige ein Interesse daran haben, van Dielen wirklich zu finden.«

Bernie stellte sein Glas auf den dunklen, polierten Holztresen. »Ist verständlich, wenn man bedenkt, daß er mit ihnen zusammengearbeitet hat.«

»Wir müssen alle überleben, Bernie. Ohne van Dielen und seinesgleichen wären viele Familien hier schon längst verhungert«, entgegnete Ned. »Er macht nur seine Arbeit.«

Bernie spuckte das Bier zurück ins Glas. »Und noch mehr als das. Er verrät sein Land und verdient mit den Befestigungsanlagen ein Vermögen.«

»Was ist mit den Männern, die seine Lastwagen fahren? Den Elektrikern, die er beschäftigt? Den Installateuren? Sind das alles Verräter?«

Bernie blieb stur. »Es ist ein Unterschied, ob man auf Befehl handelt oder ob man sich die Taschen vollstopft. Wir haben Krieg, wenn dir das noch nicht aufgefallen sein sollte.«

»Genau das ist der springende Punkt, Bernie. Der Rest der Welt befindet sich im Krieg, wir nicht«, erwiderte Ned. »Vielleicht kann man ein paar Schuljungen dazu bringen, mit Kreide Siegeszeichen auf Fahrradsättel zu malen. Aber was soll ein erwachsener Mann tun? Treibstoffdepots in die Luft jagen? Einen Soldaten erschießen? Du weißt, was uns dann blüht, und was wäre der Sinn? Wir müssen uns damit abfinden, daß uns nichts anderes übrigbleibt, als uns so gut wie möglich durchzuschlagen.«

Bernie sah ihn argwöhnisch an.

»Du solltest mal in dich gehen. Du merkst gar nicht, daß du dich immer tiefer mit ihnen einläßt.«

»Ich lasse mich nicht mit ihnen ein«, protestierte Ned in scharfem Ton, weil er wußte, daß Bernie zum Teil recht hatte. »Anscheinend vergißt du, daß einige von uns mit ihnen zusammenarbeiten müssen. Wir haben keine Wahl.«

Bernie stieß Ned an. »Ich weiß. Das kannst du mir glauben. Und jetzt sei ein braver Junge und trink aus. Wir beide werden uns jetzt in aller Seelenruhe einen ansaufen.«

»Aber ich bin der Polizeichef, Bernie. Ich darf mich nicht betrinken.«

Bernie beugte sich über den Tresen und füllte noch zwei Halb-Liter-Gläser.

»Nein, heute nicht«, verkündete er. »Heute bist du Ned Luscombe, der dringend ein Bier braucht. Und jetzt tu, was ich dir sage, und hör auf rumzumeckern.«

Falls van Dielen auf der Flucht war, blieb die Frage offen, wie er hatte entkommen können. Schließlich waren Suchtrupps unterwegs, Steckbriefe mit seiner Personenbeschreibung hingen an den schwarzen Brettern jeder Kirchengemeinde, und in allen Zeitungen offerierten Anzeigen demjenigen, der ihn herbeischaffte, eine beträchtliche Belohnung. Die halbe Inselbevölkerung hatte bereits Anspruch auf dieses Kopfgeld erhoben. Briefe, Anrufe, vertrauliche Beichten in Neds Büro. Van Dielen verstecke sich auf Mrs. Merrills Speicher. Man habe ihn gesehen, wie er sich in der Nähe von Gropers Farm die Beine vertrat. Nichts davon stimmte. Allerdings wurde auf Mrs. Merrills Speicher ein fast anderthalb Meter hoher Stapel von Teppichen gefunden, der am Tag der Evakuierung aus verlassenen Häusern gestohlen worden war. Auf Gropers Farm scheuchten sie drei fette, unregistrierte Schweine auf, die in einem unterirdischen Koben schliefen. Unter dem Deckmäntelchen der Hilfsbereitschaft versuchten die Leute offenbar, ihren Nachbarn eins auszuwischen.

Lentsch nahm diese Fehlalarme gleichmütig und schicksalsergeben zur Kenntnis. Er war ohnehin nicht Leiter der Ermittlungen. Albert hatte Ned erzählt, daß es der Major seit jener Nacht, in der man Isobel gefunden hatte, kaum noch schaffte, seine Stiefel richtig herum anzuziehen, geschweige denn, die Insel zu verwalten.

»Mit dem geht es schneller bergab, als ein Bischof die Hosen runterlassen kann«, sagte Albert eines Abends beim dritten Bier. »Ein

Jammer, wenn man mitansehen muß, wie sich ein erwachsener Mann so gehenläßt. Wir alle haben unser Päckchen zu tragen. Doch ein Kerl mit Mumm in den Knochen krempelt die Ärmel hoch und macht weiter, so gut er kann. Der Major ist ein Schwächling geworden.«

Inzwischen war Albert Stammgast im Britannia. Es war fast wie in alten Zeiten. Angefangen hatte es an einem Spätnachmittag, als Ned Albert begegnete, wie er einen leibhaftigen Baum die Treppe zum Polizeirevier hinaufschleppte.

»Onkel, was zum Teufel tust du denn hier?«

Albert lehnte seine Last ans Geländer.

»Ich mache Besorgungen für Mrs. H. wie ein zu groß gewordener Pfadfinder. Eine Requisite für die Frühjahrsrevue, sagt sie. Das Ding wiegt bestimmt eine Tonne. Und die Hälfte der Blätter ist schon abgefallen. Kannst du mit einem Pinsel umgehen?«

»Jetzt habe ich es schon so lange geschafft, mich von der Laienspielgruppe fernzuhalten, Onkel, daß ich mich bestimmt nicht mehr hineinziehen lasse.«

»Dann hilf mir wenigstens, diesen elenden Baum hochzubringen. Ich lade dich nachher auf ein Bier ein.«

»Wird gemacht.«

Und so hatte es angefangen. Ned ging nach der Arbeit gegen sechs in den Pub, Albert erschien ein wenig später. »Die letzte Zuflucht für einen Mann, der noch nicht den Verstand verloren hat«, verkündete er und winkte dem Barmann zu. »Bei uns geht es zu wie im Tollhaus.« Seit Isobels Tod hatten sich die Ankertaue der Villa gelöst, so daß sie wie ein Schiff ziellos in einem Meer der Ungewißheit trieb, während der Kapitän die Augen vor der Gefahr verschloß.

»Jeden Morgen kommt er zum Frühstück herunter«, beschwerte sich Albert, »mit zerschundenem Gesicht, weil er sich beim Rasieren geschnitten hat, die Hälfte der Knöpfe noch offen und mit ungekämmten Haaren. Dann sitzt er da und stochert in dem guten Essen auf seinem Teller herum, als hätte er Hundekotze vor sich. Der Hauptmann und Bohde starren aufs Tischtuch und tun so, als wäre nichts.«

»Wenigstens haben sie im Gegensatz zu dir Mitleid mit ihm.«

»Das hat nichts mit Mitleid zu tun. Sie hoffen nur, daß er endlich abkratzt, damit sie seine Ration auch noch bekommen. Sobald er draußen ist, stürzen sie sich auf seinen Teller und putzen ihn blitzblank. Sie können es gar nicht erwarten, daß er verschwindet, und fürchten sich schon vor seiner Rückkehr. Und in der Feldkommandantur bringt er auch nichts mehr zustande. Den ganzen lieben langen Tag sitzt er in seinem Büro, starrt aus dem Fenster und schluchzt in sein Taschentuch. Siehst du ihn öfter?«

»Meistens am Vormittag«, gab Ned zu. »Obwohl es in letzter Zeit nicht viel zu berichten gibt.«

»Also keine Spur vom Holländer?«

»Der Major glaubt, er hätte sich vielleicht von den Klippen gestürzt und liegt, ein paar Steine in den Taschen, irgendwo vor der Küste auf dem Meeresgrund.«

Albert zog die Nase hoch. »Ein oder zwei Tage wäre er schon unter Wasser geblieben und ein wenig abgetrieben worden. Aber wenn er sich nicht mit einem Anker beschwert hat, müßte er schon längst wieder aufgetaucht sein, das Gesicht halb weggefault und mit Füßen, die ihm aus den Stiefeln quellen. Was den Major angeht, würde es ihm bestimmt nicht schaden, wenn man ihn mal ins Meer schmeißt. Es würde ihn wieder zu Vernunft bringen.«

»Du bist zu streng mit ihm«, erwiderte Ned. »Er hat einen Schock erlitten.«

»Er ist Soldat«, gab sein Onkel zurück. »Eigentlich sollte er mit Schocks umgehen können. Hin und wieder nimmt der Hauptmann ihn beiseite und versucht, ihm ins Gewissen zu reden, aber er will nicht hören. Er geht nicht mehr ins Casino, sondern sitzt nur noch im Haus herum, hört seine verdammten Platten oder läuft spätnachts in Zivilkleidung über die Straßen. Wenn er nicht aufpaßt, wird er noch erschossen.«

»So weit kommt es schon nicht.«

»Wirklich? Der Hauptmann denkt, er spielt eine Art russisches Roulette, indem er sich in der Dunkelheit absichtlich in den Sperrgebieten herumtreibt. Deshalb hat der Hauptmann Wedel angewiesen, ihm zu folgen, aber er schafft es immer wieder, sich unbemerkt zu verdrücken. Der Himmel weiß, wo er hin will.«

Ned wußte es. Zum erstenmal war der Major an dem Mittwoch nach van Dielens Verschwinden erschienen, ziemlich spät, so gegen neun. Ned hatte gerade zu Bett gehen wollen. Ein Klopfen an der Tür, und da stand er, ein Bündel Lauch und ein großes Kaninchen im Käfig in der Hand.

»Ich habe Ihren Onkel nicht um Erlaubnis gefragt«, gab er zu, während er den Käfig schwenkte. »Aber da Ihre Mutter sich nicht wohl fühlt, hätte er sicher nichts dagegen einzuwenden.«

Ned holte die letzte Flasche von dem Cider hervor, den noch sein Vater gebraut hatte, und bot dem Major einen Stuhl an. Er saß da, sprach kein Wort und bemerkte kaum, was er trank. Als das Kaminfeuer knisterte, blickte er auf.

»Ihre Mutter?« fragte er unvermittelt. »Ist sie nicht da?«

»Oben. Sie legt sich früh schlafen. Ich wollte auch gerade ins Bett, als Sie kamen.« Lentsch machte Anstalten, sich zu erheben. »Nein, nein, Herr Major. So habe ich es nicht gemeint. Ich bleibe gern noch ein wenig auf. Mama hat die schlechte Angewohnheit schlafzuwandeln. Es ist besser, wenn ich aufpasse, daß ihr nichts zustößt.«

Lentsch seufzte. »Das ist der Wunsch aller Soldaten: den Feind zu töten und ihre Mütter zu beschützen. Sie haben Glück. Ihrer Mutter kann nichts geschehen. Im Gegensatz zu meiner. Es ist nur eine Frage der Zeit, wann die Bombardierung Hamburgs beginnt. Ich bin überrascht, daß es noch nicht soweit ist.«

Ned versuchte, ihn zu beruhigen. »Sie haben es nur auf militärische Ziele abgesehen, Bahnlinien, Fabriken, Hafenanlagen. Auch wenn es Ihnen im Moment nicht viel weiterhilft, sind unsere Soldaten gut ausgebildet und wissen, was sie tun.«

»Das kriegen Sie zwar im Radio zu hören, aber es ist nicht die Wahrheit. Ihre Luftwaffe bombardiert Wohngebäude. Ganz Deutschland brennt. Schreckliche Brände.«

»Ich dachte, Ihre Mutter lebt auf dem Land.«

»Wir haben zwei Wohnsitze. Eine Wohnung in Hamburg und ein Haus auf dem Dorf, ein paar Kilometer vor der Stadt. Meine

Schwester arbeitet in Hamburg in der Verwaltung. Sie lassen sie nicht weg. Deshalb bleibt meine Mutter bei ihr. Früher stellte ich mir vor, ich könnte sie hierherbringen! Ich glaubte, hier wäre es sicher. Noch ein Irrtum. Gibt es keine Neuigkeiten?«

Ned schüttelte den Kopf. »Ich habe nicht genug Leute.«

»Was meinen Sie, lebt er noch?«

»Ich weiß nicht. Entweder versteckt er sich, oder er wurde entführt. Vielleicht ist er auch tot.«

»Die halbe Insel vermutet, daß er sie getötet hat. Daß er der Mörder ist und daß wir ihn haben verschwinden lassen.«

Er hob die Zeitung auf, die auf dem Boden lag. »Hier steht, er sei unser ›vertrauenswürdiger Freund‹, und es sei ›unmöglich‹, daß er ohne unser Wissen den Kontinent hätte erreichen können. Und das, obwohl er ein Boot besitzt und sich im Schutze der Dunkelheit ohne Schwierigkeiten hätte davonmachen können. Was der Autor dieses Artikels denkt, ist offensichtlich.«

»Ich bin erstaunt, daß Bohde das hat durchgehen lassen«, sagte Ned.

»Weil es ein schlechtes Licht auf mich wirft«, gestand Lentsch. »Bohde probiert aus, wie weit er gehen kann. Er will Krieg.« Er schleuderte die Zeitung zu Boden. »Sie glauben mir doch, daß das nicht stimmt, daß ich ihn nicht schützen würde.«

»Sie vielleicht nicht. Andere schon.«

»Denken Sie dabei an Major Ernst?«

»Ganz richtig. Sein Hauptquartier in Saumarez Park ist groß genug, um ein Schlachtschiff zu verstecken. Er könnte van Dielen sogar gegen dessen Willen dort festhalten.«

»Ich habe nicht die Möglichkeit, Major Ernst Befehle zu erteilen, und Sie auch nicht. Er hat gewissermaßen Narrenfreiheit. Allerdings glaube ich nicht, daß er etwas mit der Sache zu tun hat. Er ist zu ehrgeizig, um seine Karriere wegen eines Mädchens aufs Spiel zu setzen.«

»Ehrgeizige Männer überschätzen sich häufig selbst, Herr Major, insbesondere solche, die nackte Mädchen in ihrem Garten herumhüpfen lassen.«

»Mag sein. Aber Ernst würde niemals eine Leiche in einen Luftschacht werfen. Viel zu riskant. Er hätte sie über eine Klippe gestürzt, sich ein paar Ausländer als Sündenböcke gesucht und sie erschossen, bevor jemand das Gegenteil beweisen kann.«

»Außer, der Vater weiß etwas.«

»Doch dann hätte er es uns erzählt. Auch van Dielen ist ehrgeizig. Aber würde er seine eigene Tochter opfern?« Der Major saß auf der Sesselkante. »Inspector Luscombe?«

»Ja?«

»Ich kann Sie einfach nicht so anreden«, sagte Lentsch. »Nicht, wenn wir beide zusammenarbeiten wollen. Wissen Sie, wir stehen uns zu nahe für solche Förmlichkeiten. Wenn wir unter uns sind, werde ich Sie Ned nennen.«

»Vielleicht haben Sie recht, aber ich kann Sie nicht mit …« Er hielt inne, denn er hatte keine Ahnung, wie der Major mit Vornamen hieß.

»Gerhard.«

»Ich kann es einfach nicht.«

»Gut, ich verstehe. Dann eben nur Major.«

»Dann eben nur Major.«

Das war erst der Anfang gewesen. Mittlerweile erschien der Major fast jeden Abend. Neds Mutter gewöhnte sich an, früh den Kamin anzuzünden, und verschwendete wertvolles Feuerholz, damit das Zimmer »gemütlich« war, wenn er kam. Dafür brachte er ihnen Geschenke mit: ein Päckchen Reis, eine Rauchwurst, frisches Brot. Sie saßen am Küchentisch und aßen von angeschlagenen Tellern. Neds Mutter mußte ihren Sohn dazu auffordern, die Kartoffeln weiterzugeben oder dem Major noch ein Stück Pastete abzuschneiden. Und Lentsch, der wußte, daß sie es nicht gewöhnt war, die Gastgeberin zu spielen, brach taktvoll das Eis und ermunterte sie, von ihren Erinnerungen an die Insel zu erzählen, wie sie früher gewesen war. Er sprach von seiner Jugend, seiner Familie, seinen Eltern und der Schwester, die er vermißte, und seinen Jugendsünden, die sich nicht sehr von denen anderer unterschieden. Auch wenn ihr Lebensweg kaum Gemeinsamkeiten aufwies, mußten sie doch immer wieder seufzen, wenn sie daran dachten, wie sehr die scheinbar friedliche Welt von früher aus den Fugen geraten war. Beide hatten sie Verluste erlitten, waren in ihren Hoffnungen enttäuscht worden und verfügten über sentimentale Erinnerungen, die ihnen die Unbillen der Gegenwart noch stärker vor Augen führten.

»Sie haben Glück, daß Ihr Sohn sich um Sie kümmert«, sagte der Major. »Alle Söhne würden das gern tun. Und die Söhne, die nicht dazu in der Lage sind, fühlen sich, als hätten sie den Menschen verraten, den sie auf der Welt am meisten lieben.«

»Ach, lassen Sie das«, erwiderte Neds Mutter. »Ich bin diejenige, die sich um ihn kümmern muß.« Und während sie alle drei lachten, hatte Ned den Major angesehen und sich mit einem Lächeln bedankt. Ned war erstaunt über die Verwandlung, die mit seiner Mutter vorging. Ihre Bewegungen am Tisch wurden leichter, als sie das Essen servierte, und ihre Wangen röteten sich während der Mahlzeiten. Sie trug in letzter Zeit sogar ihr zweitbestes Kleid. Wenn er selbst nur diese Wirkung auf sie gehabt hätte und dieses träumerische Lächeln auf ihr Gesicht hätte zaubern können! Seine Mutter war nicht in Lentsch verliebt, sie war nur glücklich, jemanden bemuttern zu können.

»Ein netter Junge«, sagte sie und winkte ihm nach, als er das Gartentor hinter sich schloß.

Ned lachte. »Er ist kein Junge, Mama.«

»Doch, ist er schon«, erwiderte sie, drehte sich um und zauste Ned das Haar. »Du brauchst dir nur anzusehen, wie er mir seinen Teller hinhält und wie er vor dem Kaminfeuer seine Knie umschlingt. Du bist genauso.«

Nach dem Essen ging sie normalerweise nach oben und ließ die beiden Männer allein, damit sie langsam die Mauer niederreißen konnten, die immer noch zwischen ihnen stand. In diesen Momenten schnürte der Major sein Bündel, um sein Zuhause zu verlassen und in das andere Deutschland zu reisen, das, in dem er aufgewachsen war und das ihn hierhergeschickt hatte. Noch nie hatte Ned einen Menschen so reden hören wie Lentsch, darüber, wer er war und warum sich das so verhielt. Und obwohl viele seiner Worte für Ned keinen Sinn ergaben und eine Welt schilderten, von der er nur äußerst verschwommene Vorstellungen hatte, empfand er Lentschs zögernde Stimme als Echo seiner eigenen Verwirrung.

»Ich möchte noch so viele Dinge tun«, sagte der Major eines Abends, eine der Bierflaschen in der Hand, die Ned aus dem Britannia geholt hatte. »Studieren, etwas über das Leben lernen und Wissen schaffen. Und statt dessen beschäftige ich mich mit so etwas.«

Er sah auf die Uhr. »Haben Sie ein Radio?«

Ned versuchte, sich nichts anmerken zu lassen.

»Jetzt kommt eine unserer Sendungen nach England«, fuhr Lentsch fort. »Ich nehme an, Sie hören Radio?« Ned zögerte. »So holen Sie es schon aus seinem Versteck. Vor mir brauchen Sie keine Geheimnisse zu haben.«

Ned beugte sich in den Kamin. Kleine Putzstückchen rieselten herunter, als er das Gerät herauszog.

»Los, in die Steckdose damit!«

»Es braucht ein bißchen Zeit, um warmzulaufen«, erklärte Ned. »Aber der Empfang ist gut.«

Der Major schob Ned beiseite, machte sich an den Knöpfen zu schaffen und übersprang Sprachfetzen und unverständliche Geräusche, bis er den richtigen Sender gefunden hatte.

»Bremen«, verkündete er.

Jetzt war der Mann mit der gedehnten Sprechweise deutlich zu hören. Obwohl allgemein bekannt war, daß man ihm kein Wort glauben konnte, besaß seine Verachtung eine gewisse Eleganz, die beunruhigend nach Wahrheit klang. Das lag weniger an den militärischen Berichten, die das deutsche Oberkommando für ihn verfaßte, sondern an seinen Schilderungen der alliierten Truppen, ihrer Verkommenheit und ihrer Gleichgültigkeit gegenüber dem kleinen Mann, ein Punkt, der auf der Insel einen unangenehmen Beigeschmack hinterließ. Heute abend befaßte er sich mit seinem üblichen Thema, indem er Churchill wegen seiner Dickleibigkeit verspottete und ihn als »schäbigsten Gesellen der britischen Geschichte«

bezeichnete. Er habe Entrüstung bei seinen Untergebenen hervorgerufen, indem er im Morgenmantel ein Gespräch mit Roosevelt führte, während der Präsident sogar noch im Bett weilte.

»Die Anekdote ist geschickt gewählt«, stellte Lentsch fest, »auch wenn es Ihnen gegen den Strich geht. Er stellt das britische Staatsoberhaupt als zutiefst verkommenen Menschen dar, der sich bereitwillig vor der dekadenten Macht Amerikas erniedrigt. Ein intellektueller, wenn nicht gar körperlicher Angriff.«

Ned schwieg. Churchill hatte er ohnehin nie besonders gemocht. Und damit war er nicht allein. Musik setzte ein, zwar angenehm anzuhören, jedoch kein Anlaß für die fiebrige Erregung, die Lentsch plötzlich ergriff.

»Sie geht ins Ohr«, sagte Ned.

Der Major schüttelte heftig den Kopf und bat mit einer Handbewegung um Ruhe. Dann begann eine Stimme leise auf Englisch zu singen:

Ich spiele mit dem Feuer,
Ich werde mich verbrennen,
Das weiß ich wohl, doch was kann ich nur tun?
Mein Herz, es sollte doch zufrieden sein,
Dem Ruf zu folgen, ist der schönste Lohn.
Doch später werde ich es mal bereun.

Was kann ich tun?

Ich spiele mit dem Feuer,
Ich werde mich verbrennen,
Doch vorher fahr ich mit dir Karrussel.
Dem Schicksal lach ich tapfer ins Gesicht,
Und was geschehen mag, es schreckt mich nicht,
Ich spiele mit dem Feuer,
Das weiß ich wohl, doch was kann ich nur tun?

»Ich persönlich bevorzuge Anne Shelton«, sagte Ned. Lentsch forderte ihn wieder auf zu schweigen. Dann begann die Stimme von neuem, diesmal sprach sie mehr als zu singen. Anders als zuvor war ihr Tonfall verschwörerisch und beharrlich, jede Silbe warnend und sorgfältig artikuliert, damit auch ja niemandem die Botschaft entging:

England spielt mit dem Feuer,
Und es wird sich verbrennen,
Das weiß es wohl, doch was kann es nur tun?
Das Volk soll sich bescheiden,
Für Churchills Sünden leiden.
Danach ist es zu spät,
Es bleibt nur das Gebet.

England spielt mit dem Feuer,
Mit schon verbrannten Fingern,
Und auch Ägypten läßt ihm keine Ruh.
Hat wider bess'res Wissen
Die Ehre hingeschmissen.
England spielt mit dem Feuer,
Das weiß es, und Amerika sieht zu.

»Charlies Orchester«, meinte Lentsch. »Gehört zu den besten im Land. Aber die Botschaft! Immer Churchill. Immer Amerika. Für sie ist Amerika ein Vetter von Rußland, und beide zusammen sind die großen Feinde der europäischen Zivilisation. In diesem Krieg geht es nicht nur um Gebietsansprüche, sondern um Kultur. Nur Deutschland verteidigt Europa gegen die Barbarei aus dem Osten und die Dekadenz aus dem Westen. Hitler sagte immer, von England hätte er keine Hilfe zu erwarten. In England habe man das Geld zu gern. Deshalb sind wir ihm gefolgt. Wir hatten einen Glauben, und wir hatten eine Vision.«

»Wir etwa nicht?«

»Sie haben Widerstandskraft, Mut und Starrsinn, aber keine Visionen. Ihre Visionen sind vor Hunderten von Jahren entstanden.

Heute wollen Sie nur noch die Früchte ernten und in Ruhe gelassen werden. Wenn wir so schnell gewonnen hätten, wie wir dachten, wenn Churchill geschlagen und gefangengenommen worden wäre oder nach Kanada ins Exil hätte gehen müssen, wenn Ihr alter König auf den Thron zurückgekehrt wäre – glauben Sie, jemand hätte den Unterschied bemerkt? Ein paar Leute vielleicht. Es war ein zögerlicher Krieg. Sie wollten ihn nicht.«

»Aber Sie.«

»Nicht mit England. Mit Frankreich standen noch einige alte Rechnungen offen. Im Osten war der Kommunismus unser größter Feind. Und später hätten wir uns mit Amerika befaßt. Amerika will die Welt beherrschen. Es will, daß wir amerikanische Lieder singen, amerikanische Filme sehen und amerikanische Lebensmittel essen. Aber wir wollen das nicht. Wir haben unsere eigenen Lebensmittel, unsere eigene Sprache, unsere eigenen Lieder!«

»Wir auch.«

»Nicht mehr sehr lange. Die Kraft, die all diesen Dingen innewohnt, Ihre Sprache, Ihre Musik, sind in den Besitz der Amerikaner übergegangen. Wir sind Deutsche und wollen es bleiben. In gewisser Weise befürworten wir den Stillstand. Im Gegensatz zu Amerika. Amerika glaubt an Bewegung, an die Vermischung von Kulturen, in der Kunst, in der Musik und selbst in der Fortpflanzung. Verschiedenartige Körper, in einer Umarmung vereint. Und was kommt dabei heraus? Bastarde. Lebhafte, wunderschöne Kinder vielleicht, aber dennoch Bastarde. Amerika ist das einzige Land auf der Welt, das dieses Ziel verfolgt. Das allereinzige! Es möchte alles miteinander verrühren und vermischen und sehen, was dabei herauskommt. Deshalb lehnt meine Regierung den Jazz strikt ab. Denn der Jazz ist die absolute Vermischung. Und in den Nachtclubs von Berlin, nein, nicht nur Berlin, sondern auch Paris, Rom und London, setzt sich der Jazz immer mehr durch. Deshalb versuchen sie, ihn zu verbieten.«

»Und dennoch hören Sie ihn sich an.«

»Natürlich! Ich liebe Jazz. Allerdings liegt in diesen Befürchtungen auf jeden Fall ein Körnchen Wahrheit. Kennen Sie den amerikanischen Schriftsteller Scott Fitzgerald, Ned?« Ned schüttelte den Kopf. »Macht nichts. Er sagte einmal, Jazz sei in erster Linie Sex und erst in zweiter Linie Musik. Und das stimmt. Deshalb ist die Jugend so davon begeistert. Jazz ist wie Sex: aufregend, experimentell und süchtigmachend. Wenn Sex nicht möglich ist, laben sie sich an Jazz, und wenn sie genug Jazz gehört haben, sind sie bereit für mehr Sex. Amerikanischer Jazz und amerikanischer Sex, alles wild durcheinander. Hitler lehnt das ab. Er will verhindern, daß unsere Jugend von fremden Kulturen verführt wird und sich auf dem Bett der Disziplinlosigkeit fortpflanzt. Er möchte, daß sie alles Deutsche lieben. Er glaubt an die Unbeweglichkeit der Kultur. Das ist sein Unglück, seine große Schwäche und sein Mißverständnis, was die moderne Zeit betrifft. Er befürwortet zwar Straßen, Autos und das Radio, aber nicht das, was damit einhergeht, die Vermischung der Kulturen. Eine Nation, in der es nur Pferdewagen gibt, eine Nation ohne Telephone und Radios kann sich nicht vermischen. Ihre Kultur wird sich nie verändern. Deshalb hängen in unseren Kunstgalerien nur Gemälde, die alte Landmänner und Bauernfamilien am Kaminfeuer darstellen. Doch ein Land, das über Flugzeuge, Telephone und Grammophone verfügt, kann niemals stillstehen. Ob das gut oder schlecht ist, tut nichts zur Sache. Die Veränderung ist jedenfalls unaufhaltsam. Schauen Sie sich diese Insel an: Die Betonmauern und Befestigungsanlagen sollen den Rest der Welt fernhalten. Wie kann das möglich sein? Die Zukunft landet nicht nur an den Stränden oder fällt einfach vom Himmel – sie schwebt durch die Luft. Wir werden sie mit unseren Lungen einatmen, und sie wird von unserem Blut Besitz ergreifen. Mit Mauern kann man das nicht verhindern. Und nun räumen Sie schon das Radio weg, sonst muß ich Sie melden.«

Ned stöpselte das Gerät aus der Steckdose und schob es zurück in den Kamin.

»Wir haben es tatsächlich nicht gefunden?« fragte der Major ungläubig. Ned schüttelte den Kopf. »Hoffnungslos!« Seufzend verschränkte Lentsch die Hände hinter dem Kopf. »Also erzählen Sie, Ned. Meinen Sie, wir werden jemals herausbekommen, wer unsere Isobel umgebracht hat?«

Ned trank einen Schluck aus seiner Flasche. »Es interessiert niemanden, Major. Den Inselbewohnern ist es egal, ihr Vater hat sich in Luft aufgelöst, und die Kanoniere, die halten den Mund. Allerdings bin ich überzeugt davon, daß sie vor irgend etwas Angst haben.«

»Vor der russischen Front.«

»Mag sein.«

»Was ist mit ihren Freunden? Haben Sie von denen nichts erfahren?«

»Die kennen Sie besser als ich, viele sind es ohnehin nicht. Sie waren alle bei der Party. Möglicherweise waren es doch Ausländer oder ein paar Ihrer Soldaten.« Er spürte den Brief in seiner Tasche. *Sie konnte es Lentsch nicht sagen, sie konnte es Lentsch nicht sagen, sie hatte ihm den Brief geschrieben, weil sie es Lentsch nicht sagen konnte.*

»Haben Sie nie den Verdacht, Major«, meinte er, »daß sich hier vielleicht etwas tut, von dem wir nichts ahnen?«

Der Major beugte sich vor. »Was soll das heißen?«

»Was ist, wenn Isobel auf etwas gestoßen ist, etwas gehört hat?«

»Ich verstehe nicht ganz. Meinen Sie Sabotage?«

»Sabotage, Diebstahl. Keine Ahnung.«

»Nach Einbruch der Dunkelheit geschieht auf dieser Insel eine ganze Menge. Sie hat sich in eine Insel der Geheimnisse verwandelt, finden Sie nicht?«

»Passiert zur Zeit wirklich nichts Außergewöhnliches?«

»Ein ganzer Schwung von Ausländern ist angekommen, um die Befestigungsanlagen fertigzustellen. Sonst nichts. Das Militär leidet ohnehin unter Verfolgungswahn. Die einzige mir bekannte Sabotage besteht darin, daß Ernst jeden Abend als Bohdes Gast bei uns ist und mir das Abendessen verdirbt. Deswegen bin ich auch ständig bei Ihnen.« Er hielt inne. »Tut mir leid. Das war unhöflich.«

Ned nahm die Entschuldigung mit einer wegwerfenden Handbewegung zur Kenntnis. »Da ist Ihre Küche sicher recht überlastet«, meinte er in Anspielung auf Ernsts Leibesumfang.

Lentsch nickte. »Ihr Onkel ist ziemlich wütend. Und das wiederum hat zur Folge, daß das Essen sich in letzter Zeit um einiges verschlechtert hat, entweder angebrannt oder nur halb gar.« Er lachte. »Sie können ihm von mir ausrichten, daß diese Taktiken sinnlos sind. Menschen wie Ernst haben weder einen Gaumen noch Geschmack, nur Appetit!« Er brach plötzlich ab. »Hören Sie. Offenbar sind wir heute abend nicht die einzigen Musikliebhaber.«

Aus der Dunkelheit drang schwach eine Flötenmelodie zu ihnen hinüber, so leise, als ob niemand sie bemerken sollte.

»Anscheinend jemand, der gegen die Ausgangssperre verstößt«, sagte der Major. »Sie wohnen aber in einer schlechten Gegend.«

Sie schlichen auf Zehenspitzen nach draußen. Auf dem Feld hinter dem Haus stand Veronica hinter einem Jungen. Sie hatte die Arme um ihn geschlungen und drückte ihn an sich, so daß sein Kopf auf ihren Brüsten ruhte. Der Junge hielt sich eine dünne Blechflöte an die Lippen, sie zeigte nach unten. Die beiden Männer sahen zu, wie Veronica dem Jungen im traurigen Takt der Musik über den Kopf streichelte. Als das Lied zu Ende war, applaudierte der Major leise.

»Bravo«, rief er.

Veronica zuckte zusammen. Der Junge befreite sich aus ihrem Griff und versteckte sich hinter ihrem Rock.

»Er sollte längst im Bett sein«, tadelte der Major. »Morgen ist Schule. Unterricht.«

»Wir wollten gerade gehen«, antwortete Veronica.

»Ihr Sohn?«

»Mein Neffe«, erwiderte sie und sah Ned dabei eindringlich an. Er sagte kein Wort. »Manchmal übernachtet er hier.«

»Sehr gut. Also haben Sie Geschwister?«

»Eigentlich nicht.« Sie streckte den Arm nach hinten, um den Jungen festzuhalten. »Das ist eine lange Geschichte.«

»Aha.« Lentsch wollte nicht neugierig sein. »Wie heißt er denn?«

»Peter«, erwiderte sie rasch.

»Das Lied war sehr hübsch«, meinte Lentsch höflich.

»Eines unserer alten Volkslieder.«

»Wirklich? Für mich klang es überhaupt nicht englisch. Eher wie eine Zigeunermelodie.«

»Nun, wie Sie wissen, sind wir hier keine Engländer«, entgegnete Veronica. »Falls Sie das vergessen haben sollten.«

»Aber natürlich. Es war sehr nett. Hier.« Er steckte die Hand in die Tasche und nahm eine Münze heraus. Der Junge wich weiter in die Dunkelheit zurück.

»Er ist sehr schüchtern«, erklärte Veronica. »Er fürchtet sich vor Soldaten.«

»Das braucht er nicht. Legen Sie es ihm später unters Kopfkissen.«

»Das ist sehr nett von Ihnen.«

»Eine Kleinigkeit«, sagte er.

Veronica nahm die Münze entgegen und erschauderte.

»Wir gehen jetzt lieber rein.«

»Wir auch. Schließlich müssen wir alle morgen arbeiten.«

Er drehte sich um, doch sie rief ihn zurück.

»Herr Major!«

»Ja?«

»Das mit Isobel tut mir sehr leid.«

»Danke.«

»Ich hatte an diesem Abend ein bißchen viel getrunken. Wahrscheinlich hielten Sie mich für ziemlich … aufdringlich.«

»Überhaupt nicht. Ich war auch nicht mehr ganz nüchtern, glaube ich. Ich muß Ihnen noch die Schallplatte geben, die ich Ihnen versprochen habe.«

»Ach, die! Die hatte ich ganz vergessen.«

»Wenn Sie das Lied einstudieren würden, wären Sie bei unseren Soldaten sehr beliebt.«

Ned begleitete den Major zu seinem Wagen, eilte dann zurück durch die Küche und sprang über den Zaun. Veronica stand in der offenen Tür. Der Junge war verschwunden.

»Ich wußte, daß du wiederkommst.«

Sie hob die Hände und hielt sich am Türrahmen fest. Einmal hatten sie sich so geliebt, ihre Beine um ihn geschlungen, das Gewicht nur an ihren zitternden Armen hängend, ihr Körper angespannt vor Anstrengung, beide wie im Fieberwahn. Verzweifelt hatten sie sich bemüht, nicht das Gleichgewicht zu verlieren und hätten am liebsten laut aufgeschrien, um die Stille zu durchbrechen, doch ihre Eltern schliefen nur ein paar Meter entfernt im oberen Stockwerk.

»Cousin Peter, was? Das war doch ein Ausländer.«

»Ich glaube, aus Rußland. Ich will nur dafür sorgen, daß er nicht verhungert. Wirst du mich melden?«

»Sei nicht albern, V. Aber du solltest dich nicht draußen mit ihm blicken lassen. Man weiß nie, wer Wind davon bekommt. Schließlich kann ich nicht alle anonymen Briefe aussortieren. Und wenn du erwischt wirst, kriegst du große Schwierigkeiten.«

»Glaubst du, er ahnt etwas?«

»Wahrscheinlich ist es ihm egal.«

»Wie ist er denn so, der Major?«

»Ich dachte, du kennst ihn.«

»Ich meine, von Mann zu Mann. Wie ist er?«

»Er lebt in einer anderen Welt, V., in der alle Menschen höflich und gutwillig sind. Er benimmt sich wie ein Gast, aber er ist keiner, und er weiß es. Also ist die Atmosphäre ein wenig steif. Jeden Abend ist er sich dessen bewußt, daß wir ihn loswerden wollen, ganz gleich, wie gut er sich auch benimmt. Gehst du zur Beerdigung?«

»Vielleicht.«

»Die halbe Wehrmacht wird dort sein.«

»Isobel ist eben ein Glückspilz.«

»Komm schon, V., was ist denn nur in dich gefahren?«

Plötzlich ließ sie die Arme sinken. »Ich weiß nicht, ich kenne mich selbst nicht mehr, Ned. Ich bin völlig durcheinander und kann Freund und Feind nicht mehr unterscheiden.« Sie legte die Arme um ihn und brach in Tränen aus. Ned schloß die Augen, küßte sie auf den Scheitel und wartete, bis ihr Schluchzen verebbte.

»Ach Veronica, was sollen wir bloß mit dir machen?«

Voller Angst vor der Macht ihrer eigenen Gefühle riß sie sich los und wischte sich mit dem Ärmel die Tränen ab.

»Komm doch zur Vorstellung«, schniefte sie.

»Ich weiß nicht so recht, V.«

»Ich werfe dir auch eine Kußhand zu.«

Ned lächelte in die Dunkelheit. »Einverstanden.«

»Ned?«

»Ja.«

»Gute Nacht.«

»Gute Nacht, V.«

»Ned?«

»Was?«

»Träum ab und zu mal von mir.«

Punkt zwölf trafen Bernie und Ned in der Kirche ein, obwohl sie zehn Minuten gebraucht hatten, um die kleine Pforte und den schmalen, leicht ansteigenden Weg zum Kirchenportal zu erreichen. Draußen warteten der Leichenwagen und eine Menschenmenge. Die angeschirrten Pferde stampften ungeduldig, die Leute wurden gegen die Steinmauern gedrängt. Bald würde sich der Trauerzug auf den Weg zum einen Kilometer entfernten, abschüssigen Friedhof machen, von wo aus man einen ewigen Blick aufs Meer hatte. Beerdigungen waren eine seltene Gelegenheit für Zivilisten, sich ohne zahlenmäßige Begrenzung zu versammeln. Die halbe Stadt war, ausgerüstet mit Regenschirmen, erschienen. Das Wetter wirkte zwar freundlich, würde sich aber nicht lange halten. Die Inselbewohner kannten die Anzeichen. In der ersten Reihe standen die verschiedenen Abteilungen der Besatzungsarmee in Habachtstellung: Artillerie, Luftwaffe und sogar die Kriegsmarine. Die Spitze bildeten die uniformierten Männer der Organisation Todt mit geschulterten Spaten, die in der kalten Frühlingsluft blinkten. Ernst lief auf und ab und schwenkte seinen Spazierstock. Ned spürte den Alkohol und mußte dringend zur Toilette.

»Es ist nicht richtig«, flüsterte Bernie, »daß das alte Mädchen ganz allein ist.«

»Sie wollte niemanden bei sich haben«, antwortete Ned. »Albert wird sich um sie kümmern.«

Wieder durchschnitt der Klang der Orgel die bleierne Stille. Die Trauergäste lösten sich von den Mauern, die Truppen machten sich zum Abmarsch bereit. Ernst schlug mit seinem Stock den Takt, dreimal hintereinander. Als Ned ihn kurz aus glasigen Augen betrachtete, vergaß er einen betrunkenen Moment lang, warum er überhaupt hier war. Isobel. Ja, richtig. Isobel war tot! Er versuchte, seine Gedanken zu ordnen, alles in die richtige Reihenfolge zu bringen, aber es gelang ihm nicht. Er sah sich um, verwirrt, eine verschwommene Masse von Gesichtern schwebte im schmerzhaft grellen Licht an ihm vorbei, doch niemand achtete auf ihn. Es war, als wäre er gar nicht anwesend.

Als er sich wieder umdrehte, bemerkte er Albert neben dem Kirchenportal, und eine verzweifelte Hoffnung ergriff ihn. Er würde ihn verstehen! Ned hob grüßend die Hand, mußte allerdings mitten in der Bewegung innehalten, um nicht das Gleichgewicht zu verlieren. Er wischte sich den Mund ab und rülpste in seinen Ärmel. Der Mann neben ihm rückte von ihm ab.

Das Portal öffnete sich, und während die Glocke in dem runden Turm leise und zögernd zu läuten begann, brachten die Sargträger sie hinaus. Einen Augenblick lang – als sie den Sarg auf die Schultern hoben und sich anschickten, ihre hölzerne Last die Auffahrt hinunterzutragen – schien es, als würde niemand folgen, als wäre die Kirche leer, als hätte es nicht einmal ihre Tante für nötig befunden, vor ihrem Leichnam niederzuknien. Dann aber trat Mrs. Hallivand hinaus ins Licht. Eingerahmt von dem steinernen Torbogen stand sie da, ihre kleinen, mageren Hände umklammerten einen Veilchenstrauß, dessen Duft sie tief einatmete, als habe er die belebende Wirkung eines Riechfläschchens. Sie stand da wie eine Verurteilte, die erwartete, daß die Kirche jeden Moment über ihr zusammenstürzen und sie unter dem Gewicht herzlosen Glaubens begraben würde. Albert nahm ihren Arm. Sie tätschelte dankbar seine Hand.

Der Sarg wurde in den Leichenwagen geladen, die Sonne verschwand, Wolken ballten sich zusammen. Ned sah zu, wie der Leichenwagen sich knarzend in Bewegung setzte, und stellte wider Willen fest, daß die Räder quietschten wie die des Ersatzfahrrades im Polizeirevier, wie die defekte Radaufhängung der »Gelben Gefahr«, wie das Gartentor zu Hause. So ist es eben, dachte er. Schmierfett ist Mangelware und Butter das einzig verfügbare Fett, Schwarzmarktbutter für dreißig Shilling das Pfund. Ist es ein Wunder, daß so viele der Versuchung erliegen, solange man in einer Welt lebt, in der ein erwachsener Mann nur zum Empfang von hundertzwanzig Gramm Fleisch, neunzig Gramm Zucker und dreißig Gramm Kaffee (und zwar Ersatzkaffee aus gemahlenen Eicheln) berechtigt ist? Wie soll man davon überleben? Natürlich, indem man auf dem Schwarzmarkt einkauft. Dort können auch diejenigen Leute Geld ausgeben und Geld verdienen, die von derartigen Möglichkeiten nie auch nur zu träumen gewagt haben. Der Tee, den man in die Teekanne löffelt, kostet fünf Pfund pro sechzig Gramm, jeder Schluck Whisky kommt aus einer Flasche, für die man zehn Pfund bezahlen muß. Und wenn man Rauchringe aus richtigem Tabak in die Luft blasen will, muß man für dreißig Gramm sieben Pfund berappen.

Ein Befehl wurde gebrüllt, und hundert Stiefel marschierten im Gleichtakt die Teerstraße entlang. Ein Wind kam auf, ein kurzer Regenschauer, die Böen wurden heftiger, ein plötzlicher Temperatursturz. Die Trauergemeinde folgte, die schwarzen Regenschirme in Erwartung des Regengusses aufgespannt. Mit wehenden Rockschößen nahten von Norden düstere Wolken heran. Ned hatte das Gefühl, als würde ihm gleich die Blase platzen. Er wartete, bis alle fort waren, und erleichterte sich dann hinter einem Strebebogen, in der Hoffnung, daß niemand den gotteslästerlichen Dampf bemerken würde, der aus der geweihten Erde aufstieg.

Nachdem er sich den Hosenlatz zugeknöpft hatte, ging er rasch weiter, den ernsten Tönen der Trauerkapelle hinterher. Es war das erste Mal seit langem, daß er sich unter eine Menschenmenge mischte, und während er sich zwischen den Leuten durchdrängte, hie und da einen Gruß entgegennahm, und immer wieder ein vertrautes Gesicht entdeckte, wurde ihm bewußt, daß er seine Mitmenschen noch nie so gesehen hatte, wie sie wirklich waren. Natürlich hatte er mit ihnen in Warteschlangen gestanden, sie beschwipst auf der Pollet gesehen und im Bus mit ihnen die Bank geteilt. Doch als er sie nun in Bewegung erlebte, Neugier im Blick, betrachtete er sie mit neuen Augen. Wir verhungern, dachte Ned erstaunt.

Jeder von uns. Nicht heute, nicht morgen, nicht in einer Woche oder in einem Monat. Aber in ein bis zwei Jahren wird die Hälfte von uns nicht mehr am Leben sein. Ihm war klar, daß das Urteil bereits über diejenigen verhängt worden war, deren Leben sowieso am seidenen Faden hing: die alten Leute und die kleinen Kinder. Die Kinder wirkten jetzt schon wie alte Männer, gebeugt und kraftlos. Und wie sehr ähnelten die Alten inzwischen Kindern, hilflos, unschuldig und verloren, ohne daß ihnen jemand half. Auch an den untätigen Händen von Männern, die noch nicht einmal vierzig waren, erkannte er es, an den abgetragenen Stiefeln, von Schnüren zusammengehalten, und an den Schals, in die sie vermummt waren, um ihren Husten zu verbergen, ihre Kurzatmigkeit. Er sah es in den verhärmten Müttern, denen die Kleider um die geschrumpften Brüste schlotterten. Jedes Bild, das er vor seinem geistigen Auge wachrief, wies in dieselbe Richtung. Das Gesicht seiner Mutter, wie sie zitternd in einem Nachthemd vor ihm stand, das sie nicht mehr ausfüllte. Die bleiche Verbissenheit der beiden Mädchen, die mit ihrem Kinderwagen voller Kartoffeln an ihm vorbeieilten. George Poidevins Wurstfinger, die auf seinen Schreibtisch trommelten. Und am deutlichsten merkte er es denen an, die nun rings um das offene Grab standen, der neuen Aristokratie dieses Willkürregimes. Major Lentsch, Hauptmann Zepernick und Molly. Er dachte an das Auto und an Veronicas willig ausgestreckte, üppige Glieder, geschmiegt in einen Mantel aus Besatzungspelz.

Als der Wind stärker wurde, drängte sich die Menge unwillkürlich zusammen. Molly sah großartig aus, schwarze Federn, ein kleiner, schwarzer Schleier, Strümpfe und Kleid dazu passend. Wie ein Appetithäppchen. Albert hielt Mrs. Hallivand zurück, als befürchte er, sie könne in die Grube gespült werden. Die Mädchen rückten näher an ihre uniformierten Beschützer. Nur Molly rührte sich nicht; ohne Mantel stand sie neben dem Hauptmann, der Regen prasselte gegen ihren Körper und drückte ihr das dünne, aufreizende Kleid gegen die nassen Waden, die runden Hüften und den gewölbten Bauch. Es regnete und regnete, aber sie bewegte sich nicht. Der Wind verfing sich in ihrem Schleier und blies ihn ihr vom

Gesicht. Sie hob den Kopf, hielt die schwarz behandschuhten Hände an die Hüften gepreßt und leckte sich das Wasser von den Lippen. Ihre Haltung war so stolz, trotzig und malerisch schön wie die einer Galionsfigur, die in ihrer Pracht dem tosenden Meer trotzt. Dieses Schauspiel gab ihr Kraft und versetzte sie in bessere Stimmung, nicht weil sie es genoß, sondern weil sie selbst die Attraktion war. Die Leute konnten kaum den Blick von ihr abwenden.

So plötzlich, wie es angefangen hatte, war das Unwetter zu Ende. Der Himmel wurde wieder klar, doch man konnte sehen, daß sich am Horizont bereits die nächste Regenfront näherte. Der Gemeindepriester in einem weißblauen Gewand trat vor, um die Trauerfeier abzuhalten. Danach legte eine Ehrengarde die Gewehre an und feuerte. Ein paar nistende Krähen brachen wild schimpfend aus den Baumwipfeln.

»Schießt ein paar von den Viechern ab, das gibt eine gute Pastete«, rief eine Stimme von hinten. Ein verlegenes Lachen ging durch die Menge.

Wieder wurde Salut geschossen, und die Krähen flogen erneut auf. Lentsch blickte zu Boden, wo sich bereits schlammiges Wasser zwischen dem Sarg und den Wänden des Grabes sammelte. Er murmelte ein paar Worte. Auf englisch? Auf deutsch? Worte der Liebe? Oder der Reue? Ned wußte es nicht. Als sich die Ehrengarde umwandte und davonmarschierte, legte Molly Zep die Hand auf den Arm und schickte sich an, ihnen zu folgen.

»Schaut euch diese Schlampe an«, hörte Ned jemanden in der Menge sagen. »Irgendwann kommt der Tag der Abrechnung.«

Molly erbleichte, während der Hauptmann sich vergeblich nach dem Übeltäter umsah. Doch die Leute erwiderten nur verstockt seinen Blick, offenbar nicht gewillt, den Schuldigen zu verraten. Als Molly versuchte, ihren Schleier herunterzuziehen, blieb er an ihrem Gesicht kleben. Sie nahm den Hut ab und hielt ihn sich vor die Brust.

»Deutschenhure!« rief ein anderer.

Ein Erdklumpen flog in Mollys Richtung. Er prallte gegen einen Grabstein und zerschellte.

»Gott schütze den König!«

»Wenn sich die Leute nicht benehmen können«, sagte der Hauptmann zu Molly, allerdings so laut, daß alle ihn verstehen konnten, »werden derartige Veranstaltungen in Zukunft nur noch nach der Ausgangssperre stattfinden.«

Ned trat vor.

»Jetzt aber genug!« rief er. »Es reicht. Geht nach Hause, bevor ihr uns alle unglücklich macht.« Er drehte sich um und breitete die Hände aus. »Tut mir leid, daß das passieren mußte«, meinte er. »Hier ist nicht der richtige Ort, um solche Gefühle zum Ausdruck zu bringen.«

»Das soll wohl heißen, daß es einen geeigneten Ort geben könnte«, fauchte der Hauptmann.

Ned blickte ihm nach, als er mit Molly zum Wagen eilte.

»Vielleicht hätten wir nicht kommen sollen«, stellte der Major fest. »Vielleicht wäre es besser gewesen, die Beerdigung in aller Stille abzuhalten. Aber …« Er sah in die Richtung, wo Ernst gerade den Abmarsch seiner Männer vorbereitete. »Wir hatten keine Wahl. Das ist das Problem im Krieg. Manchmal bleibt einem nichts anderes übrig, als das Falsche zu tun.«

»Auf Sie sind sie nicht wütend«, entgegnete Ned. »Sondern auf ihre eigenen Landsleute.«

»Wahrscheinlich sollte ich dankbar dafür sein, denn es erleichtert meine Arbeit, wenn sie Menschen wie Molly mehr hassen als meinesgleichen. Möchten Sie mich zur Villa begleiten und nach der Kälte hier etwas Warmes trinken?«

Ned sah auf die Uhr. »Ich muß gehen. Papierkram.«

»Schon gut.« Lentsch war seltsam förmlich. »Da gibt es noch etwas, das ich Ihnen erzählen wollte und das wegen der Suchaktion vermutlich untergegangen ist. Es betrifft den Leutnant, den Sie vernehmen wollten. Leutnant Schade.«

»Haben Sie ihn noch nicht gefunden?«

»Offenbar hat er sich an besagtem Samstag ziemlich betrunken. Zuerst im Casino und dann in einem der …«

»Häuser?« half Ned ihm aus der Verlegenheit.

»Genau. Und zwar drüben in St. Sampson. Er hätte gar nicht dort sein dürfen. Das Haus ist nur für Mannschaftsdienstgrade bestimmt. Aber er ließ sich nicht abweisen. Es hat eine Prügelei gegeben. Dann hat er sich anscheinend in den Hotels an der Promenade noch ein paar Gläser genehmigt.«

»Soll das heißen, daß er noch immer nicht nüchtern ist?«

»Nein, nein. Er wurde am frühen Morgen im Foyer seiner Unterkunft gefunden. Er sagte, er sei die Treppe hinuntergefallen und habe sich den Kopf gestoßen. Man hielt ihn für betrunken, Sie verstehen, was ich meine. Er war ein wenig wackelig auf den Beinen, seine Sprache klang ...«

»Verwaschen.«

»Verwaschen. Also ließ man ihn seinen Rausch ausschlafen. Am Sonntag nachmittag wollte man ihn wecken. Vergeblich. Koma. Er ist heute vormittag gestorben.«

Ned wurde es eiskalt. Der Major versuchte, ihn zu beruhigen. »Man hätte es mir früher mitteilen sollen. Aber wegen van Dielens Verschwinden hat man es vergessen. Ich bin sicher, daß es nichts mit Isobels Tod zu tun hat. Die Männer, die an der Prügelei beteiligt waren, werden bestraft, aber nicht vor Gericht gestellt. Sie meinten es nicht böse. Ein Schlag ins Gesicht, ein loser Zahn. Ein Streit. Wahrscheinlich ist es beim Sturz passiert. Da wir der Familie keinen Kummer bereiten wollen, werden wir sagen, daß es ein Unfall war.«

Der Major ging davon. Ned suchte die Menge nach Veronica ab, aber er konnte sie nirgendwo entdecken. Vielleicht war sie doch nicht gekommen. Unten beim Auto unterhielt sich seine Mutter mit Albert. Er hatte eine Hand auf ihre Schulter gelegt und versuchte, etwas in ihre Baumwolltasche zu stecken. Zweimal zog sie die Tasche weg, aber beim drittenmal packte er sie und schob den Gegenstand hinein. Sie stellte sich auf die Zehenspitzen und küßte ihn. Albert nahm auf dem Fahrersitz Platz. Neds Mutter machte vor Mrs. Hallivand einen kleinen Knicks, und dann fuhr der Wagen los.

»Was war das gerade eben?« fragte Ned, als er neben ihr stand.

Seine Mutter klopfte auf ihre Tasche. »Eine Überraschung«, erwiderte sie.

Er hielt sie auf Armeslänge von sich und musterte sie.

»Du siehst hübsch aus, Mama.«

»Das sagst du nur so.«

»Nein, es stimmt wirklich.«

Ned nahm seine Mutter beim Arm und ging mit ihr die Straße entlang. Auf halbem Wege den Hügel hinab blieb er stehen, wirbelte sie herum und küßte sie auf die Wange. Verlegen sah seine Mutter sich um. Ein paar andere Frauen kamen schmunzelnd vorbei.

»Ned Luscombe, bist du denn völlig übergeschnappt?«

»Darf ich etwa meine eigene Mutter nicht umarmen?«

»So was gehört sich nicht. Laß mich sofort runter.« Sie machte sich los und strich ihren Mantel glatt. »Was hätte wohl dein Vater dazu gesagt?«

»Das werden wir nie erfahren.« Er umarmte sie wieder. »Und wenn ich Veronica das nächstemal sehe, werde ich sie auch umarmen.«

»Ach, also wieder Veronica?«

»Nein, obwohl ich es mir manchmal wünsche. Sie hat zu mir gepaßt, und ich zu ihr. Ich hätte damit zufrieden sein sollen.«

»Du hast getrunken.«

»Und wenn schon. Offen gestanden trinke ich schon den ganzen Vormittag.«

»Wahrscheinlich hast du deine Sorgen ertränkt. Wenn ich etwas nicht ausstehen kann, dann ist es ein Mann, der sich selbst bemitleidet.«

»Es ist V, die ich bemitleide, weil ich sie einfach habe gehen lassen.«

»Ja, und schau sie dir jetzt an.«

»Ich habe dazu beigetragen, Mama. Wenn ich sie nicht so behandelt hätte, wäre es nie so weit mit ihr gekommen.«

»Es war ihre freie Entscheidung.«

»Niemand hier ist frei, Mama. Weder du noch ich, noch V. Nicht einmal Onkel Albert.«

Ned kehrte zum Revier zurück. Die Beerdigung war nicht eben erfreulich verlaufen. Zwar war die ganze Stadt dagewesen, doch Neugier und Haß hatten die Anteilnahme überschattet. Die wahren Gefühle der Menschen, was die Besatzung anging, brodelten nun schon seit zweidreiviertel Jahren, nur notdürftig verborgen unter einem Deckel, der aus Gehorsam und Opportunismus geschmiedet war. Und nun waren sie hochgekocht, in großen, nach Schwefel stinkenden Blasen, wie sie aus einem schlammigen Tümpel aufsteigen. Es war nicht nur unterdrückte Wut, die den Zornesausbruch der Anwesenden hervorgerufen hatte. In den schäbigen Falten ihrer Trauerkleidung mischten sich die giftigen Dämpfe der Selbstverachtung mit dem Gestank von Kampfer und Mottenkugeln. Ned hatte sie selbst gerochen, denn sie waren zwischen den Grabsteinen hin und her gewabert – gleich den Nebelschwaden, die sich aus den Steinen am Strand erhoben –, um sie alle in düstere Stimmung zu stürzen. Es war eine ebenso gefährliche wie berauschende Mischung, die die Inselbewohner an diesem Nachmittag eingeatmet hatten.

Ned setzte sich und öffnete gedankenverloren eine Schublade, als ihm plötzlich einfiel, was sich darin befand. Er hatte den Mann ganz vergessen gehabt, bevor Lentsch ihn erwähnt hatte. Ein toller Detective war er! Und nun war der Mann tot, ein britischer Polizist hatte ihm den Schädel eingeschlagen. War das legitimes Verhalten in einer Kriegssituation oder eine Straftat? Ned nahm die Brieftasche, öffnete sie und breitete das Geld auf dem Tisch aus. Viel mehr, als ein Leutnant im Monat Sold bekam, außer, er hatte im letzten halben Jahr nichts ausgegeben.

Er hielt die Brieftasche auf und schüttete den Inhalt auf die Tischplatte. Ausweis, Führerschein, ein Scheckbuch von Lloyd's, eine Gezeitentabelle, ein Brief von zu Hause mit unleserlich verschmiertem Poststempel. Darin drei eng beschriebene Seiten. Von seiner Frau, seiner Mutter, seinem Bruder, seinem Vater? Ned wußte es nicht. Auch Photographien. Eine stellte eine gutaussehende Frau von etwa fünfzig Jahren dar, die ein weißes Schoßhündchen hielt; die zweite einen jungen Mann in schlechtsitzendem Anzug, der gerade den Homburg zog; die letzte ein mageres Mädchen im Sommerkleid, rittlings auf einem Fahrrad, zweifellos die Freundin in verliebter Pose, das hoffnungsfrohe Lächeln einer Verlobten auf dem Gesicht. Wußten diese Frauen und dieser Mann, daß ihr geliebter Schade tot war? Daß er sein Leben verloren hatte, weil er ohne jeden Anlaß ein paar Stufen hinuntergestoßen worden war? Würde sich die Meinung dieser zufriedenen, glücklichen Menschen über den Krieg dadurch ändern? Was für einen Zweck hatten Photos, außer anderen weh zu tun und sie zu verletzen? Photos teilten einem nichts weiter mit, als daß man für immer allein, für immer auf der Durchreise war. Daß man von denen, die einem am nächsten standen, verraten wurde und selbst die Menschen verraten würde, die man liebte.

Als er den Brief zurückstecken wollte, entdeckte er ein weiteres Fach, das die ganze Brieftasche entlang verlief und von einer kleinen Lederlasche auf der rechten Seite verschlossen wurde. Er griff hinein. Mehr Photos. Er breitete sie auf dem Tisch aus.

Obwohl ihm klar war, was er da vor sich hatte, hielt er die Bilder anfangs nur für die schlecht aufgenommenen Masturbationsvorlagen eines Soldaten. Photos von breitbeinig posierenden Frauen, die ihm die langweiligen Stunden in der Kaserne verkürzten oder die er – begleitet vom Gejohle, den schmutzigen Witzen und den eindeutigen Gesten seiner Kameraden – im Speisesaal herumgereicht hatte. Doch als Ned näher hinsah, bemerkte er, daß nicht alle Bilder Fremde darstellten. Einige dieser Frauen kannte er, und auch eine Örtlichkeit kam ihm vertraut vor. Allerdings wußte er nicht, was ihm zuerst aufgefallen war – die niedrige, gewölbte Decke und die offene Eisentür des Fluchtschachts oder die drallen Arme und der üppige Haarschopf der Frau, die sich in diesem Raum befand. Sie lächelte in die Kamera, war so nackt wie in der Sommernacht, in der sie mit ihm und Bernie ins Meer gesprungen war. Nur daß sie hier einen molligen Arm um Leutnant Schades breite Schulter geschlungen hatte. Die beiden lagen rücklings auf einem Strohhaufen. Deshalb hatte Isobel also Stroh in den Haaren gehabt. Nicht von einem landwirtschaftlichen Fahrzeug oder aus einem Stall, sondern aus dem Tunnel selbst.

Ned verließ das Revier, überquerte den Platz und ging die Smith Street entlang. Auf der linken Straßenseite stand eine Warteschlange, die sich den Hügel hinunter bis zur Lower Pollet erstreckte. Im Schaufenster des Buchladens in derselben Straße hing das allgegenwärtige riesige Führerbild, ebenfalls umrankt von einem Gebilde aus Farn und Osterglocken. Darunter lagen verteilt Exemplare des größten Ladenhüters in ganz England: *Mein Kampf* in englischer Übersetzung als achtzehnbändige, wöchentlich erscheinende Serie. Ein handgeschriebenes Schild teilte mit, daß die Gesamtausgabe anläßlich des kommenden Führergeburtstags gratis verlost werden würde.

An der Ecke stieg er ein paar Stufen hinauf und öffnete eine Doppeltür. Drinnen in der Bank war es kühl, menschenleer und roch nach Bohnerwachs. Monty Freeman saß in seinem Büro und diktierte einen Brief. Seine Handgelenke ragten aus den Jackenärmeln wie die Besenstielarme einer Vogelscheuche. Ein Anzug auf der Suche nach einem Mann, pflegte Neds Mutter ihn zu nennen. Am hinteren Ende des Raums trug ein Mädchen Zahlen in ein längliches Buch ein. Ned hörte ihren Federhalter kratzen. Elspeth Poidevin thronte hinter der langen Eichentheke vor einem kleinen Schild, auf dem ihr Name stand, und zählte Geld. Der Schriftzug auf dem Schild war nur unwesentlich eleganter als ihre Kleidung. Sie trug eine rosafarbene Bluse mit einem hohen Kragen und Perlmuttknöpfen, die kleine Schleife an ihrer Brust war wie ein Schnürsenkel gebunden und sah so aus, als sei sie nicht aufzuziehen. Sie zählte langsam, leckte sich wieder und wieder den Zeigefinger und machte dabei ihrem uniformierten Kunden schöne Augen. Obwohl ihre rosigen Lippen die Wörter lautlos formten, hörte Ned jede Silbe: fünf-und-zwanzig, sechs-und-zwan-zig, sie-ben-und-zwan-zig.

Neds Schritte hallten auf dem Boden wider, als er die Bank durchquerte und sich hinter den Mann in der schneidig gegürteten Uniform stellte. Elspeth schnürte das Geldbündel mit einem Gummiband zusammen und schob es über die Theke. Wie alle Besatzungsbanknoten waren auch diese klein und schmierig. Der Offizier stützte die Hände auf die Theke und sah Elspeth ins Gesicht.

»Ich habe neunundzwanzig gezählt«, sagte er.

»Dreißig«, entgegnete Elspeth. »Aber ich zähle gerne noch mal nach, wenn Sie möchten.«

»Ich bitte darum, Miss.«

»Ach, der Kunde ist bei uns König. Dafür sind wir ja hier.«

Wieder leckte sie ihren Finger ab und griff nach den Banknoten. Jedesmal, wenn sie einen Schein umblätterte, stieß sie mit der Daumenwurzel gegen ihre rechte Brust. Die Schleife geriet ins Schwanken.

»Sie hat beim erstenmal richtig gezählt«, sagte Ned von hinten. Der Mann drehte sich um.

»Ich konnte nicht anders, als hinzusehen«, gestand Ned. »Es waren dreißig. Solche Fehler macht sie nie, richtig, Elspeth?«

Gegen Komplimente hatte Elspeth nie etwas einzuwenden, selbst wenn sie ihre Darbietung unterbrachen. »Ich habe ein Händchen für Zahlen«, stimmte sie zu. »Bitte sehr, es sind dreißig. Was habe ich Ihnen gesagt!«

Widerstrebend nahm der Offizier sein Geld entgegen wie ein kleiner Junge, der nur eine halbe Tüte voller Süßigkeiten abgekriegt hat.

»Beehren Sie uns bald wieder«, rief Elspeth ihm nach, rückte ihr Schild zurecht und wandte sich wieder an Ned. »Mr. Luscombe«, meinte sie freundlich. »Was kann ich für Sie tun?«

Ned erwiderte ihr Lächeln. »Sind Sie inzwischen über den Schock hinweg?«

»Wie bitte?«

»Verletzen die gefallenen Mädchen noch immer Ihr Schamgefühl?«

Sie zog die Nase hoch. »Mr. Freeman bedient sie nach Schalterschluß. Auf diese Weise werden wir nicht...«

»Verseucht?«

»Mein Dad hat ihm gesagt, ich dürfe sonst nicht mehr hier arbeiten.«

»Es muß schön sein, so einen Vater zu haben. Aber jetzt zum Geschäftlichen.« Er blickte sich um. Monty Freeman beobachtete ihn durch das Bürofenster. Das Mädchen drückte Löschpapier auf die Zahlenreihen. »Eine Bankangelegenheit.«

»Gerne. Möchten Sie ein Konto eröffnen?« fragte Elspeth.

Ned schüttelte den Kopf und wandte sich zur Tür um, wo der Offizier seine Uniformjacke zurechtrückte, bevor er auf die Straße trat. »Mich interessiert nur, ob Sie viele Offiziere wie ihn als Kunden haben.«

»Ein paar von der Feldkommandantur und von der Wehrmacht, die länger hier stationiert sind. Natürlich keine einfachen Soldaten.«

»Natürlich. Und was ist mit Artillerieoffizieren?«

»Da bin ich nicht sicher. Für mich sind sie einfach nur Kunden.«

Ned holte die Brieftasche heraus und legte sie auf die Theke.

»Es geht um diesen Leutnant. Er hat seine Brieftasche verloren. Es ist viel Geld drin, verstaut in einem der Umschläge aus der Bank. Der Mann heißt Schade.«

»Nie gehört.«

»Sehen Sie sich dieses Photo an. Erkennen Sie ihn jetzt?« Er klappte den Ausweis auf. Sie betrachtete das Bild des gedrungenen Mannes, der in die Kamera grinste. Und dann waberte ein Hauch reinster Unschuld über die Theke, so süßlich wie das Parfüm, das aus ihrem wohlbehüteten Busen aufstieg.

»Nein, ich glaube nicht. Anscheinend kein Kind von Traurigkeit.«

»Bis jetzt hatte er auch allen Grund, vergnügt zu sein. Sind Sie sicher, daß Sie ihn nicht kennen? Es war auch ein Scheckbuch dabei.«

Sie nahm den Ausweis. »Wenn ich es mir so überlege, kann es durchaus sein, daß ich ihn ein- oder zweimal bedient habe.« Sie blickte sich um und senkte dann die Stimme. »Das Problem ist, daß sie in Uniform alle gleich aussehen, finden Sie nicht?«

»Was ist, wenn sie keine Uniformen anhaben?«

»Wie bitte?«

»Wenn sie in Zivil sind. In der Badehose. *Im Adamskostüm.*«

»Badehose? Was meinen Sie damit?«

»Ich habe nur so eine Vermutung, daß Sie diesen Mann vielleicht privat kennengelernt haben, Elspeth.«

»Wie um alles in der Welt kommen Sie denn darauf?«

»Offen gesagt, deshalb«, entgegnete er und legte die Photographien vor sie hin. »Die waren auch in seiner Brieftasche.«

Elspeth erbleichte, klammerte sich an den Tresen, rutschte von ihrem Hocker und sank zu Boden. Das Mädchen hinten im Raum sprang so erschrocken auf, daß sich der Inhalt ihres Tintenfasses über die sorgfältig geschriebenen Zahlenreihen ergoß. Ned duckte sich eilig unter dem Tresen durch. Das Mädchen hielt Elspeths Kopf auf dem Schoß. Der gebohnerte Boden war mit deutlichen Tintenfußabdrücken bedeckt.

»Bringen wir sie erst einmal wieder auf die Beine«, schlug Ned vor. Monty Freeman stand auf einmal neben ihm.

»Was geht hier vor?« fragte er und trat nach dem Fuß des Mädchens. »Sehen Sie, was Sie mit meinem Boden gemacht haben.«

»Das ist doch jetzt egal!« rief Ned. »Holen Sie ihr lieber ein Glas Wasser.« Er faßte Elspeth unter den Achseln und schleppte sie mit der Hilfe des Mädchens in Montys Büro. Er spürte ihren Herzschlag und roch, daß ihr plötzlich der Schweiß ausgebrochen war. Obwohl sich ihr Körper schlaff anfühlte und sie es schaffte, die Augen geschlossen zu halten, gelang es ihr zu verhindern, daß ihre Strümpfe mit den Glassplittern auf dem Boden in Berührung kamen. Sie war also gar nicht in Ohnmacht gefallen, sondern wollte nur Zeit gewinnen. Ned scheuchte die Sekretärin hinaus und setzte Elspeth auf Monty Freemans Drehstuhl, bevor er die Photos holen ging. Als er zurückkam, stand Monty Freeman, ein Glas in der Hand, vor seinem Büro.

»Ich fürchte, Sie werden heute nachmittag auf eine Arbeitskraft verzichten müssen«, sagte Ned und nahm ihm das Glas ab. »Wenn sie wieder zu sich kommt, muß sie mich begleiten.«

»Sie begleiten? Aber wozu denn?« Er warf einen Blick auf Elspeths verlassenen Platz und die Banknotenschublade darunter. »Es hat doch nicht etwa was mit der Bank zu tun?«

»Nein«, beruhigte ihn Ned. Er schloß die Tür.

Er wartete, bis Elspeth die Augen aufschlug. Ihr Kopf befand sich knapp auf gleicher Höhe mit der Tischplatte. Sie rutschte auf dem

Stuhl herum, griff dann nach unten und stellte die Sitzhöhe richtig ein. Als sie einen Schluck trinken wollte, zitterte ihre Hand so, daß das Wasser überschwappte. Durch das Fenster beobachtete sie, daß sich die anderen Mädchen um die Stelle versammelten, wo sie zu Boden gesunken war. Entsetzt drehte sie sich zu Ned um.

»Alles in Ordnung«, versicherte ihr Ned und klopfte auf seine Tasche. »Ich habe sie hier. Niemand hat sie gesehen.« Er stand auf. »Kommen Sie, Elspeth. Wir machen einen Spaziergang zum Revier. Die frische Luft wird Ihnen guttun.«

In seinem Büro angekommen, holte er den Stuhl neben dem Ofen herbei und forderte sie auf, Platz zu nehmen. Sie setzte sich, hielt die Handtasche auf dem Schoß umklammert und betrachtete argwöhnisch die schmutzigen Wände. Ned setzte sich ihr gegenüber.

»Haben Sie ein Kissen?« fragte sie. »Der Stuhl drückt mich am Hintern.«

Sie rutschte ungeduldig herum. Ned konnte nicht anders, als sie zu bewundern. Sie hatte wirklich Mumm.

Er beugte sich vor. »Da Sie die Tasche schon einmal mitgebracht haben, kann ich gleich einen Blick hineinwerfen. Vielleicht ist ja etwas Interessantes darin.«

Er kippte sie aus. Eine Tafel deutsche Schokolade, ein Päckchen deutscher Tabak, eine kleine Geldbörse mit zwei zerknitterten Zehnmarkscheinen, ein Sparbuch, ein Tütchen Haarnadeln, eine Puderdose, ein Spiegel und drei verschiedenfarbige Lippenstifte. Alle noch unbenutzt.

»Und nun zu den Photos«, sagte er, holte sie heraus und mischte sie wie ein Kartenspiel.

Elspeth versuchte, sie ihm aus der Hand zu reißen. »Lassen Sie das! Die sind privat. Sie haben kein Recht, sie so anzuglotzen.«

»Ich ermittle in einer Strafsache«, entgegnete Ned. »Es könnten Beweisstücke sein.«

»Wofür? Das sind bloß Photos. Ich kann mich knipsen lassen, von wem ich will. So was ist doch kein Verbrechen.«

»Ich denke, Sie irren sich, Elspeth. Zuerst stellt sich mir die Frage, warum Sie das getan haben.«

Elspeth sah ihn entrüstet an. »Das sind künstlerische Aktaufnahmen.«

»Vermutlich würde der Schatzkanzler das anders sehen. Das hängt davon ab, was davor und danach geschah und ob ein Honorar gezahlt wurde.« Als sie widersprechen wollte, unterbrach er sie. »Und zu guter Letzt bleibt noch der Punkt, wo all das stattgefunden hat. Die Bunker sind striktes Sperrgebiet. Ist Ihnen überhaupt bewußt, in welche Gefahr Sie sich begeben haben? Das Militär hätte Sie für eine Spionin halten können.«

Sie blickte auf. »Wir hatten nur ein bißchen Spaß, sonst nichts.«

»Sie und dieser Schade?«

»Ja.«

»Wie haben Sie ihn kennengelernt?«

»Conrad? Ich weiß nicht mehr. Wahrscheinlich am Konzertpavillon. Oder vielleicht im Kino. Dienstags ist meistens gemischter Abend.«

»Nun, offenbar sind diese Veranstaltungen ein großer Erfolg. Wann haben Sie ihn zuletzt gesehen?«

»Vor ein paar Wochen. Er ist jetzt im Urlaub.«

»Und er hat Sie in den Bunker mitgenommen?«

»Ja. Wir haben dann immer eine kleine Party gefeiert.«

»Wir?«

Offenbar hatte sie sich verplappert.

»Ich und ein paar Freundinnen, die bei Boots arbeiten, wenn Sie es unbedingt wissen müssen.«

»Was ist mit den Mädchen aus der Bank?«

Elspeth schüttelte den Kopf.

»Fanden diese Partys häufig statt?«

»Einmal in der Woche vielleicht. Immer, wenn sie Dienst hatten.«

»Und wann gingen Sie hin? Nachts?«

»Sie haben uns nach Beginn der Ausgangssperre vor der St. Saviour's Church abgeholt, uns oben abgesetzt, sind durchs Sicherheitstor gegangen und haben ihren Dienst angetreten. Dann kam einer von ihnen zurück, hat gemeldet, daß die Luft rein ist, und wir sind runtergeklettert.«

»Haben Sie die Nacht dort verbracht?«

»Früh am Morgen sind wir wieder weg, damit uns niemand bemerkt.«

»Das war doch ziemlich gefährlich für die Soldaten.«

»Vielleicht dachten sie, daß wir das Risiko wert sind.«

»Und mehr ist da unten nicht passiert – nur die Partys?«

»Das reicht doch, oder?«

»Und was ist mit Ihren Eltern?«

»Denen habe ich gesagt, daß ich bei einer Freundin übernachte. Wir haben ja nichts Böses getan, Mr. Luscombe.« Ihre Nasenflügel fingen an zu beben. »Sie verraten doch nichts meinem Dad? Sonst schlägt er mich grün und blau.«

»Das hängt davon ab, wieviel Sie mir sonst noch erzählen, Elspeth. Das Problem ist, daß Miss van Dielens Leiche zufällig in eben diesem Bunker bei eben diesem Geschützstand gefunden wurde.«

»Aber das kann nicht sein! Dann wüßte ich es von Conrad.«

»Conrad ist tot.«

Jetzt geriet ihre Selbstsicherheit ernstlich ins Wanken, und ihre Hände begannen zu zittern. Ned hatte Mitleid mit ihr. Sie war nur ein dummes Mädchen. Als sie die Hand ausstreckte und die Rückseite eines der Photos berührte, war er versucht, ihr die Bilder zurückzugeben und sie nach Hause zu schicken. »Keine Angst«, sagte er. »Das hat nichts mit Ihnen zu tun. Ein Zufall.«

»Ich weiß nichts darüber, Mr. Luscombe. Ehrlich. Ich habe noch nie ein Wort mit ihr gewechselt.«

»Was ist mit den Männern? Kannte einer von ihnen sie vielleicht? Was denken Sie? Wie heißen sie noch mal? Rupp? Bauer?«

»Rudi und Conrad? Nein, Miss van Dielen war viel zu überkandidelt für sie.«

Ned nickte, nahm das Sparbuch und blätterte es durch. Am heutigen Tag hatte Elspeth Poidevin 3175 Pfund auf der Bank. Mehr als dreitausend Pfund! Zehn seiner Jahresgehälter!

»Verdammt, Elspeth, wie kommen Sie an soviel Geld?«

Elspeth betrachtete das Sparbuch, als hätte sie es nie zuvor gesehen.

»Ersparnisse.«

»Ersparnisse! Wovon?«

»Conrad war sehr großzügig.«

»Da muß ich Ihnen recht geben.« Er studierte die Einträge. Sie hatte das Konto im Oktober 1940, vier Monate nach Beginn der Besatzung, eröffnet und jede Woche eingezahlt, immer zehn, zwanzig oder dreißig Pfund.

»Wollen Sie behaupten, Sie hätten das alles von einem Leutnant bekommen?«

»Natürlich nicht alles.«

»Nun, von wem dann?«

Elspeth rutschte auf ihrem Stuhl herum. »Ich weiß nicht mehr genau.«

»Verzeihen Sie mir die Frage, Elspeth, aber kann es vielleicht sein, daß Sie den Damen aus Frankreich Konkurrenz gemacht haben? Hat Sie der Anblick, wie sie in die Bank kamen, um ihr sauer verdientes Geld einzuzahlen, möglicherweise auf diesen Gedanken gebracht? Nach dem Motto: ›Wenn die das können, kann ich es auch‹?«

Sie stand auf. Schamesröte breitete sich auf ihrem Hals aus. »Wie können Sie es wagen? Eine Frechheit!«

»Was soll ich denn sonst denken? Der Leutnant besaß Photos von Ihnen, bei deren Anblick die ganze britische Armee im Erdboden versinken würde. Und Sie haben ein Konto, um das Sie wahrscheinlich Ihr Filialleiter beneiden würde.«

Monty Freeman. Das war auch eine Möglichkeit. Er blätterte das Sparbuch noch einmal durch. Zwei Jahre und fünf Monate. 1940, 1941, 1942, 1943. Ende Dezember 1942 waren die in diesem Jahr aufgelaufenen Zinsen berechnet worden, abgezeichnet von Monty Freeman. Monty Freeman wußte also Bescheid, wußte, daß Elspeth Poidevin in fünf Monaten mehr Geld beiseite schaffte, als er in einem Jahr verdienen konnte. Der aufrichtige Monty Freeman? Und dann fiel ihm der Drehstuhl ein, und daß Elspeth nach dem

Hebel gegriffen hatte, als wüßte sie genau, wie man die Sitzhöhe verstellte – als hätte sie schon viele Male auf diesem Stuhl gesessen. Nicht während der Schalterstunden, darauf wäre Ned jede Wette eingegangen. Also wenn die Bank geschlossen war und die anderen Mädchen sich schon auf den Heimweg gemacht hatten. Elspeth Poidevin und Monty Freeman, endlich allein.

Er rief nach Tommy, lief die Stufen hinunter und rannte den Hügel hinab. Draußen vor der Bank standen die Mädchen und redeten. In diesem Moment kam Monty Freeman eilig aus dem Gebäude und setzte dabei seinen Hut auf. Eine Minute später schlich Ned sich die Hauswände auf der linken Straßenseite der Lower Pollet entlang und folgte Montys auf und nieder hüpfendem Hut, als dieser die Apotheke, den Goldschmied und R. J. Collins, Spezialist für hausgemachte Kuchen, passierte. Vorbei an all den Läden, deren Besitzern sich Freeman stets als Ausbund an Rechtschaffenheit präsentierte. Er stieß mit der Hand gegen Wände und Fenster, seine Rockschöße flatterten, und offenbar bemerkte er nicht, welches Aufsehen seine außergewöhnliche Hast erregte.

Unten am Kreisverkehr machte Ned ruckartig kehrt. Der arme Monty stand atemlos vor dem Savoy Hotel. Ned wartete eine Minute, bevor er sich wieder umdrehte. Doch es bestand keine Gefahr, daß Monty ihn entdecken würde, denn dieser hatte die Straße bereits überquert und hielt einen Bus an, der gerade die Esplanade entlangkam. Er zog vor dem Fahrer den Hut und ließ sich auf der vorderen Bank nieder.

Ned hielt gut fünfzig Meter Abstand, ging auf derselben Straßenseite wie der Bus, und lehnte sich, wenn nötig, an ein Geländer oder an die Deichmauer. Die von Pferden gezogenen Busse zeichneten sich nicht eben durch hohe Geschwindigkeit aus. Frauen mit Einkaufstaschen und Kindern überholten Ned, pfeifende Männer, die Werkzeugkästen und leere Henkelmänner trugen. Ein Fensterputzer kam auf dem Fahrrad vorbei, die eine Hand hielt den Lenker, die andere eine Leiter. Dann der Wagen eines Arztes. Wenn man den Hafen einmal außer acht ließ, wirkte die Küste unverändert. Je mehr sie sich Spur Point näherten, desto weniger Passanten waren unterwegs, weshalb Ned die Straßenseite wechselte und ein wenig zurückblieb, während das alte Pferd seine Last um die Kurve und zum südlichen Kai des Hafens von St. Sampson zog. Unter dem stumpfen Fell des Tieres konnte er bei jedem müden Schritt die Knochen erkennen, das Alter und das Leid. Am Hafen war es für Ned leichter, sich zu verstecken, denn hier herrschte geschäftiges Treiben: Kräne in Bewegung, schreiende Hafenarbeiter, Wachen, Soldaten, Zivilisten, alles eilte durcheinander. Die Leute wirkten einigermaßen zufrieden. Sie hatten Arbeit, verdienten ordentlich und bekamen genug zu essen. Der Bus hielt. Eine Frau stieg aus, zwei andere Fahrgäste hoben ihren Kinderwagen heraus und sprangen dann ebenfalls hinunter. Ein Junge mit einem Faßreifen und seine Mutter. Dann tauchten zwei Hände, die einen Hut hielten, unter der dunklen Plane auf. Monty Freeman.

Kurz darauf betrat er van Dielens Baufirma. Ned lief um das Grundstück herum, zog sich am Zaun hoch und spähte darüber. Monty klopfte an die kleine Holztür, aber es war niemand da. Er rüttelte an der Klinke, doch offenbar war das Schloß ausgewechselt worden. Also setzte er sich und hielt sich den Kopf. Donner grollte. Als er aufblickte, begann es wieder leicht zu regnen. Monty zog die Schultern hoch und schob sich den Hut tiefer in die Stirn. Anscheinend wollte er warten.

Am Ende des Hafens stand ein kleines Wachhäuschen. Ned ging hin, wies sich aus und fragte, ob er das Fenster als Beobachtungsposten benutzen dürfe.

»Verfolge eine Spur«, erklärte er.

Die Wachmänner waren höflich, schoben ihm einen Stuhl ans schmierige Fenster und wischten die Scheibe mit einem öligen Lumpen ab. Der Regen draußen hatte sich in ein stetes Nieseln verwandelt. Durch den Wind vom Meer her war es merklich abgekühlt.

»Kaffee?«

Ned nahm die Blechtasse dankbar entgegen. Die beiden Wachmänner gingen hinaus und ließen die Tür offen. Er sah ihre Umhänge, ihre Stiefel und die Kolben ihrer Gewehre. Ned blies in die heiße Flüssigkeit und starrte aus dem Fenster. Die Wachmänner waren wieder auf Posten und setzten ihr Gespräch fort. Ned konnte ein wenig davon verstehen. Im Bordell am Ort gab es offenbar ein neues Mädchen. Französin. Jung. Gut im Bett. Dann eine Geschichte, in der eine Flasche vorkam. Viel Gelächter. Ein Kamerad hatte es tatsächlich geschafft, eines der neuen Geschütze ins Hafenbecken fallen zu lassen. Ein Boot war dabei auch zerschmettert worden. Dann beschwerte sich einer über etwas, Ned war sich nicht sicher, worum es ging. Beim Auf-und-Ab-Marschieren klapperten ihre Stiefel auf dem Kopfsteinpflaster. *Zwei Wochen lang. Jeden Tag.* Stiefel, Uniformen, einfach alles. Er beobachtete ihre Gesten. Schließlich begriff er. Wieder mal ein Appell.

George Poidevin erschien zwei Stunden später. Ned hätte ihn fast nicht bemerkt, denn einige Lastwagen, die sich vor den Depots aufreihten, versperrten ihnen die Sicht. Als der letzte Laster sich in Bewegung setzte, sah er gerade noch van Dielens grünen Lieferwagen, bevor das Tor sich wieder schloß. Ned schlug den Kragen hoch, rannte durch die Pfützen, zog sich vorsichtig am Fensterbrett hoch.

Nun brannte Licht in der Hütte, dämmrig und flackernd, und obwohl die Hälfte des Fensters mit braunem Papier zugehängt war, konnte Ned beobachten, wie die beiden Männer drinnen hin und her gingen. Monty Freeman wedelte mit seinem Hut herum. George versuchte, ihn zu beruhigen. Ned starben allmählich die Arme ab. Nach etwa zehn Minuten kamen die beiden heraus und hielten auf den Lieferwagen zu. George kletterte auf die Ladefläche und begann, Gegenstände herunterzuwerfen.

»Wir warten bis neun«, sagte er. »Bis dahin ist alles totenstill.«

»Können wir nicht früher anfangen?« Monty klang verärgert.

»Es ist unter der Woche, Mr. Freeman. Das wäre zu gefährlich. Kommen Sie und helfen Sie mir, daß das Zeug nicht so lange im Regen steht.«

Ned ließ sich herunter. Warten war er nicht gewöhnt. In Southampton war es üblich, bei den Leuten an die Tür zu klopfen oder ihnen kurz den Arm zu verdrehen. Er lief zur nächsten Telephonzelle – wenigstens nahmen die Apparate noch die alte Währung an – und wählte die Nummer des Reviers.

»Tommy? Ich bin am Hafen von St. Sampson. Bei der Zollhütte am südlichen Ende. Ich möchte, daß du mir das Fahrrad bringst. Du kannst damit herfahren und zu Fuß zurückgehen. Ach, und besorg mir auch etwas gegen den Regen. Es gießt wie aus Kübeln, und ich habe meinen besten Anzug an.«

»Einen Umhang, meinst du?« schlug Tommy hilfsbereit vor.

»Nein, keinen dämlichen Umhang. Ich will möglichst unauffällig bleiben. Lieber etwas aus dem Fundbüro, das auch die Beine bedeckt. Und beeil dich.«

Tommy traf zwanzig Minuten später ein. Unter dem Arm trug er ein weißes Bündel. Einen Mantel, der hinten schwarz beschriftet war.

»*Liegestuhlverleih!*«

»Was anderes konnte ich nicht finden«, erklärte Tommy und half ihm beim Anziehen. »In letzter Zeit verlieren die Leute nicht mehr so viel wie früher.«

Nach zehn Minuten rollte der Lieferwagen langsam durch das Tor. Als er sich der Hütte näherte, kam einer der Wachmänner heraus. George hatte alle Papiere bereit; Führerschein, Benzinbezugsschein, Ausweis und die Auftragsbestätigung der Organisation Todt. Der Wachmann winkte ihn weiter. Ned schlüpfte aus seinem Versteck und trat kräftig in die Pedale. Der Mantel war an den Schultern zu eng und flatterte störend um seine Beine. Außerdem ging die Fahrradlampe ständig aus. Doch das graue Meer und der trübe Himmel verstrahlten genug Licht. Inzwischen standen die Kräne reglos da, die Kanonenboote und Schiffe hatten sich in verschwommene Silhouetten verwandelt. In den Stacheldrahtrollen hatten sich ölverschmierte Seetangstränge verfangen. Als sie St. Peter Port erreicht hatten, fuhr der Lieferwagen den Julian's Hill hinauf und bog dann scharf nach links in die schmale Gasse ein, wo die Hintereingänge der Läden an der Smith Street lagen. Langsam kroch der Lieferwagen weiter, seine Plane streifte die Backsteinmauern entlang. Die Gasse mündete in einen kleinen Hof. George wendete den Lieferwagen und fuhr rückwärts an die Hintertür der Bank heran. Kurz darauf klapperten Schlüssel, und die beiden Männer betraten das Gebäude. Monty hatte eine Sturmlaterne in der Hand. Ned zählte bis dreißig und folgte ihnen den schmalen Flur entlang, der in die Bank führte. Er hörte das Echo ihrer eiligen Schritte auf dem Parkettboden. Drinnen in der Schalterhalle roch es noch stärker nach Bohnerwachs als zuvor. Ned stand in der Tür und versuchte, sich zu orientieren. Die Theke befand sich geradeaus. Rechts von ihm erhob sich die hölzerne Trennwand, die den hinteren Teil von Montys Büro begrenzte, links von ihm stand der Tisch, an dem das Mädchen die Eintragungen in das Buch gemacht hatte. Und dahinter sah er im flackernden Lichtschein eine offene Tür und eine weißgestrichene Decke, die sich abwärts zu neigen schien. Die kühle Luft aus dem Keller schlug ihm entgegen. Er holte tief Luft. Als er sich der Tür näherte, hörte er George Poidevins schwere Schritte die Treppe hinaufpoltern. Ned huschte durch den Raum und versteckte sich unter der hochklappbaren Platte der Theke. Ein Grunzen ertönte, dann betrat George die Schalterhalle.

»Passen Sie auf die Tinte auf.« Offenbar war Monty dicht hinter ihm. »Warten Sie, ich gehe voran.«

Jeder von ihnen trug drei oder vier Kisten, die Stapel ragten über ihre Köpfe hinaus. Monty schlich vorsichtig weiter.

»Das wird die ganze Nacht dauern«, beschwerte sich George.

»Na und? Wenn man das Zeug bei mir findet, bin ich erledigt.« Dann schrie er auf. »Mein Gott, jetzt bin ich selbst reingetreten! O mein Gott, o mein Gott, was soll ich tun?«

George stellte seine Kisten auf den Schreibtisch und legte den Boden mit Papier aus.

»Treten Sie da drauf«, sagte er, »sonst verteilen Sie Ihre Fußabdrücke überall.«

Ned wartete, bis sie sechsmal hin- und hergegangen waren. So würden sie nicht mehr soviel Kraft haben, falls es Ärger geben sollte. Er konnte sich zwar nur schwer vorstellen, daß Monty Freeman ihn angreifen würde, aber George war ein anderes Kapitel. Er war ziemlich beleibt, doch nicht so tolpatschig, wie er aussah. Als die beiden

Männer zum siebtenmal in den Keller hinabstiegen, heftete Ned sich an ihre Fersen. Auf dem Weg fiel ihm ein mattes, metallisches Schimmern auf, das von den Wänden abzustrahlen schien wie Tausende von auf Hochglanz polierten Stiefeln, eine seltsame Unzahl glimmender Lämpchen. Er hatte sich nie überlegt, was man wohl im Tresorraum einer Bank so finden konnte – vermutlich Banknoten, Münzen und einige Schließfächer –, aber ganz sicher keinen Lebensmittelladen. Aufgestapelt an der Wand standen wie in einer Wurfbude auf dem Jahrmarkt Pyramiden von Dosen: Pfirsiche in Scheiben, Fruchtcocktail, Birnen, gezuckert, Erbsen, Karotten, Butterbohnen, Ölsardinen, Sardellen, Lachs, Corned beef, Schinken in Gelee, Fischpaste, Milchpulver, Gemüsesuppe und gewaltige Gläser mit Aprikosenmarmelade. Schinken und Speckseiten baumelten von Haken an der Decke, und auf dem Boden türmten sich Mehlsäcke. Ned fielen fast die Augen aus dem Kopf. George hatte ihm den feisten Rücken zugewandt und schleppte ein paar Säcke über die Steinfliesen, Monty packte einzelne Kakaodosen in einen halboffenen Karton, ganz ordentlich, trotz der Eile. Van Houtens Kakao. Fast konnte Ned den bittersüßen Duft riechen, hörte das dumpfe Knacken, mit dem der Löffelstiel das Papiersiegel durchbrach. Es wäre ein leichtes gewesen, ein paar Dosen einzustecken und mit nach Hause zu nehmen. Mutter würde es sicher ungemein aufmuntern, wenn sie wieder einmal eine Tasse richtigen Kakao bekam. Er trat in die Mitte des Raums und blieb unter der einzigen nackten Glühbirne stehen.

»Brauchen Sie Hilfe, meine Herren?«

George holte nach ihm aus. Ned hatte noch nie Vergnügen daran gehabt, jemanden zu schlagen, doch nun machte es ihm richtig Spaß. Er wich dem schlecht gezielten Hieb aus und boxte George in den teigigen Wanst. Offenbar hatte er die richtige Stelle erwischt, nämlich das Körperteil, das von Georges Machenschaften am meisten profitiert hatte, denn das Geräusch stimmte. George stieß ein gewaltiges Gurgeln aus, wie ein verstopftes Wasserrohr nach Anwendung einer Vakuumpumpe. Ein heißer Schwall übelriechenden Atems wehte Ned entgegen, als George nach vorne kippte. Ned stieß ihn zurück, so daß der Dicke in Monty Freemans Arme taumelte. Der zierliche Mann geriet unter dem Gewicht seines Komplizen ins Wanken, und die beiden stürzten auf die Mehlsäcke.

»Schlagen Sie mich nicht!« kreischte Monty Freeman und wirbelte weiße Wolken auf, als er mit den Armen ruderte. »Ich sage alles.«

Den Rest der Nacht und den Großteil des folgenden Tages verbrachten Ned und der Major damit, die Wahrheit aus den beiden herauszuholen. Währenddessen bearbeiteten die Untergebenen des Hauptmanns die Kanoniere. »Ich hätte nie gedacht, daß ich mal Mitleid mit einem Deutschen kriegen würde«, meinte Tommy, als er am späten Vormittag aus dem Gebäude zurückkehrte, in dem die Soldaten festgehalten wurden. »Aber nachdem ich gesehen habe, in welchem Zustand sie waren... Ich wurde sogar gefragt, ob ich mitmachen will. Sie haben mir einen angeboten.«

»Und hast du mitgemacht?« erkundigte sich Ned, der sich an den bedauernswerten Schade erinnerte.

Tommy war empört. »Ich hab mich rausgeredet und gesagt, ich würde mir meine Kräfte für den Haufen hier aufsparen.«

Ihre Verhörtechnik ging auf, Monty und Elspeth verrieten ihnen bis ins letzte Detail, wie sie es angestellt hatten. Elspeth saß schniefend neben ihrem Vater in Neds Büro, Monty Freeman redete unten im Arztzimmer wie ein Wasserfall, starrte die weiße Linie an und überlegte sich, wie rasch er das Gleichgewicht verloren hatte – und daß er es, im Gegensatz zu den Betrunkenen, die an dieser Linie getestet wurden, wohl nie wiederfinden würde. Die drei erzählten und erzählten, ohne etwas zu beschönigen; offenbar hofften sie, daß eine so freimütige Geständigkeit zu ihren Gunsten ausgelegt werden und ihnen die Strapazen eines deutschen Gefängnisses ersparen würde. Sie irrten sich, das wußte Ned, doch er unternahm nichts, um ihnen diese verzweifelte Illusion zu rauben.

Der Plan war Elspeths Idee gewesen, prahlte George. Elspeth und der Leutnant hatten ihn gemeinsam ausgeheckt und alles organisiert. George hatte für den Transport und die Verteilung auf der ganzen Insel gesorgt. Elspeth hatte das einzige Mittel zur Verfügung gestellt, das die Kanoniere verlocken konnte, sich an einer derart gefährlichen Unternehmung zu beteiligen: Mädchen. Und der Leutnant hatte die Besatzung des Bootes angeheuert und die Waren vom Festland herangeschafft. Der Lebensmittelschwarzmarkt auf der Insel befand sich fest in der Hand der Bande.

Donnerstagabend nach Ladenschluß traf Elspeth sich mit den Mädchen. Sie gingen zum Laden ihrer Mutter und ruhten sich ein paar Stunden lang aus. Außer Elspeth waren noch drei andere Mädchen dabei, zwei Verkäuferinnen von Boots und die Tochter des Hausmeisters der großen Schule. Gegen sieben standen sie wieder auf, machten sich frisch, tranken einen starken Tee und vertauschten ihre Arbeitskleidung mit einer passenden Aufmachung. Um halb acht holte George sie mit dem Lieferwagen ab und brachte sie zum Treffpunkt. Von der Landzunge aus mußte man nicht mehr als dreißig Meter durchs Gebüsch zur offenen Luke des Fluchtschachts rennen. Mit flatternden Röcken kletterten die Mädchen kichernd die Leiter hinunter, wo sie das Stroh und die Soldaten erwarteten. Die drei Schützen Rupp, Bauer und Laurer und ihr lebenslustiger Leutnant.

Manchmal verliefen die Partys ziemlich ruhig. Sie alle spielten gerne Dame, hielten häufig ein kleines Turnier ab und wetteten auf die Sieger. Die Mädchen stopften den Männern die Socken, spielten Karten, saßen auf ihren Knien und hörten sich ihre stockenden Geschichten aus der Heimat an. Hin und wieder sangen sie auch, hörten Radio und tanzten Schieber zu leiser Musik. Später zogen sich nacheinander paarweise in den Tunnel zurück, um sich zu lieben. Mit der Zeit hatte sich die seltsame Gewohnheit eingespielt, daß alle anderen den Raum verließen und in der Waffenkammer warteten, wenn Elspeth und der Leutnant an der Reihe waren. Denn Elspeth und der Leutnant hatten auch geschäftliche Angelegenheiten zu besprechen.

In anderen Nächten war es, als entkorke man eine zuvor geschüttelte Limonadenflasche, wenn die Luke des Schachts geöffnet wurde. Dann tobten sie die ganze Nacht lang wie die Wahnsinnigen. »Wie in einem Tigerkäfig«, sagte Elspeth mit gekränkt ehrfürchtigem Unterton. »Man mußte ihnen entgegenkommen, wenn man das überstehen wollte.« Es waren die Nächte des billigen Brandys, des Wett-Trinkens und der nackten Ringkämpfe. Die Mädchen marschierten, Gewehre quer über den hüpfenden Brüsten, den Flur auf und ab, während die Männer links-zwo-drei-vier, links-zwo-drei-vier brüllten, und standen stramm wie bei einer Parade, bevor die Soldaten sich jede von ihnen vornahmen. Auf den Pritschen, auf dem Schützensitz, selbst quer über der Mündung des Geschützes selbst. Danach kamen die Photos. Schade hatte damit vor etwa achtzehn Monaten angefangen, zuerst nur Gesichter und Paare Arm in Arm; dann Schnappschüsse, unbeobachtete Momente, eine Bluse, halb über den Kopf gezogen, ein nackter Körper, kichernd rasch unter einer Decke verborgen, zwei Paar bloßer Füße. Später, als aufkommende Langeweile bekämpft werden mußte, wurden die Posen geplant und arrangiert. Die offenherzigen Bilder hatten die Männer innen an die Türen ihrer Spinde geheftet, andere bewahrten sie bei ihren Sachen auf. (Und all das hatten sie, wenige Minuten, nachdem Ned und der Major an jenem Sonntag gegangen waren, in dem schwarzen Ofen verbrannt.) Bei Morgengrauen löste sich die Party meist langsam auf. Wer nicht schlief, unterhielt sich leise. Die Paare lagen in der Unordnung, die sie in ihrem Übermut angerichtet hatten, und warteten auf den Tagesanbruch, wenn das Frachtschiff aus St. Malo ankam. Auf dem Weg nach St. Peter Port legte es einen Zwischenstop an dem halb unter Wasser stehenden Steg in der Bucht von Gull Bay ein, wo Schade und seine Kanoniere es mit verquollenen Augen erwarteten. Die Mädchen saßen, in Mäntel eingewickelt, in der Waffenkammer und warteten, während die Männer die Kisten von Bord schleppten und sie den steilen Pfad zu einer der Baustellen trugen, die sich entlang der Klippen befanden. Danach rannten sie zurück zum Bunker, wo die Mädchen aufkreischten, wenn sie die eiskalten Hände und die im Wind halb erfrorenen Gesichter spürten. Eine letzte Kopulation, schnell erledigt, so wie man ein Schnapsglas mit Rum hinunterstürzt. Schließlich zogen sich alle an und begannen mit dem Aufräumen. Die Mädchen fegten den Raum und klopften das Stroh aus den Decken, die Männer kümmerten sich, wieder ganz die Soldaten, um ihre Uniformen und das geschändete Kriegsgerät. Wenn die Luft rein war, kletterten die Mädchen die Leiter hinauf und liefen durch das Gestrüpp den Hügel hinunter zu Georges Schwester, wo niemand sie entdecken würde. Dort wuschen sie sich und schlüpften wieder in ihre Arbeitskleider, die George am Abend dorthingebracht hatte, und fuhren mit dem Bus zurück in die Stadt. Bis zum nächstenmal hatten sie ihre Aufgabe erfüllt.

»Warum wurde die Ladung nicht am Hafen gelöscht?« fragte Ned, und George weihte ihn gerne ein.

»Zu gefährlich, Mr. Luscombe. Kisten haben die unangenehme Angewohnheit, auseinanderzubrechen, und außerdem finden dauernd Stichproben statt. Doch wenn sie die Kontrolle erst mal passiert haben, interessiert sich niemand mehr dafür.« Seine Augen funkelten.

Noch am selben Tag hatte George dann die Kisten abgeholt. Das war völlig risikolos, da er sie einfach zu den anderen Gerätschaften, die er für seine Arbeit benötigte, in seinen Lieferwagen packte. Dann brachte er sie zur Baufirma. Am Samstagmorgen, wenn er allein war, öffnete er sie, und am Abend wurden die Waren sicher im Banktresor unter der Smith Street verstaut.

Es war ein hübscher, einfacher Plan – schlicht und ergreifend ein Handel mit Waren, der sich nicht von den Tauschangeboten in der Abendzeitung unterschied. Jeder bekam seinen Anteil. Die Mädchen Partys, Strümpfe und Lebensmittelpakete; die Kanoniere die Mädchen; die Bootsbesatzung ein Pauschalhonorar. Und Monty Freeman profitierte gleich zweifach. Er war durch leidenschaftlichen Sex nach Geschäftsschluß hinter den verschlossenen Türen seines geheiligten Büros für die Sache gewonnen worden, und später, als die Geschäfte richtig liefen, war auch Bargeld geflossen. »Er ist ein schmutziger kleiner Lüstling«, sagte Elspeth. »Er bestand darauf, die Fingerkappen aus Gummi zu tragen, die wir zum Geldzählen benützen, und hat mich damit untenrum angefaßt.« Dennoch hatte sie Monty bei Laune gehalten, denn er war wichtig für ihren Plan. Er stellte ihnen ein ausgezeichnetes Versteck zur Verfügung und sah zu, wie sein Bankkonto wuchs und wuchs.

Am letzten Donnerstag war die letzte Lieferung für diesen Monat eingetroffen. Schade sollte auf Urlaub gehen – nach Cherbourg, um weitere Geschäftskontakte zu knüpfen. Die Lieferung sei eine ganz besondere gewesen. Etwas, worauf sie schon lange gewartet hätten. Als er jetzt darauf anspielte, nahm Georges Stimme einen Singsangton an, klang fast kindisch.

»Etwas Besonderes«, fragte Ned. »Was soll das heißen?«

George wirkte verlegen. Er warf einen Blick auf seine Tochter, die die Achseln zuckte. »Eiercreme«, antwortete er.

Ned lachte.

»Ich weiß, es klingt albern, Mr. Luscombe, aber es stimmt. Einhundertfünfzig Dosen pulverisierte Eiercreme von Bird's aus den Beständen der britischen Armee. Einhundertfünfzig Dosen!«

»Was ist an Eiercreme denn so besonders?« erkundigte sich der Major.

»Vor drei Jahren«, erklärte George, »kostete eine Dose Eiercreme einen Shilling und zwei Pence. Inzwischen können wir vier Pfund verlangen. Vier Pfund! Viele Familien sind bereit, diesen Preis zu bezahlen, ohne nachzufragen. Wichtige Familien, Stützen der Gesellschaft. Überlegen Sie mal! Einhundertfünfzig Dosen zu je vier Pfund, das macht ...«

»Sechshundert Pfund«, sagte Ned leise.

»Sechshundert Pfund! Für ein paar Stunden Arbeit! Ein Kampfpilot verdient in einem ganzen Jahr nur dreihundertfünfzig.«

Bei Eintreffen des Schiffes war das Meer ruhig gewesen, Nebel kam auf. Die Kanoniere trugen die Waren den regennassen Pfad hinauf, während Elspeth und Schade sich voneinander verabschiedeten. Es war eine lange, wilde Nacht gewesen – angesichts von Schades bevorstehendem Urlaub und der drohenden Gefahr *zu* lang und *zu* wild, hatte Elspeth ihm gesagt; die Soldaten seien ja so betrunken, daß sie die Waren kaum den Berg hinauftragen konnten. Überhaupt schlügen sie über die Stränge, würden zu leichtsinnig und hatten offenbar vergessen, wie vorsichtig sie sein mußten. Sie sei deshalb froh, daß das für eine Weile die letzte Lieferung sein würde. So könne Gras über die Sache wachsen, und Schade würde Gelegenheit haben, seinen Leuten die Leviten zu lesen. Schade hatte Elspeth gefragt, ob er sie vor seiner Abreise zum Festland noch einmal besuchen könne, aber sie bat ihn, es lieber zu lassen. Schließlich hatte sie sich solche Mühe gegeben, ihr Doppelleben geheimzuhalten. Niemand sollte sie sehen, wie sie mit einem deutschen Soldaten turtelte.

George hatte die Kiste am späten Vormittag abgeholt. Es war überflüssig, sie zur Bank zu bringen, denn er hatte bereits Vorbestellungen für praktisch alle Dosen. Er stapelte die Kiste hinter dem Haupttor bei den anderen auf, um sich am Samstag darum zu kümmern. Denn samstags arrangierte er nicht, wie behauptet, Mr. van Dielens Lieferungen; das ließ sich genausogut am Montagmorgen erledigen, bevor die anderen zur Arbeit kamen. Doch in jener Freitag nacht waren die Zwangsarbeiter in die Baufirma eingedrungen und wühlten alles durcheinander. Halb geöffnete Kisten, die Hütte aufgebrochen; Tommy le Coeur hatte schon gegen Mitternacht den eingedrückten Zaun bemerkt. Am Samstag morgen war George erschienen. Er vermutete, daß die Eiercreme gestohlen worden war, konnte aber nicht sicher sein. Das Tohuwabohu war einfach zu groß. Aber es war unmöglich, nach der Eiercreme zu suchen, solange die Polizei überall herumschnüffelte und dumme Fragen stellte. Und später, als unerwartet van Dielen mit seiner Tochter erschien und wegen des neuen Auftrags die Hände rang, konnte er es auch nicht mehr tun. Major Ernst hatte den alten Zeitplan zunichte gemacht. George verstand den Grund nicht; auf einmal sollten sich alle Arbeitskräfte bei den Tunnels und Befestigungsanlagen an der L'Ancresse Bay einfinden. Für ihn ergab das keinen Sinn.

»Lassen Sie die Tunnels«, unterbrach ihn Ned. »Erzählen Sie uns von der Baufirma. Und von Isobel.«

»Da gibt es nichts zur erzählen. Sie stand auf dem Hof herum, während wir reingingen, um die Anweisungen zu besprechen.«

»Ich dachte, Sie hätten gesagt, daß Sie auf der anderen Straßenseite gewartet hat.«

»Zuerst schon, aber dann wurde ihr langweilig. Sie ist auf die Kisten geklettert, um sich den Hafen von oben anzusehen.«

»Also hat sie vielleicht die Dosen in einer der Kisten gefunden. Möglicherweise hat sie sogar eine eingesteckt.«

»Ich bin sicher, daß die Kiste zu diesem Zeitpunkt nicht mehr da war. Sie war weg. Die Ausländer hatten sie gestohlen.«

»Oder jemand, der von ihrer Existenz wußte.«

»Niemand wußte etwas, außer Mr. Freeman und Elspeth. Und Schade natürlich. Ich konnte an diesem Tag nichts mehr unternehmen.«

»Und am Sonntag?«

»Ich war früh dort und bin ziemlich erschrocken, als ich Mr. van Dielen dort antraf. Und dann, als ich erfuhr, was mit Miss Isobel passiert ist und wo man sie gefunden hat, habe ich es selbstverständlich mit der Angst zu tun gekriegt. Elspeth hat versucht, Schade zu erreichen, aber er war verschwunden. Unterwegs zum Festland. Am Montag morgen, als alles wieder normal war …«

»Ich habe beobachtet, wie Sie Kisten aufgebrochen haben.«

»Richtig. Nun, inzwischen war die Eiercreme ganz sicher weg. Also habe ich den Hof so gut wie möglich aufgeräumt …«

»Und am nächsten Tag haben Sie die Insel nach den Dosen abgesucht.«

George nickte. »Ich habe gehofft, daß die Ausländer sie vielleicht weggeworfen haben, weil sie nicht wußten, was sie mit ihnen anfangen sollten und was sie in Wirklichkeit wert sind. Ich meine ja nur, die meisten Ausländer kennen Eiercreme nicht.«

»Man könnte auch andere Schlüsse daraus ziehen, George. Sie haben Isobel an jenem Nachmittag beobachtet und sahen, daß sie die Kiste entdeckte. Und dann mußten Sie sie zum Schweigen bringen, damit sie Sie nicht bei der Polizei meldet.« Ned glaubte das zwar selbst nicht, aber es konnte nicht schaden.

»Aber nein, Mr. Luscombe. So etwas würde ich niemals tun. Und wenn ich es doch gewesen wäre, hätte ich sie wohl kaum in den Bunker geworfen. Damit hätte ich nur den Verdacht auf mich gelenkt.«

»Was hatte sie an, als sie an jenem Nachmittag mit ihrem Vater bei Ihnen war?«

»Was sie anhatte? Das weiß ich beim besten Willen nicht mehr genau. Hosen, glaube ich.«

»Eine Reithose und eine schmutzige alte Jacke«, mischte Elspeth sich ein. »Das Zeug stank zum Himmel. Nur über meine Leiche würde ich mich in so was sehen lassen.«

Ned beugte sich vor. »Also waren Sie auch in der Baufirma?«

Elspeth blickte ihren Vater an. »Das war bei uns zu Hause. Sie kam mit ihrem Dad. ›Ach, hallo Elspeth‹, sagte sie und hat mich freundlich angelächelt. ›Du siehst aber gut aus. Hast du je wieder etwas von deinem kleinen Jungen gehört?‹ Dabei hat sie mich von oben herab gemustert, als hätte sie nicht selber genug Dreck am Stecken.« Sie starrte Ned ins Gesicht. »Ich habe ihr erzählt, wo Dad ist, und dann habe ich mich hingelegt.«

»Sie war ziemlich müde«, sprang George für sie in die Bresche.

Sie durchsuchten Georges Haus. Auch das von Monty. Noch mehr Lebensmittel, noch mehr Tabak, ein wenig Bargeld. Mrs. Poidevin wurde festgenommen. Hauptsächlich sorgte sie sich um ihre Katze, die Ned den Huren von nebenan anvertraut hatte; die freuten sich offenbar darüber. Mrs. Freeman hatte keine Katze. Ned zog es zwar vor, es ihr zu verschweigen, aber er vermutete, daß sie bis Ende des Jahres auch keinen Mann mehr haben würde.

Am Abend saßen die drei Ermittler erschöpft in Neds Büro. Hauptmann Zepernick holte eine Flasche Wein aus dem Club, setzte sich auf die Kante von Neds Schreibtisch und kämpfte mit dem Korken. Ned befürchtete, der Schreibtisch könnte zusammenbrechen, bevor er fertig war.

»Also Schmuggel«, sagte der Hauptmann, nachdem er ihnen endlich zugeprostet hatte. »Immer wieder der Schwarzmarkt.«

»Eines der schlimmsten Verbrechen«, fügte Lentsch hinzu. »Es stört das Gleichgewicht der Insel.«

»Wirklich besorgniserregend.« Zepernick grinste. »Jetzt haben wir ein neues Spiel. Die Jagd nach der Eiercreme.«

»Das ist kein Scherz, Hauptmann.«

»Nein, nein, natürlich nicht. Aber auch kein Weltuntergang. Die Sicherheit der Insel ist dadurch nicht gefährdet.«

Ned konnte der Versuchung nicht widerstehen, sich einzumischen. »Nein? Ein paar einheimische Mädchen haben soeben ziemlich große Löcher in Ihr Sicherheitsnetz gerissen, einfach indem sie sich ausgezogen haben!«

»Ja, aber nur, weil sie neue Strümpfe brauchten!« Zepernick brach in Gelächter aus. »Diese Verschwörung hat mehr mit Habgier als mit einem Aufstand zu tun. So ...«, er leerte sein Glas, »... ich muß jetzt gehen. Ich habe noch eine Verabredung.«

Schweigend warteten Ned und der Major ab, bis der Hauptmann die Treppe hinuntergepoltert war. Sie hörten, wie er den Motor anließ und davonraste.

»Ihr Hauptmann ist wirklich ein komischer Vogel«, meinte Ned zum Major. »Ich dachte, er würde vor Wut toben, wenn er herausfindet, was für einen Schlamassel diese Leute angerichtet haben.«

»So ist der Hauptmann nun mal, Inspector. Er denkt eindimensional wie ein Tier – das ist gut, das ist schlecht, ich esse jetzt, ich habe jetzt Sex, ich töte jetzt. Ihm fehlt das Gefühl für Zeit und jegliches Geschichtsverständnis. Es wäre ihm gleichgültig, ob er mich je wiedersieht. Er würde mich vergessen. Und wenn wir uns doch eines Tages begegnen sollten, würde er mich begrüßen wie seinen besten Freund. Und was die arme Molly betrifft, die glaubt, sie hätte ihn an der Kandarre – ihr wird es genauso ergehen.« Er hielt inne. »Ich muß noch ein paar Berichte schreiben. Glauben Sie, wir haben den Fall bald abgeschlossen?«

»Meinen Sie Isobel? Ich weiß nicht. Denken Sie, sie könnte Verbindungen zum Schwarzmarkt gehabt haben?«

»Unmöglich.«

»Überlegen Sie mal. Sie hatte eine Beziehung mit Ihnen und hat uns Einheimischen eine lange Nase gedreht. Und gleichzeitig hätte sie Ihnen eins auswischen können, indem sie sich am Schwarzhandel beteiligt. Die Vorteile von beiden Seiten. Trauen Sie ihr das nicht zu? Nicht des Geldes wegen, sondern rein aus Vergnügen.«

»Nein.«

»Vielleicht hat sie Schade kennengelernt, während Sie im Urlaub waren. Wie man so hört, hat er auf Frauen gewirkt.«

»Nein, da bin ich mir ganz sicher. Schade gehörte nicht…«

»Sprechen Sie es ruhig aus, Major. Nicht zu ihren Kreisen? Dasselbe gilt auch für mich. Genau das gefiel ihr an mir.«

»Ich bin überzeugt, daß sie dafür andere Gründe hatte. Doch selbst wenn sie etwas mit dem Schwarzmarkt zu tun gehabt hat oder der Bande irgendwie auf die Schliche gekommen ist, hat George Poidevin recht: Sie hätten die Leiche nie und nimmer zu ihrem geheimen Treffpunkt gebracht.«

Sie konnte es Lentsch nicht sagen. Sie konnte es Lentsch nicht sagen. Sie hatte ihm geschrieben, weil sie es Lentsch nicht sagen konnte. Wem hätte sie damit geschadet? Ihrem Vater? Ihrer Tante? Wem? Ned versuchte, dem Major seinen Gedankengang Schritt für Schritt zu erklären, ohne seinen Argwohn zu wecken.

»Kommen wir zu Ihrem Telephonat am Samstag zurück. Sie haben sie am Nachmittag angerufen und hatten den Eindruck, sie sei nervös gewesen. Sei dachten, das läge an der Party.«

»Ja. Es sollte eine Überraschung für mich werden. Ich fragte sie, ob ich sie am Abend sehen könnte, und sie lehnte ab. Es fiel ihr schwer, Geheimnisse zu bewahren.«

»Aber das ist nicht wahr! Sie hatte vor jedermann Geheimnisse, vor mir, ihrer Tante, ihrem Vater. Es machte ihr Spaß! Und wenn sie die Möglichkeit hatte, Verwirrung zu stiften, war sie in ihrem Element.«

»Verwirrung stiften?«

»Ihre Mitmenschen zum Narren zu halten. Sie auf den Arm zu nehmen. Nervös wäre sie deshalb gewiß nicht gewesen. Sie hätte sich diebisch darüber gefreut. Nein, sie muß sich wegen etwas anderem Sorgen gemacht haben. Am Freitag geht sie in bester Laune zu Bett. Früh am Samstag morgen macht sie sich auf den Weg in die Stadt, um das Kostüm abzuholen, das sie am Abend tragen will. Kaum ist sie wieder zu Hause, als Mrs. Hallivand anruft und sie zum Kaffee zu sich bittet. Danach sieht sie kurz in der Villa nach dem

Rechten. Sie geht wieder, ißt zu Mittag und begleitet ihren Vater zur Baufirma. Und als Sie sie am Nachmittag anrufen, ist in der Zwischenzeit etwas geschehen, das sie beunruhigt hat.« Er hielt inne. »Kommen Sie heute abend zu uns?«

»Wenn ich darf.«

»Selbstverständlich. Meine Abwesenheit würde Mama vermutlich verkraften, aber Ihnen wäre sie sicher ernstlich böse.«

Auf dem Heimweg machte er eine Stunde im Britannia Station. Albert war nicht da, aber Tommy le Coeur saß, die Arme um zwei Mädchen gelegt, in einer Ecke. Auf dem Tisch standen leere Gläser. Zum Glück war er diesmal wenigstens nicht in Uniform.

»Ach, der Inspector! Komm, wir trinken einen!« Tommy sprang auf und schob Ned zum Tresen. »Was kann ich dir anbieten? Bier, Whiskey? Wie ich mich erinnere, hast du eine Schwäche für Brandy.«

»Sie dürfen nichts Hochprozentiges ausschenken, das weißt du ganz genau, Tommy.« Ned nahm ihn beiseite. »Mein Gott, Tommy, zwei auf einmal, jetzt übertreibst du es aber ein bißchen. Was halten die Damen denn davon?«

»Solange ich bezahle, sind sie zufrieden. Außerdem kommt der kleine Peter gleich vorbei. Es wird langsam Zeit, daß er seine Jungfräulichkeit verliert, und ich denke, die Dickbusige eignet sich dafür großartig.«

»Schon gut, paß nur auf, daß er keine Dummheiten macht. Er hat schon genug Familienmitglieder, die er ernähren muß.« Er musterte die Mädchen und hoffte, daß sie wenigstens volljährig waren. »Das mit Elspeth tut mir leid, Tommy. Du weißt, daß ich nichts tun konnte.«

»Ich verstehe schon. Seit wir uns getrennt haben, habe ich sie sowieso kaum noch gesehen.«

»Woran lag es eigentlich? Ich fand, daß ihr gut zusammengepaßt habt.«

»Sie hat mich betrogen, sich mit einem anderen rumgetrieben.«

Ned erstickte fast an seinem Bier. »Dich betrogen?«

»Ich stand da wie ein Idiot. Auch wenn ich mich manchmal zum Narren mache, heißt das noch lange nicht, daß ich mich auch so behandeln lasse.« Tommy leerte sein Glas mit einem großen Schluck. »Ich geh besser wieder zurück.« Er winkte den Mädchen zu. »Schon gut, Liebling, bleib auf deinem Hintern sitzen, solange du noch kannst. Die Schonfrist ist gleich vorbei.«

Als Ned nach Hause kam, wußte seine Mutter schon, was passiert war. Sie knallte die Teller auf den Tisch.

»Also ist er nicht mitgekommen.«

»Er kommt später. Wir hatten viel zu tun.«

»Das hab ich gehört.« Sie legte das Besteck aus. Beim ersten Besuch des Majors hatte sie ihm das Messer einfach in die Hand gedrückt, mit der Klinge nach vorne. »Georg wird in diesen Lagern, die sie dort haben, nicht lange durchhalten«, sagte sie. »Mr. Freeman auch nicht. Und Elspeth ...«

»Elspeth wird den ersten Wachmann, dem sie begegnet, ins Bett locken. Wahrscheinlich endet sie als Ehefrau des Gefängnisdirektors.«

»Du hast die anderen zum Tode verurteilt.«

»Ich habe sie überhaupt nicht verurteilt, Mutter. Sie haben gegen das Gesetz verstoßen.«

»Es hätte auch mich treffen können«, meinte sie.

»Ich glaube nicht, daß du so etwas getan hättest wie Elspeth.«

»Und wenn ich kleine Kinder hätte, die ich ernähren müßte? Sei dir da nicht so sicher. Ich kenne viele Mütter, die für ein paar Stück Brot anderen Leute die Wäsche waschen. Und manche von ihnen tun noch einiges mehr, nur damit ihre Kinder etwas im Magen haben. Es sollte kein Verbrechen sein, Lebensmittel zu verkaufen und normalen Bürgern Butter und Zucker anzubieten.«

»Zu diesen Preisen?«

»Wenn wir das Geld hätten, würde ich sie bezahlen! Ja, ich würde sie bezahlen!«

Sie schlug mit der Faust auf den Tisch, daß die Teller tanzten und Messer und Gabeln zu Boden fielen. »Für ein Pfund Butter würde ich meine Seele verkaufen«, schrie sie. »Richtige Butter! Ein Pfund Butter, die ich mir so richtig dick aufs Brot streichen kann. Meine Seele, mein Herz, alles was du willst! Alles! Nur ein Pfund Butter! Alles!«

Ned brühte eine Tasse Tee auf und brachte seine Mutter nach oben. Sie setzte sich auf das Bett und hielt die Tasse mit beiden Händen fest.

»Um Himmels willen, verschütte sie nicht«, sagte er. »Da drin ist unsere halbe Zuckerration.« Er bemerkte, wie ihre Finger sich verkrampften. »Keine Sorge, ich beschaffe uns neuen.«

Als er die Treppe hinunterkam, hörte er ein leises Klopfen an der Tür. Der Major stand auf der Schwelle, einen Blumenstrauß und ein kleines Päckchen in der Hand.

»Ach, Major.« Ned sprach laut. Er hatte im Pub ein wenig zuviel erwischt. Mitanzusehen, wie Tommy so offen mit den Mädchen turtelte, hatte ihn durstig gemacht. »Ich wollte gerade noch ein Bier trinken.«

Der Major trat ein und blickte sich um. Normalerweise hörte er Geklapper aus der Küche, und Neds Mutter kam herein und wischte sich die Hände an einem Handtuch ab, bevor sie ihn begrüßte. Die Stille beunruhigte ihn.

»Ist Ihre Mutter heute nicht da?« fragte er.

»Sie ist zu Bett gegangen.«

»Fühlt sie sich nicht wohl?« Der besorgte Tonfall des Majors überraschte Ned.

»Nur müde.« Ned nahm die Blumen entgegen und machte sich auf die Suche nach einer Vase. »Ich bringe ihr die hier hinauf. Das wird sie aufheitern.«

»Ich habe Ihnen noch etwas mitgebracht, was ich eigentlich nicht tun dürfte.« Er zog an der Schnur und holte stolz die Dose aus ihrer braunen Papierumhüllung. »Kakao. Der Hauptmann hat ihn aus dem Tresorraum mitgenommen. Und ich habe ihn dem Hauptmann geklaut.«

»Solange er Albert nicht die Schuld gibt.«

»Nein, nein. Ich habe einen Zettel hinterlassen. Er weiß, wer der Übeltäter ist. Der Hauptmann ist in seltsamer Laune. Als ich zurückkam, saß er in der Badewanne und sang aus voller Kehle. Er war ganz aus dem Häuschen vor Freude.« Er sah in Richtung Treppe. »Hätte Ihre Mutter etwas dagegen, wenn ich ihr die Dose persönlich gebe?«

»Tun Sie es ruhig.«

Er hörte leises Stimmengemurmel und einen plötzlichen Ausruf seiner Mutter. Die leere Tasse in der Hand, kam der Major die Treppe hinunter.

»Sie möchte schlafen.«

Ned spülte die Tasse unter dem Wasserhahn aus und wies auf den Tisch. »Sie hat uns nichts gekocht.«

»Das macht nichts. Ich habe keine Hunger.«

Sie gingen hinaus in den Garten. Der Major zog sein Zigarettenetui aus der Tasche und reichte es Ned.

»Allmählich wird es zur Gewohnheit«, sagte Ned und bediente sich.

»Nehmen Sie alle!«

Ned klappte das Etui zu und gab es zurück. »Immer nur eine auf einmal, Major. So fühle ich mich besser.«

Lachend schlenderten die beiden Männer zum Ende des Gartens. Der Major stützte die Hand aufs Gartentor und pustete Rauch in die klare Luft.

»Großartig«, meinte er und blickte zum Himmel hinauf. »In einer solchen Nacht möchte man nur für einen Moment so tun, als wäre man frei. Als herrschten Ruhe und Frieden auf der Welt.«

»In Nächten wie dieser bin ich früher oft mit meinem Kanu rausgefahren«, erzählte Ned. »Ich habe meine Freundin mitgenommen und auf einer der kleinen Inseln vor der Küste übernachtet.« Er fing den fragenden Blick des Majors auf. »Nein, Isobel war nie dabei. Wir gingen nur zum Schwimmen. Seit dem Tod ihrer Mutter fürchtete sie sich vor dem Wasser. Ich habe ihr geholfen, die Angst zu überwinden. So haben wir …«

»Und ich habe ihr den Kopfsprung beigebracht. Den konnte sie, glaube ich, noch nicht.«

»Nein. Als wir zusammenwaren, sprang sie immer mit den Füßen zuerst hinein.«

»Und hielt sich dabei die Nase zu, richtig?«

»Richtig.«

Schweigend schwelgten die beiden Männer in ihren Erinnerungen. Dann fiel ihnen wieder ein, daß sie nicht allein waren. Sie blickten erneut zum Himmel hinauf und warteten darauf, daß das Gespräch eine andere Wendung nahm.

»Haben Sie das Kanu noch?« fragte der Major. Er spürte, daß Ned zögerte. »Nein, nein, Sie brauchen mir nicht zu antworten. Ich will es gar nicht wissen.«

»Sie wissen es ohnehin schon, Major.«

»Natürlich.« Er ließ den Zigarettenstummel fallen und zertrat ihn. »Offenbar sind Sie begabt darin, Dinge zu verstecken. Ich dachte, wir hätten alle Häuser durchsucht.«

Ned holte das Kanu hinter dem Schweinestall hervor und entfaltete es. Der Major ging darum herum.

»Es ist ziemlich groß.«

»Das ist ja das Gute daran. Und zusammengeklappt nimmt es kaum Platz weg.«

»Kein Wunder, daß wir es übersehen haben.«

»Damals hatten wir noch ein Schwein, eine gute Tarnung.«

»Haben Sie es geschlachtet?«

»Nein, das waren Sie.« Der Major wollte widersprechen. »Soldaten«, erklärte Ned.

Lentsch bückte sich und wischte Stroh und Schmutz von der Außenhülle.

»Warum probieren wir es nicht gleich aus?«

»Was?«

»Jetzt sofort. Wir könnten über das Wasser rudern.«

»Unmöglich.«

»Natürlich ist es möglich. Sie haben doch selbst gesagt, daß heute die richtige Nacht zum Bootfahren ist. Ich würde es so gerne tun, Ned. Für mich hat die Insel ihre Schönheit verloren. Vielleicht kehrt sie zurück, wenn ich sie aus einem anderen Blickwinkel sehe. Ich würde die Insel so gern wieder als schön empfinden.«

Ned brummte verständnisvoll.

»Was ist, wenn wir erwischt werden?«

»Falls uns jemand aufhält, behaupte ich einfach, wir wollten die Wachsamkeit unserer Patrouillen überprüfen. Das wäre glaubhaft. Meinen Sie, uns erwischt jemand?«

»Wahrscheinlich nicht. Wenn wir am Fuße des Vorgebirges ablegen und weit hinausfahren, dürfte eigentlich nichts passieren. Der Mond ist kaum zu sehen, und wir liegen flach auf dem Wasser. Die größte Gefahr droht uns von Patrouillenbooten, doch die kann man schon aus einiger Entfernung hören.«

Lentsch packte ihn am Arm. »Dann los!« flehte er. »Werfen wir unsere Differenzen über Bord. Fahren wir rund um die Insel wie echte Entdecker der Nacht.«

Sie hievten das Boot auf ihre Schultern und trugen es zur Straße. Der Major verfiel auf dem schmalen Weg in Laufschritt. Er war aufgeregt wie ein Kind, das sich fast nach Gefahr sehnte. Er ist übergeschnappt, dachte Ned, und ich bin verrückt, weil ich mitmache. Als sie den Strand und die Straße, die parallel dazu verlief, erreicht hatten, sprangen sie hinunter und machten eine kurze Verschnaufpause an dem alten Deich, der rings um die Bucht aufgeschüttet war. Der Major begann zu kichern.

»Wenn der Hauptmann mich jetzt sehen könnte«, sagte er. »Ein Kanu! All die Wachposten und Peiltürme, ausgetrickst mit einem Kanu!«

Geduckt schlichen sie sich am Deich entlang und ließen das Kanu an der Stelle zu Wasser, wo ein Damm aus Bruchsteinen die Bucht begrenzte. Langsam wateten sie hinaus und schoben das tanzende Boot mit den Händen weiter. Auf der anderen Seite der Bucht, einen knappen Kilometer entfernt, erkannten sie die verschwommenen Umrisse eines Beobachtungspostens. Im Westen, jenseits des Meeres, war der Himmel bleiern. Nichts war zu sehen, nur eine gewaltige, dunkle Leere. Und bis auf das Plätschern des Wassers und den stetig wehenden einsamen Wind war es totenstill. Ned hielt das Kanu fest, damit der Major einsteigen konnte, und kletterte dann selbst hinein. Während er sich bemühte, nicht das Gleichgewicht zu verlieren, befürchtete er schon, er könnte das

Boot zum Kentern bringen. Doch schließlich schaffte er es und schob die Beine unter den Bug. Dann griff er zum Paddel, und sie sausten über das Wasser.

»Einfach phantastisch!« rief Lentsch. Er hielt sein Paddel wie ein Seiltänzer die Stange.

»Pssst!« zischte Ned. »Stimmen sind hier weit zu hören. Machen Sie es mir einfach nach. Und beten Sie, daß der Mond nicht aufgeht.«

Ned hatte Lentsch in eine schwankende Welt entführt, und während sie über die gewaltige Fläche paddelten, fühlte er sich, als glitte er über einen schlafenden Riesen hinweg und spürte seine tiefen, langsamen Atemzüge. Es war – trotz der großen, gurgelnden Dunkelheit – eine stille Welt, ohne Grenzen, ohne Gefühle, eine Welt, in der man nur die Wahl zwischen Existenz und Untergang hatte. Einen Mittelweg gab es nicht. Isobel war hier, ritt auf der schäumenden Gischt dahin, die ihm ins Gesicht spritzte. Und in den düsteren Strudeln, die vorbeirauschten, erkannte er die verschwiegenen Moore seiner Jugend wieder, über denen wie ein Schleier das Flügelschlagen aufgescheuchter Vögel hing. Hier, vorbei an den windumtosten Buchten und den hie und da aufragenden Felsen, gab es eine Welt, die frei von Menschen war, unempfänglich für ihre Schreie. Vernunft, Liebe, Feindschaft, das alles spielte keine Rolle. Gefühle waren ganz und gar bedeutungslos, es galt nur die wundersame Kraft des Seins. Fror er? War er bis auf die Haut durchweicht? Er wußte es nicht. Er war weder der Major, noch war er Isobels Liebhaber, denn auf diesem Wasser existierten weder Majore noch Liebhaber. Selbst der Mann vor ihm im Boot – wer war er? Ein Fremder! In welcher Verbindung stand er zu ihm? In keiner! Hier stand niemand mit irgend jemandem oder irgend etwas in Verbindung. Und ihm dämmerte, daß dieser Zustand der einzige war, nach dem er sich sehnte. Es genügte ihm, unter den Sternen dahinzufahren, dahinzufahren und zu spüren, wie die gewaltige, gleichgültige Macht der Welt ihn an einen beliebigen Ort trug, ohne nur einen Gedanken daran zu verschwenden. Und man selbst zerbrach sich auch nicht den Kopf darüber.

Er stieß sein Paddel ins Wasser und spürte, wie ein heftiger Sog es ergriff. Das Paddel versank und blieb stecken wie ein Löffel im Sirup. Mühsam versuchte er, es wieder herauszuziehen. Ned blickte sich um.

»Ganz locker, Major. Mehr ist nicht nötig.«

»Entschuldigung.«

Er tauchte das Paddel vorsichtig ein, ahmte den Schatten des Mannes nach, der vor ihm saß, und bemerkte, daß das Kanu erst nach links und dann nach rechts schwankte. Links, rechts. Allmählich lernte er, die Länge des Ruderblatts und den Bogen abzuschätzen, den sein Arm beschreiben mußte. Nun glitt er vorwärts, spürte dabei seine eigene Kraft und die harten Holzlatten unter seinem Hosenboden. Er war sich der langsamen Wellenbewegung unter sich bewußt und auch der dünnen, kaum belastbaren Haut, die ihn von der schrecklichen Tiefe trennte. Alles war schwarz, sehr schwarz, und er fühlte sich immer einsamer, bekam ein wenig Angst. Lentsch war nicht einmal sicher, ob er die Insel überhaupt sehen konnte. War das da drüben ein Felsvorsprung gewesen? Und wo war die langgestreckte Landzunge mit dem Wachturm darüber, die er kannte?

Ned legte sich das Paddel quer über die Knie.

»Wir können uns ein wenig ausruhen«, sagte er.

Erschrocken fuhr der Major in seinem Sitz hoch.

»In welche Richtung fahren wir?« fragte er.

Ned wies mit seinem Paddel auf die Sterne.

»Nach Norden. Dort drüben ist England.«

»Haben wir uns überhaupt bewegt?«

»Schneller, als Sie denken.«

»Ich fühle mich, als hätten wir uns verirrt.«

»Haben wir aber nicht.«

»Waren Sie je so weit draußen?«

»Seit Sie hier sind? Nur einmal. Fast wäre ich nicht mehr umgekehrt, sondern einfach weitergerudert. Aber ich habe es nicht über mich gebracht.«

»Wegen Ihrer Mutter?«

»Nicht nur deshalb. Es war, als würde Guernsey mich einfach nicht loslassen, als strecke jeder einzelne Felsen die Hände nach mir aus. Ich wollte weg. Ich spürte fast, wie die Strömungen mich lockten. Es hätte nur sechs oder sieben Stunden gedauert. Ich war schon so weit draußen, doch dann habe ich angehalten. Ich konnte nicht mehr weiter. Jedesmal, wenn ich das Paddel erhob, fühlte ich mich wie von einem gewaltigen Magneten zurückgezogen.«

Lentsch erschauderte.

»Ich finde, das Meer sieht nachts aus wie eine gefrorene Landschaft. Wenn wir hier durch einen Unglücksfall ums Leben kämen, würde ich mich zwar allein, aber nicht verlassen fühlen. Es wäre ein Teil meines Schicksals, hier zu sterben. Doch viele Männer, die ich kannte, sind in einem viel schrecklicheren Meer gestorben, in einem Meer aus Eis und gefrorenem Schlamm. Sie waren nicht nur allein, sondern sie sind auch betrogen worden. Ach, Ned, ich habe schon so viele Geschichten gehört.«

In der Festung Stalingrad hatte es viele Wege gegeben, sein Leben zu verlieren. Die Straße zum Flugplatz war anfangs nur drei Meter breit gewesen – eine Strecke von siebeneinhalb Kilometern zwischen dem kreisförmigen Schienenstrang und der letzten Startbahn, der Rettung. Am Ende jedoch hatte sich die Straße auf mehr als dreißig Meter verbreitert, ein dicker Belag aus den gefrorenen Leichen der Gefallenen. Tagsüber hatten sich die blutenden Verwundeten, zum Teil auf allen vieren, weitergeschleppt, in der Hoffnung, eine der einsamen, wagemutigen Junkers zu erreichen, die schliddernd in dieser Eishölle landeten und wieder abflogen. Doch nachts, wenn keine Flugzeuge kamen und die Straße mit defekten Lastwagen, zertrümmerten Kanonen und den Wracks der abgestürzten Maschinen bedeckt war, legten sie sich hin und wurden vom erbarmungslos fallenden Schnee zugedeckt. Am nächsten Morgen machte sich wieder eine neue Kolonne auf den Weg und ging auf beiden Seiten an den frisch Verstorbenen vorbei, während Lastwagen über die gefrorenen Leichen rumpelten, so daß ihre Knochen wie Glas zersprangen. Die verzweifelten Männer, die das unwürdige Ende ihrer toten Kameraden mit ansehen mußten, brauchten sich nicht schuldig zu fühlen. Bald genug würden sie ihr Schicksal teilen. Und so wurde die Straße immer breiter. Vierzehntausend Soldaten waren allein an dieser Straße gestorben. Dann wurde der Flugplatz erobert, so daß sie sich in eine Mondlandschaft aus ausgebrannten Dörfern und verfallenen Kellern flüchten mußten. Zimmer um Zimmer, Haus um Haus, Straße um Straße zogen sie sich zurück und wurden immer dichter zusammengedrängt. Aus der Luft schien es, als blicke man hinunter in einen gewaltigen Schmelzofen. Verflüssigtes Metall bäumte sich auf und vermischte sich zu neuen chemischen Verbindungen. Stahlträger stocherten in der glühenden Erde. Ein von Menschen gemachter Vulkan der Neuzeit. Doch drinnen herrschten nur Kälte, ein beißender Wind und das grenzenlose Weiß des Schnees. Nun gab es kein Entrinnen mehr, nur durch den Tod, und der würde nicht leicht sein. Dafür hatte der Führer gesorgt. Lentsch hatte gehört, daß ganze Kompanien, die – zu steifgefroren, um sich noch zu rühren – auf ihren mit Eis gefüllten Schützengräben lagen, langsam von Panzern überrollt worden waren. Blut und Organe spritzten wie zerdrücktes Obst. Hundemeuten, die sich nicht um die starren Leichen kümmerten, sondern sich die Lebenden heraussuchten, um an ihren offenen Wunden zu nagen. Das war kein Krieg mehr, nur noch ein großes Sterben: Tod durch Wundbrand, Tod durch Fleckfieber, Tod durch Verhungern, Tod für den gemeinen Soldaten, Tod für den Rekruten, Tod für den General. Ein Tod, der sich unbefriedigt, mürrisch und ohne Gnade abwandte, um sich mit der nächsten gebrochenen Seele zu befassen.

Lentsch blickte über das dunkle, Wellen schlagende Wasser. Die Wolken hatten sich verzogen, die Insel lag unter einem Ansturm von Sternen vor Anker. Er erkannte zwei Wachtürme, die im Dämmerlicht emporragten, und er wußte, daß sich darin Männer befanden, die redeten, rauchten und Ausschau hielten, ihn aber nicht bemerkten. Aber sie konnten auch überhaupt nichts sehen! Sie blickten in die falsche Richtung! Sie hatten Betonmauern, Wachtürme und Geschützstände gebaut, aber sie konnten nichts sehen! Sie hatten die Insel nicht erobert oder sie gegen den Feind gesichert. Guernsey war keine uneinnehmbare Festung. Die Insel war stark und lebendig und wartete auf den richtigen Zeitpunkt. Sie saugte Kraft aus dem Meer wie ein Schwamm und holte sich ihre Nahrung aus der Luft wie ein riesiger Wald. Sie war keine Insel, sondern ein Teil der Welt! Einer Welt, in der gelebt und gestorben wurde und die sich in der Sonne wärmte. Eines Tages würde der Beton überwuchert sein, seine Umrisse nicht mehr klar auszumachen, die grauweiße Oberfläche rostig und grün befleckt, verwandelt nicht nur durch menschliche Nachlässigkeit (obwohl sich auch die einstellen würde), sondern durch die unbezähmbare Kraft der Natur. Eines Tages würden Menschen über diese Sehenswürdigkeiten klettern, wie sie es heute schon mit den ägyptischen Gräbern oder der großen Mauer in China taten. Nur daß sie hier nicht über die Kunstfertigkeit primitiver Kulturen staunen, sondern sich eher fragen würden, wie jemand an diesem späten Punkt der Geschichte einer derart gewaltigen Selbsttäuschung hatte erliegen können. Getäuscht und betrogen. Und gehörte er selbst nicht dazu? Hatte er nicht auch getäuscht und betrogen? Hatte er Isobel wirklich geliebt oder nur seine Position und das hastige Einverständnis ihres Vaters ausgenützt? Hatte er wirklich Liebe für sie empfunden, oder war es etwas anderes – ein älterer Mann, der sich geschmeichelt fühlte, weil ein junges Mädchen Gefallen an ihm fand? An seiner Uniform. Seiner Art. Eine Ferienromanze.

»Wir sollten nicht hier sein«, stellte er fest.

»Ein guter Zeitpunkt, um mir das zu sagen, Major.«

»Ich meine nicht, hier auf dem Meer, sondern auf Guernsey. Wir sollten nicht hier sein.«

»Weder Sie noch ich können etwas dagegen tun.«

»Nein.« Er tauchte sein Paddel ins Wasser und wendete das Kanu. »Kehren wir um, Ned. Ich habe genug gesehen.«

ELF

Veronica schloß die Tür ihres Behandlungszimmers (so nannte sie ihren einzigen Raum, seit sie einen Artikel in einer alten Ausgabe von *The Lady* gelesen hatte) und ging die schmale, ausgetretene Treppe hinunter. Sie nickte Mr. Underwood zu. Wie immer stand er hinter der Glastür, an der feierlich sein Name prangte, ein Symbol von Erfolg und Durchhaltevermögen, die sich Veronica gern zum Beispiel genommen hätte. Allerdings wünschte sie, Mr. Underwood, der sich so sehr um den äußeren Eindruck seines Anwesens sorgte, würde etwas gegen die abblätternde Farbe im Treppenhaus unternehmen und vielleicht einen Teppich verlegen. Doch als sie an diesem Nachmittag ihren leuchtendblauen, mit verschiedenfarbigen Weintrauben geschmückten Hut zurechtrückte, hatte sie nur noch Zeit, ihm im Vorbeigehen einen Gruß zuzumurmeln. Er tat, als hätte er sie nicht bemerkt, und zog mit einem heftigen Ruck das Rollo herunter, während sie den Satz wiederholte. »Hübsch geworden«, sagte sie, während sie durch den dicken Stoff ihres aus zweiter Hand stammenden Mantels ihren Rock zurechtrückte, und sie war auch davon überzeugt. Sie sah wirklich hübsch aus, und auch die Umstände entwickelten sich prächtig.

Zepernick erwartete sie im Wagen. Sie hatte auf dem harten Stuhl in ihrem Wartezimmer gesessen, aus dem Fenster gestarrt, eine Stunde lang die Passanten betrachtet und schon befürchtet, der Hauptmann würde nicht kommen. Als sie schließlich beobachtete, wie er demonstrativ auf dem Gehweg parkte, stieß sie einen erleichterten Seufzer aus, und im selben Moment wurde ihr klar, daß sie, ganz gleich, was heute geschah, unter ihren Mitbürgern auf der

Insel für immer eine Außenseiterin sein würde. Das lag weniger an ihrer Entscheidung für eine der beiden Parteien, sondern vielmehr daran, daß sich ihr Horizont dadurch erweitert hatte. Ihr ganzes Leben lang hatte sie auf eine solche Gelegenheit gewartet. Es hätte mit Gerald passieren können. Oder mit Ned. Und nun, endlich, war es mit Hauptmann Zepernick geschehen. Zeppy, wie er sich von ihr nennen ließ. Veronica wollte keine Zeit verlieren, wollte die Welt so schnell wie möglich in ihrer gesamten Bandbreite erfassen, ihre beängstigende Vielfalt begreifen, sich ins Unbekannte stürzen. All die Passanten da draußen wünschten sich nichts weiter, als in eine Welt zurückzukehren, in der alles so war wie zuvor. Ganz im Gegensatz zu ihr. Genau diesem Zustand hatte sie schon immer zu entrinnen versucht, und mit ein bißchen Frechheit und Glück war ihr nun endlich der Ausbruch gelungen.

Seit drei Wochen holte er sie jetzt schon ab, wie damals Tommy le Coeur, nur daß der Hauptmann mehr Stil hatte. Beim erstenmal waren sie nur spazierengefahren, auf dem Rücksitz hüpfte ein Picknickkorb. Es war ein einfacher Tauschhandel. Der Hauptmann wartete geduldig, bis sie sich sattgegessen hatte. Doch sobald ihr Mund abgewischt und die Serviette weggelegt war, warf er sich auf sie, als hätte jemand ein Signal gepfiffen. Sie hatte mit dem Gedanken gespielt, sich beim Essen Zeit zu lassen, um festzustellen, wann er seine unterdrückte Ungeduld offen zeigen würde. Aber sie mußte zugeben, daß es ihr nicht möglich war, langsam Champagner zu trinken. Und die Speisen – richtiges Brot, richtiger Käse, richtiger Schinken – waren ebenfalls unwiderstehlich, obwohl sie immer darauf achtete, daß genug übrigblieb, um es mit nach Hause zu nehmen. Gut, daß der Hauptmann den Grund nicht kannte. Es war verboten, mit den Zwangsarbeitern zu fraternisieren, und obwohl Zep selbst sich nicht viel um die Gesetze scherte, erstreckte sich diese Großzügigkeit nicht auf Menschen, die ohne seine Erlaubnis gegen die Vorschriften verstießen. Man mußte sich nur die Männer ansehen, die er beim Schmuggeln ertappt hatte. Zep brüstete sich damit, sie hätten geweint wie Kinder, als er ihnen Photos ihrer Verlobten vor die zerschundenen Gesichter hielt und sie aufforderte, sich die Bilder gut einzuprägen, da sie die Mädchen nie wiedersehen würden. Für diese Burschen sei nun erst mal Schluß mit lustig, kicherte er, während er Veronicas Kleid aufknöpfte. Wenigstens für eine lange Zeit. Veronica hatte festgestellt, daß die Freude an den Qualen anderer seine Leidenschaft nur schürte.

Der Hauptmann begrüßte sie mit einem beängstigend sachlichen Lächeln, ließ den Motor aufheulen und raste den Hügel hinauf. Während sie sich an den Sicherheitsgurt klammerte, überlegte sie besorgt, ob er vielleicht dabei war, das Interesse an ihr zu verlieren. Ganz gleich, wie bereitwillig sie ihm stets ihre Reize zur Verfügung stellte und wie sehr sie seine beharrlichen und wenig abwechslungsreichen Umarmungen auch erwiderte, gelang es ihr nur mit Mühe, die ängstliche Aufregung in sich wachzurufen, die in der ersten Nacht im Schuppen von ihrem ganzen Körper Besitz ergriffen hatte. Selbst wenn sie den Jungen aufgefordert hätte, sich irgendwo in der Nähe zu verstecken, wäre es nicht dasselbe gewesen. Der Schrecken hätte gefehlt, und Schrecken war das, was auch die Sinne des Hauptmanns am meisten anregte, obwohl er selbst sich dessen nur undeutlich bewußt war. Der Junge kam inzwischen so regelmäßig zu ihr wie der Hauptmann. Er schlüpfte gegen elf Uhr zur Hintertür herein, wobei er achtgab, eine erneute Begegnung mit Neds neuem Bekannten zu vermeiden. Das Essen stand schon auf dem gestärkten, karierten Tischtuch bereit; ein Glas Milch und was Veronica sonst noch so hatte auftreiben können. Wenn sie Zeit hatte, pflückte sie ein paar Blumen und stellte sie in einem altmodischen, dicken Trinkglas mit eingeschlossenen Luftblasen in die Mitte. Am Anfang hatte der Junge vor dem Essen den Tischschmuck beiseite geschoben und dann ruhig vor sich hin gekaut. Mittlerweile gehörten die Blumen für ihn dazu. Er steckte vor dem Essen die Nase mitten in den buschigen Strauß, und wenn sein Teller leer war, zog er eine Blüte heraus und strich sich mit den abgerundeten Blütenblättern über die Wange. Zum erstenmal im Leben hatte Veronica Freude am Kochen. Vor dem Zubettgehen nahm sie Dads Zeitung und schnitt das Rezept oder den Kochtip des Abends aus – Gemüsebrisolett, Auflauf nach Guernsey-Art, in Fett Ausgebackenes. Inzwischen hatte sie eine ganze Menge dieser Rezepte gesammelt, die sie hinten in ihrem Terminkalender aufbewahrte. Wenn sie nicht darin herumblätterte oder unten auf der Lower Pollet die tägliche Schlange vor dem Friseurgeschäft beobachtete, überlegte sie, was der Hauptmann wohl gerade tat oder ob er Molly heute abend sehen würde. Dann breitete sie die Zeitungsausschnitte vor sich aus wie ein Kartenspiel und dachte an den »weißen Streuner«, wie ihr Vater den Jungen nannte, seine bedächtige, zögernde Art zu essen, als wären ihm die Beschaffenheit und der Geschmack der Speisen so fremd, daß er jeden Bissen auf der Zunge zergehen lassen müßte, um wenigstens einen Teil der Zusammensetzung zu ergründen. »Ein Jammer, daß du erst kochen gelernt hast, als wir schon fast am Verhungern waren«, brummte ihr Vater. Doch sein Tonfall war eher väterlich-bewundernd als ärgerlich, da er ihr weibliches und deshalb zweifellos nicht ganz einwandfreies Doppelleben ahnte. Wenn sie von ihrem Treffen mit dem Hauptmann nach Hause kam, packte sie die Reste des Picknicks aus, stellte sie auf den Tisch, fügte noch ein paar Zutaten hinzu und richtete sie für das bleiche, wilde Geschöpf appetitlich an. Der Junge stopfte die Überbleibsel (und sie sorgte immer dafür, daß es welche gab; ihr Gewissen siegte über den eigenen Hunger) in seine seltsamen, tiefen Taschen, bevor er in die Nacht hinauslief und in die fremde Welt seiner Unterkunft zurückkehrte.

Inzwischen konnten sie sich ein wenig unterhalten, der Junge und sie, obwohl keiner die Sprache des anderen beherrschte. Gesten, Mimik, einzelne Worte und Zeichnungen auf ein Blatt Papier waren ihre Verständigungsmittel. Sie sah zu, während er beschrieb, wie seine Kirche abgebrannt war, und seine Fahrt nach Wuppertal in einem eiskalten Viehwaggon schilderte. Den Waggon malte er mit dem Finger ans beschlagene Küchenfenster, die Kälte stellte er dar, indem er sich die Arme rieb. Sie duckte sich zusammen, als er den Bau eines großen Tunnels beschrieb, die beängstigende Höhe, die endlose Länge, die undurchdringliche Dunkelheit; die Loren, die er schieben und die Spitzhacke, die er schwingen mußte, und die Schmerzen, die er in seinen Gliedern spürte. Dann beobachtete sie in gespannter Erwartung, wie er sich die Finger in die Ohren steckte und sich nach hinten warf, um die Explosionen nachzuahmen, die Verstümmelungen und den Tod mit sich brachten. Er fertigte auch grobe Kreidezeichnungen von seiner Unterkunft an, die Nummer seiner Baracke, die Anzahl der übereinander angeordneten Pritschen, die Länge des Brettes, das jedem Mann zum Schlafen zugeteilt wurde. Und sie, die zwar in der Lage war, sich die Gefangenschaft zu vergegenwärtigen, aber nicht den Schmutz, legte im Geiste eine Matratze, eine Decke und sogar ein Kissen auf jeden Platz, denn es überstieg ihre Vorstellungskraft, wie man ohne diese Annehmlichkeiten schlafen konnte. Sie brachten einander Wörter bei: »Brot«, »Milch«, »Mutter«, »Vater«. »Mutter?« fragte sie, und er zeichnete wieder die Kirche und die daraus emporzüngelnden Flammen. »Vater?« wollte sie wissen, und er streckte den Arm aus und feuerte einen Schuß auf den Boden ab. Sie wagte nicht, sich weiter nach seiner Familie zu erkundigen. Doch trotz dieses kleinen Schattens fanden sie ihren Sprachunterricht unterhaltsam und lehrreich. Es war ihr gelungen, ihn zum Lachen zu bringen. Vor ein paar Tagen hatte sie ihm gezeigt, was sie von Beruf war, mit einer Küchenschere imaginäre Zehennägel geschnitten und sich in gespieltem Ekel die Nase zugehalten. Er hatte den Mund geöffnet und gelacht, nicht nur gelächelt, sondern laut gelacht. Seine Lippen gaben braune und abgebrochene Zähne frei, sein Zahnfleisch blutete, aufgerissen von Brotkrusten und der Schale der Ofenkartoffeln. Es war nicht nur ihr schauspielerisches Talent, das ihn amüsierte, sondern der seltsame Beruf, den sie ausübte. Das Lachen steigerte sich immer mehr, breitete sich in seiner Kehle und seiner eingefallenen Brust aus, ergriff von seinem mageren Bauch Besitz und hielt seinen ganzen Körper in einem lungenzermalmenden Griff. Er krümmte sich, konnte gar nicht mehr aufhören, stampfte auf den Boden und schlug sich auf den Brustkorb, so daß – wie beim Teppichklopfen – weiße Staubwolken aus seiner vornübergebeugten Gestalt aufstiegen. Veronica kam es so vor, als stürze er das Lachen hinunter wie ein Gestrandeter in der Wüste frisches Wasser und erstickte fast an dem Stoff, der ihn – in vernünftigen Dosen zugeführt – vor dem

Tod durch Verdursten hätte retten können. Und doch war es ein anderes Lachen, als Veronica es kannte. Es stimmte nicht, was jemand ihr einmal gesagt hatte, nämlich daß Lachen auf der ganzen Welt gleich klinge. Dieses hier war anders, kehliger, animalischer, ausländisch. Ein wenig wie das des Hauptmanns, obwohl seines schon von Berufs wegen, und weil er sich über seine Mitmenschen erhaben fühlte, einen barschen Unterton angenommen hatte. Veronica packte den Jungen an der Taille, setzte sich in den Lehnsessel am Ofen und nahm ihn auf den Schoß. Heftig nach Luft schnappend beruhigte er sich wieder und lehnte den Kopf an dieselbe Brust, die der Hauptmann erst vor wenigen Stunden so gierig entblößt hatte. Doch anders als der Hauptmann lag er still, berührte nicht ihren Körper, sondern den Menschen, der sich darin verbarg. Plötzlich war sie ganz überwältigt von Liebe und Schmerz. Und so ging sie von einem Lachen zum anderen, von einem Geheimnis zum nächsten, pendelte zwischen den kräftezehrenden und leidenschaftlichen Umarmungen des Hauptmanns am späten Nachmittag und den beredten und einsamen des Jungen am späten Abend. Zwei Leben in einem Körper, beide hervorgebracht durch die Launen des Krieges, und beide gaben ihren Bedürfnissen Nahrung. Ausgerechnet sie, die eine Meisterin der Täuschung und der Erzeugung von Abhängigkeiten war, begann sich nach Schutz zu sehnen.

Schweigend fuhr der Hauptmann an dem Kino vorbei, in dem deutsche Filme liefen. Dann den Hügel mit den deutschen Straßenschildern hinauf, die Eisengeländer der großen Schule sausten vorüber. Das Gebäude war kahl und leer, und bis auf einige Arbeiter, die draußen auf ihren Leitern standen, war niemand zu sehen. Sie erinnerte sich noch gut daran, wie alle, Lehrer und Schüler, damals im Pulk zum Kai marschiert waren, um sich nach England einzuschiffen. Das verrückte Durcheinander der Evakuierungstage, Szenen der Unentschlossenheit und der Angst. Verlassene Bauernhöfe, Häuser, in deren Hintertür der Schlüssel steckte, nicht gemolkene Kühe, die vor Schmerzen schrien, unbeendete Mahlzeiten, Väter, die die wenigen Wertgegenstände im Garten vergruben oder die Haustiere zum Tierarzt brachten (viertausend Katzen und Hunde waren in diesen wenigen Tagen eingeschläfert worden, man hatte nur Pausen eingelegt, um die Leichen mit Lastwagen wegschaffen zu lassen), Radios dudelten in leeren Zimmern, Bettlaken steckten noch in der Mangel, Kinderroller lagen auf der Straße. Ganze Straßenzüge waren wie ausgestorben, als ob sich ein Schwarm von Rattenfängern über die Insel hergemacht und die gesamte Bevölkerung weggelockt hätte. Veronica erinnerte sich, wie sie an jenem Morgen hinunter zum Hafen gegangen war, als das letzte Schiff ablegte. Sie hatte sich durch die Warteschlangen gereizter Menschen gedrängt, die rempelnd versucht hatten, ihr Geld von der Bank oder der Versicherungsgesellschaft zu holen. Die Kunden, die aus den Gebäuden kamen, schwenkten verärgert die kläglichen zwanzig Pfund, die sie nur hatten mitnehmen dürfen. Veronica hatte sich zum Pier durchgeschlängelt, wo leere Wagen herumstanden und Pferdegespanne nervös in ihren Geschirren schnaubten. Männer versuchten, die Wagen für ein paar zusätzliche Pfund loszuschlagen (beinahe hätte sie selbst einen gekauft, zwei Pfund hatte der Mann verlangt, und sie hatte das Geld in der Handtasche bei sich gehabt. Doch dann hatte sie sich dummerweise überlegt, was wohl ihr Vater dazu sagen würde. Wo wollten sie das Gespann unterbringen, wie die Pferde ernähren? Und dann hatte jemand ihr Zögern ausgenützt, und den Wagen für zwei Pfund und zehn Shilling erstanden). Wegen eines zurückgelassenen Motorrads war ein Streit ausgebrochen. Veronica hatte auf einem geteerten Tauballen gesessen und zugesehen, wie die Leute einander in den Rücken stießen und ihr Gepäck fallen ließen. Sie hatte die aufgeregten Schreie der am Himmel kreisenden Möwen gehört und dann die klappernden Schritte und das Stimmengewirr, als die Kinder die Straße hinunterkamen. Sie hüpften oder schlurften, einige ein Lied auf den Lippen, andere ein Schluchzen in der Kehle. Immer paarweise, bekleidet mit Pullovern, Regenmänteln, kurzen Hosen oder Röcken, braun eingewickelte Pakete und Teddybären in der Hand. Daneben die Mütter und Väter. Die Eltern, die ihre Kinder begleiten sollten, folgten dahinter. Schweigend marschierten sie, ihre Habe eilig in Kopfkissenbezügen und Futtersäcken zusammengerafft. Diejenigen, die nicht mitfahren würden, liefen neben der Kolonne her, riefen, machten Mut und holten immer wieder eines der Kinder aus den Reihen, um es zum Abschied zu küssen, einen Schnürsenkel zuzubinden oder eine Wollmütze auf einen Wuschelkopf zu stülpen. Beim Anblick des grauvermummten Lindwurms hielten alle Leute den Atem an, denn in diesem Moment begriffen sie die Wahrheit. Die Insel verlor ihre Seele, und diese Erkenntnis führte zu um so fieberhafterer Geschäftigkeit. Es ging nur noch darum, diesen Ort zu verlassen und sein Glück an Englands Küste zu suchen. Dad hatte gewollt, daß Veronica Kitty Luscombe begleitete, doch sie hatte es nicht über sich gebracht, nicht, solange Mutter so krank war. Am Vorabend der Abreise hatte sie Kitty geholfen, ihre Sachen zu flicken. Kittys Vater war vor Aufregung ganz aus dem Häuschen gewesen, so als wäre seine Tochter noch ein Schulmädchen. Immer wieder ließ er sie nachsehen, ob sie auch Mrs. H.s Brief gut verstaut hatte und ob ihre Ausreisegenehmigung wirklich in Ordnung war. Mehrmals mußte sie die kleine Summe Geldes nachzählen, das er hatte sparen können. Albert hatte Kitty auf den Rücken geklopft, rasch ihren Handrücken geküßt und ihn an seine Lippen und sein Herz gepreßt. Dann hatte er ihr den kleinen Koffer gegeben und war davongegangen. Was tat Kitty wohl in dieser Minute? fragte sie sich. Gewiß fuhr sie nicht in einem Zweisitzer mit offenem Verdeck herum und würde gleich mit einem deutschen Offizier schlafen. Allerdings konnte es durchaus sein, daß sie mit jemandem schlief. Krieg und Gefahr hatten diese Wirkung auf den Körper, sogar bei einem nüchternen Menschen wie Albert Luscombes Tochter. Sie ließen die Nervenenden prickeln und machten einen leichtsinnig.

Der Hauptmann legte einen anderen Gang ein und raste die Grange Road entlang, vorbei an den großen Amtsgebäuden, die sich hinter immergrünen Hecken und schmiedeeisernen Toren verbargen. Dann bog er links in die Queen's Road ein. Er hupte ein erschöpftes Grüppchen dahinschlurfender Infanteristen an, die sich an die Steinmauer drückten, um den Wagen vorübersausen zu lassen. Der Hauptmann hob dankend die Hand, Veronica starrte geradeaus und tat so, als wäre sie gegen die derben Kasernenscherze und Pfiffe, die ihnen folgten, gefeit. Ohne sich die Mühe zu machen, nach links oder nach rechts zu sehen, schoß der Hauptmann über die Kreuzung und bog mit quietschenden Reifen in die Verlängerung der Prince Albert's Road ein. Nachdem sie die Kurve passiert hatten, schob er Veronicas Rocksaum weit über ihr nacktes Knie hinauf und beschleunigte den Wagen auf der geraden Strecke. Veronica schloß die Augen. Sie wußte, wo er hinwollte. Es war zwar nicht der kürzeste Weg, doch er konnte hier schneller fahren. Geschwindigkeit hatte eine aufputschende Wirkung auf den Hauptmann, und wenn er eines mochte, dann war es knisternde Energie. Am Ende der Straße schwenkte er den Wagen scharf nach rechts. Veronica lehnte sich eng an ihn und verharrte in dieser Stellung, während er wieder abbog. Als sie die Hälfte der steilen, schmalen Straße hinter sich hatten, hielt er hinter einer überwucherten Böschung bei Val Fleury Close, wo sie vor neugierigen Blicken sicher waren. Sie knöpfte seine Tasche auf und steckte die Hand hinein. Der Schlüssel lag ganz unten, lang und kalt. Sie holte ihn heraus und hielt ihn ans Licht. Zu ihrer Überraschung war der Schlüssel funkelnagelneu.

»Was ist mit dem alten passiert?« fragte sie.

Der Hauptmann nahm ihr den Schlüssel aus der Hand, steckte ihn lächelnd zurück in die Tasche und klopfte darauf. Er antwortete nicht.

Nach einer Woche war es mit den Autospritztouren und Kalt-Wetter-Picknicks vorbei gewesen. Am folgenden Montag war sie zu ihm ins Auto geschlüpft und hatte ihren Hut abgesetzt. »Wohin heute?« wollte sie wissen. Doch Zep drehte nur den Zündschlüssel um, ließ den Motor aufheulen und verkündete: »Eine Überraschung.« Etwa zehn Minuten lang war er herumgefahren, in die Hauteville Street eingebogen und hatte schließlich vor Victor Hugos Haus geparkt, in dessen Wand eine verschnörkelte Plakette eingelassen war.

»Ich dachte, ich veranstalte für dich eine Führung durch das Anwesen. Warst du schon einmal in diesem Haus?«

Nein, noch nie. Wozu auch?

»Ich habe noch nie viel für Museen übriggehabt.«

»Macht nichts. Deshalb sind wir auch nicht hier.«

»Warum dann?« fragte sie, auch wenn sie die Antwort sehr wohl kannte, sie beklommen geahnt hatte, sobald er die Worte aussprach. Und obwohl sie das, was er von ihr erwartete, nicht weiter überraschte, denn es war immer dasselbe, keimte einen Moment Hoffnung in ihr auf, als er aus dem Wagen sprang, außen herumging, die Beifahrertür öffnete und mit einer übertriebenen Verbeugung eine Treibhausorchidee hinter seinem Rücken hervorholte. Vielleicht hatte er wirklich nur eine kleine Überraschung für sie geplant, allein für sie beide und außergewöhnlich. Und das traf auch in gewisser Weise zu, denn das altbekannte Ereignis sollte heute an einem neuen Schauplatz stattfinden. »Aus dem Schreibtisch des Majors«, meinte er grinsend, als sie in der dunklen und seltsam stillen Vorhalle standen. Triumphierend schwenkte er den Schlüssel durch die staubige Luft, als ob der Major der Schuldirektor wäre und er selbst ein unartiger Junge.

»Was wollen wir hier?« flüsterte sie und errötete, da ihr klar war, daß ihre Arglosigkeit nicht sehr überzeugend wirkte. Lachend zog der Hauptmann sie an sich, schob den Finger zwischen ihren Kragen und die feuchte Haut ihres Halses und antwortete: »Du brauchst nicht zu flüstern, Veronica. Wir können soviel Lärm machen, wie wir wollen.« Mit diesen Worten begann er, sie durch die Zimmer zu führen. Er hatte die Hände hinter dem Rücken verschränkt, sie hielt sich daran fest wie bei einem albernen Spiel auf einer Party. Hin und wieder ließ der Hauptmann sie los, wie ein Mann, der seinem Hund mehr Leine gibt. Dann fuhr sie mit dem Finger über einen der großen, vergoldeten Rahmen, zeichnete das Muster auf einem Stück Silberbrokat nach oder bewunderte den satten Schimmer, der jedem der Kunstwerke Tiefe und Unendlichkeit verlieh, bis er sie wieder weiter in Richtung ihres Ziels zog. Endlich erreichten sie den dritten Stock und ein Zimmer, das mit seinen düsteren, trüben Tapeten wirkte wie ein Grab. In der Mitte stand auf einem Podest, verhüllt wie eine schlafende Insektenpuppe, ein riesiges Bett. Veronica kannte Gemüsebeete, die kleiner waren.

»Gemacht für Garibaldi«, verkündete er stolz.

Wieder ein Name, den Veronica noch nie gehört hatte.

»Der Vater des modernen Italien«, erklärte er und kam auf sie zu. »Der einzige Mann, der wegen einer Erfindung berühmt wurde, die nicht funktioniert hat. Dieses Bett wurde eigens für ihn angefertigt.«

»Er muß ganz schön dick gewesen sein«, witzelte Veronica. Inzwischen fühlte sie sich bei dem Gedanken unbehaglich, in diesem bedrückend düsteren Haus mit diesem rastlosen, fordernden Mann allein zu sein. »Oder war er ein unruhiger Schläfer?«

Der Hauptmann lachte nicht.

»Er hat nie darin geschlafen«, sagte er und schlug die Decke zurück. Auf einem bestickten Kissen lagen eine Champagnerflasche und zwei Gläser. »Noch nie hat es jemand benutzt. Bis jetzt.«

Veronica fragte sich, ob das stimmte oder ob der Hauptmann schon viele Mädchen hierhergebracht hatte.

»Was, nicht einmal Molly?«

Der Hauptmann sah sie erstaunt an.

»Molly? Molly würde gleich einziehen wollen, damit sie was zum Angeben hat.«

Es war das erste Mal seit seinem Besuch in ihrer Praxis, daß Mollys Name gefallen war. Sie war der Grund dafür, daß diese Treffen heimlich stattfinden mußten, wenigstens hatte Veronica sich das eingeredet. In letzter Zeit sah sie Molly nur noch selten. Molly war aus der Laienspielgruppe ausgetreten, etwa zu der Zeit, als man Isobel im Schacht gefunden hatte. Die Proben für die Frühjahrsrevue waren fast abgeschlossen gewesen. Nun fehlen uns sogar zwei Mädchen, hatte Mrs. Hallivand geklagt, und aus ihrem Mund klang es besonders kaltschnäuzig. Aber es war nichtsdestotrotz richtig. Und dabei sollte die Revue diesmal etwas ganz Besonderes werden. Veronica würde zum erstenmal die Hauptrolle übernehmen.

Der Hauptmann hüstelte und stand abwartend da. Veronica unternahm noch einen Versuch, den Schein zu wahren. »Was ist mit Mrs. Hallivand? Ich fände es gar nicht schön, wenn sie plötzlich hier auftauchen würde.«

»Sie kommt nur vormittags«, versicherte ihr der Hauptmann. »Niemand wird uns sehen. Die Nachmittage gehören ganz allein uns, und wir können sie genießen.«

Und so geschah es auch. Angefangen bei dem finsteren Schlafzimmer, nahmen sie im Laufe der Woche fast das ganze Haus in Besitz. Wie Angehörige des für seine Ausschweifungen berüchtigten Hochadels oder ein Großgrundbesitzerpaar schlenderten sie Arm in Arm durch die Räume, erfreuten sich am unschätzbaren Wert ihrer irdischen Güter, tranken Champagner aus geschliffenen venezianischen Gläsern, öffneten Fensterläden, schlossen Türen und benutzten alle Räume bis auf den einen im Erdgeschoß, der stets verschlossen und dessen Schlüssel einfach nicht auffindbar war. Aber das spielte keine Rolle, denn Sex auf mit Absperrketten versehenen Sofas oder eingehüllt in Wandbehänge aus dem fünfzehnten Jahrhundert hatte auch so seinen Reiz. Am schönsten war es völlig nackt oben im Turmzimmer, von wo aus man die Gefangeneninsel und das Meer im Blick hatte. Wie schnell wurden diese Nachmittage zu einer Dauereinrichtung, so berechenbar wie die Motorradpatrouillen. Veronica und der Hauptmann verwandelten dieses tote Mausoleum in einen Palast, der nur ihnen gehörte und den sie nach Belieben hinter sich lassen konnten. Über Nacht gewann ihr einmaliger Zeitvertreib Beständigkeit, spannte sich wie ein Gummiband zwischen Vergangenheit und Zukunft, schuf seine eigene Geschichte und löschte alles aus, was davor gewesen war. Die Gewohnheit ist frei von historischen Dimensionen – das war schon immer so. In dieser Umgebung kam Veronica auch allmählich dahinter, daß nicht einmal Zepernick ein freier Mann war. Dabei gestand er ihr nicht, er habe sich unsterblich in sie verliebt (jede Form von Liebe, ewige oder sonstige, wäre Veronica hochwillkommen gewesen). Aber nein, auf diese herbeigesehnten Worte mußte sie verzichten. Statt dessen sprach er von den ärgerlichen Einschränkungen, die sich aus seiner untergeordneten Stellung ergaben, seinem jämmerlichen Ehrgeiz und seinem ruhelosen Neid auf jeden, der eine andere Uniform trug als die seine. Er verriet ihr keine Staatsgeheimnisse, nichts, was eine verführerische Spionin einem sorgfältig auserwählten Liebhaber hätte entlocken können. Auch fanden diese Enthüllungen nicht nach dem Liebesakt statt, denn wenn sie miteinander geschlafen hatten (und in dieser Hinsicht kannte er kein Erbarmen, war wie eine Maschine, einmal, zweimal, sogar dreimal kurz hintereinander), drängte es ihn wie so viele Männer zurück in die geordneten Bahnen seines engen Männerlebens. Er vertraute sich ihr davor an, während sie sich häuslich einrichteten und während er versuchte, seine wachsende Gier hinter beiläufigem, harmlosem Geplauder zu verbergen. Zu diesem Täuschungsmanöver griff er nicht etwa, um Veronicas Gefühle zu schonen. Vielmehr wollte er sich selbst davon überzeugen, daß es sich – obwohl er eher ihre Seele brauchte als ihren Körper – lediglich um eine unbedeutende, folgenlose Affäre handelte, ebenso unwichtig wie die Wahl der richtigen Krawatte für eine seiner nachmittäglichen, treibstoffzehrenden Spritztouren. Und deshalb sagte er viel Ernstgemeintes nur so dahin und achtete kaum auf ihre Antworten. Ein Nicken, ein Händedruck, ein Murmeln genügten ihm, wenn er seinen Gedankengängen folgte, so wie ein Wanderer einem verschwiegenen Wasserlauf nachgeht, gebannt vom gleichförmigen, ziellosen Geplätscher, doch ohne sich je zu fragen, wohin er führt. Und anfangs hatten sie wirklich nichts anderes im Sinn gehabt, als gleichgültige, sich jedoch stetig selbst erneuernde sexuelle Begegnungen, nach denen Veronica zwar erschöpft war, aber dennoch triumphierte. Doch als die Gespräche im Laufe der Nachmittage, so unausweichlich wie ein Fortsetzungsroman in einer wöchentlich erscheinenden Frauenzeitschrift, immer wieder aufgenommen wurden, bemerkte der Hauptmann ganz allmählich die Seufzer und die Gesten des wortlosen Verstehens und erkannte in ihr einen Teil seiner selbst – und Veronica erging es umgekehrt ebenso. Und da er wußte, daß er nicht über die Insel und militärische Belange sprechen durfte und konnte, ging er der Gefahr, sich zu verplappern, aus dem Weg, indem er Veronica den Kiespfad hinauf zur Villa führte. Er erzählte von den Intrigen, die sich innerhalb dieser Mauern abspielten, von den Eifersüchteleien, den Taktlosigkeiten, den albernen Liebesgeschichten und den Wutausbrüchen auf der Treppe. Sie erfuhr von den Gewohnheiten der Villa und der Ungleichheit, die dort herrschte: Von seinem engen Schlafzimmer aus konnte man nur die Kohlenschuppen aus Beton sehen, während das des Majors über Bogenfenster und einen malerischen Meerblick verfügte. Er berichtete ihr von Bohde, seiner zwanghaften und unnatürlichen Gier, und daß er es nicht lassen konnte, mit jungen Männern von der Kriegsmarine auf dem Dach Sonnenbäder zu nehmen. Davon, wie er mit Druckerschwärze an den Fingern aus der Zeitungsredaktion kam und die Spuren seines Berufes auf Sessellehnen und Geländern hinterließ, wo seine ordnungsliebenden Mitbewohner sie dann entfernen mußten. Er schilderte Mollys gnadenlosen Ehrgeiz. Gewiß, sie sei die außergewöhnlichste Frau, der er je begegnet sei, und hebe sich durch ihre hinreißende Schönheit unter ihresgleichen hervor, doch sie sei zu versessen darauf, eine offizielle Stellung zu ergattern. Sie habe sich an seine Uniform geheftet wie eine Ehrenmedaille, mit der er vor seinen Kameraden Eindruck schinden könne. Anfangs hatten ihm diese öffentlichen Auftritte ebensoviel Spaß gemacht wie Molly, und er hatte sich gefreut, wenn die anderen Offiziere vor Neid erblaßten. Doch im Laufe der Monate war ihm klargeworden, daß er durch dieses Verhalten nur Eifersucht erregte, insbesondere die seiner Vorgesetzten. Viele von ihnen hätten ihm nur allzugerne diese Liebestrophäe abgejagt, um sich selbst damit zu schmücken und als große Weiberhelden dazustehen. Und zu seinem Schrecken hatte er erkennen müssen, daß es Leute gab, die über die Macht verfügten, das auch zu bewerkstelligen. Er erzählt Veronica vom Komfort in der Villa, von der Enge, von den sprunghaften nächtlichen Gesprächen und den traurigen Trinkgelagen, den kleinlichen Auseinandersetzungen und den ewigen Streitereien um heißes Wasser, gestohlene Löffel, Messer und Porzellanfigürchen. Er hatte den Verdacht, daß Albert die Sachen in Mrs. Hallivands Auftrag verschwinden ließ, die seiner Ansicht nach nicht so rechtschaffen sei, wie alle meinten. Veronica lauschte mit klopfendem Herzen. Er begeht genaugenommen Verrat, dachte sie, und ihr gefielen sein Tonfall und die Bilder, die dabei vor ihrem geistigen Auge entstanden. Ein Atemzug, die Art und Weise, wie sie den Arm hob oder sich vorbeugte, und schon fühlte sich der Hauptmann ermutigt, betrachtete diese Gesten als Vorboten späterer Hemmungslosigkeit. Beim Sprechen hatte er Zorn im Herzen, Wut und Neid, die er zu lange unterdrückt hatte. Indem er diesen Gefühlen Luft machte, zeigte er sich Veronica gegenüber so nackt, wie ihn noch niemand gesehen hatte. Er spürte, wie ihre gemeinsame Begierde wuchs. Es gab soviel zu beschreiben; die schwelende Feindschaft zwischen dem Major und Bohde. Noch vor einem Monat hätte der Zensor nicht gewagt aufzumucken, doch inzwischen war die Stellung des Majors untergraben, und Bohde hatte Unterstützung von Ernst bekommen. Es bestand Gefahr, daß der Major trotz all seiner Erfahrung und der scheinbar größeren Reichweite seiner Geschütze in dieser Schlacht den Kürzeren ziehen würde. Ernsts Männer hatten bereits den Obstgarten umgegraben und eines Nachmittags die Loganbeerenbüsche und Himbeersträucher entwurzelt, während der Major nicht zu Hause war. Die Büsche hätten sie verbrannt, sagte Hauptmann Zepernick, und der Major sei immer noch entsetzt über diesen offenen Akt der Böswilligkeit. Trotz Alberts Protesten hätten sie sie eingeäschert und dadurch die rasende Wut des Majors noch weiter geschürt. Ernst habe vor den qualmenden Überresten gestanden und seelenruhig gesagt: »Wir sind Soldaten, Major Lentsch, keine Gärtner.« Darauf Lentsch, brüllend: »Soldaten! Soldaten! Ihre Männer waren noch nie Soldaten.«

»Warum hast du mir das nicht schon früher erzählt?« erwiderte Veronica vorwurfsvoll. »Du hättest mir ein paar Setzlinge abgeben können.« Und der Hauptmann legte ihr den Finger auf die Lippen und entgegnete, sie habe ihn falsch verstanden. Natürlich hätten die Büsche weggegeben und dadurch gerettet werden können. Es wäre verdammt noch mal kein Problem gewesen, sie einfach umzupflanzen und den Major vorher nach seiner Meinung zu fragen. Aber hier handele es sich um eine Mischung aus Kriegserklärung und Erstschlag. Wie im Blitzkrieg wurde der Feind völlig aus dem Konzept gebracht, damit er nach dem Überraschungsangriff ungeschützt, orientierungslos und geschwächt dastand. Und dann auch noch die Wahl des Schauplatzes! Es war wie bei der Kapitulation Frankreichs 1940 in dem kleinen Eisenbahnwaggon im Wald bei Compiègne, in dem bereits 1918 der Waffenstillstand unterzeichnet worden war – nur unter umgekehrten Vorzeichen. Eine gezielte Demütigung, ausgerechnet das Stück Garten auszuwählen, wo man Bohde vor einem Jahr in flagranti ertappt hatte. Und genau dort hatte er zugeschlagen!

»Du klingst, als wärst du einverstanden«, sagte Veronica.

»Das bin ich nicht«, räumte der Hauptmann ein. »Doch als Offizier muß ich die Taktik bewundern.«

Natürlich kam die Sprache auch auf Isobel, deren bedrückende und unerwünschte Gegenwart überall in der Villa zu spüren war. Zu Veronicas Freude stellte sich heraus, daß Hauptmann Zepernick keine sehr hohe Meinung von Isobel gehabt und ihre Anmut, ihren Charme und ihre Fähigkeit, die Stimmung aufzulockern, nicht geschätzt hatte. Hinterhältig, war das erste Attribut, mit dem er sie bedachte. Veronica riß die Augen weit auf und spiegelte Erstaunen darüber vor, daß eine Frau überhaupt zu so etwas fähig sein könne. Die erste Begegnung nach der Theatervorführung sei beispielsweise kein Zufall gewesen. Inszeniert, beharrte der Hauptmann, sehr zufrieden mit sich, weil das Wort so gut in den Zusammenhang paßte. Isobel habe sehr wohl gewußt, wer Major Lentsch war. Sie hatte ihn bereits seit mehr als sechs Monaten beobachtet, bevor sie beschloß zuzuschlagen. Ihre Tante hatte sie dazu überredet, ihn an diesem Nachmittag mitzubringen und sie vorzustellen. Und sie hatte nichts dem Zufall überlassen. Sie trug ein Kostüm, das ebenso eng anlag wie der Skianzug bei ihrem ersten Treffen, und war sogar so weit gegangen, ihre Tips an den Major zu wiederholen, als sie der gestürzten Wendy das Fliegen beibrachte. »Knie gebeugt halten«, hatte sie improvisiert. »Gleiten.« – »Woher weißt du das alles?« fragte Veronica. »Von Molly«, antwortete der Hauptmann. »Mrs. Hallivand hat sich bei einer Sitzung eurer Laienspielgruppe Molly anvertraut.« Wie sich herausstellte, hatte Mrs. Hallivand Isobel fast ebenso verabscheut wie der Hauptmann. Zwar aus anderen Gründen, doch in Zepernicks Augen war es das einzige, was sie ihm sympathisch machte. Während Mrs. Hallivands Feindseligkeit daher rührte, daß Isobel ihr den Major ausgespannt hatte – »Sie hätte ihn wohl gerne selbst rumgekriegt, die alte Hexe« –, hatte die Aversion des Hauptmanns ihre Ursache eher in der unbekümmerten Selbstsicherheit, über die Isobel als Angehörige der Oberschicht verfügte, der Überzeugung, ein Recht auf ein angenehmes Leben zu haben. »Der Major ist da nicht anders«, fuhr er fort. »Er versucht zwar, es hinter philosophischem Gerede über Menschlichkeit und Kunst zu verbergen, aber das gelingt ihm nicht. Er wurde mit dem Gefühl geboren, etwas Besseres zu sein. Genau wie Mrs. Hallivand. So etwas wird man ein Leben lang nicht mehr los, wie ein Muttermal auf der Haut. Es läßt sich nicht auslöschen.«

»Ich dachte, du und der Major wärt Freunde«, wandte Veronica, erstaunt über seinen ärgerlichen Ton, ein.

»Freunde!« Der Hauptmann lachte auf und schnippte Zigarettenasche in die Luft, als wolle er damit ausdrücken, wieviel ihm diese Freundschaft wert war. »Er ist zu einer Gefahr für uns geworden. Niemand ahnt, was er als nächstes anstellt. Jeden Abend verschwindet er, und keiner weiß, wohin. Bohde ist überzeugt, daß er finstere Pläne schmiedet.«

»Finstere Pläne! Er besucht Ned Luscombe. Der wohnt nur ein paar Türen weiter. Ich kann ihn von meinem Schlafzimmerfenster aus kommen und gehen sehen.«

»Er besucht den Inspector zu Hause?«

»Das habe ich dir doch eben gesagt. Die meiste Zeit steht er im Garten und betrachtet die Sterne.« Veronica hielt inne. »Er wirkt einsam und unglücklich.«

»Der Major versteht nicht, was dieser Krieg bedeutet. Am liebsten wäre ihm, wenn er bald vorbei wäre.«

»Wünschen wir uns das nicht alle?« fragte sie.

»Nein. Einige von uns würden ihn gerne gewinnen. Für ihn ist er nur ein bedauerliches Zwischenspiel, das seine Bequemlichkeit hoffentlich nicht stören wird. Deshalb hat er das beste Zimmer, und die Bibliothek darf nur er allein benutzen, obwohl er nichts anderes darin tut, als Briefe nach Hause zu schreiben.«

»Ich dachte, dazu sind Bibliotheken da.«

Der Hauptmann ging nicht weiter darauf ein. »Bei Tisch bedient er sich immer zuerst, und er badet auch zuerst, wenn es heißes Wasser gibt. Seine Uniform wird zuerst gebügelt, seine Stiefel werden zuerst geputzt, und er darf als erster entscheiden, ob er Wedel braucht.«

»Nun, bei mir steht er nicht an erster Stelle«, witzelte sie.

Wütend drehte sich Zepernick zu ihr um. »Nein? Aber das war seine Entscheidung, nicht deine. Du hast dich ihm angeboten wie eine Tafel Schweizer Schokolade.«

Veronica spürte, wie sie feuerrot anlief. Sie versuchte seinen Zorn von sich abzulenken. »Was erwartest du denn? Er ist dein Vorgesetzter«, erinnerte sie ihn.

»Da wir unter einem Dach leben, sollten wir Kameraden sein. Doch der Major sieht das anders. Das liegt nicht nur daran, daß er glaubt, er wäre mir überlegen. Er hält sich auch für kultivierter und meint, nur er könne das Gute richtig wertschätzen. Den Wein im Keller zum Beispiel. *Er* muß ihn im Glas kreisen lassen und feststellen, ob er gut oder schlecht ist, während von mir erwartet wird, daß ich ihn in einem Schluck hinunterkippe. Albert, der Diener, denkt genauso. Und Mrs. Hallivand? Sie erträgt es kaum, in einem Raum mit mir zu sein. Sie versucht zwar, sich nichts anmerken zu lassen, aber sie ist froh über Isobels Tod. Jetzt hat sie den Major wieder für sich allein. Am Nachmittag sitzen die beiden im Wohnzimmer wie Adam und Eva, die den verwüsteten Garten Eden betrachten. Ach, der Major! Diese Insel!« Das sagte er mit einer Bitterkeit, die dem Tonfall von Veronicas innerer Stimme ähnelte. Sie erinnerte sich an diese vielen Male, die sie in Geralds Gegenwart den Mund gehalten hatte, aus Angst, ihr Leben und ihre Art zu sprechen preiszugeben. Den Gesichtsausdruck seiner Mutter, als sie ein einziges Mal bei seinen Eltern zum Tee eingeladen gewesen war. Angeekelt hatte sie Veronicas dralle Figur und die rubinroten Lippen gemustert und vermutlich dabei gedacht: *Ich weiß, wie du meinen armen unschuldigen Jungen um den Finger gewickelt hast, du kleines Flittchen.* Und Veronica erwiderte den Blick trotzig und zupfte am wohlgefüllten Ausschnitt ihrer Bluse, als wollte sie sagen: *Aber natürlich, so machen wir es doch mehr oder weniger alle, sogar eine alte Trockenpflaume wie du.* Wieder fiel ihr Lentschs angewiderte Miene ein, als sie sich vorgebeugt und seine Hand unter ihre Pyjamajacke geschoben hatte. Und ihr wurde klar, daß sie ihm die Beleidigung, diese Zurückweisung voller Abscheu noch nicht verziehen hatte. Sie nahm Zeps Hand und preßte sie fest gegen ihren Körper. *Ich will dich so, wie du bist,* sollte das heißen, *ich will einen Mann, der in der Liebe so herzlos ist wie im Krieg, der mir nichts bietet als die Zeit, die er mit mir verbringt, und versteht, daß selbst das Verletzungsgefahr birgt.*

Auf dem Flur drängte der Hauptmann sie zur Treppe. Das Hinaufsteigen war immer erotisch, ganz gleich, wer voranging. Sie küßten sich auf dem ersten Treppenabsatz, sein Mund senkte sich grob auf ihren, bevor sie sich wieder voneinander lösten. Im obersten Stockwerk war es gleißend hell. Die Sonne stand im Westen und beschien die roten und ockerfarbenen Dächer mit den steilen Giebeln und den lärmenden Hafen. Und zur Linken erstreckten sich, dunkelgrün und geheimnisvoll, die bewaldeten Klippen bis hinunter zum aquamarinblauen Meer. Sie hockten in einem Adlerhorst und waren die Könige des Himmels. Er hatte zwei Flaschen fruchtigen deutschen Weißwein mitgebracht, stellte sie auf eine der Glasvitrinen und ging zum Fenster. Dann drehte er sich zu Veronica um, zog sie an sich, preßte sein hartes Geschlecht an ihr Gesäß, küßte ihren Hals und umfaßte ihre Brüste.

»Vorsicht.«

»Wunderbare Dinge geschehen auf dieser Insel«, sagte er und lehnte sich an sie. »Wunderbare Dinge. Und früher dachte ich, daß hier nur finsterste Provinz ist. Aber sieh nur.«

Er wies mit einer ausholenden Geste auf das Panorama. Sie sah nichts, sondern wiegte die Hüften und rieb sich an ihm.

»Ich habe Lust, etwas zu trinken«, meinte er. »Was für ein Tag!«

Es war ihm zur Gewohnheit geworden, das Sofa von der Wand zum Fenster zu schieben. Veronica setzte sich ans eine Ende. Der Hauptmann bettete seinen Kopf auf ihren Schoß und legte die Füße hoch. Veronica schob die Hand in sein Hemd. Die Flasche stand auf dem Boden.

»Ich überlege mir, ob ich aus der Villa ausziehen soll«, fuhr er fort. »Der Major ist völlig übergeschnappt. Er soll verhaftet werden.«

Veronica zog die Hand zurück.

»Verhaftet?«

Der Hauptmann beugte sich vor und leerte noch ein Glas.

»Mehr darf ich nicht verraten. Sicher hast du Verständnis. Du bist nicht wie Molly, deren Mundwerk fast so groß ist wie ihr ...« Gerade noch rechtzeitig hielt er inne, aber Veronica war es gleichgültig, was er über Molly sagte, solange es nur abwertend war. »Ich muß dir eine Geschichte erzählen. Hör zu.«

An diesem Morgen war Bohde auf Zehenspitzen mit Major Ernst ins Haus geschlichen. Die beiden hatten drei Bilder bei sich, die Bohde in der Vorhalle aufhängen wollte. Portraits. Eines stellte Albert Kesselring dar, den für Frankreich zuständigen Generalstabschef der Luftwaffe – »Eine schreckliche Visage«, wie Zep zugab –, das zweite Albert Speer und das dritte und allerwichtigste ... Zep beendete den Satz nicht. Grund der Aktion war der bevorstehende Geburtstag des Führers. Die Augen des Oberbefehlshabers ähnelten, in Ernsts Worten, zwei Kugeln, die aus einem Gewehrlauf sausten. Die beiden hatten beschlossen, die Bilder im Flur anzubringen, wo jeder sie sehen konnte, und zwar an der nackten Wand gegenüber den Türen zu den Wohnräumen. Also besorgten sie sich einen Stuhl und ein paar Nägel, hängten die Bilder mit viel Gehämmer und Getöse auf und traten dann einen Schritt zurück: Speer auf der einen Seite, Kesselring auf der anderen und in der Mitte ... Zepernick schmunzelte. Den nächsten Teil seiner Geschichte fand er sehr komisch. Er nahm Veronicas Hand und schob sie zurück unter sein Hemd. Mit der anderen Hand öffnete sie seinen Gürtel. Er hob kurz die Hüften an und erzählte dann weiter.

Als Ernst und Bohde ihr Werk bewunderten, fiel ihnen plötzlich auf, daß an der anderen Wand, den drei Portraits gegenüber, zwei von Mrs. Hallivands Lieblingsbildern hingen, die Lentsch kurz nach ihrem Einzug vom Wohnzimmer hierhergebracht hatte. Die Bilder waren absolut ungeeignet, um Albert Speer, Kesselring oder gar dem Führer des deutschen Volkes Gesellschaft zu leisten, denn beide zeigten orientalisch aussehende Mädchen mit dunkler Haut und mandelförmigen Augen, die ihre Nacktheit neben einem arabischen Wasserloch zur Schau stellten. Also rief Bohde nach Wedel und wies ihn an, die Bilder abzunehmen. Wedel zögerte. Er wolle sich nicht in Schwierigkeiten bringen, sagte er. Der Major sei sehr empfindlich, was diese Bilder anginge. Daraufhin bekam Ernst einen Tobsuchtsanfall. Bohde hüpfte die Treppe auf und ab und stachelte ihn auf. »Halten Sie es für richtig, daß unser Führer auf diese degenerierten Monstrositäten blicken muß?« kreischte er und riß ein Bild von der Wand, wobei der Rahmen verbogen wurde und das Glas zu Bruch ging. Ein wenig ernüchtert bat Bohde ihn, sich zu beruhigen, und nahm das andere Bild vom Haken. Gemeinsam trugen sie die Gemälde hinaus in den Kohlenschuppen. Eine Stunde später kam Lentsch zum Mittagessen zurück und stürmte durch die Terrassentür. Obwohl er behauptete, beim Schwimmen gewesen zu sein, roch sein Atem, als hätte er getrunken.

»Das war nicht sehr klug von ihm ...« An dieser Stelle zögerte der Hauptmann. »Hier geschehen Dinge, die die höchste Aufmerksamkeit und einen klaren Kopf verlangen.« Jedenfalls marschierte der Major ins Zimmer und setzte sich an den Tisch, Bohde ließ sich auf seinem Stuhl nieder, Ernst nahm daneben Platz. Kein Wort wurde gewechselt. Als der Major seinen Suppenteller schon halb geleert hatte, bemerkte er das Photo von Albert Speer, das ihn durch die offene Tür anstarrte. »Wer hat das aufgehängt?« fragte er, und als Bohde ihm mitteilte, es handle sich um ein Geschenk von Major Ernst, schleuderte Lentsch seine Serviette zu Boden. »Nur über meine Leiche lasse ich mich von seinem Chef beim Essen beobachten«, verkündete er und stand auf, um die Tür zu schließen. Dabei sah er die anderen beiden Bilder. Er trat hinaus in den Flur.

»Wo sind die Russell Flints?« rief er.

»Die Flints?« Bohde täuschte Arglosigkeit vor.

»Die Bilder!«

Zepernick fuchtelte mit den Händen. »Inzwischen *brüllte* der Major.«

»Ich habe sie abnehmen lassen«, entgegnete Ernst ruhig. »Sie sind unpassend.«

»Unpassend! Unpassend! Unpassend für diesen ...« Und mit diesen Worten war Lentsch zurück in den Flur marschiert, hatte alle Bilder abgenommen und sie eines nach dem anderen gegen die Wand geschlagen. Zuerst Kesselring, dann Albert Speer und zuletzt ...

Der Hauptmann schüttelte den Kopf, wagte kaum diese Gotteslästerung in Worte zu fassen. Veronica war nicht ganz klar, wo das Problem lag.

»Zugegeben, es war schon ein wenig übertrieben, aber es sind doch bloß Bilder.«

Der Hauptmann berührte ihre Wange und sagte: »Du mußt verstehen, Veronica, daß dieses Bild wertvoller, ja, heiliger ist als alles andere im Haus. So ähnlich, als käme Mrs. Hallivand eines Tages in die Kirche und ertappte den Vikar mit einem Meßdiener auf dem Altar. Wie auch immer, Ernst lief natürlich sofort zum Telephon. Angesichts der Umstände sieht es gar nicht gut für den Major aus.«

»Welcher Umstände?«

Der Hauptmann antwortete nicht auf diese Frage. Er richtete sich auf und schenkte sich noch ein Glas Wein ein.

»Also wird Ernst bald bei uns einziehen. Bohde hängt an seinen Rockzipfeln, und ich werde mir etwas Kleineres suchen, möglicherweise allein. Aber vorher ...« Er sah sie eindringlich an. »Ich dachte, du möchtest mich heute abend vielleicht ins Casino begleiten.«

»Ins Casino.« Ihr Herz fing an zu klopfen.

»Ja, und danach, wenn es ein bißchen ruhiger ist, könntest du mit zur Villa kommen. Zu einem späten Abendessen und einem Schlummertrunk.«

Veronica traute ihren Ohren nicht. Zep lud sie in die Villa ein! Sie wußte nicht, wie sie sich verhalten sollte – ihm um den Hals fallen oder ruhig und gleichgültig wirken. Aber eigentlich wollte sie ihn küssen. Die Villa! Sie konnte der Versuchung nicht widerstehen, beugte sich vor, küßte ihn und schmeckte den süßen Wein, der noch in seinem Mund war. Dann kletterte sie auf ihn und schlüpfte aus Bluse und Büstenhalter, während seine Lippen gierig an ihr heruntterglitten und an ihren Brüsten saugten. Doch plötzlich fiel ihr der Junge ein. Sie war ärgerlich, er hatte kein Recht, sich in ihre Gedanken zu drängen, da sie doch den Hauptmann hatte, der hungrig an ihren Brüsten leckte. Vor ein paar Tagen hatte sie versucht, den Jungen zu einem Bad zu überreden, zum Zorn ihres Vaters das Gas angezündet, kesselweise Wasser erhitzt, die Zinnbadewanne vor den Kamin geschleppt und den kleinen Vorhang zugezogen, hinter dem sie sich immer beim Baden versteckte, wenn Dad zu Hause war. Aber als sie dem Jungen die Wanne gezeigt hatte, war dieser zurückgewichen, nicht aus Angst vor warmem Wasser und Seife, sondern wegen der Gefahr, in die er sich dadurch bringen würde. »Die Wachen«, hatte er gesagt und sich mit dem Finger an die Stirn getippt, um den Vorgang des Nachdenkens darzustellen. Sie hatte sofort verstanden: Ein sauberer Junge würde auffallen. Ein sauberer Junge würde herausgepickt und auf den Balken geschnallt werden. Er hatte ihr von denen erzählt, die dort geschlagen worden waren, bis das Blut auf den Boden rann und bis manchmal… Er ließ den Kopf hängen. Meinte er, daß die Gefolterten das Bewußtsein verloren oder daß sie starben? Es war kaum vorstellbar. Manchmal war Veronica verärgert, weil er seine Geschichten übertrieb, um Mitleid zu erregen. Doch erst heute hatte sie gesehen, wie ein Ausländer, der schon zusammengesunken auf dem Boden lag, von einem Wachmann der Organisation Todt mit Fußtritten traktiert, auf die Ladefläche eines Lasters geworfen und einfach den ganzen Tag dort liegen gelassen worden war. Schrecklich, einfach schrecklich, aber ein paar Sadisten wie diesen Mann gab es in jeder Armee, und man konnte schließlich nicht wissen, was der Ausländer angestellt hatte. Während sie dem Jungen das Brot zuschob, damit er sich selbst etwas abschneiden konnte, zweifelte sie allmählich daran, daß es überhaupt klug gewesen war, ihn durchzufüttern, denn seine Wangen hatten eindeutig mehr Farbe als früher. Würden die Wachen das nicht bemerken und sich nach dem Grund fragen? Nachdem er gegangen war, zog sie sich aus, setzte sich ins lauwarme Wasser, fuhr sich mit dem Stück Seife die Achselhöhlen entlang und überlegte, wie es wohl sein mochte, ihm den Schmutz abzuwaschen. Mitzuerleben, wie seine rauhe, fleckige Haut weich und schimmernd wurde und wie der Duft der parfümierten Seife den Gestank der Gefangenschaft vertrieb, und dann seine Kleider, Hemd, Hose und Jacke, wegzuwerfen und sie mit Victor Hugos seidenem Morgenmantel zu vertauschen, den der Hauptmann so gerne trug.

Sie schob Zepernicks Kopf weg.

»Du hast dir für deine Einladung einen schönen Abend ausgesucht«, murmelte sie und verbannte in Gedanken den Jungen zurück in seine Baracke. Ach, die Villa!

»Warum? Was ist los?«

Sie stieß ihn in die Rippen.

»Morgen, Zep! Die Premiere. Du hast es doch nicht vergessen, oder? Du hast es versprochen.«

»Ach, ja, ich habe es vergessen.« Er tastete sich vorsichtig an das Thema heran. »Du weißt, daß Molly dort sein wird.« Veronica erstarrte.

»Nein, nein, mach dir keine Sorgen. Ich habe mit ihr geredet. Morgen abend begleitet sie Major Ernst.«

»Ernst?«

»Ja, alles ist arrangiert. Sie ist jetzt Ernsts Mädchen. Das hat er mir unmißverständlich mitgeteilt. Wenn ich hier etwas werden will ...«

»Wie denkt Molly darüber?«

»Was Molly denkt, spielt keine Rolle. Wenn sie sich nicht so ... auffällig benommen hätte ...« Er zog Veronica an sich. »Das darfst du auf keinen Fall tun. Zeige deine Schönheit nicht überall herum. Sonst verliere ich dich auch noch.« Er streichelte ihr Haar. »Du gehörst nun zu mir. Freut dich das? Und wenn Molly zu sehr darunter leidet, kann ich sie ja heimlich treffen, so wie dich jetzt.«

»Vielen Dank!«

»Das war nur ein Scherz, Veronica! Sei nicht gleich eingeschnappt. Unter diesen Umständen ist Eifersucht nicht sehr klug.«

Er setzte sich auf, um sein Hemd auszuziehen.

»Im Casino wird es heute abend bestimmt lustig. Ich habe angekündigt, daß ich wieder versuchen werde, den Stiefel leerzutrinken. Das hat bis jetzt noch kein Mensch zweimal probiert und geschafft. Doch ich werde es schaffen. Und jetzt sei ein liebes Mädchen und besorg es mir.«

»Den Stiefel?«

»Eine alte Trinktradition. Es sieht ganz einfach aus, ist es aber nicht. Der letzte Kandidat, Schade, ist gestürzt und hat sich einen Schädelbruch zugezogen.« Er fing ihren besorgten Blick auf. »Er war ein Idiot. Außerdem hat er mit Herrn Poidevin und dessen Tochter im Schwarzmarkt mitgemischt.«

»Die arme Elspeth.«

»Kennst du sie?«

»Jeder kennt Elspeth.«

»Sie und ihr Vater hatten gewaltiges Glück. Wenn es nach mir gegangen wäre, säßen sie heute in Fort George. Sie wissen mehr, als sie zugeben. Nicht nur über den Schmuggel. Diese Sache mit Isobel und ihrem Vater. Es paßt irgendwie nicht zusammen. Normalerweise würde ich mir keine großen Gedanken darüber machen, aber wegen gewisser anderer Ereignisse und des seltsamen Verhaltens des Majors bereitet es mir Sorgen. Ich befürchte, es könnte eine Verbindung bestehen. Der Zement in ihrem Mund. Ihr Kleid. Der Umstand, daß ihre Jacke und ihr Hut fehlten. Sie hatte beides an jenem Nachmittag an, und dennoch sind die Sachen verschwunden. Was ist damit geschehen? Ob jetzt jemand anderer die Kleider trägt?«

Als er wieder näher rückte, schob sie ihn weg. Sie wußte, was zu tun war. So eine Gelegenheit würde sich nicht wieder ergeben. Sie würde ihm die Informationen häppchenweise servieren, so wie sie es mit ihrem Körper tat. Damit würde sie ihren Erfolg endgültig sichern und sich einen Passierschein und den Schlüssel zur Villa verschaffen.

»Eine Jacke?« fragte sie. »Was für eine Jacke?« Sie wußte genau, wie er sie beschreiben würde, denn sie hatte die Jacke erkannt, sobald er sie erwähnte, hatte sie über dem Küchenstuhl hängen sehen, das verschmierte Etikett unter dem abgewetzten Kragen. Eine Damenjacke, ja, mit Abnähern an der Brust und Schlitzen an den Seiten. Eine Damenjacke mit Lederflicken an den Ellenbogen, einem hübschen Kragen und kleinen Holzknöpfen.

»Du weißt schon«, meinte Zepernick. »Ihre Cordjacke. Sie trug sie die ganze Zeit. Zum Reiten, zum Spazierengehen und wahrscheinlich …«, er beugte sich wieder vor, um an ihren Brüsten zu saugen, »… auch dabei.« Veronica, inzwischen wieder ganz ruhig, erinnerte sich, daß Zep tatsächlich recht hatte. Unzählige Male hatte sie Isobel in dieser Jacke gesehen. Im Probenraum, lose über die Schultern gelegt oder fast am Boden schleifend, auf diese lässige Art der Wohlhabenden, die Veronica so ärgerlich fand. Nur reiche Leute gingen derart sorglos mit einer teuren Jacke um. Ihr fiel ein, wie Isobel danach gegriffen hatte und rasch hineingeschlüpft war, schon unterwegs zu einem gesellschaftlichen Ereignis, zu dem man sie, Veronica, nicht eingeladen hatte. Plötzlich wurde sie von Haß ergriffen. Gemeinsam mit diesem Mann wollte sie alles nachholen, von dem man sie beide bis jetzt ausschloß, was man ihnen vorenthielt. Denn sie standen auch weiterhin vor verschlossenen Türen, ganz gleich, wie sehr sie sich ins Zeug legten. Und da sie sich der Wirkung ihrer Worte sicher war, schob sie, ohne zu zögern, seine Lippen weg, beugte sich vor und küßte seine Brust und seinen Bauch. Dann erzählte sie ihm rasch die ganze Geschichte und genoß dabei, wie leicht es ihr fiel, seine Hände und sein Interesse von ihrem warmen, vertrauten Körper abzulenken. Ja, erst heute morgen hatte sie einen Jungen in genau so einer Jacke gesehen. »Heute! Einen Jungen! Wo? Wie heißt er? Kennst du seine Familie?« Zepernick zog sie hoch und feuerte eine Salve von Fragen ab. Er nahm an, daß sie von einem einheimischen Jungen sprach, einem der Lausbuben, die, hinter Mauern versteckt, ihre Katapulte abfeuerten und von allen Inselbewohnern am hartnäckigsten Ungehorsam zeigten. Und sie entgegnete, während sie ein aufgeregter Schauder überlief: »Nein, keiner von unseren Jungen, Zep, einer von euren. Ein Ausländer.« Kalte Gewißheit flackerte in seinen Augen auf, als hätte man ein Streichholz angezündet. »Ein Ausländer?« wiederholte er, und sie nickte. »Du weißt schon, einer der Arbeiter der Organisation Todt.« Und da sie sich ihrer Nacktheit und des Freiraums, den ihr das verschaffte, bewußt war, erfand sie ihre Geschichte ebenso mühelos, wie sie immer wieder die abgedroschenen Phrasen der Lust mit neuem Leben erfüllte. Vor ihrem geistigen Auge sah sie die Ausländer die Pollet entlangmarschieren. Sie entfernte den Jungen aus ihrem Haus und stellte ihn mitten unter sie – mit seiner roten Hose, seinem weißen Haarschopf und der merkwürdig geschnittenen Jacke, die an seinem mageren Körper schlotterte. Sie beschrieb, wie er in den wartenden Lastwagen am Ende der Straße geklettert war, immer noch überrascht, wie sich das Blatt zu ihrem Vorteil wendete. Der Hauptmann saß angespannt da, hatte die Hände ineinandergekrampft und fragte: »Sind dir die Autonummer oder eine Beschriftung aufgefallen?« Sie schüttelte den Kopf, wußte instinktiv, daß sie sich mit dieser Behauptung unglaubwürdig machen würde. Doch im nächsten Moment sah sie einen Weg, ihr Märchen ein wenig konkreter erscheinen zu lassen, und sie lehnte sich zurück und meinte: »Aber zufällig weiß ich, wohin er geht, oder besser gesagt, gegangen ist.« Und das, obwohl ihr sonnenklar war, wo sich der Junge jetzt in diesem Augenblick aufhielt. »Letzte Woche war ich in St. Andrew, um eine Kundin zu besuchen, und da habe ich ihn mit den anderen Ausländern am Krankenhaustunnel an der La Vassalerie Road gesehen.« Noch während sie diese Worte aussprach, bekam sie plötzlich ein schlechtes Gewissen. Sie wünschte, der Hauptmann hätte die Jacke nie erwähnt, und ihr Mund wäre ganz an ihm heruntergeglitten und hätte ihn in sich aufgenommen, so daß sie nicht in der Lage gewesen wäre, über den Jungen zu reden.

»Das Krankenhaus?« sagte er. Kurz überkam sie die Angst, sie könnte sich verplappert und ihre eigene Mitwisserschaft verraten haben. Also fügte sie rasch hinzu: »Vielleicht hat er gar nichts damit zu tun. Ich will keine Schwierigkeiten kriegen.« Lachend beruhigte er sie: »Keine Sorge, Veronica, er wird dir nichts tun.« Sie schüttelte den Kopf und sagte, nein, das habe sie nicht gemeint, doch der Hauptmann hörte gar nicht mehr zu. Er hatte sie vergessen, selbst, als er sie küßte, sein Hemd anzog, sie bat, sich keine Gedanken zu machen, und ihr versprach, sie bald zu besuchen, um das Versäumte nachzuholen. Er strich mit den Händen über ihre zitternde Brust, schob sie rasch die Treppe hinunter und scheuchte sie aus der Tür, noch während sie in ihren Mantel schlüpfte. Und als sie dastand und ihm nachblickte, wie er zu seinem Auto rannte und mit aufheulendem Motor den Hügel hinunterraste, wurde ihr klar, daß sie heute abend weder ins Casino noch in die Villa gehen würde. Anstatt ihm näherzukommen, hatte sie sich nur weiter von ihm entfernt und eine weitere Besatzungs-Trennlinie in den Sand gezogen. Atemlos und allein stand sie da, betrachtete die kleine Stadt am Fuße des Hügels und erkannte plötzlich, was sie getan hatte. Wie beängstigend leicht es doch war, einen anderen Menschen zu verraten.

ZWÖLF

Der Holländer arbeitet jetzt schon seit dreieinhalb Wochen. Zuerst hat er draußen an der L'Ancresse Bay Beton in die gewaltigen Höhlungen der Geschützstände gegossen und danach neben dem Jungen im Tunnel geschuftet. Obwohl er nur wenig von dem versteht, was der Junge sagt – ein gebrochenes Mischmasch aus Englisch, Deutsch und einer Sprache, die wie Polnisch oder Russisch klingt –, hat er sich angewöhnt, ihm auf Schritt und Tritt zu folgen. Denn es ist eher er als der alte Mann (der nicht soviel überschüssige Kräfte besitzt), der sich in diesen schwierigen Tagen um ihn gekümmert hat. Also steht er bei den Mahlzeiten hinter dem Jungen, sitzt ihm gegenüber im holpernden Lastwagen, lehnt an dem kurzen Ruhetag seinen Rücken an dieselbe mit Kreosot behandelte Barackenwand. Nun schiebt er den Waggon, den der Junge mit Felsbrocken, Steinen und klebrigen Tonklumpen füllen muß, und bringt ihm dann wieder einen leeren. Die Arbeit ist zwar mörderisch und der Tunnel endlos, aber der Junge scheint mit jedem Tag mehr die inoffizielle Leitung der Ausgrabungen zu übernehmen. Stolz zeigt er van Dielen das verwirrend riesige Labyrinth, die unendliche Reihe von mit Kuppeln gedeckten Räumen, die geheimnisvollen Weiten des Irrgartens, das gewaltige Wasserreservoir und daneben den Verbindungstunnel, an dem er jetzt arbeitet. Die winzige Kammer wird durch eine lehmbeschmierte Metallplatte getarnt, hinter der sie jetzt sitzen und Wasser aus einer gestohlenen Feldflasche trinken. Der alte Mann und der Junge haben die Aufgabe übernommen, für van Dielen zu sorgen, obwohl sie von ihm noch kein Wort des Dankes gehört haben. Er gibt ohnehin kaum einen Mucks von sich, außer wenn er den leeren Waggon zurück zum Ende des Tunnels schiebt (was seltsamerweise schwieriger ist, als einen voll beladenen Wagen zum Ausgang zu befördern). Eigentlich mögen sie ihn vor allem wegen seiner Sprachlosigkeit. Vielleicht haben sie die ständigen Klagen ihrer Mitgefangenen satt, vielleicht empfinden sie sein Schweigen, sein ausdrucksloses Gesicht und seinen langsamen, roboterhaften Gang als willkommene Abwechslung. Sie klopfen ihm auf den Rücken, wenn er es, was selten geschieht, für angebracht hält zu nicken, und packen ihn am Arm, wenn er als Antwort auf eine Frage die Lippen schürzt oder die Achseln zuckt. Während der Stunden in der Baracke, wenn er reglos und mit starrer Miene dasitzt, lassen sie sich links und rechts von ihm nieder, drücken ihm etwas Eßbares in die schlaffe Hand und reichen ihm seinen Napf mit Wassersuppe. Nachts heben sie seine Füße hinauf aufs Bett und mummen ihn in die Decke ein. Nicht, daß er zu schwach dazu wäre; wenn er sich einmal in Bewegung setzt, in der Viererreihe mitmarschiert, Kies schaufelt und in der vom Glimmer glitzernden Finsternis Granitbrocken zertrümmert, hat sein Leben einen Rhythmus, nach dem er sich bewegen kann. Er hält mit den Kräftigsten unter ihnen mit, doch wenn er erst einmal stehenbleibt, sieht er keinen Grund mehr zum Weitergehen. Der Motor in ihm ist ausgelaufen.

Heute morgen zum Beispiel. Um halb sechs Uhr wurde der Triangel geschlagen. Der Junge schob van Dielens Beine von der Pritsche und rüttelte ihn wach, bevor er zu der Reihe von Wassereimern hinüberging. Normalerweise kümmerte der alte Mann sich darum, daß van Dielen aufstand, und führte ihn nach draußen zum Appellplatz. Doch diesmal hatte er es vergessen. Van Dielen kannte die Regeln, er hatte oft genug miterlebt, daß der letzte, der in die eisige Luft hinausstolperte, eine ordentliche Abreibung bezog. Er wußte auch, daß man um so größeren Ärger bekam, je mehr man sich verspätete, und er wollte nicht verprügelt werden, nein, er wollte graben, wieder im süßen Dunkel des Herzens der Insel versinken. Aber er rührte sich nicht, es war ihm unmöglich. Etwas an der Holzplanke und der alten Jacke, die der Junge ihm um die

Schultern gelegt hatte, hinderte ihn am Aufstehen. Er lag da, betrachtete seine verbundenen Füße und hörte, wie die anderen sich auf dem mit Sägemehl bestreuten Boden die Lunge aus dem Leib husteten, Hände voller Läuse aus ihren Achselhöhlen hervorkratzten, rülpsten und furzten und ihre Exkremente in einen nahen Eimer entleerten, bevor sie hinauseilten und sich zitternd in einer Reihe aufstellten, damit der Aufseher sie abhaken konnte. Das alles hörte er, aber er bewegte sich trotzdem nicht. Die Jacke war so warm, so vertraut, ihr Geruch so berauschend wie in einem Traum. Er roch nicht den tatsächlichen Gestank nach Schweiß, Teer und modrigem, grünem Wasser, sondern etwas anderes, das Futter und Kragen tief in sich aufgesogen hatten. Van Dielen zog sich die Jacke über den Mund und schnupperte. Es war, als läge er auf einem Operationstisch und atme Äther durch eine Maske ein, gespenstische Bilder untergegangener Welten tauchten vor ihm auf, als er im dichten Nebel versank. Gesichter schwebten vorbei, Augen blinzelten unter einem Strohhut in die Sonne, ein Kopf mit Zöpfen hüpfte auf dem Rücken eines Esels, eine Frau im weißen Kleid stand auf einer erhöhten Veranda, die ersterbende Sonne ließ ihre Haut aufflammen; auch Landschaften, Brücken, Türme, gewundene Straßen. Er wollte ihnen folgen, doch seine Füße waren zu weit weg, in Blei gehüllt, Füße, die einst durch Wüsten gegangen waren, Schluchten durchquert, Distanzen abgeschritten, zwischen denen einer guten Frau gelegen hatten und mit einer barfüßigen Elfe um die Wette gelaufen waren. Er dachte, er hätte das meiste vergessen, doch kurz erahnte er, daß das nicht stimmte. Er hatte es nur aus einer anderen Perspektive betrachtet, aus der eines unbeteiligten Beobachters. Keine Frau, keine Tochter, kein Name, keine Vergangenheit. Sie haben ihn zu Lebzeiten nicht gekannt, und er kennt sie im Tode nicht. Sein Leben ist nichts weiter als ein Schatten und dunkle Bedeutungslosigkeit und dazu eine Daseinsform, mit der er nichts mehr zu tun haben will. Aber, ach, diese Zöpfe! Die barfüßige Elfe! Plötzlich wurde die Jacke weggeschoben, die Decke beiseite gerissen, er hochgezerrt und am Handgelenk hinausgeschleppt. Sein linker Arm schleifte am Boden wie der eines Affen im Griff seines

Wärters. Dann stand er unter den Balken, an denen zwei Haken befestigt waren. Hinter sich hörte er das Lachen und die aufmunternden Worte der anderen. »Wenn er jetzt nicht redet, hilft gar nichts mehr«, »Ich wette, nach dem zehnten kippt er um«, »Keine Angst, Kumpel, das machen wir alle mal mit.« Der Junge trat aus der Menge, zeigte auf ihn und steckte sich die Finger in die Ohren, um zu sagen, daß der Holländer wegen der gestrigen Explosion im Tunnel vorübergehend das Gehör verloren habe. Und obwohl ihn das nicht gänzlich vor der Strafe bewahrte – denn seine Arme waren bereits hochgezogen und festgebunden worden, und der Mann hielt die Peitsche schon in der Hand –, schlug der Aufseher ihn nur fünfmal, nachdem er den Jungen grob beiseite gestoßen hatte. Die Lederriemen, dick eingeölt und an einem Holzgriff befestigt, knallten auf seinem Rücken wie Feuerwerkskörper. Nach einem letzten Tritt ans Schienbein und einem langanhaltenden, beängstigenden Gebrüll in sein Ohr wurde er losgeschnitten und stand da, während die Männer sich zerstreuten. Der Junge, der die Jacke nun wieder über den Schultern hatte, kehrte zurück, um ihn zum wartenden Lastwagen und zur Arbeit zu führen.

Und nun ist der Tag fast zu Ende. Bald kommt die Abendschicht, um sie abzulösen. Er schiebt seinen vorletzten Waggon, wundert sich über seine eigenen Hände, seinen mit Striemen bedeckten Rücken und seine Ausdauer. Er weiß, daß seine Kräfte eigentlich nachlassen sollten wie die der anderen Männer, aber es geschieht nicht. Vielleicht hat es etwas mit dem Jungen zu tun, der jede Nacht vor Morgengrauen mit Brotkanten und seltsam zusammengesetzten Pasteten zur Unterkunft zurückkehrt. Zwar verteilt sich der Zementstaub in seinen Taschen wie eine körnige Salzschicht auf den Lebensmitteln, aber es ist dennoch Essen, wundervolles Essen, kalt und zusammengepreßt. Und sie kauen es, er und der alte Mann, schlucken es hinunter, daß ihnen große Bissen in der Kehle steckenbleiben. Sie schlafen mit dem Geräusch ein, das ihr Magen macht, während er die Nahrung herumwälzt und mit seinen Säften zersetzt. Ihr Furzen fängt an, sich von dem der übrigen Männer zu unterscheiden, riecht nach Fleisch und Gemüse und nach gesunder

Verdauung, nicht nach Sägemehl und Durchfall. Sie wachen auf, heben ihre Decken an und wedeln die satten Dünste in Richtung ihrer Nasenlöcher. Ein Vergnügen, das sie miteinander teilen.

Als van Dielen sich dem Tunneleingang nähert, hört er Tumult. Oben an den schwarzen Gummitüren und dem großen, hellen Viereck, das sie draußen erwartet, steht eine Gruppe von Offizieren. Der große, dicke Mann, der ihm einmal Schokolade geschenkt hat, und der Mann, von dem er vorhin geprügelt worden ist. Daneben ein anderer, ein gutaussehender Mann, der ehrfürchtig den langen Tunnel betrachtet, den er soeben betreten hat, und dem Lärm lauscht, der aus den Tiefen seines dunklen, übelriechenden Mauls emporsteigt. Der Schokoladenmann schwenkt seinen Stock und deutet genau auf die Stelle, wo van Dielen steht. Und tatsächlich blicken sich die beiden – van Dielen in den Überresten seines Tootall-Hemdes und seiner Hose aus Harris-Tweed und Major Ernst in seiner schwarzen Uniform – einen Moment lang an, bevor ein paar Arbeiter van Dielen beiseite schieben und seinen Waggon hinaus zu den wartenden Lastern schaffen. Ernst brüllt dem Wachmann etwas ins Ohr. Der Gutaussehende läuft ungeduldig auf und ab. Dann schwingen die Türen auf, der Waggon verschwindet in einem gleißend hellen Lichtkeil, und dann senkt sich plötzlich Dunkelheit über alles, als sich die Türen wieder schließen. Der Lärm verebbt, und van Dielen kann nichts mehr erkennen. Die Worte schweben durch den Tunnel wie Stimmen, die an einem Sommernachmittag über einen klaren, wellenlosen See hallen. »Wir suchen nach einem Jungen«, sagt der dicke Mann. »Das kleine, schlitzäugige Schwein ist in einen Mord verwickelt. Rote Hose, braune Jacke. Haben Sie so jemanden hier? Eine Damenjacke mit…« Er hält sich die gekrümmten Hände vor die Brust und hebt ein imaginäres Gewicht. Die Männer lachen. Der Aufseher nickt. Überschlägt sich fast vor Hilfsbereitschaft und blickt auf sein Klemmbrett. »Ja, ja.«

Van Dielen dreht sich rasch um und beginnt, den leeren Waggon die leichte Steigung zurückzuschieben. Er hält den Kopf gesenkt, schließt die Augen und schiebt. Er muß einen leeren Waggon vor sich herschieben, damit niemand ihn anhält und ihm eine andere

Arbeit aufträgt, bevor er den Jungen warnen kann. Also schiebt er, die Hände auf dem Holzrahmen, die Füße fest in den Boden gestemmt, spürt den Widerstand der Räder, da es bergauf geht. Den Kopf gebeugt, die Augen geschlossen, schiebt er den Waggon seiner Träume. Der Weg steigt an bis hinauf zu der Stelle, wo gearbeitet wird, das weiß er, und dennoch fragt er sich erst jetzt, als er noch kräftiger drückt, den Kopf neigt und die Augen zusammenkneift, nach dem Grund. Wozu braucht ein Krankenhaus einen Eingang mit ansteigendem Flur? Es ergibt keinen Sinn, Verwundete bergauf in den Operationssaal oder in ein Krankenzimmer zu befördern. Der Gang sollte eben sein. Er öffnet die Augen und blickt sich um. Ja, es geht den ganzen Weg bergauf, nicht steil, eine Steigung von fünfzig Zentimetern alle zehn Meter vielleicht, aber das genügt, damit man den eisenbeschlagenen Waggon nur mit gehörigem Krafteinsatz hinauf zur Ebene schaffen kann. Er widmet sich wieder seiner Aufgabe, und als die Räder schneller und die Stimmen immer lauter werden, fällt ihm noch etwas auf, das er bis jetzt noch nie bemerkt hat. An den Wänden entlang befinden sich Ablaufrinnen, nicht nur auf dem Flur, sondern auch in den Räumen, an denen er vorbeikommt, dort, wo die Krankensäle, die Küchen und der Filmvorführraum entstehen sollen. Ablaufrinnen, rings um jeden Raum, als ob geplant sei, sie mit dem Schlauch auszuspritzen, so daß Wasser von den Wänden hinab und über den Boden fließt. Aber Krankenzimmer und Operationssäle spritzt man nicht mit dem Schlauch aus. Er kennt nur eine Art von Gebäude, das mit dem Schlauch ausgespritzt werden muß: ein Schlachthaus. Ein Schlachthaus? Ein unterirdisches Schlachthaus? Wenn man es sich genau überlegt, ergibt es wirklich nicht viel Sinn, Kranke unter die Erde zu verbannen, wo es feucht, dunkel, stickig und ungesund ist. Doch jetzt ist nicht der richtige Zeitpunkt, um den Zweck eines derart ausgeklügelten und widersprüchlichen Bauwerks in Frage zu stellen. Er bemerkt entschlossene Schritte hinter sich. Ein, zwei, drei Paar Füße. Der dicke Mann mit der Schokolade, der Wachmann, der ihn geschlagen hat, und der Gutaussehende. Alle drei suchen den Jungen, den Jungen, der ihn mit Keksen, Kuchen und zwei Portionen Rauchwurstpastete gefüttert und ihm eine alte Jacke über die kalten Schultern gebreitet hat. Und als er die Gabelung erreicht, wo der Junge, wie er hört, Steine in den nächsten Wagen wirft, läßt er seinen Waggon im Stich, tätschelt ihn, als wolle er sich dafür bedanken, daß er ihn bis jetzt beschützt hat, und fängt an zu laufen. Die Räume mit ihren Abflußrinnen kümmern ihn nicht mehr, nur der lange Korridor, das Dämmerlicht und seine in Lumpen gewickelten Füße, die leise über den mit Pfützen bedeckten Boden huschen. Auf einmal sieht er ihn, den Jungen, klein und makellos, wie er neben dem zerbeulten Waggon steht. Sein grauweißes Haar leuchtet in der trüben Finsternis. Er wirft Felsbrocken, hält inne und blickt auf, als eine Gestalt auf ihn zurennt. Er wiegt einen Stein in der Hand, überlegt, ob dieser sich als Waffe eignet, doch dann erkennt er, wer es ist, der Mann ohne Stimme. Er wirft den Stein in den Waggon und wartet, bis van Dielen, inzwischen atemlos, näher gekommen ist. Der Holländer packt den Jungen an der Jacke, riecht wieder den seltsam parfümierten Stoff. Es ist sein Sohn, den er da festhält, das weiß er genau. Er will ihn nicht mehr loslassen und ihm ihre gemeinsame Geschichte erzählen, davon, was für ein Vater er hätte sein können. Doch etwas breitet sich in seiner Luftröhre aus, eine Drüsenwucherung, ein Krebsgeschwür, die Überreste einer unverdaulichen Wurstpastete, die verhindert, daß er ein Wort herausbringt. Er legt sich die Hände auf den Hals, fährt sich über den mageren Adamsapfel – die Schritte werden lauter –, rauf und runter, rauf und runter, spürt, wie sich der Druck steigert, wie sein Körper vom Boden abhebt und wie ein Schwall aus ihm herausbricht wie aus einem Geysir. Verkrampfung und Entspannung im selben Moment, den Kopf in den Nacken gelegt, die Augen geschlossen, die Zähne gebleckt und nach Luft schnappend taucht er aus dem weißen Schaum der Wellen und dem schwarzen Schoß der Erde auf. Er läßt seine Kehle los, rülpst, einmal, zweimal, und aus seinem Mund schießt ein gewaltiger, dampfender Kloß aus Fett und Speichel, der zischend auf dem Boden tanzt wie ein Phosphorklumpen. Dann nimmt er den Jungen, schüttelt ihn und zeigt nach hinten, wo das stampfende Echo der Schritte erklingt, das von Sekunde zu Sekunde lauter wird. Er tritt auf den Speichelklumpen, bis der sich nicht mehr bewegt, und sagt die letzten Worte seines Lebens.

»Sie suchen dich«, sagt er. »Versteck dich, aber schnell.« Und obwohl der Junge nicht alles versteht, hört er die eiligen Schritte, sieht die väterliche Angst, erkennt beides und weiß, was van Dielens zitternd ausgestreckter Arm bedeutet. Ihm wird klar, daß seine Zeit in diesem Tunnel vorbei ist. Daß er fort muß, wenn er nicht sterben will.

Sie rennen den verlassenen Schacht zurück und schlüpfen, vorbei am Luftfilter, in die Geheimkammer. Dort kauern sie, als die Füße heranmarschieren. Der Holländer und er knien einander gegenüber in dem schwarzen Loch. Er spürt den Atem des Mannes auf dem Gesicht, riecht seinen säuerlichen Gestank, hört das Luftholen. Also streckt er die Hand aus und legt dem Mann sanft den Finger auf die Lippen. Der Holländer versteht. Während sie den näher kommenden Schritten lauschen, stellt sich der Junge vor, daß sie gar nicht hinter ihm her sind, sondern hinter diesem seltsamen, schweigenden Geschöpf, das ihm überallhin folgt wie ein Hund. Doch dann stellt er fest, daß sie von einem Jungen sprechen, dem mit der roten Hose und der Damenjacke, und er begreift, in welchen Schwierigkeiten er steckt. Während der Suche werden die Arbeiter durchgezählt. Er hört, wie sie klappernd die Waggons durchwühlen, jeden der aus der Erde gegrabenen Räume durchkämmen, Fluchtschächte hinaufsteigen, in denen ihre Rufe widerhallen, gegen Gesteinshaufen treten und hin und her laufen. Die Vorarbeiter der Organisation Todt spähen rufend und fluchend unter die nasse, flatternde Plane.

Es wird still im Tunnel: nichts als das Tropfen von Wasser und das Summen der Generatoren im hinteren Teil. Aus weiter Ferne das Stimmengewirr der Abendschicht, die draußen wartet. Er spielt mit dem Gedanken, sein Glück zu versuchen, doch die Vernunft siegt. Sie müssen warten, bis sie sich, getarnt von den Geräuschen der anderen, wieder frei bewegen können. Eine letzte Runde, dann schwingen die Türen auf, und er hört, wie die Männer hereinschlurfen und zu den Spitzhacken greifen. Über den Boden geschleifte Schaufeln knirschen auf dem Beton. Während die Männer in Grüppchen den Gang passieren, schiebt er vorsichtig die Metallplatte beiseite und kriecht hinaus. Der Holländer folgt. Gemeinsam rennen sie hinunter zum Verbindungstunnel und zum Fluchtschacht, zehn Meter hoch und von innen mit einer Eisenstange verrammelt. Der Aufstieg ist leicht, und obwohl sich die Stange wegen des festgefressenen Rosts nur schwer bewegen läßt, zieht er sie mit einem scharfen Ruck zurück und hievt sich nach oben. Sie stehen auf einem Feld, umgeben von anderen Feldern, zweihundert Meter entfernt vom Eingang, dazwischen ein Wall hoher Bäume.

Er setzt sich in Bewegung, fordert den Holländer zum Mitkommen auf. Doch der Mann schüttelt den Kopf und bleibt stehen, drängt ihn zu fliehen und sich nicht um ihn zu kümmern. Wieder winkt er, und wieder weigert sich der Mann und scheucht ihn weg, als würde er Vieh zurücktreiben. Der Junge dreht sich um und fängt an zu laufen. Als er zurückblickt, steht der Mann noch am selben Fleck. Aber diesmal scheucht er den Jungen nicht weiter. Er hebt einfach die Hand, als wolle er ihm noch etwas sagen, winkt einmal, wirft ihm eine Kußhand zu und verschwindet aus dem Blickfeld des Jungen.

Der Weg ist weit, weiter als er gedacht hat, quer über die Insel, durch steile, verborgene Täler und schlüpfrige, moosige Bächlein. Ängstlich eilt er durch viel zu stille Straßen, duckt sich unter den Drähten der Spinnwebenbomben durch, die in der leichten Brise singen, der Vorbotin des Westwinds, die ihm zufrieden ins Gesicht bläst. Dann erreicht er die Ebene von Cobo, und zwanzig Minuten später steht er hinter dem dunklen Haus. Sie sitzt am Tisch, den Kopf in die Hände gestützt, die Öllampe flackert im Gleichtakt mit ihren Schluchzern. Er fragt sich, wozu der Mann sie wohl wieder gezwungen hat, und der Gedanke macht ihn wütend. Er klopft ans Fenster. Ängstlich blickt sie auf. Dann erkennt sie sein an die Scheibe gepreßtes Gesicht, springt hoch, reißt die Tür auf, nimmt ihn in die Arme und schwenkt ihn herum wie ein Kind. Er versteht ihre leidenschaftliche Reaktion nicht, die Tränen, die ihr die Wangen hinunterlaufen, ihre feuchten, beharrlichen Küsse, wie sie ihn hierhin und dorthin dreht und ihn dabei ständig umarmt. »Polizei«, warnt er sie, er benutzt nicht das englische Wort, sondern das deutsche. »Ja, ja, ja«, murmelt sie, so leise und verständnisvoll, als ob sie es wüßte, alles wüßte und sich dennoch nicht darum kümmert. »Freund«, sagt sie und klopft sich auf die Brust. »Du bleibst jetzt hier. Nicht mehr graben. Nicht mehr Tunnel.« Dann zerrt sie wieder die Badewanne hervor, und während die Wassertöpfe auf dem Herd stehen, holt sie eine Schere aus der Tischschublade und schneidet ihm die Haare, so kurz, wie sie früher einmal waren. Danach stellt sie ihn hin und zieht ihm die Sachen aus; jedem Kleidungsstück, das auf den Boden fällt, entsteigt eine Wolke von Gestank. Sie hält sich die Nase zu, und sie lachen wieder gemeinsam, wie beim letztenmal. Sie öffnet das kleine Gitter im Ofen und wirft alles hinein, bis auf die Jacke, die sie ihm abgenommen hat, sobald er im Zimmer stand. Als die Wanne voll ist, lockt sie ihn hinein. Erst den einen Fuß, dann den anderen. Ein stechender Schmerz durchschießt sein Bein, als sie ihn sanft mit Wasser bespritzt, den Rücken, die Arme, die Brust und den Bauch. Dann legt sie ihm die Hand auf den Nacken und drückt ihn nach unten, bis er kniet und seine Lippen die Wasseroberfläche berühren, bevor sie seinen Kopf packt und ihn untertaucht. Nach Luft schnappend und verängstigt kommt er wieder hoch, sie nimmt seinen Kopf und küßt ihn auf den Scheitel. Die Vorderseite ihres Kleides wird ganz naß, als er das Gesicht dagegenpreßt – so wie damals, in einer längst vergangenen Zeit vor einem anderen Kaminfeuer. Es stört ihn nicht, daß sie ihn wieder untertaucht, seine Kopfhaut prickelt, seine Ohren rauschen, und als sie fertig ist, sitzt er in der Wanne und läßt die Füße herausbaumeln. Sie nimmt beide nacheinander und bearbeitet mit einer dünnen, gebogenen Schere seine schwarzen Zehennägel. Dann steigt er aus der Wanne und steht nackt vor ihr, während sie ihm die Füße abtrocknet, die Stellen zwischen den Zehen einpudert und den mit Blasen bedeckten Rist küßt. Er ist nicht mehr weiß, sondern blaßbraun. Seine Muskeln wirken kräftiger, seine Haltung männlicher als zuvor. Er ist kein Junge, sondern ein junger Mann, der seine Scham mit den Händen bedeckt. Deshalb richtet sie sich auf, reicht ihm einen ausgewaschenen Pyjama und dreht sich um, als er sich anzieht. Nachdem er anständig bekleidet ist, kocht sie ihm Kartoffelpüree mit Steckrüben. Später bringt sie ihn nach oben und zeigt ihm das schmale Bett, das wackelt und nach ihr riecht. Die Kissen sind mit Daunen gefüllt, und darüber liegt eine Steppdecke. Sie schlägt das Bett auf, klopft alles zurecht, und er legt sich hinein und zieht die Steppdecke bis hinauf zu den Ohren. Dann sieht er sie an und das riesige Zimmer und schläft ein.

Sie sitzt da und beobachtet ihn. Er ist ein ganz normaler Junge. Das ist er geworden, und das soll er auch bleiben. Ein ganz normaler Junge. Er darf nicht mehr zurück. Das wird sie nicht zulassen.

Sie geht die Treppe hinunter, hinter das Haus, streicht sich das Haar aus dem Gesicht und rückt ihr Kleid zurecht. Sie hofft nur, daß Neds Mutter schon zu Bett gegangen ist.

DREIZEHN

Die ganze Nacht über hatte es immer wieder geregnet, doch am Morgen stand hell die Sonne am Himmel, und kehliger Vogelgesang erfüllte die Luft. Der Anruf war am späten Nachmittag gekommen. Der Major solle sich am Morgen beim Hauptquartier melden. Ein Boot erwarte ihn am Hafen, um ihn um zehn Uhr nach Jersey zu bringen. Draußen im Garten glitzerte das Laub, und der Pfad hinunter zur Bucht war glitschig unter seinen Füßen. Die Frühjahrsebbe hatte das Wasser weit zurückweichen lassen, und der blubbernde, von kleinen Kratern durchzogene Strand wimmelte von Flußuferläufern und Seeschwalben. Als er in Richtung Wasser schlenderte, sahen die kahlen Felsen dunkel und karg aus, und der Seetang, der sich normalerweise unter Wasser befand, wirkte schwarzbraun anstelle von grün – die Farbe einer zerstörten Welt. Das Gerippe eines vor langer Zeit versenkten Schiffes ragte aus dem zähen Morast: rostige Eisenklumpen in dunkelgrünen Pfützen. Die Landschaft ähnelte einem versengten, rauchenden Schlachtfeld, als hätte eine Armee mit Panzern, Minen und Flammenwerfern hier gewütet, alles in Schutt und Asche gelegt und wäre dann weitergezogen. Die Szenerie erinnerte ihn an ein Land, das er nie gesehen hatte, dessen Umrisse jedoch in seine Seele eingebrannt waren: die zernarbte Landkarte von Stalingrad.

Er schwamm ein gutes Stück hinaus, knapp einen halben Kilometer. Das Wasser war kalt, und ein kräftiger Seegang sorgte dafür, daß er auf den regelmäßig schlagenden Wellen auf und nieder tanzte. Obwohl er wußte, daß es ihm nur Schmerz verursachen würde, konnte er nicht anders, als zur Villa hinaufzublicken. Es war kurz vor dem Gezeitenwechsel, aber es machte ihm keine Sorgen, daß er spürte, wie er immer weiter hinausgezogen wurde. Statt dessen trug er dazu bei, indem er unter der Wasseroberfläche mit seinen Füßen in Richtung der Strömung paddelte. Denn während er das tat, wurde die Natur für ihn größer und allmächtiger, und er war nur ein Korken, der auf den unruhigen Wellen dahintrieb.

Nachdem er die Bilder zerschmettert hatte, hatte er draußen auf dem Rasen gelegen und Wein aus einer Flasche getrunken. Bald darauf kam der Hauptmann hinaus und baute sich vor ihm auf.

»Weißt du überhaupt, was du da getan hast?« brüllte er.

Lentsch sprang auf und wies auf das Haus. »Ich habe ein verdammtes Bild kaputtgemacht, Reinhard! Oder besser gesagt, drei verdammte Bilder!« Er wirbelte herum und hob die halbleere Flasche. »Sie waren sowieso schlecht.«

Hauptmann Zepernick packte ihn am Arm.

»Du bist ein Dummkopf, Gerhard. Ein leichtsinniger Idiot.« Er zeigte auf die Villa. »Major Ernst ist schon am Telephon. Ich soll dich sofort unter Hausarrest stellen. Morgen wird man dich in Begleitung nach Jersey und von da aus ans Festland bringen. Gott weiß, was sie dort mit dir anstellen werden. Du hast einen Fehler gemacht, Gerhard. Unter anderen Umständen hätte ich dir vielleicht helfen können. Aber jetzt!«

»Wird man heutzutage schon fürs Bilderkaputtmachen erschossen?«

Der Hauptmann hatte ihn zum Ende des Gartens gezerrt und ihm unverständliche Worte ins Ohr geschrien. Lentsch konnte nicht glauben, was der Hauptmann ihm da sagte. Das angekündigte Ereignis erschien ihm so unwirklich. Der Hauptmann teilte ihm mit, es bestünde strikte Nachrichtensperre. Auf der Insel wüßten nur er, Hauptmann Zepernick, und Major Ernst Bescheid. Deshalb hatte Ernst auch so selbstzufrieden gewirkt: Guernsey war Hitlers Festung. Und er, der Führer, wurde zu einer Inspektion erwartet. Kein Wunder, daß Ernst die Insel immer mehr wie seinen Privatbesitz behandelte.

»Wie lange weißt du es schon?« erkundigte sich Lentsch.

Hauptmann Zepernick zuckte die Achseln. »Einen Monat vielleicht. Ich durfte es dir nicht verraten«, erklärte er.

»Er kommt wirklich hierher?« fragte Lentsch. »Was werden die Einheimischen denken?«

»Die Einheimischen?« wiederholte Zepernick spöttisch, daß es in der kleinen Bucht widerhallte. »Was hat das mit den Einheimischen zu tun? Denk lieber an die Propaganda. Hier auf britischem Boden, britische Polizisten werden salutieren, britische Kinder Fahnen schwenken.«

»Das werden sie nicht.«

»O ja, sie werden. Zumindest genug von ihnen.«

»Wie lange?«

»Lang genug für die Kameras.«

Lentsch schüttelte den Kopf. »Ich meinte den Besuch.«

Wieder zuckte Zepernick die Achseln. »Zwei Stunden. Drei?« Er rieb sich die Hände. »Es wird, glaube ich, auch ein Mittagessen geben.«

Lentsch blickte auf das Haus, als wäre er persönlich dafür verantwortlich.

»Ein Mittagessen! Und wer wird es kochen? Etwa Albert? Aber wahrscheinlich kennt er sich dank der Lebensmittelknappheit bestens mit der vegetarischen Küche aus.«

»Gerhard, Gerhard«, sagte Zepernick leise. »Beruhige dich. Setze dein Leben nicht noch mehr aufs Spiel. Heute nachmittag muß ich einen Bericht schreiben. Ich kann das, was du getan hast, nicht unter den Tisch fallen lassen. Aber ich werde den großen Druck erwähnen, unter dem du stehst, und auch, wie sehr der Tod des Mädchens dich mitgenommen hat. Ich werde verschweigen, daß du sie heiraten wolltest. Das wäre unklug. Doch ich werde hervorheben, daß sie die Tochter unseres leitenden Bauingenieurs war und daß du wegen seines mutmaßlichen Selbstmordes Sorgen hattest, der Weiterbau unserer Befestigungsanlagen könnte gefährdet sein. Das klingt gut. Ernst wird wahrscheinlich Einwände haben, doch da er dich nun bald los ist, wird er nicht allzusehr insistieren. Er hat seine Schlacht gewonnen. Mit Bohde ist das allerdings eine andere Sache.

Er wird sich an jedes unbedachte Wort erinnern, das du irgendwann von dir gegeben hast. Also wirst du dich von jetzt an vorbildlich benehmen, kapiert? Vermeide alles, was dir schaden könnte. Heute nacht bleibst du hier. Morgen kommt dein Boot. Hast du mich verstanden?«

»Ja, Reinhard.«

»Und keine Stelldicheins mit deinem zahmen Inspector mehr.«

»Du weißt davon?«

»Ich bin der Leiter der Sicherheitspolizei. Natürlich weiß ich davon.« Er sah auf die Uhr. »Ich muß weg. Bin sowieso schon zu spät dran.« Er hielt ihm die Hand hin. »Auf Wiedersehen, Gerhard. Viel Glück.«

Lentsch nickte benommen.

Nachts lag er im Bett und konnte nicht schlafen. Er hörte den Hauptmann und Bohde bis zum Morgengrauen reden. Vielleicht bewachten sie ihn ja. Der Führer würde herkommen! Zweifellos ein Triumph für ihn, britischen Boden zu betreten, eine Genugtuung, von der er an den Schauplätzen seiner Niederlagen im restlichen Europa zehren konnte. Man würde Orden verteilen. Diejenigen, die ihn begleiteten, ihm seine Mahlzeiten aus Gemüse und Reis servierten, ihm die Hand schüttelten, würden für immer gezeichnet sein. Inzwischen waren die weihevollen Begegnungen zwischen dem Herrn und seinen Dienern selten geworden. Aus war es mit den Picknicks, den Spazierfahrten im offenen Wagen, der Aussichtsplattform hinten an seinem Zug. Vorbei die Bergtouren, die zufälligen Treffen, die Umarmungen für Land und Leute. Und auch die zögernden, tastenden Reden, die sie alle in ihren Bann geschlagen hatten, gab es nicht mehr. Lentsch erschauderte, nicht wegen der kalten Strömung, die ihn aufs offene Meer hinauszog, sondern weil ihm die erste dieser Reden wieder einfiel, die er gehört hatte. Sie war an die Hitlerjugend gerichtet gewesen, die Jungen mit den nackten Knien; Tausende von ihnen, geschniegelt und gebügelt, standen auf den Zehenspitzen oder auf den Schultern eines Kameraden, drängelten und schubsten, um ihn zu sehen. Lentsch, der vom Vater seiner Verlobten eine Eintrittskarte bekommen und ganz hinten im obersten Rang gestanden hatte, konnte sich noch an jedes Wort und jede Geste erinnern. »Wir wollen keine Klassenunterschiede«, hatte er verkündet. »Ihr dürft das nicht unter euch aufkommen lassen.« Seine Stimme hatte bei dieser Ermahnung vor tief empfundener Sehnsucht gezittert. Die Menge lauschte schweigend den bebenden Pausen zwischen seinen Worten. Ein bohrender Neid hatte Lentsch plötzlich ergriffen. Welcher Erwachsene hätte damals kein Jugendlicher sein und unter einem solchen Mäzen aufwachsen wollen? Wie hatten die Jungen geschrien, als er vom Podium getreten war! War es das, was er versprochen hatte? Ewige Jugend, ewige heranwachsende Kraft, gebunden an eine die Grundbedürfnisse befriedigende Welt aus Arbeit und Spiel, mit der überbordenden Gesundheit der Nation als einzigem Lohn? Was war es, was sie in seine Arme getrieben hatte? Der blinde Glaube vielleicht, das Leben könnte so einfach sein? Ihm fiel das eine Mal ein, da er ihm begegnet war. Es war ganz am Anfang gewesen, 1933 oder 1934. Lentsch befand sich auf Heimaturlaub und saß zufällig mit ein paar Freunden an einem Sonntagnachmittag trinkend im Gasthaus. Erst vor kurzem hatte er sich zur Wehrmacht gemeldet, zum Regiment seines Vaters, und obwohl er seine Entscheidung nicht bereute, war sie ihm nicht leichtgefallen. Lentsch hatte andere Berufungen in sich gespürt. Schwer vorzustellen, aber er hatte wirklich einmal mit dem Gedanken gespielt, Ornithologie zu studieren, und jahrelang Vorlesungen zuerst in seiner Heimat und später in Edinburgh gehört – dort hatte er zur Belustigung seiner Zimmerwirtin und seiner Kommilitonen sogar den Reel tanzen gelernt. Und er hatte Freundschaften geschlossen. Einige dieser jungen Männer hatten – ebenso wie er selbst – Väter, die Landgüter besaßen, die wie er jagten und ritten und die sich ihrem Familienerbe verpflichtet fühlten. Manche seiner Studienkollegen verfolgten hingegen andere Ziele, wollten lieber einen Beruf ergreifen, als sich der Pflicht zu beugen. Und obgleich Lentsch diese Möglichkeit ebenfalls verlockend erschienen war, hatte er sich dem Ruf seines Vaterlandes nicht entziehen können. Zugegeben, dieser Ruf hatte lange gebraucht, um an sein Ohr zu dringen – wie das langsame Flügelflattern der Gänse, die aus dem feuchten Moor aufstiegen. Doch als er ihn endlich vernahm, war es, als wäre die Sonne aufgegangen und habe endlich den Nebel vertrieben. Vor Lentschs Auge stand nur noch ein wunderschönes Land voller Stärke, in dem ein großartiges Volk seiner Arbeit nachging. In jenen Tagen versuchte der neue Führer auf seinen Reisen nach München oder nach Berlin unbemerkt das Land zu durchqueren. Nur begleitet von seinem Chauffeur, seinem Adjutanten, seinem Photographen und einem kleinen Wagen für das Personal. Es gelang ihm zwar, die erste Stadt oder das erste Dorf zu täuschen, doch seine bevorstehende Ankunft sprach sich wie ein Lauffeuer herum. Lentsch saß vor dem Gasthaus, als die Nachricht eintraf, telephonisch durchgegeben vom Bürgermeister einer zwanzig Kilometer entfernten Ortschaft an seinen Amtskollegen. Für Vorbereitungen blieb keine Zeit. Nur ein paar hastig in den Vorgärten zusammengepflückte Blumen, rasch entrollte Fahnen, die aus den zur Straße hin zeigenden Fenstern gehalten wurden. Als der Wagen um die Ecke bog, war das ganze Dorf auf den Beinen. Männer, die Hände schmutzig von der Arbeit, die nach Öl und Pferdesalbe rochen. Kinder mit hochgezogenen Socken und gebürsteten Hosen, die Schiefertafeln in der Hand, Ehefrauen in kurzärmeligen Kleidern und ihre älteren Töchter, verlegen errötet und mit frisch geflochtenen Zöpfen. Dr. Hascha und der Pastor taten sich in der ersten Reihe wichtig. Paul König rückte seine fadenscheinige Polizeiuniform zurecht. Und, ja, der Führer ließ tatsächlich anhalten, stand in seinem dunkelblauen, offenen, schweren Mercedes auf und stieg aus, kleiner als erwartet, den Hut in der Hand. Sein brauner Anzug eine Nummer zu groß und ein wenig zerknittert, sein Haar spröde und struppig. Doch als er die Umstehenden musterte, wurde sein Blick nie unstet, und alles war auf einmal klar. Alles, was er sah, gehörte ihm! Als er die Giebel hinaufblickte, bemerkte er, daß *seine* Fahnen an *seinen* Häusern flatterten. Als er die Hand ausstreckte, legte er sie auf die Köpfe *seiner* Kinder, und als er sich vorbeugte, um ihre Geschenke entgegenzunehmen, waren es *seine* Blumen, gewachsen in *seinen* Gärten. Er kannte sie alle, den Schulmeister, den Schmied, die Hebamme, kannte jeden in diesem Dorf und in dem

Dorf danach und auch noch in dem nächsten. Er war ihr Herr, der nichts für sich selbst verlangte, der nur ihre Sicherheit und die ihres Landes wollte. Frau Tobelmann, die oben auf den Stufen des Gasthauses stand, trat vor und hielt ihm ein Tablett mit Kuchen hin, sein einziges Laster, wie sie alle wußten. Strudel mit Puderzucker und Nüssen, Schokoladeneclairs, Marzipanfüllung. Doch wie sie ebenfalls wußten, durfte er nicht zugreifen, das wäre ein Zeichen von Schwäche gewesen, und Schwäche war unter allen Umständen zu vermeiden. Und was sollte er tun, wenn er das und das übernächste Mal anhalten ließ? Sollte er die Menschen beleidigen, indem er hier Kuchen annahm und ihn dort zurückwies? Doch dann bemerkte er Frau Tobelmanns flehenden Blick, und seine Hand schwebte zögernd über dem Kuchenarrangement. Er würde sich auf dem Altar ihrer hausfraulichen Tugend opfern. Schließlich lebten sie im Land der Kuchen und der Kuchenesser. Und war er nicht Volkes Stellvertreter auf Erden und sein Hohepriester der mystischen Regionen im Jenseits? Also streckte er die Hand aus, nahm das größte Stück, biß ab und ließ es auf der Zunge zergehen, während die Zuschauer mitzuessen glaubten, den Atem anhielten und zusahen, wie er in der milden deutschen Luft das ausgewogene Verhältnis von Sahne und Kuchenteig genoß. Nachdem er den Rest seinem Adjutanten gereicht hatte, verkündete er, es handle sich um den besten Kuchen auf der Welt! Wenn er sein Leben ändern könne, würde er seine Füße auf den Tisch hier im Gasthaus legen und den Rest seiner Tage damit verbringen, tellerweise von diesem Kuchen zu essen. Und wie sie alle vor Erheiterung geschrien hatten, weil diese Vorstellung so reizend und gar so absurd war! Dann war er ernst geworden, hatte Frau Tobelmann die Hand geschüttelt, leise ein paar vertrauliche Worte an sie gerichtet und ihr dann den Handrücken geküßt. (Die Wirtsfrau hatte mit ihm gesprochen! Er hatte ihr die Hand geküßt! Monatelang war sie behandelt worden wie eine Göttin oder eine Figur aus der griechischen Mythologie, ausgestattet mit übersinnlichen Kräften und großer Weisheit. Sie hatte sich nicht nur in ihren eigenen Augen verändert, sondern auch in denen des ganzen Dorfes. Selbst Lentschs Mutter, die so stilvoll und gebildet war, hatte seit diesem Ereignis Ehrfurcht vor ihr.) Dann hatte der Führer sich umgedreht und Lentsch erblickt. Er hatte ein wenig Sahne am Schnauzbart und einen Kuchenkrümel auf dem Revers. Er sah Lentsch an, als kenne er jede Sekunde seiner Vergangenheit, so als habe er als Junge neben ihm im Schilf gelegen und gewartet, bis die Gänse über sie hinwegflogen, die weichen, grauen Bäuche gefüllt mit warmem, heiligem Blut. Einen Moment lang – der schrecklich war in seiner Gewalt – hatte Lentsch geglaubt, es sei auch sein Schicksal, an diesem Nachmittag erwählt zu werden. Er würde ihn als Offizier in Zivil erkennen, dessen Aufgabe es war, seinem Land zu dienen. Also hatte er sich hoch aufgerichtet und war in unverkennbar militärischer Habachtstellung dagestanden. Doch der Führer holte ihn nicht zu sich, er zog ihn nicht an seine Brust. Er sah ihn an, nahm ihn wahr und wandte sich in die andere Richtung, lächelte und grüßte, als hätte Lentschs Anblick ihm dieses einfache Vergnügen verdorben. Damals verstand Lentsch nicht, aber inzwischen hatte er vom tiefen Haß des Führers auf seine eigene Armee gehört, davon, daß er Stalin, seinen slawischen Feind, insgeheim bewunderte, weil dieser seine lästige Offizierskaste mit einem Streich eliminiert hatte. »Hätte ich nur dasselbe getan!« hatte man ihn ausrufen hören. Lentsch fand es unfaßbar, daß der Führer einer Nation so etwas aussprach. Und nun sollte er hierherkommen, falls der Krieg es zuließ, um sich selbst ein Geburtstagsgeschenk zu machen. Der Gedanke, daß er durch diese Straßen stolzieren würde, erfüllte Lentsch mit Abscheu. Zu Hause mochte er sich aufspielen, dort hatten die Leute ihn verdient – ganz im Gegensatz zu den Inselbewohnern, sie nicht, denn sie hatten das alles nicht verschuldet. Weder Isobels Tod noch den Schwarzmarkt noch die zerstörten Familien, die billigen Liebesaffären und die Selbstzerfleischung. Nichts davon. Das Leid, das nun auf der Insel herrschte, hatten sie allein zu verantworten. Der Führer, Lentsch und seinesgleichen. Sie verschlangen diese Insel Stück für Stück, als wäre sie ein Lebkuchenhaus und sie eine schauerliche Armee von Hänseln und Greteln. Und auf einmal ertönte eine Stimme, die ihm bis ins Herz drang: Er darf nicht kommen! Er darf nicht! Darf einfach nicht!

VIERZEHN

Albert läuft hinauf zum Friedhof und hält das kleine Stück Papier mit der Nachricht umklammert. Der Zettel ist zerknittert, die Schrift verschmiert, aber für Albert handelt es sich um den bedeutsamsten Gegenstand, den er je in den Händen gehabt hat. Allen, denen er begegnet ist, selbst entfernten Bekannten, hat er den Brief gezeigt. *Liebster Vater, um meine Gesundheit steht es bestens, und ich denke immer an Dich. Laß Dich nicht unterkriegen. Kitty.*

Auf dem Weg zum Friedhof, für etwa fünfzehn oder zwanzig Minuten, hat er kurz sämtliche Vorsicht über Bord geworfen und seine Freude mit jedem geteilt, den er lange genug festhalten konnte. Er hat den mit Druckbuchstaben in Kittys Kinderhandschrift verfaßten Brief präsentiert, ist mit zitternden Fingern die Zeilen nachgefahren und hat sein Gegenüber – aufrichtig interessiert – gefragt, ob auch er schon Nachricht von seinen Angehörigen hätte. Ohne es zu bemerken, hat er die alten Sitten auf die Insel zurückgebracht, längst aufgegebene Gesetze der Vertrautheit und Freundschaft wieder zum Leben erweckt.

»Um meine Gesundheit steht es bestens«, hat er vorgelesen, und einen Moment lang hat der Satz die Oberhand über seine tiefe Verbitterung gewonnen. Und niemand war dabei, der den Brief nicht bewundert und ihm und seiner Tochter viel Glück gewünscht hätte. Wer Albert besser kannte, fügte hinzu, Rose hätte sich sicher auch sehr gefreut. »Zu ihr will ich jetzt«, hat Albert gesagt, sich mit den Fingern an die Mütze getippt und ist davongestürzt.

»Um meine Gesundheit steht es bestens, Rose«, wiederholt er jetzt. »Unsere geliebte Tochter Kitty ist gesund und denkt immer an uns.« Er blickt über den Friedhof, erinnert sich an all die Leute, die er gekannt hat, Freunde, Nachbarn, ein paar Feinde. Und er erzählt es auch ihnen. »Es geht ihr gut«, verkündet er. »Genauso wie dem kleinen Geschenk, das ich der Welt vermachen werde.«

Er ist stolz auf sein Geschenk, stolz auf sein handwerkliches Geschick. Ein gußeisernes Abflußrohr, aus Hauteville House entwendet, auf eine leicht zu handhabende Länge gekürzt und auf dem großen Mahagonitisch vorbereitet. Nun trägt der Tisch unauslöschliche Spuren, der antike, satt schimmernde Lack ist abgestoßen, zerkratzt, beschmutzt von Rost, Eisenspänen und den Fingerabdrücken eines Fanatikers. Denn das ist er geworden, auch wenn Mrs. H. es noch nicht bemerkt hat. Anfangs hat Mrs. H. gegen Alberts rücksichtslose Antiquitätenschändung protestiert, hat ihm die Geschichte des Möbelstücks geschildert und von den Adelsgeschlechtern erzählt, die, an der polierten Tischplatte sitzend, gespeist, gezecht und gehurt haben. Doch er hat ihre Klagen abgetan und entgegnet, die neuen Kratzspuren würden ebenfalls ihren Weg in die Reiseführer finden. Zukünftige Generationen würden durch das Haus wandern und diese historischen Narben bewundern, die Schnitte, wo er das Elektrokabel durchtrennt, und die kreisförmigen Schrammen, wo er das Wasserrohr hochkant gestellt hat. Und auch die abgesplitterte Kante, wo ihm der Klauenhammer abgerutscht ist. Allerdings hat er ihr verschwiegen, daß es nie zu diesen Besichtigungen kommen und daß der Tisch und das gesamte Haus zusammen mit der ganzen Insel zerstört werden. Er hat nur von König und Vaterland und von der Notwendigkeit gesprochen, dem Krieg ein rasches und gerechtes Ende zu bereiten. Und sie hat ihm geglaubt.

Er hat diese Bombe gebaut wie all seine anderen, nur mit dem Unterschied, daß diese hier größer ist. Sie hatten solchen Spaß am Bombenbasteln, er, sein Bruder und der kleine Ned. Sie haben sie in die Erdlöcher gesteckt und gewartet, bis die Erde donnerte und sich blutende Kaninchen aus ihren rauchenden Bauen schleppten. Die Sprengkraft dieser Bombe hier genau zu berechnen ist unmöglich – einer Mischung aus Zucker und Unkrautvertilgungsmittel, tütenweise anderthalb Zentimeter langen Nägeln, rostigen Bolzen und klappernden Metallklumpen, alle verpackt in scharfkantige Dosen, die früher Erbsen und Karotten enthalten haben. Aber sie wird eine gewaltige Verheerung anrichten, daran besteht für Albert kein Zweifel.

Wie ist er darauf gekommen, auf diesen Plan, der die Welt vernichten wird? Lidice, Lidice, dieses Wort, das ihn ständig verfolgt und von dem er nun auch weiß, wie man es schreibt, ist der Anfang gewesen. Oft hat er sich gefragt, wie dieses Dorf wohl gewesen sein mag, dessen Name im Wohnzimmer herumgereicht wurde wie bei einem Pfänderspiel. Vielleicht ähnelte es den kleinen Weilern hier, eine schmale Straße, ein paar Bauernhäuser, eine Kirche, eine eng zusammengedrängte Ansammlung von Gebäuden, bewohnt von einigen hundert Seelen. Vor dem großen Tohuwabohu, als der Major noch etwas zu sagen hatte, haben sie sich häufig über Lidice gestritten und über das hohe Tier, das die Partisanen dort in der Nähe getötet haben. In die Luft gesprengt oder erschossen, das hat Albert nie herausfinden können. Doch der Mann war erst nach einer Woche gestorben, soviel wußte er. Wie dem auch sei, am Todestag des Mannes haben sie das Dorf umzingelt, vom Rest der Welt abgeschnitten und es mit sämtlichen Bewohnern ausgelöscht. Es spielte keine Rolle, daß die armen Schweine überhaupt keine Schuld an dem Vorfall trugen. Es hieß nur: »Tut uns leid, Leute, ihr müßt weg.« Der Major hat sich immer wieder schrecklich über den Vorfall ereifert. Das Verbrechen von Lidice, nannte er es. Und die anderen hatten seine Tiraden satt. Albert aber ist der Name im Gedächtnis geblieben: Lidice. Und je öfter er daran denkt, an dieses Lidice, das es einmal leibhaftig gegeben hat und das nun nicht mehr existiert, desto mehr wird ihm klar, daß dieses Dorf nicht aus militärisch taktischer Erwägung oder durch einen unglücklichen Zufall im Krieg untergegangen ist, sondern daß es vernichtet wurde, um ein Exempel zu statuieren. Und als er sich eines Morgens aus dem Fenster des Hauptmanns gebeugt und die Bettwäsche gegen die Backsteinmauer geschüttelt hat, ist ihm durch den Kopf geschossen, daß Guernsey es ebenfalls verdient hat, zum Vorbild zu werden. Ist das nicht ohnehin die Absicht der Deutschen gewesen? Die Kanalinseln sollen als Beispiel für ein mustergültig besetztes Gebiet dienen. Deswegen werden die Bewohner ja auch mit Samthandschuhen angefaßt, und Guernsey hat sich wahrhaftig zu einem großartigen Vorbild entwickelt. Seine Landsleute haben Schande über ihre Heimat gebracht: Verheiratete Frauen gehen mit dem Feind ins Bett, während ihre Männer auf hoher See den Tod finden. Junge Mädchen stolzieren – geschlechtskrank oder schwanger – die High Street entlang, ohne sich zu schämen. Männer ziehen vor den Deutschen die Mütze und stehen Schlange, um ihnen die Drecksarbeit abzunehmen. Alles verfault. Er spürt, wie es sogar schon bei ihm selbst anfängt, wie er immer mehr das Rückgrat verliert und wie seine Willenskraft schwindet. Die Insel muß gründlich gerodet werden wie ein Beet voller kranker Wurzelstöcke. Ackerbau nennt man das, alles umgraben und die Erde verbrennen. Der Geist von Lidice. Die Hände aufs Fensterbrett gestützt, hat er hinausgeblickt, sich über den Garten hinter dem Haus gebeugt und ein neues Guernsey vor sich gesehen: ein Guernsey, das sich aus dem Nebel erhebt, ein überwuchertes Guernsey, ein entvölkertes Guernsey, wo Ebbe und Flut die im Stich gelassenen, ankerlosen Boote im Hafen zum Tanzen bringen. Die Stadt ist menschenleer, Hundehorden streunen durch den Schutt, ganze Straßen sind ausgelöscht, Bauernhöfe verbrannt, eine verbotene Insel, auf der sich Wildblumen und Stechginster um die Ruinen ranken. Dann hat sich der Nebel gelichtet, und auf dem einsamen Meer dahinter glaubte er ein Boot zu sehen. Schwarz vermummte Männer hoben die Ruder, während das Boot zum Ufer glitt – eine andere Generation, die auf einen Neuanfang hoffte. Und am Bug erkannte er seine Kitty. Kitty neben ihrem Mann. Kitty mit seinen Enkeln im Arm.

Während der Major auf Urlaub war, hatte der Hauptmann jegliche Vorsicht über Bord geworfen. Pokerrunden, die die ganze Nacht dauerten. Trinkgelage. Lüsterne Pyjamapartys. Molly als Dauergast. Junge Männer, die nach Pomade rochen und Bohde – gewölbte Lederbeutel zwischen den Beinen – Modell standen. Ernst lud sich selbst ein, legte die Füße aufs Kamingitter im Wohnzimmer und führte sich auf, als gehöre das Haus ihm. Er und der Hauptmann waren offenbar dicke Freunde geworden, schlossen sich zu stundenlangen Gesprächen ins Arbeitszimmer des Majors ein und labten sich an Mr. Hallivands Brandy für besondere Anlässe.

Und dann schickte ihm der Himmel auch noch die ideale Gelegenheit. Eines Morgens tänzelte Molly – »Happy Birthday« singend – die Treppe hinunter und forderte für sich und den Hauptmann Frühstück im Bett. Halbnackt war sie, und die Pickelchen, die sie als Busen bezeichnete, drückten sich durch das Hemd, so daß jeder sie sehen konnte. Dieser Körperteil hatte für Albert etwas an sich, das ihm fast anstößig erschien, so als ob sie keine richtige Frau wäre. Und der Gedanke, daß ein Mann Gefallen an ihr fand, diese knabenhaften Dinger berührte und sie küßte und liebkoste, hatte ihn schon immer angewidert. Er fragte sich, warum sie nicht wie alle anderen Leute einen Morgenmantel überziehen konnte. Sicher hatte sie es darauf abgesehen, ihn in Verlegenheit zu bringen und ihm unter die Nase zu reiben, daß sie nun die neue Hausherrin war und daß er sich das gefälligst merken sollte. Das war der Grund.

»Wir hatten gestern einen traumhaften Abend, Albert«, sagte sie und fing wieder an, vor sich hin zu summen. Doch das wußte Albert sowieso, denn seine winzige Kammer hatte die halbe Nacht lang dermaßen gebebt, daß er sich gefühlt hatte wie an einem Straßenbahnwaggon festgebunden. »Haben Sie Geburtstag, Miss?« fragte er, obwohl er wußte, daß das nicht so war. Sie stellte sich auf die Zehenspitzen und gähnte. »Nein, nicht ich.« Und dann grinste sie ihn selbstzufrieden an, als hätte sie gerade im Lotto gewonnen. »Wer denn dann?« erkundigte er sich gereizt, ohne die Antwort hören zu wollen. Sie kam näher, näher als es sich für eine Frau in ihrem Aufzug schickte, und tippte ihm auf die Nase. »Sie brauchen Ihre Nase nicht in alles hineinzustecken, Albert. Sie erfahren es noch früh genug.«

Er kannte alle ihre Geburtstage. Den des Majors, des Hauptmanns, Mollys, Isobels. Schließlich erwarteten sie alle ihr kleines Fest und ihren kleinen Geburtstagskuchen. Molly hatte im Juni ihren siebenundzwanzigsten gefeiert, ein ausschweifendes Kostümfest unten am Strand. Die Wachen hatte man an diesem Abend von den gegenüberliegenden Klippen abgezogen, damit sie ihren Kameraden nicht von der rauschenden Party erzählen konnten. Als die Gäste um drei Uhr morgens sturzbetrunken zur Terrassentür hereingetorkelt kamen, hatte Albert sie mit heißer Schokolade erwartet. Also wessen Geburtstag war es dann? Bestimmt wurde ein hoher Gast aus Frankreich erwartet, wieder einmal ein Anlaß, sich über den Weinkeller der Villa herzumachen. Albert hatte nicht weiter darüber nachgedacht, doch später war er auf dem Weg zum Friseur an Hendys Schreibwarenhandlung vorbeigekommen. Im Schaufenster stand ein scheußliches, riesiges Bild von Hitler persönlich, hoch zu Roß, eine Lanze in der Hand und als Ritter in schimmernder Rüstung zurechtgemacht. Darunter lag *Mein Kampf* als Zeitschriftenausgabe. Auf englisch. Zur Feier des bald bevorstehenden Führergeburtstages wurden zehn komplette Ausgaben verschenkt. Man mußte nur Namen und Adresse angeben und auf die Verlosung warten. Albert war stehengeblieben und hatte sich das Bild und die Bücher angesehen. Wieder hatte er an Mollys Gesang und ihr selbstzufriedenes Grinsen gedacht, an die kleinen Geheimkonferenzen zwischen Ernst und dem Hauptmann, von denen der eine für die Befestigungsanlagen und der andere für die innere Sicherheit zuständig war. Wenn der Führer wirklich hierherkam, würde er ganz sicher die Befestigungsanlagen inspizieren. Albert betrat den Laden und nahm sich ein Formular.

»Hätte nicht gedacht, daß Sie das interessiert«, höhnte Mr. Hendy.

»Nun, es ist besser zu wissen, was der Mistkerl vorhat«, erwiderte Albert. »Wann ist denn die Verlosung?«

»Steht drauf«, entgegnete Mr. Hendy gereizt. »Am 19. April. Die Namen der Gewinner werden im *Star* bekanntgegeben. Mir wäre es gar nicht recht, meinen Namen auf dieser Liste zu lesen.«

»Viele Teilnehmer?«

»Komischerweise sind Sie der erste.« Mr. Hendy verschränkte die Arme, wich in den hinteren Teil des Ladens zurück und funkelte Albert ärgerlich an. Albert füllte das Formular aus und steckte es in den leeren Kasten.

Seine Wachsamkeit sichert ihm seinen Lebensunterhalt. Als Wildhüter, Gärtner und Klatschbase braucht man scharfe Augen und noch schärfere Ohren. Und seit er den Deutschen den Haushalt führt, beobachtet er ständig, zieht ein argloses Gesicht und läßt sich nicht anmerken, was er wirklich denkt. Dabei darf man keine allzu steinerne Miene an den Tag legen, denn dadurch macht man sich nur verdächtig. Vor allem will Albert erreichen, daß sie sich in seiner Gegenwart sorglos und wie zu Hause fühlen und jegliche Vorsicht über Bord werfen. Sein Tagebuch enthält genaue Aufzeichnungen über das, was sie sagen oder tun. Und er paßt sich inzwischen so gut an, daß sie kaum noch Geheimnisse vor ihm haben. Für sie ist er nichts anderes als die Tapete, die Möbel, die Steine und der Mörtel, aus denen die Villa besteht. Molly hat bei Neds Besuch am Vormittag richtig geraten. Denn vor der Bombe hat Albert es tatsächlich für wichtig gehalten, über diese betrügerischen, wilden Jahre Buch zu führen. Wenn es ruhig im Haus wurde, ging er in sein Zimmer und schilderte, so gut er konnte, die Streitigkeiten, die kleinlichen Eifersüchteleien und die offen zur Schau getragene Lust, deren Zeuge er an diesem Tag, in der vergangenen Nacht oder in der letzten Woche geworden ist. Und wenn er heute diese Aufzeichnungen durchblättert, fällt ihm auf, wie berechenbar die Deutschen inzwischen sind, wie leicht sich ihre Absichten vorhersagen lassen und wie leicht sie deshalb auch zu beeinflussen sind. Albert ist längst zum Dirigenten dieses wahnwitzigen Narrenorchesters geworden. Ohne daß es der Major, der Hauptmann oder Bohde (sein argwöhnischster Feind) bemerken, bestimmt er (ihr ein wenig verschrobener und vertrauenswürdiger Diener, den sie Tag und Nacht auf Trab halten, der sich ihre persönlichen Sorgen anhören muß und der ihre scherzhaft gemeinten Leutseligkeiten mit bewundernswertem Gleichmut über sich ergehen läßt) alles, was in diesem Haus geschieht, er schreibt ihnen den Takt vor, in dem sie die Treppe hinauf und hinunter laufen. Mittlerweile kennt er jeden von ihnen und auch ihre kleinen Geheimnisse. Während er ihre Zimmer saubermacht, abstaubt, Betten ausschüttelt, fegt und ihre schmutzige Wäsche zusammensucht, erfährt er alles über sie. Die

Silberlöffel und Serviettenringe, die Bohde zwischen seiner Unterwäsche hortet. Das eingerahmte Photo, das der Hauptmann unter dem Schrankpapier in seiner Sockenschublade versteckt hat. Darauf steht er in einer riesigen amerikanischen Stadt an einem Geländer, im Hintergrund Wolkenkratzer. Er hält eine Frau im Arm, Konfetti regnet auf die beiden hernieder. An der Rückseite des Bildes ist eine zusammengefaltete Heiratsurkunde aus dem Jahr 1933 befestigt, die auf den Namen Marion Berger aus Brooklyn Heights lautet. Und schließlich sind da noch die Bleistiftskizzen des Majors. Isobel, nackt auf seinem Bett. Oder sitzend, nur mit einem Schal bekleidet, wie sie aus dem Schlafzimmerfenster schaut. Und obwohl Albert derartige Darstellungen eigentlich nicht gutheißt, ist seine Mißbilligung nichts verglichen mit dem, was die Vorgesetzten des Majors von den Karikaturen des Führers und seiner lüstern grinsenden Kumpane halten würden. Andere Zeichnungen zeigen eine Landschaft, wohl die Heimat des Majors, verdüstert vom schwarzen Schatten des Hakenkreuzes.

Das alles hat Albert gewußt. Doch bis zu dem Augenblick, als er zur Villa zurückkehrte und ahnte, wer der Geburtstagsgast wohl sein könnte, war er noch nie in die Offensive gegangen. Nun aber schien der Zeitpunkt gekommen, denn in seinem Kopf war eine Idee entstanden, ein Plan, gleichzeitig so diabolisch und so simpel, daß ihm so schwindelig wurde, als wäre er gerade aus einem Boot gestiegen. Reglos verharrte er im Wohnzimmer, das Wort »Lidice« hallte in seinem Kopf wider, und er überlegte, wie er sein Vorhaben in die Tat umsetzen sollte. Lidice. Lidice, der Geist von Lidice. Wenn die Deutschen im Andenken an einen ihrer geliebten Söhne solche Greueltaten verübten, wie würden sie wohl mit einer Insel verfahren, die versuchte, den Führer selbst umzubringen? Auch wenn er scheiterte, auch wenn er ihn nur verletzte oder einen Teil seines Gefolges tötete, würde eine grausame und gnadenlose Welle der Gewalt über sie hereinbrechen. Doch zuerst brauchte er eine Bestätigung, mußte wissen, daß es sich nicht um die Hirngespinste eines schwachen, alten Mannes handelte. Immer wieder schnappte er Gerüchte auf, die jedoch noch keine Gewißheit bedeuteten. Der

Hauptmann ließ sich eine neue Uniform schneidern. Molly befand sich nun fast ständig im Zustand sexueller Erregung. Unten im Hafen herrschte plötzlich geschäftiges Treiben. Albert beobachtete, wie Soldaten ein riesiges, ausländisches Auto ausluden, sah, wie sie schwitzten und die Muskeln anspannten, der Kran pendelte, Männer brüllten. Und schließlich hielt er den Zeitpunkt für gekommen, zur Tat zu schreiten. Bei seiner Rückkehr zur Villa stellte er fest, daß Molly und der Hauptmann ein nachmittägliches Bad nahmen. Albert ging ins Zimmer des Hauptmanns, zog den Kalender aus der Brusttasche seiner Jacke; das leise Geräusch des plätschernden Wassers und Stimmengemurmel zerstreuten in ihm die Angst vor Entdeckung. Er blätterte die Monate Februar und März durch, die Seiten waren so dünn, daß er befürchtete, sie in seiner Hast zu zerreißen. Und da war es – der 20. April, versehen mit Ausrufezeichen, und eine Uhrzeit: 11.30. Mehr brauchte Albert nicht zu wissen. Rasch steckte er den Kalender zurück an seinen Platz, konnte sich aber nicht mehr erinnern, ob die Schrift nach oben oder nach unten zeigen mußte. Er war schon fast die Treppe hinuntergelaufen, als ihm siedendheiß einfiel, daß er die Tasche nicht wieder zugeknöpft hatte. Er kniff ärgerlich die Augen zusammen und eilte nach oben. Ausgerechnet in diesem Moment kam der Hauptmann aus dem Bad.

»Ja?« Der Hauptmann hatte sich ein Handtuch fest um die Taille gewickelt. Es war eine Regel, daß Albert nicht die Haupttreppe benutzen durfte, wenn jemand zu Hause war.

»Das Wasser, Herr Hauptmann«, erwiderte Albert. »Ich habe befürchtet, daß es nicht reicht, weil Sie zu zweit baden. Ich wollte wissen, ob ich noch mehr von unserem Brennstoff verbrauchen soll. Allerdings haben wir nicht mehr viel.«

»Wenn ich mehr heißes Wasser brauchen würde, hätte ich Sie darum gebeten. Sie haben hier nichts zu suchen, Albert, das wissen Sie genau.« Der Hauptmann schüttelte seine Haare und betrachtete die Pfütze, die sich zu seinen Füßen bildete.

Albert hüstelte. »Ich möchte ja nicht unverschämt sein, Herr Hauptmann, aber die Badewanne ist nicht für zwei Personen gedacht. Briten baden allein. Wir finden es so hygienischer. Ich habe mir Sorgen wegen des Gewichts gemacht, Sie, Miss Molly und dann noch das ganze Wasser… Schließlich steht im Zimmer darunter ein Billardtisch, der ebenso Schaden nehmen könnte wie Sie selbst, falls die Decke durchbricht. Der Bezug könnte ruiniert werden.«

Einen Augenblick später hüpfte Albert die Treppe hinunter, erfreut über die ohnmächtige Wut des Hauptmanns. »Reiß dich zusammen, Albert«, dachte er und krümmte sich vor Lachen und Angst gleichzeitig. »Sonst sinkt das Schiff schon vor dem Stapellauf.«

Danach legte er sich einen Plan zurecht. Kein Gewehr, kein Messer, überhaupt kein Übergriff von Mann zu Mann und auch kein Häufchen Getreuer, das mit rostigen, alten Flinten hinter irgendeiner Mauer lauerte, sondern eine Bombe. Eine gute, zuverlässige Bombe, die ganz sicher explodierte und deren Urheber nicht zu ermitteln war. Eine Bombe, gebaut von Verrätern und Partisanen, zusammengesetzt aus Lügen und Verschwörung. Eine Bombe, aus der sich die Splitter des Verdachts auf der ganzen Insel verteilen sollten, und die Querschläger würden gleichermaßen Freund und Feind treffen und Zwietracht säen. Und er, Albert, würde sein Scherflein dazu beitragen. Ein Päckchen Unkrautvertilgungsmittel im Kofferraum des Hauptmanns. Eine Karte, auf der der Ort der Explosion mit einem X markiert war, unter dem Seidenpapier in Bohdes Schublade. Und auch einige der Inselbewohner würden nicht verschont bleiben. Ein Behälter der Firma van Dielen als Bombengehäuse, ein Passierschein des Hauptmanns in Mollys Kulturbeutel. Es würde ein Riesenspaß werden!

Aber er brauchte ein sicheres Versteck, um seine Bombe zu bauen. Der Keller? Der Schuppen hinter dem Pförtnerhaus? Und dann begegnete er Mrs. H. auf dem Weg zum Hauteville House und dachte an Victor Hugos Villa, obwohl er weder je dortgewesen war noch das Bedürfnis danach gehabt hatte. Endlich wußte er, wie er sein Vorhaben ausführen und die Bombe ungestört zusammenbauen konnte – in Victor Hugos Haus, das nur Mrs. Hallivand durch die Vordertür betreten durfte und wo er hin und wieder in seiner Eigenschaft als Gärtner die Hecken im Garten schnitt. Noch am selben Abend ging er zu Mrs. H. und brachte ihr ein fettes Kaninchen mit. Während er es in der Küche häutete, erzählte er ihr, wer erwartet wurde und was sie tun mußten. »Wenn wir den Kopf abtrennen, ist alles vorbei, Mrs. H.« Dann tischte er ihr noch ein Märchen von einer Untergrundbewegung, Kurzwellen-Funkgeräten und einem Befreiungskommando auf, das übers Meer kommen und sie retten würde, und das alberne alte Frauenzimmer malte sich aus, wie es wäre, wieder im Mittelpunkt zu stehen, und stimmte zu. Sie hatte zwar Einwände wegen des Blutvergießens und des Mordens, ließ sich aber beschwichtigen. Darin unterschied sie sich nicht von den meisten Frauen, die die Gewalt des Kriegs unterschätzten und seine Unersättlichkeit erst begriffen, wenn er wie eine Flutwelle über sie hinwegschwappte. »Den Kopf abschneiden, Mrs. H.«, sagte er, drückte den gehäuteten Kadaver auf das Brett und sägte den blutigen Hals durch. »Das erwartet Winnie von uns. Den Kopf abschneiden und dann zuschauen, wie der Körper weiter im Kreis herumläuft.«

So wurde Hauteville House zum Schlupfwinkel. Mrs. H. schaffte das Material in ihrem kleinen Korb dorthin: Zucker, Unkrautvertilgungsmittel, aus der Garage gestohlene Schrauben und Muttern. Es war gut, sie auf Trab zu halten, so hatte sie keine Zeit zum Nachdenken. Sie war Rotkäppchen auf dem Weg zu ihrer Großmutter. Sie würde den Wolf austricksen!

Er fing an, seine Bombe zusammenzubauen. Uhr, Batterien, ein bißchen Knetmasse, um die Kabel an Ort und Stelle zu halten. Doch er mußte sich noch überlegen, wo er sie deponieren wollte. Es war zwar nicht nötig, die Bombe direkt vor Hitlers Nase zu zünden, doch es mußte nah genug sein, um die gewünschte Wut und die Rachegelüste auszulösen. Fünfzehn Meter würden ausreichen. Jeden Morgen ging Albert in die Stadt, um auf der Straße den neuesten Klatsch in Erfahrung zu bringen, aber er hörte nichts Wichtiges. Nachmittags nahm er seinen Mut zusammen und durchwühlte das Zimmer des Hauptmanns nach Papieren, doch auch hier fand er nichts. Abends, wenn er den Deutschen ihren Schlummertrunk servierte, mußte er häufig ein Gähnen unterdrücken, denn er hatte inzwischen schon mit seinen nächtlichen Raubzügen angefangen. Unkrautvertilgungsmittel aufzutreiben war nicht weiter schwer, davon hatte er im Pförtnerhaus viele Päckchen auf Lager. Aber er brauchte mehr Zucker, früher so reichlich vorhanden wie Sandkörner, heute so kostbar wie Perlen. Tagsüber nahm er Einladungen zum Kaffee und zum Tee an, in der Hoffnung herauszufinden, ob es sich lohnte, ausgerüstet mit einem Stemmeisen, wiederzukommen. Nachts brach er ein.

Die Zeit wurde knapp. Bald sollte der Major aus dem Urlaub zurückkehren, was hieß, daß Alberts Freizeit stark eingeschränkt sein würde. Isobel war am Donnerstag dagewesen, um sich nach der Party zu erkundigen. Sie beklagte sich über Ernst, diesen aufgeblasenen Trottel, der sich ständig um ihr Haus herumdrückte und versuchte, ein Gespräch mit ihr anzuknüpfen. »Ich wünschte, Daddy würde sich einen anderen Geschäftspartner suchen«, sagte sie. »Die beiden sind wie siamesische Zwillinge!«

Natürlich. Van Dielen! Sicher bereiteten sie einige der Befestigungsanlagen für die Inspektion durch den Führer vor. Eine Geschützstellung, einen Wachturm. In van Dielens Firma ließen sich vielleicht die Einzelheiten herausfinden. Am Abend, als der Hauptmann mit Molly ins Kino und Bohde in die Druckerei gegangen war, schlich Albert sich zu van Dielens Firmengelände. Das Klappern der Kräne und das Tuten von Sirenen übertönten das Knirschen des Holzes, als er mit dem Stiefel den Holzzaun eintrat und durch die Lücke schlüpfte. Hinter dem Zaun befand sich eine riesige Pyramide aus Kisten. Als er darüberkletterte, rutschte er aus und brach mit dem Fuß durch einen der Holzdeckel. Da er feststeckte, war er gezwungen, die Taschenlampe anzuschalten, um sich zu befreien. Und so sah er sie, Massen von Dosen. Eiercreme! Albert hatte schon immer gewußt, daß George Schwarzhandel trieb, doch mit dieser Größenordnung hatte er nicht gerechnet. Er steckte ein paar Dosen ein und dachte sich, daß er sowieso kaum noch Gelegenheit haben würde, sich ein Schüsselchen voll zu Gemüte zu führen. Wenn der Tag gekommen war, würde er sich auch für George eine kleine Überraschung einfallen lassen.

Die Hütte entpuppte sich als Enttäuschung. Nichts, nur unausgefüllte Bestellformulare und Lieferscheine, die neben einem Filmstar-Kalender an einem Nagel an der Wand hingen. Er schob ein paar Papiere in die Tasche – das richtige Konfetti für seine ahnungslose Braut – und nahm auch die Teedose und das Zuckerpäckchen mit. Dann durchwühlte er alles, damit es aussah, als wären es wieder einmal die Ausländer gewesen. Die armen Kerle mußten sowieso immer als Sündenböcke herhalten.

Als er zur Villa zurückkehrte, stellte er fest, daß Molly und der Hauptmann sich im oberen Stockwerk heftig stritten. Da sie sich allein im Haus wähnten, brüllten sie, was das Zeug hielt. Albert stand am Fuße der Treppe und lauschte. Er hörte jedes Wort. Der Hauptmann wurde nervös. Auf einmal war ihm offenbar klargeworden, wie wichtig dieser Besuch sein könnte. »Warum nicht ich?« schrie Molly. »Warum ist Isobel eingeladen und ich nicht? Hast du Angst, ich könnte nicht ordentlich mit Messer und Gabel essen?« – »Der einzige Grund ist, daß du nicht van Dielens Tochter bist«, erklärte der Hauptmann. »Ihr Vater war ein Freund von Dr. Todt. Mir sind die Hände gebunden. Du darfst hier sein, Molly, aber du wirst nicht an diesem Tisch sitzen. Mehr kann ich nicht für dich tun.«

Ein Essen! Sie wollten ihn zum Essen einladen. Albert eilte zu Mrs. H. und bat sie, Isobel am nächsten Tag zum Kaffee einzuladen. Isobel erschien und tat so, als wüßte sie nichts von der Einladung. Albert war nicht sicher, ob er ihr glauben sollte. Doch das Glück wollte, daß seine Frage noch am Mittag desselben Tages beantwortet wurde. Er ging los, um Mrs. H.s Schuhe vom Schuster abzuholen, und stellte fest, daß oben in der großen Schule, dem St. Elizabeth College, das nun seit über zwei Jahren leerstand, einige Handwerker mit Malerarbeiten beschäftigt waren. Das Gebäude verfügte über einen riesigen Speisesaal, vermutlich der einzige Raum auf der Insel, der groß genug für all die erwarteten Würdenträger war: die hohen Tiere aus Guernsey, und auch die aus Jersey, die vermutlich mit der Fähre anreisen würden. Allerdings hatte Albert keine Möglichkeit, ins St. Elizabeth College einzudringen. Man würde ihn keine hundert Meter an das Gebäude heranlassen.

Auf dem Heimweg sah er vor dem Royal Court House, das sich in derselben Straße befand wie das Polizeirevier, einen Soldaten, der ein Führerbild hineintrug. Drinnen wurde ebenfalls gearbeitet, gehämmert und gestrichen, und an einem Mast auf dem Dach wehte die deutsche Flagge. Der Royal Court. Das Parlament von Guernsey! Die Abgeordneten würden dem Führer vorgestellt werden und eine seiner Reden über sich ergehen lassen müssen, auch wenn sie kein einziges Wort von dem Gequatsche verstanden. Womöglich nahm man den Abgeordneten sogar noch den Treueeid ab oder zwang sie, dem Führer den Schlüssel zur Stadt zu überreichen. Erst die Zeremonie im Royal Court, dann das Essen im St. Elizabeth College. Oder umgekehrt. Jedenfalls mußte die Kolonne am Polizeirevier vorbei – und an dem kleinen Raum im oberen Stockwerk, wo Guernseys Laienspielgruppe probte. Mrs. H.s Reich. Wenn es ihm gelang, die Bombe dorthin zu schaffen, waren seine Probleme gelöst. Er konnte sie selbst zünden, wenn der Führer unten vorbeifuhr, sie vielleicht – getarnt als Regenrinne – einfach aus dem Fenster hängen. Dann würde Guernsey eine blankgewischte Tafel sein, bereit für einen Neuanfang. Ganz gleich, wie die Deutschen den Zwischenfall darstellten, sie würden nicht leugnen können, wie sie darauf reagiert hatten. Und er, Albert, würde Guernseys Seele gerettet haben!

Die Bombe war schon fast fertig. Er mußte sie nur noch zum Polizeirevier bringen. Also wickelten er und Mrs. H. sie eines Nachmittags in Packpapier ein und beklebten sie oben mit bemalten Papierwedeln, so daß sie aussah wie eine Palme, eine Bühnendekoration für eines ihrer dämlichen Theaterstücke. Als die Luft rein war, trug er die Palme rasch zur Vordertür hinaus, schulterte sie wie ein Gewehr und marschierte damit quer durch die Stadt. Die grünen Papierwedel wehten ihm ins Gesicht, und er erntete von Bekannten und auch von Fremden einige Pfiffe und spöttische Bemerkungen. Auf der Vortreppe traf er ausgerechnet Ned und überredete ihn sogar, ihm beim Hinauftragen zu helfen. Und jetzt steht sie da. Im oberen Stockwerk. Am Fenster. Sie wartet.

Er liest noch einmal laut den Brief. *Liebster Vater, um meine Ge-*

sundheit steht es bestens, und ich denke immer an Dich. Laß Dich nicht unterkriegen. Kitty. Zum erstenmal bemerkt er ein unsicheres Zittern in seiner Stimme, als ob er das ganze Unternehmen gefährdet hätte, indem er vom Leben seiner Tochter und von ihrer Liebe spricht, die über das kalte Wasser zu ihm herübergeweht ist. Er streckt den Brief von sich und betrachtet die eng zusammengedrängten Zeilen. Kittys Hand hat diesen Brief geschrieben, ihre Lippen haben ihn geküßt.

»Schade, daß sie nicht mehr *liebste Mutter* schreiben konnte, was, Rose? Wie sehr hätte ich mir das gewünscht.«

Ärgerlich wischt er sich eine Träne aus dem Auge. Wie gerne würde er sie wiedersehen, nur ein einziges Mal. Daß sie ihre Mutter für immer verloren hat, weiß sie, aber sie hat Vertrauen und hofft auf ein Wiedersehen mit ihm, irgendwann. Ist es richtig, sie so im Stich zu lassen und ihr solchen Kummer zu machen? Er drückt den Brief an seine Wange. Am liebsten würde er mit ihm zur Villa zurückkehren und ihn dem Major und Mrs. H. zeigen, ihn nach der Arbeit auf den Knien glattstreichen und ihn wieder und wieder lesen. Aber er wagt es nicht. Er hat einen anderen Weg eingeschlagen, und es würde ihn nur ablenken, Kittys Worte bei sich zu tragen. Seine geliebte Kitty, die er mehr vermißt als den Regen und die Wildblumen. Er hebt die kleine Glasvase an, die vor dem Grabstein mit dem Namen seiner Frau steht, und steckt den Brief zwischen die grünen Stengel.

»Behalte du ihn, Rose«, sagt er. »Wir werden ihn sehr bald gemeinsam lesen.«

FÜNFZEHN

Weder Bohde noch Zepernick ließen sich beim Frühstück blicken, vermutlich um eine peinliche Szene zu vermeiden. Eine Stunde verbrachte Lentsch damit, im Arbeitszimmer Briefe zu schreiben, einen an den Hauptmann, einen an seine Mutter und einen an seine Schwester, die beiden letzteren kurz und gekünstelt fröhlich. Schließlich schrieb er noch an Mrs. Hallivand, was ihm am schwersten fiel. Er wünschte ihr Glück und versprach, nach dem Krieg zurückzukommen und ihr zu helfen, die Bilder wieder an den richtigen Platz zu hängen. »Und vor allem«, meinte er abschließend, »dürfen Sie niemandem von dem Haus erzählen. Halten Sie es geheim. Diese Leute sind zu sehr mit anderen Dingen beschäftigt, als daß sie das wertschätzen könnten, was direkt vor ihrer Nase steht. Und ich werde sie gewiß nicht daran erinnern.«

Die Uhr im Wohnzimmer schlug sieben. In zwei Stunden würde alles vorbei sein. Man würde ihn an die russische Front schicken oder verhaften, ihn auf jeden Fall degradieren. Und das alles nur wegen eines Bildes. Er bereute nicht, was er getan hatte, und bedauerte nur, daß er das Eintreffen des Führers nicht verhindern konnte. Er hörte Albert oben herumgehen.

»Albert!« rief er. »Könnten Sie bitte mal runterkommen?«

Kurz darauf trat Albert ins Zimmer. Er hatte einen Staubwedel in der Hand und trug eine Schürze. Bei jedem anderen Mann hätte das lächerlich ausgesehen, bei Albert wirkte es beinahe würdevoll.

»Ich gehe jetzt«, sagte Lentsch.

»Ich weiß, Sir. Und es tut mir sehr leid, Herr Major. Wirklich. Uns allen, dem Haus, Mrs. Hallivand und mir.«

Der Major reichte ihm den Schlüssel zu seinem Schlafzimmer.

»Da drin sind noch ein paar Sachen, die Sie vielleicht gebrauchen können. Haarbürsten, Schuhe, ein paar neue Kleider. Sie gehören Ihnen.«

»Vielen Dank, Sir.«

»Ich wünschte, ich hätte mehr tun können. Der Garten. Major Ernst. All die Jahre harter Arbeit sind vergebens gewesen.«

Albert zuckte die Achseln.

»Wir werden es schon verkraften, Sir.« Abwartend stand er am Fuße der Treppe. Für einen Gärtner nahm er die Zerstörung seines Lebenswerks erstaunlich gelassen hin. Lentsch wandte sich um und blickte zum Flur. Die Wände waren kahl.

Sie traten hinaus auf die vordere Veranda. Auf dem Rasen hatte sich eine ganze Schar Stare versammelt, die pickten und sich auf den Heimflug vorbereiteten. Glückliche Vögel! Albert klatschte in die Hände, und Lentsch sah ehrfürchtig zu, wie sich die Stare zu Hunderten erhoben und am Himmel kreisten, bevor sie sich wieder niederließen. Albert klatschte noch einmal in die Hände.

»Schauen Sie sich diese Disziplin an«, stellte Lentsch fest, als die Vögel erneut aufstiegen. »Keiner von ihnen verläßt seinen Platz oder stößt mit einem Artgenossen zusammen. In Deutschland gelten Stare als besonders freiheitsliebend. Und dennoch sind sie in der Lage, sich auf engsten Raum zu beschränken.«

»Stare«, entgegnete Albert. »Wenn ich könnte, würde ich sie alle erschießen.«

Lentsch drehte sich um. Es war Zeit zu gehen. Er streckte die Hand aus.

»Hoffentlich sehen Sie Ihre Tochter bald wieder, Albert.«

»Dazu gibt es nur zwei Möglichkeiten, Sir, und sie hat nicht so bald vor zu sterben.«

»Ich hoffe, Sie auch nicht.«

»Man kann nie sagen, wie die Dinge sich entwickeln.«

»Der Mensch denkt und Gott lenkt, wie es so schön heißt.« Er hielt inne und blickte Albert ins Gesicht. »Da ist etwas, das ich Sie schon immer fragen wollte, aber ich hatte Angst, Sie zu beleidigen.«

»Was denn?«

»Ihre Mütze. Haben Sie darunter keine Haare?« Lentsch wagte nicht, das Wort »kahl« zu benützen.

Albert rückte seine blaue Filzkappe zurecht.

»Das wußte nicht einmal meine Rose«, erwiderte er. »Und wenn sie ohne dieses Wissen ins Grab gegangen ist, werden Sie es wohl auch müssen.«

Lentsch lachte. Die Antwort gefiel ihm. »Nur der Friseur, was, Albert?«

»Und der Bestattungsunternehmer.«

Wedel stand neben dem Wagen und wollte Lentsch die Tasche abnehmen, doch Lentsch lehnte ab und schlug ihm vor, sich den Tag frei zu nehmen. Die Tasche enthielt ohnehin nicht viel. Er hatte nur wenige wichtige Dinge eingepackt: ein Photo seiner Mutter und seines Vaters und eines von seinem Elternhaus mit dem Turmzimmer; seinen Skizzenblock mit dem Aquarell, das die Bucht darstellte; eine Aktzeichnung von Isobel und eine Seitenansicht von Alberts Kopf, rasch skizziert an einem Nachmittag im letzten Herbst, als der Gärtner damit beschäftigt gewesen war, die Obststräucher zu beschneiden, genau dort, wo jetzt das Knirschen einer Betonmischmaschine zu hören war. In einem Monat würde der Garten verschwunden und einer weiteren nutzlosen Geschützstellung gewichen sein.

Er ging den Pfad entlang und klopfte an die Tür des Pförtnerhauses. Während er wartete, fiel sein Blick auf die von Schlaglöchern zerfurchte Auffahrt. Nun würde die Villa endlich eine Kieszuteilung bekommen. Niemand öffnete. Wahrscheinlich war Mrs. Hallivand im Theater, zu letzten Vorbereitungen für die Revue. Er schob seinen Brief unter der Tür durch.

Über die Straßen und durch die Wälder machte er sich auf den Weg in die Stadt. Die Luft war mild, warm und belebend. In den gepflegten Gärten standen Kamelien und Magnolien in voller Blüte, Kirschbäume ähnelten rosa Wattewolken, und die Wiesen waren mit Osterglocken und Narzissen übersät. Über ihm tasteten sich die Strahlen der aufgehenden Sonne durch das frische, grüne Laub knorriger Buchen. Das Zwitschern von Amseln und Drosseln erfüllte die Luft, und hoch im Himmel klang das Sonett einer Lerche über ein kahles Feld. Als er den Briefkasten oben auf der Kuppe erreicht hatte, sah er das graue, zerbeulte Patrouillenboot der Marine im Hafen liegen, das ihn in einer Stunde nach Jersey bringen sollte. Er beobachtete die Männer, die an den Docks arbeiteten, sah die alten Gerätschaften, die verblaßten Anstriche, die fadenscheinigen Uniformen. Dann lehnte er sich ans Geländer und blickte ins Landesinnere mit seinen verschlungenen Wegen und den an den steilen Abhängen zusammengedrängten Häusern, die sich gegenseitig zu stützen schienen, um nicht in das von Geschäftigkeit wimmelnde Wasser zu stürzen. In ein paar Tagen würde ein Flugzeug landen, und er, der Führer, würde aussteigen. Er durfte nicht kommen! Er durfte einfach nicht kommen!

Lentsch steckte die Umschläge in den Briefkasten, machte kehrt und eilte den Hügel hinunter. Zwanzig Minuten später klopfte er an Neds Tür. Mrs. Luscombe stand in Hausschuhen vor ihm.

»Major! Sie sind ein wenig früh dran!«

»Entschuldigen Sie, Mrs. Luscombe. Ich muß mit Ihrem Sohn sprechen. Ist er da?«

Lentsch spähte ins Haus. In der Küche lehnte Veronica am Spülbecken, hatte die Hände vors Gesicht geschlagen und weinte. Sicher ist dieser Junge, Peter, ebenfalls hier, dachte Lentsch. Ned kam aus der Küche und schloß die Tür.

»Major.« Er wirkte linkisch und verlegen, wie peinlich berührt. Wahrscheinlich hatte er schon von Lentschs Entlassung gehört.

»Es tut mir leid, Sie zu stören, Inspector«, sagte Lentsch steifer und höflicher, als er es eigentlich beabsichtigt hatte. »Ich werde versetzt. An einen kälteren Ort, wie ich glaube.«

»Versetzt?« Das Schluchzen hinter Ned steigerte sich und verebbte dann wieder.

»Es tut mir leid«, wiederholte der Major. »Anscheinend kommt mein Besuch ungelegen.« Seufzend schloß er die Eingangstür. »Man wird mich verhaften. Ich habe eine Dummheit gemacht. Es ist zu kompliziert, um es Ihnen zu erklären, aber da gibt es etwas, das Sie wissen müssen. Ich möchte Ihnen ein Geheimnis anvertrauen.«

»Ja?«

»Ein sehr gefährliches Geheimnis. Ich schäme mich, es Ihnen sagen zu müssen. Und wenn ich es verhindern könnte, würde ich es tun.«

»Ein Geheimnis verhindern?«

Er erzählte ihm alles.

»Hierher? Hitler kommt hierher?«

»Richtig.«

»Wann?«

»An seinem Geburtstag. Als Geste, die Mut machen soll. Ich denke, er hat es ebenso nötig wie alle anderen.« Lentsch packte Ned am Arm. »So begreifen Sie doch, Ned! Er darf nicht kommen. Es wäre eine Entweihung. Letzte Nacht habe ich mir überlegt, was ich dagegen unternehmen könnte.«

»Wie lange wissen Sie es schon?«

»Seit gestern. Im Moment sind nur wenige darüber informiert. Hauptmann Zepernick und Major Ernst sind bereits länger im Bilde. Doch darum geht es nicht.«

Ned unterbrach ihn. »Und seit wann wissen es Ernst und Zepernick?«

»Keine Ahnung. Wahrscheinlich seit einem Monat.«

»Also bevor Sie aus dem Urlaub zurückkehrten?«

»Genau. Warum?«

»Dann sollten Sie das hier lesen.«

Er holte den Brief aus der Tasche und reichte ihn Lentsch.

Rasch betrachtete Lentsch das Schreiben und sagte ungläubig: »Das ist Isobels Handschrift. Wann haben Sie den Brief bekommen?«

»An ihrem Todestag.«

»An ihrem Todestag?«

Ned holte tief Luft. »Mir fällt das sehr schwer, Major. Uns allen ist es unangenehm. Wir bekommen eine Menge Briefe, gehässige Briefe, böswillige Briefe, in denen alte Feinde angeschwärzt und alte Rechnungen beglichen werden. Sie sind ziemlich leicht zu erkennen. Wir lassen sie aufs Polizeirevier bringen und sortieren sie aus, bevor sie Schaden anrichten können. Das tun wir schon die ganze Zeit, um uns selbst zu schützen.«

»Und dieser Brief kam mit einer solchen Lieferung?«

»Ja, nur daß er an mich und nicht an Sie adressiert war. Und das war es, was mir merkwürdig erschien. Isobel hat mir einen anonymen Brief geschrieben. Natürlich habe ich, genauso wie Sie, die Handschrift sofort erkannt, doch damit hat sie gerechnet. Anscheinend sollte niemand erfahren, daß sie mich sprechen wollte. Sie hatte vor irgend etwas Angst.«

Der Major las den Brief noch einmal.

»Warum haben Sie mir das verschwiegen?«

»Das ist doch wohl offensichtlich. Sie hatte mir etwas mitzuteilen, das sie Ihnen nicht zu sagen wagte. Vielleicht dachte sie, Sie hätten etwas damit zu tun, oder sie befürchtete, eine ihr nahestehende Person in Schwierigkeiten zu bringen. Ich weiß es nicht. Aber ich konnte Ihnen nicht trauen.«

Ärgerlich sah Lentsch ihn an. »Mir nicht trauen? Ich war der einzige, dem Sie trauen konnten!«

Einen Moment befürchtete Ned, der Major würde ihn schlagen. Er forderte ihn auf, im Sessel Platz zu nehmen. Lentsch setzte sich widerstrebend.

»Hören Sie, Major. Sie sind Deutscher, ich bin Brite. Auch wenn Sie es anders betrachten, befinden sich unsere Länder im Krieg. Sie sind mein Feind.«

Lentsch wedelte mit dem Brief. »Und wegen dieser albernen Heimlichtuerei haben wir die ganze Zeit in die falsche Richtung ermittelt. Auch wenn wir keine engen Freunde sind, hätte ich Ihnen nicht zugetraut, die Aufklärung des Mordes zu behindern.«

»Isobel ist tot. Ich mußte mir Gedanken um die Lebenden machen.« Wieder gingen ihm diese Worte durch den Kopf. *Sie konnte es Lentsch nicht sagen, sie konnte es Lentsch nicht sagen, sie hat mir geschrieben, weil sie es Lentsch nicht sagen konnte.*

»Verstehen Sie nicht? Sie hat etwas herausgefunden, das so schwerwiegend war, daß sie sich nicht einmal Ihnen anvertrauen konnte, dem Mann, den sie liebte. Weil Sie Deutscher sind.«

»Meinen Sie den Besuch?«

Ned schüttelte den Kopf. »Nicht nur den Besuch. Überlegen Sie mal. Wenn sie dahintergekommen war, dann vielleicht nicht als einzige. Ein Einheimischer. Ein britischer Patriot, Major. Was denken Sie, was ein solcher Mensch mit diesem Wissen anfangen würde?«

»Ein Attentat?«

»Genau. Sie wußte nicht nur von Hitlers Besuch, sondern auch, daß jemand versuchen wollte, ihn zu töten. Jemand, den sie kannte, dem sie möglicherweise nahestand. Ihr Vater?«

»Unmöglich!«

»Ihre Tante vielleicht?«

»Das ist absurd! Mrs. Hallivand soll ein Attentat auf Hitler planen?«

»Nun, irgend jemand führt etwas im Schilde, darauf würde ich mein Leben verwetten. Deshalb war Isobel am Telephon so ängstlich. Deshalb wollte sie mich sehen.«

Lentsch biß sich auf den Fingerknöchel und ging zum Fenster. »Haben Sie eine Vorstellung davon, was geschieht, falls ein Attentat stattfindet?«

»Wäre der Krieg zu Ende?«

Lentsch schüttelte den Kopf. »Kann sein. Doch nicht sofort. Die Folgen für diese Insel wären unausdenkbar. Ein solches Unternehmen wäre Wahnsinn, absoluter Wahnsinn.«

»Und wenn es den Krieg verkürzen würde?«

»Sie würden die Insel dem Erdboden gleichmachen, Ned. Alles zerstören und sämtliche Bewohner umbringen. Möchten Sie das? Ihre Mutter würde erschossen. Veronica. Deren Mutter. Sie alle würden erschossen!«

»Nein, aber …«

»Das ist der Preis, den Sie dafür bezahlen müßten. Dürfen Sie das zulassen?«

»Nein, nein. Ich glaube nicht.«

»Nein! Dann sollen andere versuchen, ihn umzubringen. Für die Seele unseres Landes wäre es besser, wenn wir es selbst täten. Aber der Führer darf nicht hierherkommen, weder zu Propagandazwecken noch um einem Attentat zum Opfer zu fallen. Überhaupt nicht. Und das kann man nur auf einem Wege verhindern. Es ist eine einfache Gleichung, eine strategische Gewißheit. In einem haben Sie recht: Wenn die Briten wüßten, daß der Führer hierherkommt, würden sie versuchen, ihn zu töten. Sie hätten keine andere Wahl. Eine solche Gelegenheit dürften sie sich nicht entgehen lassen. Und wenn er glaubte, daß die Briten seine Absichten kennen, würde er davon ausgehen, daß sie ihn umbringen wollen. Vor zwei Jahren hätte er über diese Gefahr gelacht. Doch inzwischen ist er vorsichtig geworden, voller Mißtrauen und Argwohn, weil seine eigene Zukunft auf dem Spiel steht. Der Krieg braucht ihn, nur er kann ihn gewinnen. Also wird er sich nicht unnötig einem derartigen Risiko aussetzen, sondern zu Hause bleiben, in einem seiner Bunker im Osten, mit ein paar Sandsäcken und Speichelleckern als Gesellschaft.«

»Ich verstehe nicht ganz«, meinte Ned.

»Ich habe mir überlegt, wie man eine falsche Spur legen könnte. Man könnte sie glauben machen, ich sei nach England geflohen, um diese Information weiterzugeben. Ich habe lauthals auf ihn geschimpft und seine Dummheit verflucht. Und nun, kurz vor seinem bevorstehenden Geburtstag, habe ich ein Bild von ihm zerstört und mich der Verhaftung entzogen.«

»Heißt das, Sie wollen sich hier verstecken?«

»Ja. Zuerst wird man denken, ich wäre losgegangen, um mich zu betrinken, und die Kneipen, Bordelle und Privatclubs nach mir durchsuchen. Vielleicht vermutet man auch, ich hätte Selbstmord begangen. Doch morgen wird der Hauptmann einen Brief erhalten, den ich bereits abgeschickt habe. Darin erkläre ich, mein Gewissen verlange von mir, mein Vaterland zu verraten. Ich sei zu den Engländern übergelaufen und beabsichtige, alles zu sagen, was ich wisse. Alles!«

»Und währenddessen wollen Sie hierbleiben?«

»Natürlich. Nur für eine Woche, höchstens einen Monat, bis genug Zeit vergangen ist. Bald wird der Führer keine Zeit mehr für einen Besuch haben, weil sein genialer Verstand sich mit neuen

Katastrophen befassen muß. Und dann besteht keine Gefahr mehr, wenn ich aus der Versenkung auftauche.«

»Für Sie schon.«

»Ja, aber für die Insel nicht.«

Ned starrte ihn an. Er traute seinen Ohren nicht – so eine verrückte Idee.

»Also wollen Sie, daß ich Sie verstecke.«

»Falls es Ihnen nichts ausmacht. Aber nicht im selben Kamin wie das Radio.«

Ned konnte darüber nicht lächeln.

»So einfach ist das nicht, Major. Heute nacht war viel los. Am besten kommen Sie mit in die Küche.«

Lentsch folgte ihm. Inzwischen saß Veronica am Tisch und hielt die Hand des Jungen. Beim Anblick des uniformierten Majors wollte dieser aufspringen, doch Veronica beruhigte ihn. Ned ging zur Hintertür, nahm eine Jacke vom Kleiderhaken und hielt sie ans Licht.

»Erkennen Sie die?« fragte er.

»Ich habe das Ganze ein dutzendmal mit ihm durchgekaut«, sagte Ned. »Aber ich verstehe es immer noch nicht.«

»Er hat den Mann gesehen, der sie getötet hat?«

»Das hat er V erzählt. Richtig, Peter?« Wieder hielt er die Jacke hoch und schwenkte sie vor dem Gesicht des Jungen. »Jacke? Mädchen?«

Der Junge nickte.

»Also noch mal von vorne. Sehen Sie zu, Major. Die ganze gottverdammte Pantomime.«

Nachdem Veronica sich die Jacke über die Schultern gelegt und sich auf dem Boden ausgestreckt hatte, packte Ned sie und schleifte sie durch den Raum. »Hast du das gesehen? So?«

Der Junge nickte wieder.

»Und die Jacke...«

Veronica wackelte mit den Schultern. Als die Jacke herunterrutschte, beugte sich der Junge vor, schnappte sich das Kleidungsstück und drückte es an seine Brust.

»Das hat er in jener Nacht auf der Klippe beobachtet«, erklärte Ned. »Ein Mann ist mit einem Auto vorgefahren und hat Isobel zum Schacht geschleppt. Und jetzt. Der Mann.« Er hielt die Hände weit auseinander. »Dick, ja?«

Erneut nickte der Junge und spreizte die Finger.

»Große Hände, richtig?« Ned zeigte auf seine Augen und seinen Mund. »Was war mit dem Gesicht?« Der Junge schüttelte den Kopf.

»Es war zu dunkel. Und nun sehen Sie sich das an«, sagte Ned und wies auf seine Kleider. »So?« Er zupfte an seinem Pullover und an seiner alten Hose. Der Junge schüttelte wieder den Kopf. Ned zeigte auf die Knöpfe des Majors. »Knöpfe, Mütze.« Er nahm Habachtstellung ein und rückte eine imaginäre Uniform zurecht. »Uniform, richtig?« Er marschierte auf und ab. Der Junge klatschte in die Hände. Ned wandte sich an den Major.

»Sehen Sie? Ein dicker Mann in Uniform. So jemanden kennen Sie doch. Wer wohnt denn gegenüber?«

»Ernst?« fragte Lentsch ungläubig. »Denken Sie, daß es Ernst war?«

»Das vermute ich schon die ganze Zeit.«

Dem Major war nicht wohl in seiner Haut. »Sie müssen diesen Jungen den Behörden übergeben«, beharrte er. »Dem Hauptmann. Ernst darf auf keinen Fall ...«

»Das können Sie nicht tun!« Veronica sprang auf.

Ned unterbrach sie. »Wie ich dir bereits gesagt habe, V, fällt das nicht in meinen Zuständigkeitsbereich. Mir sind die Hände gebunden.«

»Die Hände gebunden! Du solltest dich mal reden hören! Du weißt genau, was dann mit ihm passiert.«

»Veronica ...«

»Sie werden ihn totprügeln. Nur, weil er ein Ausländer ist. Richtig, Major?«

Lentsch schüttelte den Kopf, nicht, um zu verneinen, sondern aus Verzweiflung.

»Und selbst wenn sie ihn leben lassen, wird er danach nicht mehr in der Lage sein zu arbeiten. Und das läuft für ihn auf dasselbe hinaus. Oder etwa nicht?«

Beschämt blickte der Major zu Boden.

»Was soll ich jetzt tun?« fragte Ned.

»Keine Ahnung. Ihn verstecken. Ihn einsperren. Schließlich vertrittst du hier das Gesetz.«

Lentsch betrachtete die beiden.

»Es wird folgendermaßen ablaufen. Je näher die Ankunft des Führers rückt und desto mehr sein Geist sich hier ausbreitet, um so größer die Gefahr. Sie werden schon noch sehen, wie wir alle in diesen Strudel des Wahnsinns hineingezogen werden. Offenbar begreifen Sie noch immer nicht, welch zerstörerische Wirkung der Name Hitler hat. Dank meines Briefes wird man Verdacht schöpfen, daß ich an einer Verschwörung beteiligt bin. Und dann wird man ermitteln: ich, Isobel, van Dielen. Ihre Ermordung, sein Verschwinden. Das dürfte reichen, um sie aus dem Konzept zu bringen. Und dann haben wir hier noch diesen Jungen. Es spielt keine Rolle, daß keiner von uns ein Attentat plant. Hitlers Schatten fällt auf die Insel, und das genügt. Einer von uns könnte vielleicht entkommen. Ich? Der Junge? Und was ist mit Veronica, die dem Hauptmann die Information gegeben hat?«

Veronica senkte den Kopf.

»Man wird Sie abholen«, teilte der Major Veronica mit. »Und Sie nicht nur einmal, sondern zweimal oder dreimal vernehmen, den ganzen Tag und die ganze Nacht lang. Irgendwann werden Sie weich, und das ist dann das Ende.« Er erhob sich. »Ich habe mich geirrt. Wenn ich zurückkehre und mich stelle, wird man diese Fragen vielleicht auf sich beruhen lassen. Und Sie müssen die andere Angelegenheit aufklären, ehe es zu spät ist.«

Ned hielt ihn zurück.

»Es gibt noch einen anderen Weg. Nämlich, sich nicht zu verstecken, sondern den Ärmelkanal zu überqueren. Sie und der Junge im Kanu. V auch.«

»Heute nacht?« Verdattert blickte Veronica sich um. »Aber ich muß heute abend auftreten.«

Ned brach in Gelächter aus. »Das ist typisch V.« Er wandte sich wieder an den Major. »Die See ist ziemlich ruhig, und wenn man

Sie auf den ersten Kilometern nicht aufhält… In der Nähe der Casquets patrouilliert ein Boot, richtig?«

»Einmal stündlich. Aber ich kann nicht mit einem Kanu umgehen, Ned. Wahrscheinlich würde ich geradewegs in Cherbourg landen.«

»Ein Kompaß könnte da Abhilfe schaffen.« Die Strömungen erwähnte Ned lieber nicht. Sie würden es riskieren müssen.

Lentsch überlegte. »Was ist mit Ihnen? Ich möchte nicht, daß Sie Schwierigkeiten bekommen.«

»Niemand weiß, daß Sie hier sind, falls Sie das gemeint haben.«

Veronica wirkte verlegen.

»Ich fürchte, das stimmt nicht ganz. Zep hat mir einmal erzählt, er hätte keine Ahnung, wo der Major sich jeden Abend herumtreibt. Also habe ich es ihm gesagt.«

Lentsch seufzte auf. »Also sind Sie jetzt auch in die Sache verwickelt, Ned. Man wird Sie ebenfalls abholen und Sie fragen, worüber wir uns an den Abenden, an denen ich mich aus der Villa verdrückte, unterhalten haben.«

»Diese Frage kann ich beantworten.«

»Und sie werden Ihnen nicht glauben. Sie wagen es nicht. Sie können sich nicht vorstellen, daß unsere Gespräche ganz harmlos waren, genausowenig, wie sie diesem Jungen ein Recht auf Leben zugestehen. Sie betrachten uns als Bedrohung für ihr System, und in gewisser Weise haben sie recht. Sie würden Sie auf den Bock schnallen und alles aus Ihnen herausprügeln, bis sie Sie zerbrochen haben.« Er sah sich um. »Jetzt müssen wir alle fliehen.«

Schweigen herrschte im Raum. Vier in einem Kanu. Sie würden es keine anderthalb Kilometer weit schaffen, bevor sie kenterten.

Plötzlich wurden sie von lautem Gehupe aus ihren ängstlichen Grübeleien gerissen. Ned eilte zum Fenster. Er sah, wie der Hauptmann auf Veronicas Vordertür zusteuerte.

Zepernick klopfte zum drittenmal an. Allmählich wurde er ungeduldig. Sein Gesicht war unrasiert, seine Kleidung zerknittert. Die Tür ging auf.

»Zep! Ich habe nicht damit gerechnet, dich so bald wiederzusehen.«

Der Hauptmann musterte sie prüfend. Sie war außer Atem.

»Du bist gerannt.«

»Ich war hinten im Garten.«

Er nahm die Mütze ab. »Das mit gestern tut mir leid«, sagte er. »Ich war beschäftigt. Du weißt ja, warum.«

»Hast du ihn gefunden?« Sie bemühte sich, die Frage so unverfänglich wie möglich klingen zu lassen.

Der Hauptmann schüttelte den Kopf.

»Wir waren die ganze Nacht auf den Beinen, um ihn zu suchen. Jede Baracke, jede Baustelle. Nichts.« Er blickte sich um. »Und er ist nicht der einzige, der spurlos verschwunden ist.«

»Ach, ja?«

»Major Lentsch. Er hätte sich am Hafen melden sollen, ist aber nicht erschienen.« Er warf einen Blick auf Neds Haus. »Und dorthin geht er jeden Abend?«

»Früher schon.«

»Gestern abend war er noch in der Villa. Heute morgen ...« Er pustete in die Luft. »Hast du ihn heute gesehen?«

»Nein. Ich glaube, Inspector Luscombe ist auch nicht zu Hause.«

Der Hauptmann nickte. »Gut. Vielleicht hat der Major den ehrenhaften Ausweg gewählt, und wir finden ihn in ein paar Tagen im Wasser – mit einer Kugel im Kopf. Trotzdem«, er blickte auf die Uhr und lächelte wieder, »fahnden alle weiter nach ihm. Alle außer mir. Keiner weiß, wo ich bin.«

»Wirklich?«

»Die ganze Zeit habe ich an unser gestriges Beisammensein im Turmzimmer gedacht. Es ist mir schwergefallen, mit solchen Bildern im Kopf den Zwangsarbeiter zu suchen.« Er streckte die Hand aus und berührte sie an der Brust. »Manche sagen, der Vormittag sei die beste Zeit.«

»Zep! Es gibt gleich Mittagessen!« Sie stieß ihn weg. »Außerdem kann ich nicht«, flüsterte sie. »Mutter ist oben.«

»Das macht nichts. Ich weiß schon, wo.« Er zog sie nach draußen.

»Bitte, Zep. Jetzt nicht.«

Er packte sie am Handgelenk und zerrte sie den Gartenpfad entlang. Die Tür des Schuppens stand offen, Gartengeräte, Werkbank, die Schnitzerei, die am Deckenbalken baumelte, alles war an seinem Platz.

»Diesmal mache ich nicht denselben Fehler«, sagte er. Er nahm den Holzfuß vom Haken und legte ihn auf eine der neben ihm aufgestapelten Kisten, bevor er Veronica auf die Bank hob. Dann schob er ihr das Kleid bis zur Hüfte hoch.

»Zep«, protestierte sie, drehte den Kopf weg und wehrte seine Hände ab. »Ich glaube, wir sollten es besser lassen.«

»Ach, wirklich?« Er machte sich an ihren Knöpfen zu schaffen. »Wir sollten es besser lassen? Was redest du da?« Er riß ihr das Kleid auf.

»Nein, ich...« Sie wollte etwas sagen, doch seine Hände waren unter ihr und zogen an ihrem ausgeleierten Hüftgürtel, so daß sie mit dem Rücken gegen die Wand kippte. »Bitte, Zep. Nicht hier. Nicht jetzt.«

Er zerrte sie hoch und versetzte ihr einen leichten Schlag gegen die Schläfe. Sie brach in Tränen aus. Langsam und zielstrebig streifte er ihr die Unterwäsche ab und starrte ihr dabei in die Augen. Seine Finger schoben sich zwischen ihre Beine.

»Und jetzt erzähl mir noch mal von deinem Jungen.«

»Was?«

»Deinem Jungen. Wann hast du ihn gesehen?«

Veronica küßte ihn rasch.

»Laß uns jetzt nicht über so ein Thema sprechen.«

»Das ist eine neue Verhörmethode, Veronica. Angenehm für mich und angenehm für dich.« Er betrachtete sie mit fast wissenschaftlicher Neugier. »Wo hast du ihn wiedergesehen?«

»Das habe ich dir doch gesagt. Unter dem Fenster meiner Praxis. Er ist in einen Lastwagen geklettert.«

Zep öffnete seinen Gürtel und ließ die Hose herunterrutschen.

»Ich glaube dir kein Wort, denn inzwischen habe ich alles über diesen Jungen herausgefunden. Er heißt Peter, stammt aus einem

Dorf in der Ukraine und ist fünfzehn Jahre alt. Sein Vater wurde als Partisane erschossen. Außerdem besitzt er Isobel van Dielens Jacke und trägt sie seit ihrem Tod. Er ist im Park von Saumarez Manor untergebracht und geht täglich zu Fuß von dort aus zu seinem Arbeitsplatz im Tunnel. Du hast ihn nicht auf einen Lastwagen klettern sehen, geschweige denn unter deinem Praxisfenster. Aber gesehen hast du ihn, das stimmt. Sag mir, wo.«

Sie zögerte.

»Wenn nicht, lasse ich deinen Vater erschießen.«

»Was!«

»Er hat versucht, die Rollbahn am Flughafen zu sabotieren, indem er das Gras zu kurz abgemäht hat. Eine ernste Angelegenheit.«

»O Gott!«

»Ich kann es verhindern, wenn du mir alles verrätst, was ich wissen will.«

»O Gott!«

»Du mußt es mir sagen, Veronica, und dann wird alles wieder gut. Und bevor du redest…«

Er nahm sein Geschlecht in die Hand, senkte den Kopf und drang langsam in sie ein. Sie starrte an ihm vorbei. In der Tür stand ein Schatten. Sie begann zu zittern.

»O Gott, nein!«

Der Hauptmann grinste.

»Schon viel besser. Wie in alten Zeiten, was, Veronica?« Er stieß schneller.

»Nein«, rief sie, als der Schatten sich rasch näherte. »Nein, geh weg.« Doch der Hauptmann schubste sie zurück, hielt sie fest und genoß den Anblick ihrer zuckenden Hüften und ihrer halb verborgenen Scham. Ihre flehenden Schreie, die seine Entschlossenheit nur noch steigerten, übertönten alles andere – die herannahenden Schritte bloßer Füße, das Ausholen. Erst als der Hauptmann die Luftbewegung spürte, Veronicas Gesichtsausdruck bemerkte und sah, daß sie sich zu befreien versuchte, drehte er sich um. Er erkannte die schattenhafte Gestalt des Jungen, der auf Zehenspitzen hinter ihm stand und den Fuß aus Holz über dem Kopf schwang.

In diesem Moment legte der Junge das Gewicht aller Spitzhacken, die er je in der Hand gehabt hatte, in seinen Schlag, hielt den hölzernen Fuß an seiner kurzen Kette und zielte so treffsicher, daß die Ferse auf dem Scheitel des Hauptmanns landete und ihm den Schädel spaltete wie eine Walnußschale. Der Stoß war so heftig, daß Veronica ihn im ganzen Unterleib spürte. Der Hauptmann zuckte erst vorwärts, dann zurück und glitt dann zu Boden, bis seine Knie den Boden berührten. Seine Hände rutschten Veronicas bebenden Leib entlang, sein zerschmetterter Schädel ruhte zwischen ihren Beinen. Blut quoll ihm aus Mund und Nase. Veronica lag stocksteif und keuchend da, unfähig, sich zu rühren. Vor ihr stand der Junge und ließ den Fuß an der Kette baumeln. Sie hörte das Plätschern von Wasser auf dem Boden, und säuerlicher Uringestank stieg ihr in die Nase. Der Kopf des Hauptmanns kippte auf die Werkbank, seine Hände lagen zu beiden Seiten ihrer Knie. Der Junge trat vor.

»Kaputt«, sagte er und stieß ihn mit dem Fuß um.

Ned und der Major trugen die Leiche durch den Garten hinaus aufs Feld. Dann schoben sie den Wagen durch das offene Gatter und setzten den Hauptmann auf den Vordersitz. Ned schloß das Tor und ging ein paar Schritte die Straße entlang. Lentsch betrachtete die Leiche seines Freundes. Blut rann ihm aus Ohren und Nase. Er beugte sich ins Auto und wischte ihm das Gesicht ab.

»Du hättest ein guter Mensch sein können«, sagte er. »Was immer du auch getan hast, mir tust du leid.«

Ned kehrte zurück. »Man kann von der Straße aus nichts sehen«, meldete er. »Wenn der Wagen in den nächsten sechs Stunden nicht gefunden wird, sind wir außer Gefahr.«

Sie rissen Zweige aus der Hecke und bedeckten damit Wagendach und Kofferraum. Dann trat Lentsch zurück und musterte ihr Werk.

»Lange können wir ihn nicht so stehenlassen. Wenn wir aufbrechen, müssen wir den Wagen mit hinunter zur Bucht nehmen. Dann fällt sein Tod nicht auf die Anwohner zurück. Und wir kommen mit dem Auto schneller voran.«

»Wird man ihn nicht vermissen?«

Lentsch sah auf die Uhr. »Jeder weiß, wie der Hauptmann am liebsten seine Nachmittage verbringt. Am Abend wird man sich allmählich Sorgen machen. Um so mehr deshalb, weil ich ebenfalls verschwunden bin.«

»Bis dahin sind wir längst weg«, versprach Ned. »Wir rudern hinaus zu den Casquets, verstecken uns in einer kleinen Flußmündung, lassen die Patrouillenboote vorbei und fahren dann hinaus aufs offene Meer. Wir werden tief im Wasser liegen und uns ganz langsam und gleichmäßig vorwärtsbewegen. Langsam und gleichmäßig. Das schaffen Sie doch, oder, Major?«

Veronica war wieder ins Haus zurückgekehrt. Sie zitterte am ganzen Leibe. Neds Mutter saß bei ihr und hielt ihr die Hand.

»Ich hätte dasselbe getan, wenn ich sie damit hätte retten können.«

Veronica hob den Kopf. »Wo ist der Junge?« Ihre Besorgnis war stärker als die Angst.

»Er macht sauber. Du hast eine gute Wahl getroffen.«

»Bei mir war die erste Wahl meistens die richtige.«

Ned kniete sich neben die beiden Frauen. Er hätte nie zu träumen gewagt, daß Veronica und seine Mutter sich einmal an den Händen halten würden.

»Du weißt, daß wir fortmüssen, Mutter.«

»Du wärst schon viel früher gegangen, wenn Dad nicht zu so einem ungünstigen Zeitpunkt gestorben wäre.« Sie wandte sich an Veronica. »Sein Vater ist immer ein schwieriger Mensch gewesen.«

Der Major kehrte, gefolgt von Peter, zurück. Noch so ein seltsames Paar, dachte Ned.

»Im Schuppen ist alles einigermaßen sauber«, verkündete der Major. »Wir haben zusammen den Fußboden geschrubbt.«

Veronica richtete sich auf und klopfte auf die Armlehne ihres Sessels. Zunächst schüchtern, ließ sich der Junge dort nieder. Durch die offene Tür wehte die erste kühle Abendluft herein.

»Auf dem Wasser wird es kalt werden«, sagte Ned. »Wir sollten alle Ölzeug anziehen. Ich weiß nicht, ob wir genug im Haus haben.«

»Dann nehmt Schmalz«, schlug Veronica vor. »Bevor ihr losfahrt, zieht ihr euch aus und reibt euch damit von Kopf bis Fuß ein.« Sie zauste dem Jungen das Haar. »Wenn ich mir vorstelle, daß ich dir eben erst zu deinem ersten Bad seit Monaten verholfen habe. Einen schlechteren Zeitpunkt hätte ich mir dafür wohl nicht aussuchen können.« Sie stand auf, um nach nebenan zu gehen. »Am besten reibt ihr euch gegenseitig ein, damit ihr überall bedeckt seid.«

»Darf ich dich einreiben?« fragte Ned. Seine Mutter lachte.

Veronica knuffte ihn. »Ich komme nicht mit«, sagte sie.

»Was?«

»Du hast es doch selbst gehört. Solange der Hauptmann nicht hier in der Nähe aufgefunden wird, kann mir nichts passieren. Richtig, Major?«

»Soweit ich weiß, schon, aber …«

»Dann wäre das geklärt. Das Kanu kann keine vier Personen tragen, das weißt du ganz genau, Ned. Ich könnte schwimmen, aber ich bin außer Übung. Außerdem habe ich heute abend Vorstellung. Nur über meine Leiche werde ich meinen großen Auftritt verpassen.«

Ned schloß die Augen. Wie gerne hätte er seine Mutter und Veronica angesehen, sie beide umarmt und ihnen versprochen, sie zu beschützen. Doch das war unmöglich. Er mußte sie verlassen.

»Wir werden Proviant brauchen, Mutter«, sagte er leise. »Hast du etwas übrig? Nur, damit wir über die Runden kommen.«

Veronica merkte auf. »Nehmt etwas von meinem. Ich habe die ganze Woche gekocht.«

Neds Mutter traute ihren Ohren nicht. »Gekocht? Du, V?«

»Richtig. In letzter Zeit habe ich mich zu einer richtigen kleinen Hausfrau entwickelt. Wartet einen Moment.«

Schweigend saßen sie da, während Veronica wieder nach nebenan lief.

»Willst du das wirklich riskieren?« fragte Neds Mutter schließlich.

Ned tätschelte ihr die Hand.

»Wenn die See nicht zu stürmisch ist, müßte das Kanu uns eigentlich aushalten.«

»Ich meine nicht das Kanu, sondern Veronicas Kochkünste.« Sie stand auf. »Weißt du was, ich habe noch etwas im Haus, von dem ihr richtig satt werdet, bevor ihr aufbrecht. Eigentlich wollte ich es aufsparen, bis der Major das nächste Mal zum Tee kommt.«

Alle lauschten, während sie sich in der Küche zu schaffen machte. Sie summte, fast als wäre sie glücklich. Sie hatte einen Sohn, der sie liebte, einen Sohn, der eine Freundin hatte, einen Sohn, der sich in Sicherheit brachte. Und nun machte sie ihm etwas zu essen.

Veronica kehrte mit einem überquellenden Einkaufsnetz zurück.

»Eine Kartoffel-Zwiebel-Pastete«, verkündete sie stolz. »Haferplätzchen und drei Stück Karottenkuchen.« Sie wies mit dem Kopf in Richtung Küche. »Deine Mutter will dir offenbar auch keine Schande machen. Wo hat sie es her?«

»Was?« fragte Ned.

Seine Mutter rief sie herein. Sie hatte den kleinen Tisch mit ihrem besten Tischtuch gedeckt, und darauf standen ihre vier besten Schüsseln, die mit dem Westminster-Abbey-Dekor rund um den Rand. Die Luft roch süß nach Kindheit und warmen Löffeln. Seine Mutter zeigte auf die dampfenden Schüsseln.

»Das ist echte Eiercreme«, sagte sie. »Bratapfel mit echter Eiercreme.« Sie schwenkte die Dose. »Ich wette, so etwas hast du seit Jahren nicht gesehen. Bird's Eiercremepulver. Das hast du deinem Onkel zu verdanken.«

SECHZEHN

Kaum zu glauben, daß all diese Türme, Geschützstellungen und kilometerlangen Tunnels nicht von kräftigen jungen Männern mit amtsärztlich untersuchten Muskeln und einem gesunden, ausreichend befriedigten Appetit errichtet worden sind. Aber nein, die Erbauer sind vom Durchfall geschwächt, bekommen nur einen Napf Kohlsuppe täglich, schlafen auf nackten Holzbohlen, kleiden sich in ausgediente Zementsäcke, haben keine Gelegenheit, sich zu waschen, scheißen alle gemeinsam in einen Eimer, werden mit Peitschen und Stuhlbeinen geprügelt und arbeiten ohne Rücksicht auf ihre Gesundheit und ohne Pause in Zwölf-Stunden-Schichten. Doch sie haben diese Bauwerke tatsächlich errichtet.

Er klettert den felsigen Abhang hinunter zu dem einstöckigen Backsteingebäude, wo die Maschine die Nacht verbringt. Das Gebäude ist so lang wie ein Schiff und hat den Charme eines öffentlichen Pissoirs. Das Quetschwerk ist eine einfach konzipierte Maschine. Oben hat sie einen riesigen, grauen, rechteckigen Trichter, in den man Steine und Granit wirft. Klappernd poltern sie eine lange Rutsche hinunter und werden unten von einer Reihe gewaltiger steinerner Räder erwartet, die sie zermahlen. Felsen aus Guernsey für Sand aus Guernsey. Sand aus Guernsey für Beton aus Guernsey. Auf der Insel gibt es zwei derartige Quetschwerke, mit denen Guernsey das Material für seine eigenen Gefängnismauern herstellt; die Katze beißt sich selbst in den Schwanz. Es ist wie in einem der Kinderlieder, die seine Frau früher sang. Ja, er erinnert sich daran, wie sie in jenen langen Nächten in der Fremde englische Kinderverse aufsagte, wenn sie unter dem Moskitonetz saß und in die heiße Nachtluft hinausblickte. *Jack and Jill going up a hill; the man who looked like an egg; Old King Cole; the house that Jack built.* Das war Isobels Lieblingslied, denn Daddy war Baumeister, vor langer Zeit, als er noch eine Tochter hatte, die diese Verse gerne hörte. Hat er je eine gehabt? Es ist so schwer zu beantworten, so unwahrscheinlich, daß er wirklich eine Tochter gehabt hat und eine Frau und ein Gebilde namens Familie, das über alle Merkmale einer solch komplizierten Einheit verfügte. Nein, er kann es sich nicht vorstellen, denn er hat dem Jungen zum Abschied zugewinkt und ihn nach Hause geschickt, bevor er sich selbst auf den Heimweg machte. Doch eigentlich spielt es keine Rolle, ob er je eine Familie gehabt hat, denn inzwischen ist er Teil dieser Insel und muß wieder eins mit ihr werden.

Es ist nicht schwer, die kleine Wartungsleiter hinaufzusteigen und ins Herz des Quetschwerks hinunterzublicken. Auf den Rädern, die sich langsam drehen, klappern lose Gesteinsbrocken, ein Strudel aus Granit und Kieseln, aus dem die Körnchen der Ewigkeit rinnen. Danach sehnt er sich. Er will ein unendliches Sandkörnchen sein und in das Innere der Insel aufgesogen werden, will, daß das Meer ihn beutelt und ihn zusammendrückt. Ein Felsen sein! Ein Stein! Vom Meer, vom Himmel und vom Wind gerufen werden! Er ist ein Felsen! Er ist ein Stein! Er springt in die mahlende Grube, ein Bein zur Seite gebeugt, ein Fuß wird sofort erfaßt, der Knöchel zermalmt, mit einer Gewalt, die er sich nie hätte träumen lassen. Das Knie zuerst gebrochen, dann plattgedrückt. Und während seine Hände sich nach oben recken, wird er hinuntergezogen, sein weicher Körper folgt, Eingeweide quellen ihm aus dem Mund, er stößt einen markerschütternden Schrei aus. Niemand kann ihn hören. Nicht seine Mitsklaven, die den nächsten Waggon entladen, nicht die Aufseher, die im Führerhaus des zerbeulten Lastwagens die Zeit totschlagen. Nicht der Lokführer, ein spanischer Republikaner, der sich aus dem Fenster seines rußspuckenden Gefährts lehnt, ja, nicht einmal Major Ernst, der nur hundert Meter entfernt Pläne mit seinem Spazierstock nachfährt. Es gibt nur das rauhe Knirschen der Maschine, den zischenden Dampfkessel der

Lok, das rhythmische Geräusch, wenn die Arbeiter den Spaten schwingen, das Kreischen der Möwen – aber keinen van Dielen mehr. Van Dielen ist jetzt tot, zermalmt, untergemischt und in feuchten Staub verwandelt. Van Dielen ist tot, doch nicht begraben. Ein Jahr oder länger wird er auf einem Haufen liegen, Queckebüschel werden ihn überwuchern. Dann wird der Wind kommen und ihn über den Kies hinaus auf den Strand wehen. Und viel später werden nackte Füße über ihn laufen, und man wird ihn stolz in Sandeimerchen schaufeln. Er wird gegen die gewölbten Dämme geschleudert werden, über die er einst geschritten ist; funkelnde Teilchen von ihm werden in nassen Seetangsträhnen glitzern; ein Knochen in einem Krabbennetz; ein Sandkorn im Auge eines Badegastes. Menschen werden kommen und gehen, doch van Dielen wird bleiben. Hin und her, hin und her wird er gespült werden, angeschwemmt an die Umrandung seines gewaltigen Familiengrabs.

SIEBZEHN

Ned ging die Auffahrt hinauf. Oben stand Wedel und polierte Bernies Wagen. Grinsend blickte er hoch.

»Inspector Luscombe. Haben Sie noch immer kein Auto?«

»Ich warte noch auf den passenden Anzug.«

Wedel sah zurück zum Haus. »Wenn Sie den Major sprechen wollen, der ist nicht da. Offen gesagt glaube ich nicht, daß Sie ihn wiedersehen werden.«

»Schon gut. Ich möchte zu meinem Onkel.« Er zeigte ihm seine Bevollmächtigung. »Es ist dienstlich.«

Ned marschierte den gefliesten Korridor entlang und spähte durch jede Tür. Bis auf das kleine Loch in der Wand neben der Wohnzimmertür war alles ordentlich und sauber. Der Tisch im Eßzimmer war gedeckt. Im Wohnzimmer roch es noch nach Zigarren und Pomade. Durch die Terrassentüren sah er Männer, Schubkarren und am Ende des Rasens einen breiten, frisch aufgeworfenen Erdwall. Ein paar Bäume lagen auf dem Boden. Wenigstens würden sie im nächsten Winter genug Brennholz haben. Von oben hörte er seltsames Gemurmel, wie ein gereiztes Selbstgespräch. Er stieg die Treppe hinauf und hielt darauf zu. Nun erkannte er die Stimme. Im ersten Stock stand eine der Schlafzimmertüren weit offen. Albert lag auf den Knien und durchsuchte eine kleine Schublade neben dem Bett.

»Onkel?«

Albert hob den Kopf. Er hielt etwas in der Hand.

»Löffel«, schimpfte er. »Teelöffel, Dessertlöffel und zwischen seiner schicken Unterwäsche die Fischmesser, die vor einem halben Jahr verschwunden sind. Der Mistkerl hat lange Finger gemacht.«

»Wer?«

»Bohde. Das ist Bohdes Zimmer. Was willst du hier? Falls du den Major…«

Ned unterbrach ihn mit einer Handbewegung und sah sich um. Durch das Fenster erkannte er, daß aus dem Kamin des Pförtnerhauses Rauch quoll. Für die Reichen gelten andere Gesetze, dachte er.

»Hast du schon gehört? Der Major reist ab«, sagte er.

Albert legte die Löffel zurück und schloß die Schublade.

»Ich weiß. Das hat er nur sich selbst zuzuschreiben. Er hätte seine Meinung nicht überall herumposaunen müssen. Das ist schon in guten Zeiten nicht ratsam, geschweige denn jetzt.«

»Jetzt?«

»Das Geburtstagskind.« Er rappelte sich vom Boden auf. »Wenn es um Hitlers Geburtstag geht, kennen die kein Pardon und wollen sich die Freude nicht verderben lassen.« Seine Augen funkelten.

»Du weißt es also, Onkel?«

»Was weiß ich?«

»Daß er hierherkommt.«

Ned holte die Eiercremedose unter seiner Jacke hervor und stellte sie auf die Kommode.

»Und nun sag mir, daß du es nicht warst. Daß du Isobel nicht in den Schacht gestürzt hast.«

Albert schwieg.

»Mir ist noch nicht ganz klar, Onkel, wie die einzelnen Teilchen zusammenpassen, aber ich bin auch kein sehr guter Polizist. Gehörst du ebenfalls zu der Schmugglerbande? Und wie bist du in diese andere Sache verwickelt worden?«

»Keine Ahnung, wovon du redest. Was für eine andere Sache?«

»Wie dem auch sei, du willst versuchen, ihn umzubringen, und Isobel ist dir auf die Schliche gekommen. Richtig? Und wie? Durch dich? Ihren Vater? Und wie willst du ihn töten? Mit der Heugabel erstechen?«

»Quatsch keinen Unsinn.«

»Also?«

Trotzig stand Albert da. »Wir sind im Krieg, Ned.«

»Das habe ich auch schon gehört.«

»Krieg bedeutet, Opfer bringen zu müssen. Auch das eigene Leben, wenn es nötig ist.«

»Wenn es etwas nützt. Was hast du vor? Vergifteten Kuchen zum Tee?«

»Nein!« schrie Albert.

»Was dann?«

»Eine Bombe!«

»Eine Bombe? Hast du dir eine von ihnen ausgeliehen?«

»Ich habe sie selbst gebaut. Mit Nägeln, Bolzen und so weiter, wie wir es früher gemacht haben. Unkrautvertilgungsmittel und Zucker. Nur viel, viel größer.«

»Du hättest keine Chance.«

»Ich könnte nah genug rankommen, daß es klappt.«

»Wie denn? Indem du sie in Geschenkpapier einwickelst? Um Himmels willen!«

Albert ließ sich nicht beirren. »Wie vielen Menschen bietet sich eine solche Gelegenheit? Ich mußte sie nützen.«

»Und Isobel hat davon erfahren?«

Albert wirkte verstockt. »Isobel hat gar nichts erfahren«, sagte er. »Schließlich war ich dabei.«

»Wobei?«

»Als Mrs. H. rauskriegen wollte, was sie wußte. Sie veranstalten nämlich ein Essen für ihn, und Isobel war auch eingeladen. Also hat Mrs. H. sie am Vormittag zu sich gebeten, um festzustellen, wo das Ganze steigen soll. Isobel ging zuerst zur Villa, um nach den Vorbereitungen für die Party zu sehen. Dann besuchte sie Mrs. H. Sobald sie das Pförtnerhaus betreten hatte, folgte ich ihr. Ich wollte es mit eigenen Ohren hören und habe mich deshalb hineingeschlichen. Zwischen den beiden herrschte eine Feindseligkeit, daß einem angst und bange werden konnte. ›Wie reizend du aussiehst‹, sagte Mrs. H., ›du hast dem Major ja völlig den Kopf verdreht.‹ Und ich hörte ein Knacken, als sie in einen Keks biß. Mrs. H. liebt Gebäck.«

»Mrs. H.s Vorliebe für Gebäck spielt jetzt keine Rolle, Onkel.«

»Richtig. ›Durch dich und deinen Vater sind die van Dielens hier unersetzlich geworden‹, meinte Mrs. H. dann, und Isobel entgegnete: ›Das würde ich nicht unbedingt behaupten.‹ Sie klang bereits gelangweilt und ärgerlich. Dann ertönte ein Kratzen, als ob Marjorie ihren Stuhl näher heranrückte. ›Ich habe etwas höchst Interessantes gehört‹, sagte sie mit gedämpfter Stimme, als befürchtete sie, belauscht zu werden. ›Wirklich höchst interessant. Ein besonderer Gast wird erwartet, heißt es, ein ganz besonderer Gast.‹ Isobel reagierte gar nicht darauf. Mrs. H. räusperte sich, hüstelte, schenkte sich eine Tasse Tee ein und hielt die Kanne dabei so hoch, daß es klang, als würde ein Mann eine Stange Wasser abstellen. Danach meinte sie: ›Ich weiß, daß man dich angewiesen hat, nicht darüber zu sprechen, und das ist auch richtig so. Aber deiner alten Tante kannst du es doch erzählen. Schließlich geschieht es bei uns nicht alle Tage, daß wir einen derart einzigartigen Besucher bei uns begrüßen dürfen.‹ Isobel verlor die Geduld, lachte auf und höhnte: ›Wer kommt denn, der Nikolaus?‹ Man merkte ihr deutlich an, daß sie Mrs. H. für übergeschnappt hielt. Beinahe wäre ich hineingegangen und hätte dem Spiel ein Ende bereitet, doch plötzlich riß auch Mrs. H. der Geduldsfaden. Schließlich machte sich diese dumme Göre über sie lustig und behandelte sie von oben herab. Auf einmal wurde ihre Stimme steinhart, und sie zischte: ›Versuche nicht, mir etwas zu verheimlichen, mein Kind! Ich weiß, wer erwartet wird. Viele von uns hätten gerne das Privileg genossen, mit einem so illustren Gast zu speisen. Offen gestanden bin ich erstaunt, daß der Major es nicht für nötig befunden hat, mich einzuladen. Immerhin bin ich inzwischen die einzige hier, die den Umgang mit Staatsoberhäuptern gewohnt ist.‹ ›Staatsoberhäupter, wovon redest du?‹ fragte Isobel gereizt. ›Hitler!‹ zeterte da Mrs. H. ›Hitler, du alberne Gans. Du und dein Vater werdet hier auf Guernsey anläßlich seines Geburtstags mit dem obersten Henker selbst dinieren. Behaupte nicht, du hättest das nicht gewußt.‹ Isobel geriet ins Stottern und stammelte, sie hätte wirklich keine Ahnung gehabt, bestimmt sei es ein Irrtum, der Major hätte es ihr sicher gesagt. ›Der Major!‹ stieß Mrs. H. hervor. ›Ja, der Major.

Gerhard vertraut mir alles an. Nach dem Krieg werden wir heiraten.‹ ›Heiraten! Du und Gerhard!‹ Mrs. H. kreischte, als hätte sie in die Steckdose gefaßt. Und als sie aufstand, fielen ein paar Teller hinunter. Isobel schrie ebenfalls auf, als hätte man sie an den Haaren oder am Handgelenk gepackt. ›Siehst du das!‹ brüllte Mrs. H. aus vollem Halse. ›Siehst du das Bild da? Das war ich, Isobel, ich! So sah ich aus, als ich in deinem Alter war. Jetzt würde mir das niemand mehr glauben, aber es ist wahr. Russell hat mein Gesicht ein wenig verändert, um meinem Vater Peinlichkeiten zu ersparen. Ist dir jemals in den Sinn gekommen, daß ich einmal so ausgesehen haben könnte? Laß dir eines gesagt sein: Ich hatte eine bessere Figur als du, ich war eine anregendere Gesprächspartnerin als du, und ich war vermutlich auch besser im Bett als du. Und schau mich jetzt an. Ich bin ihm an Geist und Schlagfertigkeit ebenbürtig, und dennoch würdigt er mich wegen der einen Eigenschaft, die mir inzwischen fehlt, keines Blickes. Du hoffst darauf, ihn zu heiraten! Wenn er meinen wahren Wert nicht erkennt, was wird er dann wohl von dir halten, in ein paar Jahren, wenn deine Schönheit dahin ist? Du wirst nichts mehr haben. Nicht einmal ein Bild wie dieses, das ihn daran erinnert!‹ Mit diesen Worten stand sie auf und stürzte aus dem Zimmer. Als sie mich auf dem Flur entdeckte, scheuchte sie mich in die Küche. ›Sie sollten sie nicht weiter provozieren‹, sagte ich. ›Lassen Sie sie in dem Glauben, Sie wären einfach nur eifersüchtig.‹ Isobel steckte den Kopf in die Küche, bemerkte mich, und ich winkte ihr zu. Im nächsten Moment rannte sie den Pfad entlang und zum Gartentor hinaus. Wenn man bedenkt, wie Mrs. H. sie behandelt hat, kann man ihr keinen Vorwurf draus machen. Seitdem haben wir sie nicht mehr gesehen.«

»Und dennoch ist sie nach Hause gelaufen und hat mir einen Brief geschrieben.«

»Brief? Was für einen Brief?«

»Sie hat mir einen Brief geschrieben, Onkel. Sie hatte Angst. Ganz sicher ist sie dahintergekommen.«

Er erinnerte sich an den Tag, als er mit Mrs. Hallivand in ihrem kleinen Zimmer gesessen hatte. Mrs. Hallivand aß Kekse, der Weidenkorb stand zu ihren zierlichen Füßen.

»Moment mal! Ist Mrs. H. an diesem Tag zu Victor Hugos Haus gegangen?«

»Ja, nach dem Gespräch mit Isobel. Am Nachmittag.«

»Und was hatte sie bei sich?«

»Das Übliche.«

»Zucker und Unkrautvertilgungsmittel.«

»Richtig. Unter einem Tuch versteckt. Es war die letzte Fuhre.«

»So hat sie es also rausgekriegt!« Ned stand auf und blickte hinunter zur Auffahrt. Wedel lehnte am Wagen und rauchte. Er blickte hoch und hielt einladend die Zigarette hoch. Ned winkte ab und trat zurück ins Zimmer.

»Isobels Vater erzählte mir, Isobel habe sich beim Nachhausekommen über ihre Tante lustig gemacht. Und zwar wegen eines Stickbilds, das sie in ihrem Korb gefunden hatte. Es stellte den Major dar, wie er über die Bucht hinausblickt. Ganz unten im Korb, sagte er. Nur daß die Stickerei in Wirklichkeit gar nicht ganz unten lag, sondern auf den anderen Sachen, dem Zucker und dem Unkrautvertilgungsmittel. Isobel erkennt das Gesicht des Majors auf einem Stück Stoff, nimmt es zur Hand, um es sich besser anzusehen, und, hoppla, darunter entdeckt sie die Päckchen. Dann hört sie Stimmen aus der Küche, und als sie hereinkommt, sieht sie dich und Mrs. H. tuscheln wie in einer Amateuraufführung eines Kriminalspiels. Sie weiß ganz genau, was man mit Zucker und Unkrautvertilgungsmittel so alles machen kann. Ich selbst habe es ihr erklärt. Auf einmal wird ihr klar, was ihr beide im Schilde führt. Sie stürzt aus dem Haus, vergißt sogar ihr Fahrrad und läuft nach Hause. Sich dem Major anzuvertrauen wagt sie nicht. Also tut sie das einzig mögliche. Sie schreibt an mich und hofft, ich würde einen Weg finden, die Insel vor diesem Wahnsinn zu retten. Nur, daß sie jemand vorher erwischt. Große Hände, hat man mir gesagt. Und eine Uniform. Woher hast du eine Uniform, Onkel? Hast du dir eine vom Major geborgt?«

»Was?«

»Du wurdest gesehen, wie du sie in den Schacht geworfen hast!«

»Ich habe niemals einen Menschen in einen Schacht geworfen. Ich bin kein Mörder.«

»Und besonders schlau bist du auch nicht, unser aller Leben aufs Spiel zu setzen.« Er berührte Albert am Arm. »Was hätte Kitty davon gehalten, Onkel? Sie wäre sicher dagegen gewesen.«

Als Albert den Namen seiner Tochter hörte, wurde er von Reue ergriffen.

»Ich konnte die Schande nicht mehr ertragen, all das Böse hier auf diesem kleinen Felsen.«

»Du hast sie also nicht getötet?«

»Ich schwöre beim Grab meiner Rose. Das soll nicht heißen, daß ich es nicht getan hätte, wenn es nötig gewesen wäre. Aber ich war es nicht. Also.« Er richtete sich auf, als erwarte er, abgeführt zu werden. »Was soll ich jetzt tun?«

»Die Bombe entschärfen. Er kommt nicht.«

»Er kommt nicht?« Albert war entrüstet.

»Er hat andere Termine.«

»Woher weißt du das?«

»Ich bin Polizist. Man hat es mir gesagt.«

»Vermutlich bin ich jetzt verhaftet. Das ist doch mal was für die Akten. Ein Neffe verhaftet seinen eigenen Onkel.«

»Ich kann dich doch nicht verhaften, weil du versucht hast, Adolf Hitler in die Luft zu sprengen.«

»Nein, wahrscheinlich nicht.«

»Es gibt dafür noch einen anderen Grund: Ich befolge deinen Rat und verschwinde.«

»Nach England!« Albert packte Ned am Arm. »Wann?«

»Heute nacht.«

»Dann bist du am Morgen dort!«

»Das hoffe ich.«

»Besuche unsere Kitty.«

»Nur, wenn du mir versprichst, keine Dummheiten zu machen.«

»Kümmere dich um sie, Ned. Sie ist alles, was ich habe.«

»Wenn du dich um Mutter kümmerst.«

»Falls du möchtest, ziehe ich zu ihr. Ich habe dieses Haus sowieso satt.

Ned ging die Treppe hinunter. Sein Onkel folgte ihm und wischte dabei mit dem Staubwedel über das Geländer. Vor ein paar Minuten hatte er Guernsey noch dem Erdboden gleichmachen wollen. Jetzt polierte er wieder das Holz. Er wird mich zur Tür begleiten, dachte Ned, und mir Glück wünschen. Mir einen guten Rat geben.

»Da wäre noch etwas, Onkel. Mir ist immer noch nicht klar, woher du die Eiercreme hast.«

Albert krempelte sein Hosenbein hoch. An seinem Bein waren ein gelblicher Bluterguß und die Narbe einer schlecht verheilten Schnittwunde zu sehen.

»Ich bin damals in der Nacht in van Dielens Firma eingebrochen und mit dem Fuß in einer Kiste steckengeblieben. Sie war voll mit diesem Zeug. Also habe ich mir zwei Dosen davon mitgenommen, als eine Art Abschiedsgeschenk. Eine habe ich deiner Mutter gegeben.«

»Nicht mehr als zwei Dosen?«

»Was hätte ich damit anfangen sollen? Ich hatte nicht vor, in dem Zeug zu baden.« Er blickte zur Decke. »Obwohl ich Leute kenne, die das tun würden.«

Ein Bild stand Ned vor Augen: George Poidevin auf einem Stapel halb geöffneter Kisten.

»Und du hast sonst keine Kisten aufgemacht?«

»Warum sollte ich?«

»Um nachzuschauen, was du sonst noch so findest. Oder damit es aussieht, als wären es die Ausländer gewesen.«

»Die Ausländer würden sich nicht die Mühe machen, Kisten aufzustemmen. Die haben in ihrem Leben schon genug Kisten gesehen und wissen, was normalerweise darin ist. Außerdem …« Er hielt inne. »Ach, was soll's. Nun geh schon, verschwinde. Und zerbrich dir nicht weiter den Kopf wegen der Bombe.«

»Du versprichst mir, keine Deutschen in die Luft zu sprengen?«

»Ich schwöre.« Er wischte sich die Hände an der Schürze ab. »Und paß mit dem Kanu auf. Das Meer ist gefährlich.«

»Ich werde aufpassen.«

»Und sieh dich mit der Milch da drüben vor. Das Zeug, das die Engländer trinken, gerinnt einem im Magen.«

Den restlichen Nachmittag versuchten sie alle, ein wenig zu schlafen. Der Major und der Junge lagen im Bett der Mutter. Ned döste auf seinem eigenen vor sich hin und hörte, wie seine Mutter und Veronica unten herumgingen. Dann öffnete sich leise die Tür des dunklen Zimmers. Veronica schlüpfte unter seine Decke.

»V«, flüsterte er. »Mutter ist unten.«

»Das ist mir egal. Ihr auch.«

Sie kuschelte sich an ihn und legte die Arme um ihn. »Aber ich will nicht … nicht nachdem …«

»Nein.«

»Später wieder. Wenn du zurückkommst. Du kommst doch zurück, Ned? Ich könnte es nicht mehr ertragen, wenn du für immer fortbleibst.«

»V!«

»Manchmal bereue ich alles. Tommy, den Hauptmann. Gerald natürlich auch.« Sie stützte sich auf die Ellenbogen. »Wußtest du, daß ich Gerald bis zu diesem Augenblick ganz vergessen hatte? Und damals hielt ich ihn für meine Eintrittskarte in ein besseres Leben.« Sie zupfte Ned sanft am Haar. »Stören dich die anderen?«

»Ein bißchen.«

»Auch für den Major habe ich geschwärmt.« Sie lachte und sank zurück aufs Kissen. »Mein Gott, du mußt mich für ganz schön dumm gehalten haben.«

»Du hast dich nur mitreißen lassen, V. Du hattest dein Gleichgewicht verloren.«

»Aber jetzt stehe ich wieder auf beiden Beinen.«

»Das stimmt nicht.«

Er wollte sich über sie beugen, doch Veronica schob ihn weg.

»Bleib einfach liegen. In meinen Armen.«

Als sie aufwachten, dunkelte es schon. Veronica stand auf, zündete eine Kerze an und bückte sich zum Spiegel, um sich rasch die Lippen nachzuziehen. Sie bemerkte, daß Ned, die Hände hinter dem Kopf verschränkt, dalag und sie beobachtete. Es war fast, als wären sie verheiratet.

»Ich habe getan, worum du mich gebeten hast«, sagte er.

»Was war das?«

»Ich habe von dir geträumt.«

Sie zog ihm die Decke weg. »Los, raus aus den Federn. Dafür haben wir keine Zeit. Am besten reiben wir dich jetzt mit dem Schmalz ein.«

Die Hände in die Hüften gestemmt, sah sie ihm beim Ausziehen zu. Dann verteilte sie das kalte Fett auf seinem Körper.

»Daran könnte ich mich gewöhnen«, meinte sie.

Er brauchte Hilfe, um sein Unterhemd anzuziehen. Sie zerrte heftig daran, drehte ihn dann zu sich herum, stellte sich auf die Zehenspitzen und legte ihm die Arme um die Taille.

»Ned Luscombe«, sagte sie.

»So heiße ich.«

»Wenn ich dich zu fest drücke, flutschst du aus den Klamotten.«

»Das wollen wir doch lieber verhindern.«

»Wenn wir ehrlich sind, nicht.« Sie küßte ihn. »Ich gehe jetzt lieber. Heute abend ist Premiere. Wir können uns schließlich nicht alle in Luft auflösen.«

Sie verabschiedete sich ohne viel Aufhebens, ein Kuß, eine lange, wortlose Umarmung, noch ein Kuß, hastig und tränenfeucht. Dann ihre raschen Schritte auf der Treppe. Ned blickte ihr nach, als sie den Gartenpfad entlangeilte und sich den Mantel über die Schultern hängte. Er hoffte, sie würde sich umdrehen, ihm zuwinken und ihm eine Kußhand zuwerfen, aber sie tat es nicht. Mit gesenktem Kopf schloß sie das kleine, hölzerne Gartentor und stemmte sich gegen den Wind. Dann lag die Stelle leer da, an der sie eben noch gestanden hatte. Veronica war fort.

Albert stieg die Stufen hinauf. Er fühlte sich müde und steif. Die Straßen waren wie leergefegt. Leise hörte er die Musikkapelle aus dem nur ein paar Straßen entfernten Theater. Mrs. H. und die halbe Stadt würden da sein. Niemand würde ihn stören. Er brauchte nichts weiter zu tun, als die Sprengkapsel zu entfernen. Den Rest der Bombe konnte er in Etappen zerlegen. Inzwischen war er froh, daß er es nicht tun mußte. Seit er wußte, daß Ned Kitty sehen würde, fühlte er sich, als hätte man ihm ein Furunkel aufgestochen. Immer hatte er gehofft, daß Ned und Kitty zueinanderfinden würden. Rose hatte beharrt, Ned sei nicht Kittys Typ, sie sei zu ernst und zu altmodisch für ihn. »Warte, bis er sich die Hörner abgestoßen hat«, pflegte Albert dann zu sagen. »Er wird schon vernünftig werden. Sie ist einzigartig, unsere Kitty.« Ja, vielleicht würde er in den kommenden Monaten wieder einen Brief aus England bekommen. Er malte sich aus, was darin stehen würde: *Rate mal, was passiert ist, Dad. Ned und ich werden ...*

Er öffnete die Tür und ging über den quietschenden Dielenfußboden. Neben dem schmutzigen Fenster stand seine wunderschöne, gefährliche Bombe, eingehüllt in ihre Papierverkleidung. Sie hätte funktioniert. Vorsichtig legte er das Wasserrohr auf den Boden und nahm den Zeitzünder heraus. Die Drähte waren noch an Ort und Stelle. Seine Hände zitterten. Auf einmal öffnete sich die Tür zum Lagerraum am anderen Ende des Zimmers, und der breite Rücken eines Mannes kam in Sicht. Grunzend drehte der Mann sich um.

»Tommy?«

Der dicke Mann fuhr zusammen. Ein Knall war zu hören, und ein metallener Gegenstand rollte über den Boden auf Albert zu.

»Mr. Luscombe. Was zum Teufel tun Sie denn hier?«

Der Gegenstand kam an Alberts Stiefelspitze zum Stehen. Albert hob ihn auf. Er schimmerte in der Dunkelheit.

»Darf ich Ihnen dieselbe Frage stellen? Was machen Sie mit diesen Sachen?«

»Das sind Waren, die wir bei der Razzia konfisziert haben«, entgegnete Tommy. »Wir haben so viel beschlagnahmt, daß wir einen Teil hier oben aufbewahren mußten. Nun räume ich alles zur sicheren Lagerung wieder nach unten.«

Albert wog die Dose in der Hand.

»Nur weil Sie Uniform tragen, Tommy, nehme ich Ihnen noch lange nicht jede Lüge ab, die Sie mir auftischen. Mein Neffe sucht auf der ganzen Insel nach George Poidevins verschwundener Eiercreme. Ich wette, er hat keine Ahnung, daß sie die ganze Zeit über hier war.«

»Woher wissen Sie, woher das Zeug stammt?«

»Weil ich der Bösewicht bin, der in jener Nacht eingebrochen hat, Tommy. Das hätten Sie wohl nicht gedacht. Ich war gerade dabei, durch das Loch im Zaun zu schlüpfen, da kamen Sie mit Ihrer Taschenlampe die Straße entlanggetrottet. Als Sie die hübschen Dosen in der Nacht funkeln sahen, müssen Sie sich gefühlt haben, als wären Sie auf Blaubarts Schatz gestoßen.«

Tommy stellte die restlichen Dosen vorsichtig auf den Boden.

»Ich war nicht weiter überrascht. Seit der Verhaftung von Inspector Petty und den anderen konnten die Poidevins ungestört ihr Unwesen treiben. Und die Versuchung war wohl zu groß für Sie.«

Tommy holte eine Handvoll Münzen aus der Tasche.

»Drei Pfund, neunzehn Shilling und drei Pence. Soviel bekomme ich pro Woche. Vor der Invasion waren es vier Pfund. Als Inspector Petty hier noch das Kommando führte, war es nicht so schlimm. Jeder von uns hatte eine Chance. Aber jetzt? Wie sollen wir von diesem Gehalt überleben? Einhundertfünfzig Dosen.« Er schob eine mit dem Fuß zu Albert hinüber. »Wir können teilen«, sagte er. »Machen wir halbe, halbe. Mein Gott, Albert, das ist mehr Geld, als wir beide je verdienen könnten.«

»Nun mal langsam, Tommy. Lassen wir mal den lieben Gott da raus. Ist das alles, was Sie gefunden haben? Falls wir wirklich Partner werden.«

»Ich habe mir noch ein paar unter den Nagel gerissen, aber mehr nicht. Es reicht. Für eine Dose kriegt man fast vier Pfund. Für soviel Geld müßte man sich jahrelang krummschuften.«

»Und Sie haben alle Dosen hierhergebracht?«

»Beim erstenmal etwa zwanzig unter meinem Umhang. Dann auf dem Rad mit einem von unseren Postsäcken. Weiter zu fahren habe ich mich nicht getraut, wegen der Patrouillen. Halbe, halbe, Albert, das ist doch ein faires Angebot. Ich mache die ganze Arbeit. Sie brauchen nur die Pennys zu zählen. Dreihundert Pfund für jeden von uns, wenn wir Glück haben.«

»Ich habe mir schon zwei Dosen genommen.«

Tommy schmunzelte. »Geht auf Kosten des Hauses.«

Albert warf die Dose von einer Hand in die andere und schleuderte sie dann durchs Zimmer. Tommy klatschte in die Hände.

»Sie haben große Hände, Tommy«, sagte Albert. »Und auch eine Uniform.«

»Na und?«

»Ned denkt, zwischen der Eiercreme und dem Mord an Isobel besteht ein Zusammenhang, aber der arme Junge ist bis jetzt noch nicht dahintergekommen. Er hat einen Zeugen, der den Täter beobachtet hat, als er Isobel in den Schacht warf. Angeblich war es ein dicker Mann mit großen Händen und einer Uniform. Ned denkt, der Zeuge meint eine deutsche Uniform, nicht die von unseren Leuten.«

»Halbe, halbe, wie ich gesagt hatte. Belassen wir es dabei. Mit Ihrem Anteil könnten Sie sich ein Haus kaufen. Und auch ein Auto.«

»Soll ich ihm sagen, sein vertrottelter alter Onkel hätte den Mord für ihn aufgeklärt? Ich glaube, das bringe ich nicht über mich. Das würde er mir nie verzeihen.«

»Was ist mit Ihrer Tochter? Sie heißt doch Kitty, richtig? Überlegen Sie mal, was sie mit dreihundert Pfund anfangen könnte. Vergessen Sie die Toten, Albert. Denken Sie an die Lebenden.«

»Dann beantworten Sie mir noch eine Frage. Wenn wir Partner werden wollen, habe ich ein Recht darauf, es zu wissen. Danach können wir uns alles in diesem Zimmer teilen.«

»Sie verlangen sehr viel von einem Menschen, Mr. Luscombe.«

»Raus mit der Sprache.«

Tommy seufzte. Er ging zum Fenster und blickte hinaus.

»Es war wirklich Pech für sie, daß sie am Samstag morgen hier war. Ich war früher zurückgekommen, um ein paar Dutzend Dosen nach Hause zu schaffen und sie von dort aus zu verkaufen. Das Lager hier oben war nur vorübergehend, schließlich wird in diesem Zimmer ständig geprobt. Ich packte gerade die Dosen in meine Tasche, als Isobel hereingestürmt kam und irgendein Kostüm suchte. Also habe ich das, was ich gerade in der Hand hielt, in die Truhe fallen lassen und den Deckel zugeknallt. Ich glaube nicht, daß sie etwas gesehen hat. Ich hatte Isobel sehr gern. Sie war immer nett zu mir, wenn wir uns draußen auf der Treppe trafen. Sie erzählte mir, sie sei heute abend zu einer Party eingeladen, zu einem Kostümfest. ›Es ist eine große Überraschung, Tommy‹, sagte sie. ›Ich dachte mir, ich ziehe am besten das hier an.‹ Mit diesen Worten streckte sie die Hand aus und nahm ein dünnes Fähnchen vom Kleiderständer, das nur aus wenig Stoff und Fransen bestand. Sie hielt es sich an, ganz eng, und drückte es mit der Hand gegen ihren Bauch. ›Was halten Sie davon?‹ fragte sie und flirtete ein bißchen mit mir. ›Sehr hübsch, Miss, aber ein bißchen kalt für die Jahreszeit.‹ ›Ich weiß‹, entgegnete sie. ›Wenn ich zu Fuß gehe, muß ich etwas darüberziehen, sonst hole ich mir den Tod. Aber wenn ich erst mal im Casino bin …‹ Sie wirbelte herum, um mir zu zeigen, was ich verpaßte. Mich störte das nicht. Ich mag Frauen, die wissen, wieviel das, was sie vorzuweisen haben, wert ist. Sie steckte das Kleid in eine schicke Tasche, die sie mitgebracht hatte, und tänzelte die Treppe hinunter. Mich hatte das ziemlich nervös gemacht. Schließlich konnte jederzeit wieder jemand hereinkommen. Also ließ ich die Dosen, wo sie waren. Das gefiel mir zwar gar nicht, aber ich konnte nichts tun. Ich arbeitete meine erste Schicht. Am späten Nachmittag wurden wir dann nach oben gerufen, um die Post durchzusehen. Diese elenden Briefe auszusortieren war wirklich die größte Leistung ihres Neffen. Das beste, was er je getan hat. Er wühlte in dem Haufen herum, rief plötzlich ›Was!‹ und zog einen Brief heraus. Er war von Isobel. Sie bat um ein Treffen am Sonntag morgen. *Muß dich sehen,* stand da. *Muß.* Aber nicht hier, nicht auf dem Revier, sondern an einem anderen Ort, als ob sie ihm etwas sagen wollte, das sonst niemand wissen durfte. Der Grund war doch offensichtlich, oder etwa nicht? Sie hatte mitgekriegt, was ich getan habe, und die Dosen bemerkt. Außerdem wußte sie wie alle anderen hier, was auf dem Revier vorgefallen und daß die Hälfte von uns im Gefängnis gelandet war. Ihr Neffe wurde eingestellt, um mit eisernem Besen durchzukehren und sicherzustellen, daß so etwas nie wieder vorkommt. Und diese kleine betrügerische Schlampe wollte mich bei ihm verpetzen. Dann wäre es aus und vorbei mit mir gewesen.

Ich weiß, was mit den armen Schweinen passiert ist, die beim letztenmal erwischt wurden. Ich habe mit ihnen zusammengearbeitet, mit ihnen getrunken, und, ja, ich habe auch mit ihnen in den verdammten Läden eingebrochen. Sie waren meine Freunde. Also hieß es, Isobel oder ich, Albert, so habe ich es gesehen, sie oder ich. Ich hatte Zeit bis Sonntag morgen. Ich wußte, daß sie ins Casino wollte und daß sie zu Fuß gehen würde. Inzwischen hatte ich die ›Gelbe Gefahr‹ repariert. Um sieben fuhr ich zu Isobels Haus, parkte oben auf dem Hügel und wartete. Eine halbe Stunde später lief ihr Vater über die Straße. Jetzt oder nie. Ich hatte keinen festen Plan und hoffte, sie ohne Widerstand aus dem Haus schaffen zu können. Also fuhr ich den Hügel hinunter und klopfte ganz freundlich an ihre Tür. Sie machte sofort auf, war total aufgedonnert in ihrem hübschen kurzen Kleid und mit halbnackten Beinen. Das Kleid war sehr eng, man konnte alles durchsehen, wie auf ein Blatt Papier gezeichnet. Wirklich eine hübsche Kleine, daran gab es nichts zu rütteln. Ich überlegte kurz, ob ich es nicht auf eine andere Tour versuchen sollte. Erstaunlich, was mit dem Verstand einer Frau passiert, wenn sie mal ordentlich durchgebürstet wird. Wer weiß, wenn ich genug Zeit gehabt hätte … ›Ja?‹ sagte sie verblüfft, sie ahnte nicht, daß ich alles wußte. Du bist auch nicht anders als die anderen, dachte ich, spielst mir nur Theater vor. Denn so ist es nun mal, Albert. Alle hübschen Frauen auf der Welt sind nichts als Schauspielerinnen, im Kopf, im Herzen und auch weiter unten. Sie glaubte, sie hätte mich in der Hand, aber in Wirklichkeit war es umgekehrt. Ich sagte ihr, daß ich eine Nachricht von Mr. Luscombe für sie hätte. Er könnte sich nicht morgen mit ihr treffen wie ausgemacht, aber dafür jetzt gleich auf der Stelle. ›Er hat mich mit dem Wagen geschickt, Miss‹, sagte ich. ›Und ich soll Ihnen ausrichten, daß ich sie danach zum Casino fahre.‹ Sie war zwar nervös, verlor aber nicht den Kopf und dachte sogar daran, ihre Jacke anzuziehen. Auf der Straße war es still. Ich öffnete die hintere Wagentür, und als sie sich duckte, stürzte ich mich von hinten auf sie und drückte sie fest in den Sitz. Sie fing an sich zu winden und zu sträuben. Schreien konnte sie nicht, weil ich ihr das Gesicht gegen den Sitz preßte.

Aber sie wehrte sich heftig, das kann ich Ihnen sagen, und bäumte sich auf wie ein Wildpferd. Ich mußte daran denken, daß es eigentlich kein großer Unterschied war, ob sie um ihr Leben kämpfte oder ob sie am Ende meines Pfahls zappelte. Ich packte ihren Kopf mit beiden Händen und hielt sie mit den Knien fest. Dann drehte ich ihr mit einem Ruck den Kopf herum wie einem Kaninchen, bis sie in meine Richtung schaute. Das Knacken, als ihr Genick brach, konnte man wahrscheinlich auf der ganzen Straße hören. Sie war noch nicht ganz tot, rührte sich aber nicht mehr. Ich setzte sie ordentlich hin und fuhr mit ihr hinaus zur Landzunge. Eigentlich wollte ich den Rest mit einem Stein erledigen, damit es schlimmer aussah, als es war. Doch als ich ausstieg, um es zu tun, brachte ich es nicht über mich. Wie ich schon sagte, war sie sehr hübsch. Ich mag hübsche Mädchen und habe niemals die Hand gegen eines erhoben, Albert. Ich bin noch nie in so einer Situation gewesen, bin immer ein Gentleman, sogar wenn ich einen Gummiknüppel in der Hand habe. Aber ich mußte sie zum Schweigen bringen. Nun, da oben gibt es jede Menge von Säcken voller Sand und Zement. Also habe ich ein bißchen davon in einem Eimer, in dem noch ein wenig Wasser war, zusammengemischt und ihr das Zeug in Mund und Nase gestopft. Es hat geheißen, ich hätte es auch noch woanders hingeschmiert, das stimmt aber nicht. Ich habe sie nur zubetoniert, damit sie nicht mehr reden konnte. Daraufhin ist sie ziemlich schnell gestorben. Sie hat ein bißchen gezuckt, und ich wollte sie schon im Gras liegen lassen. Doch dann habe ich mir überlegt, ich könnte den Deutschen die Schuld in die Schuhe schieben, indem ich sie in einen der Schächte dort werfe. Ich war vorsichtig und habe sie mit den Füßen zuerst runtergeschmissen, damit ihr Aussehen nicht darunter leidet. Ich dachte an ihren Vater und die Beerdigung. Ich wollte es ihm nicht schwerer machen, als es sowieso schon war. Danach fuhr ich zurück und genehmigte mir einen ordentlichen Drink, wahrscheinlich mehr, als gut für mich war. Aber um ehrlich zu sein, fühlte ich mich einfach großartig. Ich hatte es getan. Ich hatte gesiegt. Ich war stolzer Besitzer von einhundertundfünfzig Dosen, und kein Mensch wußte etwas davon. Später ging ich mit

Peter unten in St. Sampson auf Streife. Ihr Neffe hatte uns angewiesen, weitere Einbrüche zu verhindern! Als wir ankamen, tobte dieses deutsche Schwein vor Georges Haus herum. Ob er auf George oder auf die Nutten von nebenan schimpfte, war nicht festzustellen. Mrs. P. beugte sich aus dem Fenster und kreischte aus vollem Halse, die Nutten ebenfalls. Also haben wir den Typen mitgenommen und ihn auf dem Weg zu seiner Unterkunft ein bißchen rumgeschubst. Ich hatte keine Ahnung, wer er war. Wenn ich seine Brieftasche nicht geklaut hätte, wäre mir nie jemand auf die Schliche gekommen. Und mich wird auch jetzt niemand erwischen, egal, was passiert ist. Keiner weiß etwas.«

»Abgesehen von mir. Ich weiß es.«

»Sie sind ein alter Mann, Albert. Es ist allgemein bekannt, daß Sie zuviel arbeiten.«

»Ich dachte, Sie wollten teilen, Tommy.«

»In Ihrem Alter noch Sachen treppauf, treppab schleppen. Dabei kann man sich leicht den Hals brechen.«

»Halbe, halbe, Tommy. Sie waren einverstanden.«

»Ich habe meine Meinung geändert, Mr. Luscombe. Ich kann eben nicht genug kriegen. Das war schon immer so. Ein alter Sabbergreis wie Sie braucht keine dreihundert Pfund. Wahrscheinlich würden Sie das Geld für ein Häuschen ausgeben. Was für eine Verschwendung. Für dreihundert Pfund kann man eine Menge Jungfrauen knacken und sich eine Menge Bierchen genehmigen.«

Albert griff ins Wasserrohr.

»Sie sind nicht der einzige, der sich mit Schmuggel beschäftigt«, sagte er. »Dieses Ding macht mehr Krach als Ihre Eiercreme.«

»Was ist das?« fragte Tommy.

Er blickte nach unten, sah aber nur einen länglichen, schwarzen Gegenstand und ein Gewirr von Drähten, das zu Alberts Hand führte.

»Um ihre Gesundheit steht es bestens, wußten Sie das, Tommy?« fragte Albert.

»Wer?«

»Meine Kitty. Um ihre Gesundheit steht es bestens.«

Das Theater war voll besetzt. Während der anderen Darbietungen stand Veronica in der Kulisse. Eine Ballett-Truppe, ein Jongleur, eine Gruppe Pfadfinderinnen. Sie hörte, wie die kehligen Stimmen der Deutschen leise in den Gesang einstimmten. Vor sechs Monaten hatten diese Stimmen noch laut und lebenslustig geklungen und die der Einheimischen in derber Siegessicherheit übertönt. Inzwischen jedoch waren sie gedämpft und zögernd, voller Erinnerungen an die Freunde und Familien in der bedrohten Heimat.

Die Revue lief bereits seit einer halben Stunde, als Veronica die Bühne betrat. Trotz des gedämpften Lichtes im Zuschauerraum sah sie Molly, gehüllt in einen falschen Pelz, in der zweiten Reihe sitzen. Neben ihr thronte der feiste Major Ernst und hatte eine Hand auf ihrem Schenkel liegen. Der Platz neben Bohde, der ein Stück weiter saß, war leer. Veronica betrachtete das übrige Publikum, die Uniformen, die gebügelten Kleider, die einsamen, erwartungsfrohen Gesichter, und dachte an den Major, den Jungen und Ned Luscombe, da draußen auf dem kalten, feindseligen Meer.

Sie begann zu singen, ließ ihren Sonnenschirm kreisen und tanzte über die Bühne. Doch sie hatte Tränen in den Augen, und ihre Stimme fing an zu zittern. Dann geriet sie ins Taumeln, stolperte über ihre eigenen Füße und versuchte die Leere hinunterzuschlucken, die in ihr wuchs. Er war fort. Ned war fort! Er war auf dem Meer und ruderte weg von ihr. Und auf einmal hatte sie ihren Text vergessen.

»Wir wollen die Pfadfinderinnen sehen!« rief jemand. »Die haben schönere Beine als du.«

»Und auch noch mehr davon!«

Ein paar junge Burschen pfiffen. Ein anderer schrie wie eine Eule. Veronica stand vor ihnen, unfähig, sich zu rühren, den Sonnenschirm in die Luft erhoben. Im nächsten Moment hörte sie ein Donnern und spürte, wie das Gebäude erzitterte. Eine Sirene ertönte, und in der hintersten Reihe sprang ein Mann schreiend auf.

»Kein Grund, sich ins Höschen zu machen!« rief sie aus. »Schaut euch lieber meins an.« Sie lüftete mit beiden Händen ihren Rock und ließ ihn wieder sinken. Die Zuschauer johlten. »Los, Harry!«

wandte sie sich an den Dirigenten. *»Down at the Old Bull and Bush!«*

Sie begann, sich im Takt zu wiegen, verbannte den Schmerz aus ihrer Seele und zwang ein Lächeln auf ihr Gesicht.

Neds Mutter zuckte zusammen. »Was war das?«

»Nur eine Übung.« Er umarmte sie.

»Du brichst besser auf«, sagte sie und bürstete über seine Öljacke, als handle es sich um sein bestes Sakko.

»Kommst du zurecht?«

»Mir kann nichts passieren. Und wenn ich etwas brauche, wohnt V ja gleich nebenan.«

Ned sah ihr in die Augen. »Vergiß nicht, du mußt ihnen sagen, er hätte mich mit Waffengewalt entführt. Ich habe unsere Pistole mitgenommen. Das Radio ist bei V. Sie werden das ganze Haus gründlich auf den Kopf stellen.«

»Dann mache ich lieber vorher noch mal sauber.«

»Und kein Schlafwandeln mehr, Mutter.«

»Ich suche doch nur nach Dad. Ich vermisse den alten Brummbären so schrecklich.«

»Ich auch.«

Sie schniefte, nahm ihr Taschentuch und putzte sich die Nase. »Wirklich?«

»Aber klar«, antwortete er, obwohl er nicht wußte, ob das auch die Wahrheit war.

Sie schoben den Wagen des Hauptmanns auf die Straße und fuhren dann damit hinunter zur Bucht. Lentsch saß am Steuer, der Hauptmann hing neben ihm im Sitz. Ned und der Junge hatten hinten Platz genommen, das Kanu ruhte auf ihren Knien. Unten an der Bucht lenkte der Major das Auto die Helling hinunter und parkte es im Schatten eines Deiches. Beim Aussteigen riß Ned dem Major die Mütze vom Kopf und warf sie dem Hauptmann auf den Schoß.

»Jetzt können wir uns auf Sie verlassen«, sagte er.

Der Major blickte zurück auf die sanft ansteigenden Hügel der

Insel. Nun, da er von Guernsey Abschied nehmen mußte, erschien es ihm ferner und geheimnisvoller denn je.

»Ich fühle mich, als hätte ich Isobel verraten«, meinte er. »Weil ich den Mord an ihr nicht aufgeklärt habe.«

»Sie verraten niemanden«, entgegnete Ned. »Wir werden zurückkommen und den Fall abschließen.«

Sie klappten das Kanu auseinander, trugen es über die Felsen und ließen es gemeinsam zu Wasser. Der Junge in der Mitte, Lentsch hinten, Ned vorn. Hundert Meter vom Ufer entfernt hing Abendnebel über der ruhigen Wasseroberfläche. Rasch und wortlos paddelten sie los. Ned fühlte sich stark, und nach dem Eintauchen des Ruders und dem Vorbeirauschen des Wassers zu urteilen, ging es dem Jungen ebenso. Das Kanu war lang, die Außenhaut straff gespannt. Die hölzernen Bodenlatten knarzten, als sie mit dem kalten Salzwasser in Berührung kamen. Eine Stunde später erreichten sie die Casquets und ruderten in eine der Flußmündungen. In einer Felsspalte versteckten sie sich, das Boot tanzte auf dem Wasserspiegel der Höhle. Stumm und frierend warteten sie auf das Kielwasser des vorbeifahrenden Patrouillenbootes. Wie geplant kam das Boot gegen halb acht. Als das Motorengeräusch verklang, war alles still.

Vorsichtig lenkte Ned das Kanu aus der Höhle. Die Nacht war dunkel, die See ruhig. Kurz lichtete sich der Dunst, und als er sich umblickte, konnte er die Umrisse seiner Heimat sehen, silbergrau, eingehüllt in einen schwerelosen Traum. Er wandte den Bug nach Norden und begann zu rudern. Auf dem offenen Meer erhob sich eine weiße, gewaltige Sturzwelle, um sie zu begrüßen. Er paddelte schneller, raste mitten hinein, und in seinem Herzen war eine große Sehnsucht.